Maxime Chattam

Né en 1976 à Herblay, dans le Val-d'Oise, Maxime Chattam fait au cours de son enfance de fréquents séjours aux États-Unis, à New York et surtout à Portland (Oregon), qui devient le cadre de *L'Âme du mal*. Après avoir écrit deux ouvrages (qu'il ne soumet à aucun éditeur), il s'inscrit à 23 ans aux cours de criminologie dispensés par l'université de Saint-Denis. Son premier thriller, *Le 5e Règne*, publié sous le pseudonyme Maxime Williams, paraît en 2003 aux Éditions Le Masque. Cet ouvrage a reçu le prix du Roman fantastique du festival de Gérardmer.

Maxime Chattam se consacre aujourd'hui entièrement à l'écriture. Après une trilogie composée de *L'Âme du mal*, *In tenebris* et *Maléfices*, il écrit *Le Sang du temps* (Michel Lafon, 2005) puis *Le Cycle de l'Homme et de la vérité* en quatre volumes – *Les Arcanes du chaos* (2006), *Prédateurs* (2007), *La Théorie Gaïa* (2008) et *La Promesse des ténèbres* (2009) – aux Éditions Albin Michel. Sa série *Autre-Monde* a paru chez le même éditeur, ainsi que *Léviatemps* (2010), *Le Requiem des abysses* (2011), *La Conjuration primitive* (2013), *La Patience du diable* (2014), *Que ta volonté soit faite* (2015) et *Le Coma des mortels* (2016). Fin 2017 paraît son dernier roman, *L'Appel du néant*.

Retrouvez toute l'actualité de l'auteur sur :
www.maximechattam.com

LES ARCANES DU CHAOS

—

PRÉDATEURS

DU MÊME AUTEUR
CHEZ POCKET

LE 5e RÈGNE
LE SANG DU TEMPS
CARNAGES
LA CONJURATION PRIMITIVE
LA PATIENCE DU DIABLE
QUE TA VOLONTÉ SOIT FAITE
LE COMA DES MORTELS

LA TRILOGIE DU MAL

L'ÂME DU MAL
IN TENEBRIS
MALÉFICES

LE CYCLE DE L'HOMME ET DE LA VÉRITÉ

LES ARCANES DU CHAOS
PRÉDATEURS
LA THÉORIE GAÏA
LA PROMESSE DES TÉNÈBRES

LES ABYSSES DU TEMPS
(existe aussi en un volume)

LÉVIATEMPS
LE REQUIEM DES ABYSSES

MAXIME CHATTAM

LES ARCANES DU CHAOS

—

PRÉDATEURS

POCKET

MIXTE
Papier issu de sources responsables
FSC® C003309

Pocket, une marque d'Univers Poche, est un éditeur qui s'engage pour la préservation de son environnement et qui utilise du papier fabriqué à partir de bois provenant de forêts gérées de manière responsable.

ISBN 978-2-266-28085-3

Sommaire

LES ARCANES DU CHAOS

Si d'aventure vous souhaitiez vous offrir le plaisir de teinter ces mots d'une note d'émotion supplémentaire, je vous propose les bandes originales des films qui m'ont accompagné pendant la rédaction de cet ouvrage :

— *House of Sand and Fog*, de James Horner.

— *Un long dimanche de fiançailles*, de Angelo Badalamenti.

— *Existenz*, de Howard Shore.

— *Batman Begins*, de Hans Zimmer et James Newton Howard.

— *The Forgotten*, de James Horner.

Puissent-elles vous emporter aussi loin qu'elles l'ont fait pour moi.

Edgecombe, le 20 octobre 2005.

www.maximechattam.com

PROLOGUE

EXTRAIT DU BLOG DE KAMEL NASIR, 12 SEPTEMBRE.

Cette histoire est vraie.

Je la confie dans le silence de cette chambre à l'ordinateur en espérant que la mémoire collective y accédera bientôt. Mais on ne gratte jamais une blessure immédiatement, on attend qu'elle cicatrise. Pour oser remettre en question le passé douloureux il faut du temps. J'ai fait de mon mieux pour tout relater.

J'ai essayé d'être le plus objectif possible lors de la rédaction de ce témoignage. Je me suis essentiellement basé sur des documents que vous pourrez vous procurer sans difficulté. Tout est vrai.

Vous qui lisez ces lignes ne savez pas encore ce qui vous attend.

Le choc d'une vérité dévoilée. D'un assemblage de petites questions qui vous agaçaient le coin du regard depuis un moment, et qui soudain feront sens.

Puissiez-vous être nombreux à vous interroger.

À ne plus oublier.

Et surtout, nombreux à vous rassembler.

Sinon ils *nous engloutiront.* Ils *ont déjà commencé.*

Ils *sont puissants. Féroces.*

Yael n'y croyait pas.
Thomas et elle sont passés de l'autre côté.
La prochaine fois, ça pourrait être votre tour
Car tout peut basculer en un instant.
C'est arrivé à mes amis.
Qui sera le prochain, la prochaine ?

PREMIÈRE PARTIE

LE MONDE DES OMBRES

1

C'était un jeudi. Yael se délassait dans un bain chaud, la mousse crissait mollement, tandis que ses deux mains crevaient la surface onctueuse pour tenir magazine et stylo. La jeune femme avait ramené ses cheveux bouclés au-dessus de la nuque, formant un essaim de serpentins bruns.

Pour une fois, le test de *Cosmo* n'était pas complètement mièvre. Pas intelligent pour autant ! « Faites votre bilan du moment en 10 questions. » Tout un programme. Yael décida d'y répondre avec la plus grande franchise, entourant les réponses qui lui correspondaient.

1. *En amour, vous êtes plutôt du genre :*
A. Célibataire de longue haleine.
B. Adepte forcée du *speed-dating*.
C. Pour les liaisons qui durent… un temps !
D. Un pour le mercredi, un pour le samedi, et un autre le dimanche s'il est mignon.
E. Casée et rangée.

Yael hésita. Elle avait eu sa période C, et oscillait à présent entre le A et le B : un amant occasionnel entrecoupé de longues périodes de célibat.

Va pour B.

2. *Professionnellement vous êtes :*
A. En apprentissage, pleine d'interrogations.

B. Au chômage ou au foyer.
C. Active morose.
D. Étudiante qui sait ce qu'elle veut.
E. Active-passive.

Mettre « au chômage » avec « au foyer » en disait long sur certaines mentalités pourtant féminines… Yael s'étonna également de ne pas voir la case « active épanouie » quelque part. C'était de mieux en mieux. Pour son propre cas, la réponse ne souffrait aucun dilemme : C.

3. *D'apparence physique, vous vous trouvez :*
A. Question suivante.
B. Moui, ça va, pourquoi ?
C. On me dit pleine de charme.
D. Plutôt bien, mais j'en bave !
E. On se retourne sur mon passage.

Yael leva les yeux au plafond. Question débile. Elle soupira. B lui convenait. C'était modeste : au dire de ses amies, elle plaisait aux garçons. C pouvait être réaliste même s'il y avait dans la réponse un sous-entendu « charmante mais moche » qu'elle n'aimait pas. Allez, trêve de fausse modestie : D. Elle ne surveillait pas sa ligne sans faillir et ne faisait pas de la gym pour rien.

4. *Pour vous, le week-end, c'est plutôt :*
A. Devant la télé.
B. Lectures, balades.
C. Soirées tranquilles entre amies.
D. Disco fever baby !
E. Avec mon homme sous la couette.

A, B et C, cocha Yael.

La vieille fille quoi, c'est ça ? Elle opta en définitive pour la B qui se rapprochait le plus de ses habitudes. Flâner dans Paris et dévorer des bandes dessinées étaient ses passe-temps favoris les jours de repos, tout autant que se faire reine de la télécommande par jour de pluie !

Elle survola les questions suivantes, comptabilisa les lettres et se reporta à la synthèse supposée la définir à l'heure du bilan.

Vous avez une majorité de C :

« Vous êtes du genre cocooning le week-end, pas franchement épanouie dans votre travail, et plutôt à considérer Cendrillon comme une pétasse parce qu'elle a trouvé le Prince Charmant. Rassurez-vous, vous n'êtes pas la seule ! C'est le mal de notre époque ! Et vous voulez une bonne nouvelle : ça se soigne ! À grands coups de soirées entre amies, de sorties pour lesquelles il va falloir vous automotiver pour vraiment y aller cette fois car c'est là que vous vous oxygénerez, dans tous les sens possibles du terme… Faites le point sur votre job, s'il est si insatisfaisant, partez en quête d'un nouveau ! Pimentez votre existence en traquant LE boulot qui vous conviendrait. Rien d'impossible, juste quelques luxueuses paresses et inquiétudes à bannir de votre tête.

« Quant à cette petite touche de haine qui grandit à l'égard d'un peu tout ce qui vous entoure : société, politique, et même les gens, là, il va falloir faire un effort… allez, une séance de massage aux huiles essentielles, un meeting avec les beaux bénévoles de Greenpeace et une soirée entre copines pour commenter le nouveau calendrier du XV de France et vous verrez, il y a du bon à vivre ensemble ! »

Yael jeta le magazine sur le tapis de bains.

Pour la centième fois elle se jura de ne plus perdre son temps à ce genre d'idioties… À vingt-sept ans, il était peut-être temps de se rassurer autrement.

Yael attrapa le rasoir Bic qui traînait sur le bord de la baignoire, le fit glisser le long de ses jambes puis se redressa. La buée masquait sa haute silhouette, qui ne se réfléchissait pas dans le miroir au-dessus du lavabo. Elle donna un grand coup de serviette et ses épaules carrées apparurent, souvenir des années d'athlétisme, de son adolescence, ses seins ronds, généreux, son ventre qui commençait à perdre de sa fermeté… Elle pinça un bout de peau sous son nombril. *Pas grand-chose encore, mais si je ne fais pas gaffe…*

Yael s'observa dans les yeux.

Des yeux gris-blanc. Presque trop clairs. Un regard de husky, comme disait sa mère. Un contraste saisissant avec le brun sombre de sa chevelure. Quelques grains de beauté sur le visage – des repères pour la caresse, lui avait chuchoté son premier grand amour. Nez très fin, et ses lèvres qu'elle détestait. Trop larges, trop épaisses. Elle attirait les hommes, c'était ce que son expérience lui avait appris. Mais Yael n'aimait pas ça. Elle n'était jamais parvenue à accepter le rapport entre sa sensualité plastique et le désir sexuel qu'elle provoquait.

Une mèche dépassait devant son oreille, torsadée, flottante… Cela se produisait chaque fois qu'elle attachait ses cheveux. C'était un peu elle, le prolongement extérieur de ce qu'elle était à l'intérieur. Cette incapacité à se plier à ce qu'on lui imposait. Il fallait toujours qu'elle cherche à s'affranchir des liens, ceux du travail, de la vie sentimentale, et bien sûr de l'autorité parentale lorsqu'elle était plus jeune. Elle avait connu les écoles successives, les pensionnats… et les fugues. Sa mère compréhensive mais dépassée, son père autoritaire… *Parcours presque banal*, avait-elle constaté en grandissant. Elle qui s'était pensée unique en son genre avait alors réalisé la banalité de son histoire, et même celle du divorce de ses parents, cinq ans plus tôt. Leur errance, « Je t'aime – moi non plus », leurs affrontements, leurs réconciliations, puis à nouveau leurs querelles. Et la gestion de l'appartement.

Plutôt que de revendre leur habitation au moment de la séparation, son père avait proposé que chacun parte de son côté avec un arrangement financier, et laisse l'appartement à leur fille Yael.

Tout le monde était content.

Sauf Yael, à qui on n'avait pas demandé son avis. À vingt-deux ans elle s'était retrouvée seule du jour au lendemain. Dans ce grand appartement.

Depuis, son père s'était mis en tête d'écrire le roman de sa vie, celui dont il parlait depuis vingt ans, s'exilant pour ce faire au fond de la Bretagne, qu'il adorait, son manuscrit s'épaississant à la vitesse de la sédimentation des années. De son côté, sa mère avait refait sa vie avec un restaurateur du Sud-Ouest, heureuse cinq ans durant, jusqu'au 13 avril dernier, quatre mois plus tôt, funeste jour où le couple avait péri carbonisé dans un accident de voiture. Un vendredi 13. Une soirée un peu trop arrosée avec des amis, trop de vitesse sur les petites routes de campagne bordées de hêtres, et le véhicule était sorti du virage pour s'enrouler autour d'un tronc. Yael s'était effondrée. Elle avait sombré dans la déprime, avant que le temps, ce remède universel, ne vienne peu à peu panser son âme. Sa mère avait été toute sa famille, jamais Yael ne s'était sentie proche de son père ; quant à ses grands-parents, ils avaient quitté ce monde après une vie discrète. Des deux frères de sa mère elle n'avait aucune nouvelle. L'un vivait en Angleterre, l'autre à Marseille, sans qu'elle sache ce qu'ils étaient devenus. La famille Mallan n'avait jamais eu le culte de la généalogie, plutôt celui du silence et du chacun-pour-soi. Le père de Yael avait perdu son géniteur à l'âge d'un an, pendant la guerre. Il s'était souvent considéré comme à moitié orphelin, élevé par une mère taciturne et autoritaire qu'il n'avait pas pleurée à sa mort.

Yael se mit à frissonner.

L'eau teintée d'huile perlait sur sa peau, créant une parure de nacre. Yael s'empara d'une serviette et s'enroula dedans.

Elle enfila le bas de jogging qu'elle affectionnait pour traîner le soir chez elle, et y superposa un tee-shirt sans manches.

Elle allait sortir de la salle de bains, sa main se posa sur l'interrupteur.

C'est à ce moment que le phénomène se produisit.

Dans la périphérie de son champ de vision.

Un mouvement subtil.

Si léger que Yael crut à un jeu d'ombre avec la porte qui s'ouvrait.

Et c'était bien cela : une ombre.

Bougeant *dans* le miroir.

Puis la pièce retourna aux ténèbres.

2

Le vendredi était le jour du Shoggoth.

Yael adorait le Shoggoth. C'était un nom qui lui allait bien. Souvenir d'une des créatures des jeux de rôles qu'elle pratiquait au pensionnat, le Shoggoth était un monstre gélatineux avec des centaines d'yeux un peu partout. Exactement comme son client du vendredi. Un homme obèse, couvert d'une gabardine qu'il décorait de dizaines de globes oculaires épinglés sur le tissu imperméable.

Car Yael vendait des yeux.

Entre autres.

Des animaux morts également.

Elle travaillait chez Deslandes, la maison parisienne de taxidermie célèbre depuis plus d'un siècle et demi. Cela faisait deux ans qu'elle y était entrée, un été, pour gagner un peu d'argent. Le métier était intéressant, original. Et le provisoire avait duré, ancrant la jeune femme dans une voie professionnelle éloignée de sa formation et de ses diplômes.

Son parcours d'étudiante avait été difficile. Ne sachant que faire après un bac obtenu à dix-neuf ans, elle avait opté pour Lettres modernes à la faculté. Une licence décrochée en quatre ans, et elle partait effectuer une année supplémentaire… aux États-Unis. Sur un coup de tête, après avoir lu une brochure, elle avait fait des pieds et des mains pour finaliser son dossier d'échange ayant pour cadre « La littérature et l'expansion des frontières du langage ». Elle avait passé un an à Portland, dans l'Oregon. Une année plutôt mitigée, elle ne s'était pas sentie à son aise là-bas, et était rentrée tandis qu'un tueur en série sévissait sur la ville et sa région, distillant une psychose de l'étranger qui rendait le climat détestable. Pendant un an encore elle avait vainement tenté de s'accrocher à un projet de maîtrise tout en enchaînant les petits boulots : serveuse le soir ou vendeuse de prêt-à-porter, jusqu'à passer un matin de juillet devant la vitrine de cette étrange échoppe. Une annonce scotchée au carreau stipulait qu'on recherchait quelqu'un pour l'été… Et deux ans plus tard elle était encore là. Ses velléités de maîtrise envolées par la même occasion.

C'était un métier varié.

Elle recevait les clients, les conseillait, classait les arrivages de minéraux, d'insectes séchés, procédait au séchage des papillons qui ne manquaient pas d'être expédiés par caisses entières… En revanche, elle n'était pas en charge de la naturalisation. Son collègue, Lionel, s'en occupait. Vider les chiens des vieilles clientes pour les bourrer d'étoupe ne la tentait pas. Tous les jeudis soir, Yael réceptionnait les stocks d'yeux en verre qui servaient à remplacer ceux des animaux empaillés. Chaque paire était unique, son fournisseur ayant cette exigence de ne jamais fabriquer un œil pareil aux précédents.

Et chaque vendredi, le Shoggoth venait systématiquement depuis plus de quatre mois pour étudier l'éventail de regards que Yael pouvait lui proposer. Il s'en fabriquait des bijoux, y greffant une épingle pour l'ajouter à tous les autres sur son manteau, ou le montant sur un anneau pour s'en faire des bagues qui couvraient ses doigts boudinés.

Le Shoggoth inspectait les globes de verre en inclinant la tête sur le côté, manifestant une tendresse inappropriée. Sa nuque couverte de petits cheveux raides se plissait, creusant des sillons dans la graisse de son cou.

Il effleurait les objets de son désir du bout de l'index, s'humectant les lèvres, puis finissait par secouer la tête en signe d'acceptation. Et il repartait avec ses précieuses reliques.

Malgré son comportement et son look repoussant, Yael avait fini par éprouver pour lui une certaine affection. Lui au moins était amusant et inoffensif, ce qui n'était pas le cas de tous ses clients. La pire était Mme Caucherine, une vieille femme acariâtre qui venait tous les trimestres avec un nouveau chien. Systématiquement, elle exigeait qu'on l'empaille. La première fois, Yael n'avait pas bien compris, elle s'était efforcée d'expliquer que tout serait fait avec soin lorsque le pauvre animal serait décédé, qu'il faudrait alors l'apporter dans les vingt-quatre heures, en le conservant dans un linge au frigo – c'était la procédure qu'elle répétait sans jamais parvenir à croire que ces mots sortaient de sa bouche. Mais Mme Caucherine avait secoué la tête, agacée : elle voulait qu'on empaille son chien tout de suite. Elle l'avait assez aimé, il devenait gênant à présent qu'il aboyait trop souvent. Elle ne souhaitait que vivre avec son souvenir, celui-ci serait « bien suffisant désormais ». Yael l'avait raccompagnée à la porte en insistant sur l'impossibilité d'une telle démarche, expliquant qu'on ne pouvait se séparer d'un chien ainsi. Trois mois plus tard, la vieille femme se tenait à nouveau devant son comptoir, avec un nouveau chien mais la même exigence. Yael avait prévenu la police qui s'était bien amusée de cette histoire. Alors la SPA avait pris la relève. Vainement, puisque Mme Caucherine revenait trois à quatre fois par an avec un nouveau chien chaque fois et toujours la même volonté de le tuer pour l'empailler. Hautaine et méprisante, elle ressemblait à la Cruella des *101 Dalmatiens* de Walt Disney. Yael avait fini par rêver d'un nouveau buste accroché aux murs, parmi les têtes de cerfs et de daims : celui de Mme Caucherine.

Cette profession attirait son lot de bizarreries, mais aussi de rencontres touchantes. Il fallait parfois consoler un client ou une cliente pendant une heure. Pour certaines personnes, âgées bien souvent, perdre son chien ou son chat c'était perdre le dernier compagnon aimant. Elles venaient pleurer ici, comme on le fait à l'enterrement d'un parent. Avec le temps, Yael avait appris à ne pas juger ces gens qui venaient faire empailler leur animal. Certains souhaitaient faire de leur chat une carpette pour continuer de dormir avec lui, d'autres voulaient avoir la tête de leur caniche sur le manteau de la cheminée pour continuer de lui caresser le dessus de la tête. Derrière la plupart de ces demandes particulières, *glauques*, avait songé Yael au tout début, se cachait une souffrance, un manque profond.

On empaillait l'être cher pour ne pas le perdre.

C'était toutes ces rencontres qui l'avaient incitée à rester, mois après mois, toutes ces vies si différentes, si particulières, à croire que Deslandes était une sorte de club rassemblant des membres tous plus originaux les uns que les autres.

Le Shoggoth venait d'arriver, il s'inclina pour saluer Yael et demanda aussitôt :

— Vous en avez reçu des nouveaux ?

Yael murmurait la question en même temps. Toujours la même, pour la même réponse.

— Oui, comme d'habitude.

Elle se pencha pour ouvrir un des placards sous son comptoir et aligna les deux présentoirs en velours devant le gros bonhomme.

— Je vous laisse regarder, ajouta-t-elle.

Il déglutit en se frottant les mains et examina toutes ces prunelles qui le fixaient. Ses propres yeux brûlaient de convoitise.

Yael demeura en face à l'observer, appuyée contre les hautes armoires abritant des dizaines et des dizaines de larges tiroirs minces.

La salle où elle se trouvait dégageait une sérénité apaisante.

Yael s'était toujours interrogée sur l'origine de cette paix. Était-ce l'architecture même des lieux ? – un ancien hôtel particulier du début du XVIIIe – ou le silence de tous ces animaux éteints ? L'alchimie était paradoxale entre leur état et ce qu'ils dégageaient. Ces peaux douces, ces pelages, ces têtes sereines semblaient magnifier la mort. Prouver qu'elle ne pouvait tout détruire. Tout emporter.

Le Shoggoth secoua frénétiquement sa lourde tête, il avait fait son choix.

— Je vais prendre ces deux-là. Le bleuté et le tout gros.

Yael acquiesça et emballa les yeux dans du papier de soie avant d'encaisser les euros que l'homme lui tendait. Le billet était moite. Le Shoggoth avait chaud, il suait.

Il disparut au fond du long couloir, dans l'autre salle, vers l'escalier conduisant au rez-de-chaussée.

La journée s'étira sans ardeur jusqu'à la fermeture.

Yael noua ses cheveux sur sa nuque avec un élastique avant de sortir dans la chaleur de cette fin de journée.

Elle adorait Paris en août. Ses rues aux reliefs argentés, acérés comme des lames par l'absence d'air et la brûlure du jour. La jeune femme ajusta ses lunettes noires pour protéger ses yeux trop clairs et descendit la rue du Bac. Sa haute silhouette dansait en ondulant sur les reflets des vitrines. Elle ne croisa personne. Pas même une voiture. La ville tout entière était déserte.

Yael marcha jusqu'à Denfert-Rochereau où elle vivait. Un semblant de circulation glissait paresseusement sur l'asphalte ramolli. Elle atteignit la rue Dareau en cinq minutes et poussa la lourde porte cochère, traversa la cour le long d'une haie d'arbustes plantés dans de volumineux bacs en bois et grimpa les marches extérieures qui menaient à l'étage, à sa porte.

L'appartement qu'avaient habité ses parents pendant plusieurs années était unique en son genre. Le fruit des délires architecturaux d'un urbaniste ayant travaillé pour la voirie de Paris dans les années quatre-vingt. Elle entra dans le vestibule, déposa son sac en toile et abandonna ses sandalettes. Un long miroir faisait face à l'entrée.

Le salon était la pièce centrale. Une salle de cinquante mètres carrés avec une hauteur de plafond culminant à sept mètres et dont une mezzanine, desservie par un escalier à paliers occupait deux murs. Le premier palier avait été aménagé en bureau. Spacieux et original, il s'étirait dans un large renfoncement et surplombait le salon à deux mètres de hauteur. Le palier suivant était le couloir qui entourait la pièce centrale, et desservait les chambres de l'étage. Tout en haut, surplombant l'ensemble, le toit s'ouvrait sur un puits de lumière filtrée par d'imposantes baies. Mais l'originalité de ce salon était son sol : il était en verre.

Les meubles plutôt exotiques – canapé aux motifs africains, table évoquant le Maghreb, et paravents asiatiques – reposaient sur une immense plaque de verre noir qui contrastait avec la peinture beige des murs.

Le soleil s'engouffrait par le plafond et allumait les étoffes chaleureuses des fauteuils, les tentures pendues ici et là. Curieusement, les rayons dorés tombaient sur le sol sans se briser, ils *passaient au travers*. Sous l'épaisse couche de verre sombre on devinait un prolongement souterrain, les murs s'enfonçaient encore de plusieurs mètres, une quinzaine au total, de plus en plus flous à mesure qu'ils se perdaient dans une épaisse flaque de ténèbres stagnantes. Un abîme.

Par réflexe, Yael actionna l'interrupteur.

Les projecteurs scellés dans la pierre, dix mètres sous la plaque de verre, s'éveillèrent. Tout en bas, loin sous la surface des rues, une parcelle des entrailles de Paris s'offrit à la lumière : deux collecteurs d'eau surgirent face à face au-dessus d'une citerne reliée aux égouts de la ville.

L'architecte avait voulu dévoiler une partie de ces souterrains qui drainaient la vie usée des citadins. Il avait pratiqué une incision dans la croûte protectrice

– dissimulatrice, répétait-il – pour mettre à vif ce réseau complexe, amputant un carré profond de cette peau grise pour bâtir sa maison dessus. Par temps pluvieux on pouvait voir, en transparence, les deux collecteurs déverser des torrents d'écume vers le réservoir qui bouillonnait.

Yael remonta le bouton et l'obscurité des abysses s'élança à nouveau vers ses pieds plus promptement qu'un geyser sous pression. La plaque de verre se densifia jusqu'à perdre sa transparence.

Quand Yael recevait, ce phénomène provoquait le malaise chez la plupart de ses invités : le vertige de la chute, la peur de surplomber un tel paysage infernal. Pour Yael, au contraire, c'était une source de contemplation, son feu de bois à elle.

Elle pouvait rester des heures sans rien faire, à observer le mouvement des eaux se percutant dans la pénombre.

Il était vingt heures passées.

Un miaulement réprobateur s'échappa soudain de la mezzanine. Un chat de gouttière noir, fauve et marron dévala les marches, les poils des joues ébouriffés.

— Kardec…, murmura Yael. On se calme, je suis rentrée.

Le chat se précipita contre ses chevilles pour s'y frotter en ronronnant. Son nom témoignait d'une passion adolescente de Yael : l'ésotérisme. Elle avait eu sa période magie, visionnant des films de sorcières, achetant des « grimoires », et organisant des réunions entre filles pour tenter de parler avec les morts autour d'une table. Le chat étant un symbole fort dans les différentes mythologies, il s'était retrouvé baptisé en hommage au père du spiritisme : Allan Kardec.

— Je sais, moi aussi tu m'as manqué, fit-elle en se penchant pour le caresser.

Elle venait à peine de le récupérer après un séjour de deux semaines chez une voisine pendant que Yael prenait des vacances à Rhodes.

Yael passa sous l'arche séparant le grand salon de la cuisine et descendit les quelques marches qui ouvraient sur un niveau légèrement inférieur. Les trois fenêtres étaient saturées de lumière, soulignant les émaux et le carrelage aux teintes vives. La jeune femme se servit un grand verre de jus de tomate frais et retourna sur ses pas pour s'asseoir confortablement dans un fauteuil moelleux.

Kardec sauta aussitôt sur ses cuisses pour s'allonger. Ses yeux se rétrécirent de bonheur.

Yael but quelques gorgées avant de remarquer le voyant rouge du répondeur. Elle tendit le bras pour mettre l'appareil en marche.

« *Un message*, annonça une voix digitale. *Dix-sept heures vingt.* Hello ma belle, c'est Tiphaine. Écoute, je suis vraiment désolée mais je vais pas pouvoir venir ce soir, Pat m'a proposé de partir avec lui pour un p'tit week-end prolongé, dans un Relais et Châteaux… Toutes mes excuses, on se fait une sortie entre filles dès que je suis de retour. Bises. Ah, et euh… sors tout de même ce soir, reste pas chez toi comme une pestiférée. C'est le mois d'août, il fait chaud, y a plein de beaux touristes dans les rues, c'est torride ! Allez ! Profites-en ! Je t'embrasse. *Fin de vos messages.* »

Yael soupira en s'enfonçant dans son fauteuil.

Elle glissa une main entre les oreilles du chat.

— C'est râpé pour la nouba du vendredi, lâcha-t-elle, déçue. Ça t'arrange bien, toi, hein ? Ça veut dire caresses toute la soirée et câlins devant la télé, ton sport préféré.

Le téléphone se mit à sonner.

Yael décrocha.

— Oui ?

Aucun son.

— Allô ? insista-t-elle. Je n'entends rien.

Elle attendit encore quelques secondes, pensant qu'il s'agissait d'un mobile mal connecté. Puis il y eut un craquement.

Sec et musical.

Comme une plaque de verre qui se fend.

— Allô ?

Le craquement se reproduisit, se prolongea. *Exactement comme de la glace ou du verre qui se rompt*, songea Yael.

Puis le déclic signala l'interruption de ligne, on avait raccroché. Yael en fit autant, un peu surprise. Elle patienta un moment encore pour vérifier qu'on ne tentait pas de la joindre à nouveau, mais l'appartement demeura silencieux.

Même Kardec ne ronronnait plus.

Assise au milieu du salon, Yael sirota ce qui restait de son jus de tomate en s'interrogeant sur ce qu'elle allait faire de sa soirée. Elle commença par sonder ses humeurs.

Elle voulait voir du monde. Se détendre. Tiphaine avait raison, elle devait sortir, en profiter.

En un instant, sa décision fut prise. Il lui suffisait d'aller au Violon Dingue qu'elle connaissait bien, rue de la Montagne-Sainte-Geneviève, repaire de tous les Anglo-Saxons de passage. Elle pourrait boire quelques verres, bavarder en anglais et se changer les idées.

Yael repoussa doucement le chat et grimpa à l'étage pour faire couler l'eau de la douche.

En bas, Kardec s'assit sur l'accoudoir et leva la tête vers la mezzanine.

Dans le silence du vestibule, le grand miroir renvoyait l'image d'une porte d'entrée et d'une armoire près d'un portemanteau.

Tout était calme, une belle fin de journée du mois d'août.

C'est alors que, très lentement, une ombre émergea du miroir et obscurcit sa surface.

Le chat bondit de sa position pour grimper à l'étage en courant ventre à terre.

Dans le miroir, l'ombre s'était figée, sans un bruit.

Puis, comme délivré d'un voile noir, le miroir refléta à nouveau le décor paisible dans la lumière du soir.

3

L'alcool, c'est comme le chocolat.

Un faux ami.

Un traître.

Yael ne cessait de se le répéter depuis un quart d'heure. L'un comme l'autre avaient des vertus réparatrices ou dopantes pour le moral, mais ce n'était que de l'illusion ; pire : ils provoquaient des dégâts sur la ligne qui accentuaient très vite la chute libre dudit moral. Yael temporisa. *Ne pas commander un autre Malibu tout de suite, tu es déjà un peu pompette !*

Elle ausculta son verre vide, prisonnier de ses longs doigts.

La musique pop-rock comblait les blancs de conversation d'une clientèle peu nombreuse pour un vendredi soir. Yael pivota sur son tabouret, elle avait envie de parler, de lier connaissance, elle était avide de nouveauté ce soir, il fallait en profiter, ça ne lui arrivait plus souvent.

Elle jeta un regard aux petits groupes éparpillés dans la grande salle. Deux hommes étaient seuls au bar, dont celui qu'elle guignait depuis un moment. La trentaine, plutôt mignon, bronzé, le cheveu châtain et une barbe de trois jours, le tout emballé dans une chemise élégante et un pantalon de toile. Décontracté mais soigné.

Yael avait accroché son regard clair lorsqu'ils s'étaient croisés pour aller aux toilettes. Pas vraiment un lieu romantique, pourtant l'étincelle de l'attirance s'était allumée. Il avait failli la bousculer en sortant et d'une poigne forte l'avait rattrapée par l'épaule. Il s'était excusé en anglais, avec un sourire confus, avant de la lâcher.

À présent que son carcan de timidité se dissolvait peu à peu dans l'alcool, elle ne pouvait s'empêcher de l'observer de manière plus appuyée. Sa gestuelle lui plaisait. Il feuilletait un magazine immobilier posé sur le bar, tout en savourant un cocktail du bout d'une paille.

Il semblait complètement détaché du lieu, tout absorbé à décrypter les petites annonces.

Il releva le visage et contempla la salle, pensif. Son regard glissa jusqu'à celui de Yael. Découvrant qu'elle l'observait, ses lèvres dessinèrent un sourire. Puis il replongea dans son magazine.

Yael soupira.

On se calme, ma cocotte ! Il est beau gosse, et ensuite ? Tu vas faire quoi ? Lâcher ton tabouret pour aller lui parler ? L'accoster comme ça ? Les deux pieds dans le plat ?

Yael scruta son verre vide.

Elle repensa au test qu'elle avait effectué la veille au soir dans sa baignoire. Le fameux bilan. Où en était-elle aujourd'hui ? Vingt-sept ans, un boulot provisoire qui durait, peu ou pas d'évolution à venir, une vie sentimentale réduite à rien ou presque. Sans prises de risques, donc sans miracles. Normal.

Cet homme l'attirait. Pourquoi ne pouvait-elle s'en approcher ? Faire le premier pas pour engager la conversation… et voir ensuite. Le « tester » et rentrer se coucher si le résultat n'était pas à son goût.

À moins qu'elle ne préfère rentrer seule et tout de suite, des remords plein le crâne ?

Yael fit tinter ses ongles sur le bar, un peu nerveuse. Elle n'avait jamais fait ça. C'était impossible. Quelle femme, dans un pub, accosterait un homme pour le draguer ?

Arrête tes conneries ! Espèce d'hypocrite ! On n'est plus au Moyen Âge !

La voix de Tiphaine gronda dans sa mémoire : « Aujourd'hui la vraie vulgarité c'est de gâcher une histoire d'amour, aussi courte soit-elle, sous prétexte de morale ou d'incertitudes ! Tu vis dans le siècle de la modernité, ma chérie, tout va vite : la communication, l'information, le TGV, les bons coups, toute la vie en définitive. Alors bouge et baise ! Le Prince Charmant viendra ou pas. Mais au moins t'auras bien ri à le chercher. »

Pas à proprement parler de la haute philosophie, mais cela avait le mérite d'aller droit au but. Yael avait parfois le sentiment d'appartenir à l'ancienne génération, plus timorée, où d'une certaine manière chacun avait sa place. Les hommes et les femmes. Il lui arrivait de trouver ça normal, et par moments de se trouver vieux jeu.

Sauf qu'il fallait évoluer avec son temps. C'est en tout cas ce que l'amour faisait. Pas le sentiment en soi, mais la quête, le moyen de le trouver, sa perception. Si elle restait là encore une heure à se dire que cet homme lui plaisait pour finalement le voir s'en aller, elle ne récolterait que des regrets pour meubler sa nuit.

C'était maintenant ou jamais.

Vaille que vaille !

Yael commanda un autre Malibu et, armée de son verre, elle se leva pour aller vers lui.

Je suis dingue ! se répéta-t-elle *in petto*.

Tout à coup, elle ressentit beaucoup d'estime pour ces femmes capables d'aller vers un inconnu pour le draguer. Il fallait une sacrée dose de courage.

L'homme en question, sa *cible*, sortit de sa lecture à son approche.

Une curieuse expression se partagea ses traits : ses sourcils trahirent d'abord l'étonnement avant que ses lèvres amplifient le mouvement joyeux qui leur semblait naturel.

— *Hi !* lança-t-elle en guise de préambule. *I've been watching you from...*

Il leva la main devant lui, paume ouverte.

— Vous pouvez me parler en français, dit-il avec un accent très léger. Je vous ai entendue commander votre boisson.

Yael dissimula sa gêne en faisant mine de replacer une mèche de sa chevelure.

— Désolé, je croyais que vous étiez... Tout à l'heure vous vous êtes excusé en anglais.

— Un réflexe. Je suis Thomas, fit-il en lui tendant la main. Tom.

Yael le salua. Il avait les bords de la main très doux et l'intérieur plus ferme.

— Et je suis canadien en fait.

— Yael.

— C'est un joli prénom.

— C'est hébreu. Le nom du bufflon, une chèvre des montagnes. Pas très glamour ! répondit-elle en riant. Mais c'est plutôt affectif, comme de dire « ma biche » en français.

Thomas leva son verre vers le sien.

— Alors ça vous va bien. Enchanté.

Les verres tintèrent en s'entrechoquant.

Thomas glissa sur le tabouret suivant pour libérer la place et inviter Yael à s'asseoir. Ses cheveux châtains étaient coupés court, laissant à peine deviner qu'ils bouclaient. Il avait le menton carré et des lèvres roses qui soulignaient son bronzage.

— Vous cherchez à vous installer à Paris ? demanda-t-elle en désignant le magazine immobilier.

Yael avala une gorgée de Malibu. Ce n'était pas si compliqué après tout.

— J'y songe. Je suis de Vancouver, sur la côte ouest du Canada, mais je travaille de plus en plus avec la France.

— Et vous avez trouvé votre bonheur ? questionna-t-elle en jetant un regard à la couverture du journal.

— Non, pas là-dedans. Je suis un peu exigeant, et pas souvent chez moi, alors autant que ça me plaise vraiment. Je suis…

— Laissez-moi deviner votre métier ! lança-t-elle.

Il était visiblement sportif d'après sa carrure, il prenait soin de lui sans en faire des tonnes… Elle l'imagina souvent en voyage. Pas un boulot manuel, ni trop intellectuel…

— Vous êtes… photographe ! s'écria-t-elle.

Thomas haussa les sourcils d'étonnement.

— Presque ! dit-il, amusé. Et vous, vous êtes quoi ? Voyante ? Je suis un dinosaure en fait. Un métier en voie d'extinction. Grand reporter indépendant. À l'heure où ils sont tous estampillés par un groupe de presse, j'arrive encore à être autonome et libre !

Il sonda les yeux gris de la jeune femme en demandant :

— Grand reporter c'est un peu photographe parfois. Vous avez un truc ou vous faites partie des services secrets ?

Yael haussa les épaules.

— J'ai laissé le sixième sens s'exprimer.

Yael but une nouvelle gorgée de Malibu en espérant dissimuler son ravissement. Il parlait parfaitement français, avec à peine un soupçon d'accent, et se révélait plus séduisant encore de près. Ses yeux brillaient lorsqu'il évoquait son métier. Un passionné.

— Et vous ? En plus d'être extralucide ?

Yael sortit de sa contemplation.

— Euh… je suis…

Elle resta en suspens pendant une seconde puis leva les deux mains au plafond avant d'enchaîner :

— C'est pas très valorisant de passer après vous, on ne vous le dit jamais ?

L'amusement se peignit sur les traits de Thomas.

— Allez, dites-moi.

Yael se composa une expression faussement mystérieuse qui le fit rire :

— Je vais vous laisser imaginer.

Elle se sentait guillerette à cause de l'alcool.

Thomas jeta un rapide coup d'œil à sa montre.

— Hélas, je n'ai pas votre don et je dois me sauver dans une minute.

Il fit signe au barman pour l'addition. L'euphorie de Yael retomba d'un coup.

— Allez, soyez sympa, insista-t-il pendant qu'on lui apportait la note. Pour satisfaire ma curiosité.

Yael répondit dans la foulée, drapant ce qu'elle estimait être une déconvenue derrière une fermeté amicale :

— J'ai bien peur que ça ne soit plus possible. Pas de temps, pas de réponse.

— Ce n'est pas fair-play ! s'insurgea-t-il en payant par carte de crédit. Vous en savez plus sur moi.

— L'information ça se mérite monsieur Tom ! Je monnaye du temps contre ma profession.

L'échange était devenu jeu de séduction.

Le barman lui tendit le ticket de carte de crédit avec un stylo. Thomas griffonna sur son magazine pour le tester et signa son reçu.

— J'aurais beaucoup aimé poursuivre cette conversation, Yael, mais je dois vraiment m'en aller. Je suis tributaire d'un ami pour dormir.

Il tendit le pouce vers les petites annonces du journal.

— Il faut vraiment que je trouve mon appartement ! insista-t-il. Mon autonomie !

Yael hocha la tête en essayant de ne pas montrer sa déception. Il avait tout pour lui plaire, et il disparaissait.

— Et si je veux vous commander un reportage un jour, comment je fais ? interrogea-t-elle.

Elle sentit la chaleur monter à ses joues. Elle s'était lancée d'un coup, osant le tout pour le tout. Elle regrettait déjà sa question. Pour qui allait-elle passer ?

— Je suis dans l'immobilier, lui lança-t-il en reculant et en lui faisant un clin d'œil. Au revoir, Yael.

Et il sortit dans la rue où il s'évapora dans la seconde.

Yael enfouit son menton dans ses mains jointes, accoudée au bar.

Tu viens de passer pour une conne, voilà tout ! À tout oser, à te comporter comme une pétasse... Terminé l'alcool pour toi !

Elle avait honte.

— « Je suis dans l'immobilier », répéta-t-elle doucement. Ça veut dire quoi pour un grand reporter ?

Elle vit le magazine de petites annonces posé sur le bar.

À moins que...

Elle l'avait vu tester le stylo dessus avant de signer son ticket.

Avec espoir, elle se pencha pour l'attraper et ouvrit la première page.

Il était là. Écrit à la va-vite au stylo.

Son numéro de portable.

Yael rentra chez elle un peu après minuit.

Kardec l'accueillit en se faufilant entre ses jambes, comme s'il était apeuré.

— Eh bien, qu'est-ce que tu as ?

Elle s'agenouilla pour lui caresser la tête, là où il aimait, entre les deux oreilles. Le chat se laissa faire, les yeux mi-clos.

Yael se sentait bien. Elle n'aurait su dire s'il s'agissait là des effets du Malibu ou de sa rencontre avec Thomas. Un peu des deux probablement. Kardec se mit enfin à ronronner.

— Voilà...

La jeune femme sortit le numéro de téléphone arraché à la page du journal et le posa sur la table de l'entrée, aussi fière qu'une bonne élève qui rapporte son bulletin scolaire. Restait à savoir ce qu'elle en ferait.

Chaque chose en son temps.

Elle déboutonna son chemisier en allant chercher une

bouteille d'Évian dans la cuisine, avant de monter se rafraîchir dans la salle de bains.

Elle actionna l'interrupteur de la salle d'eau.

Les lumières jaillirent, chassant les ténèbres.

Pourtant, une ombre opaque resta plus longuement sur le miroir. Comme si le verre était fumé. Yael cligna les yeux.

Le miroir était à nouveau normal. L'effet n'avait duré qu'une seconde.

C'est dans ta tête ! Tu as besoin d'aller dormir.

Elle se pencha au-dessus du lavabo pour s'asperger le visage d'eau fraîche. Puis elle se redressa.

C'est à ce moment qu'elle la vit.

Juste derrière elle.

Cette fois aucune illusion d'optique, aucune crise de fatigue.

Une ombre humaine se reflétait dans la glace. Haute et massive. Juste derrière le rideau de douche.

Sans aucun doute possible.

À moins d'un mètre d'elle.

4

Yael hurla.

Un cri de peur et de rage mêlées.

Elle agrippa le flacon de parfum sur le rebord du lavabo et faisant volte-face lança l'objet de toutes ses forces dans le rideau de douche.

Le flacon percuta mollement le plastique avant de rebondir sur le bord de la baignoire où il se brisa en une explosion de cristal et d'ambre.

Yael était déjà tendue vers la porte pour s'enfuir lorsqu'elle réalisa qu'il n'y avait plus d'ombre.

Elle s'immobilisa un instant, reprenant son souffle. Ses prunelles fouillaient avidement chaque recoin de la pièce.

Rien. Personne.

Elle ne comprenait pas. Elle l'avait pourtant clairement distinguée.

Elle pivota vers le miroir et bondit aussitôt en arrière.

L'ombre était là. Yael jeta un bref regard dans son dos, pour s'assurer que personne ne se tenait derrière elle. En *vrai*. Mais non. Rien.

La silhouette sombre n'était que *dans* la glace.

— Qu'est-ce que…, murmura-t-elle, en prenant conscience que son cœur battait à se rompre.

La terreur première d'être agressée par un intrus avait cédé la place à une autre frayeur, plus incisive, totalement irrationnelle.

Comment une ombre pouvait-elle apparaître dans un miroir sans être présente dans la pièce ?

Elle déglutit bruyamment.

L'ombre sur la vitre bougea. Lentement. Elle glissa sous la surface plane, vers le bord du miroir. Et sortit du cadre.

Yael battit des paupières. L'ombre avait disparu.

Il n'y avait plus rien. Tout était retourné à la normale.

Ses jambes tremblaient, ne la portaient plus.

La jeune femme se laissa glisser doucement le long du mur, jusqu'à s'asseoir parmi les débris de verre du flacon de parfum. Et resta ainsi de longues minutes.

Elle cherchait à comprendre. Il y avait une explication. Assurément.

Yael perçut alors la douleur. Du sang avait coulé sur le carrelage. Un triangle de verre s'était enfoncé dans son pied.

Elle le saisit délicatement et tira. La peau ondula tandis qu'un filet pourpre coulait parmi les plis de son pied jusqu'au sol.

Le plafond de la pièce craqua. Ça n'était jamais arrivé auparavant.

La maison n'avait jamais grincé.

Yael réprima le sanglot qui montait le long de sa gorge.

Après la peur et l'incompréhension, elle se sentait glisser dans la prostration.

Elle se secoua, se releva vivement pour inspecter le miroir, mais il refléta son visage défait, sans la moindre anomalie. Elle se força à panser sa blessure, focaliser son esprit sur les gestes simples, concrets. Désinfecter. Mettre un pansement.

Le parfum répandu au sol assaillait la pièce d'une fragrance entêtante qui l'étourdissait.

Elle sortit sur la mezzanine qui surplombait le salon. En face, sur le palier intermédiaire, l'alcôve du bureau brillait d'une lumière spectrale.

L'écran de l'ordinateur était allumé.

Yael ouvrit la bouche. Elle était certaine qu'il était éteint lorsqu'elle était rentrée. Catégorique.

— Laisse-toi le bénéfice du doute, tu veux bien ? chuchota-t-elle d'une voix tremblante.

Il se passait quelque chose dans la niche de plantes vertes et de classeurs. L'ordinateur travaillait.

Yael longea la rambarde sur toute sa longueur, descendit les marches…

L'écran affichait le menu d'un logiciel tableur. Il disparut aussi vite pour retourner à l'écran du bureau. Puis l'ordinateur lança tout seul un programme de lecteur MP3 qui s'interrompit aussi vite. Plusieurs programmes défilèrent ainsi, comme s'il cherchait le bon. Enfin, le logiciel de traitement de texte se mit en marche. Une page blanche emplit tout l'écran.

Le curseur clignotait comme le battement d'un cœur. Dans l'attente d'un ordre à exécuter, d'une lettre à afficher, d'un mot, qu'on lui donne de la substance.

— Qu'est-ce qui se passe ici ? murmura la jeune femme.

Parler la rassurait.

Elle tira le fauteuil pour s'asseoir face à l'écran et posa la main sur la souris.

Juste avant qu'elle ne ferme la fenêtre du programme, le curseur se déplaça. Des mots jaillirent à l'écran :

« Nous... »

Lentement. Comme avec difficulté.

«... sommes... »

Lettre après lettre.

«... ici. »

5

Yael s'enfonça dans le dossier de son siège.

D'autres mots arrivèrent.

« Avec... vous. »

Le curseur demeura fixe puis se remit à clignoter.

Yael était rivée à l'écran, incapable de s'en détacher. Elle finit par déplier ses doigts tremblants et approcha ses paumes moites du clavier.

Tout ça semblait dément. Mais il y avait une explication. Quelqu'un avait piraté son ordinateur et s'amusait à lui faire peur.

Pourtant, au fond d'elle, une petite voix lui conseillait de ne pas se rattacher à cette explication. Pas après ce qui venait de se passer dans la salle de bains.

Que devait-elle faire ? Décrocher son téléphone pour commencer. Et prévenir... *La police ? Certainement pas ! Ils vont me prendre pour une hystérique !* Alors qui ? Son père venait de partir pour un trekking en Inde, il serait injoignable pendant un mois. Tiphaine n'était pas là pour plusieurs jours. Qui ? Les rares personnes dont elle se sentait proche étaient absentes.

Elle hésita à poser ses doigts sur les touches du clavier.

C'était pourtant une idée pas plus mauvaise qu'une autre.

Elle se mit à rédiger, tout doucement. Elle domestiquait par l'action la peur qui figeait son raisonnement :

« Qui êtes-vous ? »

Après quoi elle attendit sans quitter l'écran des yeux.

— Un truc de dingue…, commenta-t-elle à voix basse.

L'improbable se produisit. Une réponse s'afficha à la ligne :

« Nous… sommes… de l'autre… côté. »

Yael secoua la tête.

« Dans… les… ombres. Ceux… de l'autre côté… des miroirs. »

La jeune femme attrapa son clavier avec plus d'assurance.

« Je ne comprends pas. Je ne crois pas », écrivit-elle.

Rien ne se passa.

Et d'un coup ses mots s'effacèrent de l'écran. Yael sursauta.

La réponse ne tarda pas :

« Dans les fondations. »

Soudain, toute la maison se mit à grincer, comme si la structure qui la portait était mise à mal par une force titanesque.

Yael cria en repliant ses pieds sous ses fesses et en serrant les coudes contre ses flancs.

Rien ne bougeait mais les murs émirent une longue plainte inquiétante.

Puis le silence revint.

Yael, qui s'était toujours considérée comme une femme forte, très peu craintive, se rendit compte que des larmes coulaient sur ses joues.

Les émotions fusaient en elle, plus douloureuses à mesure que ses tentatives de rationalisation se dissolvaient dans une sorte de chaos. Un vertige.

Une nouvelle phrase s'inscrivit :

« Nous sommes… là. Dans les murs. Les miroirs sont… nos… fenêtres. »

Après un moment, d'autres mots apparurent :

« Nous sommes… dans les ombres. Dans les symboles… Dans l'occulte… »

Yael expira longuement pour tenter de réguler les battements de son cœur qui s'affolait.

« La plinthe en bas du mur, sur votre droite, la première en bas des marches. Les symboles. »

La page s'envola de l'écran et l'ordinateur s'éteignit brutalement.

Yael était tétanisée.

Pendant cinq minutes elle fut incapable de se mouvoir. Puis, sans quitter sa position, elle parvint à examiner le bas du mur sur sa droite, les plinthes de bois.

Peu à peu, la maîtrise de ses gestes lui revint, à mesure qu'elle savait ce qui allait suivre.

Elle se leva et s'approcha du bas des marches. Elle s'agenouilla et d'un geste fébrile tapota la première plinthe.

Ne réfléchis pas ! Fais ce que ton instinct te commande, ne cherche pas à rationaliser, c'est pas le moment. Allez !

Le rectangle de bois sonna creux.

Le cœur de Yael explosa.

Il y avait bien quelque chose derrière.

Yael se servit de ses ongles pour désolidariser la plinthe et tira.

Un petit espace avait été creusé dans la pierre, pas plus grand qu'une brique de beurre. Yael inspira profondément avant de fouiller l'espace du bout des doigts.

Elle en ressortit l'objet qui s'y trouvait et le déplia sous ses yeux désemparés.

Un billet de un dollar.

BLOG DE KAMEL NASIR. EXTRAIT 2.

Le 11 septembre 2001 a ouvert un nouveau siècle, celui des miroirs, avec ce qu'ils renvoient de notre monde : l'apparence ; et ce qu'il y a derrière : une vision subjective de la réalité. J'ai bien peur que, pour beaucoup, l'apparence soit trop forte, dans une société conditionnée depuis plusieurs générations par l'importance de celle-ci, et que les leaders politiques et religieux se servent une fois encore des apparences pour servir leurs intérêts en manipulant bon nombre d'entre nous.

J'ai peur que ce siècle soit celui d'une nouvelle guerre, montée de toutes pièces, entre deux factions, deux cultures, deux concepts de Dieu, dont nous serons les pions à sacrifier tandis que dans l'ombre une poignée d'individus tireront les ficelles pour leur plus grand profit.

Mes mots sont un cri d'alarme, ne l'oubliez pas.

Parce que je vais mettre bout à bout sur ce blog des faits, des preuves, pour démontrer l'incroyable tour de passe-passe qui s'effectue en ce moment sous nos yeux fermés, n'allez pas pour autant croire qu'il ne s'agit que d'un témoignage valable pour notre époque, ce seul aspect de notre histoire.

Bien au contraire. Nous sommes entrés depuis longtemps déjà dans une ère nouvelle, les outils de pouvoir existent et certains savent parfaitement les manipuler. En écoutant ce que j'ai à vous dire, peut-être apprendrez-vous

– si ce n'est pas déjà le cas – à décortiquer ces méthodes pour que plus jamais cela ne se reproduise.

La menace est permanente.

Inhérente à notre nature humaine et à la société telle qu'elle est construite.

Je ne vous demande qu'une chose : allez jusqu'au bout de ce témoignage. Il va vous paraître absurde, exagéré peut-être, dans ce cas, allez vérifier par vous-même chaque point soulevé. Vous verrez que tout est vrai.

Bientôt, vous ne verrez plus jamais le monde de la même manière.

Je vous le garantis.

6

Le premier étage de chez Deslandes était constitué d'une succession de grandes et hautes salles dont les murs disparaissaient derrière d'antiques armoires à tiroirs abritant les collections entomologiques et géologiques de la maison. La faune empaillée rendait ici l'atmosphère étrange, des ours bruns toutes dents dehors voisinaient avec de grands fauves menaçants et tout un bataillon de mammifères plus ou moins imposants.

Un miroir de six mètres sur trois inséré dans un cadre ouvragé agrandissait encore le décor. Yael avait pris soin d'éviter autant que possible cet espace depuis son arrivée.

Le parquet centenaire gondolait jusqu'à former des vagues par endroits et il craquait à chaque pas, plus fort encore que celui d'un voilier en pleine mer. Et dans la dernière pièce, tout au fond, sous l'immense coupole verte qui surplombait une impressionnante série de mâchoires de requins, se trouvait Yael, protégée de ce zoo statique par un vieux comptoir poussiéreux. Face à elle, son collègue Lionel était assis à sa table de travail, occupé à disposer d'énormes mygales sèches dans des boîtes de présentation. Le vaste hôtel particulier qui les abritait était silencieux, frais et sombre, la plupart des fenêtres étant occultées par des rideaux opaques destinés à protéger certaines pièces sensibles.

Yael était silencieuse depuis le matin. Elle s'interrogeait sur la conduite à tenir. Le besoin de se confier, d'évacuer les peurs qui l'avaient hantée une longue partie de la nuit, combattait en elle l'envie de se taire, la crainte de passer pour une folle. Une illuminée.

Lionel n'était pas du genre bavard, il pouvait passer quatre heures d'affilée en compagnie de ses bêtes sans desserrer les lèvres, entièrement happé par sa tâche ; il ne lui avait posé aucune autre question que le sempiternel « Ça va ? » matinal qui n'attendait pas de réponse. Son look de skateur contrastait avec son caractère casanier : cheveux longs, toujours en pantacourt, baskets Vans et tee-shirt aux couleurs bariolées.

Lionel avait deux passions dans la vie : la nature et le *heavy metal*, le plus violent qui soit.

Avec Yael ils avaient noué une relation complice, justement fondée sur l'absence de fioritures. Ils se disaient les choses avec naturel, sans préambule ni emballage. Ils parlaient peu, mais savaient l'essentiel l'un de l'autre. Lionel était un taciturne rêveur, voyageant dans chaque pays du monde par le biais des animaux sur lesquels il travaillait. Il ne répertoriait pas seulement un papillon ou rangeait un fennec, non, il écartait en même temps les lianes de la forêt tropicale de Guyane ou marchait dans la chaleur écrasante du désert. Sa curiosité était sans limites dans le domaine de la géographie, de la biologie animale, de la botanique et de la géologie. En revanche, il ne manifestait pas une once d'intérêt à l'égard des humains. Yael l'incitait à reprendre des études, avec ses connaissances et sa passion il pouvait prétendre à un doctorat qui lui ouvrirait des portes autrement plus riches et valorisantes que celles de ce vieil immeuble où il végétait.

En début de matinée, Yael avait failli tout lui raconter. Son réveil, après une poignée d'heures de sommeil, avait été pénible. Les débris de verre et l'odeur capiteuse du parfum renversé dans la salle de bains avaient ravivé l'émotion. Elle s'était douchée dans le noir, refusant d'être nue dans le grand miroir. Pas un seul instant elle ne s'était regardée dedans. À bout de fatigue, elle avait bien failli se réfugier dans la confidence.

Mais après le déjeuner, qu'elle avait pris seule à la terrasse d'un salon de thé, elle était revenue chez Deslandes décidée à ne pas révéler son secret à Lionel. Aussi compréhensif fût-il, son esprit cartésien risquait cette fois de mettre à mal leur amitié. Yael avait besoin de soutien, pas d'être considérée comme folle.

Ce qui ne lui interdisait pas de chercher une autre forme d'aide, indirecte celle-là.

— Lionel, je peux te demander un truc ?

Le garçon répondit d'un grondement absorbé qui signifiait qu'il écoutait.

— T'as déjà entendu parler de symboles et du billet de un dollar ?

Lionel se redressa et coupa la lampe qu'il maintenait sur son front grâce à un élastique.

— Les symboles du billet américain ? répéta-t-il.

Yael avait encore à l'esprit cette phrase, cette litanie : *« Nous sommes... dans les ombres. Dans les symboles... Dans l'occulte... »*

— Oui, dit-elle. Je cherche un rapport entre l'occulte, les symboles ou les ombres et le billet de un dollar.

Il se dandina sur son tabouret.

— D'acc, fit-il à son habitude. Ben, y a ce jeu des symboles sur le billet, mais c'est superconnu.

— Moi je connais pas, lança-t-elle du bout des lèvres.

— T'as jamais entendu parler de ça ? C'est sur Internet et dans les bouquins, tous les symboles qui recouvrent le billet de un dollar, la base même et le symbole même de l'économie US.

Fidèle à sa précision coutumière et à sa mémoire sans fond, il récita posément :

— Le chiffre ésotérique 13 est partout sur le billet. Si tu prends la pyramide qui est dessus, il y a 13 degrés, de même que l'aigle tient dans ses serres 13 flèches, et le rameau qu'il tient de l'autre côté a 13 feuilles et

13 olives dispersées. L'écu sur ce même aigle dispose de 13 bandes, et il y a 13 étoiles au-dessus de sa tête. Et sur le sceau du département du Trésor tu peux compter 13 étoiles au milieu. À ce point-là, c'est plus un hasard. Il y a aussi les deux devises, je me rappelle plus comment...

— *E pluribus unum* et *Annuit Coeptis*, précisa Yael qui avait scruté en détail le billet une bonne partie de la nuit jusqu'à s'imprégner des mots et des détails. Ce qui signifie : « De plusieurs, un » et « Il favorise notre réalisation », j'ai regardé dans l'encyclopédie.

— D'acc. Et si tu regardes bien, tu constateras qu'il y a 13 lettres à chaque devise. Et sur le côté face, au-dessus du 1 en haut à droite il y a une chouette minuscule, presque cachée.

Yael sortit le billet de sa poche et le plaça sous son nez.

Lionel lui tendit la loupe qui traînait parmi ses instruments de travail.

La chouette était bien présente. Indiscernable si on ne la cherchait pas.

— C'est un rapace, précisa-t-il, comme l'aigle qui est de l'autre côté du billet, mais celui-ci est nocturne, un oiseau de l'ombre, par opposition à l'aigle, plus solaire. Et la chouette revient tout le temps dans la symbolique ésotérique, elle est rattachée à toutes sortes de pratiques... Comme si on avait voulu souligner la dualité, l'ombre et la lumière, en mettant en avant cette dernière tandis que la première est présente partout sur le billet mais toujours adroitement dissimulée.

Lionel tira sur l'élastique qui lui enserrait le crâne et déposa la lampe sur son bureau. Il avait une marque incrustée dans la peau du front.

— Qu'est-ce qu'il y a encore sur ce fichu billet ? réfléchit-il à voix haute. Ah ! Cette pyramide tronquée, avec l'œil au sommet. On dit que c'est un symbole franc-maçon puissant, la marque de ceux qui étaient derrière tous ces numéros et dessins ésotériques. Pour certains c'est la secte des Illuminati, pour d'autres c'est des conneries et c'est autre chose.

— Et pour toi ?

— Tu veux mon avis ? J'ai pas d'avis ! J'ai jamais étudié la question en profondeur, je sais ce qui se dit un peu partout, c'est tout. Je peux juste constater qu'autant de symboles ésotériques côte à côte ce n'est pas du hasard, et qu'il y a une volonté précise derrière tout ça. Laquelle ? Pourquoi ? Aucune idée. Moi, les théories du complot et toute la mayo parano, j'aime pas trop ça.

Le silence du vieil hôtel particulier retomba sur eux.

Yael examinait la chouette sous l'agrandissement de la loupe.

Pourquoi l'avait-on mise sur la piste de ces symboles ?

Le monde des ombres.

Qui étaient-*ils* ?

— Tu veux te lancer dans la fausse monnaie ? plaisanta Lionel.

Yael lui rendit sa loupe en rangeant le billet dans sa poche.

— C'est… comme une énigme que quelqu'un m'a lancée.

— Je vois le genre. Fréquente pas les mecs qui se promènent la nuit avec une cape et une capuche, c'est pas bon pour les nerfs.

Sur quoi il se remit à l'ouvrage, sans poser davantage de questions, fidèle à son manque de curiosité pour ses semblables.

Lionel prit son sac à dos vers dix-huit heures et salua Yael. Sa journée était terminée.

N'ayant pas vu un client de tout l'après-midi, Yael descendit avec lui pour se sortir de sa torpeur. Elle avait tenté d'y voir clair dans cette histoire de symboles et d'ombres sans comprendre à quoi tout cela devait la conduire. Voulait-on la mettre sur la piste de sociétés secrètes ? Peu probable, il existait des moyens plus subtils et plus rapides pour y parvenir. Lasse d'y réfléchir depuis des heures et épuisée par le manque de sommeil, elle avait trouvé à s'occuper tout en sombrant peu à peu dans un état léthargique.

L'accueil au rez-de-chaussée était désert, la propriétaire passait le plus clair de son temps dans l'arrière-boutique, tout au bout d'un couloir. Une sonnette la prévenait de l'ouverture de la porte lorsqu'un client arrivait.

Sur le trottoir, Lionel coiffa un imposant casque de baladeur et s'élança dans le silence parisien. Une rareté. L'air était électrique, la chaleur se dissipait progressivement tandis qu'une houle grise s'amassait au-dessus des toits, obstruant le soleil et plombant les rues d'une luminosité sépulcrale. L'orage menaçait depuis un moment, tournant sur lui-même, gagnant en colère et en ténèbres.

Yael savoura une brise bienvenue qui se disloqua aussitôt. Puis elle rentra.

Arrivée en haut de l'escalier, elle contourna la masse brune d'un ours figé dans une posture agressive, les crocs luisants, et prit soin d'éviter le miroir aux proportions gigantesques. Elle longea les différentes créatures qui l'observaient de leurs yeux jaunes, verts et noirs, passa dans le couloir devenu goulet à cause des armoires de rangement, et arriva enfin à son comptoir dans la dernière salle, la plus grande.

Les premières gouttes de pluie tombèrent à ce moment sur le dôme, huit mètres plus haut.

Yael allait se rasseoir lorsqu'elle remarqua la porte de secours ouverte. Elle donnait sur un escalier de service qui traversait tout l'immeuble verticalement, des combles au sous-sol, mais, en dehors de Lionel et quelques livreurs occasionnels, personne ne l'empruntait jamais. Le plancher grinça affreusement sous son poids.

Lionel l'avait sûrement ouverte avant de partir, sans qu'elle s'en rende compte. La porte se referma sans peine et sans bruit.

La pluie se mit à marteler le dôme de verre avec force, si bien qu'en quelques minutes un véritable déluge s'abattait sur Paris. Il faisait aussi sombre qu'en début de soirée et Yael dut allumer une lampe de bureau pour continuer à trier les fiches d'une collection de phasmes.

Elle essayait autant que possible de ne pas songer à ce qui s'était passé pendant la nuit. Ne plus y penser maintenant qu'elle était seule.

Les cieux grondèrent.

La totale. J'ai droit à tout. L'orage maintenant.

Un éclair zébra le manteau ouaté, dessinant un éphémère système nerveux à la surface des nuages et illuminant chaque recoin autour d'elle.

Les puissantes mâchoires de requins qui surplombaient le comptoir prirent un relief saisissant, les dents triangulaires plus inquiétantes que jamais.

Quelque part à l'étage, une porte claqua violemment.

Yael se redressa.

Après une courte hésitation, elle quitta son siège, parcourut une demi-douzaine de mètres pour s'arrêter au seuil du long couloir qui traversait l'hôtel particulier. Il y faisait sombre. Très sombre.

Elle soupira.

Fait chier...

Rien ne l'obligeait à y aller après tout. Si ce n'était le sentiment de mal faire son boulot : laisser une fenêtre ouverte au risque que la pluie détériore un animal.

Elle entra dans l'obscurité.

Le sol ondulait par endroits, craquant sous sa démarche lente. Elle avançait en effleurant du bout des doigts les longs tiroirs qui par centaines abritaient les trésors rapportés du monde entier, des lieux les plus improbables.

Un nouvel éclair illumina la salle du fond dans le dos de Yael, projetant sa lumière spectrale dans tout le couloir.

Le tonnerre fit trembler les fondations.

Autour d'elle les portes étaient ouvertes, la première sur un établi encombré d'outils et de matériaux, la seconde ainsi que les deux suivantes sur une réserve. La cinquième était fermée. Celle qui avait claqué. Yael l'ouvrit et fut surprise de constater que tout était en ordre, les dizaines de reptiles courant sur les tables et les murs, antiques vestiges naturalisés. Elle inspecta les lieux à la recherche d'un courant d'air mais ne trouva rien. Elle s'apprêtait à sortir lorsque la porte se mit à bouger. Elle se rabattit doucement, une fois, deux fois, comme si le fantôme d'un enfant jouait avec, puis de plus en plus vite, jusqu'à heurter le chambranle avec force.

En d'autres circonstances, Yael aurait songé à un courant d'air, ou un quelconque problème d'équilibre, n'importe quoi pourvu que ce soit rationnel. Elle resta raide, face à la porte, avant de tendre une main tremblante pour saisir la poignée et l'ouvrir. Elle se glissa dans le couloir sans perdre de vue le battant. À peine était-elle de l'autre côté, que la porte claqua. Pour barrer l'accès à la pièce.

Yael recula.

C'est trop pour moi.

Elle remonta le couloir en courant pour revenir à la sécurité de son comptoir. Mais en entrant dans la salle, elle sut que quelque chose n'allait pas.

La douce lueur attira son regard.

Au printemps dernier, elle avait ressorti du grenier une vieille lanterne en fer forgé et l'avait installée sur son comptoir, en y plaçant une bougie pour le jour où elle déciderait de s'en servir.

La bougie était allumée.

Ainsi que celles d'un chandelier posé plus loin sur un guéridon encombré de manuels du XIXe, devant la porte de service.

Cette dernière était à nouveau ouverte.

Des dizaines de lueurs brillaient maintenant sur le seuil, éclairant l'escalier qui conduisait aux niveaux inférieurs.

Elles scintillaient sous le fracas de l'orage, ouvrant un chemin de feu.

Invitant Yael à descendre.

7

Ses pieds refusaient de franchir le seuil.

Elle haletait, incapable de maîtriser le tremblement de ses mains. Le râle céleste éclata, puis se mit à rouler, colossal.

Les ampoules de l'escalier qui succédaient aux bougies clignotaient comme si elles peinaient à se maintenir en vie.

Yael en appela à toute la force de sa raison : quelle que soit l'explication, si on lui avait voulu du mal, ce serait déjà fait, on cherchait juste à l'effrayer.

Une explication ? Il n'y a aucune explication ! On ne peut pas expliquer une ombre dans un miroir alors qu'il n'y a rien...

Il fallait qu'elle s'enfuie ou qu'elle accepte de ne pas comprendre. Le bon sens n'avait plus sa place ici.

Elle devait prendre une décision... Allait-elle descendre ou non ? Elle regarda l'escalier.

Malgré la sensation de sombrer dans un abîme, elle ne pouvait pas fuir. Elle devait aller au bout de sa peur pour s'en délivrer.

Yael franchit le seuil et entreprit de descendre. Une marche après l'autre. Comme un automate.

Personne ne l'empruntait jamais à part son collègue. Il sentait l'humidité des souterrains. Très vite, Yael réalisa qu'elle ne devait ses repères qu'aux lampes clignotantes. Lorsque celles-ci faiblissaient, les murs et les marches disparaissaient.

Elle s'agrippa à la rampe.

Parvenue au rez-de-chaussée, elle vit que la porte était fermée, les ampoules continuaient de briller sporadiquement vers le sous-sol. Ce qu'elle avait craint. Les caves, là où on entreposait les cadavres d'animaux pour les congeler si on ne pouvait les vider immédiatement.

C'était le domaine de Lionel, lui seul y descendait, c'était là qu'il éviscérait les corps, « à la fraîche » comme il disait, loin des regards, pour faire son ouvrage de taxidermiste.

La porte des galeries souterraines était entrouverte. Un halo scintillant marquait la voie à suivre.

Yael entra en baissant la tête. L'odeur la prit à la gorge, des relents de moisissure, de décomposition.

Elle descendit trois marches vers les congélateurs. Cela lui rappela de mauvais souvenirs. L'été précédent il y avait eu une coupure de courant. Lionel avait rebranché les congélateurs après plusieurs jours sans en vérifier le contenu, et le magma putréfié de chair et de sang avait formé un bloc d'immondices de plusieurs centimètres au fond des bacs.

L'ombre était maintenant totale. L'unique et dernière lueur provenait de loin, tout au fond, dans la zone où travaillait en général son collègue.

Yael dépassa à tâtons les casiers croulant de cartons, de planches anatomiques et autres croquis de plantes et d'insectes.

L'eau de pluie tourbillonnait bruyamment quelque part, se déversant d'une gouttière au rythme d'une mélopée cristalline.

Un alignement de flacons exposait des papillons tués au cyanure de potassium. Elle reconnut le contact froid des bocaux.

Au détour d'un mur, l'établi de Lionel apparut soudain, ses instruments alignés avec soin sur une étoffe. Les scalpels scintillaient à la lueur de la lampe d'architecte braquée sur la psyché qui occupait l'angle.

Yael eut la chair de poule. Elle n'avait jamais prêté autant d'attention aux miroirs. D'ailleurs la présence de celui-ci n'avait aucun sens.

La lampe se reflétait dedans. Yael se pencha vers lui comme on scrute une eau trouble.

Que voulait-on lui montrer ?

Elle inspecta les bords puis la surface vitreuse.

La cave se prolongeait à l'intérieur, similaire et pourtant différente, étirant ses perspectives et son relief en deux dimensions.

Yael se voyait. Ses cheveux bruns bouclés, ses yeux clairs comme de la neige, et ses lèvres qu'elle n'aimait pas.

Alors les Ombres apparurent autour de son visage. Une à une.

Elle savait qu'il était inutile de se retourner, elles étaient *dans* le miroir, et la cernaient.

De plus en plus nombreuses.

8

Les Ombres s'étiraient sur les joues de Yael.

Cette fois, nulle silhouette distincte, mais des torsades fines et vives, pareilles à des vers sans substance, s'entortillaient sur les joues de Yael, vrillaient, se frôlaient, prenaient peu à peu position.

Et, sous le regard effaré de Yael, les Ombres s'assemblèrent.

Pour former des lettres. Des mots.

Sur l'image de la cave.

« Illuminati... »

« Skull and Bones... »

« Des illusions... »

«... tous des arbres qui... cachent la forêt. »

Yael cligna les yeux.

Les Ombres se délitèrent, puis se reformèrent pour écrire :

« Maîtres des marionnettes et pourtant pantins. »

À nouveau elles s'agitèrent avant de composer :

« À cette nuit. »

Puis elles disparurent.

Yael était assise à son poste habituel, la bouilloire électrique tressautait derrière elle en fumant.

L'orage insistait et tonnait à tout-va, inondant le dôme qu'il transformait en une monumentale méduse grise régulièrement transpercée de flashes argentés.

Yael avait refermé la porte de service et éteint les bougies. Depuis qu'elle était remontée, elle n'avait pas lâché son téléphone portable.

Elle voulait appeler quelqu'un, mais qui ?

Le mot « police » l'obsédait, bien qu'elle sentît au plus profond de son être qu'il ne fallait surtout pas la joindre. Comment expliquer rationnellement ce qui se passait ici ? Non, elle se retrouverait très vite à Sainte-Anne.

Elle chercha fébrilement dans le répertoire de son téléphone portable. *Lionel.* Et tant pis pour la fierté !

La tonalité synthétique se mit à geindre.

— Aaaallô ! fit la voix de son collègue.

— Lionel, c'est moi, Yael.

— Yael ? s'étonna le garçon.

Elle l'appelait rarement, et toujours pour des questions liées au travail.

— Je… Je me demandais, commença-t-elle, si tu…

En fait, je suis toujours au magasin, et…

Comment formuler ses besoins, comment se confier dans une boîte en plastique ? C'était ridicule. Il allait la prendre pour une crétine avec ses ombres dans les miroirs.

— Quoi ? Il se passe quoi ? s'alarma-t-il.

— Je… heum… C'est… Tu es descendu au sous-sol aujourd'hui ?

— On est samedi, Yael. Tu sais bien, je bosse sur les minéraux et les insectes. Qu'est-ce qui se passe ? Me dis pas qu'on a encore un problème de congélo ? J'en ai marre de racler les sorbets de bidoche !

— Non… Non, je suis allée voir, et… la porte était ouverte, alors je voulais savoir si c'était un oubli ou si quelqu'un était descendu.

— Ah, t'emmerde pas avec ça, c'est rien, c'est une vieille baraque. Bon, je te laisse, j'ai mes potes qui m'attendent. Bon week-end, à mardi.

Il raccrocha.

Yael avait été incapable de parler. Incapable de se

jeter à l'eau. Elle réalisa à quel point ce qu'elle venait de vivre la marginalisait. Oser parler de ce genre de chose autrement que sous forme de plaisanterie semblait inconcevable, et risquait de la discréditer à tout jamais. Ses amis prendraient un tel recul qu'elle se sentirait encore plus seule. Elle ne devait attendre dans ce domaine aucune aide compatissante. La peur ferait sans aucun doute son travail de sape.

Avec une logique imparable, c'est alors un visage serein qui lui revint en mémoire, le visage calme d'un être qu'on devinait peu impressionnable.

Thomas.

Je ne le connais même pas ! Comment est-ce que je pourrais faire confiance à ce type que j'ai à peine rencontré hier ! Sans parler du ridicule !

Cependant qu'une autre elle-même rétorquait : *Et l'instinct, qu'est-ce que tu en fais ? Tu aurais la prétention de tout expliquer ?* (Elle ricana.) *Ce serait le bouquet !*

Elle haussa les épaules. Logique ou pas, en cet instant, Thomas représentait pour elle, outre la séduction, le réconfort, la possibilité d'être rassurée. Et, parce qu'ils ne se connaissaient pas, que risquait-elle à tout lui dire ? Qu'il la prenne pour une folle et parte en courant ? Elle ne serait pas plus avancée mais au moins elle aurait essayé.

En l'absence de sa meilleure amie, cet homme lui inspirait confiance. Elle fixa son téléphone portable. Un long moment. Jamais elle n'oserait l'appeler.

La bouilloire électrique entra en ébullition. Yael la coupa et se versa un café instantané.

Elle devait s'occuper, ne pas rester oisive, sinon les doutes deviendraient plus paralysants encore.

Elle fit glisser sa chaise jusqu'à l'ordinateur portable qu'elle ouvrit et alluma.

Elle se connecta à Internet et lança une recherche via *Google*.

Illuminati, avait mentionné Lionel en parlant du billet de un dollar.

Les sites sur le sujet pullulaient. Elle fit un tri rapide, allant vers ceux qui semblaient documentés et sérieux.

L'Ordre des Illuminati avait été fondé en 1776, la date que l'on retrouvait inscrite à la base de la pyramide sur le billet de un dollar. Cette pyramide tronquée avec l'œil au-dessus était leur symbole. Leur but était de changer radicalement la face du monde en supprimant le pouvoir des monarchies et toute forme de religion pour instaurer un nouvel ordre, une redistribution du pouvoir à leur avantage. Certains n'hésitaient pas à écrire que l'Ordre avait eu une large influence dans la Révolution française et l'indépendance des États-Unis, tirant les ficelles, soutenant financièrement et stratégiquement un camp plutôt qu'un autre. Les liens entre francs-maçons et Illuminati étaient récurrents, on disait même les premiers sous l'influence des seconds. Mais avec les siècles, les Illuminati semblaient avoir totalement disparu.

Yael glissa sur toutes les références sataniques un peu douteuses.

D'après les différents sites, les Illuminati avaient été créés par Adam Weishaupt, dont l'effigie, et non celle de George Washington, ornait le billet de un dollar.

Sceptique, Yael compara son portrait à celui du président américain. Il fallait avouer que la ressemblance était marquante.

Weishaupt était mort le 18 novembre 1830, trois cent vingt-deuxième jour de l'année.

Ce même nombre, 322, ornait le blason des Skull and Bones, littéralement « Crâne et Os », une société secrète en activité aux États-Unis. Ce blason se composait de deux os croisés surmontés d'un crâne et dudit nombre. La même tête de mort que l'on avait retrouvée sur l'uniforme des SS pendant la Seconde Guerre mondiale.

Yael porta la tasse à ses lèvres. Elle pianota pour effectuer une recherche sur les Skull and Bones et déchiffra les premières pages.

Cette société secrète était au départ une confrérie

d'étudiants fondée en 1832 sur le campus de l'université de Yale et rassemblait quelques jeunes hommes issus des « meilleures » familles américaines. Depuis, elle était devenue une organisation recrutant chaque année quinze membres parmi l'élite de Yale afin de tisser un réseau d'influence cohérent à travers le monde. Ainsi, on ne comptait plus le nombre de personnalités politiques, voire de Présidents, qui faisaient partie des Skull and Bones. Il en allait de même avec l'univers des médias et des services de renseignement.

L'organisation sélectionnait habilement ses membres afin d'assurer la reproduction de l'élite politique et économique de la nation américaine, et de lui inculquer les valeurs visant à assurer la pérennité de leurs actions, vers un but ignoré des non-initiés.

Yael était surprise de constater qu'il ne s'agissait pas là d'un mythe mais bien d'une organisation officielle, ayant pignon sur rue, et dont on connaissait l'identité de membres célèbres qui ne s'en cachaient que rarement.

On prêtait à la société secrète des velléités de contrôler le monde en se répartissant les postes stratégiques. Force était de constater que malgré deux siècles d'existence, l'organisation demeurait hermétique, et qu'on ne savait rien de concret à son sujet, sinon les noms d'une poignée de « disciples », comme la famille Bush, celle de l'actuel Président, depuis trois générations.

Les politiciens avaient toujours protégé l'organisation. En 1943, l'État du Connecticut avait exempté la Russell Trust Association, chargée de la gestion des avoirs de la société secrète, du rapport d'activité, ce que toute autre entreprise était légalement tenue de faire. Ces mêmes avoirs avaient ensuite été gérés par un ancien employé de Prescott Bush, père et grand-père des présidents Bush.

Mais le pire était l'analyse historique. Tous les coups tordus qui jalonnaient la politique américaine s'étaient déroulés sous les ordres directs ou la pression de membres des Skull and Bones, l'invasion de la baie des Cochons, le Watergate, le coup d'État contre Salvador Allende, l'élaboration de la doctrine nucléaire, la guerre en Irak… Chaque fois on trouvait aux postes clés un ou plusieurs hommes de la confrérie.

Yael cliqua pour faire disparaître les pages. Tout cela ajoutait encore à la confusion.

D'abord le billet de un dollar truffé de symboles ésotériques, et de liens avec les Illuminati. Ensuite les Skull and Bones, usine à formater les classes dirigeantes, et pour finir le message laissé par les… Ombres : *«... tous des arbres qui cachent la forêt. Maîtres des marionnettes et pourtant pantins. »*

Yael termina son café.

Les derniers mots inscrits sur le miroir revinrent flotter à la surface de ses pensées.

« À cette nuit. »

Ils allaient revenir. Reprendre contact.

Elle ne pouvait rester seule.

Les nerfs à vif, épuisée par la tension des dernières heures, elle se sentait incapable du moindre raisonnement. Cette accumulation d'informations n'était plus pour elle qu'un charabia, sans début ni fin.

Pour émerger, elle avait besoin de soutien. De s'appuyer sur quelqu'un.

Son cœur battit plus rapidement lorsqu'elle prit son téléphone et composa, chiffre après chiffre, le numéro auquel elle se raccrochait.

9

La pluie cinglait la rue, noyait le quai des Grands-Augustins sous une couche d'eau crépitante.

Malgré la proximité de la place Saint-Michel un samedi soir, le quartier était désert, tout comme le Paradis du Fruit où Yael attendait son invité.

Elle était venue avec une demi-heure d'avance pour évacuer sa nervosité, espérant diluer son angoisse dans un grand cocktail de fruits frais. Tant d'interrogations se bousculaient sous son crâne. Plus l'imminence du rendez-vous se rapprochait, plus elle se demandait si elle serait à la hauteur. Parviendrait-elle à plaisanter, à l'écouter, ou se perdrait-elle dans l'infini des doutes qui polluaient son esprit ?

Les deux serveuses se morfondaient, accotées à un mur, lorsque Thomas entra en courant. Il tenait un exemplaire du *Canard enchaîné* au-dessus de sa tête pour se protéger.

— On va bientôt croiser des péniches sur les Grands Boulevards ! dit-il en se débarrassant de son imper dégoulinant.

Il s'assit en face de Yael après un coup d'œil rapide sur le restaurant et son ambiance exotique.

— Merci d'avoir bravé le déluge pour venir, fit Yael en guise de bienvenue.

— J'étais trop surpris de votre appel pour refuser,

plaisanta-t-il. Pour être honnête, je pensais ne plus avoir de vos nouvelles.

— Je ne pensais pas vous appeler, mentit-elle en retour.

— C'est gentil d'avoir changé d'avis, dit-il en consultant la carte.

— Excusez-moi, c'était balourd.

— Balourd ? Je ne connais pas ce mot.

— Ça m'étonne de vous, vous avez une telle maîtrise du français ! Ça veut dire grossier, ou sot si vous préférez. Si vous n'aviez pas cette pointe d'accent, on vous prendrait pour un prof de littérature ! Vous parlez mieux que la plupart d'entre nous !

— Parce que je lis beaucoup en français. Alors, dites-moi, au téléphone vous m'avez expliqué que ce dîner serait l'occasion de faire connaissance. J'attends toujours de savoir ce que vous faites dans la vie !

Yael leva les yeux au plafond.

— C'est pas la partie de ma vie dont je suis la plus fière.

— Allez, si ça n'est pas un métier passionnant, vous pourrez toujours me dire que c'est alimentaire, et me détailler les passions qui mangent votre temps libre.

Yael gloussa doucement.

— Je ne pourrai pas me défiler, n'est-ce pas ? Bon. Je travaille dans une vieille entreprise de naturalisation, Deslandes. Taxidermie, collections géologiques et entomologiques et matériel d'étude.

— C'est original ! Pourquoi en avoir honte ?

— Je ne sais pas. Peut-être parce que ce métier je ne l'ai pas tout à fait choisi. C'est du provisoire qui s'étire dans le temps, si vous voyez ce que je veux dire.

Il acquiesça.

— Et quelle est la partie de votre vie dont vous êtes la plus fière alors ?

— Celle qui va venir.

Elle secoua la main aussitôt.

— Je veux dire, mon avenir.

Amusé, il se mit à rire.

— Vous n'êtes pas... balourde, mais nerveuse je crois.

Il est loin de se douter à quel point, songea-t-elle. Cependant, sa prestance et sa jovialité la rassuraient depuis les premières minutes où il était entré. Elle sentait ses peurs s'amenuiser, et c'était un sourire franc qu'elle lui offrait.

Ils passèrent commande pour se faire un festin de fruits, de chocolat et de glaces.

— Et vous, votre profession de reporter indépendant, cela vous a amené dans quels pays du monde ?

— Un peu partout. Là où je trouve des idées. L'Asie et l'Afrique ont ma préférence. L'avenir est là-bas, quoi qu'on en dise.

— Et votre parcours ?

— Très banal j'en ai peur. Études de journalisme à Vancouver, stages à Toronto puis Ottawa avant de passer par New York. J'avais étudié le français à l'école tout en continuant mon apprentissage grâce à votre littérature, alors c'est naturellement que je suis venu à Paris, il y a deux ans. J'ai présenté un dossier sur la mafia des motards au Québec, ça a plu et les portes se sont ouvertes.

— La mafia des motards ? Ça vous a valu de beaux tatouages et une belle paire de bottes j'espère !

— Non, les *bikers* sont les hommes de main, je m'intéressais davantage aux chefs qui, eux, sont en costume... Quoi qu'il en soit, mes contacts à Paris se sont étoffés jusqu'à cette année. C'est pour cette raison que je m'y installe. D'où la recherche d'appartement, et les amis bienveillants qui m'hébergent à tour de rôle en attendant.

Thomas lui brossa le tableau d'une famille très calme, fils unique de parents enseignant à l'université, et ils en vinrent à aborder les relations sentimentales. Il avait vécu pendant cinq ans avec une femme, une fille de Toronto, mais ses déplacements permanents et l'énergie qu'il investissait dans sa profession avaient sapé son couple.

Depuis il avait eu quelques aventures plus ou moins longues et sérieuses et très peu avec des Françaises, contrairement à l'image de filles faciles qu'elles ont dans les autres pays. Bien des étrangers fraîchement débarqués à Paris, dit-il, découvraient les « filles de France » et les trouvaient très compliquées. *Un doux euphémisme*, songea Yael, *pour dire « chiantes »*. Elle mit son ego de côté et fit abstraction de cette généralité un peu simpliste.

Thomas parlait avec fougue, ses mains accompagnaient parfois ses mots. Yael lui trouvait un petit air de Matthew McConaughey avec son visage ovale, ses cheveux à peine bouclés et son regard charmeur.

Ils bavardèrent ainsi pendant deux heures, Yael livrant par bribes son passé, le décès de sa mère, et son caractère solitaire. Après quoi elle réalisa qu'elle entrait sûrement dans la case « fille compliquée ». Qu'y pouvait-elle ? Vivre et avoir vécu faisait-il d'elle une fille chiante ?

Si tel était le cas, alors elle le revendiquait haut et fort.

La fin de soirée approchait.

Ils continuaient à se vouvoyer, Thomas n'ayant pas proposé le tu, et Yael tenait cela pour une forme de respect un peu désuet mais agréable.

Bien que stressée et fatiguée, Yael avait passé un agréable dîner, parvenant à évacuer provisoirement ce qui la hantait, les miroirs, les ombres… Mais à mesure que l'imminence de son retour chez elle se rapprochait, l'angoisse se réveillait. Elle ne pouvait fuir, prendre une chambre d'hôtel, les Ombres pourraient l'atteindre là-bas comme elles l'avaient fait chez Deslandes.

Elle se dirigea vers la terrasse du restaurant, la pluie s'était calmée, les gouttes étaient éparses, plus timides.

Thomas avait insisté pour régler l'addition, et il la rejoignit.

— J'ai passé un excellent moment, Yael. Vraiment.

Yael hésita.

— Hum… Vous ne voudriez pas venir prendre un verre à la maison ? finit-elle par dire. Oh, pas dans le sens drague, enfin, vous voyez, juste pour qu'on discute encore un peu.

Le dîner et ces premières heures de tâtonnement à la découverte de l'autre avaient confirmé son impression première : il était posé et attentif. Leur fraîche rencontre la rassurait, elle pouvait tout lui dire, il l'écouterait déverser ses peurs, et disparaîtrait comme un inconnu qu'elle ne reverrait jamais, sans avoir à porter le poids de la honte à chacune de leurs retrouvailles. Ou il resterait pour la soutenir et elle aurait tout gagné. Elle devait se lancer, l'empêcher de s'éclipser maintenant.

Devant la confusion, l'embarras de la jeune femme, Thomas lui répondit d'un sourire un peu gêné.

— Qu'y a-t-il, Yael ?

Elle rejeta la tête en arrière et soupira.

— Je suis trop gourde. Je ne vous propose pas de venir pour… C'est juste pour bavarder, ne croyez surtout pas que je cherche à vous sauter dessus, c'est pas du tout le cas…

Réalisant qu'elle était de plus en plus maladroite, elle ouvrit la bouche mais rien n'en sortit.

Thomas fronça les sourcils :

— Et si vous me disiez ce que vous voulez, sans ambages ?

Après trois secondes de silence elle se lança :

— Je ne veux pas être toute seule chez moi ce soir. Je voudrais… une présence. (Elle inspira profondément avant d'ajouter :) Et comme vous n'avez pas de chez-vous j'ai pensé que ça pourrait nous arranger mutuellement. Comme un service.

— Yael, vous me connaissez à peine. C'est un peu risqué, non ?

— Vous trouvez ? Plus que toutes ces filles et tous ces garçons qui se rencontrent à une soirée, en discothèque par exemple, et qui couchent ensemble quatre heures plus tard ? Je vous ouvre la porte de ma chambre d'ami pour ne pas être toute seule cette nuit chez moi, c'est tout. C'est pour me rassurer, certes, le remède est culotté mais il est à la hauteur du besoin.

Thomas l'observait, un peu en retrait. Yael comprit qu'il devait s'interroger sur elle, sur sa santé mentale. Se désespérant sûrement d'être encore tombé sur une folle.

— Laissez tomber, lâcha-t-elle soudain. Je suis désolée.

— Non, non, répondit-il dans la foulée. Ne vous en faites pas. Je ne suis pas en train de vous juger, si c'est ce que vous craignez. Je me mets à votre place, c'est tout. Et j'admire le courage qu'il faut pour demander ce que vous demandez à un homme, surtout de nos jours.

Il lui frotta le bras amicalement.

— Écoutez, avec mon métier j'ai dormi dans des conditions et des lieux assez singuliers, croyez-moi, je peux survivre à une nuit chez vous.

Tandis qu'il l'invitait à marcher avec lui, il ajouta sur le même ton blagueur :

— Mais dites-moi, il y a une serrure, au moins, sur la porte de cette chambre d'ami ?

Yael frissonna face au miroir de l'entrée, s'écarta rapidement et ouvrit les bras sur le vaste salon.

— C'est ici…

Thomas leva la tête vers l'escalier qui courait en L contre le mur, marquant un arrêt sur la vaste alcôve qui servait de bureau avant de s'achever par une mezzanine. Tout en haut, une pyramide transparente laissait entrer la phosphorescence cendrée de la nuit.

— Le plus impressionnant est sous vos pieds, précisa Yael. Prêt ?

Thomas ne comprit pas tout de suite, le sol était brillant, comme une immense plaque noire opaque. Yael baissa un interrupteur et l'opacité disparut. Il marchait sur du verre. De petits projecteurs irradiaient le vertigineux abîme.

L'eau de pluie se déversait en trombes depuis deux collecteurs jusque dans un réservoir des mètres plus bas.

— Oh ! C'est… particulier comme sensation, commenta-t-il.

— Pas au goût de tout le monde.

— Ça, je peux comprendre. C'est un urbaniste qui a eu cette idée ?

— Oui. Je vous sers à boire ?

Il la remercia et s'assit dans le canapé où il reçut la visite de Kardec. Le chat avait les oreilles en arrière.

— Viens là, toi, fit Thomas en se penchant pour l'attraper.

Le chat lança sa patte griffue vers les doigts qui s'approchaient et émit un miaulement nerveux. Les griffes entaillèrent l'index de Thomas. Yael, qui entrait à cet instant dans le salon, posa ses deux boissons et accourut pour s'excuser.

— D'habitude il n'est pas comme ça, mais en ce moment il est un peu sur les nerfs… Faites voir votre doigt.

La coupure n'était pas profonde mais saignait jusque dans la paume.

— Rien de bien grave, dit-il.

— Je vais à la salle de bains chercher de quoi désinfecter.

Yael monta les premières marches et s'immobilisa en prenant conscience qu'elle allait se trouver seule face au miroir.

— En fait, venez avec moi, ça sera plus simple, corrigea-t-elle.

Trois minutes plus tard, Thomas était assis sur le rebord de la baignoire avec un pansement recouvrant deux phalanges. Il regardait la jeune femme avec insistance.

— Yael ?

Elle releva le menton vers lui.

— On ne se connaît pas vraiment, cependant je vois bien que vous n'êtes pas à l'aise depuis un moment.

Je peux savoir ce qu'il y a ? Vous n'êtes pas du genre à avoir besoin de quelqu'un chez vous pour vous rassurer, c'est ce que vous m'avez dit et je vous crois volontiers. Alors… pourquoi ce soir ?

Il fouilla la pièce des yeux comme pour désigner toute la maison.

— Vous… avez peur de quelqu'un ? Qu'il vienne ici ? Si vous avez été agressée, il faut…

Elle le coupa :

— Non, c'est… plus compliqué que ça.

Sa poitrine se souleva sans que les mots puissent s'assembler dans le bon ordre et sortir. Thomas l'incita à poursuivre d'un haussement du front.

— Je… Je vois des choses bizarres depuis la nuit dernière.

Thomas restait impassible, pourtant elle secoua la tête, prête à abandonner.

— Vous allez me prendre pour une malade…

— Yael, quand bien même ce serait le cas, qu'est-ce que ça peut faire ? Je ne vais pas le répéter à vos amis, je ne les connais pas. Mais au moins, ça vous aura fait du bien de partager ce… cette angoisse. Non ?

Elle passa la main sur son visage, comme pour effacer ses doutes.

— Je vois des ombres dans les miroirs.

Elle s'empressa de poursuivre à toute vitesse pour éviter d'être interrompue avant d'avoir fini, pour éviter qu'il ne parte immédiatement :

— Je sais que c'est incroyable, néanmoins je vois des ombres dans le reflet des glaces, exactement le même genre d'ombres que celles que projette mon corps en ce moment même sur le sol, sauf que les ombres que je vois dans les miroirs ne sont pas réelles dans la pièce. C'est hallucinant, je suis d'accord, en fait c'est impossible, c'est pourtant ce qui m'arrive. Et je ne suis pas folle.

Thomas observa fugitivement le grand miroir en face d'eux.

— Et ça n'est pas tout, continua-t-elle. Elles me parlent.

Elle ferma les paupières à ces mots, face à l'énormité de ce qu'elle racontait.

— Elles essayent de me dire quelque chose. Et elles doivent me contacter cette nuit.

— Comment le savez-vous ?

Rien dans ce qu'il dégageait ne laissait supposer que Thomas ne la croyait pas.

— Elles… Elles me l'ont dit.

— De quelle manière doivent-elles communiquer avec vous ?

Yael secoua la tête.

— Je ne sais pas, par les miroirs ou par l'ordinateur…

Thomas approuva gravement avant de se pencher vers la surface réfléchissante et de la palper.

— Il y a peut-être une explica…

Elle le coupa en haussant le ton :

— Je n'en vois aucune ! s'écria-t-elle. Sauf si c'est dans ma tête que tout déconne.

La peur, le stress et la crainte de le voir partir avaient brusquement fait monter la pression en elle.

Thomas lui adressa un regard dur.

— On se calme, commanda-t-il.

Elle posa le bout de ses doigts sur son propre front.

— Je suis désolée, dit-elle, abattue et honteuse.

Après un examen de la surface, Thomas s'éloigna du miroir.

— Je ne vois rien, mais ça ne veut pas dire qu'il n'y a rien.

— Je n'aurais pas dû vous en parler.

Yael fit couler un peu d'eau pour s'asperger le visage, puis sortit.

Elle s'arrêta aussitôt.

— Qu'y a-t-il ? s'inquiéta Thomas.

— L'ordinateur. Je suis certaine qu'il était éteint

lorsque nous sommes montés. Je ne l'ai pas rallumé depuis la nuit dernière.

— Eh bien ?

Il la dépassa en hâte pour gagner l'alcôve du bureau de l'autre côté du salon où scintillait l'écran du PC.

Le logiciel de traitement de texte était en train de se lancer.

Une page blanche apparut avec son curseur clignotant.

Et les mots s'affichèrent.

10

Yael et Thomas étaient assis face à l'écran.

« Ouvrez les yeux sur les Ombres. »

Les phrases s'affichaient toutes seules.

« N'en soyez pas une chez les vivants. Votre place est ici, avec nous. »

Yael porta son annulaire à sa bouche et entreprit de se rogner l'ongle avec nervosité.

Thomas demeurait inébranlable, observant le moniteur sans ciller.

— Vous avez déjà essayé de répondre ? se renseigna-t-il doucement.

— Oui. Et ça marche, ils peuvent lire.

— Demandez qui ils sont.

— Déjà fait. Ils ont dit *« Ceux de l'autre côté, dans les ombres, ceux de l'autre côté des miroirs »*.

— Demandez-leur à nouveau qui ils sont et d'où ils viennent, je serais curieux de voir ça.

Yael poussa le clavier dans sa direction.

— Je préfère éviter de communiquer avec eux, répliqua-t-elle.

Thomas fit signe qu'il n'allait pas taper lui-même.

— Yael, je pense qu'il s'agit d'un hacker, un pirate informatique, un type doué qui a pris le contrôle de votre ordinateur par Internet. S'il est si bon que ça, il aura récupéré un des logiciels utilisés par le gouvernement américain pour étudier la dynamique de frappe au clavier.

C'est un programme utilisé par la NSA[1] notamment, qui étudie votre manière de taper au clavier, votre vitesse de frappe, la durée, la fréquence des erreurs et le type d'erreurs, votre syntaxe et ainsi de suite. Une fois que le logiciel vous a étudié et enregistré, il est capable de dire très rapidement si c'est vous qui êtes au clavier ou si c'est quelqu'un d'autre. Et si ce n'est pas vous, il peut comparer avec sa banque de données pour voir si le nouveau venu est déjà enregistré et s'il peut l'identifier. C'est très efficace et très pratique comme logiciel. Et je pense qu'il serait préférable que ce petit génie de l'informatique vous croie seule.

— Ça m'étonnerait que ce soit un hacker. Il ne peut pas pirater un miroir, répondit la jeune femme d'un ton qui se voulait calme.

— Essayons tout de même, d'accord ? C'est tout ce qu'on peut faire pour l'instant.

À contrecœur, Yael s'empara de la souris.

— Qu'est-ce que je leur dis ?

— Commençons par… ce qu'ils sont, ou prétendent être.

Yael s'exécuta.

La réponse fusa :

« Nous sommes partout. De l'autre côté. »

Thomas dicta les questions à poser :

— *Que me voulez-vous ? Pourquoi moi ?*

« Vous devez savoir. Être avec nous. »

Les mots s'enchaînèrent, rapides cette fois.

« Mais d'abord, il vous faut comprendre. Lincoln et Kennedy. »

---

1. *National Security Agency :* Agence nationale de sécurité américaine chargée, entre autres, de maintenir la sécurité des systèmes de communication du gouvernement, et d'espionner les communications des pays étrangers. Il s'agit de la plus secrète des agences de renseignement américaines et de la plus indépendante en termes de comptes à rendre. Elle bénéficie d'un budget colossal, 20 milliards de dollars en 2000.

— Quoi ? s'étonna Yael à voix haute.

« Fouillez. Comprenez. C'est important... pour vous... Yael. »

Elle recula aussitôt du bureau.

— Ils connaissent mon nom !

Thomas leva vers elle une main apaisante tout en faisant le tour de l'unité centrale. Il débrancha le câble du modem.

— Voilà, au moins c'est réglé. Qui que ce soit, il ne jouera plus avec vous maintenant. Plus par l'ordinateur en tout cas.

Mais Yael porta les mains à sa bouche, le regard happé par l'écran.

Les mots continuaient de s'afficher.

« N'oubliez pas Yael : Lincoln et Kennedy. Pire encore... Morgan Robertson... et le Titanic. »

« Croyez. Et vous serez prête. À bientôt. »

L'ordinateur s'éteignit en feulant.

Durant une longue minute, seul le tapotement de la pluie sur le puits de lumière vint briser le silence. Puis Yael se tourna vers son compagnon, qui lui rendit son regard.

— Vous croyez toujours à un hacker ? fit-elle.

Il se gratta la tempe, perplexe.

— Je ne sais pas, finit-il par dire.

Il se mit à arpenter le plancher de la petite pièce de long en large avant de s'arrêter près de Yael, un sourire au bord des lèvres.

— Navré de vous poser cette question, dit-il, mais auriez-vous...

Elle le coupa un peu sèchement :

— Thomas, ne pourrait-on pas se tutoyer ?

Il inclina la tête pour signifier son accord et poursuivit :

— Y a-t-il quelque chose de particulier que je devrais savoir à votre sujet ?

— Comment ça ?

— Quelque chose d'atypique dans votre, pardon, dans ta famille, ou que tu aurais pu faire, n'importe quoi qui sorte de la normale.

— Thomas, je t'ai tout dit. Que cherches-tu ?

— Je n'en ai aucune idée, une explication quelconque qui pourrait nous aider à comprendre ce qui se passe chez toi. Tu n'as aucun secret de famille ? Aucun événement dramatique dans ton existence… ?

La suite mourut sur ses lèvres. Yael le scrutait. Il venait de se rappeler ce qu'elle lui avait raconté plus tôt dans la soirée, sur le décès de sa mère, quatre mois auparavant.

— Mon père n'est pas un agent secret, assura-t-elle. Ma mère est décédée au printemps d'un accident de la route, c'était entièrement sa faute, trop d'alcool et de fatigue, pas assez de concentration. Et personnellement, ma vie a toujours été dans les normes. Je voulais être championne de sport étant gamine, j'ai fait beaucoup

d'athlétisme et j'étais plutôt douée, jusqu'à mon accident de scooter, j'ai été renversée par une voiture et mon bassin a morflé, m'interdisant ensuite la pratique excessive du sport. J'ai fait une fac tout ce qu'il y a de plus banal. Je vais tous les ans en vacances, j'ai mon permis de conduire, et j'adore le jus de tomate. Qu'est-ce que je peux faire de plus ? C'est la même vie que la très large majorité des Français !

Il vint poser les mains sur ses épaules.

— Calme-toi. Tu n'es pas folle, d'accord. Moi aussi je vois tout ça. C'est au moins une bonne nouvelle. Maintenant il nous faut comprendre ce que c'est. Quoi ou qui, et pourquoi.

Elle hocha mollement la tête.

— Que t'ont-ils dit depuis le début ? Avant de te parler de Kennedy et Lincoln.

Yael sortit le billet de un dollar de son pantalon en toile.

— Ils m'ont incitée à chercher les symboles du billet vert. Et il y en a beaucoup, tous chargés de connotations ésotériques. On peut les rattacher à une vieille secte, l'Ordre des Illuminati. Ensuite ils m'ont guidée vers une autre organisation, tout aussi mystérieuse mais plus concrète cette fois, les Skull and Bones. Cette dernière ressemble à un prolongement moderne de la première. Pourtant, à peine mise sur la piste de ces groupes, les… Ombres m'ont dit que tout ça c'était de… l'illusion, les arbres qui cachaient la forêt.

— Et maintenant Lincoln et Kennedy et un certain Morgan Robertson et le *Titanic*, rien que ça ! rappela Thomas. Il faut qu'on puisse faire quelques recherches pour trouver les liens, faire le rapport entre ces noms et comprendre où ils veulent en venir.

Avant qu'il n'ait pu mettre en marche l'ordinateur, Yael posa la main sur son bras.

— Pas ce soir. Je ne veux pas qu'on rallume cette machine.

— Yael, par Internet nous aurons accès à…

— Pas chez moi, je t'en prie.

Thomas lut une telle lassitude dans son regard, qu'il n'insista pas.

— Très bien. Dans ce cas nous irons à la Bibliothèque nationale demain, conclut-il.

— Nous ?

Il acquiesça. Une grande douceur émanait de lui.

— Je ne vais pas te laisser seule après ce que j'ai vu. Je vais t'accompagner, si tu es d'accord. Par prudence.

Et par curiosité, songea Yael en souriant.

Comme elle ne disait rien, Thomas s'approcha de la rambarde pour dominer le salon.

— Et comme nous ne sommes pas près de trouver le sommeil, nous pourrions en profiter pour récapituler en détail tout ce que tu as découvert depuis le début. Ce billet de un dollar, comment t'ont-ils mise sur sa piste ?

Elle désigna la plinthe au pied des marches.

— Il était là, caché dans le mur. Ça… ça signifie

qu'ils sont venus jusque chez moi, pour creuser ce trou et y poser ce fichu billet.

Elle porta une main à ses lèvres tremblantes.

— Ils sont venus chez moi…

Thomas se pencha vers elle.

— Calme-toi. Ils ne te veulent pas de mal sinon ça serait déjà fait. On va chercher à savoir ce qu'ils sont. Et pourquoi toi. Tu n'es plus toute seule, d'accord ? Je suis avec toi, maintenant.

Il effleura sa joue du bout des doigts.

11

Yael et Thomas dévalèrent la longue passerelle qui aboutissait, sous terre, à l'accueil est de la bibliothèque François-Mitterrand. Ils arrivèrent pour l'ouverture du dimanche, à midi.

Le bâtiment futuriste, presque post-apocalyptique, érigeait vers les hauteurs ses quatre tours froides en forme d'équerre, tandis que le cœur de la structure était enterré, celle-ci bien amarrée à la Seine, en face de la colline herbeuse de Bercy.

Ils payèrent leur entrée et suivirent un interminable couloir de moquette rouge qui buvait le son de leurs pas. Le mur sur leur gauche n'était qu'une longue vitre donnant sur une véritable forêt courant sur un hectare, loin sous la surface. Les pins maritimes tanguaient à côté des chênes, charmes et bouleaux, veillant sur un sentier où aucun visiteur ne pouvait pénétrer, un sanctuaire sauvage au sein d'une épure du savoir.

Les lignes de matériaux modernes – torches d'éclairage en inox tressé, pilastres d'acier et piliers de béton à grain très fin – se confondaient avec celles des bois – les parquets brillants, les chaises de lecture à l'assise confortable. Les contrastes et les perspectives éblouissaient Yael qui n'était jamais venue. Tandis qu'elle surplombait les pins noirs du rectangle de verdure, elle se sentait habitée par une impression de légèreté. Ses pas ne pesaient rien sur l'épaisse moquette, son corps fendait l'air, et le calme des salles de lecture et des carrels la renvoyait directement au souffle serein de sa respiration.

Ils s'étaient levés en fin de matinée, et Yael avait préparé un petit déjeuner copieux avec des croissants frais. Malgré les circonstances elle s'était surprise à aimer partager ce moment à deux. L'odeur des oranges pressées, des viennoiseries, du café, et le disque de Nick Drake qui tournait dans la cuisine, tout cela véhiculait un message de bien-être reposant. Rassurant.

Thomas la guidait à présent dans les couloirs de la bibliothèque où il venait souvent étayer sa documentation pour ses reportages.

Ils descendirent au niveau intermédiaire ouest, la salle d'étude consacrée aux sciences de l'homme : philosophie et, ce qui les intéressait le plus, histoire. L'endroit était à l'image de tout le bâtiment : à la fois vaste et douillet, parfois spectaculaire et parfois feutré. Yael n'aurait su dire si elle aimait ou non. Au milieu des rayonnages encyclopédiques se rassemblaient des tables de travail en doussié du Gabon, un bois exotique sombre, avec la chaise adaptée et une lampe de lecture. Malgré le nombre de places disponibles, seules deux personnes étaient présentes, chacune dans son coin, soulignées par le cône de la douce lumière individuelle.

L'ample baie du fond donnait sur le profil du jardin où le halo du soleil passait au tamis des feuilles, conférant au lieu une pénombre monacale.

Thomas s'installa à une table de travail avec un ordinateur et tira un bloc-notes de sa poche de chemise.

— Prête ? demanda-t-il pour la forme.

Sans attendre de réponse il utilisa le logiciel de la bibliothèque, BN-Opale-plus, pour une recherche thématique autour de John Fitzgerald Kennedy.

— Ils ont dit « Lincoln et Kennedy », rappela-t-il. On va voir ce qu'on peut trouver sur eux.

Les résultats s'affichèrent et il entreprit de sélectionner les ouvrages.

— Thomas… Je voulais te remercier d'être resté cette nuit… Et pour être là aujour…

Il l'interrompit :

— Laisse tomber. C'est comme ça que vous dites, non ? Je ne pouvais pas t'abandonner… Et puis… j'avoue être curieux de la chose, maintenant.

— Déformation professionnelle, murmura Yael.

Sans quitter l'écran des yeux, il répondit :

— Non. C'est naturel chez moi, aller jusqu'au bout de mes interrogations. C'est justement pour ça que je suis devenu reporter.

Thomas effectua la même sélection thématique pour Abraham Lincoln puis il se leva pour aller réclamer les livres qu'il avait retenus. Une bibliothécaire lui apporta la pile quelques minutes plus tard.

Thomas répartit les ouvrages en deux tas, et poussa le second vers Yael.

— J'espère que tu es patiente et que tu aimes lire. À partir de maintenant, toutes les anecdotes, tous les détails qui sortent de l'ordinaire dans les vies de ces deux Présidents doivent s'inscrire là-dedans, dit-il en désignant son cerveau. On ne doit rien laisser échapper.

— Ça va me rappeler la fac, plaisanta Yael.

Elle sortit une Thermos de son sac, et deux tasses en plastique.

— J'ai prévu le carburant… Tu as une idée de ce qu'on doit chercher ?

— Aucune. Mais si les… Ombres, ou qui que ce soit, t'ont mise sur cette piste avec si peu de précisions je pense que ça nous sautera aux yeux quand on le lira.

Les trois heures qui suivirent furent studieuses. Chacun survolant les pages pour y glaner les informations qu'ils notaient en vitesse, tout en buvant du café tiède.

Thomas fit une pause. Il se leva pour se dégourdir les jambes en se massant la nuque. Yael le rejoignit.

— Rien de mon côté, relata-t-elle, ensuquée par la lecture. Rien qui puisse faire le lien entre Lincoln, les Illuminati, les Skull and Bones ou les symboles du dollar. Et toi ?

Thomas était pensif.

— À quoi songes-tu ?

— Aux symboles justement. Je me disais que tout ce qu'on te montre pour l'instant est occulte, en rapport avec l'ombre, symboliquement on pourrait étendre ça à la mort… Lincoln et Kennedy sont deux Présidents assassinés.

— Tu penses à une symbolique du genre « la mort du pouvoir démocratique », un truc comme ça ?

— Non, plus concrète. C'est en lisant que Kennedy était passionné par Lincoln que j'y ai pensé. Tu as des notes sur l'assassinat de Lincoln ?

Ils retournèrent à leur table où chacun reprit ses feuilles griffonnées.

— Tué le vendredi 14 avril 1865 en sortant d'un théâtre, par John Wilkes Booth d'une balle dans la nuque.

— Kennedy est mort le vendredi 22 novembre 1963 à Dallas. Lee Harvey Oswald l'a abattu en tirant dans la tête.

— Circonstances de la mort identiques, et assassinat le même jour de la semaine, conclut Thomas. Attends un peu… On a tiré sur Lincoln au théâtre Ford… et Kennedy était dans une Lincoln !

— Fabriquée par Ford ! compléta Yael qui avait quelques connaissances en la matière, les voitures étant la passion de son premier amour. Belles coïncidences.

Thomas fit claquer son pouce contre son majeur.

— C'est peut-être ça ! Les coïncidences. Cherchons s'il y en a d'autres.

Il feuilleta ses notes, Yael les lisant par-dessus son épaule et comparant avec les siennes.

— Une seconde ! s'exclama-t-elle en posant un doigt sur une date. Lincoln est élu en 1860.

Elle se reporta à la synthèse de Thomas.

— Et Kennedy en 1960. Tout juste un siècle plus tard. Avant cela, Kennedy est élu au Congrès en 1946.

— Tu as quelque chose à cette date pour Lincoln ?

Yael émit un rire sec, nerveux.

— Plutôt, oui. Lincoln est élu au Congrès… en 1846. Tout juste cent ans avant. Ça commence à faire beaucoup.

— Côté famille, que sait-on d'eux ? demanda Thomas.

Ils parcoururent les informations qu'ils avaient accumulées :

— Les deux hommes ont perdu un enfant tandis qu'ils étaient à la Maison-Blanche.

— Regarde les assassins des Présidents, intervint Thomas. Lee Harvey Oswald et John Wilkes Booth ont tous les deux été tués suite à leur arrestation. Ils n'ont jamais pu parler. Attends… Stupéfiant ! Booth s'est échappé d'un théâtre pour être arrêté dans une grange, qui sert à entreposer donc, tandis que Oswald a tiré d'un entrepôt pour être arrêté dans un cinéma, *theatre* en anglais ! Là ça commence à devenir hallucinant.

— C'est incroyable. J'ai encore des similitudes ! Dans les hommes qui ont pris le pouvoir après les deux Présidents assassinés. Andrew Johnson a succédé à Lincoln et Lyndon Johnson à Kennedy. Le même nom.

Thomas compta doucement.

— Et chaque nom a le même nombre de lettres. Quinze pour les noms complets des tueurs, sept pour les noms des Présidents, et treize pour ceux des successeurs.

Après un temps, il ajouta :

— De mieux en mieux : Andrew Johnson est né en 1808 tandis que Lyndon Johnson est né en 1908…

Yael griffonna rapidement ce qu'ils avaient mis en évidence :

Lincoln et Kennedy, élus au Congrès en 1846 et 1946.
Lincoln et Kennedy, élus Présidents en 1860 et 1960.
Leurs noms comportent sept lettres.
Assassinés tous les deux un vendredi, par balle, la tête

étant visée,

Lincoln au théâtre Ford, Kennedy dans une Lincoln fabriquée par Ford.

Les noms complets de leurs tueurs comportent tous les deux quinze lettres.

*Booth s'échappe d'un théâtre et est arrêté dans une grange (entrepôt) ; Oswald s'échappe d'un entrepôt et est arrêté dans un cinéma (*theatre *en anglais).*

Les deux meurtriers sont tués avant de pouvoir parler.

Les deux Présidents ont perdu un enfant pendant leur mandat.

Les deux successeurs des Présidents assassinés s'appellent Johnson, leurs noms complets comportent treize lettres, leur premier est né en 1808, l'autre en 1908.

Yael s'étira en secouant la tête.

— Je n'aurais pas fait les recherches moi-même, je n'y croirais pas.

— Quelque chose me dit que nous ne sommes pas au bout de nos surprises. Les Ombres ont aussi parlé d'un certain Morgan Robertson et du *Titanic*.

— Maintenant qu'on sait ce qu'on cherche, on pourrait peut-être commencer par voir si Internet nous dit quelque chose à ce sujet, non ? proposa la jeune femme.

Thomas se posta face à l'ordinateur et bascula sur la fenêtre Netscape.

— Je vais tout de même regarder pour Lincoln et Kennedy, il y a trop de coïncidences pour que le fait soit passé inaperçu. Ça doit être sur le web.

Il trouva rapidement. La plupart des sites mentionnaient les éléments qu'ils venaient de découvrir, et en ajoutaient d'autres. Certains journalistes et historiens avaient cependant pris soin d'établir un tableau précis de ce qui était sûr, pour faire la part de la réalité et celle du mythe. Tout ce que Yael et Thomas avaient pointé était confirmé.

— Ça fait froid dans le dos, murmura Thomas en passant aux autres indices.

Il se connecta à l'encyclopédie Wikipédia pour entamer son investigation virtuelle. La page consacrée au *Titanic* s'afficha. Ils la décortiquèrent minutieusement. Et n'eurent pas longtemps à attendre.

Directement relié au naufrage du paquebot, le nom qu'ils traquaient s'afficha.

Morgan Robertson. Romancier de son état.

Et « voyant extralucide », aurait pu ajouter le site.

12

Yael était survoltée.

— Regarde le titre du paragraphe ! « Prémonition d'un artiste ? », lut-elle par-dessus l'épaule de Thomas.

Elle sentit soudain la main du journaliste se poser sur son genou. Le garçon était assis devant elle, et venait de faire glisser son bras sous le bureau pour saisir la jambe

de la jeune femme. D'une pression de côté, il lui indiqua de se tourner vers la droite.

Yael ne saisit pas tout de suite. Puis elle leva les yeux sur la salle. Du côté du grand accueil, un homme était adossé à un pilier de béton, un livre à la main. Lorsque Yael l'aperçut, il cessa de les guetter pour revenir à sa lecture.

L'expression d'exaltation qui envahissait Yael un instant auparavant s'était transformée en une moue de doute.

— Continue de me parler, lui intima Thomas. Fais semblant.

— Tu crois qu'il nous regardait vraiment ? Enfin… qu'il nous surveille ? dit-elle, assez bas pour que le son de sa voix ne porte pas.

— Il le fait avec trop d'insistance depuis cinq bonnes minutes pour que ce soit fortuit, répondit Thomas en faisant mine de lire son écran.

Du coin de l'œil, Yael ne put s'empêcher d'examiner l'homme en question. Il approchait de la quarantaine, avec son physique fin, presque maigre, sa peau soulevée de veines sombres. Il semblait bâti tout en nerfs. Son visage aux lèvres fines, aux pommettes affûtées, au front haut sous un crâne dégarni ne trahissait aucune émotion. Son regard était de glace. D'un bleu intense, capable de traverser les apparences, devina Yael. Le regard de celui qui en a trop vu. Des prunelles tranchantes comme des lames.

Tu disjonctes...

Yael resta en suspens, engluée dans ce face-à-face. Ce fut seulement après une dizaine de secondes qu'elle réalisa qu'ils se fixaient mutuellement. L'homme finit par décrocher. Il reposa son livre, enfonça ses mains dans les poches de son jean et se dirigea vers la sortie pour regagner l'étage.

Dès qu'il eut disparu, Thomas se leva de sa chaise.

— Continue les recherches, fit-il, moi je vais suivre ce type, voir où il va. On ne sait jamais.

— Thomas, j'ai pas une bonne intuition à son sujet, je crois que tu devrais t'en abstenir…

— On n'obtient rien de cette manière. Je reviens vite.

Il prit la direction des portes vitrées en ajoutant :

— Si jamais je ne suis pas de retour dans l'après-midi on se retrouve chez toi ce soir.

Il tourna après le tourniquet d'admission et disparut.

Thomas émergea d'un des ascenseurs au haut-de-jardin, près de l'accueil ouest, et fut surpris de constater que l'homme n'avait pas pris la sortie la plus proche. D'une démarche tonique, il avait enfilé le très long couloir dominant la forêt en contrebas.

Thomas pressa le pas pour ne pas laisser trop d'écart entre eux. L'inconnu tournait à peine la tête, un coup vers le haut, un coup vers la droite, mouvements subtils mais qui n'échappèrent pas à Thomas. Que cherchait-il ?

Des bouches de ventilation émergeaient à distance régulière, encadrées d'une plaque lisse reflétant le couloir. Rien d'anormal.

Thomas ne voyait rien, juste la baie vitrée qui courait sur une centaine de mètres. Les cimes des arbres dansaient dans le peu de soleil qui parvenait au fond de cette fosse profonde, frappant essentiellement l'autre versant du parc, le flanc est. La silhouette de Thomas se superposa au paysage.

Et il comprit.

En face, sur l'autre baie vitrée, le soleil venait renforcer l'aspect réfléchissant du verre, et tout le couloir devenait visible. L'homme surveillait ses arrières. C'était la raison pour laquelle il n'était pas sorti immédiatement. Il voulait s'assurer qu'on ne le suivait pas.

Un professionnel, songea Thomas.

Il décida d'accélérer l'allure, pour ne pas risquer de le perdre.

L'homme sortit les mains de ses poches.

Pendant une seconde Thomas s'interrogea sur ce qui allait suivre.

L'homme étira brusquement sa foulée et se mit à courir.

Thomas s'élança à sa suite.

La pointe de ses baskets accrochait la moquette, le propulsant aussi loin que possible.

L'homme atteignit le bout du couloir, ralentit à peine pour tourner dans l'autre hall d'accueil qu'il traversa sous le regard médusé du personnel, et franchit le portique de sortie avant que quiconque ait pu réagir. Thomas l'imita, cette fois sous les cris de protestation d'un surveillant qui voulut s'interposer. Thomas l'évita de justesse et jaillit à l'extérieur. La rampe remontait vers la surface, martelée par le galop de l'inconnu. Thomas avait perdu une dizaine de mètres sur lui.

Lorsqu'il arriva en haut, il enjamba le garde-corps et

dut ralentir pour fouiller du regard l'esplanade en partie assombrie par la masse d'une des tours.

Les lattes d'ipé du Brésil transformaient la place en un pont de paquebot sur lequel glissaient les ombres des nuages.

Thomas repéra sa cible, faufilée au loin entre les massifs de houx encagés, et il se précipita dans son sillage pour surgir en haut des marches dominant la rue Émile-Durkheim. À gauche les arbres bordant la Seine… À droite… L'homme était là, dévalant les marches deux par deux pour rejoindre la rue.

Thomas fut sur ses talons aussitôt.

Il courait rageusement, conscient d'être en excellente condition physique, il devait le rejoindre. Il se faufila entre les passants devant le complexe MK2 et se jeta dans l'avenue de France sans s'occuper des voitures.

Des freins se mirent à hurler tandis qu'une Fiat Panda se déportait violemment vers le trottoir. Thomas leva les bras en signe d'excuse sans interrompre sa course. Cette fois sur la piste cyclable au milieu de l'avenue.

Les deux sprinteurs zigzaguaient entre les vélos, esquivant les rollers.

L'homme avait repris de l'avance.

Il le vit s'engager dans un escalier et tourner brusquement vers un escalator qui s'enfonçait sous un immeuble.

Le métro. La ligne 14.

Thomas dévala les marches à son tour et poursuivit sa course dans les couloirs. Il manquait de souffle. Il ne tiendrait plus longtemps.

L'homme était en train de passer un ticket dans le sas d'entrée. Quinze secondes plus tard Thomas prenait appui sur le composteur et d'un bond souple atterrissait de l'autre côté.

Ils étaient maintenant sur la passerelle surplombant les voies, des vitres ouvrant sur toute la station. En une fraction de seconde, Thomas songea que de ce point de vue l'endroit ne ressemblait pas à une gare de métro mais à un temple romain, avec ses immenses colonnes soutenant une succession d'arches illuminées par des vasques.

L'homme descendait vers la rame qui approchait. Il ne courait plus, il marchait à vive allure en regardant autour de lui. L'endroit était quasiment désert, une demi-douzaine de voyageurs à peine attendaient le métro. La rame s'immobilisa. Thomas n'était plus très loin.

Les portes automatiques s'ouvrirent sur celles du train.

Thomas força l'allure, et au dernier moment réussit à bondir dans la même voiture que l'homme qu'il traquait, en sueur, à bout de souffle.

Celui-ci se tint à la barre et inspecta ce qui l'entourait. Le train était récent, de ces modèles en continu, sans séparation entre les wagons, rien qu'une plate-forme en accordéon pour les relier. La plupart des gens se trouvaient à l'avant, loin de Thomas. Un seul voyageur était monté avec eux.

Le fugitif termina son tour d'horizon par Thomas, au milieu du wagon, et son regard s'attarda sur lui.

Le journaliste ne baissa pas les yeux, soutenant ce qu'il prenait pour un défi. Cette fois, plus de fuite possible. Le serpent d'acier repartit après avoir émis son signal sonore. Les portes claquèrent.

C'est alors que Thomas remarqua le rictus qui se dessinait sur le visage de l'homme. Un sourire satisfait en direction de l'autre passager, suivi d'un bref mouvement du menton.

Thomas se retourna pour constater qu'il était dévisagé. Et il comprit. L'homme avait un complice.

C'était leur lieu de rendez-vous.

La situation venait de s'inverser.

De chasseur, Thomas devenait proie.

Il inspecta rapidement la rame. Déserte sur plusieurs dizaines de mètres.

Les deux hommes lâchèrent la barre en même temps et marchèrent à la rencontre de Thomas, le prenant en tenaille.

BLOG DE KAMEL NASIR. EXTRAIT 3.

Savez-vous quelle est l'essence du pouvoir ?

La démagogie.

Pour régner, pour gouverner, il faut plaire au peuple. Lui mentir si nécessaire. Mais dire ce que les gens ont envie d'entendre. Le faire est secondaire. On calme la colère, les déceptions, par encore un peu plus de démagogie. Puis vient le moment de tourner, de laisser sa place au parti d'en face, une fois que le peuple en a marre d'entendre trop de mensonges.

Alors le parti opposé prend les commandes et fait la même chose.

Exactement la même chose : il exerce son pouvoir. Par la démagogie. Avec plus ou moins de sincérité selon les uns et les autres.

Jusqu'à devoir laisser sa place au parti précédent qui revient faire ce qu'il a déjà fait, et ainsi de suite...

Vision peu reluisante de la politique, c'est vrai. Hélas, vision partagée par bien du monde, semble-t-il...

Et savez-vous, outre le sectarisme de leurs idées, ce qui fait la différence entre des partis extrêmes et d'autres plus « ouverts » ? L'amplitude des mensonges. Les partis des extrêmes mentent plus largement et plus dangereusement.

Je vais m'intéresser dans ce qui suit à un parti politique en particulier. À un système. Parce qu'il a été très loin dans ses mensonges. Si loin qu'il prend des aspects de parti extrême. Mais n'oublions à aucun moment qu'il pourrait en être de même de bien des leaders politiques, et que ces noms ne doivent servir qu'à renforcer notre vigilance de tous les jours. Même lorsqu'ils résonneront de l'écho d'un passé lointain.

Ils sont la preuve que c'est possible, que ça arrive. Et que ça peut revenir.

Le monde, n'en déplaise à certains, est toujours, et ce depuis la Seconde Guerre mondiale, sous l'influence américaine. La nation qui prédomine la planète. Économiquement, culturellement, politiquement et militairement.

C'est donc vers cette terre, supposée exemplaire, que mon regard se porte.

Vers une poignée de dirigeants qui illustrent parfaitement mon propos, mes craintes.

Puis-je me permettre une question avant de poursuivre ?

Aimeriez-vous vivre dans un pays sans gouvernement ? Avec pour uniques leaders les patrons des plus grandes entreprises du pays ? Ça ne serait pas très rassurant, n'est-ce pas ? Bien que ce soit déjà le cas dans bien des pays comme la France, je crois que c'est encore plus criant aux États-Unis, à l'heure où j'écris ces lignes en tout cas !

Car l'organigramme des dirigeants politiques américains est indissociable de celui des grandes compagnies industrielles.

À ce titre, on peut citer quelques noms. Dick Cheney, ce vice-président qui fait si peur dans l'ombre du président Bush, a été P-DG pendant cinq ans d'Halliburton, société d'ingénierie civile notamment dans le monde du pétrole, société qui, soit dit en passant, a raflé un nombre étourdissant de contrats en Irak pour sa reconstruction…

Cari Rove, conseiller du Président, était actionnaire chez Boeing qui, rappelons-le, œuvre largement dans le secteur militaire. Il en va de même pour Donald Rumsfeld (ministre de la Défense) qui était le dirigeant du groupe pharmaceutique Searle ; Colin Powell (ancien conseiller à la Sécurité nationale du président Reagan, puis ministre des Affaires étrangères entre autres) ; Richard Perle (éminence grise du Président) et Paul Wolfowitz (ex-numéro deux du Pentagone) qui étaient tous dans des sociétés d'armement. À noter au passage que ce dernier est depuis le 1er juin 2005 président de la Banque mondiale.

Et je pourrais continuer ainsi avec tous les membres du gouvernement, Condoleezza Rice et compagnie...

Si l'organigramme du gouvernement se confond souvent avec celui des grandes entreprises américaines, on pourrait en dire autant des liens économiques, stratégiques, militaires et politiques qui unissent, parfois dans le secret, les États-Unis et l'Arabie Saoudite. Ce n'est certainement pas un hasard si deux jours après les attentats du 11 septembre, le président Bush recevait à dîner en tête à tête l'ambassadeur d'Arabie Saoudite, le très puissant prince Bandar. Personne ne sait ce qui s'est dit ce soir-là.

Les liens entre le gouvernement, l'industrie – le complexe militaro-industriel n'est pas en reste – et l'Arabie Saoudite semblent sans fin. On se rappelle qu'avant d'être président, George W. Bush avait monté une société dans le pétrole, Arbusto Energy. Suite à une gestion catastrophique la société manqua de disparaître à plusieurs reprises. Qui la sauva chaque fois en injectant des millions ? La famille Ben Laden. C'est écrit noir sur blanc. Pour des Saoudiens milliardaires vivant dans le pays leader dans la production de pétrole, il semble curieux qu'ils investissent de l'argent dans une sombre société texane qui ne fonctionne pas. Autre exemple : l'avocat qui défendit George W. Bush lorsqu'il fut accusé de délit d'initié lors de son passage dans la société Harken (firme détenue pour un quart par des Saoudiens et dans laquelle Bush percevait 120 000 dollars annuels à titre de « consultant » !)

s'appelait Robert Jordan, qui fut ensuite nommé, comme par hasard, ambassadeur en Arabie Saoudite.

En tout, les Saoudiens auront versé près de 1,4 milliard de dollars dans les industries pour lesquelles a travaillé Bush.

Je ne vais pas m'attarder trop longuement sur ces liens, je tenais cependant à les mettre en évidence. Souligner l'absence de neutralité du gouvernement puisqu'ils sont tous, d'une manière ou d'une autre, liés à des empires industriels, tout en rappelant l'intrication évidente des États-Unis avec l'Arabie Saoudite.

Point par point, je vais désigner des éléments qui vous sembleront étranges pris les uns indépendamment des autres, mais lorsque viendra la fin de cet exposé, je pense que la lumière se fera.

Alors, vous tremblerez.

13

Dans le silence de la bibliothèque, Yael se rongeait les ongles.

Elle était incapable de se concentrer sur ce qu'elle lisait, ses pensées revenant sans cesse à Thomas. Elle n'approuvait pas son départ précipité. Il s'était lancé aux trousses d'un parfait inconnu qui n'avait peut-être rien à se reprocher.

Bien sûr...

Sur ce point, elle tentait de se convaincre par la méthode Coué, car il y avait peu de chances que ce bonhomme fût là par hasard. Il les avait espionnés avec insistance. La salle était vaste, ce qui ne l'avait pas empêché de venir se poster à proximité, pour les entendre. Et pourquoi rester debout, alors que les places assises ne manquaient pas, sinon pour bien les voir ? Dans ce cas, qui était-il ? Et quel rapport y avait-il entre lui et ce qui survenait, ces ombres et cette foule d'informations étranges ?

Accoudée à la table de l'ordinateur, Yael posa son front dans sa paume.

Le nom de Morgan Robertson brillait sur l'écran.

Il s'agissait d'un romancier ayant publié en 1898 un livre intitulé *Futility, or the Wreck of the « Titan »*, dans lequel il décrivait un paquebot de légende, parfaitement conforme à ce que serait le *Titanic* quatorze ans plus tard. Le livre venait d'être réédité en France à cause de ces incroyables coïncidences. Yael se laissa captiver par les ressemblances entre les deux bateaux, la concentration revenait, bientôt elle navigua de lien en lien jusqu'à trouver un comparatif chiffré entre le navire inventé par Robertson et le *Titanic*.

Pendant ce temps, au moins était-elle accaparée par autre chose que ce mystérieux limier.

Les proportions du *Titan* avoisinaient de très près celles du *Titanic :* 45 000 tonnes pour l'un, 46 000 pour l'autre, sa vitesse était de 25 nœuds, celle du *Titanic* comprise entre 22 et 24 nœuds. Ils disposaient tous deux de trois hélices. Le premier avait 19 compartiments étanches, 16 pour le *Titanic*. Tous deux affichaient pavillon britannique. Et la liste se poursuivait ainsi tout au long du roman, mentionné sur les différents sites Internet que la jeune femme débusqua. Lorsque les données techniques n'étaient pas rigoureusement identiques, elles restaient très proches.

Mais le pire semblait l'histoire dramatique du roman. Robertson mettait en avant les prouesses et le luxe du *Titan*, considéré comme insubmersible avant que celui-ci ne heurte un iceberg par tribord dans l'Atlantique nord, au mois d'avril ! Le *Titan*, n'ayant pas assez de canots de sauvetage, coula en faisant plus d'un millier de morts… dans la fiction, en 1898.

Le 14 avril 1912, le *Titanic*, bien réel celui-là et également considéré comme insubmersible, coula, avec un nombre insuffisant de canots de sauvetage, dans l'Atlantique Nord après avoir heurté un iceberg par tribord, causant la mort d'environ 1 500 personnes. Le *Titan* faisait route de New York vers la Grande-Bretagne, et le *Titanic* de la Grande-Bretagne vers New York.

Les deux récits se ressemblaient tellement qu'on était en droit de se demander si Robertson n'était pas voyant. Il décrivait comment le naufrage avait lieu, dans des circonstances très similaires à celui du *Titanic*. Avec quatorze ans d'avance.

Yael était estomaquée. Elle poussa l'investigation plus loin.

Les mythes autour du *Titanic* pullulaient. Parmi les rumeurs les plus récurrentes, Yael en lut une qui concernait la taille du gouvernail, considéré comme trop petit, même s'il était conforme aux normes. Il était stipulé qu'un gouvernail de cette taille pour un pareil tonnage présentait un risque inconsidéré. Tout aussi inconsidéré, soulignaient d'autres internautes, que de lancer le *Titanic* à pleine vitesse dans une mer semée d'icebergs, en pleine nuit, et par mauvaise visibilité. D'autant que le nid-de-pie destiné à la surveillance des icebergs, entre autres, n'était pas équipé de jumelles ! Oubli colossal et atypique. Comme si le capitaine lui-même, ou quiconque le lui ayant ordonné (patron de la compagnie ?), voulait à tout prix provoquer un accident alors que le *Titanic* recevait depuis deux jours les avis du *Rappahannock*, du *Caronia*, du *Noordam*, du *Baltic*, de l'*Amerika* et du *Californian* stipulant la présence d'une forte banquise et d'icebergs ! Malgré ça, le capitaine Smith continua à pleine vitesse, risquant de plus en plus la collision et le naufrage. Surtout avec des compartiments étanches… qui ne l'étaient pas en hauteur ! Tout le navire était considéré comme insubmersible car dans les pires hypothèses on partait du principe que seuls cinq de ses compartiments seraient inondés, oubliant qu'il s'agissait d'un navire pouvant aller à 24 nœuds ! Vitesse considérable qui, en cas de collision, provoque des dégâts sur une telle longueur avant de pouvoir freiner ou manœuvrer, que plus de cinq caissons étanches seraient endommagés à coup sûr, sans oublier que le *Titanic* n'était pas équipé d'une double coque. Les ingénieurs étaient-ils à ce point distraits qu'ils en avaient oublié ces paramètres essentiels ?

De plus, on constata que l'acier de sa coque était défaillant, constitué de trop de soufre et pas assez de manganèse, beaucoup trop cassant par basses températures comme celles qu'on rencontre dans l'Atlantique sous ces latitudes.

Une telle accumulation d'erreurs humaines donnait froid dans le dos. Comment pouvait-on passer autant de mois, voire d'années, le nez dans des plans, dans des calculs, pour en arriver à négliger des facteurs aussi évidents ?

Et puis il y avait l'attitude du capitaine Edward J. Smith. Sa renommée était légendaire en matière de commandement, pourtant cette nuit-là, il ne ressembla pas à l'homme qu'on connaissait. De même, on ne sut jamais ce qu'il fit durant les deux dernières heures d'agonie de son navire… Un internaute soulignait qu'au départ, le voyage inaugural du *Titanic* était prévu pour le mois de mars, ce qui ne collait pas au roman de Robertson. Mais six mois auparavant, l'*Olympic*, un autre paquebot de la compagnie White Star Line, fut sévèrement endommagé

suite à une collision avec un autre bâtiment. La réparation immédiate mobilisa une partie des ouvriers au travail sur le *Titanic*, reportant sa mise à l'eau au mois d'avril. Le capitaine de l'*Olympic*, au moment de l'accident, n'était autre que… Edward J. Smith. Et ce même internaute de suggérer la vilaine hypothèse selon laquelle Smith l'avait fait exprès pour retarder le départ d'un mois. Comme si tout depuis le début avait été planifié pour que l'histoire du *Titanic* reproduise celle du *Titan*. L'internaute suggérait qu'on avait « influencé » l'architecte en chef pour que le *Titanic* corresponde au mieux avec le *Titan*, et pour qu'il « ne pensât pas » à certains détails vitaux comme l'insubmersibilité du navire, avant de corrompre ou de menacer le capitaine Smith d'une manière ou d'une autre afin qu'il prenne les mauvaises décisions. Il soulignait également l'étrange témoignage de Bruce Ismay, (propriétaire du navire et unique officier exécutif de la compagnie White Star Line présent à bord, alors qu'il s'agissait du lancement du plus grand et beau navire de tous les temps, comme on l'affirmait à l'époque) lors de son passage devant la commission d'enquête après le naufrage. Ismay prétendit qu'il dormait au moment du choc avec l'iceberg et que c'était cela qui l'avait réveillé, tandis que la plupart des passagers précisaient n'avoir pas même remarqué qu'il s'était passé quelque chose tant l'impact avait été subtil. De même, son récit quant aux circonstances de son sauvetage était flou. Il affirmait avoir grimpé dans un canot de sauvetage où il restait de la place, qu'il n'y avait personne, ni sur le pont où il se trouvait, ni lors de la mise à flot du canot, aucun passager à prendre à bord, personne se jetant à l'eau, contredisant tous les autres témoignages qui relataient la panique, la confusion, et la foule essayant d'embarquer dans le moindre canot disponible… Quoi qu'il en soit, Ismay survécut sans soucis et interdit ensuite qu'on fasse devant lui la moindre allusion au *Titanic*.

Et puis il y avait cette explosion que bon nombre de passagers avaient entendue après la collision avec l'iceberg, et dont on ne fit pas vraiment écho lors de l'enquête.

Le site web suggérait un complot visant à couler le *Titanic*, jumeau du *Titan*, dans les mêmes circonstances.

L'hypothèse était rocambolesque, mais perturbante.

Il fallait bien avouer en effet que les coïncidences et les questions sans réponse étaient en si grand nombre que cela en devenait troublant.

Tout comme Lincoln et Kennedy, souligna Yael.

— Pourquoi cherchez-vous à mettre en évidence ces moments de l'Histoire ? murmura-t-elle.

Elle s'adressait aux Ombres. Que cherchaient-elles à démontrer ? Qu'une force supérieure opérait dans les arcanes de l'Histoire ?

Yael se souvint de leurs mots :

« Nous sommes partout. De l'autre côté. »

« Croyez. Et vous serez prête. »

Était-il possible que des… créatures existent et agissent sur l'Histoire ?

Yael ne savait plus que penser.

Elle vérifia l'heure. Presque dix-huit heures. Thomas était parti depuis plus d'une heure. La jeune femme finit par se lever et rassembler ses affaires. Comme convenu, il la rejoindrait chez elle. Elle ne devait pas s'inquiéter. Ne pas commencer à imaginer. L'humain imaginait toujours le pire.

Lorsqu'elle remonta à la surface, Yael savoura les rayons du soleil, qui eurent le mérite de l'apaiser un peu. Elle retrouva sa voiture garée à proximité, et démarra en direction du 14e arrondissement où elle vivait.

La petite 206 bleue circula d'avenue en boulevard, profitant du répit d'août pour rejoindre la rue Dareau en peu de temps.

En rentrant chez elle, Yael reçut l'accueil chaleureux de Kardec qui vint se frotter contre ses chevilles.

Elle alla consulter son répondeur. Le voyant ne clignotait pas : aucun message. Toujours pas de nouvelles de Thomas.

Le chat insistait à ses pieds pour obtenir un minimum de considération. Yael s'agenouilla près de lui avant de finalement s'asseoir sur le tapis pour câliner la boule de poil qui se mit à ronronner.

La chaude clarté du jour entrait par le puits de lumière, tout en haut, inondant le salon au milieu duquel Yael finit par s'étendre contre son chat. Elle attendait.

La fatigue l'engourdit progressivement.

Elle s'endormit.

Ses paupières se rouvrirent difficilement.

Tout son flanc droit était ankylosé.

La nuit s'était invitée dans l'appartement.

Une pluie lourde tombait sur Paris, frappant aux carreaux, cognant les tuiles et confluant par un millier de veines vers les entrailles de la terre.

Yael avait la bouche pâteuse.

Malgré les fourmillements dans son bras, elle se dressa sur un coude. Elle avait dormi longtemps, il devait être vingt-deux heures passées. Le chat avait disparu.

L'ingrat !

Elle roula sur le côté qui n'était pas engourdi, et se retrouva hors du tapis, sur la plaque de verre noire, son menton à vingt centimètres de la matière froide. Elle plaquait ses mains de part et d'autre de son visage, comme pour faire des pompes, et allait se redresser lorsque son attention se crispa. Une sensation familière l'habitait, ce léger tiraillement d'alerte, sur le haut du crâne et derrière les oreilles. Comme si son corps prenait conscience du danger avant son esprit.

Quelque chose avait bougé.

Dans le sol.

Elle n'avait pas rêvé. Ça s'était passé dans la périphérie de son regard. Un mouvement, *sous* le sol.

C'est impossible, je me fais une frayeur toute seule... il y a quinze mètres de vide sous cette plaque de verre...

Elle contractait les muscles de ses bras pour se relever quand les deux taches blanches apparurent.

Deux mains vinrent se poser tout près des siennes, *de l'autre côté* du verre. Deux paumes à la peau blanche, presque transparente.

Yael bondit en arrière.

Puis une face blafarde émergea des ténèbres pour venir se coller contre la plaque. Un homme aux yeux écarquillés, bouche ouverte. Yael n'y lut d'abord aucune angoisse, rien que de l'incompréhension. Qui se mua aussitôt en colère. En rage.

Et le visage spectral se mit à hurler.

Yael hurla à son tour, raide de terreur, sans quitter le spectre des yeux. Déjà il redescendait pour disparaître dans l'opacité du gouffre qui s'enfonçait sous elle.

Yael ne trouvait plus son souffle.

Elle ne vit pas les deux mains qui s'approchaient d'elle, dans son dos.

Son cri s'étrangla quand elles l'agrippèrent par les épaules.

14

Yael voulut se débattre, rejeter son assaillant, se soustraire à cette poigne ferme qui lui enserrait les clavicules. Ses bras battaient l'air tandis qu'elle continuait de crier.

La voix grave s'éleva par-dessus la sienne :

— Calme-toi ! C'est moi ! Calme-toi, Yael !

À travers sa frayeur et les cheveux qui lui barraient le visage, elle réussit enfin à identifier celui qui tentait de la maîtriser.

— Voilà, c'est bien, disait Thomas. Calme-toi. Tu m'as fait peur. J'étais dehors à t'attendre depuis cinq minutes. J'ai frappé à la porte sans succès. Et puis je t'ai entendue hurler.

Yael récupérait peu à peu. Elle s'était probablement réveillée lorsqu'il avait frappé.

— Il y a… quelqu'un sous la plaque de verre, bafouilla-t-elle en désignant l'endroit où le spectre était apparu.

Elle ne parvenait pas à quitter le sol des yeux, s'attendant à le voir resurgir.

— Va t'asseoir sur le divan, tu as besoin de te calmer. Tu veux un verre d'eau ?

Yael décrocha enfin son regard de la surface noire pour fixer Thomas. Ses prunelles tremblaient.

— Tu entends ce que je dis ? s'insurgea-t-elle. Je te dis qu'il y a quelqu'un là-dessous. Et pas un type normal ! Il était plus pâle qu'un mort !

Thomas avança ses paumes.

— D'accord… Mais il y a un vide d'au moins quinze mètres là-dessous, tu vois ce que je veux dire ? Tu n'étais peut-être pas tout à fait éveillée et tu…

— Je n'ai pas rêvé ! s'indigna Yael. Ne me prends pas pour une cinglée, pas après ce que tu as vu aussi !

Thomas hocha la tête.

— D'accord, excuse-moi. On va… on va s'assurer qu'il n'y a plus rien, OK ? Où est-ce que j'allume le puits ?

Yael lui montra l'interrupteur qu'il abaissa. Elle remarqua le sac de sport qu'il avait posé au sol. Les projecteurs métamorphosèrent aussitôt l'espace.

Thomas fronça les sourcils.

— Quoi ? s'alarma la jeune femme.

— Je… J'ai cru voir une ombre disparaître en bas à droite au moment où la lumière est descendue.

— Où ça à droite ?

— Dans l'angle près du grand réservoir où l'eau tombe des collecteurs. Sûrement un effet d'optique…

— Non, trancha Yael. Tu ne peux pas le voir d'ici mais il y a un passage à cet endroit. Le début d'un couloir pour l'entretien. Si tu as vu une ombre à cet endroit, ce n'est pas un hasard, c'est qu'il y a quelqu'un dans le passage.

Thomas lut la détermination sur ses traits. Elle avait décidément un caractère bien trempé.

— Très bien, je vais aller voir, dit-il. Il y a un moyen de descendre ?

Elle avala sa salive en réalisant ce qui les attendait.

— Dans la cuisine, la porte qui donne dans une cave. De là on peut rejoindre ce puits, pour réparer les projecteurs notamment.

Thomas passa sous l'arche en sautant les trois marches qui donnaient dans la cuisine et attendit que Yael prenne les clés.

— Au fait, ne laisse plus la porte d'entrée ouverte, lui dit-il. C'est comme ça que j'ai pu accourir lorsque tu as crié. Pratique pour cette fois, mais pas prudent du tout.

Elle acquiesça, un peu groggy, encore secouée de frissons.

— Et toi ? demanda-t-elle. Qu'as-tu fait pendant tout ce temps ?

— C'est une… longue histoire, je préfère la garder pour plus tard, quand nous aurons paré au plus urgent.

Décelant un malaise dans la voix de son compagnon, Yael insista :

— Rien de grave ? Rassure-moi.

— Je ne sais pas.

Consternée, elle le vit pousser la porte de la cave et s'enfoncer dans l'humidité des ténèbres.

15

Une ampoule nue illuminait les casiers, vides en dehors d'une demi-douzaine de bouteilles de vin qui reposaient dans un coin, la collection personnelle que Yael se constituait lentement, peu versée qu'elle était en œnologie.

Une chaudière massive bourdonnait dans l'angle opposé, un halo bleuté émergeant de ses brûleurs.

Yael s'immobilisa devant la porte du fond pour la déverrouiller d'un tour de clé.

— Tu n'es pas obligée de m'accompagner, prévint Thomas.

En guise de réponse elle ouvrit le battant et s'avança dans l'ouverture.

Le martèlement de l'eau que déversaient les deux collecteurs dans le réservoir, une dizaine de mètres plus bas, résonnait entre les murs. Yael ne s'était rendue ici qu'à deux reprises, chaque fois en compagnie de son père, et chaque fois avec le sentiment de se trouver au sommet d'une cascade souterraine, au fond d'un gouffre aux relents d'ammoniac.

L'eau de pluie chutait en tourbillonnant, vaporisant dans l'air une bruine persistante qui recouvrait tout, rendant glissante et dangereuse la descente.

Thomas saisit un des barreaux de l'échelle et entreprit d'aller rejoindre les profondeurs bruyantes. Yael examina le plafond. Elle distinguait son salon, et prit conscience qu'il était aisé, pour quelqu'un parvenant jusqu'ici, de la surveiller à son insu. Elle allumait rarement les projecteurs.

Chassant cette désagréable impression de vulnérabilité, elle emboîta le pas à Thomas. Malgré l'altitude, Yael ne ressentit aucun vertige, elle empoignait chaque échelon avec assurance et prit son temps pour parcourir la dizaine de mètres de dénivelé.

En bas ils contournèrent le réservoir, beaucoup plus vaste que Yael ne s'en souvenait, et elle désigna un renfoncement derrière lequel partait un couloir taillé dans la pierre.

La lumière des puissantes lampes leur parvenait avec moins d'énergie, certaines zones demeuraient obscures.

— Rappelle-moi de ne jamais commander une maison à cet architecte, plaisanta Thomas par-dessus le vacarme.

Yael perçut qu'il n'était pas réellement décontracté et qu'il parlait pour la rassurer. Elle commençait à s'interroger sur ce qui lui était arrivé dans l'après-midi.

Thomas s'avança dans le couloir de plus en plus sombre jusqu'à devenir complètement obscur après cinq mètres. Il fouilla dans ses poches pour en extraire un briquet qu'il peina à allumer dans cette atmosphère humide. Puis il le leva.

Seules leurs ombres frémissaient sur les murs.

Personne.

Une porte en acier barrait le chemin.

Sur laquelle on avait écrit en traits larges et rouges : « 666 ».

L'inscription était toute fraîche.

La peinture coulait encore le long de la porte.

— Je crois que je te dois des excuses, dit Thomas. Il y avait bien quelqu'un.

— Je n'aime pas ça, murmura Yael. Je… Peut-être qu'on ferait mieux de remonter.

Thomas la fixa.

— Et ensuite ? Attendre que ces gens te persécutent encore ? On cherche à te dire autre chose avec ce chiffre. (Il secoua la tête.) C'est parce que nous ne savons pas de quoi il s'agit que nous sommes obligés de subir. Mais dès que nous aurons pu éclaircir tout ça, on sera en mesure de les devancer. Il faut aller par là, ajouta-t-il en désignant la porte marquée.

Il y eut un bref flottement durant lequel Yael analysa la situation. Il avait raison, surtout ne pas subir davantage. Être actif.

— Tu crois qu'ils veulent nous faire passer cette porte ? l'interrogea-t-elle.

— Oui. 666 en soi ne veut rien dire, c'est le chiffre de la Bête dans la Bible, le chiffre du diable, c'est tout. Il faut l'associer à autre chose qui nous attend probablement de l'autre côté. Qu'y a-t-il au-delà ?

— Je ne sais pas, je ne suis jamais allée voir. D'après mon père Paris est un vrai gruyère et tout communique.
Égouts, couloirs techniques du métro, caves et catacombes.

— Charmant, rétorqua le journaliste d'un air dégoûté.

Il s'approcha du lourd battant et s'agenouilla devant la serrure sans poignée.

— C'est un mécanisme simple, il n'est pas verrouillé.

— Sauf que je n'ai pas la clé…

Thomas tâtonna la serrure.

— Tu t'es déjà cassé quelque chose ?

Surprise, Yael acquiesça mollement.

— Oui… Un accident de scooter quand j'étais ado. J'ai eu le bassin fracturé.

— Tu as encore les radiographies ?

— Oui.

— Je vais en avoir besoin. Et aussi de quoi m'éclairer si tu as.

Yael s'exécuta et revint sans tarder, tenant une grande radio dans une main et une lampe dans l'autre. Thomas se servit du cliché semi-rigide pour le faire glisser entre le chambranle et la porte, sous la serrure. Il prit appui sur ses jambes et poussa le battant de tout son poids pour faciliter l'entrée de son outil improvisé. Une fois celui-ci passé, il le fit remonter doucement vers le pêne qui s'enfonça dans sa têtière.

La porte était ouverte.

— Où as-tu appris à faire ça ? s'étonna Yael.

— Dans mon métier, deux choses sont essentielles pour durer. Primo : un très bon carnet d'adresses, deuzio : être débrouillard. Ce dernier point étant le plus vital.

Il déposa la radiographie à terre et prit la lampe qu'il éteignit aussitôt. Yael venait de pousser le vantail.

Deux bougies noires étaient allumées dans des cavités creusées à même la roche.

Le passage étroit et bas de plafond ressemblait à un tunnel de pyramide, et s'enfonçait en serpentant sous la ville. Plus loin, d'autres bougies avaient été allumées.

On les attendait.

16

Thomas fit pivoter la lampe dans sa main, pour qu'elle devienne une matraque.

Ils suivirent le tunnel jusqu'à un coude qui ouvrait sur un couloir perpendiculaire, menant à de nombreuses galeries. Des bougies balisaient la voie à suivre, une tous les quinze ou vingt mètres environ.

Les lueurs tremblantes menaient un âpre combat contre les ombres omniprésentes qu'ils voyaient glisser de mur en mur, se laisser tomber du plafond, jaillir des dépressions du sol ; des courants d'air étirés par la longueur et la complexité du labyrinthe sifflaient entre les pierres, caressant les bougies, menaçant d'en étouffer les flammes à chaque ondulation.

— Sais-tu où nous sommes ? chuchota Thomas pendant qu'ils marchaient.

Yael répondit sur le même ton, celui qu'inspirent les églises et les bibliothèques :

— Ce sont les anciennes carrières de Paris qui datent de l'époque romaine. Au début elles étaient à ciel ouvert, mais avec l'essor démographique des XIIe et XIIIe siècles, Philippe Auguste décida d'étendre la capitale. Le besoin en roche devint important, d'autant qu'il y avait de grands chantiers en cours, dont celui de la cathédrale Notre-Dame. Très vite, afin de préserver l'espace en surface, les carrières devinrent souterraines.

Thomas siffla entre ses dents.

— Belle maîtrise du sujet…

— Mon père adore l'histoire de Paris. Quand j'étais gamine, il m'en lisait des bribes le soir pour m'endormir ! Merci pour les cauchemars… Surtout lorsqu'il abordait la création des Catacombes. Au XVIIIe siècle, le cimetière des Innocents, l'un des plus grands d'Europe, était engorgé, il débordait de partout pour dire les choses. C'était un nid d'infection, à la place qu'occupent les Halles actuelles.

Ils déambulaient en se repérant aux flammes, Thomas en tête. Le journaliste écoutait d'une oreille le récit de Yael tandis qu'il fouillait du regard les taches de pénombre qui séparaient chaque bougie.

— Insalubrité, risque d'épidémies, « surpopulation », le cimetière des Innocents était une plaie au cœur de Paris. On essaya toutes les solutions, comme de construire des remparts autour et d'entasser les ossements déterrés dans les toits, pour libérer du terrain, rien n'y fit : les Innocents débordait, dégorgeait, puait à cent lieues, bref, l'horreur dans la capitale. Un jour, le mur d'une cave mitoyenne s'est fendue sous la pression d'une fosse commune trop pleine. Je te laisse imaginer la tête du propriétaire lorsqu'il est descendu pour voir. Et puis le marché des Halles était collé au cimetière, et, outre les odeurs de putréfaction qui se mêlaient à celles des victuailles, le marché manquait de plus en plus de place. Face à l'urgence on a décidé de déménager les morts pour raser le cimetière.

Yael scrutait la pierre qu'elle frôlait, caressant en pensée l'histoire incrustée dans le minéral.

— Pendant presque trente ans, jusqu'en 1814, on a vidé la plupart des cimetières parisiens pour entreposer les corps dans les anciennes carrières devenues les catacombes. Un rituel macabre s'instaurait chaque nuit. Des chars transportaient leur cargaison recouverte de draps noirs, escortés par des porteurs de torches et des prêtres chantant l'office des morts. J'imagine cette scène se reproduisant nuit après nuit pendant toutes ces années. Six millions de cadavres ont été exhumés pour être « rangés » ici, à côté de nous. C'est une face de l'Histoire dont on parle assez peu, je crois qu'on préfère l'oublier.

— Dommage, intervint Thomas, pour les Américains ce serait un atout supplémentaire, ce côté… rite funéraire sous la ville.

— Oh, alors il faudra leur expliquer que l'odeur d'œuf pourri qu'on peut sentir dans certaines stations de métro, notamment du côté des Halles, est celle de la terre imprégnée pendant tant de siècles de fluides humains en décomposition qu'elle est restée, et s'y est intégrée aujourd'hui. Je crois que depuis peu la RATP a fait en sorte d'atténuer ce désagrément. Quand j'étais gosse, c'était l'infection. Ça doit revenir de temps en temps, surtout par grosse chaleur.

— Dis-moi, ton père ne te racontait pas ça pour t'endormir j'espère ?

— Pas tout, il a gardé les aspects les plus glauques pour l'adolescence… C'était son moyen à lui de me calmer. Oui, je sais, pas très pédagogue. En fait, mon père et moi on n'a jamais été très doués pour se parler.

La galerie bifurqua à nouveau, ils longèrent une salle qui s'ouvrait sur le côté, ténébreuse, avant de poursuivre pendant plusieurs centaines de mètres. Yael brisa le silence :

— Tu crois que ça va nous mener loin comme ça ? Parce qu'il y a plus de trois cents kilomètres de tunnels sous Paris, rien que pour les anciennes carrières.

Thomas haussa les épaules. Il n'en savait pas plus qu'elle, et ne pouvait la rassurer sans mentir.

Soudain le sol se mit à vibrer.

Un ronflement qui montait en puissance, transmis par la roche. La première image qui frappa Yael fut celle d'un ver géant remontant à la surface.

Ce ver-là était en métal et empestait le caoutchouc chaud.

Et le tunnel creusé pour lui passait juste sous leurs pieds.

Celui du RER.

Le grondement était à son apogée.

Puis il s'éloigna, et ils reprirent leur route.

Un peu plus loin, une longue grille barrait un couloir sur leur droite, les bougies indiquaient la direction opposée mais Yael s'approcha des barreaux.

Une gigantesque ruche. Aux parois constituées d'une succession d'alvéoles.

Thomas actionna sa lampe et braqua le faisceau au-delà des grilles.

Les alvéoles étaient en fait des orbites creuses.

Celles de milliers de crânes humains minutieusement entassés les uns sur les autres, à côté de tibias, humérus et autres gros os longilignes.

Yael agrippa les barreaux. Sa voix était émue :

— Je te présente Montesquieu, Racine, Camille Desmoulins, Robespierre, Danton, Marat, l'Homme au masque de fer et bien d'autres anonymes qui dorment à jamais dans cette grotte sinistre.

La lampe tranchait une frange de lumière où la poussière dansait comme autant de sédiments dans un aquarium oublié. Le halo blanc glissa d'un angle à un autre, d'un renfoncement à une perspective plus profonde, balayant l'horizon de ce royaume sans fin dont les limites n'étaient que des murs de femmes, d'hommes et d'enfants sans noms.

— C'est l'ossuaire que peuvent visiter les touristes avertis, mentionna Yael avec respect. Un vaste complexe de couloirs et de salles saturés de squelettes.

Sur la clé de voûte d'une arche qui séparait deux salles, la lampe se prit dans un dessin sculpté. Un compas. Plus loin, sur une colonne, apparurent deux obélisques, l'un noir et l'autre blanc. Des symboles maçonniques. Yael se remémora les quatre tours de la bibliothèque François-Mitterrand – président amateur d'occultisme – en forme d'équerres, autre symbole maçonnique, clin d'œil subtil mais pas anodin. Maintenant qu'elle était sensibilisée à la question, Yael découvrait que le monde fourmillait de repères ésotériques, de signatures occultes. L'Histoire était écrite pour le plus grand nombre dans les manuels. Mais il existait une histoire parallèle, celle de Lincoln, de Kennedy, et de bien d'autres encore. Chaque crâne dont la nudité brillait sans équivoque avait sa propre histoire secrète. Chacun de ces os avait vécu *sa* vérité, manipulée par sa subjectivité. Bout à bout, ils avaient tous vécu *une* vérité manipulée par d'autres subjectivités. Qu'était donc l'Histoire, en fin de compte, si ce n'est la somme tronquée d'existences qu'il fallait ordonner pour écrire ce qui resterait à la postérité. Et qui ordonnait ? Qui tirait les ficelles dans l'ombre ? Des éminences grises. Partout. Souvent rattachées entre elles par des sociétés secrètes.

Mais y avait-il un sens commun ? La chronologie de l'humanité, pour manipulée qu'elle soit, était-elle erratique ou tendait-elle vers un objectif précis, transmis par ces sociétés secrètes ? Le rôle de ces dernières était-il seulement de jouer avec les hommes pour que nous tendions progressivement vers leurs desseins ?

Les signes abondaient dans le monde. Dans les coïncidences trop nombreuses pour être fortuites, dans les symboles qui pullulaient dès qu'on acceptait de les voir.

Yael accédait à cette prise de conscience.

C'était ce que les ombres voulaient.

« Vous devez savoir. Être avec nous », avaient-elles dit.

« Croyez. Et vous serez prête. »

Prête pour quoi ?

— Hey, ça va ? sonda Thomas.

Yael sortit de ses pensées brusquement.

— Viens, ne restons pas ici.

Ils reprirent le chemin des bougies noires, vers une très longue ligne droite où brillait l'infinie guirlande qui les guidait. Les petits cônes de lumière orangée formaient des niches rassurantes au milieu de l'obscurité, suspendues en une continuité de plates-formes salvatrices sur lesquelles il fallait naviguer, bondissant de l'une à l'autre au-dessus d'un abîme terrifiant. Yael les guettait avec empressement. Dès qu'ils quittaient une zone sûre pour s'enfoncer vers la nuit, elle voulait accélérer le pas pour rejoindre la suivante.

Peu à peu, ils approchaient du bout du tunnel.

Sans remarquer que, dans leur dos, les bougies commençaient à s'éteindre.

Comme soufflées par le passage d'une créature marchant dans leurs pas.

17

Après la vision des crânes empilés par milliers, Yael n'accueillait plus aussi sereinement les courants d'air qui lui balayaient les chevilles. Ils se faufilaient entre ses jambes à l'instar d'âmes fuyantes, froides et sifflantes, errant sous la ville en quête de substance.

L'impression se renforça lorsque la jeune femme marcha dans une flaque d'eau profonde.

— Merde ! lâcha-t-elle sous l'effet de la peur.

Thomas s'assura qu'elle allait bien avant de continuer.

Le sol devant eux ondoyait, le reflet des bougies posées sur des pierres surélevées ou dans les fissures du mur se cabrait étrangement avant de se tordre.

De l'eau, comprit Yael. L'eau recouvrait la terre. Ils pataugèrent bientôt jusqu'à mi-mollet. Puis jusqu'aux genoux.

Une eau huileuse, épaisse.

Leurs mouvements la faisant bruire, ses fines vaguelettes venaient clapoter contre les anfractuosités du tunnel.

Le plafond semblait plus bas, les parois plus resserrées.

Ils respiraient moins bien.

Ils étaient sous terre, loin du monde, bien plus que ne le laissaient penser les quelques mètres de roche au-dessus de leurs têtes. Ils se sentaient abandonnés. *C'est moi qui ai abandonné le monde en venant ici !* corrigea Yael. Des tonnes de masse calcaire l'entouraient. Impossible de fuir, de sortir pour respirer autre chose que cet air lourd, chargé de miasmes.

Son souffle était de plus en plus court.

Elle comprit qu'elle virait tout doucement à la claustrophobie.

C'est pas le moment. Je me calme. Je respire. Tout va bien.

L'air pouvait paraître chaud dans un excès d'angoisse, cependant l'eau était glaciale.

Elle montait au fur et à mesure qu'ils progressaient.

Mi-cuisse.

— Accélérons un peu, proposa Thomas devant.

— C'est déjà bien, non ? Ça fait au moins vingt minutes qu'on marche là-dessous.

— Accélérons, insista Thomas sans se retourner.

Et il pointa son index sur une des chandelles, qui brûlait, plantée dans une lézarde.

Yael la dépassa, sans rien remarquer.

— Pourquoi faut-il accélérer ?

Lorsqu'ils furent au niveau de la bougie suivante, Thomas désigna la mèche et le peu de cire liquide qui s'était accumulée en dessous.

— Parce qu'on vient de les allumer.

Il se remit en route aussitôt.

— Je ne sais pas qui ou quoi le fait, mais c'est juste devant nous, ajouta-t-il à voix basse.

Yael s'empressa sur ses talons, bien qu'elle fût de moins en moins convaincue de la nécessité d'aller se jeter dans la gueule du loup.

L'eau baissa alors jusqu'à n'être plus qu'une alternance de flaques. Les deux explorateurs gouttaient abondamment. Les chaussures pleines d'eau, ils devaient avancer avec prudence pour ne pas glisser sur le roc. Le couloir tourna et s'arrêta net.

Ils étaient dans un cul-de-sac.

Yael passa la tête, et guida la lampe que tenait son compagnon vers le fond du passage, à sa base. Une chatière boueuse permettait de passer de l'autre côté. Thomas laissa échapper un soupir de mécontentement. L'idée de ramper là-dessous ne lui plaisait guère. Après s'être assuré qu'il n'y avait aucun autre moyen d'avancer, il s'agenouilla et alluma la lampe pour éclairer l'endroit où il allait devoir s'enfoncer tête la première.

— Je ne vois rien de particulier. C'est assez court je crois et ça s'élargit ensuite.

Sur quoi il adressa un dernier regard à Yael et ondula pour entrer dans ce qui ressemblait à la gueule d'une bête. Un golem difforme fait de terre, imagina la jeune femme.

Tandis que le golem aspirait les jambes de Thomas, d'horribles bruits de succion provoqués par la boue résonnèrent depuis le fond de la gueule béante.

Puis la voix étouffée de Thomas monta :

— Tu peux venir.

Yael improvisa un chignon en tournant ses cheveux sur eux-mêmes et s'enfonça dans le golem.

Elle joua des coudes et des genoux pour progresser avant de surgir dans une salle d'une trentaine de mètres carrés.

Des colonnes maladroites soutenaient le ciel de la carrière, faites d'empilements de moellons plats. Des bancs rectangulaires taillés dans la pierre qui émergeait occupaient les deux tiers de la pièce, formant deux rangs côte à côte. Au fond, deux galeries obscures ouvraient sur l'obscurité. Une dernière bougie se consumait entre elles, sur un petit autel taillé à même le calcaire.

Thomas aida la jeune femme à se relever. Son pantalon mouillé lui collait à la peau et elle commençait à avoir froid.

— C'est la fin de notre périple, je crois, dit-il en désignant la table.

Ils parcoururent la distance qui les séparait du bloc sculpté et se penchèrent pour distinguer ce qui s'enfonçait dans la pierre de l'autel : une vasque.

De la taille d'une poêle et pas plus profonde qu'une phalange, une vasque ronde tout en porphyre noir. Un liquide épais et argenté irradiait au fond.

— Qu'est-ce que c'est ? s'étonna Thomas.

— Du mercure. (Elle regarda autour d'elle.) Et nous sommes dans une ancienne chapelle, je pense. Mon père m'avait raconté qu'on pouvait encore en voir quelques-unes. Certaines avaient été érigées par les moines à l'époque où ils exploitaient les carrières, d'autres par les carriers eux-mêmes, et d'autres encore par de riches mécènes, sous leurs hôtels particuliers. La dévotion et la gloire de Dieu ne reculent devant aucun sacrifice…, ajouta-t-elle avec une pointe d'ironie.

— Pourquoi tout ce chemin ? Pourquoi nous amener ici ? Il y a forcément une raison…

Yael haussa les épaules.

— Je ne sais pas, pour la symbolique je présume, il s'agit bien de ça depuis le début, non ?

Thomas lui attrapa le bras et se pencha à nouveau sur la vasque.

Le mercure venait d'onduler, une succession de minuscules vaguelettes concentriques se propageaient depuis un épicentre situé dans l'exact milieu de la nappe.

Tout à coup, le mercure se mit en mouvement, des dizaines de petites zones indépendantes se vidèrent, puis il recula, repoussé par une force invisible, jusqu'à dévoiler le fond de la vasque. Il se creusa plusieurs sillons de taille et d'orientation différentes dont certains finirent par se rejoindre, le liquide s'ouvrant comme la mer devant Moïse.

Ces trous s'allongèrent et s'assemblèrent en formes précises.

Des lettres.

— Ils communiquent, constata Yael à haute voix.

Les méthodes utilisées par les Ombres commençaient à lui devenir familières.

Les mots noirs sur le fond en relief argenté apparurent dans la vasque :

« Ce qu'il y a de l'autre côté est la seule vérité. »

Yael fut stupéfaite. C'était exactement ce à quoi elle avait songé à la vue des squelettes entassés : la notion de vérité cachée.

Les creux se remplirent de mercure puis d'autres sillons apparurent :

« Chaque chose est une apparence. »

« Il faut regarder de l'autre côté. »

« L'Histoire dans les livres est une apparence. »

« Les villes sont une apparence. »

Le liquide glissait et s'écartait avec une docilité surprenante, enchaînant les mots comme s'il était avide d'en finir.

« Le sous-sol d'une ville est l'âme nue de sa civilisation, ses arcanes. »

« Ainsi en va-t-il de tout. »

« Les arcanes de l'Homme sont dans ses fondations. »

« Son Histoire. »

« Passez de l'autre côté. »

« Et apprenez à lire dans l'ombre de l'Histoire. »

Yael frissonna. Après tout ce qu'ils avaient appris sur le billet de un dollar, sur Lincoln et Kennedy, elle pressentait que ce n'était qu'un début. Un début timide de surcroît.

« N'oubliez pas : chaque chose est une apparence. »

« Et derrière chaque apparence se cachent ses arcanes : son essence réelle, sa vérité. »

« La découvrir c'est la connaissance du monde. Le pouvoir. »

« Le pouvoir, Yael. »

Le mercure s'affaissa avec un petit *flop* pour reformer la flaque inerte du début.

Ni Yael ni Thomas n'ouvrirent la bouche.

La flamme du cierge noir semblait hilare, incapable

de se tenir droite, riant aux dépens de ces deux humains hébétés.

— J'oscille entre la crainte de ce qui se passe et la crainte de ce qui pourrait suivre, finit par dire la jeune femme.

Thomas passa les deux mains dans ses cheveux en réfléchissant.

— Tu as un sac plastique ? demanda-t-il tout à coup.

— Bien sûr, repartit Yael. Je me promène toujours dans les Catacombes avec ça.

Il fouilla la pièce du regard sans trouver de solution. Puis tira brutalement sur la manche de sa chemise jusqu'à l'arracher. Il alluma la lampe-torche et souffla la flamme de la bougie qu'il enroula délicatement dans le tissu.

— Qu'est-ce que tu fais ?

— Il y aura peut-être des empreintes.

Yael approuva, bien que l'idée lui parût saugrenue. Thomas s'accrochait encore au rationnel.

Ils se rapprochaient de la sortie lorsque la jeune femme s'immobilisa.

— Attends, ordonna-t-elle.

— Qu'y a-t-il ?

— Les Ombres tout à l'heure… le message disait que chaque chose est une apparence. Et qu'il faut regarder de l'autre côté.

— Eh bien ?

— Je me dis…

Thomas l'interrompit, l'index sur les lèvres.

— Quoi ? chuchota Yael.

— J'ai entendu un bruit.

— C'est peut-être…

Il lui fit signe de se taire et se pencha vers l'ouverture de la chatière.

Un bruit de pas dans l'eau.

— Quelqu'un vient dans notre direction, rapporta Thomas en se redressant. Il faut partir par une de ces galeries.

Yael sentit la panique la gagner.

Je me calme, je me calme. Je ne gaspille pas mon souffle maintenant.

Se focaliser sur quelque chose. Elle devait occuper son esprit.

Elle insista :

— Avant de partir, je voudrais vérifier un truc, d'accord ?

— On n'a pas le temps.

Sans l'écouter elle attrapa la vasque et essaya de la soulever.

— C'est trop lourd, aide-moi.

— Yael, il faut filer tout de suite.

— Aide-moi ! insista-t-elle.

Thomas pesta et prit l'autre bord de la vasque. Ils forcèrent et réussirent à la lever. Elle pesait beaucoup plus lourd que sa taille ne le laissait supposer. Au prix d'un dernier effort, ils la déposèrent sur le côté de l'autel.

Un trou carré était creusé dans la pierre masquée jusqu'à présent par le bassin.

— Chaque chose est une apparence, il faut passer de l'autre côté, répéta Yael avec une certaine fierté malgré la peur qui l'étreignait.

Elle enfouit la main dans l'orifice.

Ses doigts entrèrent en contact avec une surface lisse.

Du cuir. Elle palpa la cavité et en ressortit un livre.

De petit format mais épais, il était relié d'un cuir satiné qui lui donnait l'apparence d'un vieil ouvrage.

Une bible.

Thomas la saisit par l'épaule et l'entraîna vers l'une des deux galeries qui menaient ailleurs.

Dans son dos, Yael entendit distinctement le signal d'alarme : le golem venait de se mettre à engloutir goulûment un nouvel invité.

18

Yael et Thomas couraient dans le sillage blanchâtre de leur lampe secouée de soubresauts et dont le faisceau révélait mal les dangers du sol.

Une voix masculine leur parvint depuis la chapelle, juste derrière eux :

— Ils sont là !

122 Yael sentit que Thomas accélérait, prenant de plus en plus de risques. Ils ne distinguaient les obstacles – pierres et crevasses assez larges pour leur fracasser le pied – qu'au tout dernier moment.

Le son des pas lourds lancés à leur poursuite résonna dans la galerie.

Le couple dépassa un premier carrefour sans chercher à changer de direction. Au suivant, Thomas entraîna Yael dans le passage de gauche, sans savoir où ils allaient mais dans l'espoir de semer les hommes qui les suivaient.

Malgré les virages qu'imposait le tunnel, leur lampe les trahissait.

Lorsqu'il fut évident qu'ils ne parviendraient pas à distancer leurs poursuivants, Thomas attendit un nouveau croisement, à quatre voies cette fois, et coupa la lampe.

Surprise, Yael s'arrêta net.

Dans le noir complet, elle tourna sur elle-même.

— Thomas ? chuchota-t-elle hors d'haleine.

— Chuuut ! ordonna-t-il. Viens par ici, cache-toi.

Elle essaya de repérer le son de sa voix, ce que le

journaliste espérait. Mais l'émotion et la fatigue physique la jetaient en pleine confusion. Elle tâtonna le long de la paroi humide.

— Dépêche-toi ! pressa-t-il.

— Où es-tu ? demanda-t-elle, de plus en plus stressée.

Les chasseurs approchaient, elle pouvait percevoir leurs souffles sur le bruit de leur course.

Yael palpait la pierre froide.

Les lueurs des lampes apparurent. Ils seraient là d'une seconde à l'autre.

Sous la main de Yael le mur s'interrompit.

Une ouverture.

Les halos devinrent subitement des faisceaux en mouvement.

Yael se précipita dans le goulet.

Elle s'enfonça à l'intérieur, une main tendue devant elle pour sonder les ténèbres, l'autre caressant la roche pour garder un repère.

Malgré la peur de trébucher, elle allongea sa foulée, priant pour qu'aucun obstacle ne soit sur sa route.

Puis elle s'immobilisa, contenant sa respiration, guettant une présence éventuelle.

Une voix étouffée monta jusqu'à elle :

— Je vais par là.

Rapidement suivie d'un mouvement de lumière dans le chemin où elle se trouvait.

Oh non...

Elle aspira une grande goulée d'air et s'élança à nouveau. Où était donc Thomas ? Certainement dans une autre direction.

Peut-être un peu plus loin, espéra-t-elle en pressant le pas.

L'homme à ses trousses disposait d'une lampe, il pouvait courir sans se casser le cou... Si elle n'en faisait pas autant, il serait sur elle en un rien de temps.

Elle n'y voyait rien. Sa main droite s'écorchait à force de frotter le mur.

Brusquement elle se mit à palper ses poches de jean. Un bref espoir la traversa.

Elle sortit son téléphone portable et pressa une touche pour enclencher le rétro-éclairage qui diffusa une lueur bleutée suffisante pour apercevoir le sol.

Yael se mit aussitôt à courir.

Elle se félicita d'autant plus d'avoir eu cette idée qu'elle enjamba une marche qui à coup sûr l'eût fait chuter dans le noir. Elle gagna en confiance et prit de la vitesse.

L'absence de toute autre voie la préoccupait. Si elle s'était engagée dans une impasse elle était fichue.

Ses jambes galopaient à présent.

Elle bondit dans un virage sans perdre son impulsion.

Le nimbe salvateur de son téléphone dévoilait un parterre instable, jonché de petits cailloux.

Subitement, il s'ouvrit sur le néant.

Un immense abîme remplaçait le sol.

Un pas de plus et Yael s'envolait dedans en sprintant.

Elle n'eut que le temps de rejeter tout son poids en arrière.

Ses épaules partirent les premières, puis ses bras tentèrent de contrebalancer son élan, les hanches suivirent.

Elle perdit l'équilibre, l'opposition des forces la fit déraper et basculer sur les fesses.

Juste au bord du gouffre.

En haletant, elle leva doucement son mobile : le couloir s'achevait là, par un trou béant.

Elle se pencha au-dessus, à genoux.

Le début d'un autre niveau se devinait cinq mètres plus bas, sous la surface d'une eau brune et pâteuse. Yael en avait entendu parler par son père, les niveaux inférieurs étaient rares et en général inondés.

Elle se releva pour sonder les bords.

Aucune autre sortie. Elle ne pouvait que faire demi-tour.

C'est alors que la lampe de son poursuivant se leva comme une lune de sinistre augure.

19

Loïc Adam était à deux doigts de faire demi-tour.

L'homme et la femme qu'il cherchait avaient probablement pris une des autres directions au carrefour.

Il insista néanmoins jusqu'au virage suivant, en resserrant la prise sur la crosse de son Beretta. Il ne fallait prendre aucun risque.

Il éclaira l'étranglement pour découvrir un cul-de-sac.

Le sol s'ouvrait sur un large puits sans margelle.

Ils ne pouvaient être passés par là. Qu'auraient-ils fait ? Sauté ?

Par acquit de conscience, Loïc se pencha au-dessus du vide.

Yael l'avait vu s'approcher, la frôler dans la minuscule échancrure où elle s'était enfoncée au dernier moment.

Dès qu'il se retournerait, il ne pourrait pas la manquer.

Le pire était cet objet qui pointait dans sa main.

Une arme à feu.

Qui était-il ?

Dans quel pétrin s'était-elle fourrée ?

L'homme marcha jusqu'au bord de la trouée.

Yael sut ce qu'elle devait faire.

Aucune autre alternative.

L'eau amortirait sa chute, au pire il se casserait un membre.

Fais-le !

Yael se rua rageusement hors de sa cachette, les deux bras en avant, percutant le dos de l'homme avec toute la violence que déclenche la peur.

Elle le vit basculer en cherchant frénétiquement à se rattraper.

Une seconde plus tard le bruit du choc monta du niveau inférieur.

Yael sursauta de dégoût.

Elle n'osa regarder qu'après avoir rassemblé son courage.

La lampe, à peine engloutie par la boue, éclairait faiblement la scène.

L'homme était étendu dans l'eau sombre, la tête curieusement tournée.

Yael ouvrit des yeux horrifiés.

Sa nuque !

Ses doigts s'agitaient convulsivement, ainsi que la jambe qui dépassait de la mare poisseuse. Mais surtout elle voyait ses yeux. Abominables. Ils bougeaient en tous sens, miroirs de cette vague froide qui s'emparait de lui.

Yael fixait la scène en pleurant. Elle le reconnaissait. C'était l'homme aux prunelles tranchantes de la bibliothèque. Celui-là même que Thomas avait suivi dans l'après-midi.

Les tremblements redoublèrent, éclaboussant la grotte en contrebas. Les yeux exprimaient une terreur sourde, cette fois la conscience de la mort était palpable. L'homme était *presque* mort, et il le savait.

Yael réalisa toute l'horreur de l'expression « se sentir mourir ».

À l'ultime seconde, l'individu planta son regard fou dans celui de la jeune femme.

Il la suppliait.

Puis, tout doucement, il s'enfonça dans la boue.

Les deux hommes s'étaient séparés, fouillant des tunnels opposés, et Thomas était revenu sur ses pas, la lampe de nouveau en action, à la recherche de Yael.

Il venait de perdre sa trace dans l'affolement.

Il lui avait semblé l'entendre une dernière fois dans la galerie voisine de la sienne. Mais si c'était le cas, l'un des hommes la pistait.

Courir à son secours. Voilà ce qu'il devait faire. Tant pis pour les risques, il lui était impossible de la laisser seule.

Thomas attendit juste ce qu'il fallait pour ne pas se faire repérer et s'engagea à son tour à la poursuite de la jeune femme.

Une minute de progression, et des pas résonnèrent.

Puis à nouveau le silence.

Juste avant l'écho d'un choc. Un bruit sourd.

Son cœur tressauta.

Le pire des scénarios surgit dans son esprit, qu'il balaya aussitôt pour se précipiter vers ce qu'il pensait être une lutte.

Il se retrouva nez à nez avec Yael, tremblante.

— Je l'ai tué, dit-elle.

Thomas jeta un bref coup d'œil à ce qui se trouvait plus bas et la prit par la main.

Il l'entraîna vers le dernier embranchement et elle se laissa faire.

Ils regagnèrent la chapelle en toute hâte et, de l'autre côté de la chatière, Thomas demanda à Yael de l'aider à soulever une énorme pierre qu'ils firent glisser jusqu'à bloquer l'ouverture.

— Seul et à plat ventre là-dessous, je lui souhaite bien du plaisir pour la bouger. Il devra se trouver une autre sortie, ce qui nous laisse un peu de temps.

Yael s'extirpa de son silence confus :

— Du temps pour quoi ?

— Pour faire tes valises. Tu ne dois plus rester là.

— Je ne comprends pas, fit-elle, toujours en état de choc.

— Je t'expliquerai une fois dehors, j'ai déjà eu affaire à ces types-là tout à l'heure, dans le métro.

Il saisit la jeune femme par les épaules, tandis qu'il ajoutait :

— Tu es en danger, Yael.

20

Les mains qui jetaient en vrac ses vêtements dans la valise n'étaient pas les siennes.

Yael assistait, incrédule, à ce que son corps faisait, sans y prendre part. À ses côtés, Thomas ordonnait, alternant la douceur et une fermeté commandée par l'urgence de la situation, et l'enveloppe charnelle de la jeune femme obéissait.

Les cartes postales punaisées entre des photos, les souvenirs de voyage, les livres et la décoration affective, tout ce qui constituait son patrimoine émotionnel et chronologique glissait sous son regard comme si elle était chez une inconnue. Elle perdait une part d'elle-même.

Les tissus tombaient dans le bagage avec une lenteur déconcertante, même la voix de Thomas lui parvenait après un temps de latence anormal.

Sur chacun de ses sens se superposait un fragment du meurtre qu'elle venait de commettre.

Elle portait le goût de la boue sur la langue.

L'odeur du sang dans son nez.

Et le visage terrifié de cet homme se confondait avec les angles de sa chambre.

L'acte sacrilège qu'elle venait de commettre s'assemblait sans cesse par morceaux, comme en puzzle, sur l'autel de sa conscience.

Bientôt elle ne maîtrisa plus rien, prisonnière passive de ses mouvements.

Il n'y eut plus que ses gestes et la voix de Thomas, au loin, dans une sphère ouatée, cependant qu'elle étouffait derrière ses barrières de coton, plus seule à chaque minute.

Elle réalisa qu'elle marchait dans la rue, son chat dans les bras, talonnant Thomas qui déposa dans le coffre de la 206 sa valise et le sac de sport qu'il avait apporté plus tôt dans la soirée. Il avait ses clés et prit le volant.

Le paysage défila, lui aussi entre deux mondes. Celui des apparences, des façades hermétiques, et l'autre, transparent, qui filait sur la vitre de la voiture… Un groupe de gars discutaient devant une épicerie, des bouteilles de vin à la main. Plus loin, à un feu rouge, un couple d'une quarantaine d'années se tenait par la main. Une adolescente promenait son chien en guettant le ciel. Une vieille femme avançait péniblement, les yeux plongés dans l'ailleurs.

Vers l'infini éphémère de son existence.

Les larmes se déversèrent enfin sur les joues de Yael.

Ses paupières se soulevèrent peu à peu.

Elle était épuisée, son corps engourdi immobile entre les draps.

La pièce était assombrie par la nuit, elle ne la connaissait pas. Un mobilier sommaire, dépouillé.

Elle tourna la tête vers un réveil digital dont les chiffres brillaient en traits rouges.

4 : 18

Elle se redressa pour allumer la veilleuse qui surplombait la table de chevet.

Kardec, qui s'était roulé en boule au bout du lit, lança un miaulement réprobateur en direction de la lumière qui le tirait de ses rêves de chat.

Dans le lit jumeau, Thomas ouvrit les yeux aussitôt, les prunelles fixes sous l'empire des songes, avant d'émerger vraiment.

— Ne t'inquiète pas, dit-il, la voix enrouée par le sommeil. Nous sommes dans un hôtel.

Elle agita la tête mollement, elle ne comprenait pas.

— Où ça ? Où ça ? répéta-t-elle dans sa torpeur.

Thomas glissa vers elle et tendit son bras nu. Il lui caressa les cheveux.

— Détends-toi, pour l'instant tu dois dormir.

Elle se rallongea.

— Qu'est-ce qui nous arrive ? demanda-t-elle, encore ankylosée.

— Nous en parlerons demain.

À demi assoupie, elle balbutia :

— Je veux… Je veux… oublier. Que rien de tout ça…

Thomas, doucement, continuait de glisser ses doigts dans les mèches soyeuses de la jeune femme.

— … soit… arrivé.

Lorsqu'elle fut endormie, Thomas médita sur cette journée insensée et ses conséquences. Il but un peu d'eau à même la bouteille et scruta la table sur laquelle était posée la bougie noire qu'il avait emportée dans sa manche de chemise.

Elle représentait la longueur d'avance qui leur manquait.

Le moyen de passer à l'action.

Restait à la faire parler.

DEUXIÈME PARTIE

LE ROYAUME DES THÉORIES

BLOG DE KAMEL NASIR. EXTRAIT 4.

J'ai parlé des liens entre les occupants de la Maison-Blanche et les empires financiers, mais il existe un groupe dont on parle assez peu au final. Peut-être parce que la presse indépendante n'existe plus vraiment aux USA, et de moins en moins dans le reste du monde. Tous les journaux et les chaînes de télévision de grande audience appartiennent à des groupes gérés par des milliardaires aux intérêts politiques et stratégiques certains.

Il n'en demeure pas moins que Bush fut membre du Conseil d'administration du groupe Carlyle, dans lequel travaille son père, Bush senior, et qui est dirigé par un certain Frank Carlucci, lui-même ancien directeur adjoint de la CIA et ministre de la Défense sous Reagan. Ce groupe est le plus important fonds d'investissement privé des États-Unis, avec 13 milliards de dollars d'actif et 16 milliards de dollars de revenus annuels. Si on s'arrête un instant sur Carlucci, on constate qu'il est soupçonné d'avoir facilité l'accession au pouvoir du général Mobutu tout en étant impliqué dans l'assassinat de Patrice Lumumba, son rival. Après sa carrière politique, le temps de noyauter le gouvernement, diront les mauvaises langues, Carlucci entre dans le monde des affaires, principalement dans celui de l'armement et de la sécurité, via Sears World Trade d'une part, qui fait faillite en 1986 tandis que le scandale explose – SWT servait de couverture à des opérations illégales des services secrets – et via Wackenhut d'autre part, une société de sécurité privée dont la réputation douteuse dit qu'elle sert de paravent à la CIA, et qu'elle est rattachée à l'extrême droite américaine. Carlucci devient millionnaire en quatre ans seulement avant de présider le groupe Carlyle[1].

Au lendemain de son élection, George W. Bush signait un contrat d'armement de 12 milliards de dollars avec le groupe Carlyle, portant sur un nouveau système d'artillerie alors que tous les experts du Pentagone le jugeaient inadapté à leurs besoins.

Encore plus étonnant, le matin du 11 septembre 2001, au moment précis où le premier avion impacte la tour du World Trade Center, la réunion annuelle des actionnaires Carlyle s'ouvre à Washington. La famille Ben Laden y assiste, puisque ayant investi de l'argent dans le groupe Carlyle. (Décidément, c'est fou le nombre de passerelles qui existent entre le gouvernement américain, les industriels et l'Arabie Saoudite !) Deux jours plus tard, tandis que le trafic aérien est paralysé, un avion est spécialement autorisé à quitter le territoire américain. L'appareil vient de rassembler les membres de la

1. Bien que cela n'efface en rien tous ses liens et ce qu'il a pu faire au sein de Carlyle pendant près de quinze ans, Carlucci vient finalement de céder son poste à Louis Gerstner, ancien patron d'IBM, probablement parce que la polémique devenait trop forte, même si ça ne sera jamais la raison officielle. Un Gerstner qui a occupé des postes très importants à American Express, RJR Nabisco (industrie du tabac !) et McKinsey & Company (aussi connu sous le nom de « La Firme ». La Firme fait du consulting en management, ayant comme clients trois des cinq plus grosses compagnies mondiales et les deux tiers des mille plus grosses compagnies américaines…), bref un homme d'influence et de relations qui évolue parmi celles et ceux qui font l'économie américaine, voire mondiale. En 1997, il affirmait qu'il serait à la tête d'IBM jusqu'à ses soixante ans. Il a pris la direction de Carlyle à tout juste soixante ans… Beau timing. Comme le soulignait le magazine *Business Week :* « Carlyle embrouille les théories conspirationnistes. »

famille Ben Laden et les ramène en Arabie Saoudite. Personne n'a cherché à les interroger. Pire, pour que l'avion puisse décoller il a fallu une autorisation émanant du plus haut niveau...

Ces faits sont avérés, il ne tient qu'à vous d'aller les vérifier.

Quand on sait que les Ben Laden payent Colin Powell 200 000 dollars pour donner une conférence de quinze minutes à l'université de Boston, et ce, une semaine avant qu'il ne devienne ministre des Affaires étrangères, on peut se poser des questions.

Il faut savoir que les Saoudiens font partie intégrante de l'économie américaine, ils ont dans les banques du pays près de 1 000 milliards de dollars ! Ils ont investi partout, notamment dans les empires des médias, tel AOL Time-Warner. Ils sont partout. Main dans la main avec les industriels américains.

Premier point donc : les liens sont inextricables entre les groupes industriels, le gouvernement américain et les familles saoudiennes.

Second point à venir : la théorie démente de la conspiration.

21

C'était un lundi matin pareil à un lendemain de fête trop arrosée.

Yael avait le front lourd, le corps raide.

Si le sommeil avait apposé un voile de distance sur l'horreur de la veille – sans pour autant soulager sa conscience –, il lui avait du moins permis d'accepter les circonstances qui atténuaient sa culpabilité. Elle avait longuement parlé avec Thomas à son réveil, tôt dans la matinée.

Il avait insisté sur l'importance de sa défense, la légitimité de son geste pour sa survie.

Ils avaient enfin mis sur la table le mot qui faisait peur à Yael autant qu'il la rassurait : la police.

Elle voulait y aller, tout expliquer, justifier son acte, crier le plus fort possible qu'elle ne l'avait pas fait exprès, qu'elle n'avait pas souhaité la mort de cet homme. Qu'elle s'était seulement défendue.

Thomas avait gardé le silence un moment, avant de lui demander ce qu'elle comptait dire aux officiers de police qui l'interrogeraient.

Les ombres dans les miroirs. Les mots sur l'ordinateur débranché et tout le reste, qu'avaient-ils comme preuves de tout cela ?

Rien. La parole de Yael.

— Les seules preuves dont tu disposes, avait-il souligné, sont un billet de un dollar couvert de tes empreintes et une bougie noire. C'est mince. (Il avait posé sa main sur le genou de Yael.) Je suis certain que la solution de toutes ces bizarreries est là, sous nos yeux, il suffit de creuser dans la bonne direction. Cette bougie va peut-être nous y aider.

— Comment ? avait-elle questionné.

— En faisant quelques courses, dit-il en souriant.

Ils étaient sortis. Leur hôtel se situait porte de Versailles, en face de la grosse sphère du Palais des Sports. Ils déambulèrent rue de Vaugirard jusqu'à entrer dans un magasin de bricolage, où Thomas acheta de la colle, puis ils allèrent faire des emplettes, de la nourriture essentiellement, que le jeune homme insista pour payer.

Sur le chemin du retour, Yael, oppressée, sursautait à chaque pétarade de moteur. Face au mutisme de la jeune femme, Thomas décida de clarifier la situation :

— Maintenant que nous avons un peu de temps, je te dois une explication sur ce que j'ai fait hier après-midi.

Comme elle ne répondait pas, il poursuivit :

— J'ai suivi ce type jusque dans le métro à côté de la bibliothèque. Je voulais savoir ce qu'il mijotait, mais il m'a repéré tout de suite et s'est mis à cavaler. Je l'ai poursuivi et ça a mal tourné. Une chose est sûre : ce mec savait ce qu'il faisait. Il m'a repéré en un rien de temps, il avait une sacrée condition physique, et il n'a jamais perdu son sang-froid, au contraire. Il n'a pas couru n'importe où, il m'a entraîné vers un complice, dans le métro. Le temps que je comprenne et j'étais coincé dans la rame.

L'évocation de l'homme qu'elle avait tué fit vaciller Yael. Ses yeux s'embuèrent.

— Ils se sont rapprochés de moi, enchaîna Thomas qui n'avait rien remarqué. Et le premier m'a dit de me mêler de mes affaires. Que la curiosité était une bien mauvaise chose et qu'ils allaient me faire passer l'envie de fouiner. Le train est arrivé à la station suivante. Sur la ligne 14 l'ouverture des portes est automatique, j'en ai profité, j'ai sauté de la voiture en leur gueulant dessus. (Il joua la scène d'une voix agressive :) « Eh bien venez, maintenant ! Venez m'arranger le portrait devant les caméras ! Ça me ferait plaisir d'enregistrer ça sur vidéo ! »

Il tentait d'en rire, mais son assurance de façade se craquelait encore sous l'émotion.

— Ils ont compris que s'ils sortaient du wagon ils seraient sous le nez des caméras de surveillance, et ils n'ont pas souhaité ce genre de publicité. Ensuite je suis allé à Saint-Denis, pour prendre quelques affaires, je comptais m'inviter chez toi le temps de comprendre ce qui se passe. Je suis arrivé en début de soirée, j'ai frappé à la porte, jusqu'à t'entendre hurler, tu connais la suite.

Ils arrivaient à l'hôtel Mercure. Thomas observa Yael, toujours silencieuse, et vit les larmes sur ses joues. Il posa ses sacs et la prit aux épaules.

— Je sais que tout s'accumule, dit-il doucement.

Pourtant c'est le moment d'être forte. Ces hommes étaient probablement des professionnels. On a eu une chance folle de s'en sortir, et sincèrement, je crois que si tu avais hésité à faire ce que tu as fait, c'est toi qui serais dans la boue en ce moment. Tu comprends ? Yael, regarde-moi.

Ils se firent face.

— Cette image qui te hante, murmura-t-il d'un ton ferme, elle t'a sauvé la vie ! Tu aurais préféré y rester ? C'est ça que tu aurais voulu ? Finir comme lui, à sa place ? Parce que lui, crois-moi, il n'aurait pas hésité une seconde ! Garde bien ça en tête. C'était lui ou toi. Point !

Elle déglutit puis hocha la tête pour signifier qu'elle comprenait, qu'elle était d'accord. Le digérer serait une autre histoire, une question de temps, *si c'est possible*, pensa-t-elle.

Thomas saisit à nouveau les sacs.

— Pour l'instant, ce qui compte c'est que nous soyons là tous les deux. Qui te veut du mal ? Pourquoi ? C'est ce qu'on va essayer de découvrir pour que la police puisse te croire. On va te sortir de cette histoire, d'accord ?

Elle réussit à lui sourire, et il déposa un baiser sur son front.

Ils entrèrent dans le hall et gagnèrent le quatrième étage pour retrouver leur chambre.

Yael rangea leurs provisions dans le minibar, servit des croquettes à Kardec dans une écuelle neuve, lui installa une litière et s'empara de vêtements propres.

— Je vais prendre un bain pour me détendre, prévint-elle.

Elle revint une heure plus tard, droite et déterminée. Thomas eut de la peine à reconnaître la jeune femme qu'il avait dû rassurer toute la matinée.

Pendant que l'eau moussait autour d'elle, Yael s'était contrainte à revoir toute la scène, à se repasser en boucle la séquence effroyable pour finalement inverser les rôles. Elle avait superposé son visage à celui de l'homme, et s'était vue périr, cependant que là-haut il guettait sa souffrance, lui et son faciès taillé à la serpe, l'iris froid et cruel, satisfait de sa mission accomplie. Il était venu dans les Catacombes pour ça. Pour la tuer. Il était armé, pas elle. Thomas avait raison : elle était une survivante, pas une meurtrière. C'était lui qui avait provoqué sa propre mort.

— Que comptes-tu faire de la bougie ? demanda-t-elle avec un dynamisme tout neuf.

Déconcerté par un tel changement, Thomas mit cinq secondes à répondre :

— Euh… Vérifier s'il n'y a pas d'empreintes digitales dessus. Et prier pour en trouver.

Il désigna le bureau dans un angle de la pièce.

Il avait découpé le fond d'une bouteille d'eau en plastique. À cinq centimètres du bas, il avait creusé une encoche horizontale dans laquelle était plantée une cuillère à café, le manche ressortant des deux tiers de l'autre côté. Juste au-dessous brûlait une bougie chauffe-plat dont la flamme léchait la cuillère. Une matière transparente et visqueuse stagnait dans la cuillère. Thomas avait rebouché la bouteille après avoir accroché la bougie noire à une ficelle suspendue.

— Le liquide c'est de la Super Glue, expliqua-t-il. Un cyanoacrylate. Exactement la même substance qu'utilise la police scientifique pour relever les empreintes par technique de fumage. Par exemple dans l'habitacle d'une voiture, plutôt que de tout badigeonner avec des poudres, on ferme les vitres, et on enfume l'intérieur avec un cyanoacrylate pour faire ressortir les empreintes. Tu vas voir, lorsque la colle atteindra les cinquante degrés, elle entrera en ébullition, et les produits chimiques dégagés vont venir se déposer sur les acides aminés, acides gras et protéines contenus dans les empreintes digitales, s'il y en a.

— Où as-tu appris ça ?

— Je suis journaliste, non ? répondit-il en jouant les mystérieux. J'ai bossé avec un type de la police scientifique pour faire un reportage sur leurs méthodes il y a quelques mois. Et ce que j'ai tenté de reproduire ici, c'est une petite chambre de fumigation.

— Si ça marche, on fait quoi ? On l'apporte aux flics ?

Il secoua vivement la tête.

— Non. Je contacterai cet ami en question, je lui demanderai comme un service de passer l'empreinte dans le fichier automatisé des empreintes digitales, le FAED, en espérant que ça nous conduira à une piste intéressante. Sinon il faudra trouver autre chose. Une fois qu'on sera sûrs d'avoir assez d'informations pour convaincre la police que des hommes cherchent à te nuire et que tu n'es pas une douce barjot, on ira ensemble au commissariat.

— Tu as envisagé qu'on ne puisse rien trouver ? Rien prouver ?

— Ne commence pas à nous porter malheur.

— Superstitieux ? se moqua-t-elle pour conjurer l'angoisse qui pointait à nouveau.

— J'ai du sang irlandais du côté de mon père,

rétorqua-t-il en se penchant vers la bouteille en plastique. Irlande et superstition, c'est un pléonasme.

L'intérieur s'opacifiait peu à peu, prenant une teinte lactescente.

Thomas se servit une canette de thé glacé en l'observant.

— Pourquoi cet hôtel-là ? demanda-t-elle soudain, comme si le décor lui parvenait enfin.

— Parce qu'il est confortable, et situé dans un quartier très animé, notamment avec les halls d'exposition et le Palais des Sports, on nous remarquera moins. Et puis c'est pratique : qu'on veuille s'enfoncer dans la ville par la rue de Vaugirard qui remonte presque tous les arrondissements jusqu'au jardin du Luxembourg ou s'en éloigner par le périphérique, tout est possible en un instant.

Ils déjeunèrent de sandwiches maison et prirent leur mal en patience. Couché sur le dos, les quatre pattes en l'air, Kardec jouait pendant ce temps avec un emballage de surimi, apportant à la chambre un peu de gaieté et d'innocence.

Après une heure de processus chimique, la bougie noire pendait toujours dans sa carapace transparente.

Des dizaines de minuscules sillons blancs enroulés les uns dans les autres naissaient sur la cire. Les empreintes formaient des grappes en relief.

Le journaliste colla son nez au plastique.

— Les espèces de pâtés confus que tu vois en haut sont certainement les miennes. En revanche, je suis catégorique : je n'ai pas posé les doigts ailleurs.

Il lança un regard confiant à Yael.

— Maintenant, reste à croire en notre chance et que notre poseur de cierges soit fiché par la police.

22

Le timbre juvénile de Cyndi Lauper s'éleva des haut-parleurs. « *Time after time* », chantait-elle dans la voiture de Yael.

Celle-ci se tenait derrière le volant, massacrant la chanson en prononçant un mot sur deux – celui qui lui revenait en mémoire. Garée quai de l'Horloge, elle attendait Thomas sur l'île de la Cité, entre les hautes façades haussmanniennes d'un côté et le défilé des anciens lampadaires qui bordaient la Seine de l'autre, les toits du Louvre dépassant dans le lointain.

La musique rappelait à Yael la période de son adolescence où cet air était un tube à la mode. Une époque non dénuée pour elle de doutes, de peurs et de colères. Qu'est-ce qui avait *réellement* changé depuis ? Les motifs de ses griefs et appréhensions, et bien sûr le poids de ses responsabilités. Mais elle ne regrettait pas ce temps révolu, contrairement à certaines de ses amies qui vantaient les mérites de cette insouciance perdue. Yael n'y croyait pas. Elle en était venue à élaborer sa propre définition de l'âge. Vieillir, c'était arrondir les angles de son passé, lustrer ses souvenirs. « Bien vieillir », c'était être capable de ne pas garder en soi trop d'épines, trop d'aspérités sur lesquelles se blesser l'âme. Et pas pour dorer son image aux yeux des autres ou se mentir à soi-même, mais parce que niveler ses blessures était le meilleur moyen d'accepter de vieillir.

La silhouette de Thomas surgit hors du porche d'un bâtiment du XIXe, une enveloppe kraft à la main.

Il était allé voir son ami policier pour tenter d'obtenir une identification des empreintes relevées sur la bougie.

Yael le fixa attentivement, cherchant à déceler s'il était satisfait ou abattu. Rien ne transparaissait. Impatiente, elle se pencha pour lui ouvrir la portière.

— Alors ? aboya-t-elle par-dessus la musique qu'elle coupa dans la foulée.

— Toi aussi tu vas devenir superstitieuse, lança-t-il en s'asseyant dans l'auto. Nous avons… de la chance.

Il claqua la portière et renversa le contenu de l'enveloppe sur ses cuisses.

La bougie était dans un sachet plastique auquel une fine liasse de feuillets était agrafée. Thomas s'en empara pour les lire à voix haute.

— « Olivier Languin, connu des services de police pour port d'arme sans permis, coups et blessures, conduite dangereuse… »

Il fit face à Yael pour lui offrir un sourire satisfait :

— Bref, un bon client. Avec un dossier pareil, on ne me dira pas que ses empreintes sont là par hasard. Mon ami a appelé un flic qui le connaît pour l'avoir coffré à deux reprises. D'après lui Languin est un type malin qui a trempé dans pas mal d'affaires douteuses sans se faire pincer, mais c'est un second couteau. Plutôt du genre à se faire recruter comme homme de main, pas un cerveau.

— Attends un peu, je suis larguée… Je comprends rien au rapport entre ce Languin et les Ombres qui apparaissent dans les miroirs. Comment c'est possible ?

— Ça, je l'ignore. Ce que je vois, c'est un type qui a l'habitude d'être engagé pour des opérations louches et qui a cherché à t'entraîner dans les catacombes de Paris.

— Alors tu crois qu'il travaille pour quelqu'un ?

— Je suis prêt à parier ma chemise.

Yael s'enfonça dans son siège, les deux mains sur le volant.

— J'ai toutes les informations là-dedans, continua Thomas en agitant son dossier. Adresse, profession…

— Parce qu'il a un boulot officiel ?

— Oui… il bosse dans…

Thomas consulta les pages et soudain pencha la tête, la bouche grande ouverte.

— Qu'est-ce qu'il y a ? s'inquiéta Yael.

— Il… Il travaille dans une entreprise qui fabrique des miroirs.

Yael se raidit.

— Où ça ?

— Euh… À Pantin, près du canal de l'Ourcq.

Yael tourna la clé et le moteur de la 206 fit claquer ses soupapes.

La Cité des Sciences et de l'Industrie étalait sa masse de verre et d'acier au bord de la route, sous l'œil étincelant de sa géode.

La voiture fonçait sur le boulevard périphérique dominant le nord-est de Paris.

Elle se déporta sur la droite et prit la sortie « Porte de Pantin » pour se fondre dans la circulation qui s'éloignait de la capitale en ce milieu d'après-midi.

— Tu devrais ralentir, ce n'est pas le moment de se faire arrêter, avertit Thomas qui se tenait à la poignée.

— Prends le plan dans la boîte à gants, répliqua Yael. Et indique-moi la route jusque là-bas.

Thomas n'insista pas et fouilla dans le petit coffre.

— Tu ne trouves pas ça trop facile ? fit Yael en freinant à un feu rouge.

— Quoi donc ?

Elle eut un geste vague de la main.

— Ça… Avoir la chance de trouver des empreintes, et qu'elles correspondent à un homme fiché. C'est pas un peu… trop simple par rapport à ce qu'on a vécu ?

— Ah, parce que toi tu trouves ça facile ? s'étonna

Thomas. Encore fallait-il penser à partir d'une bougie, y relever les empreintes, avoir la possibilité de les faire analyser, rien que ça ce n'est pas *facile*. Mais on y a pensé, voilà ! Et puis il n'est pas surprenant que ce type soit fiché, c'est le contraire qui l'aurait été. Imagine que tu veuilles engager un mec pour faire un sale boulot, tu vas aller le proposer à un banquier, à ton boulanger ou au serveur qui t'apporte ton café ? Non, tu t'adresses à un criminel, à un pro.

— Vu sous cet angle…

Il n'avait pas tort. Elle n'était pas dans un film où n'importe qui pouvait être un assassin professionnel.

Le feu passa au vert et Yael écrasa la pédale d'accélérateur.

La Peugeot bleue navigua dans un dédale de rues étroites et sinueuses avant d'entrer dans un quartier industriel dont une partie des bâtiments étaient à l'abandon et les terrains, en friche.

Elle bifurqua dans une impasse qui s'achevait sur le canal de l'Ourcq. Un quai de déchargement pour semi-remorques s'allongeait sur le côté gauche, tandis qu'un mur coupé en son milieu par un portail ouvert occupait le flanc droit. Derrière le mur émergeait une construction vétuste de deux étages, occupée aux deux tiers par un entrepôt en tôle.

— Gare-toi là, indiqua Thomas en montrant un renfoncement à l'entrée de la ruelle. Maintenant il faut adopter la bonne stratégie.

— Tu as une photo de lui ?

Thomas fouilla dans ses documents et lui tendit une photocopie. Le cliché n'était pas de bonne qualité, on distinguait néanmoins un homme au visage rond, à la moustache épaisse et aux cheveux broussailleux. Sur l'impression papier, il semblait avoir de très grosses paupières, comme gonflées.

— Sale gueule, commenta Thomas.

— J'espère qu'il sera là.

— Il est là, assura le journaliste.

— Comment le sais-tu ?

— D'après mes informations il roule dans une Fiat rouge. Celle qui est stationnée là-bas, dit-il en la désignant du menton. Tu vas rester ici le temps…

— Hors de question !

Thomas s'appuya contre le repose-tête.

— Ce Languin est dangereux, Yael.

— Et il est connecté d'une manière ou d'une autre à tout ce qui m'arrive. Alors tu peux me dire tout ce que tu veux, dès que tu auras poussé cette portière je serai à tes trousses.

Thomas passa sa langue sur ses dents, contenant à peine son agacement.

— Bon, finit-il par dire. Mais tu restes derrière moi.

Yael s'extirpa de la 206 et réorganisa leur plan :

— On ne prend pas le risque qu'il se tire en nous voyant, tu vas dans l'entrepôt et je m'occupe des bureaux. Le premier qui le repère hurle.

— Ce n'est pas une bonne idée.

Yael s'éloignait déjà d'un pas décidé.

— Mais c'est la mienne. Tu es superstitieux et irlandais ? Je suis têtue et bretonne…

Elle franchit la grille, et entendit Thomas marmonner :

— Qu'est-ce que les Bretons viennent faire ici…

23

Yael traversait la cour de la fabrique d'un pas aussi assuré et déterminé que si elle y travaillait.

Elle dépassa la Fiat rouge en se contorsionnant pour voir ce qu'elle contenait. Elle enregistra au passage la vitre arrière entrouverte d'une dizaine de centimètres et la portière conducteur non verrouillée, comme en témoignait la position du loquet.

L'idéal aurait été d'y poser un émetteur pour le suivre à la trace… Elle se moqua d'elle-même en s'approchant de l'escalier extérieur qui grimpait vers les bureaux surplombant l'entrepôt.

C'est vrai qu'une femme ne devrait jamais sortir sans sa balise GPS ! Ça permettrait de pister les beaux mecs…

À mesure qu'elle montait les marches une idée germa.

Elle se souvenait de ses séances de baby-sitting lors d'un séjour en Angleterre et du système utilisé par une mère pour surveiller sa fille, une jeune adolescente. ChildLocate. Il permettait via le téléphone portable de l'enfant de savoir à tout moment où celui-ci se trouvait grâce à la technologie GSM, même lorsque l'appareil était en veille. Une simple connexion Internet et un abonnement suffisaient pour voir apparaître un plan de la ville et le point rouge symbolisant le mobile.

Yael se prit à regretter de ne pouvoir mettre la main sur le portable de ce Languin. Elle l'aurait vite transformé en mouchard.

Une fois là-haut, elle ne prit pas la peine de frapper et entra. Deux rangées de portes se faisaient face jusqu'à la pièce du fond qui était ouverte et où Yael reconnut un sofa, un distributeur de boissons et des plantes vertes en plastique, tout ce qui caractérisait une salle de pause. Des baies la bordaient sur toute la longueur, donnant sur l'intérieur de l'immense hangar.

Yael remonta le corridor en s'offrant un bref aperçu de chaque bureau qu'elle dépassait. À présent qu'elle était là, son insouciance et son entêtement lui apparaissaient, avec toute la bêtise dont elle avait fait preuve. Si elle tombait nez à nez avec Languin que ferait-elle ? Il devait probablement connaître son visage, il saurait qu'il était démasqué et c'était un homme violent.

Dans quel pétrin je me suis encore fourrée, hein ?

Elle retrouva le fil de ses pensées précédentes, à propos de ce qui avait changé en elle depuis sa jeunesse. *Rien. Tu es toujours aussi conne et bornée.*

Elle atteignit la salle de repos et contempla la vue qui dominait les centaines de palettes. Un Fenwick se faufilait entre les colonnes de sacs de sable pour aller charger une caisse en bois.

Le fond de l'entrepôt brillait comme un diadème sous le soleil.

Des miroirs de toutes formes et toutes dimensions s'alignaient contre des étagères de présentation.

Yael frissonna.

Une ombre passa devant le plus grand.

Un homme déambulant dans une allée, se rassura Yael.

Elle aperçut cinq personnes affairées en bas. Aucune trace de Languin.

Elle reconnut Thomas qui entrait par un des accès où s'engouffrait la lumière du jour.

Puis elle fit demi-tour au moment où un téléphone sonnait quelque part dans un des bureaux.

Elle n'y prêta pas attention tout de suite.

Soudain l'écran palpitant d'un ordinateur fit jaillir l'étincelle sous son crâne.

24

Thomas arpentait les allées bordées de palettes entassées jusqu'à quatre ou cinq mètres de haut.

Il croisa un homme trapu, un rouquin d'une quarantaine d'années, ventripotent, qui tenait un boîtier noir à la main, sorte de Palm sur lequel il comptabilisait les stocks à l'aide d'un stylet.

Thomas l'interpella :

— Excusez-moi, je cherche Olivier Languin, vous savez où je peux le trouver ?

Le rouquin secoua la tête.

— Non, je l'ai vu aujourd'hui mais je sais pas où il est en ce moment. Allez voir du côté du verre, par-là…

— Dites, vous le connaissez bien Languin ?

— Pourquoi ? Vous êtes de la police ?

Thomas se fendit d'un rictus amusé.

— Non. Il travaille ici depuis longtemps ?

— Trois ou quatre mois, c'est le patron qui l'a recruté. Qu'est-ce que vous lui voulez ?

— Rien de méchant, lança Thomas en s'éloignant.

L'ouvrier l'observa, sceptique.

Thomas prit le temps de sonder chaque allée, de dévisager tous les employés qu'il croisait, assez peu nombreux au final. Il préférait ne prendre aucun risque, éviter surtout que Languin et lui se croisent sans se voir et qu'on lui apprenne que quelqu'un le cherchait.

Au moins était-il rassuré de ne pas avoir Yael à ses côtés… Il préférait la savoir dans les bureaux où Languin avait peu de chances de se trouver puisqu'il était manutentionnaire.

Il sentait qu'il n'était pas au bout de ses surprises avec elle. Elle ne réagissait jamais comme il s'y attendait. Encore abattue ce matin, elle fonçait dans le tas cet après-midi. C'était le contrecoup. Il faudrait la surveiller dans les heures à venir.

Un lourd vantail coulissa en grinçant, laissant brutalement entrer un flot de soleil. Thomas se protégea les yeux pour s'adapter à la lumière.

Dehors des hommes déchargeaient des plaques de verre de l'arrière d'un camion.

Il tenta de repérer Languin. Sans succès. Jusqu'à ce qu'il aperçoive celui à qui on avait ouvert la porte. Il poussait un diable sur lequel reposait un immense rectangle de verre. Derrière, son visage était déformé, comme s'il flottait dans l'eau d'une piscine. Mais ces traits grossiers, cette moustache en friche et cette tête ronde n'étaient pas inconnus à Thomas.

Olivier Languin.

Dans le flottement des deux hommes en train de se jauger, Thomas reconnut la brève hésitation du chasseur apercevant sa proie. Il sut que l'autre allait attaquer.

— Attendez ! cria le journaliste. Il faut qu'on parle.

Le diable pencha subitement en avant.

Le ciel bascula sur trois mètres de haut, pour se précipiter sur Thomas.

Celui-ci bondit en arrière, trébucha, heurta le sol en même temps que la plaque de verre qui éclata en un millier de débris scintillants qui se précipitèrent sous son corps.

Sans prêter attention aux éclats qui s'incrustaient dans ses avant-bras, Thomas se jeta sur ses pieds, aussi tendu qu'une corde d'arbalète. Languin partait en courant dans l'entrepôt.

Thomas repoussa un homme venu voir ce qui se passait et se fondit à son tour dans la masse des palettes.

Languin bifurqua entre deux étroites rangées, Thomas sur ses talons. Ils se poursuivirent pendant une minute dans un labyrinthe mal éclairé, frôlant les murs, surgissant d'un coup entre les amas de sacs de sable, sautant par-dessus les chariots, jusqu'à ce que Thomas tourne à l'aveugle après un virage serré pour déboucher sur un espace ouvert. Plus aucune trace du criminel. Nulle part.

Les réserves de verre occupaient la majeure partie du décor.

Thomas stoppa sa course pour marcher en haletant. Il surveillait chaque recoin, s'attendant à le voir surgir.

Les cachettes ne manquaient pas, il en dépassait une à chaque pas.

Devant lui s'alignaient des miroirs par dizaines, leur surface argentée renvoyant le hangar de tôles.

Une seconde d'inattention, et il ne perçut le moteur du Fenwick qu'au dernier moment.

Les fourches d'acier surgirent comme les défenses d'un éléphant qui charge. Il eut le réflexe de serrer les bras contre ses flancs pour ne pas se faire embrocher et recula de deux mètres sous l'impact, jusqu'à ce que son dos heurte les piles de cartons.

Les fourches traversèrent les marchandises derrière lui, fracassant les vitres en larges pans qui chutèrent autour de son corps comme autant de guillotines.

25

Yael s'immobilisa sur le seuil du bureau pour réfléchir à cette idée folle qui tournoyait dans son esprit. D'un coup, elle se précipita devant le clavier pour vérifier que le PC disposait d'une connexion Internet qu'elle trouva aussitôt. Elle chercha sur Google par mots clés afin de repérer un éventuel site français similaire au ChildLocate

anglais.

Ootay.

La page d'accueil d'Ootay vantait les avantages de la surveillance de son enfant par son téléphone portable, partout en France, et mettait en avant ses tarifs intéressants. Yael passa à la page d'inscription.

Elle répondit aux « Nom et prénom » par une fausse identité, inscrivit une adresse e-mail dont elle se servait à l'occasion pour *chater* sur Meetic, le site des célibataires en mal de rencontres, et donna son numéro de téléphone portable dans la dernière case à remplir.

L'opération suivante consistait à entrer un code d'activation.

Elle n'avait pas fini de lire l'encadré que son mobile émit une sonnerie courte et aiguë, le signal de réception des messages SMS.

C'était le programme Ootay qui lui avait envoyé le code qu'elle recopia sur la page de l'ordinateur. Elle valida.

Elle devait à présent autoriser le géocontrôle auprès

de son opérateur téléphonique, ce qu'elle fit en deux minutes depuis le site web de celui-ci, après avoir tapé son identifiant et son code d'accès.

Yael paya par carte bleue, s'empressant de taper le numéro.

Quelqu'un entra dans le bâtiment et se mit à marcher dans le couloir.

Du bout du pied, Yael repoussa la porte doucement.

Elle avait presque terminé.

Elle dut envoyer un nouveau SMS de son téléphone portable pour accepter la procédure afin que le service soit opérationnel.

L'intrus s'installa dans la pièce attenante et Yael l'entendit passer un coup de fil en se présentant. M. Calmus.

Pas celui qu'elle cherchait.

Ses doigts firent glisser la souris jusqu'à permettre la connexion à son compte personnel sur Ootay. Elle voulait faire un essai.

Elle inscrivit son pseudonyme et lança le géocontrôle.

Une fenêtre s'ouvrit avec un plan du quartier. Un cercle bleu indiquait l'emplacement du téléphone.

— Ça fonctionne…, chuchota-t-elle.

Son portable reçut un nouveau SMS lui précisant qu'elle venait de se faire localiser. Elle coupa la sonnerie pour qu'il devienne parfaitement silencieux.

Elle allait le sacrifier mais n'en éprouvait aucun regret. L'enjeu dépassait largement le coût de l'engin.

Après s'être faufilée hors du bureau, elle descendit les marches en vitesse et s'assura que personne ne la voyait avant d'entrer dans la Fiat de Languin. Elle avait hésité, en apercevant du gros scotch marron, à accrocher son mobile derrière le pare-chocs pour plus de discrétion mais c'était prendre le risque de le perdre en cas d'impact. Elle fourragea dans la boîte à gants avant d'opter pour le dessous du fauteuil passager, bloquant le petit boîtier noir dans le revers de la housse.

En s'éloignant, elle se dit qu'elle venait d'improviser

un mouchard parfait. Avec une autonomie de deux ou trois jours selon l'état de sa batterie, accompagnée d'une vraie précision. Sa faculté d'adaptation et d'improvisation la surprenait agréablement.

Et elle comprit combien il était facile de basculer de l'autre côté des lois.

Ce qui ne la troubla pas.

Ce fut l'excitation qu'elle ressentait à agir ainsi qui la perturba.

26

Tout autour de Thomas, la mort se mit à pleuvoir, aussi transparente que silencieuse, durant de longues secondes.

Les lames de verre coulissaient depuis leurs cartons éventrés, glissaient les unes sur les autres puis basculaient sans bruit dans le vide.

Thomas se tassa de toutes ses forces contre l'étagère qui bloquait son dos pour s'abriter. Il ferma les yeux, serra les poings et attendit que le déluge le sectionne jusqu'au cœur.

Les crocs de verre tranchaient l'air et finalement vinrent exploser au contact du béton. Le fracas secoua tout le bâtiment, puis un nuage de poussière miroitante se forma avant de se dissiper aussi vite qu'il était monté.

Thomas rouvrit les yeux pour constater qu'il était vivant.

Des sillons vermillon griffaient sa peau par endroits mais aucun ne saignait vraiment.

Il s'en était miraculeusement tiré.

Languin filait déjà vers le fond de l'allée pour entrer dans le royaume des miroirs, la dernière ligne droite avant la sortie. Trop loin de lui.

Thomas aperçut la silhouette de Yael qui surgissait dans le hangar, alertée par le vacarme. Il la vit hésiter sur la direction à prendre avant de s'engager vers lui.

Entre les miroirs.

Elle allait tomber nez à nez avec Languin, un seul virage les séparait.

Thomas rassembla ses forces et s'extirpa des débris translucides qui craquèrent sous ses pas.

Il accéléra et une douleur fulgura dans sa cuisse droite. Il sentit le sang couler, collant son pantalon de lin sur son genou.

Languin et Yael avaient disparu derrière les présentoirs. En boitant, Thomas pénétra à son tour dans le canyon des perspectives inabouties.

Les glaces renvoyaient chacune leur carré de réalité qu'une autre captait et renvoyait à son tour, et ainsi de suite jusqu'à ce que les détails se mêlent et se perdent.

Chaque mouvement se décomposait en mille mouvements, chaque pas en mille pas. Cette vallée de fenêtres argentées ouvrait subitement sur l'errance dans le temps et l'espace.

Ralenti par sa jambe blessée, Thomas avait l'impression que la distance ne se réduisait pas, qu'une minute

entière s'étirait entre chacune de ses foulées.

Tant et tant de gestes explosaient à la périphérie de son regard qu'il ne savait plus ce qui lui appartenait, craignant de ne plus faire la distinction entre Languin et lui.

Il émergea enfin d'un virage pour découvrir avec stupeur la ligne droite avant la sortie. Et personne en vue.

Yael et Languin s'étaient volatilisés, comme happés par les miroirs.

Soudain, mille silhouettes vinrent s'ajouter aux siennes dans ce ballet épuisant.

Celles de Yael s'extirpant de sa cachette, entre deux cadres.

Elle s'avança tandis qu'il la fixait sans comprendre.

— Je l'ai laissé détaler, s'écria-t-elle à moins de dix mètres. Dès que je l'ai aperçu, je me suis planquée et je l'ai laissé partir.

La pression retomba d'un coup pour Thomas.

Il ferma les paupières.

— Tu as bien fait. Ç'aurait été trop risqué.

Elle n'était plus très loin et les nombreuses traces

rouges qui marquaient les vêtements de Thomas la troublèrent.

Elle porta une main moite à sa bouche.

— Qu'est-ce que tu t'es fait ? s'alarma-t-elle. Tu es couvert de sang.

— Ça va, tenta-t-il de la rassurer. C'est superficiel.

Sceptique, Yael hésita.

— Rien n'est perdu, fit-elle enfin. Il va être intéressant de savoir où il court maintenant. Viens, je vais t'expliquer.

— Yael, je ne suis pas en état de lui courir après.

— Ça sera inutile.

Elle posa les mains sur ses hanches, le regard acéré.

27

Thomas fulminait encore.

Il venait d'attendre deux heures aux urgences de l'hôpital Bichat, porte de Saint-Ouen, avant de se faire recoudre.

Huit points de suture en définitive. Un miracle. Ses avant-bras étaient mouchetés de petites entailles et l'urgentiste avait préféré les lui bander entièrement plutôt que de les couvrir de pansements.

Yael le rejoignit alors qu'il sortait de la salle de soins en boitant un peu.

— Je serai en parfaite santé d'ici à ce week-end, la rassura-t-il, c'était superficiel, je suis un homme chanceux.

Elle ne partageait pas sa sérénité.

— Thomas, je suis désolée de ce qui t'est arrivé. Je vais faire en sorte d'avoir assez de preuves contre Languin, je vais identifier son commanditaire et je file voir la police. Tu ne dois plus m'accompagner. Tu en as déjà trop fait. Je ne veux plus te mettre en danger.

Le visage du journaliste redevint sérieux.

— Mets-toi à ma place deux minutes. Imagine ce que je viens de vivre : notre rencontre, ces ombres, ces hommes dans le métro, bref, tout ce que je viens d'encaisser avec toi ! Tu crois vraiment que je pourrais te laisser seule à présent ? Je me sens aussi impliqué que toi dans cette histoire. Alors c'est la dernière fois qu'on en parle, d'accord ?

Yael finit par acquiescer en baissant les yeux comme une enfant. L'évocation du danger qu'il venait de courir pour elle nouait une boule dans sa gorge.

— Maintenant qu'est-ce que tu proposes ? Prendre encore plus de risques face à un homme comme Languin ?

— Suivre la piste de Languin ! intervint-elle vivement en relevant le nez. Se sachant démasqué, il ne va pas rentrer chez lui, de peur que les flics l'y attendent. Alors, où irait se réfugier un type dans son genre, qui ne monte pas ses coups lui-même, qui est un exécuteur plutôt qu'un cerveau ?

— Pas auprès de celui qui le paie ! Ce serait lui amener les flics et l'autre le zigouillerait ! Il n'est pas aussi stupide !

— Tu veux parier que si ?

Thomas haussa les sourcils, sceptique.

Sur le trajet de l'hôpital, Yael lui avait expliqué comment elle avait fabriqué un mouchard.

— Il nous faut un ordinateur, annonça le journaliste. Savoir où il se trouve en ce moment.

— C'est fait. Pendant qu'on s'occupait de toi, j'ai été sur Internet, la standardiste a été sympa, et j'ai effectué cinq contrôles de position en une demi-heure. Languin est en banlieue ouest, près de la Seine.

Thomas eut du mal à cacher un sourire épaté.

— Tu aurais fait une flic redoutable.

— Il n'est peut-être pas trop tard… Allons-y, la ville en question est à une vingtaine de kilomètres. Herblay, dans le secteur de l'église. Le hic, c'est que la précision du géocontrôle n'est pas excellente. S'il s'agit d'immeubles ou de maisons mitoyennes dans un périmètre restreint, on risque de ne pas le trouver.

— On improvisera sur place.

L'après-midi touchait à sa fin lorsqu'ils quittèrent l'A-15 pour entrer dans une petite ville où les lotissements bon marché côtoyaient des villas plus bourgeoises et quelques immeubles, tantôt modernes, tantôt années 60 et son architecture morose. Le centre-ville multipliait les enseignes de banques, d'agences immobilières et de coiffeurs. Herblay respirait l'agglomération tranquille de la banlieue ouest, ses rues aux nids-de-poule plus profonds que des cratères d'obus, ses ronds-points répétitifs et sa population ni tout à fait parisienne ni tout à fait provinciale.

Ils suivirent les panneaux pour descendre le coteau dominant la Seine et bifurquèrent à mi-chemin vers une esplanade. Ils étaient dans les beaux quartiers, ceux des pavillons coquets et des maisons luxueuses. La végétation débordait des jardins jusqu'à couvrir la rue par endroits, des mimosas jalonnant la longue impasse jusqu'à l'église gothique qui surplombait le panorama.

Un petit cimetière séculaire flanquait l'édifice religieux, ses tombes dépouillées et brisées n'en veillaient pas moins sur des dizaines de kilomètres d'horizon, des tours colossales de la Défense aux villes voisines qui s'étendaient en serpentins, jusqu'à la forêt de Saint-Germain en face, de l'autre côté du fleuve.

La 206 se gara à l'ombre des arbres qui encadraient un minuscule parking. Yael et Thomas en sortirent en guettant les environs déserts.

— La zone indiquée par le site Ootay se trouve plutôt derrière l'église, précisa la jeune femme en désignant une ruelle qui s'atrophiait entre les vieilles pierres du presbytère et le mur d'une propriété privée.

Ils s'y enfoncèrent, déambulant sur les pavés.

Un vieux manoir à la pierre usée s'élevait derrière le mur, gris et sinistre.

— On dirait que c'est la seule habitation de ce côté, fit remarquer Yael. Attends-moi là.

Elle fit demi-tour et courut jusqu'au portail massif qui fermait l'accès à la demeure. Elle se pencha pour débusquer une fente à travers laquelle elle aperçut la façade du manoir, puis revint aussi vite auprès de Thomas.

— Il y a un immense parc avec… la voiture de Languin.

— Parfait. Je propose qu'on fasse le tour, pour trouver le moyen de franchir… ça, répondit Thomas en levant les yeux vers les cinq mètres de maçonnerie.

Ils longèrent la ruelle jusqu'à ce qu'elle débouche sur une pelouse, au pied de l'église. Un escalier descendait sur un chemin de terre. La colline était boisée et plus sauvage de ce côté, quelques toits se dressaient ici et là entre les frondaisons, jusqu'à la Seine en contrebas.

À cet endroit le mur de la propriété était en mauvais état, le mortier s'était effrité sur les pierres proéminentes. Il était facile de les escalader. Yael et Thomas échangèrent un regard entendu.

Mais ils n'étaient plus seuls.

Quatre adolescents étaient assis sur les marches, ils discutaient et riaient sans prêter attention au paysage somptueux.

Thomas alla vers eux et les salua.

— Bonjour, je suis nouveau en ville, je cherche à acheter une maison et je me demandais si vous saviez qui habite ici ? Je la trouve plutôt cool cette baraque.

Un garçon aux cheveux longs noués en catogan se leva pour se pencher par-dessus le chemin et crier vers la pente :

— Hey, Antoine ! Viens voir deux minutes !

L'intéressé apparut quelques secondes plus tard, remontant entre les racines et les hautes herbes. Il portait un tee-shirt « Rammstein » couvert de brindilles et avait les cheveux en pétard.

Le visage d'une fille émergea également des fourrés.

— Quoi ? fit Antoine.

— Toi qui connais la ville, qui c'est qui vit là ?

— Tu me prends pour les Pages blanches ou quoi ?

— C'est pour eux, dit le chevelu en désignant le couple. Ils voudraient acheter le manoir.

Antoine haussa les épaules.

— Bah, c'est pareil. J'en sais rien moi !

Thomas se rapprocha du garçon.

— Tu sais si c'est une famille ou plutôt quelqu'un de seul ?

— La seule personne que j'ai vue en sortir c'est un bonhomme tout moche et qui cause pas. Il est vieux, je serais vous, j'attendrais un peu, elle va pas tarder à être à vendre, si vous voyez ce que je veux dire.

— J'en prends bonne note. Merci, bonne soirée.

Thomas s'éloignait lorsqu'il fit volte-face pour interpeller le fameux Antoine :

— À tout hasard, tu ne sais pas s'il a des chiens ce monsieur ? Ma femme est allergique, je ne voudrais pas y aller pour rien.

— J'ai jamais vu de cabot… Par contre, ajouta-t-il, si vous voulez jeter un coup d'œil, y a un vieux souterrain juste là. (Il tendit le bras vers la pente en friche.) On peut pas le voir d'ici, mais c'est assez grand pour y passer, et ça donne au milieu du parc.

Thomas hésita. Si ça tournait mal, les gamins seraient mêlés à leur histoire.

— Non… ça va aller, merci.

Il retrouva Yael et ils retournèrent sur leurs pas.

— J'aimerais tout de même savoir à qui on a affaire, insista Thomas. On va aller se trouver à dîner, et faire une ou deux recherches sur cette maison le temps que ces gamins se dispersent.

— Et si Languin file entre-temps ?

— On pourra toujours le pister et se renseigner sur celui qu'il vient d'aller voir.

Dans le centre-ville, ils demandèrent s'il existait un endroit où se connecter à Internet. Ils atterrirent dans une boutique de matériel informatique où le vendeur accepta gracieusement qu'ils utilisent sa connexion.

Aiguillé par la remarque d'Antoine, Thomas cliqua sur le site Pages blanches pour entrer l'adresse du manoir et obtint en retour le nom du propriétaire, qui n'était pas sur liste rouge.

Serge Lubrosso.

Thomas chercha à tout hasard si ce nom correspondait à quelque chose sur le net via le moteur de recherche Google, sans succès. Ils remercièrent le commerçant et errèrent en ville le temps de faire le point. L'un comme l'autre doutaient de la suite à donner à cette visite. Pas question de sonner pour l'interroger, et pas question d'entrer par effraction. Surtout s'il s'avérait que ce Lubrosso n'avait rien à se reprocher.

— Ça m'étonnerait tout de même qu'il soit blanc comme neige ! s'était exclamée Yael. Qu'est-ce que Languin ferait chez lui à cette heure, sinon ?

Ils dévorèrent une pizza à emporter, assis sur le trottoir d'une rue calme, devant le minuscule réduit de Pizza Nino d'où s'échappait l'odeur de pâte cuite au four.

La nuit tombait peu à peu. Thomas se redressa tout à coup, la bouche pleine, et se dirigea vers le pizzaiolo qui l'accueillit avec un sourire. Oui, il livrait tout Herblay, oui, il connaissait le manoir derrière l'église, mais ne savait rien de particulier, si ce n'est le nom de celui qui l'habitait. Bredouille, Thomas revint terminer son dîner.

Ils étaient de retour à la 206 lorsque Yael remarqua une vieille dame occupée à remercier avec insistance un grand type à lunettes en chemise et cravate, en train d'accrocher un panneau À VENDRE sur le rebord d'une fenêtre. Le carton coloré était au nom d'une agence « ImmoNico » et mentionnait un numéro de téléphone.

— C'est gentil de vous être déplacé si tard, insista la vieille dame.

— Aucun problème, madame, si je peux vous rendre service.

L'agent immobilier respirait la bonne humeur. Yael décida de tenter sa chance.

— Excusez-moi… Bonsoir, c'est pour un renseignement…

L'homme se tourna vers elle et son sourire s'intensifia en découvrant la belle jeune femme qui s'adressait à lui.

— « Nico c'est le bon tuyau qu'il vous faut ! » Voilà ma devise, fit-il en rigolant. (Il ajouta, plus sérieux :) Je peux vous aider ?

— En fait, j'ai flashé sur une demeure, la grosse derrière l'église, elle n'est pas à vendre, cela dit, je me demandais si vous ne sauriez pas qui vit là-bas. On ne sait jamais…

— Le manoir de l'église ! Non, je ne pense pas qu'il vende, et je crois que le propriétaire aime sa maison. Je lui ai déjà proposé un bon prix pour des clients potentiels, rien à faire !

— Vous le connaissez ?

— Comme ça…, dit-il en haussant les épaules.

M. Lubrosso n'est pas très bavard. Mais on sait tous qui c'est. Il fait peur aux gamins. Les mômes d'Herblay connaissent le manoir, c'est leur grand jeu de s'en approcher. Pourtant vous n'en ferez pas rentrer un seul ! Ils ont une trouille noire de M. Lubrosso.

— Pourquoi ? Il leur tire dessus au gros sel ?

L'agent immobilier guetta la rue puis se pencha vers Yael pour confier :

— Pire ! Il fait de la magie noire !

Yael pouffa.

— Ne riez pas ! lui ordonna-t-il en rigolant de plus belle. Tous les gosses vous le diront, c'est un sorcier !

L'esprit de Yael se mit en alerte.

— Il est retraité je crois, c'est ça ? Attaché à son patrimoine…

— Non, il travaille encore. Il est propriétaire d'une usine dans l'est parisien. Il fournit notamment les bâtiments officiels de la ville en miroirs.

Yael se tendit. La chair de poule courut sur ses bras.

— Pardon ?

— M. Lubrosso, répéta-t-il, il fabrique des miroirs dans son usine et fournit notre ville, entre autres la mairie, les écoles, le centre culturel…

Elle le remercia aussitôt, sous le choc, et voulut revenir vers Thomas, mais elle dut accepter poliment la carte de visite du grand énergumène qui réussit à placer qu'elle était fort jolie.

Yael revint faire son exposé.

— C'est bien le commanditaire, conclut Thomas. Lubrosso est le patron de Languin. Je crois que cette fois une petite visite s'impose.

28

Des vers luisants marquaient la lisière du sentier, sous le haut mur du parc.

Les adolescents avaient disparu, et la masse brune de l'église veillait de ses vitraux noirs sur les stèles en ruine du cimetière.

La nuit était installée depuis plus d'une heure.

Yael tâtait les pierres les mieux arrimées pour escalader, lorsque d'un geste Thomas l'invita à le suivre. Il enjamba les fougères et entreprit de descendre la colline, mais sa cuisse le rappela vivement à l'ordre, il dut ralentir.

— C'est le souterrain que tu cherches ?

— Exactement. Plus discret.

À peine avait-il terminé sa phrase que l'ouverture apparut entre deux arbres. À quelque cinq ou six mètres seulement du chemin.

Le tunnel s'enfonçait tout droit dans la butte avant de remonter et de s'ouvrir au milieu du parc. Il n'était pas très long, Yael pouvait en distinguer l'orifice bleuté depuis l'entrée où elle se tenait. Ils le traversèrent en silence, et émergèrent parmi les arbustes et les fleurs. Une mare captait le clair de lune qui nimbait le domaine.

La masse blafarde et fissurée du manoir trônait, tassée sur elle-même.

À l'étage, deux lumières trouaient l'ombre, de part et d'autre de l'entrée. Avec ses fenêtres enfoncées dans les ouvertures et son perron de marches tordues il ressemblait à un crâne gigantesque.

Sur la droite, un halo plus diffus baignait les massifs de fleurs. Yael et Thomas s'en approchèrent. Une véranda centenaire accotée au bâtiment sourdait d'un mur ouvert, bulle de savon sous son armature de métal rouillé, tout droit sortie d'un roman de Jules Verne. Ses poutrelles arrondies comme des pattes d'araignée étouffaient un salon d'antiquaire.

Entre les sofas de velours cramoisi et passé, un capharnaüm d'antiques tables, de guéridons et lutrins croulait sous les bibelots hétéroclites : sextant d'époque, longue-vue, pièces d'armure, collections de grimoires, tapisseries enroulées parmi un lot de cartes maritimes... Les objets s'entassaient sous la poussière et l'oubli.

Une des parois de verre reliant deux poutrelles était montée sur charnières et servait de porte ; ouverte, elle laissait filtrer le son crachotant d'un gramophone jouant un vieil air de Cole Porter.

Deux petites lampes à abat-jour en verre rubis soulignaient les ombres plus qu'elles n'éclairaient.

Assis face à face, Languin et celui qui devait être Lubrosso sirotaient un digestif pour l'un, un café pour l'autre.

Dans la pénombre, Lubrosso était inquiétant. Sec et long, le nez busqué, les lèvres trop fines sur un teint pâle, il ne semblait vivant que dans la flamme de ses prunelles. Un mélange de Boris Karloff et Bela Lugosi, estima Yael oppressée par l'atmosphère lugubre des lieux.

— Il faudrait se rapprocher, murmura-t-elle.

Thomas désigna du menton les épis de jonc qui encadraient un côté de la verrière, et ils s'agenouillèrent pour les atteindre.

La musique était plus forte à présent, et la voix éraillée de Lubrosso leur parvint.

— ... a dix-neuf ans. C'est ma petite-nièce. Bien qu'elle soit trop frivole aux yeux de sa mère.

Soudain Languin se leva et approcha de l'ouverture, les pieds dans le jardin, à moins de deux mètres de la jeune femme et de son compagnon. Il semblait excédé. Il fit surgir un paquet de cigarettes de sa poche de jean et s'en alluma une en la savourant à pleins poumons.

S'il se tournait un peu, il ne manquerait pas de repérer les deux formes humaines tapies à ses pieds. Yael agrippa la main de Thomas et la serra très fort. Il fallait qu'ils reculent.

Elle transféra une partie de son poids sur son genou gauche et ses coudes et commença, très lentement, à ramper.

L'herbe ploya, les tiges sèches bruissèrent légèrement.

Thomas la saisit par la manche pour l'immobiliser.

— Bon, je fais quoi demain ? interrogea Languin d'un ton nerveux.

La voix de Lubrosso traversa sa gorge ravagée pour jaillir dans le salon :

— Je vous ai déjà répondu : vous prenez le large. J'espère qu'on ne vous a pas filé le train. Disparaissez à l'étranger ou à la campagne.

— Ça m'arrange pas vraiment, maugréa le moustachu.

— N'en rajoutez pas, s'il vous plaît ! Je vous ai trouvé du travail pendant quatre mois et vous me remerciez en débarquant chez moi !

— Hey ! Ne me prenez pas pour un con ! Vous m'avez embauché seulement pour m'avoir sous la main. (Il le singea avec mépris :) « Tenez-vous prêt, Languin, soyez en forme, demain est peut-être le grand jour ! » et tout ça pour me faire lanterner !

— Vous avez été payé pendant ce temps.

— Pas assez ! Si je dois partir il me faut du blé ! Et plus des miettes !

Yael perçut soudain la nervosité de Thomas. Il était prêt à bondir pour neutraliser Languin. Elle le retint d'une main ferme.

— Vous m'avez même pas dit à quoi ça sert ce cirque ! J'ai l'impression d'être un pion qu'on balade…

— C'est notre lot à tous, rétorqua l'homme aux traits pointus sans bouger du sofa.

Il posa sa tasse sur la table basse, ouvrit un coffret en bois ouvragé et y pêcha avec délicatesse une bague en or, sertie d'une pierre aux reflets nacrés.

— Dites-moi, monsieur Languin. Vous croyez à la sorcellerie ?

— La sorcellerie ? Tu parles ! C'est des trucs pour manipuler les minables ! De la connerie du Moyen Âge pour brûler les gêneurs !

Lubrosso sembla peiné par cette réflexion. Il fit glisser avec amour la bague à son majeur.

— C'est dommage, voyez-vous, car ce magnifique bijou est justement un vecteur de sorcellerie.

Languin tourna la tête vers le vieil homme.

— D'après la légende du pays d'où je l'ai rapportée, elle aurait la faculté de tuer sur l'ordre de celui qui la porte. Grâce aux pouvoirs de la lune. C'est inouï, n'est-ce pas ?

Languin eut un soupir las.

— Imaginez que je la pointe dans votre direction, murmura Lubrosso en joignant le geste à la parole, et que j'ordonne votre mort. Que se passerait-il d'après vous ?

Languin tira sur sa cigarette en haussant les épaules.

— Rien ! *Nada !* dit-il en crachant la fumée. Vous venez de le faire et je me marre. C'est des conneries tout ça.

Lubrosso le fixait intensément.

Yael avala sa salive, persuadée du contraire. Il y avait de l'électricité dans l'air, il se passait quelque chose. Lubrosso était étrange, ses yeux étincelaient.

Tout à coup, Languin porta la main à sa poitrine et son visage se crispa. Son cou se mit à tressauter, puis son ventre. Il essaya vainement de se cramponner à la charpente métallique puis s'effondra, les doigts crochetés dans ses paumes, une écume sanglante à la bouche.

Yael se colla à Thomas.

Languin maintenant était à leur niveau, et ses yeux les fixaient.

De violentes convulsions secouaient ses membres, puis à mesure que la vie quittait son regard, elles s'apaisèrent pour laisser son corps inerte.

Languin n'était plus qu'un cadavre.

Yael, tremblante, avait enfoui son visage dans ses mains.

Elle allait se relever pour s'enfuir au plus vite quand Thomas la plaqua au sol.

Écrasée dans les herbes, elle vit alors Lubrosso sur le seuil du jardin, juste à côté d'eux. Il s'était déplacé sans bruit et contemplait le mort.

Il était beaucoup plus grand qu'elle ne l'avait pensé. Un géant aux cheveux blancs. Tout à fait digne de son décor, dans une robe de chambre en satin noir et rouge qui dansait autour de sa silhouette à l'image d'une cape.

— Vous devriez montrer plus de respect pour les traditions anciennes, dit-il au cadavre en caressant sa bague.

29

L'ombre de Lubrosso s'allongeait dans le jardin par la porte ouverte sur la nuit.

Il tâta le corps de Languin du bout du pied, rentra sous la spacieuse verrière et déposa la bague dans le coffret en bois avant de se tourner vers une pile de documents anciens entassés sur un buffet.

Yael se dégagea de l'étreinte de Thomas.

— Tu as vu ce que j'ai vu ? chuchota-t-elle.

Elle frissonnait ; la peur, ou peut-être le froid d'être restée si longtemps étendue dans l'herbe… elle ne savait plus.

— Cette fois, je vais voir les flics, prévint-elle.

— Non, attends, chuchota Thomas. Ton histoire d'ombres qui parlent s'améliore d'un vieillard qui tue à coups de bague magique ! Tu vois d'ici les flics ? Ils t'expédieront en psychiatrie en se tapant sur les cuisses !

Ils se figèrent soudain en entendant la voix cassée de Lubrosso.

— Pardonnez-moi d'appeler si tard, mais j'ai eu un souci.

Il tenait un téléphone contre son oreille.

— Rien de dramatique en soi, Languin est venu chez moi ce soir, un peu paniqué. Oui, elle est passée à l'usine. Oui, cet après-midi même. En effet, ce n'était pas prévu, mais j'ai réglé le problème Languin. Non, pas par balle, je n'ai pas d'arme. Je sais bien que ça n'était pas le plan, il fallait néanmoins agir. Envoyez-moi quelqu'un pour me débarrasser de ça.

Lubrosso s'efforçait visiblement de contenir son agacement.

— Languin était une petite frappe, il suffira de maquiller ça en règlement de comptes, personne ne cherchera plus loin. Oui, tout à fait. (Il écouta avant de répéter :) Dans une heure ? Bien. J'attends votre homme. Et pour elle, que fait-on ? Cette affaire Languin contrarie nos projets, pourtant il y a, j'en suis sûr, un moyen de…

Yael se raidit.

— Oui. Elle n'est plus chez elle. Je devais lui faire passer le prochain message par l'ordinateur mais ça va être plus délicat.

Le géant lissa sa chevelure d'argent en acquiesçant.

— Très bien. Je vous laisse la suite. Soyez tranquille je brûlerai les prochains messages. L'important c'est qu'elle les ait progressivement. Cette fois, ça risque de toucher une corde sensible. La famille c'est toujours efficace.

Yael se hérissa et s'avança d'instinct. Thomas la prit par le bras et la tira en arrière. Il appuya son regard pour lui commander de se taire.

— Je les détruis de suite, et j'attends votre homme. À bientôt.

Lubrosso raccrocha et se laissa tomber dans un fauteuil Voltaire. Il soupira, un long sifflement.

Les minutes s'égrenèrent sans qu'il bouge.

Yael mourait d'envie de se jeter sur lui. La colère l'étouffait.

Sa famille ne pouvait se limiter qu'à une seule personne : son père.

Tant qu'il serait en Inde, ils ne pourraient rien contre lui, le pays était trop vaste et son père n'était pas de ceux qui prennent la peine de débusquer un téléphone pour donner des nouvelles, on ne pourrait donc pas le retrouver. Elle avait trois semaines, voire un mois de tranquillité.

Lubrosso devait payer.

Elle devait rassembler des preuves.

Le corps de Languin ! Ça c'est une preuve !

Pourtant elle n'en était pas convaincue. Si la police venait jusqu'ici et parvenait à inculper Lubrosso du meurtre du malfrat, rien ne certifiait en revanche qu'ils pourraient remonter la piste du complice, celui qu'il venait d'appeler. *Par le téléphone ?* Yael n'y connaissait rien en télécommunications. La police serait-elle capable de pister un appel effectué dans la nuit ? Même d'un téléphone filaire ? Même si le numéro était sur liste rouge ?

C'était néanmoins prendre un risque. Et il s'agissait de sa vie. Et peut-être de celle de son père.

À cette seule pensée, Yael enragea un peu plus.

Lubrosso était toujours dans son fauteuil.

Thomas tira la manche de Yael pour lui signaler qu'ils repartaient. La jeune femme secoua la tête. Le journaliste insista et elle articula un « non » catégorique. Thomas leva les yeux au ciel, exaspéré.

Yael ignorait depuis combien de temps elle attendait lorsque Lubrosso souleva sa carcasse magistrale pour se faufiler entre les meubles encombrés et ouvrir le tiroir d'un secrétaire en cerisier.

Elle rampa pour mieux voir l'intérieur, frôlant la jambe de Languin d'où s'exhalait une curieuse chaleur par le bas du pantalon. Le mort la regardait avec insistance, comme un satyre, l'écume aux lèvres, la joue molle. Une odeur rance de nourriture mal digérée grimpa jusqu'aux narines de Yael. *C'est mon imagination. Il vient seulement de mourir, ça pue pas si vite un macchabée.*

Elle distinguait maintenant les motifs sculptés du bureau, des diablotins en relief. Lubrosso s'empara d'une série de feuilles et alla à un bénitier vide qui reposait sur un piédouche de marbre. Il jeta les documents à l'intérieur et chercha autour de lui. À défaut de combustible il prit une carafe ambrée et en versa le contenu dans le bénitier. Il frotta un briquet et approcha la flamme de la vasque.

Le fantôme d'une fleur bleue se matérialisa avec un petit ronflement et les flammes commencèrent à lécher les papiers.

Les traits de Lubrosso se colorèrent d'un voile lapis-lazuli sautillant. Satisfait, il s'écarta et sortit de la véranda d'un bon pas, pénétrant dans le manoir par ce qui devait être la salle à manger où il disparut.

Yael n'hésita pas plus longtemps. Elle déplia ses membres engourdis et s'élança dans la verrière. Le temps de comprendre, et Thomas la vit sinuer entre les meubles sur les épais tapis.

Elle fila entre les centaines d'objets entreposés en vrac. Tout un assortiment de pendules de radiesthésiste se mirent à osciller dans son sillage, perturbés par l'élan de la jeune femme.

Dans le bénitier, les feuilles se désagrégeaient en copeaux de jais et de cendre, et les flammes perçaient déjà des dégâts irréparables dans les parties encore intactes.

Yael plongea la main entre les langues brûlantes et arracha les feuilles du brasier ; une nuée fuligineuse se dispersa alentour.

Sur le seuil, Thomas lui faisait de grands signes.

— Viens ! Sors de là ! hurlait-il du bout des lèvres.

Elle l'ignora et chercha au milieu de ce bazar où était le téléphone que Lubrosso venait d'utiliser. Elle voulait connaître le numéro qu'il avait joint. Avec un peu de chance il s'agirait d'un appareil avec cadran digital capable d'indiquer les derniers chiffres composés. Au pire il aurait la touche « bis » et elle tenterait le tout pour le tout.

Elle souleva un livre et aperçut le combiné.

Un modèle des années 50, tout en bakélite avec cadran circulaire, bien trop vieux pour disposer de la moindre fonction utile.

Constatant qu'elle ne sortait pas, Thomas entra à son tour. Il vint vers elle mais dévia de sa trajectoire à la vue du coffret où reposait la bague dite mortelle. Il souleva le couvercle.

Elle était là, l'or buvant le peu de luminosité des lieux, la pierre de nacre contre la feutrine verte qui tapissait l'intérieur du coffret. Thomas la saisit, elle était lourde et froide. Il l'inspecta attentivement sans rien remarquer de singulier, si ce n'était son âge. Il la replaça avec soin et allait s'élancer pour entraîner Yael vers l'extérieur, lorsqu'il aperçut sur la table basse le verre dans lequel avait bu Languin. Il le monta à son nez. Aucune odeur suspecte.

Il scruta le reste du contenu et remarqua un dépôt rouge dans le fond.

— Poison…, murmura-t-il. Le coup de la bague c'était de la mise en scène.

Il fit signe à Yael de le suivre.

— Maintenant, viens ! Le nettoyeur ne devrait plus tarder, il faut déguerpir ! insista-t-il.

Yael glissa les papiers rescapés sous sa chemise et courut vers Thomas qui l'attendait. Elle se tourna une dernière fois vers l'étrange véranda.

Et elle le vit.

Lubrosso venait d'entrer dans la salle à manger, il n'avait pas encore levé les yeux et ne les avait pas vus.

Yael poussa Thomas de toutes ses forces dans le jardin et ils se précipitèrent dans la nuit.

Lorsqu'ils s'installèrent à bord de la 206, Thomas grimaçait en tenant sa cuisse. Ils étaient à bout de souffle, en sueur.

Tout le quartier était silencieux.

Thomas finit par désigner la poitrine de Yael :

— Tu as pu en sauver un peu ?

Elle se cambra pour extraire les feuilles calcinées.

— Pas grand-chose.

— De quoi aller tout droit à la police ou non ?

— Je te le dirai quand j'aurai déchiffré ça.

Elle planta ses prunelles gris-blanc dans celles de Thomas. Il la devina à fleur de peau.

— Lubrosso a mentionné ma famille. Je ne veux pas prendre de risques. Si jamais quelque chose déconne avec les flics au moment de l'arrêter, je ne veux pas me retrouver dans l'ignorance, avec le principal suspect en liberté. Cet homme semble prêt à tout.

Yael alluma le plafonnier, Thomas devint nerveux, se mit à scruter la place de l'église pour s'assurer qu'on ne les espionnait pas. Elle inspecta les trois pages carbonisées qui se volatilisaient un peu plus à chaque manipulation. Elle secoua la tête, au bord des larmes.

— Non, tout est… tout est brûlé…

Le centre de la première feuille était noirci mais encore résistant. Yael la pencha dans tous les sens sous la lumière de l'habitacle. Elle parvenait à discerner des traits, des arrondis. Un mot se détacha.

«... diable. »

Puis un autre fragment.

«... bouillonne enco ».

Et enfin : *«… où l'Enfer. »*

Rien d'intelligible cependant. Yael rejeta la tête en arrière. Elle avait placé beaucoup d'espoirs dans ces documents.

— Laisse-moi voir, demanda Thomas en prenant les fragiles indices.

Après un examen minutieux, il fit preuve d'un peu d'optimisme

— On pourra peut-être en sortir quelque chose.

— Comment ? Par ton ami de la police scientifique ?

— Non, consulter en vitesse un fichier informatique est une chose, mobiliser les ressources d'un laboratoire de la police en est une autre. Cela dit, c'est nous qui allons faire notre labo.

Yael, abattue, secoua la tête :

— Et tu comptes le trouver où, ton laboratoire ?

— En passant un peu de temps dans un institut de beauté.

30

Yael et Thomas étaient rentrés à leur hôtel après une heure du matin. Les heures filèrent au-dessus d'un Paris scintillant. À mesure que les projecteurs s'abaissaient, les monuments retournaient peu à peu à leur solitude.

Vint enfin l'heure intermédiaire. Celle où la ville dort de toute son âme. Les noctambules sont couchés, la journée passée devient la veille, juste avant que les lève-tôt occupent les premiers métros, le vent en liberté souffle dans Paris plus bruyamment que les moteurs.

Dans un 4 × 4 noir, deux silhouettes patientaient, nimbées par le halo rouge de l'enseigne HÔTEL se reflétant dans le pare-brise.

Luc se massa la nuque. Cette attente interminable lui rappelait ses planques aux stups. Déjà trois ans qu'il avait quitté le bercail. Terminé la police pour lui. Rien ne lui manquait.

L'adrénaline, il l'avait tout autant aujourd'hui. Plus souvent même. Les objectifs avaient changé, voilà tout. Et surtout il avait une marge de manœuvre sur le terrain sans commune mesure. L'action et la possibilité de la vivre pleinement.

La paye aussi était sans comparaison.

Que des avantages. À condition de pas trop se poser de questions.

Et de supporter les tarés comme Dimitri.

Dimitri somnolait à côté de lui. Un Ukrainien qui

vivait en France depuis cinq ans. Pas très causant, mais rudement efficace. Lui ne se posait aucune question. Au bureau, on murmurait même qu'il avait déjà participé à des « coups d'éponge »

Des opérations de nettoyage. Lorsqu'une équation sur le tableau posait problème et que tous les moyens de contournement avaient échoué, on y mettait un coup d'éponge. Définitif.

Ceux qui propageaient ce genre de rumeur disaient aussi que Dimitri était volontaire pour les missions macabres, et qu'il aimait ça. Il faisait peur.

Un mercenaire recruté par parrainage.

Comme la plupart d'entre eux, songea Luc. Tous habitués au terrain, pour l'essentiel des anciens de l'armée, comme Michaël.

On frappa à la vitre, Dimitri sursauta et jura en russe.

C'était justement Michaël.

— On l'a localisée, dit-il en ouvrant la portière. Venez.

Ils se regroupèrent derrière le 4 × 4. Luc vérifia son arme après s'être assuré qu'il n'y avait personne en vue.

— Je viens d'avoir confirmation. Elle a payé l'hôtel par carte bleue. Yael Mallan. Avec un nom pareil, on peut pas se tromper. La clé de sa chambre n'est pas au clou, on y va.

Les trois hommes descendirent le trottoir en direction de l'hôtel. Une conjugaison mortelle de muscles, de nerfs, et d'expérience destructrice qui les avait vidés de leurs illusions depuis longtemps. Ils ne laissaient rien au hasard.

Luc en particulier avait des raisons d'être vigilant. Il avait découvert le cadavre de son partenaire dans les catacombes. Yael Mallan était bien plus débrouillarde qu'ils ne l'avaient supposé. La peur l'avait rendue dangereuse.

Luc s'apprêtait à appliquer la loi du Talion. La seule qu'il respectait.

La vie de Yael contre celle de son partenaire.

Et Luc prendrait également celle de ce type qui

l'accompagnait. Tant pis pour lui. Ils l'avaient averti dans le métro.

Ne pas laisser de témoins.

Lorsqu'ils pénétrèrent dans le hall, Luc et Michaël attendirent devant l'ascenseur tandis que Dimitri avançait vers le comptoir.

Le veilleur sortit de la petite pièce attenante.

— Bonsoir. Je peux vous…

Il vit le petit œil noir le fixer et la lumière jaillir.

Avant même d'entendre le son feutré du silencieux sa cervelle encastrait ses morceaux gluants dans les boxes à messages derrière lui.

Dimitri sauta par-dessus l'accueil et fouilla sans ménagement jusqu'à trouver un passe. Il vérifia dans le registre le numéro de chambre de Yael, et lança la carte d'accès aux deux autres qui s'engouffrèrent dans la cabine. Après quoi, il fit les poches du mort pour récupérer l'argent qu'ils venaient de lui donner en échange d'informations.

À l'étage, Luc introduisit le passe dans la serrure et le témoin vert s'alluma. Il baissa la poignée très calmement, et ils se répartirent la chambre obscure de manière à surveiller tous les angles. Chacun d'eux tenait un Sig-Sauer 9 mm avec silencieux dans sa main gantée.

Les deux lits jumeaux étaient occupés par un couple qui dormait paisiblement.

Michaël ouvrit le feu en premier.

L'impact de l'acier brûlant dans les chairs fit plus de bruit que l'arme elle-même.

Le couple éclaboussa les murs sans un cri.

BLOG DE KAMEL NASIR. EXTRAIT 5.

Parler de la conspiration du gouvernement américain contre son propre peuple vous fait passer pour un adolescent boutonneux paranoïaque. C'est, je crois, oublier trop rapidement ce que l'Histoire nous a appris.

Allen Dulles est un nom qui n'évoque rien pour vous ? J'avoue qu'on en parle peu, on a « oublié » cet homme avec le temps. Mockingbird et Northwoods, ça ne vous dit rien non plus ? Pourtant, il s'agit de scandales autrement plus dramatiques que le Watergate ! Dulles a perdu son boulot à cause de ces histoires, bien qu'à l'époque on ait dit que c'était à cause de l'affaire de la baie des Cochons.

Quand je repense à des hommes comme Allen Dulles qui dirigeait la CIA et qui était à l'origine de l'opération Mockingbird visant à infiltrer et à influencer les médias américains, et pire : à l'opération Northwoods visant à commettre des attentats contre le peuple américain pour justifier une intervention militaire à Cuba, je tremble. Surtout qu'il n'était pas seul. Le projet émanait en fait de l'État-major interarmées. Ils prévoyaient d'attaquer un de leurs propres navires à l'explosif pour faire monter la tension, tout en accusant Cuba d'être responsable. Ils avaient même prévu le détournement ou l'attaque d'avions civils...

Nous ne sommes pas dans la fiction, là, c'est un plan pensé, étudié et écrit par des généraux des armées américaines, destiné à donner un prétexte à leur pays pour attaquer Cuba ! Les preuves de tout ça existent bel et bien. (Encore une fois, allez vérifier ! Il y a notamment un rapport déclassifié depuis 1992, celui que Robert McNamara en personne avait conservé !) Et pourtant on en parle peu, comme s'il y avait une muselière journalistique imposée à certains faits par la puissance des empires médiatiques. En même temps, lorsqu'on apprend que le gouvernement Blair privatise la conservation des documents d'État, incluant ceux qui sont classés TOP SECRET, *par une société (TNT Express Services) qui appartient au milliardaire Rupert Murdoch, celui-là même qui détient l'empire médiatique News Corporation dont la fameuse chaîne Fox News qui a soutenu la présidence Bush. C'est à se demander.*

Quand on repense à ces projets, à l'assassinat de Kennedy, au mensonge volontaire d'un gouvernement pour entrer en guerre avec le Vietnam, on peut se poser des questions sur ces attentats du 11 septembre...

Sont-ils vraiment cette malédiction qui s'abat sur le monde ?

Car dans la foulée, on parle de passer à l'attaque. On parle de Ben Laden, de Saddam Hussein, sans jamais dire que ce dernier est directement lié au terroriste, et par le biais d'ingénieuses manipulations de communication, on les associe dans l'esprit du peuple américain pour légitimer une attaque contre l'Irak.

Mais envahir l'Irak en premier tandis qu'on clame haut et fort que le bastion du terrorisme islamique est en Afghanistan n'est pas possible. Pour l'opinion publique, il faut d'abord aller en Afghanistan pour « soi-disant » débusquer Ben Laden. Alors pourquoi n'envoie-t-on là-bas que 11 000 hommes ? « C'est moins que le nombre de policiers à Manhattan ! » comme le dit Richard Clarke, un ancien conseiller de la Maison-Blanche pour le terrorisme. C'est suffisant pour décapiter le régime taliban et mettre à la place Hamid Karzaï, mais certainement pas pour investir tout un pays à la recherche de l'ennemi public numéro un. Quand on sait que Karzaï est lié aux entreprises proches du gouvernement Bush... Et d'ailleurs, dès son accession au pouvoir en Afghanistan, il permettra la création d'un pipeline pour le pétrole, pipeline que les États-Unis rêvaient de construire sans y parvenir...

Et puis, voulait-on vraiment trouver Oussama Ben Laden ?

Car après le premier attentat du World Trade Center, en 1993, les services secrets savent déjà que Oussama Ben Laden est responsable et surtout que la famille royale d'Arabie Saoudite a donné à Oussama Ben Laden les moyens de faire ce qu'il veut, en échange, dit-on, d'une certaine tranquillité intérieure. À l'époque, il s'est exilé au Soudan. En février 1996, Bill Clinton signe un ordre de mission top-secret visant à démanteler al-Qaida et à tuer Ben Laden, la CIA est chargée de la mission, mais affirme ne pas savoir où il se trouve.

Sauf qu'en mars de la même année, le Soudan propose aux USA de leur livrer Ben Laden afin d'améliorer ses relations avec le pays de l'oncle Sam. Stupeur : les USA refusent. Ils prétextent n'avoir aucune preuve pour l'inculper et préfèrent le laisser en liberté. La CIA, qui d'habitude n'est pas avare de coups fourrés, d'assassinats douteux, ne fait rien, et le gouvernement ne fait pas pression sur l'Arabie Saoudite pour qu'elle reprenne Ben Laden afin de l'incarcérer. Rien. Le Soudan se contente de chasser le terroriste qui part en Afghanistan.

Venir ensuite crier haut et fort que les États-Unis auront la peau de Ben Laden et qu'il faut pour cela envahir le pays avec seulement 11 000 hommes devient ridicule... comparé aux 550 000 hommes qui avaient été envoyés par exemple lors de la première guerre du Golfe en 1990. On serait en droit d'en rire si le sujet n'était si grave.

Mais en 1990, il y a le pétrole.

Tandis qu'en Afghanistan, mis à part ce pipeline, les États-Unis n'ont pas beaucoup d'intérêts...

J'imagine votre sourire à la lecture de ces mots. Vous vous dites : « OK, mais on sait tous que les USA ont été en Irak pour le pétrole, où veux-tu en venir ? »

Patience. Vous allez comprendre.

Mais la vision d'ensemble est un peu trop violente pour être présentée d'un seul coup. Il est préférable d'assembler les pièces du puzzle une à une.

Avant la grande claque finale.

31

L'odeur de bacon se mêlait à celle des viennoiseries et du café dans la grande salle de restaurant de l'hôtel.

Yael et Thomas prenaient leur petit déjeuner un peu à l'écart, sous l'une des larges fenêtres par lesquelles le soleil s'invitait chaudement dès les premières heures de la matinée. Des grappes de touristes, en famille pour la plupart, se partageaient les autres tables près du buffet.

Yael tenait un téléphone portable à l'oreille :

— Merci Lionel, je te revaudrai ça. Quelques jours, oui. Je te tiens au courant, à bientôt.

Elle raccrocha et rendit le téléphone à Thomas.

— C'est réglé, je serai absente du boulot toute la semaine.

Thomas approuva d'un hochement de tête. Ses cheveux encore humides de la douche bouclaient et sa peau fraîchement rasée luisait sous l'after-shave parfumé. Ce matin, il avait les yeux verts tachetés d'éclats noisette. Lorsque Yael l'avait croisé à sa sortie de la salle de bains, ses muscles jouaient sous le lin fin de sa chemise, et elle avait ressenti une subite attirance pour lui. Un désir immédiat de sentir son corps contre le sien. Une envie animale, follement sexuelle. Et elle s'était étonnée de nourrir pareilles idées dans ces circonstances ; la faute à la tension nerveuse… La fatigue, s'était-elle répétée.

À présent qu'il buvait son jus d'orange, la chemise

s'ouvrait jusqu'à la naissance des pectoraux, et Yael éprouva à nouveau cet élan de désir, presque douloureux.

— Je suis allée au centre d'affaires de l'hôtel pour avoir accès à Internet, et j'ai imprimé la liste des instituts de beauté parisiens pendant que tu étais sous la douche, expliquait Thomas.

Yael cligna des yeux pour reprendre contact avec la réalité.

— Tu... crois vraiment..., balbutia-t-elle, qu'on va pouvoir déchiffrer cette feuille brûlée dans un... institut ?

— Ça ne coûte rien d'essayer, répondit-il machinalement.

Il semblait lui aussi ailleurs, mais préoccupé par ce qui se passait derrière Yael. Celle-ci jeta un bref regard par-dessus son épaule. Deux membres du personnel discutaient entre eux, l'air soucieux, presque catastrophés. Un troisième, une femme, se joignit à eux en demandant ce qui se passait. Yael tendit l'oreille pour capter des bribes de leur conversation :

— C'est à côté... à l'hôtel de... Y a eu... inés cette nuit.

— Assassinés ? répéta la femme plus fort.

Son camarade lui intima d'être plus discrète.

— Le veilleur et... ouple.

Il pivota pour ne plus montrer que son dos à la table et la jeune femme ne put entendre la suite.

Lorsqu'elle refit face à son compagnon elle découvrit qu'il était tendu.

— Ça ne va pas ? s'inquiéta-t-elle.

Il hésita.

— À partir de maintenant, tu n'utilises plus ta carte de crédit, ordonna-t-il.

— Comment ça ?

Il se massa le menton, le regard perdu dans une brume de réflexion.

— Dis-moi, insista Yael.

Il repoussa son siège pour se lever, et ses yeux revinrent se poser sur Yael.

— Je te dois une explication, concéda-t-il. Mais pas ici. Au calme.

Ils quittèrent le restaurant pour rejoindre leur chambre et prendre le document lorsque en traversant un salon, Thomas s'immobilisa devant un téléviseur qui diffusait l'image d'une journaliste, son micro à la main, parlant devant un décor familier.

Sa main agrippa celle de Yael.

«… de deux balles dans la nuque. D'après notre source, rien n'aurait été dérobé dans la maison mais la police est encore présente sur les lieux pour tenter d'en savoir plus sur cet assassinat mystérieux. À Herblay, dès l'annonce de ce crime, on a commencé à se poser des questions : qui a pu tuer froidement un vieillard si paisible ? Et pourquoi ? »

Yael avait également reconnu la silhouette du manoir de Lubrosso en arrière-plan.

— Je… Je ne comprends pas, fit-elle, refusant l'évidence.

Les traits de Thomas s'assombrirent.

— Ils ont tué Lubrosso cette nuit. Après notre départ.

Yael s'écarta pour faire les cent pas sur la moquette.

— C'est pas bon du tout…, dit-elle en secouant la tête. Pas bon du tout. (Elle s'arrêta net :) On peut prévenir la police. Il faut leur dire qui est l'assassin.

— Et qui c'est ? s'étonna Thomas.

— L'homme que Lubrosso attendait pour le débarrasser du cadavre de Languin. Il était tard lorsque nous sommes partis, et Lubrosso attendait ce… nettoyeur. Je ne vois pas qui d'autre aurait pu faire le coup.

Thomas se rapprocha de la jeune femme, l'air accablé.

— Mais si, insista-t-elle. Ils pourront retrouver le numéro de téléphone que Lubrosso a appelé cette nuit… Ils peuvent bien faire ça dans la police, non ?

Thomas vérifia que personne ne pouvait les entendre.

— Yael… Écoute-moi bien, dit-il d'une voix qu'il

espérait sereine. Plusieurs témoins peuvent certifier nous avoir vus hier dans Herblay, certains peuvent même préciser que nous glanions des informations sur Lubrosso. Ensuite nous nous sommes introduits illégalement chez lui pour l'espionner. Et surtout, à mon avis, ce fameux nettoyeur aura fait disparaître le cadavre de Lauguin. Et au vu de tout ce qui nous tombe dessus, je commence à penser que nous avons affaire à des gens très puissants. Ils n'auraient pas pris le risque d'effacer Lubrosso si le numéro de téléphone pouvait les compromettre. Crois-moi, nous aurions tout à perdre à aller voir la police maintenant. Rappelle-toi les ombres dans les miroirs, les bougies et la bague qui tue. Tu vois où je veux en venir ?

Après un temps, Yael approuva.

— Oui, ils ne me croiront jamais, résuma-t-elle doucement.

Elle se laissa tomber dans un des fauteuils avec un long soupir de lassitude. Thomas lui caressa les cheveux.

— On va continuer comme on l'avait prévu, Yael. On va conduire notre enquête de notre côté, le temps de prouver notre innocence et d'être capables de désigner les coupables. C'est la seule façon de s'en sortir.

— Tu crois vraiment qu'ils sont plusieurs ? Une organisation ?

— C'est ma conviction. Ils sont trop bien organisés et disposent de trop de moyens pour un homme seul.

Yael demeura un instant le regard dans le vague, à s'interroger sur ce qu'elle vivait. Pourquoi elle ?

Mais, quels qu'ils soient, elle n'allait pas leur faire de cadeau, elle se battrait bec et ongles. Voilà quelle serait désormais sa ligne de conduite : refuser de plier, et rendre coup pour coup. Pour ça, il fallait en savoir plus sur le commanditaire.

Elle se releva en mobilisant toute son énergie et invita Thomas à la suivre vers les ascenseurs.

Dans la chambre, ils s'emparèrent du seul feuillet à peu près entier qu'ils avaient pu soustraire aux flammes et redescendirent dans le hall, tandis que Kardec miaulait pour les suivre. Yael avait glissé le document entre les pages d'une revue pour lui assurer un minimum de protection et le portait dans un petit sac à dos en toile.

Ils marchaient côte à côte, entre les clients qui bavardaient, une carte de Paris ou un Caméscope en main.

La lumière du ciel bleu baignait l'hôtel d'une légèreté qui inclinait les touristes à la bonne humeur.

Yael marchait en dévisageant les silhouettes qu'elle croisait, consciente de trop en faire sans parvenir à se refréner. Elle songeait à ce que Thomas lui avait caché, au meurtre de Lubrosso. Les sens en alerte, rien ne lui échappait à mesure que la porte vitrée se rapprochait.

Des sourires.

Des bavardages sur fond de rires.

Tous ces regards excités, ces visages curieux, ces coupes de cheveux hirsutes, ces vêtements bariolés... La faune de l'hôtel prête à investir les rues de la capitale.

Et deux formes massives qui fendent les groupes, l'une tenant un appareil de type PDA, l'autre surveillant la foule.

Deux hommes vêtus de cuir noir. Le visage coulé dans la détermination.

Yael se tourna vers Thomas : il avançait sans les remarquer.

La sortie n'était plus qu'à cinq mètres.

Yael les suivit du coin de l'œil : ils prenaient la direction des escaliers.

C'est alors que le deuxième homme l'aperçut.

Son front se plissa.

Il saisit son collègue par le bras pour le stopper.

L'autre hésita. Il vérifia son appareil, tourna la tête vers les escaliers avant de porter à nouveau son attention sur elle.

Tous deux changèrent de direction.

Ils vinrent droit sur elle.

32

Yael donna un coup de coude à Thomas qui réagit dans la seconde. Il passa une main sous le bras de la jeune femme et accéléra leur marche.

Les deux colosses firent de même, bousculant les gêneurs sans un mot.

Thomas poussa la porte et ils jaillirent dans la rue.

— Le type de droite était dans le métro avant-hier. Prête ?

Yael voulut demander de quoi il parlait mais il la tira brutalement en avant.

Ils se précipitèrent vers leur voiture garée plus loin, trop loin. Une erreur.

Derrière eux, les deux hommes sautaient hors de l'hôtel et s'élançaient dans leur sillage, à moins de dix mètres.

En grimaçant à cause de sa cuisse, Thomas atteignit un troupeau de poubelles vertes qu'il s'appliqua à renverser, imité par Yael. Les déchets se répandirent et les bouteilles roulèrent dans les jambes de leurs poursuivants qui durent ralentir.

Thomas et Yael étaient déjà repartis à plein régime.

Tandis que ses bras fouettaient ses flancs, Yael interrompit le mouvement pour faire basculer son sac à dos sur le devant et y chercher ses clés de voiture sans ralentir.

La 206 était à présent toute proche.

Les deux chasseurs également.

Yael fourrageait dans le bric-à-brac sans mettre la main sur le précieux trousseau.

— Les clés… ! haleta Thomas.

Elle entendait le rythme de leurs souffles sur ses talons.

Ses doigts écartèrent le portefeuille, puis le mini-répertoire… La voiture était là, à six foulées maximum.

Son index effleura enfin une clé. La main l'agrippa et tira frénétiquement.

En un seul geste, Yael sortit le trousseau et déverrouilla à distance. Ils se jetèrent sur les portières et bondirent à l'intérieur. La jeune femme enfonça la clé et fit rugir la mécanique.

Le plus rapide des deux hommes était à sa hauteur, Yael n'avait pu refermer sa portière.

Elle écrasa l'accélérateur en braquant pour s'éloigner du trottoir.

La silhouette assombrit l'habitacle en agrippant la vitre.

Yael se cramponna au volant et enfonça la pédale. La 206 gicla sur l'asphalte, la portière se referma par la force de l'accélération, coinçant l'intrus entre elle et la carrosserie.

Yael lâcha le volant de la main gauche, plia le bras pour présenter son coude, et de toutes ses forces frappa l'homme au plexus.

L'air s'expulsa bruyamment de ses poumons, ses doigts s'ouvrirent, et il bascula à la renverse.

Dans le rétroviseur, Yael le vit reculer sur plusieurs mètres, ses jambes heurtèrent le bas de caisse d'une voiture garée, et il s'immobilisa.

Elle saisit la poignée de maintien et referma la portière en soufflant pour ralentir la folle cadence de son cœur.

— Bien joué ! s'écria Thomas, lui-même dépassé par la vitesse à laquelle tout s'était enchaîné.

La Peugeot arriva au carrefour, place de la Porte-de-Versailles, le feu était au rouge. Elle ralentit.

Thomas en profita pour surveiller le rétroviseur.

Un 4 × 4 noir ralentissait derrière eux.

— Merde ! grogna-t-il. Les revoilà !

Yael guetta le feu, toujours rouge. Un camion était devant elle.

Elle expira deux fois rapidement.

Puis elle fit crier le moteur pour déboîter par la gauche. Elle dépassa le camion en constatant que le 4 × 4 se rapprochait à vive allure.

— À droite ! Le périph ! tonna Thomas.

Au moment où la 206 déboulait dans le carrefour, un scooter, masqué jusqu'alors par le camion, surgit à droite.

Yael braqua tout à gauche pour éviter le deux-roues qui parvint in extremis à virer en les rasant. Le conducteur freina et se retourna pour l'incendier mais Yael était déjà engagée rue de Vaugirard, pied au plancher.

Le motard jurait en hurlant.

Il entendit trop tard le crissement des pneus et se tourna pour voir ce que c'était.

La calandre jaillit sous ses yeux. Énorme.

Elle le percuta de plein fouet. Et le projeta comme un pantin, quatre mètres plus loin, dans la vitrine d'un magasin.

Yael crut apercevoir une ombre jaillir de l'avant du 4 × 4 et disparaître dans un mur mais ses yeux n'eurent pas le temps de faire le point, à nouveau braqués sur l'étroit passage où la 206 s'engageait. Elle lut le compteur. 90 kilomètres-heure.

Et le 4 × 4 toujours à leurs trousses.

Les véhicules stationnés de part et d'autre semblaient se resserrer à mesure que la vitesse augmentait.

Les façades des immeubles creusaient un goulet au fond duquel les deux voitures jouaient à la mort.

Yael arriva à l'angle de Convention, le feu était au vert, elle ralentit tout de même et bloqua le klaxon en continu. Les passants sursautèrent lorsque le bolide transperça le carrefour pour se volatiliser aussitôt.

Yael leva la tête et dans le rétroviseur découvrit avec stupeur que le 4 × 4 était tout proche.

— On ne pourra pas les semer ! lança Thomas.

Déconcentrée, elle se déporta légèrement sur la droite.

Le bruit du choc résonna dans l'habitacle. Elle venait

d'arracher son rétroviseur contre celui d'une berline garée sur le bas-côté.

L'hôpital Pasteur défilait.

— Attention ! cria Thomas en désignant le bus à une centaine de mètres devant eux. L'engin occupait toute la largeur de la route.

Yael hésita.

Avant d'être projetée en avant. On venait de les percuter.

Son sternum encaissa le choc tout d'abord, dans le fracas de tôle froissée, puis sa nuque, et tout son torse partit en avant, en l'absence de ceinture de sécurité. Ses mains cramponnées au volant tinrent lieu d'amortisseurs et son nez s'arrêta à quelques centimètres du cuir.

Ils venaient d'être heurtés par le 4 × 4.

Tout alla très vite.

Du coin de l'œil, elle vit que Thomas avait eu moins de chance et qu'il avait heurté le tableau de bord.

La 206 quittait la voie de droite, le 4 × 4 collé à son pare-chocs.

Le bus allait l'obliger à piler et la coincerait.

En une fraction de pensée, Yael sonda la file d'en face, une vieille 4L arrivait lentement, à bonne distance.

Yael s'engagea à contresens et la 206 bondit en avant sous la pression de son pot d'échappement retentissant, rasant le bus.

La 4L fit un appel de phares.

Elle roulait bien plus vite que prévu.

La jeune femme vérifia derrière elle : elle était suivie par le 4 × 4 à deux mètres à peine. Elle jugea de la distance qui lui restait à couvrir avant de pouvoir se rabattre.

Le bus était interminable.

Et elle bien trop lente.

Yael réalisa qu'elle n'y parviendrait pas. Et aucun dégagement possible.

Ils allaient s'encastrer dans la 4L.

Droit devant.

Elle entendit Thomas crier.

33

Les freins de la 4L hurlèrent, et un nuage de fumée entoura ses quatre roues.

Yael bloqua sa respiration. Elle allait pouvoir se rabattre… Il le fallait.

La 206 se jeta si brutalement devant le bus qu'elle faillit basculer sur son flanc droit. La 4L s'inscrivit dans sa vitre comme un flash.

Soudain Thomas se souleva dans son siège.

— Les salauds ! hurla-t-il.

Yael jeta un coup d'œil dans le rétroviseur droit et faillit en lâcher le volant. Le 4 × 4 se propulsait sur le trottoir, semant la terreur et la panique.

Et colla de nouveau à leurs trousses.

Ils fusaient tous deux vers le cœur de la capitale à plus de cent kilomètres à l'heure.

Yael croisait le boulevard du Montparnasse lorsqu'elle vit qu'un des tueurs se penchait à la portière et ajustait son tir : l'arme était prolongée par un silencieux.

Thomas la plaqua contre le volant, au risque qu'elle perde le contrôle de l'auto.

Il comprit que la voiture était touchée lorsque deux impacts résonnèrent coup sur coup.

Une autre balle traversa le pare-brise arrière en sifflant, déchiqueta le bord du siège conducteur et vint s'encastrer dans l'autoradio qui explosa en une gerbe d'étincelles crépitantes.

Le boulevard Raspail se rapprochait. Le feu était rouge. S'arrêter ou passer signifiait la mort.

Yael n'avait pas encore pris sa décision que le feu virait au vert.

Elle traversa sans lever le pied…

Pour déchanter aussitôt.

Une longue procession de voitures avançait au ralenti derrière le camion des éboueurs. Ils étaient au niveau du jardin du Luxembourg.

— Le trottoir ! cria Thomas. Fonce !

Ils n'avaient plus rien à perdre.

Elle s'engagea d'un coup sur la marche de bitume en klaxonnant pour que les piétons s'écartent. Quelques mètres plus loin le passage se rétrécissait et les bloquerait.

Sur la droite, la grille du Luxembourg était grande ouverte.

— Fonce ! répéta Thomas.

Les pneus de la 206 soulevèrent une nuée de sable en s'engageant sur l'allée, le 4 × 4 dans ses traces.

La 206 commençait à montrer ses limites tandis que le tout-terrain était à son affaire.

Des dizaines de promeneurs s'écartaient vivement en apercevant la course-poursuite, et les flâneurs dans les chaises longues avaient tout juste le temps de déguerpir.

Tout à coup les deux portières furent côte à côte.

Et la main armée réapparut.

Ils longeaient la face sud du Sénat, débouchant sur une ligne droite interrompue par un large bassin.

Sur la droite, s'ouvrait une voie en angle aigu.

La jeune femme freina brusquement et braqua.

La 206 évita un petit kiosque à friandises mais percuta les chaises alignées.

Les tubes en aluminium vinrent fracasser l'avant, perçant les phares et enfonçant le capot. L'une d'elles rebondit et brisa le pare-brise. Deux grosses stries se partagèrent la vitre, qui pouvait à présent se rompre au moindre choc.

Yael retrouva le centre de l'allée en respirant à pleins poumons. Elle n'avait touché personne. Mais ils étaient en deuil du deuxième rétro

— Où sont-ils ? Tu les vois ? s'alarma-t-elle.

Thomas scruta les alentours. Il repéra le 4 × 4 de l'autre côté d'un terre-plein, sur un chemin parallèle.

— Là ! Reste où tu es. À cette vitesse ils ne pourront pas couper pour nous rejoindre.

Mais les balles s'enfoncèrent dans la carrosserie. La vitre arrière explosa.

La route s'allongeait encore avant de tourner tout au bout pour rejoindre l'autre voie, celle sur laquelle fonçait le 4 × 4, comme un circuit en U.

Au centre, une petite rampe grimpait entre des plots de béton pour conduire à une esplanade surélevée.

Il n'y avait pas de place pour deux sur la rampe.

Yael, de moins en moins lucide, décida de jouer le tout pour le tout.

Elle passa la quatrième, puis la cinquième. Le compteur affichait 170 kilomètres-heure.

Thomas la dévisagea.

— Ralentis ! hurla-t-il. Tu vas trop vite ! Tu vas nous tuer !

Elle ne répondit pas, le pied collé à l'accélérateur.

Le virage approchait, Yael se mit à la corde pour ne pas avoir à tourner, elle filerait tout droit vers la rampe.

Les bosquets effleurèrent le carénage avant si rapidement qu'ils furent décapités.

La rampe étroite leur fonçait dessus.

Thomas agrippa la poignée et ferma les yeux.

Au tout dernier moment, Yael freina avec rage. La 206 tangua, se déporta à droite, puis à gauche. Yael se crispa et s'engagea sur la rampe à près de 100 kilomètres à l'heure.

Il y eut d'abord une myriade d'étincelles, les roues se soulevèrent, tout le véhicule quitta la terre pour monter dans les airs. Elle accéléra pour garder la puissance…

Ils reprirent contact avec le sol après une éternité, la Peugeot rebondit sans ménagement et deux nouvelles fissures zébrèrent le pare-brise.

Les pneus réaccrochèrent la piste pour propulser le bolide.

Une femme apparut tout à coup dans le pare-brise. À cette vitesse, Yael sut qu'elle allait la couper en deux. Elle hurla. La femme recula d'un pas, ses vêtements claquèrent au vent de la 206 qui ne fit que la frôler.

Yael n'en crut pas ses yeux.

Elle s'engagea enfin entre les arbres pour gagner la sortie.

Le 4 × 4 réapparut, loin derrière.

Quelques secondes plus tard, rue Auguste-Comte, un gyrophare entra en action. Une voiture de police s'invitait à la fête.

Yael braqua pour s'engager dans une ruelle avant d'être repérée et accéléra.

Thomas se tordait le cou pour surveiller leurs arrières.

Après une minute, le journaliste lui demanda de ralentir.

— Ils ont abandonné en voyant la police, finit-il par conclure. Maintenant gare-toi.

Yael commençait seulement à réaliser ce qu'elle venait de faire.

L'adrénaline se changeait en peur rétrospective.

Ses jambes perdirent toute consistance. Elle se mit à trembler. Elle réussit à se garer sur le bas-côté, s'effondra sur le volant.

Thomas attendit un long moment, puis, en tamponnant tour à tour le sang qui coulait de son nez et la bosse qui décorait son front, il laissa tomber d'une voix sourde :

— La situation est critique, Yael. Je crois que je te dois une explication.

— À quel sujet ? souffla-t-elle sans lever le nez.

— Quelque chose que j'ai fait… Quelque chose de très grave.

34

Yael se redressa lentement.

— De quoi parles-tu ? demanda-t-elle en appréhendant la suite.

— Pour mes reportages, il m'est arrivé de travailler sur les services de renseignement, leurs moyens. J'ai rédigé un long papier très documenté sur Echelon, le système de surveillance électronique développé par les Américains pour espionner toute la planète, nos coups de téléphone, nos e-mails et tout le reste.

Il marqua une pause pour tâter la crête de son nez ; elle n'était pas cassée. Yael devina que cette petite manœuvre lui permettait de ne pas la regarder en face. Ce qu'il veut me dire doit peser un sacré poids, songea-t-elle, de plus en plus angoissée.

— J'ai côtoyé toute une bande de joyeux paranos pendant ce temps, et j'avoue que j'ai appris quelques réflexes.

Il chercha ses mots, et se tourna enfin vers Yael. Cette fois il parlait ferme, avec beaucoup d'émotion :

— Tu n'as pas idée de tous les systèmes mis au point pour nous surveiller. Le moindre pas que tu fais est fiché et archivé, je te jure que je n'exagère rien. Si le type d'un organe de surveillance décide de te mettre le grappin dessus, il saura tout de toi. Et cette expérience m'a laissé quelques… traces.

— Quoi ? On t'a fait quelque chose ? réussit à dire Yael, la gorge nouée.

— Non, non, rien du tout, j'ai pu rédiger mon article et le vendre à des journaux, mais c'est l'expérience qui m'a… changé. Au quotidien je suis comme tout le monde, sauf que… quand il se passe un truc suspect, je passe en mode « parano » et je prends des mesures délirantes.

— C'est-à-dire ?

— Eh bien, si un soir je rentre chez moi et que je trouve des affaires qui me semblent changées de place…

— Tu veux dire que quelqu'un s'est introduit chez toi ? s'étonna Yael.

Thomas eut l'air embarrassé. C'était probablement la première fois qu'il confiait ses petites névroses.

— Oui, enfin, je ne suis jamais formel, c'est peut-être moi qui me trompe, mais quand ça arrive, quand j'ai l'impression qu'on m'a rendu visite, je mets une chaise derrière la porte, ce genre de trucs.

Yael soupira.

— Écoute, tout le monde a ses petites manies, cela dit, je ne vois pas ce que ça vient faire dans notre histoire.

Cette fois les traits de Thomas se creusèrent.

— Si, Yael. Parce que la nuit où nous sommes allés à l'hôtel, lorsque j'ai été sûr que tu dormais, je suis sorti.

Yael attendit la suite, soudain anxieuse.

— Je t'ai emprunté ta carte de crédit. Et je suis descendu dans une cabine téléphonique pour réserver une chambre d'hôtel dans un établissement autre que le nôtre. Par téléphone, j'ai donné ton numéro de carte et ensuite j'ai fait le tour des ponts sous le périph, sans avoir à aller bien loin, pour trouver un couple de clodos qui présentaient pas trop mal.

Le visage de Yael s'alarma.

— Je leur ai donné le nom à fournir à l'accueil, en leur disant que la chambre était payée pour trois nuits.

— Mon Dieu, murmura Yael pour elle-même.

— C'était excessif, je l'avoue. Sur le coup je me suis dit qu'utiliser ces pauvres gens n'était pas grave, qu'au moins ils passeraient une nuit au chaud. Je me disais qu'il ne se passerait sûrement rien, sauf si ma paranoïa n'était pas un délire, alors, dans le pire des scénarios, le couple serait arrêté, interrogé et relâché sans histoire. Mais cela nous donnerait une indication sur ceux qui te traquent. Après les deux types du métro et notre périple dans les Catacombes, je commençais à me poser de sérieuses questions sur l'identité de ceux qui t'en voulaient à ce point. J'ai juste voulu m'assurer que…

— Quoi donc ? Que j'étais solvable ? interrogea Yael avec une pointe d'agacement.

Thomas, visage fermé, secoua la tête.

— Que ceux qui cherchaient à te nuire n'étaient pas d'une manière ou d'une autre connectés aux officiels.

— Aux quoi ?

— Aux organes de renseignement officiels. DST, police, RG, tout ce que tu voudras.

— Mais c'est complètement tordu ton raisonnement, pourquoi veux-tu que les flics…

— C'est pourtant ce qui s'est passé ! la coupa-t-il. Les deux SDF ont été abattus cette nuit. J'ai entendu la conversation des serveurs ce matin à notre hôtel. Ça fait beaucoup, non ? Des types cherchent à te tuer et les gens qui sont enregistrés à ton nom se font flinguer ! Il n'y a que par ta carte bleue qu'ils ont pu remonter jusqu'à cette chambre. Et la carte de crédit, c'est le premier élément que les officiels cherchent à pister lorsqu'ils traquent un fugitif.

— C'est… C'est pour ça que tu as refusé que je paye quoi que ce soit ? se souvint-elle.

— Oui. Au cas où. J'ai réglé notre chambre sans enregistrer ton nom nulle part. (Il se tut un instant, pour synthétiser sa pensée :) Ce que je veux te faire comprendre, c'est que seuls les services officiels peuvent avoir accès à ton dossier bancaire.

Yael refusait de l'entendre.

— Ne dis pas n'importe quoi ! Je n'ai jamais rien fait d'illégal de toute ma vie ! J'ai même pas fumé de marijuana ! Rien, je te dis ! C'est stupide de croire ça.

On n'est pas dans un film américain, les gens comme moi ne se retrouvent pas embarqués dans des complots tordus !

Thomas laissa passer l'orage, elle avait besoin de déverser la peur qui se cachait en réalité derrière cette révolte.

— Prends le temps de réfléchir, finit-il par dire. Tu le dis toi-même : tu n'as rien à te reprocher. Pourtant on vient d'essayer de te tuer en plein Paris et à plusieurs reprises. Ce n'est pas une illusion. (Il désigna le bloc autoradio disloqué :) Et ça c'est bien réel. Je suis comme toi, je n'y comprends rien. En revanche, je sais que des tueurs ont eu accès à tes données bancaires les plus récentes. Les serveurs des banques sont parmi les plus protégés au monde. On entend parfois des histoires de hackers qui piratent les sites Internet du FBI ou d'une centrale nucléaire en Corée, mais jamais d'une banque. Les seuls capables d'y accéder sont les organes officiels. Police, services secrets, armée.

Yael secouait la tête. Elle ne pouvait y croire.

— En vingt-quatre heures ils ont pu te localiser. Après s'être rendu compte de leur erreur, ils ont continué à enquêter pour nous tomber dessus ce matin.

— Comment ont-ils fait pour remonter jusqu'à nous aujourd'hui ? demanda-t-elle doucement.

Des larmes coulaient sur ses joues.

— Je n'en sais rien, mais on ferait mieux de trouver avant qu'ils ne recommencent. Dans l'hypothèse où tu trimbalerais un émetteur sur toi, on va aller t'acheter de nouvelles fringues.

Elle leva une main en signe d'impuissance.

— Co… comment je vais faire ? (Elle sanglotait à présent.) Je… ne peux plus rien payer…

Thomas caressa ses cheveux.

— Hey, tu oublies un peu vite que je suis avec toi, non ? Dans quelques heures ils auront probablement vérifié le nom de réservation de notre chambre et remonté la piste jusqu'à moi. Ça veut dire que je dois foncer au distributeur le plus proche.

Il ajouta, pour lui arracher un sourire :

— À ton avis, en combien de temps toi et moi on peut vider mon compte ?

Sans succès.

— Thomas, dit-elle après un long silence. Ces… ces gens qui sont morts cette nuit… ils les ont tués pourquoi ?

Le journaliste se mordit nerveusement la lèvre.

— Parce qu'il faut t'éliminer, Yael. À tout prix.

Elle ferma les yeux.

— Et s'ils sont morts… C'est ma faute, poursuivit-il. C'est moi qui les ai entraînés là-dedans.

Elle ne savait plus si elle devait être en colère contre lui ou si elle devait le remercier d'être encore en vie.

Elle lut beaucoup de chagrin et de douleur dans son regard et préféra se taire. Il portait le poids de la culpabilité. Il allait vivre désormais en sachant qu'il avait tué deux personnes. Pour tenter de la protéger.

— Qu'est-ce qu'on va faire maintenant ? demanda-t-elle d'une voix presque tendre.

— D'abord prendre de l'argent. Ensuite s'occuper de trouver un nouveau logement. Après on aura du pain sur la planche, tu te rappelles ?

— La feuille brûlée…

— Oui. C'est plus urgent que jamais. On ne nous fera pas de cadeau, et ce document est peut-être la longueur d'avance dont nous avons besoin.

Yael se prit la tête entre les mains.

— Si tu as raison, comment est-ce qu'on va s'en sortir ? Comment je vais prouver que je suis innocente ? À qui je vais le prouver ?

Elle paniquait.

Thomas la força à le fixer droit dans les yeux :

— Yael, chaque chose en son temps, d'accord ? On va trouver. On va s'en sortir. Garde le contrôle, j'en ai besoin. Rappelle-toi que je suis avec toi.

Elle réalisa brusquement à quel point il était lié à elle, lui qui n'avait rien demandé. C'était elle qui l'avait entraîné dans cette chasse au mystère dont ils étaient les proies. À présent, qu'il le veuille ou non, il ne pouvait plus l'abandonner. Comme il l'avait souligné, les tueurs auraient son identité par l'hôtel, c'était lui qui avait payé. Yael se jugea terriblement égoïste. Jamais il ne s'était plaint, jamais il n'avait hésité à l'aider. Il avait pris des risques fous pour elle.

— Thomas, excuse-moi, dit-elle. Personne n'aurait fait ce que tu fais pour moi.

Il leva son regard vers les yeux clairs, mi-ému, mi-souriant. Il déposa un petit baiser au coin de ses lèvres.

— Allez, on se concentre sur ce qu'on doit faire. En premier : l'argent, puis des vêtements, et enfin trouver un abri.

Yael se ressaisit, puis passa ses proches en revue. Tous étaient absents pour le mois d'août.

Sauf Tiphaine, qui passait le week-end avec son homme.

— On peut aller chez une amie à moi, si elle est rentrée, elle nous hébergera sans problème.

— Hors de question. Je ne sais pas qui sont ces hommes ; il est possible qu'ils en sachent beaucoup sur toi, y compris sur tes amis. Ils surveillent peut-être son domicile.

— Et toi, tu as des amis qui pourraient nous accueillir ? Ceux chez qui tu dormais ces dernières semaines peut-être…

Thomas eut l'air embarrassé.

— Yael… Je… Je ne veux pas risquer de les mêler à ça, tu comprends ?

Elle fronça les sourcils aussitôt, furieuse contre elle-même.

— Je suis désolée, s'empressa-t-elle de répondre. Je… Tu as raison, je suis égoïste. Je t'ai déjà embarqué toi dans mon cauchemar, ajouta-t-elle, confuse. Je suis vraiment navrée.

Il posa une poigne ferme sur son avant-bras.

— Imagine le papier que je vais pouvoir tirer de tout ça, plaisanta-t-il. Non ! Le bouquin que je vais pouvoir pondre !

Il ne parvint à lui arracher qu'une grimace.

Soudain elle sursauta :

— Kardec ! s'écria-t-elle. J'ai laissé mon chat là-bas !

Thomas lui fit un signe négatif.

— On ne peut pas aller le chercher, tu le sais très bien.

Elle fit craquer ses doigts sur le volant.

— C'est mon chat !

— Regarde l'état de ta voiture. Tu as eu une chance inespérée de t'en tirer. Ça n'arrivera pas deux fois.

Yael inspira profondément comme pour étouffer sa colère.

— Pour l'hébergement, tu as raison, poursuivit-il. Je vais… demander à quelqu'un de nous aider.

— Thomas, tu l'as dit toi-même, on risque de l'entraîner…

— Pas lui. C'est plus une connaissance qu'un ami, mais il saura être discret, et peut-être pourra-t-il nous aider concrètement. C'est un type un peu… bizarre, mais très sympathique. C'est un… adepte de la théorie du complot. Un spécimen vivant de ce qu'on ne voit qu'à la télévision, tout droit sorti d'un épisode de *X-Files*. En route, on va éviter de rester trop longtemps dans le quartier.

La 206 ronronna et déboîta du trottoir.

Ils roulaient en direction de la rive droite lorsque Yael précisa :

— Tu as dit que j'avais eu une chance inespérée de m'en sortir, mais j'ai bien assuré aussi, dis donc ! Je tiens à le souligner. Je me suis même épatée.

Thomas éclata de rire.

— C'est vrai, concéda-t-il. Tu m'as filé la frousse de ma vie, mais tu as été à la hauteur !

Elle se raccrocha à ces mots. C'était déjà ça.

Une once de réconfort dans l'océan d'adversité qui la noyait.

35

La Peugeot attendait, le moteur ronflant, prête à foncer au moindre signe de danger. Yael guettait nerveusement Thomas penché sur le distributeur. Sa voiture n'était plus qu'une épave : le coffre était complètement embouti, une vitre avait explosé, un trou traversait le pare-brise arrière de part en part tandis que le pare-brise avant n'attendait qu'un souffle pour se répandre sur leurs genoux. Quant aux impacts qui criblaient la carrosserie... Yael avait hâte de cacher la voiture et de circuler à pied.

Dépêche-toi, Thomas...

Le journaliste revint au pas de charge et s'engouffra près d'elle.

— J'ai trois mille euros, le plafond de retrait hebdomadaire de ma carte. C'est toutes mes économies, précisa-t-il faussement dépité. On devrait tenir un moment avec ça. Maintenant fonce, s'ils surveillent en temps réel les mouvements de mon compte ils sont déjà en route.

Yael réintégra le trafic jusqu'à rejoindre le boulevard Voltaire dans le 11e arrondissement, un axe large, avec ses façades typiquement haussmanniennes. Ils se garèrent dans une rue attenante en évitant de rejoindre un parking souterrain truffé de caméras de surveillance. Ils achetèrent un sac de voyage dans l'une des nombreuses boutiques asiatiques du quartier avant d'aller aux emplettes vestimentaires dans des petites échoppes. Thomas expliqua à Yael qu'il était bon pour eux de se fournir ici, la diaspora chinoise était réputée pour sa discrétion pour peu qu'on payât en liquide afin de ne pas laisser de traces. Il était rare qu'ils parlent à quiconque venait leur poser des questions, surtout s'il s'agissait de la police. Les immigrés chinois aspiraient à faire le moins de vagues possibles, à se fondre dans la population active de Paris, et à se faire oublier. La tactique des trois singes : ne rien voir, ne rien entendre, ne rien dire.

Par sécurité, Thomas lui racheta un nouveau porte-monnaie, et elle transféra le contenu de l'ancien avec vigilance sans détecter d'anomalie.

Yael ressortit en salopette en jeans sur un tee-shirt à manches longues, ce qui lui donnait un air juvénile.

— J'ai rêvé de ça pendant longtemps ! dit-elle en marchant vers la voiture.

— De quoi ? De porter une salopette ?

— Non, de faire les boutiques avec un homme pour tout payer !

Thomas sourit. Elle était à nouveau capable de faire de l'humour, c'était bon signe.

Ils n'eurent pas loin à rouler pour parvenir à la rue de la Vacquerie où Thomas désigna un porche en bois. Il sortit pour sonner à l'interphone et parut rassuré qu'on lui réponde. Il échangea quelques mots et les battants se déverrouillèrent. La 206 pénétra une minuscule cour pavée terminée par un atelier d'artiste.

Yael coupa le contact et rejoignit son compagnon.

— On va la cacher ici, dit-il.

— C'est pas un peu risqué de la laisser près de nous ? S'ils ont vraiment placé un émetteur dans cette voiture…

— C'est une chance à courir, nous nous sommes débarrassés de tout le reste. Et puis ils ont risqué leur vie, ils ont foutu en l'air leur discrétion pour ne pas nous lâcher. Ça peut signifier qu'il n'y a aucun émetteur sur ta voiture.

Yael acquiesça ; le raisonnement se tenait.

La porte de l'atelier s'ouvrit sur un homme d'une trentaine d'années, de type maghrébin, les cheveux bouclés assez longs auréolant son crâne d'une crinière d'ébène, le visage allongé et d'apparence sportive. Yael remarqua qu'il soulignait son charme naturel par une tenue soignée : pantalon de toile claire sur chemise à col amidonné.

— Thomas ! s'exclama-t-il. Depuis le temps !

Il vit Yael et inclina la tête.

— Mademoiselle.

— Yael, je te présente Kamel, un ami rencontré l'année dernière lors de mon reportage sur les services de renseignement.

— Qu'est-ce qui vous amène ? demanda Kamel en les invitant à entrer. Vous venez m'annoncer une bonne nouvelle ?

— Pas vraiment, murmura Yael.

Kamel s'arrêta, inquiet.

— Ça ne va pas ?

— C'est… compliqué à résumer, expliqua Thomas.

Devant les mines défaites de ses visiteurs, Kamel fit signe qu'il comprenait et n'ajouta rien, se contentant de les installer dans son salon et d'aller chercher un remontant.

Le grand loft avec cuisine américaine était entièrement parqueté et la pierre apparaissait aux murs peints en blanc. Un escalier grimpait aux étages : une succession de deux paliers en mezzanine.

Yael s'assit à côté de Thomas dans un canapé en cuir blanc et Kamel revint avec un plateau oriental sur lequel trônaient la théière et les verres décorés d'un liséré doré.

— Le thé de bienvenue, souligna leur hôte. Vous allez me raconter tout ça.

— Kamel, commença le journaliste. Avant tout, je dois te dire que notre présence peut te mettre en danger.

— Comment ça ?

Thomas chercha l'inspiration en se massant le front.

— C'est à cause de moi, intervint Yael. On veut me tuer.

Kamel reposa aussitôt la théière qu'il venait de soulever.

Et écouta attentivement leur récit.

Après quoi, on eût perçu dans le loft une mouche se frottant les pattes. Thomas et Yael se regardaient, embarrassés devant le silence de Kamel.

Ce dernier fit soudain claquer ses mains :

— Soyez sûrs d'avoir au moins un toit et des repas chauds, c'est déjà une garantie.

Yael, toujours gênée, insista sur ce qui était primordial :

— Nous aider peut vous entraîner là-dedans, avec tout ce que ça implique.

Il balaya l'air d'un signe de la main.

— L'hospitalité est une vertu séculaire dans ma culture, et elle commande parfois des sacrifices.

Thomas se pencha vers lui :

— Kamel, au-delà de ta générosité, ce qu'on essaye de te dire c'est que ta vie pourrait basculer si tu nous acceptes ici.

L'intéressé s'enfonça dans le fauteuil qui leur faisait face et posa ses mains sur ses genoux. Une allure de lion, pensa Yael.

— Vous êtes venus jusqu'à moi parce que tu me connais, Thomas, dit-il en prenant soin de bien articuler pour donner un maximum de force à chaque mot. Tu sais que je ne vis que pour ça : la vérité géopolitique de notre planète. Et donc votre histoire ne peut que me passionner. Tu sais aussi que je suis prêt à tous les risques pour ça. Les vraies lois sont celles du respect des autres, pas du mensonge. Je vais non seulement vous offrir l'hospitalité, mais aussi mon aide.

Thomas et Yael baissèrent la tête en même temps.

— Merci, dirent-ils à tour de rôle.

— Si je m'en sors, je vous revaudrai ça, ajouta la jeune femme. Ce sera sûrement impossible, mais…

Kamel leva l'index.

— Il n'y a qu'une règle à respecter chez moi : entre ces murs, il n'y a plus de « vous ». Rien que des amis.

Sur quoi Kamel se leva pour leur montrer l'unique chambre libre dont il disposait, tout en haut. Ni Yael ni Thomas n'osèrent protester en découvrant le lit double, aucun d'eux ne précisa qu'ils n'étaient pas ensemble. Ils se contentèrent d'y installer leurs maigres bagages, puis redescendirent.

— Peut-on mettre la télé ? proposa Thomas. Je voudrais voir ce qu'ils disent au journal de treize heures.

Ils allumèrent juste pour l'annonce des titres.

La poursuite faisait l'introduction. On parlait de la folle traversée de Paris de deux véhicules qui avaient causé un mort et plusieurs blessés légers.

Yael déglutit à l'annonce du bilan.

Le présentateur précisa que les deux chauffards avaient pris la fuite malgré l'intervention d'une voiture de police, et que pour l'heure l'enquête s'orientait vers l'hypothèse d'un règlement de comptes. Plusieurs témoins avaient vu un passager du 4 × 4 brandir un pistolet, ce même 4 × 4 qui avait fauché un homme de 34 ans sur son scooter. Le motard était mort à l'hôpital.

— Il faut déchiffrer la feuille qu'on a subtilisée à Lubrosso, annonça Thomas, l'air grave.

Yael attrapa son sac à dos et l'ouvrit pour inspecter l'état du précieux document.

C'est fou comme on peut placer tous ses espoirs dans pas grand-chose…

Il était intact, dans l'état où Yael l'avait sauvé.

Dans le reportage télévisé les hommes politiques s'en mêlaient à présent, le ministre de l'Intérieur prit possession de l'espace cathodique :

« Ce drame est d'autant plus affreux que les coupables se sont enfuis sans qu'on puisse relever leurs plaques d'immatriculation. Cela relance le débat sur l'installation de caméras de surveillance dans Paris, et sur l'urgence d'appliquer ces nouvelles mesures sans plus tarder. Je m'indigne qu'il faille, une fois encore, la mort d'innocents pour faire taire les esprits réfractaires à la sécurité et pour nous permettre de voter les lois qui offriront à nos concitoyens la protection et la paix légitimes auxquelles ils aspirent ! »

Kamel coupa le son depuis sa télécommande.

— C'est ça qui m'indigne, moi ! clama-t-il en modérant la colère froide qui montait en lui. Il faut tous les jours décrypter l'information, lire la vérité derrière les manipulations !

Il prit Yael à témoin :

— Regarde ce politicien, il te dit que c'est un drame affreux, il fait bonne figure, mais tu sais ce qu'il fait en réalité ? Il se sert du premier prétexte disponible pour faire passer son projet de vidéosurveillance. Et c'est comme ça toutes les semaines ! Une hypocrisie démagogique qui a dépassé les bornes de l'éthique depuis longtemps, et personne pour s'en offusquer !

Yael reposa son verre de thé, elle se lança :

— Thomas m'a dit que tu étais… une sorte de spécialiste du renseignement, c'est ça ?

— Pas exactement, je suis plutôt un défenseur de la vérité, je milite pour une vision lucide de notre réalité. Que les gens aient accès à l'information. Et non à son interprétation.

— N'est-ce pas déjà le cas ?

Kamel se fendit d'un sourire ironique.

— Si ça l'était il y aurait une révolution.

La surprise de Yael était palpable.

— Eh oui ! insista Kamel. C'est pas de l'information qui filtre aujourd'hui, c'est de la manipulation. Pas pareil.

— Alors tu… enquêtes sur tout ce qui se passe dans les coulisses de notre histoire moderne, c'est ça ?

— En effet.

— Tu sais comment fonctionnent la CIA et tous ces trucs-là.

— C'est le B.A.-BA. Les arcanes de l'Histoire. Les mensonges, les gros et les petits. De JFK à la puce dans nos cartes d'identité.

— Tu sais qui a tué JFK ? plaisanta la jeune femme.

Kamel répondit simplement, tout à fait sérieux :

— Bien sûr.

Yael haussa les sourcils.

— Qui, alors ?

Kamel se redressa.

— Ce sera notre sujet de conversation du dîner, en attendant je crois qu'on a du pain sur la planche, non ?

Thomas approuva.

— Il va falloir faire parler les cendres.

36

L'esthéticienne ouvrit ses grands yeux maquillés :

— Pardon ?

Thomas répéta :

— Je souhaiterais louer la cabine d'UV pour une demi-heure, pour nous trois.

Il posa trente euros devant lui et précisa :

— Juste pour une petite expérience, rassurez-vous.

— Vous n'allez pas me l'abîmer ou me la salir au moins ?

— Elle sera comme nous l'avons trouvée.

Elle prit les billets et cocha son planning.

— Et il vous faut trois paires de lunettes j'imagine ?

— S'il vous plaît.

Elle les accompagna au bout d'un couloir carrelé sur lequel ses talons claquaient.

— Voilà, c'est ici. Je vous mets la machine en route ?

— Oui, pour vingt minutes, ça devrait suffire, fit Thomas. Ah, et… auriez-vous des lingettes ? Vous savez, des lingettes hydratantes.

Elle l'observa comme s'il venait d'un autre monde avant de s'en aller sans un mot.

— Bon, tant pis.

Kamel allait refermer la porte lorsque la main de l'esthéticienne lui tendit une boîte de lingettes.

Ils s'installèrent autour du cylindre qui occupait les deux tiers de la pièce, obligés de s'agenouiller pour être au niveau de la couchette. La ventilation entra en action et l'appareil se mit à bourdonner. Les tubes violets clignotèrent.

Thomas s'empara des lingettes et inspecta l'étiquette jusqu'à trouver la composition.

— C'est bon. Yael, donne-moi la feuille s'il te plaît.

Elle lui tendit la fine page noircie et gondolée.

— Vas-y tout doucement, elle est fragile.

Thomas prit une lingette et la déplia pour y déposer le document, laissant le côté écrit à l'air libre.

— Qu'est-ce que tu fais ? demanda Yael.

— Il y a souvent de la glycérine dans les produits hydratants. Elle va pénétrer le papier, lui donner un peu plus de cohésion et surtout l'assouplir pour éviter qu'il ne casse. On pourra le manipuler plus facilement.

— Tu as fait des études de chimie ? s'étonna Kamel.

— Non, j'ai passé six mois avec un scientifique de la police. Je crois que je connais tous ses petits trucs maintenant.

Les néons brillaient à pleine puissance, le trio dut mettre les lunettes pour ne pas s'abîmer les yeux.

Thomas haussa un peu la voix pour couvrir le bruit de la machine.

— Et comme on n'a pas le matériel, on s'improvise une lecture aux ultraviolets avec les moyens du bord.

Il ouvrit complètement le cylindre pour y glisser le rectangle noir.

— Les ultraviolets devraient faire ressortir l'encre du papier, l'une et l'autre réfléchissant des longueurs d'onde différentes. Enfin… si j'ai bien retenu la leçon.

Thomas baissa un peu la partie supérieure pour rapprocher les néons et commença à tourner la feuille lentement, pour tenter d'y apercevoir l'écriture.

Des lignes et des arrondis plus clairs que le fond du papier apparurent, à peine perceptibles.

— Je crois… Je crois qu'on peut lire quelque chose ! s'enthousiasma Yael.

Elle ne parvenait pas à distinguer le graphisme avec suffisamment de précision… Elle ôta ses lunettes et plissa les yeux pour lire malgré la luminosité aveuglante qui irradiait du sarcophage.

— *« Lorsqu'elle... sera prête, phase active, la mettre sur la piste avec ce message : L'Histoire de l'humanité est... la somme des reflets de... nos histoires humaines »*, lut-elle.

Certaines lettres étaient illisibles malgré le procédé utilisé, Yael devait les deviner grâce au reste du mot. Elle parvint à révéler la suite :

— *« Nous les collectons. Nous les arrangeons. Qui contrôle les hommes et les victoires contrôle l'Histoire. La vôtre, Yael, est gardée dans une gorge, sous le pont du Diable. Dans la plus grande des marmites de géant où elle bouillonne encore et encore, dans l'attente de vous être révélée. Commencez par trouver la vérité sous la surface, là où l'Enfer grimpe vers les cieux. »*

37

Ils étaient de retour chez Kamel, surplombant le loft depuis la première plate-forme : le bureau où tournaient trois ordinateurs à écrans plats. Tout un pan de mur était recouvert d'un immense tableau d'affichage sur lequel étaient punaisées des coupures de journaux, des statistiques, des photos de personnalités et les photocopies de

dépêches AFP.

Kamel avait expliqué que son activité principale consistait à mettre à jour un site Internet qu'il avait créé et où il dénonçait tous les mensonges politiques et géostratégiques, essentiellement en mettant en ligne les articles de presse relatant les faits qu'il commentait et décryptait.

— J'ai aussi un blog, un journal intime en ligne, plus personnel, sur lequel je peux dépasser la simple analyse pour donner mon sentiment, avait-il expliqué. Ces deux sites représentent un boulot fou, six à dix heures par jour ! Certains pensent que parce que je suis le fils d'un ambassadeur fortuné je me la coule douce, j'aimerais qu'ils prennent le temps de surfer sur mon site.

À présent Yael faisait les cent pas sur la moquette, déambulant d'un sofa au bureau et retour, elle contenait l'effervescence qu'avait suscitée le message qui lui était destiné. Pourquoi les Ombres, ou qui que ce soit derrière elles, lui parlaient-elles de sa propre histoire cachée ? Elle n'avait rien à dissimuler, aucun secret, elle n'avait jamais rien fait de singulier. Se pouvait-il que les Ombres se soient trompées de personne ? Elle n'y croyait pas. C'était bien elle qu'on essayait de tuer. Sans aucune raison apparente.

— Je n'y comprends rien, dit-elle. Ça n'a aucun sens ! Pourquoi les Ombres chercheraient-elles à me parler, à me guider vers une certaine connaissance, tandis que de l'autre côté on tente de m'assassiner ? Il y a deux camps, c'est ça ?

Kamel haussa les épaules :

— Bien sûr ! D'après ce que tu m'as dit, tout s'est enchaîné en même temps. Il y a ceux qui souhaitent t'ouvrir les yeux pour une raison que nous ignorons, et ceux qui veulent ta mort. Mais comment ces derniers sauraient-ils ce qui se passe et ce que tu fais s'ils ne faisaient pas tous partie de la même famille ? Je pense que tes Ombres et les tueurs sont deux camps opposés d'une même organisation. Simplement les derniers ne partagent pas le point de vue des premiers et cherchent à t'éliminer pour régler cette divergence, ça semble logique.

— Mais qui ? supplia Yael. Qui donc ?

— C'est écrit dans ce document que tu nous as lu tout à l'heure : celles et ceux qui contrôlent les gens, qui contrôlent les victoires, et nos histoires. Des gens puissants. Qui peuvent façonner le monde. Lincoln et Kennedy. Manipuler jusqu'à faire apparaître sur le billet de un dollar des dizaines de symboles occultes. Au début les Ombres te mettaient sur la piste de toutes ces « coïncidences », maintenant que tu es entrée dans leur monde d'initiés, elles t'avouent qu'elles en sont responsables.

— Les politiciens ?

Kamel eut un de ces sourires que l'on réserve aux enfants.

— Non, bien sûr que non, ceux-là sont les pantins.

— Alors qui ?

Thomas assistait au débat avec curiosité, ses yeux passant de l'un à l'autre.

— Avant tout, reprit Kamel, il faut savoir ce qu'ils

te veulent. Pourquoi toi ? Qu'est-ce que c'est que cette histoire de… pont du Diable ? C'est ta propre piste qu'il faut remonter, Yael.

Elle s'installa devant l'un des ordinateurs et rédigea le texte qu'elle connaissait par cœur désormais :

« Lorsqu'elle sera prête, phase active, la mettre sur la piste avec ce message : L'Histoire de l'humanité est la somme des reflets de nos histoires humaines. Nous les collectons. Nous les arrangeons. Qui contrôle les hommes et les victoires contrôle l'Histoire. La vôtre, Yael, est gardée dans une gorge, sous le pont du Diable. Dans la plus grande des marmites de géant où elle bouillonne encore et encore, dans l'attente de vous être révélée. Commencez par trouver la vérité, sous la surface, là où l'Enfer grimpe vers les cieux. »

Thomas intervint :

— Ils ne savent pas qu'on a ce message. Il faut jouer

là-dessus, sur l'effet de surprise.

— Tu y comprends quelque chose, toi ? rétorqua Kamel.

— C'est un jeu de piste, déclara Yael.

— Ça je le vois bien, mais c'est pas très précis ! fit Kamel.

— Au contraire. Regarde : *« Dans la plus grande des marmites de géant. »* Une marmite de géant c'est une cuvette creusée dans la pierre par les tourbillons de torrents, grâce aux galets qui tournent sans arrêt et qui érodent la roche jusqu'à former ces trous. Faut juste trouver un torrent, au fond d'une gorge où passe un pont nommé le pont du Diable.

Thomas et Kamel échangèrent un regard, déconcertés par sa facilité à décoder.

— OK, fit leur hôte. Et pour « là où l'Enfer grimpe vers les cieux » ?

— Je ne sais pas. C'est l'aspect métaphorique qui m'intrigue. C'est comme s'ils voulaient nous faire croire qu'ils disposent des vies de tout le monde, *« Nous les collectons. Nous les arrangeons »*, comme dans une armoire sans fin. Trouver cette marmite de géant pour moi ce serait comme trouver mon dossier, c'est ça ? Où toute ma vie serait écrite ? C'est n'importe quoi !

— Pas si tu le prends comme un point de départ vers la révélation de ce qu'est vraiment ta vie, rétorqua Thomas.

Elle se tourna vers lui :

— Si on commençait par ce qu'on a ? Kamel, je peux utiliser Internet ?

— J'aimerais autant éviter.

Un peu décontenancée, Yael quitta sa place devant l'ordinateur.

— Bon…, murmura-t-elle.

— Je ne voudrais pas qu'on puisse repérer à distance que ce n'est pas moi qui tape, expliqua-t-il.

Yael ne saisissait pas.

— Comment ça ?

— Disons que… Vu le caractère… sensible des informations que je traite sur mes sites, je pense que la Sécurité nationale américaine, la NSA, m'a à l'œil. Ils ont des logiciels d'analyse de frappe et…

— Ah, le coupa Yael. Thomas m'en a déjà parlé.

— Tous les signaux analysables sortant de mon clavier ont été enregistrés dans leur base de données. Si c'est toi qui tapes, ils s'en rendront compte, je préfère éviter de les informer de votre présence, surtout si tu es toi-même archivée chez eux, ils auront ton identité lorsque le logiciel comparera ta signature de frappe avec celles qu'il a en mémoire. Et puis… Si Thomas pense que les officiels français traînent dans cette histoire, c'est pas la peine de prendre ce risque. Les différents organes de renseignement des pays étrangers se rendent pas mal de services entre eux.

— Je comprends, dans ce cas on va éviter. C'est dommage pour le temps que ça nous aurait fait gagner, le web étant la plus prodigieuse bibliothèque de recherche au monde.

— La plus facile à surveiller aussi, grommela Kamel.

— Ah bon ? s'étonna Thomas. Je croyais qu'Internet était au contraire incontrôlable puisque offert à tous, avec des centaines de millions de portes ouvrables.

— En apparence seulement. Mais si tu disposes du matériel de la NSA, tu peux surveiller tout ce qui s'y passe en prospectant avec des logiciels, des sondes intelligentes qui vérifient des millions de pages chaque heure et qui dressent leurs rapports. Officiellement ils te diront qu'ils n'ont pas cette capacité, sauf que ces rigolos avaient déjà des ordinateurs qui espionnaient les conversations téléphoniques du monde entier et qui les analysaient par mots clés il y a vingt ans ! Alors imagine ce qu'ils peuvent faire aujourd'hui. Je ne dis pas qu'on peut facilement maîtriser l'information sur le net, mais on peut l'avoir à l'œil pour y répondre aussitôt lorsque celle-ci est contrariante.

— J'oubliais à qui j'avais affaire, ironisa le journaliste. Dans ce cas, allons-y maintenant, les recherches en bibliothèque vont nous prendre du temps.

— Trop de temps ! contra Kamel. Il nous faut utiliser le net. Je m'en occupe, ça marche ? Je vais passer chercher une amie de confiance, je l'emmène dans un cybercafé pour qu'elle tape ce que je lui demanderai, ça évitera qu'un logiciel pirate repère ma signature de frappe et l'identifie.

— Et si ton amie est elle-même « fichée » ? insista Thomas qui cherchait à provoquer gentiment Kamel dans sa paranoïa qu'il estimait excessive.

— Je suis sûr d'elle à cent pour cent. C'est pas le genre à se faire remarquer. Plutôt alimentation bio, défense des animaux et relaxation quotidienne aux huiles essentielles, tu vois le genre ?

— Ouais, j'imagine bien.

— Je vous retrouve pour le dîner. En attendant ma maison est la vôtre.

Yael savait qu'elle ne pouvait ni toucher un téléphone, ni se servir d'un ordinateur connecté à Internet, et qu'il lui fallait éviter de sortir autant que possible. Il y avait un aspect sabbat imposé qu'elle ne goûtait guère. La méditation spirituelle n'avait jamais été son violon d'Ingres.

Elle était frustrée par son absence de latitude. Les heures filaient et elle ne faisait rien. Thomas regardait LCI de temps à autre pour suivre ce qu'on disait de leur course-poursuite.

— Crois-tu qu'il y a une explication rationnelle aux ombres que j'ai vues dans les miroirs ? lança subitement la jeune femme.

Thomas se redressa dans le canapé.

— J'espère bien…

Yael fut déçue de ne pas lire plus d'assurance dans son regard.

Doutait-il lui-même qu'il y ait une telle solution à ce qu'ils vivaient ?

— Dis-moi que Kamel va pouvoir localiser un lieu précis avec ces informations.

— Je ne sais pas, Yael. Jusqu'à présent, tous les messages que les Ombres t'ont communiqués étaient simples à déchiffrer. Leur but n'est pas la complexité, juste de t'inciter à réfléchir.

— Pourquoi jouent-elles comme ça ? Ne serait-il pas plus simple de me dire les choses ?

— Je crois que ça fait partie de leur raisonnement. Faire en sorte que tu te poses des questions.

— Que je sois en mode interrogatif en permanence ? (Elle hésita.) Ça collerait avec les infos qu'elles me fournissent. Je dois tout remettre en question. Ne rien croire. Ne rien tenir pour acquis. Chercher la vérité derrière chaque chose, c'est ce qu'elles m'invitent à faire.

Incapable de s'asseoir, elle continua à déambuler dans le salon.

— Dès qu'on aura une idée de l'endroit dont elles parlent, je veux y aller, Thomas. Je veux savoir pourquoi elles me parlent de mon histoire personnelle. Qu'est-ce qu'elles entendent par *« dans l'attente de vous être révélée »* ?

Le journaliste approuva doucement.

Ils étaient à la veille d'un long voyage. Un périple historique.

Vers la Vérité.

BLOG DE KAMEL NASIR. EXTRAIT 6.

Difficile de décrypter les actes du gouvernement Bush sans s'arrêter un instant sur la guerre d'Irak.

Juste avant de passer à l'offensive, Bush et son administration multiplient les fausses déclarations affirmant que Saddam Hussein s'est procuré de l'uranium pour faire des armes nucléaires alors que Joseph Wilson, l'expert envoyé en Afrique pour vérifier s'il y avait eu vente illégale d'uranium, est revenu en affirmant que c'est impossible.

Les fameuses Armes de Destruction Massive (ADM).

Quel culot !

Quand on sait que les États-Unis ont tout fait pour mettre Saddam Hussein en place en Irak, allant jusqu'à le soutenir dans sa guerre contre l'Iran.

Qui, dans les années 80, va sur place pour nouer de bonnes relations avec le dictateur ? Donald Rumsfeld. Entre autres. Le tout sous la vice-présidence d'un certain George Bush senior...

Par intérêt, le gouvernement américain soutient le dictateur, ferme les yeux sur les génocides qu'il perpétue à l'encontre de son peuple, et mieux encore : les USA alimentent l'Irak en souches d'anthrax sous le contrôle de Bush senior. C'est une enquête du Sénat en 1992 qui découvre qu'il y a eu soixante livraisons de cultures bactériologiques entre 1985 et 1989 aux laboratoires militaires irakiens par les États-Unis. Mais tout le monde passe l'éponge et on en entend peu parler.

Bien sûr, lors de la première guerre du Golfe (dont l'ardoise a été réglée, soit dit en passant, par les Saoudiens – ils ont versé 17 milliards de dollars aux USA plus tout le kérosène nécessaire à la guerre), on s'assure que l'Irak n'a plus rien de tout cela avant de quitter le pays vaincu... D'ailleurs, il est curieux d'apprendre qu'à la suite de ce conflit, la CIA avait proposé d'éliminer Saddam Hussein, mais George Bush senior s'y était opposé.

Toujours à propos du dictateur irakien, à l'heure de l'ouverture de son procès, en octobre 2005, y a-t-il eu quelqu'un pour s'indigner qu'il soit télévisé avec un différé de vingt minutes pour permettre à la censure américaine d'opérer ? Les personnes autour de moi s'en amusent, ils sourient en haussant les épaules d'un air fataliste. Ils devraient hurler ! Personne ne bondit en entendant que la nation la plus puissante du monde, supposée représenter la liberté, censure la télévision ! Est-ce la banalisation de ces pratiques qui les rend anodines aux yeux de tous ? C'est grave. Très grave. Et puis pourquoi les États-Unis ont-ils besoin de censurer les dires de Saddam Hussein ? Peur qu'il en dise trop sur ses liens avec les pays occidentaux, dont les USA ? Pire ?

Alors, venir, quelques années plus tard, hurler au scandale parce que l'Irak aurait de pseudo-ADM, c'est plutôt culotté.

Maintenant on sait que c'était un mensonge tissé de toutes pièces.

Un prétexte comme un autre pour aller s'emparer des richesses du pays. Et alimenter davantage encore les tensions politiques avec le monde arabe, mais je reviendrai sur ce point un peu plus tard.

Quoi qu'il en soit, la guerre éclate. Et qui en profite ? Toutes les entreprises pour lesquelles ont travaillé les membres du gouvernement : Halliburton, Boeing... et

Carlyle bien sûr. Notamment par le biais de sa société United Defense Industries qui fabrique des armes. Le groupe Carlyle met alors en vente des actions de UDI et fait 225 millions de dollars de bénéfices en une seule journée.

Bref, l'histoire pourrait se prolonger ainsi sur plusieurs pages.

L'exemple est parlant parce qu'il illustre parfaitement le principe de pouvoir = démagogie. Cette fois, le gouvernement aura été très loin dans les mensonges, rien que pour satisfaire les intérêts de son portefeuille personnel et celui de ses partenaires économiques. Peu importe le coût en vies humaines. Peu importent les tensions politiques, au contraire ! Elles finiront par profiter à l'industrie militaire, principal associé de l'administration Bush...

Qu'en est-il au final du 11 septembre, point de départ de tout cela ?

Dans un premier temps, George W. Bush a tout fait pour empêcher le Congrès d'ouvrir sa propre enquête sur ces attentats. Il a même essayé d'interdire la création d'une commission indépendante alors qu'il y en a toujours eu, par exemple après Pearl Harbor ou l'assassinat de Kennedy.

Au final, il y eut une enquête, le Président n'a plus eu le choix.

Après un mois de négociations, George W. Bush et Dick Cheney acceptèrent enfin de rencontrer les membres de la commission, sous certaines conditions cependant :

— ils seraient questionnés ensemble et pas séparément,

— ils ne prêteraient pas serment,

— et l'entretien ne serait ni filmé, ni enregistré, ni rendu public.

L'enquête se poursuivit avec d'autres auditions pendant plusieurs semaines. Lorsque le Congrès remit son rapport, la Maison Blanche avait au préalable censuré 28 pages dont on ne connaîtra jamais le contenu.

Déçues de ne rien voir avancer, les familles des victimes décidèrent de porter plainte contre l'Arabie Saoudite puisqu'il semblait évident que la famille royale avait financé plus ou moins directement al-Qaida. Les Saoudiens prirent pour se défendre... le cabinet d'avocats de la famille Bush. À la longue, les liens entre les uns et les autres finissent par être si évidents qu'il devient idiot de les nier.

Bref, des prétextes, des mensonges, de la manipulation devant le monde entier (faut-il rappeler Colin Powell et son exposé fallacieux devant l'ONU ?) pour servir des intérêts personnels.

Et si ces mensonges allaient encore plus loin ?

Plus je me documente, plus je rassemble de faits et de témoignages et plus je m'interroge.

Bush et les siens savaient pour le 11 septembre. Bien avant que les avions ne frappent. Ils savaient que des attentats terribles allaient toucher leur pays. Peut-être même le World Trade Center de New York. Avec des avions de ligne détournés.

Ils savaient.

38

Kamel rentra vers vingt heures. Il portait un sac plastique qu'il déversa sur la longue table à manger.

Yael et Thomas se précipitèrent. Après l'attente, l'un et l'autre s'étaient assoupis, épuisés par les événements.

Kamel déplia une carte de la région de Genève. Le lac Léman dessinait un croissant au cœur de ces terres montagneuses.

— Qu'est-ce que vous dites de ça ? proposa-t-il en posant le pouce sur un nom au sud de Thonon-les-Bains.

Yael lut « Gorges du pont du Diable ».

— C'est le seul endroit qui s'appelle comme ça ?

Kamel fit la moue.

— C'est-à-dire que… il y a plusieurs ponts du Diable rien qu'en France. Mais ce sont les seules gorges que j'ai trouvées.

— Alors c'est là.

Il leva un doigt en signe de patience.

— Ce qui le confirme, c'est ça, juste à côté.

Il leur montra un pic surplombant la région, le Roc d'Enfer.

— 2 244 mètres d'altitude. *« Là où l'Enfer grimpe vers les cieux »* !

Sans leur laisser le temps de le féliciter, il fouilla parmi les différentes pages de notes qu'il avait prises pendant ses recherches et trouva, sous un guide touristique de la région du Chablais, la pochette SNCF qu'il cherchait.

— Deux allers-retours ouverts pour Thonon. Payés en liquide bien entendu. Vous avez un train demain matin, gare de Lyon, à 8 h 40. Vous irez sans moi, je ne peux pas laisser le site sans mise à jour, j'ai déjà le retard d'aujourd'hui à rattraper. Voici une carte de crédit pour louer une voiture, c'est à mon nom mais ça ne devrait pas poser de problème. On ne pourra pas remonter jusqu'à vous avec elle.

Thomas voulut aussitôt lui donner de l'argent pour le rembourser mais Kamel protesta vivement.

Il fouilla aussitôt sa poche et en sortit un biper.

— Je suis passé l'emprunter à un ami, c'est pour ça que j'ai tardé. C'est un numéro sûr, vous pourrez me joindre par lui. Il vous suffit de m'envoyer le numéro de la cabine d'où vous appelez, et je vais à mon tour dans une cabine pour vous contacter. Voilà le numéro.

Il tendit un bout de papier griffonné à Yael.

— Kamel… Tu as fait…

— Oui, je sais. On verra pour les mercis plus tard. Tout ce que je demande pour l'instant c'est que vous me teniez au courant. Je veux suivre vos découvertes, et vos mouvements pour le cas où on n'arriverait plus à communiquer.

Il se fendit d'une explication détaillée et enthousiaste sur ses recherches, comment il avait procédé, et comment il avait longuement poursuivi son investigation même après avoir identifié les gorges. Yael ne savait que dire, aussi reconnaissante que préoccupée. Kamel témoignait une telle joie d'être mêlé à cette histoire, qu'il ne tenait aucun compte du danger qu'elle représentait. Yael en avait reparlé avec Thomas dans l'après-midi, le journaliste avait ajouté que son statut de fils d'ambassadeur conférait à Kamel une certaine protection qui devait les rassurer. Même et surtout les services secrets ne s'amusaient pas à toucher à la famille d'un diplomate, sauf cas exceptionnel. À la lumière de ce qu'elle venait de vivre, Yael se considérait comme un cas exceptionnel.

— J'imagine que le message des Ombres ne prendra tout son sens que sur place, intervint Thomas. *« Commencez par trouver la vérité, sous la surface, là où l'Enfer grimpe vers les cieux. »* Ça ne me parle absolument pas.

— Lorsque tu grimpes la dune, ne gaspille pas ton énergie à décrire ce qu'il y a de l'autre côté, attend d'être au sommet pour le découvrir, commenta Kamel sous le regard angoissé de Yael.

Thomas hocha la tête :

— C'est un proverbe arabe ?

— Puisque je l'ai inventé, c'est un proverbe multiculturel. (Il sourit.) Quoi qu'il en soit, chaque chose en son temps.

Ils passèrent à table où les attendaient une salade composée et des pâtisseries orientales que Kamel achetait à l'autre bout de Paris pour leur saveur.

— Alors, Yael, commença le jeune homme à la silhouette féline, toujours intriguée par la mort de Kennedy ?

Elle avala sa bouchée de tomate pour répondre :

— Qui ne le serait pas ? Mais est-ce qu'on peut concrètement savoir qui l'a tué en faisant la part de la réalité et celle des mythes ?

— Je ne vois pas l'ombre d'un mythe dans mes éléments. Vous savez, qui a tué JFK n'a rien de très extraordinaire, j'ai même envie de dire que tout le monde peut le savoir, question de bon sens, de logique et de bonnes recherches.

— Alors qui ? implora-t-elle, amusée.

Kamel se resservit quelques crevettes.

— Lorsque Kennedy a pris le pouvoir, commença-t-il, Eisenhower, le Président précédent et ancien général, s'il faut le dire, a fait une recommandation au jeune John Fitzgerald.

Kamel quitta la table et monta chercher un livre d'histoire qu'il revint poser devant Yael, ouvert sur une photo du président Eisenhower. À côté figurait une citation de son discours d'adieu, le 17 janvier 1961, que Yael lut à haute voix :

— *« Dans les conseils du gouvernement, nous devons prendre garde à l'acquisition d'une influence illégitime, qu'elle soit recherchée ou non par le complexe militaro-industriel. Le risque d'un développement désastreux d'un pouvoir usurpé existe et persistera. Nous ne devrons jamais laisser le poids de cette conjonction menacer nos libertés ou les processus démocratiques. Nous ne devrons rien considérer comme acquis. Seules une vigilance et une conscience citoyenne peuvent garantir l'équilibre entre l'influence de la gigantesque machinerie industrielle et militaire de défense et nos méthodes et nos buts pacifiques, de sorte que la sécurité et la liberté puissent croître de pair. »*

— Voilà, dit simplement Kamel. Tout est dit.

— Le complexe militaro-industriel aurait tué Kennedy ? s'étonna Thomas. Ce n'est pas une théorie nouvelle que tu avances là, tu sais ?

— Ce n'est pas une théorie, c'est la réalité. Écoutez : en 1953, un certain Allen Dulles devient directeur de la CIA. Il sera à la CIA ce que John Edgar Hoover fut pour le FBI : un directeur aux pleins pouvoirs, intransigeant, utilisant *son* agence pour des fins où la frontière entre l'intérêt personnel et celui de la nation ne sera pas toujours très marquée. Ce Dulles a une histoire bien chargée. Pendant la Seconde Guerre mondiale, membre de l'OSS – l'ancêtre de la CIA –, il organisa des rencontres avec des hauts dignitaires du Reich pour négocier avec l'Allemagne des passages à l'Ouest, et si possible tenter de préparer des accords de paix pour prendre les Russes de court. À cette époque, il organisa également des rencontres en Suisse avec quelques Français, dont un certain François Mitterrand, ou André Bettencourt, de l'empire L'Oréal, entreprise qui à ce moment-là penchait vers l'extrême droite… Bref, lorsqu'il devient patron de la plus opaque et puissante agence de renseignement, il a déjà l'expérience de l'international, des opérations secrètes et un sacré carnet d'adresses.

Kamel prit le temps de croquer une crevette avant de reprendre :

— Tandis qu'il dirige la CIA d'une poigne de fer, Allen Dulles parvient à faire renverser différents hommes politiques, dont le premier ministre d'Iran en 1953, le président du Guatemala en 1954, tous deux pourtant élus démocratiquement. Et vous savez quoi ? C'est la compagnie United Fruit qui a pesé sur le gouvernement US pour que la CIA renverse Jacobo Arbenz au Guatemala parce que celui-ci imposait une petite taxe sur les marchandises exploitées par la compagnie américaine dans son pays. Une nation décide légitimement de gagner un peu d'argent sur ses propres ressources commercialisées par une société étrangère, et la CIA décide de s'en mêler. Vous y croyez, vous ? C'est une époque aux mentalités encore coloniales… Si je vous dis que Allen Dulles siégeait au conseil d'administration de United Fruit, là vous comprendrez toute la manœuvre… Les États-Unis ont alors décidé que seule comptait leur « sécurité nationale »… et que leurs intérêts prévalaient sur la démocratie des autres pays.

— C'est prouvé ça ? interrogea Yael.

— Tous les faits que je t'énonce sont prouvés. Tous. Mais revenons à Allen Dulles : en plus d'utiliser la CIA pour soigner ses intérêts économiques et ceux de ses partenaires, c'est aussi lui qui encourage l'opération Mockingbird, dont le but est d'infiltrer et influencer les médias, rien que ça ! Vous réalisez tout de même ? Le patron de la CIA qui fomente des stratégies pour noyauter les médias ! Je ne sais pas ce que vous en pensez, en tout cas pour moi, c'est une technique fasciste ! Dulles fait partie de ces hommes dont la vision du pouvoir est… comment dire ? L'apanage d'une poignée d'individus ! Et tous les moyens semblent bons pour que s'incarne *leur* vision. En 1961, suite au fiasco de l'invasion de la baie des Cochons à Cuba, où Kennedy refusa d'envoyer des troupes américaines, Dulles participe avec des généraux interarmées à l'élaboration de l'opération Northwoods dont la teneur est aussi simple que machiavélique : orchestrer des attentats contre leurs propres armée et nation afin d'en accuser les Cubains en créant de fausses preuves par le biais de stratagèmes très élaborés. Le but étant de monter l'opinion publique américaine contre les Cubains pour légitimer une invasion militaire.

— Quoi ? s'indigna Yael. Attends, le patron de la CIA et certains généraux de l'armée américaine avaient programmé des attentats contre des civils et des militaires de leur propre pays pour partir en guerre ?

— Incroyable, non ? On croirait entendre de la science-fiction, mais c'est « juste » notre histoire ! Kennedy apprend l'existence de ce plan et vire Dulles de son poste à la CIA, bien qu'officiellement il trouve

un prétexte plus acceptable. C'est seulement en 1992 que l'opération Northwoods a été rendue publique, presque par hasard, lorsque Bill Clinton, voulant faire la lumière sur l'assassinat de Kennedy, décida de déclassifier bon nombre de documents d'époque. Toutes les personnes impliquées dans cette opération Northwoods avaient bien entendu pris soin de détruire les preuves, sauf Robert McNamara, à l'époque secrétaire à la Défense, qui s'était opposé à ce projet et qui avait judicieusement conservé un exemplaire du rapport détaillant toute l'opération.

Thomas repoussa son assiette vide :

— Quel est le rapport avec la mort de Kennedy ?

— Le rapport est simple. D'un côté nous avons Kennedy qui est farouchement opposé à la résolution militaire des conflits comme Cuba et le Vietnam – qui gronde déjà –, de l'autre, des individus influents qui dirigent les organes du renseignement militaire, l'armée et la CIA. Ces hommes sont des proches des consortiums industriels, militaires, agro-alimentaires et autres. Et ils prônent une solution militaire qui correspond à leur vision de ce que doivent être les États-Unis et surtout l'intérêt des groupes auxquels ils sont rattachés.

Kamel décida d'insister sur un point particulier :

— Il faut se souvenir que Kennedy était un président à part, élu de justesse, donc illégitime pour certains, et dont l'essentiel de la politique était guidé par sa volonté d'image ; c'était un homme caractériel, têtu, pas du genre à faire des concessions – sous l'influence de son frère Robert –, à plier sous la menace des autres. Et s'il a toujours cherché la solution pacifique et transformé la société américaine, ce n'était pas par altruisme ou pour des idéaux philanthropiques, mais parce qu'il sentait que c'était dans l'air du temps. Ce n'était pas un ange, loin de là ! Kennedy n'était en réalité pas très attaché à la question des droits civiques, mais il était tellement démago qu'il l'est devenu et que ça aurait été de plus en plus marqué s'il en avait eu le temps. Il avait une ligne de conduite qui chamboulait l'ordre et les habitudes des gens au pouvoir dans le pays. Et il s'opposait aux hommes qui dirigeaient l'appareil occulte de la nation, des hommes soutenus par des entreprises aux intérêts économiques énormes. À un moment, il a fallu agir. Est-ce que ces empires financiers allaient tirer un trait sur des milliards de dollars de profits perdus à cause de la politique « grande gueule » d'un seul homme ? Allaient-ils sacrifier ces bénéfices astronomiques alors qu'ils disposaient d'atouts stratégiques de taille : les hommes aux postes clés du renseignement et de l'intervention physique ?

Kamel secoua la tête, blasé.

— Je crois qu'ils n'ont pas hésité longtemps. John Fitzgerald Kennedy est mort un beau jour de novembre 1963 parce qu'il refusait d'entrer dans une politique belliqueuse à la solde des complexes industriels du pays qui avaient pourtant déjà miné le terrain en plaçant leurs hommes. Il est d'ailleurs curieux de souligner que Ngô Dinh Diêm, président du Vietnam, est également assassiné en novembre 63, lui qui s'opposait à une intervention militaire américaine dans son pays. On pourrait bêtement dire que « le hasard fait bien les choses ». Tout à l'heure je vous ai fait le descriptif rapide d'Allen Dulles, j'aurais tout aussi bien pu faire celui de certains généraux de l'époque.

Yael essaya de résumer :

— En fait JFK a été assassiné par une… assemblée de magnats, des présidents d'entreprises extrêmement puissantes, et par quelques hommes aux commandes d'administrations militaires ou du renseignement ? Si c'est si « simple », pourquoi personne ne l'a jamais écrit ?

Kamel eut un rire cynique.

— Primo : parce qu'il faut un paquet d'années, voire de décennies, pour rassembler les différentes pièces du puzzle. Secundo : ça a déjà été écrit, mais personne n'a envie de croire qu'il vit grâce à une pomme pourrie et qu'il est assis dessus, c'est le système tout entier qui est corrompu. N'oublions pas qu'à cette époque, les mentalités étaient encore celles des cow-boys, la subtilité diplomatique n'était pas érigée en parangon, et on réglait les problèmes les plus graves, à leurs yeux du moins, par des moyens radicaux. J'en veux pour preuve que tous les hommes qui ont gagné en puissance et en écoute dans les années 60, et qui cherchaient à bouleverser la société, ses mœurs et ses « castes » sociales, ont été… assassinés. Tous, et tous l'ont été mystérieusement. JFK en 63, Malcolm X en 65, Martin Luther King en 68, tous. On pourrait allonger la liste avec des noms comme Che Guevara en 67 ou Robert Kennedy en 68. Ces meurtres témoignent d'un acharnement à éliminer par tous les moyens les personnes trop influentes dans l'évolution sociale de la nation et qui, par conséquent, pouvaient remettre en question l'ordre et le jeu des pouvoirs du pays. (Il martela la table du poing.) La politique et le pouvoir en général, continua-t-il, ne sont qu'un grand échiquier, tout l'art est dans le placement de ses pièces.

Après la mort de JFK, on nomma une commission, la commission Warren, pour enquêter sur les causes de cet assassinat. Il y avait beaucoup trop d'éléments étranges. L'un des membres influents de cette commission n'était autre que… Allen Dulles. Pratique pour influencer l'investigation et trier ce qui devait être dit.

— Et Lee Harvey Oswald, celui qui aurait officiellement tiré sur Kennedy, qu'est-ce qu'il viendrait faire là ? déclara Yael.

— Son rôle de bouc émissaire. Il est l'un des pions de l'échiquier, l'un des plus visibles, jetable à merci. Comme Jack Ruby qui le tua. Comme les meurtriers de Malcolm X, Robert Kennedy et les autres. Ils ne sont que de pauvres bougres manipulés par des forces puissantes, elles-mêmes manipulées, et ainsi de suite jusqu'au sommet.

— Le roi de l'échiquier, compléta Thomas.

— Non, justement ! Au-dessus encore ! Le joueur. Et dans une partie, il y a toujours deux adversaires. C'est pour ça que derrière tout ce qui t'arrive, Yael, les deux camps sont du même bord : ceux qui jouent avec toi et ceux qui veulent ta mort sont intimement liés. Comme les deux joueurs se partageant le pouvoir, et se mesurant un sourire cynique aux lèvres ! Il y a toujours un affrontement, toujours deux visions d'une même chose.

Cette dernière phrase fit frissonner Yael. C'était ce que les Ombres lui avaient écrit. Toujours chercher l'autre face d'une apparence. Se pouvait-il que Kamel soit dans le vrai lorsqu'il partait dans ses grandes théories ?

Yael croisa le regard de Thomas qui semblait partager ses doutes et ses interrogations. Elle décida de ne pas insister.

Mais Kamel était parti dans sa diatribe :

— Il y a toujours eu dans l'ombre des hommes d'influence qui prenaient le contrôle de l'Histoire : sous Kennedy c'était encore des forces mises au pouvoir par les conséquences de la Seconde Guerre mondiale, sous

Nixon ce fut la guerre du Vietnam qui permit autant de violations des libertés individuelles, et aujourd'hui… Je crois que l'Histoire est juste en train de s'écrire, il faudra un peu de temps pour en parler objectivement.

— Tu parles comme si tous nos livres d'école n'étaient qu'un tissu de mensonges, contra Yael, il ne faut pas exagérer, tu ne crois pas ?

— Les livres ne sont pas mensongers, ils relatent des approximations, des faits « subjectivés » par les vainqueurs. C'est ça que veulent te dire les Ombres lorsqu'elles écrivent : *« Qui contrôle les hommes et les victoires contrôle l'Histoire. »* Prends l'exemple de l'entrée en guerre des États-Unis contre le Vietnam : les services secrets de Washington affirmèrent que deux de leurs navires avaient été attaqués dans le golfe du Tonkin par les Nord-Vietnamiens, ce que les équipages des navires concernés démentiront catégoriquement plus tard. C'était juste un prétexte inventé pour entrer en guerre. Autre élément : d'après certains documents et témoignages, le président Roosevelt était au courant de l'attaque imminente sur Pearl Harbor – il est d'ailleurs étrange de remarquer que tous les porte-avions, qui sont des bâtiments stratégiques primordiaux, étaient absents du port ce jour-là, et qu'il n'y avait aucun filet pare-torpilles pour protéger les navires dans la rade. On dit que Roosevelt n'aurait rien fait afin d'avoir enfin une excuse pour entraîner son pays dans la guerre mondiale. Il faut se souvenir que Roosevelt s'était fait réélire sur la promesse de ne pas se mêler du conflit ! Une fois en poste il ne pouvait pas se lancer en guerre à moins d'y être « obligé ». Il est alors entré dans une politique de harcèlement vis-à-vis du Japon pour les provoquer, gelant les actifs nippons sur le territoire américain et décrétant l'embargo du Japon sur l'acier et le pétrole. Jusqu'à la destruction de Pearl Harbor, tout le pays est contre l'implication des États-Unis dans la guerre, à commencer par le Congrès. Suite à l'attaque, les Américains s'engagent massivement pour aller se venger.

Kamel termina son exposé avec ce qu'il jugeait le plus infâme :

— Enfin il y a l'exemple d'Hiroshima. La grande majorité des documentaires oublie de dire qu'au moment de lancer la bombe atomique sur le Japon, des pourparlers entre les diplomates japonais et américains étaient en cours pour trouver un accord de paix. À ce moment-là, les bombardements américains avaient détruit – je cite de mémoire – 51 % de la ville de Tokyo, 58 % de Yokohama, 40 % de Nagoya, 99 % de Toyama, 35 % d'Osaka, et ainsi de suite. Entre 50 et 90 % de la population des grandes villes du Japon avaient été éradiqués. Pourquoi faire sauter la bombe atomique alors ? La guerre était stratégiquement terminée, les négociations en cours.

Kamel frappa encore la table du poing, emporté par sa colère.

— Parce que les Russes et les États-Unis faisaient déjà la course pour se partager l'Europe, et qu'il fallait montrer aux Soviétiques que les USA étaient une nation bien plus puissante et dangereuse. Larguer une bombe sur Hiroshima le 6 août 1945, et une encore plus colossale sur Nagasaki trois jours plus tard, était en fait un moyen pour les États-Unis d'agiter leur arsenal en direction des communistes, et probablement l'occasion de faire un double test grandeur nature. C'est ça l'histoire réelle, pas les prétextes fallacieux de Truman.

« Vous savez qui est le général LeMay ?

Devant l'absence de réponse, Kamel développa :

— Le général qui a ordonné le largage des bombes atomiques sur le Japon. C'est ce même général qui sera aux côtés de Kennedy quelques années plus tard lors de la crise de Cuba et qui insistera pour que les USA attaquent l'île, par tous les moyens. LeMay enragera face à l'entêtement pacifiste de Kennedy. Mais c'est surtout lui qui avouera que si son pays avait perdu la Seconde

Guerre mondiale, il aurait été jugé comme criminel de guerre après les génocides. Finalement, ce n'est jamais que le camp gagnant qui choisit ce qui est moral ou non, qui impose son point de vue et justifie tous ses actes, même les pires, par de bons prétextes, tâchons de ne pas l'oublier. Les vainqueurs sont ceux qui écrivent l'Histoire. C'est celle-là qui est rédigée dans nos livres d'école, pas la *vraie* Histoire telle qu'elle s'est déroulée, mais une histoire qui caresse le camp des gagnants. L'Histoire a cessé, depuis longtemps, d'être la somme des humanités ; aujourd'hui elle n'appartient qu'à une poignée d'individus. À nous de savoir lire entre les lignes, ce qui est... hélas, rare et difficile. Une fois encore, essayons de mettre de côté les boucs émissaires et regardons, au-delà, ce qui se trame dans les arcanes de notre Histoire.

« D'ailleurs, Yael, si les Ombres qui te parlent et les tueurs sont réellement liés au gouvernement, je serais toi, je ferais attention à ne pas tomber dans une sorte de piège. Ne pas devenir à mon tour un bouc émissaire.

Yael se raidit sur sa chaise.

Être un bouc émissaire. C'était exactement le sentiment qu'elle éprouvait avec de plus en plus de conviction depuis que des gens mouraient dans son sillage.

Mais un bouc émissaire de quoi ? Pour qui ?

Voilà les questions qu'elle devait résoudre à présent.

Avec une certaine urgence, elle en était consciente.

Quelque part sous le pont du Diable, au pied du Roc d'Enfer, un secret l'attendait.

Et toutes ces allusions à Lincoln, au dollar, à Kennedy ou même à la folie du *Titanic*, toutes ces choses ne lui inspiraient aucune confiance.

Elle devinait que ce secret ne serait pas seulement personnel.

Il aurait trait à l'Histoire.

L'histoire des hommes.

39

La foule des vacanciers se bousculait sur le quai de la gare de Lyon. Deux pelotons d'adolescents occupaient toute la largeur du passage en se bousculant et en riant bruyamment, leurs sacs à dos entre leurs pieds.

Yael et Thomas se frayèrent un chemin entre eux et grimpèrent dans le TGV pour Genève, le nez rivé aux billets : voiture 05, places 81 et 82.

Yael se sentait lourde, elle avait mal dormi malgré la présence de Thomas à ses côtés, une nuit moite de cauchemars dans ce qu'elle appelait les limbes : un état épuisant entre de courts sommeils et des éveils apathiques. En se levant, elle en était venue à se demander combien de temps elle tiendrait avec ce stress. Elle n'était pas sûre de tenir le coup nerveusement. Elle éprouvait un malaise constant à vouloir s'inscrire dans l'Histoire. Quelle était sa part dans ce qui n'était encore, une semaine auparavant, qu'une frise le long du mur de son école primaire ? Quel rôle pouvait-elle jouer ? Jamais elle n'avait réalisé que chacun de ses gestes, de ses mots, chaque pensée pouvait influer, avoir une incidence directe, ou par effet de dominos, sur l'Histoire. L'Histoire était pour elle intangible, à peine une mémoire collective, sans matière. L'Histoire était cet air insaisissable autour du parachutiste.

Jamais Yael ne s'était à ce point vue tomber.

Elle se faisait dévorer par les vertiges de la conscience historique.

Thomas posa leur sac dans le porte-bagages et ils prirent place dans le confort feutré du wagon. Yael repensait à Kamel et son discours sur Kennedy qu'ils avaient prolongé jusqu'au seuil de leurs chambres, où il avait précisé qu'il ne fallait plus s'attendre à de grandes révélations. De la bouche d'un ancien directeur de la CIA, avait-il rapporté, les dossiers sur l'affaire Kennedy avaient été nettoyés de l'intérieur depuis longtemps, et ce qui restait à déclassifier d'ici à quelques années ne serait rien d'autre que des coquilles vides.

Les passagers s'installèrent et le train se mit doucement en route. Ils s'enfoncèrent dans un décor urbain et maussade fractionné par une succession de tunnels obscurs, jusqu'à ce que les champs or et émeraude prennent le relais, ponctués de forêts et de villages aux toits rouge et gris.

Yael observa ses voisins dans l'allée, certains lisaient, d'autres dormaient, quelques-uns discutaient. Un couple se disputait du bout des lèvres, les bras croisés.

Yael avait difficilement trouvé le sommeil la veille, pourtant la chaleur de Thomas dans leur lit l'avait rassurée. À plusieurs reprises elle avait cherché son corps, mais sans oser un geste. Lui, de son côté, en faisait autant. Il avait compris que la situation ne s'y prêtait pas, qu'elle viendrait vers lui à son rythme. Et il restait à distance.

— À quoi penses-tu, avec cet air sombre ? murmura Thomas.

Elle lui rendit un sourire fatigué.

— Aux gens. Aux couples.

Thomas se redressa et s'accouda tout près.

— Le blues ? interrogea-t-il doucement.

— Je ne sais pas. C'est comme si tout ce qu'on vivait depuis quelques jours me renvoyait à un certain bilan..., sentimental, on va dire. C'est crétin, ce n'est pourtant pas le moment.

Thomas haussa les épaules :

— Y a-t-il un moment pour ça ? Et tu en es où de ce côté-là ?

— À réaliser que je dois ouvrir les yeux sur la réalité. Je suis d'une génération éduquée par les mythes romanesques, la poésie et surtout le cinéma. L'amour, c'est une sorte de course au Prince Charmant. Jamais on ne m'a dit que l'amour était la résultante chimique de tout un tas de facteurs qui m'échappent, comme la compatibilité des gènes ! Dans mon univers le coup de foudre est quasi divin, pas chimique, la notion d'amour par facteur cognitif ne me parle pas, je ne savais pas que mon corps fabriquait une hormone pour créer la dépendance à l'autre dans les débuts d'une relation, pour cesser de la produire avec le temps. L'amour que j'attends est brillant, pullule de clichés, l'amour que l'on trouve dans la nature n'est que chimique et éphémère, il n'est fait que pour rassembler deux individus en vue de la procréation.

— Pourquoi parles-tu d'amour chimique ?

— Je lis des livres à ce sujet. J'ai voulu savoir ce que la science racontait à propos de l'amour. La science dit que l'amour est bestial et presque… logique. La nature ne prend aucun risque, dès le début elle a mis en place tous les éléments pour s'assurer que ses créations puissent survivre, donc se reproduire. La chimie est là pour nous forcer à nous attirer, à nous accoupler. Le problème, c'est que moi je suis guidée dans ma vision de l'amour par mes références, mon éducation. L'amour que j'attends est celui d'un homme viril mais sensible, galant mais sauvage, romantique mais terre à terre. En aucun cas il ne repose sur une vision conflictuelle de deux créatures guidées par les instincts de la nature pour survivre.

— C'est une vision… primaire en effet, de ce que nous sommes.

— Non, réaliste. Je dois aujourd'hui apprendre à me déformater. Car c'est ce que nous sommes, formatés : par une époque, par la civilisation et les mœurs du moment. Prends les critères de beauté par exemple. Ils changent avec les siècles. Si un homme écoutait réellement ses instincts, il serait attiré par les femmes avec des hanches solides, des seins généreux, prêtes à porter les enfants, et avec quelques kilos en trop, signe de réserves pour les coups durs mais pas trop non plus pour prouver sa bonne santé. C'est cette femme-là qui devrait plaire à la majorité des hommes, et non ces physiques filiformes, voire anorexiques, qu'on appelle top models et qui pourtant font baver les mâles. Ils ont été « éduqués » par la société depuis qu'ils sont petits à oublier leurs instincts et faire comme tout le monde : correspondre à ce que leur environnement leur dicte. (Elle hésita avant d'ajouter :) Nous ne sommes que les chiens-chiens du système. Il joue avec nous. Un système constitué de millions d'humains qui tirent dans tous les sens, jusqu'à ce qu'il y ait une tension plus forte qui l'emporte vers une direction provisoire. Mais au regard de ce que je découvre depuis quelques jours, j'en viens à me demander si ce système n'est finalement pas le fruit d'une poignée d'individus, qui le façonnent à leur guise tout en faisant croire le contraire… (Elle secoua la tête.) Je ne peux pas m'exclure de ce système, je n'ai pas le choix, je dois en faire partie, alors il me faut réapprendre ce qu'est l'amour, être capable de l'accepter tel quel : comme un état façonné par notre société. L'amour dont je rêvais est paisible et… bucolique. L'amour qui peut m'attendre est belliqueux et culturel.

Son discours cynique achevé, Yael n'osa pas regarder Thomas dans les yeux. Elle avait peur qu'il y lise ce qu'elle ressentait. Qu'au-delà de ses mots, de cette confession de sagesse froide, elle était attirée par lui. Que, d'une certaine manière, il était l'incarnation de ce qu'elle affirmait ne pas exister. Il véhiculait ces contradictions attirantes, il était protecteur et compréhensif, viril également. Comment ne pas tomber amoureuse ?

Mais pour combien de temps ? Jusqu'à ce que son corps cesse de produire de l'ocytocine, l'hormone de l'amour ? Et après ? L'euphorie retomberait, le besoin psychique et physique de l'autre s'atténuerait à mesure que l'hormone ne serait plus produite. Elle devrait, soit tirer un trait sur leur histoire, soit entamer la bataille de l'esprit éduqué pour le garder. Bataille qui se devait d'être réciproque.

Yael soupira.

Et Thomas posa sa main sur la sienne.

Il ne dit rien, lui opposant un regard doux, presque triste. Ils n'avaient plus rien à dire, tout ce qui sortirait de leurs bouches ne pouvait qu'être douloureux.

Le paysage défilait de l'autre côté de la fenêtre.

Ces hameaux perdus dans les bois ou en bordure de champs. Ces murs anciens entre lesquels s'étaient succédé les générations, bien plus préoccupées à survivre qu'à remettre en cause leur condition… Les temps avaient bien changé. On avait le choix aujourd'hui. Et avec lui était venue l'exigence…

Une voix presque mécanique les sortit de leur contemplation :

— Contrôle des billets s'il vous plaît.

Puis, bercée par la mécanique tranquille du voyage, Yael finit par s'endormir sur l'épaule de Thomas. Elle se réveilla aux deux tiers du parcours, lorsque le relief se mit à jaillir du sol, le TGV s'engouffrant entre des monts escarpés entièrement recouverts d'une végétation touffue. En hauteur, les falaises tranchaient des croissants blancs et rouges dans les buissons et les sapins.

Ils changèrent à Bellegarde pour un train plus rustique, et cette fois ce fut au tour de Thomas de somnoler. Yael se plongea dans la lecture du guide touristique que Kamel leur avait fourni. Elle éplucha le descriptif de la région du Chablais où ils se rendaient. Les pages s'enchaînèrent rapidement. Et Yael comprit qu'une fois encore les Ombres avaient fait simple. Mais que tout prenait sens.

Ils entrèrent en gare de Thonon-les-Bains à treize heures, et Thomas émergea en étirant son corps engourdi. Yael l'observait, l'œil brillant.

— Qu'y a-t-il ?

— J'ai trouvé par quoi nous devions commencer. La *« vérité, sous la surface, là où l'Enfer grimpe vers les cieux »*, je sais où elle se trouve.

Elle ouvrit le petit livret sous le nez de son compagnon :

— Au pied du Roc d'Enfer se trouve le lac de Vallon. Un lac accidentel qui a recouvert un hameau dans les années 40.

40

Thomas prit le volant de l'Opel Corsa qu'ils venaient de louer derrière la gare. Au moment de laisser la caution, il avait tapé le code que Kamel lui avait donné la veille en priant pour que ça passe. À aucun moment la femme derrière le guichet n'avait vérifié le nom sur la carte, elle avait juste attendu que le ticket sorte de sa machine pour les accompagner jusqu'au véhicule.

Yael avait déplié une carte de la région achetée dix minutes plus tôt. Elle localisa le lac de Vallon.

— C'est tout droit, suis la route de Bellevaux. Je suis certaine que c'est ce lac, au pied du Roc d'Enfer. *« Commencez par trouver la vérité, sous la surface, là où l'Enfer grimpe vers les cieux. »* C'est ça. Rappelle-toi les mots dans la chapelle des catacombes : *« Ce qu'il y a de l'autre côté est la seule vérité. Chaque chose est une apparence. Il faut regarder de l'autre côté. Les villes sont une apparence. Le sous-sol d'une ville est l'âme nue de sa civilisation, ses arcanes. Ainsi en va-t-il de tout. Les arcanes de l'Homme sont dans ses fondations. Son Histoire. Passez de l'autre côté »*, récita-t-elle d'une traite.

Chaque mot écrit par les Ombres était inscrit au fer rouge dans sa mémoire.

— Eh bien, le lac de Vallon existe depuis… 1943, continua-t-elle en vérifiant dans son guide. C'est un glissement de terrain qui a coulé jusque dans la vallée pour former un barrage, l'eau de la rivière qui passait là s'est ainsi accumulée pour donner naissance au lac. Une cinquantaine d'habitants ont perdu leurs maisons. La coulée était lente, le premier chalet fut emporté dans la nuit, mais les montagnards eurent ensuite le temps de quitter leurs habitations, et il n'y a eu aucune victime. C'est l'illustration concrète du discours des Ombres, Thomas !

Yael s'exaltait.

— Sous les reflets de la surface il y a une ville ! résuma-t-elle. L'apparence c'est le lac, la vérité ce sont les fermes qui occupent le fond. Le lac renvoie une image comme les miroirs, mais il abrite un secret.

— Qu'est-on supposés faire une fois là-bas ?

— Chercher la vérité. Comme on le fait depuis le début : chercher la vérité sous le billet de un dollar, sous l'assassinat de Kennedy, sous Paris dans les Catacombes, et maintenant sous… un lac !

— Quoi ? rechigna Thomas. Ne me dis pas qu'on doit descendre là-dessous ?

— La profondeur du lac atteint 40 mètres, donc ça me paraît peu probable. On verra sur place.

La route grimpait à flanc de montagne, entre les forêts de sapins, les rochers et les chalets qui surgissaient de temps à autre au milieu des alpages. Le lac Léman étirait sa brillance cristalline au pied des massifs, disparaissant par intermittence jusqu'à ne plus être qu'un souvenir lorsque la voiture eut gravi et contourné un versant de montagne pour entrer dans une vallée.

Le couple admirait le paysage en s'interrogeant sur ce qui les attendait sur place. Quel genre de manœuvre étaient-ils supposés accomplir ? Le document ayant été dérobé, ils venaient ici sans y avoir été invités, les Ombres – ou ceux qui se cachaient derrière elles – ne les attendaient pas. Si elles mettaient en place chaque indice juste avant l'arrivée de Yael, alors elle ne trouverait rien.

L'Opel remonta le lacet de goudron qui s'agrippait

au flanc de ces masses immenses et acérées, prenant de l'altitude, traversant les villages par des routes étroites.

Ils débouchèrent d'un virage et soudain le mur d'arbres qui enfermait la route s'ouvrit sur l'étendue du lac de Vallon.

Thomas se gara aussitôt, face au chalet qui servait de halte aux visiteurs. À leurs pieds l'eau léchait la minuscule vallée sur près d'un kilomètre et demi. Des troncs surgissaient par endroits, au milieu du lac hérissé de pieux noirs comme pour se protéger d'une quelconque menace et avertir du danger ceux qui s'en approchaient. Ses rives n'étaient que forêts, prairies, crêtes aiguës et silence.

Ils descendirent de l'auto et restèrent interdits, le regard et l'esprit happés par la brume d'étrangeté qu'exhalait ce coin de terre.

Yael avait saisi la main de Thomas.

— Brrr…, dit-il.

— Tu parles d'un endroit ! murmura-t-elle.

Puis elle se secoua et se dirigea d'un bon pas vers le bâtiment, des tables et des chaises servaient de buvette en plein air. Elle entra dans la boutique de souvenirs, en sortit rapidement, une bouteille d'eau à la main qu'elle enfourna dans son sac à dos.

— Il y a un chemin qui fait le tour du lac, par-là, dit-elle. D'après ce que m'a dit le propriétaire on peut voir une ferme sous l'eau depuis la rive opposée. C'est tout ce qui reste de la catastrophe de 1943. Toutes les autres constructions ont été emportées par la coulée de boue.

Thomas lui emboîta le pas et ils trouvèrent sans peine le sentier qui s'enfonçait entre les conifères. Ils traversèrent un ruisseau sur un pont de bois en scrutant la tache bleu-vert du lac. Ils avaient rejoint un chemin de pierre, plus large, suffisamment pour laisser passer un véhicule, et ils longeaient un tapis de joncs dans le bruissement de la végétation.

Le Roc d'Enfer les surplombait, comme une dent de géant plantée là, colossale. Il paraissait impossible qu'un tel bloc de matière ait pu jaillir de la terre, il semblait au contraire tombé des cieux, verrouillant la vallée par son onde de choc, veillant sur elle de son ombre infinie.

Était-ce pour se protéger de lui que le lac pointait autant d'arbres brisés hors de son eau ?

Il faut que j'arrête de m'imaginer des trucs comme ça..., s'ordonna Yael. *Ce sont les vestiges de la forêt qui était là auparavant, c'est tout ! – Un demi-siècle plus tard ?* susurra la voix de la contradiction dans son esprit. *Peut-être...*

Le chemin tourna pour s'écarter de la rive et ils le quittèrent pour un sentier qui courait entre les hautes herbes. Une longue étendue dégagée tranchait l'épaisseur du bois. Des fleurs multicolores apportaient une touche de gaieté surprenante.

— C'est l'ancienne coulée de boue je présume, expliqua la jeune femme.

Les grillons et les cigales stridulaient par centaines dans cette prairie, orchestrant une mélodie discontinue.

— Tu entends ce boucan ? s'amusa Thomas. On va être obligés de crier pour se parler !

— Dans le Midi, quand j'étais gamine, ma mère appelait ça la samba champêtre, répliqua-t-elle avec une pointe de nostalgie.

Des touristes occupaient les buttes herbeuses pour admirer la vue pendant que d'autres s'étaient rapprochés du lac pour pique-niquer.

Yael caressait de ses paumes les tiges qui dansaient dans la brise légère, entre les gentianes jaunes et pourpres et les chardons bleus, ces derniers en étaient à la sieste.

Ils s'arrêtèrent au bord d'une pente subite d'où ils dominaient le lac de cinq mètres. Des pêcheurs surveillaient leurs lignes en contrebas, assis à l'ombre sur des rocs.

— Là ! s'écria Yael en désignant un rectangle orangé sous la surface brillante. C'est la ferme submergée.

Les pêcheurs qui veillaient sur la paix des eaux tournèrent vers eux un regard mécontent.

Ils se remirent en route, jusqu'à trouver la pénombre d'une ligne d'épicéas et une tache sous l'eau, à une quarantaine de mètres du bord. Ils pouvaient nettement distinguer les formes géométriques d'une maison, flanquée de sa grange.

— Ça n'a pas l'air trop profond à cet endroit, fit remarquer Thomas.

— Il faut du matériel de plongée, rétorqua Yael.

Thomas la fixa.

— Ben, depuis le début, exposa-t-elle, les Ombres m'incitent à passer de l'autre côté des apparences. Je dois descendre, explorer cette vie, chercher la vérité au-delà de ce que tout le monde peut voir.

— Yael, on ne peut pas plonger comme ça, devant tous ces gens, la gendarmerie va nous tomber dessus, c'est…

— On ira quand il n'y aura personne.

— Au mois d'août, ça sera toujours fréquenté !

Elle recula et revint lentement sur ses pas, Thomas à ses côtés.

Ils avaient beaucoup à faire et peu de temps.

— Pas si on revient cette nuit, dit-elle.

41

La chambre d'hôtel réservée – en liquide et dans un établissement bas de gamme presque complet pour passer inaperçus –, Thomas et Yael cherchèrent un club de plongée aux abords du lac Léman. Yael laissa son compagnon négocier la location de matériel. Ils n'avaient ni licence ni carte de crédit pour la caution – Thomas refusait de
250 se servir de celle de Kamel de peur qu'on vérifie son identité qui n'était pas celle du titulaire –, il faudrait jouer de chance et de sympathie. Après une première tentative infructueuse dans un club qui refusait de louer son matériel, Thomas tomba sur un gérant peu regardant sur le protocole et qui acceptait le tout en cash.

Ils chargèrent les bouteilles et les sacs à l'arrière de la voiture, rentrèrent sur Thonon-les-Bains pour acheter ce qui leur manquait et dînèrent dans un petit restaurant en face de leur hôtel.

Vers vingt-deux heures, ils se mirent en route, prenant leur temps pour ne pas risquer l'accident dans les virages en épingle, et atteignirent le lac de Vallon trois quarts d'heure plus tard. Après avoir roulé au ralenti pour trouver l'entrée du chemin praticable, la Corsa s'engagea sur cette voie cahoteuse, pleine de pierres, où les fougères fouettaient la carrosserie. Lentement, ils approchèrent de la prairie qui leur servirait de point de départ. La voiture sortit de la forêt et stoppa au milieu des hautes herbes. Thomas coupa les phares.

Ils déchargèrent le coffre sous les avertissements répétés d'une chouette.

La lune peinait à se hisser plus haut que les montagnes qui encadraient la vallée pour se réfléchir dans l'eau noire du lac. Yael contempla le reflet en posant une bouteille d'oxygène à ses pieds. Un disque d'ivoire glissant sur une flaque d'ébène, songea la jeune femme.

— Tu as déjà fait de la plongée ? demanda Thomas.

— Non.

— Je t'expliquerai deux ou trois points essentiels, ce n'est pas compliqué.

Yael contourna la voiture pour aller se changer. Elle jeta un coup d'œil aux alentours. Les conifères n'étaient qu'une succession de taches sombres. La nuit plongeait la montagne dans une coque oppressante. Chaque rocher, chaque tronc d'arbre effondré prenait une importance soudaine à la périphérie du regard.

Entre ces interminables pentes, Yael se sentait fragile, inconsistante. La nature reprenait ses droits en imposant aux hommes le mystère profond de son silence, de ses ombres étouffantes…

Yael s'empressa de se déshabiller pour ne garder que son slip et enfila la combinaison qu'ils venaient de se procurer. Elle retrouva Thomas qui en avait fait autant, la glissière ouverte sur son torse musclé. Yael baissa les yeux.

— Prends le sac et suis-moi, dit le journaliste en portant sur son dos les deux bouteilles.

Ils s'approchèrent du bord d'où ils surplombaient l'étendue placide. Dans l'obscurité, le lac ressemblait à un œil immense, un œil démoniaque et noir, troué d'une pupille blanche et gibbeuse.

C'était dans le crâne de cette bête que Yael souhaitait s'engouffrer.

Thomas trouva un moyen de descendre, les bouteilles plaquées contre son torse, assurant son équilibre d'une main agrippée aux racines. Yael l'imita et ils posèrent le pied sur les galets froids. De nuit, la maison engloutie était invisible.

— Elle doit se trouver droit devant nous. Une fois sous l'eau nous allumerons nos torches.

Yael remarqua que Thomas avait chuchoté. Ils étaient seuls, sans aucune maison en vue, la plus proche étant une ruine devant laquelle ils étaient passés. Que craignait-il ?

C'est la force de cet endroit, pensa la jeune femme. *Il commande le respect.*

Elle aussi ressentait un besoin de discrétion, comme si la silhouette monumentale du Roc d'Enfer menaçait de l'engloutir s'il la repérait.

Thomas vérifia l'oxygène de chaque bouteille, contrôla une dernière fois le matériel et entreprit d'aider Yael à s'équiper en lui donnant un cours rudimentaire.

— Le couteau est vraiment nécessaire ? s'étonna Yael après la présentation de sa tenue.

Thomas ne répondit pas.

— Sers-toi de tes bras le moins possible, expliquait-il. Ils te déséquilibreront plus qu'autre chose. Et souviens-toi : inspire fort pour que ton buste se redresse verticalement, et expire pour t'incliner vers le bas.

— Ça devrait aller.

Yael était impatiente.

— Et rappelle-toi bien les signaux élémentaires : un cercle large avec ta lampe pour me dire que tout va bien, et un mouvement de haut en bas si ça ne va pas. Prête ?

Elle secoua la tête, et il lui tendit son masque avant d'aller se harnacher à son tour.

— Dernier point : évite les mouvements violents avec les palmes si tu descends près du fond, sinon on n'y verra plus rien. Et tu restes près de moi quoi qu'il arrive.

— J'ai bien compris.

Les consignes de Thomas étaient simples, il avait seulement insisté pour qu'elle ne le quitte pas une fois sous l'eau, et qu'ils se cantonnent à une plongée de surface, à moins de cinq mètres de profondeur, pour éviter les paliers de décompression.

Yael entra dans l'eau la première, les palmes dans une main, la lampe dans l'autre.

Elle était glaciale.

À moins d'un mètre du bord, le fond se creusa subitement et le niveau monta jusqu'aux genoux. La combinaison la protégeait bien, elle l'isolait assez pour lui permettre de passer plusieurs minutes en plongée sans risque d'hypothermie.

Des algues firent leur apparition, chahutant entre ses mollets. Ce fut rapidement une véritable forêt que Yael traversa. L'eau lui arrivait aux hanches.

— Enfile tes palmes, lui indiqua Thomas. Et n'oublie pas que ton masque réduit ton champ de vision, tout ce que tu verras est en fait agrandi d'un tiers.

— Pourquoi tu me dis ça ?

— Je ne sais pas quel genre de poissons il y a ici, mais si on en croise un, il est bon que tu te souviennes qu'il n'est pas aussi gros que tu le vois. Ça peut t'éviter une bonne frayeur.

Elle s'exécuta, plaça le masque sur son nez et mordit le détendeur comme le lui avait montré son instructeur. Tout son corps entra dans ce cocon frais et, lentement, la surface disparut tandis qu'elle enfonçait le visage dans les ténèbres.

Les plantes lui agrippèrent les membres mais Yael s'en dégagea de trois coups de palmes. L'absence de tout repère l'angoissa aussitôt. À peine était-elle passée sous la surface qu'elle avait perdu la notion de haut et de bas, seul un halo blanchâtre, celui de la lune, lui permit de s'orienter.

Le son aussi était étrange. Sourd et pourtant très présent lorsqu'il se manifestait. Yael prit conscience que c'était sa propre respiration qu'elle percevait, et le babil des bulles qui remontaient.

Une explosion de lumière blanche l'attrapa dans son faisceau. Thomas venait d'allumer sa torche. Yael cligna les paupières et fit de même. Il s'approcha et posa une main sur son bras avant de faire décrire un cercle à sa lampe, signe qu'il allait bien. Yael répondit de la même manière et ils se lancèrent vers le centre du lac, palmant sans précipitation, économisant un maximum d'énergie.

Le froid était piquant sur les chevilles et les doigts.

Les deux lampes ouvraient des corridors étroits et écrasés d'un jaune-vert au milieu de l'obscurité.

Yael crut voir une ombre au loin, à la lisière de ce que sa lumière éclairait. Elle se rapprocha sans rien apercevoir. Elle avait rêvé.

Ils n'étaient qu'à quatre mètres de profondeur et pourtant Yael avait l'impression d'évoluer dans une fosse abyssale, tant l'opacité de l'eau était prégnante.

Une autre ombre frôla son champ de vision. Cette fois Yael la chercha en balayant son flanc gauche de sa lampe, sans plus de succès.

L'échappée syncopée des bulles dans l'eau provoquait un concert rassurant au cœur de ce calme. Par moments, le frottement de son épaule contre le matériel provoquait un son bref, aussitôt étouffé.

Yael évoluait dans cette poix en surveillant la silhouette de Thomas qui la précédait d'un mètre sur sa droite. Elle se faisait à la respiration aquatique, uniquement par la bouche, et comprenait mieux l'avertissement de son compagnon lui expliquant qu'au début ça ne serait pas évident, que la plupart du temps l'homme respirait à l'air libre par le nez sans s'en rendre compte, qu'elle serait un peu décontenancée de ne plus pouvoir le faire. C'était comme d'être enrhumé, avait-il dit en riant.

Cette fois le mouvement fut très fugitif mais Yael n'eut aucun doute ; elle avait vu quelque chose. Une forme sur sa gauche, juste devant. Le temps d'y être et elle ne trouva rien.

Des poissons..., se rassura-t-elle.

Et brusquement, elle surgit devant eux, capturée par les arcs de lumière des deux plongeurs : la bâtisse immergée.

Ce fut d'abord un mur flou, tapi derrière cette brume dense, puis la porte ouverte forma un trou insondable, qui les attendait.

Thomas la désigna de l'index et s'en approcha doucement. Il attrapa le linteau pour s'aider à passer sans heurter sa bouteille et disparut à l'intérieur. Yael se retourna.

Elle sonda le néant qui l'entourait. Elle se sentait observée. Était-ce possible ou seulement le stress de la découverte d'un nouveau milieu ?

Sa lampe explora son environnement sur moins de trois mètres de distance – la portée maximum de la lumière – sans détecter la moindre présence.

Une main se referma sur sa cheville.

Yael sursauta, le cœur emballé en trois secondes. Thomas l'appelait, l'incitait à le rejoindre.

La jeune femme passa l'ouverture et pénétra la maison à son tour, avec le sentiment curieux d'entrer chez quelqu'un en son absence.

La nuit était si présente que même deux torches ne suffisaient pas à tout distinguer nettement. Yael longea un mur, le palpant d'une main jusqu'à atteindre un renfoncement.

C'était un placard. Aujourd'hui ce n'est plus rien.

L'eau et le temps avaient tout rongé, il ne restait plus que de vieux clous rouillés qui dépassaient de la pierre.

Thomas passa dans son dos, il lui tapota l'épaule pour lui montrer ce qui devait être une autre pièce dans laquelle il entra d'un coup de palmes.

Yael allait le suivre lorsqu'elle devina une bouche noire dans la paroi voisine. Elle s'en approcha.

Une cheminée.

Sa lampe lui glissa des doigts.

Elle la vit tomber lentement sans parvenir à la rattraper. En touchant le sol, le faisceau disparut.

Yael se retrouva plongée dans le noir, avec une très faible auréole claire qui s'estompait de seconde en seconde là où Thomas était parti, pensant qu'elle le suivait.

Appliquant les leçons qu'elle venait de recevoir, elle vida complètement ses poumons pour basculer peu à peu la tête vers le bas. Un battement de palmes l'amena au niveau de la terre. Ses doigts entrèrent en contact avec la vase. Elle la fouilla méthodiquement, se concentrant autant sur ce qu'elle touchait que sur son sang-froid qu'elle devait conserver à tout prix.

Malgré les ténèbres elle percevait les particules de terre et de sédiments qui remontaient tout autour de sa tête.

Elle effleura sa lampe, sa main revint en arrière.

Non. Ce n'était pas la torche.

Doucement, elle tâta l'objet qui remplissait tout le fond de la cheminée. Un coffret. À mesure qu'elle le palpait elle se rendait compte qu'il s'agissait plutôt d'un coffre, assez volumineux.

Elle trouva le mécanisme d'ouverture et fut surprise de sentir qu'il n'était pas cadenassé – un simple verrou. D'une main elle continuait sa quête de la lumière, et de l'autre elle essayait de faire coulisser le loquet.

Elle trouva enfin la torche qu'elle ralluma aussitôt, un pincement au cœur à l'idée qu'elle aurait pu être cassée.

C'était en fait une malle.

Le verrou glissa sous l'insistance de Yael, et elle souleva le moraillon.

La malle s'ouvrit d'un coup, libérant une bouteille en verre qui remonta doucement vers la surface. Yael se détendit et l'attrapa au vol.

Tout à coup, elle perçut l'ampleur de l'onde qui se déplaçait devant elle et comprit que quelque chose d'énorme bougeait. Tout près d'elle.

Sur elle.

À peine eut-elle baissé la tête que la forme se jetait sur son visage.

Et Yael disparut dans une myriade de bulles et de hurlements noyés.

42

La mort.

Son faciès émacié et filandreux aux yeux énormes et noirs, deux orbites vides, sa bouche grimaçante, son absence de nez, et cette matière glutineuse qui recouvrait tout son squelette et s'en détachait…

Yael hurla par quatre mètres de fond, lâchant son détendeur, un cri de folle terreur avalé par le lac qui n'attendait qu'un infime signal pour s'engouffrer dans sa gorge, ses poumons.

Le mort tourna la tête sur le côté.

Sa mâchoire inférieure se décrocha et flotta parmi les débris de viande pourrie.

Yael se tut enfin. Et se figea.

Son cerveau embrumé réalisa que c'était un cadavre.

Un cadavre flottait à quelques centimètres de son visage. En ouvrant la malle, elle l'avait libéré à la manière d'un diable surgissant de sa boîte.

Elle étouffait.

Elle fouilla autour d'elle à la recherche de son détendeur et passa les mains dans son dos pour toucher sa bouteille et suivre le précieux câble… sans se rendre compte qu'elle tenait encore en main le flacon de verre.

Elle n'arrivait plus à contenir sa poitrine.

Son ventre tressautait, elle allait inspirer.

Déjà il lui semblait qu'un voile sombre occultait sa vue.

Une main surgit devant elle, tenant un détendeur et forçant le barrage de ses lèvres pour l'introduire dans sa bouche.

Yael aspira.

Elle respirait à nouveau.

Thomas la prit par l'épaule et la recula en éclairant le cadavre, recouvert d'une matière verdâtre, purulente, qui ne cessait de se désagréger au fil de l'eau en centaines de fragments qui venaient se coller sur leurs combinaisons et leurs masques…

Thomas faisait tourner sa lampe en cercle devant lui.

Yael se souvint du code. Il lui demandait si elle allait bien.

Son cœur frappait à ses tempes. Elle réussit néanmoins à rassembler ses esprits, et après une hésitation répondit par l'affirmative.

Thomas se tourna vers le cadavre.

Il l'éclaira.

Son état laissait à penser qu'il attendait dans la malle depuis bien longtemps, et qu'il n'avait pu être nettoyé de sa chair par l'eau et les poissons. Thomas pointa le doigt vers le coffre, et descendit lentement à son niveau.

Sa tête heurta un tibia du squelette. Toute la jambe se décomposa, et les os s'éparpillèrent en répandant une matière glaireuse.

Yael en avait la nausée.

Elle ferma les yeux pour se maîtriser et manœuvra pour rejoindre son compagnon.

Il inspectait la malle à la recherche d'une inscription, d'un indice.

Yael réalisa qu'elle tenait encore la bouteille à la main. Ses articulations étaient blanches tant elle la serrait. La peur la lui avait fait étreindre et oublier.

Elle la montra à Thomas. Une bouteille en verre toute simple, avec un bouchon en liège. Sous les rayons de leurs torches, ils découvrirent qu'elle contenait un papier roulé, bien au sec.

Ils tenaient leur trophée.

Yael indiqua la surface, puis la bouteille.

Elle voulait rentrer.

Thomas restait immobile, il réfléchissait. Il se tourna enfin vers le cadavre.

Il a raison, songea Yael. *On ne peut pas le laisser comme ça. Il faut le ramener...* Mais à qui le confieraient-ils ? Le laisser là n'était pas envisageable non plus. Il allait tôt ou tard échouer sur les berges. Là où des familles se promenaient tous les jours. Avec des enfants.

Yael ne garda que cette pensée en tête, elle chassa toute velléité de réflexion et attrapa le bassin du squelette qui se détacha du reste.

Elle devait remettre ces os dans la malle, à l'abri des regards.

Elle voulut saisir l'abdomen par les côtes flottantes mais tout ce qu'elle obtint fut un effritement. Le crâne venait de se détacher, ainsi que les os des épaules.

Thomas l'attrapa par le bras et la tira en arrière.

Elle voulut résister mais il insistait, ça ne servait à rien.

À contrecœur, elle recula.

Ce qui avait été autrefois un être humain se rompait sous ses yeux, dans le froid et l'oubli.

Ils retrouvèrent la surface à dix mètres du rivage.

Yael cracha son détendeur et releva son masque, aspirant l'air pur, savourant la respiration naturelle.

Elle leva le nez vers les nappes d'étoiles qui habitaient le ciel.

— Je n'ai jamais été si contente de les voir, dit-elle en frissonnant.

Sa gorge était nouée, une puissante envie de craquer, de pleurer, la tenaillait. Parce qu'elle venait de remonter indemne ou à cause de ce qu'elle avait vu en bas ? Elle n'aurait su le dire.

Thomas, silencieux, nageait calmement vers la terre ferme.

Elle le rattrapa, ils se délestèrent des bouteilles d'oxygène et s'étendirent sur les galets.

Yael grelottait, elle dut se relever, péniblement, les jambes flageolantes. Elle ne voulait plus rester là, elle voulait s'en aller, fuir cet endroit.

Thomas ne disait toujours rien.

— Ça va ? demanda Yael.

Il hocha la tête sans quitter le lac du regard.

— Viens, ajouta-t-elle doucement. On va se sécher. On n'a plus rien à faire ici.

Sans un mot il se redressa, avec une grimace.

Sa cuisse blessée, il souffre. Elle se prit à espérer que la plaie ne s'était pas rouverte. Il voulut prendre les bouteilles d'oxygène pour grimper la pente abrupte mais elle l'en empêcha, les chargea sur l'épaule et le précéda en direction de la voiture.

Un bourdonnement singulier les surprit.

Celui d'un moteur.

Yael serra le goulot de son précieux trésor.

Elle analysa la situation en une seconde : la blessure de Thomas, la nécessité de fuir rapidement.

Elle fit signe au journaliste de ne pas bouger. Et pendant qu'il s'appuyait à un arbre pour soulager sa jambe, elle se débarrassa des bouteilles et escalada le coteau.

Sur le chemin une voiture approchait, phares allumés.

Une forme humaine dépassait par le toit ouvrant. L'homme fouillait le décor à l'aide d'un petit projecteur.

Les gardes-chasse…

Mais en reconnaissant l'objet que l'homme tenait dans l'autre main, elle comprit.

Surtout lorsque la voiture capta dans ses phares l'Opel Corsa et accéléra brusquement.

Yael se tassa sur elle-même avant de dévaler l'escarpement, la peur au ventre.

Ils approchaient.

43

Yael attrapa une bouteille d'oxygène en chuchotant à toute vitesse :

— Ce sont eux ! Ils sont là !

Thomas saisit ce qui restait de l'équipement et la suivit tandis qu'elle longeait le lac pour s'éloigner le plus possible de leur voiture.

Dans leur dos le véhicule stoppa et les portières s'ouvrirent précipitamment. En se retournant Yael vit que Thomas boitait bas. Leur périple aquatique ne lui avait pas fait de bien.

Elle força l'allure, espérant qu'il pourrait la suivre, pour rejoindre l'abri des arbres.

Elle dépassa les buissons en songeant que les armes ne tarderaient plus à cracher.

Au premier arbre, elle se recroquevilla en lâchant tout ce qu'elle tenait sauf la bouteille au message et tendit la main à Thomas qui avait cinq bons mètres de retard.

La silhouette d'un homme armé apparut au sommet du talus, là où elle se tenait une minute plus tôt.

Thomas était encore à découvert.

L'homme scruta les alentours.

Thomas arriva au niveau de Yael, elle l'attrapa par la combinaison et le tira brutalement à elle. Ils s'effondrèrent l'un sur l'autre.

Et demeurèrent immobiles une dizaine de secondes.

Thomas murmura enfin :

— Ma cuisse…

Yael acquiesça et posa l'index sur ses lèvres.

Elle sentait son corps contre le sien, la jambe de son compagnon entre les siennes. Elle se reconcentra aussitôt sur l'urgence.

Ils n'avaient pas été repérés. Pas encore.

Thomas, en appui sur les coudes, se décala sur la droite. Il montra le haut de la côte et entreprit de l'escalader en portant une partie du matériel.

Yael frissonna, le froid lui engourdissait les extrémités. Elle devait se sécher et se réchauffer sans tarder sous peine de ne plus être efficace. Elle dévissa le bouchon de la bouteille en verre pour y attraper le message qu'elle glissa contre sa poitrine et jeta le flacon.

Elle grimpa à la suite de Thomas qui s'était accroupi pour guetter la position de leurs poursuivants.

Ils étaient trois, l'un près des voitures qui fouillait les hautes herbes de sa lampe, et deux autres qui dominaient le lac.

Tous armés.

L'un d'eux se tourna pour parler à ses acolytes, Yael tendit l'oreille malgré la distance :

— … vais voir, toi, va jeter un coup… dans les bois au-dessus. Il y a une vieille église là… ai vu sur la carte, ils y sont peut-être.

Sur quoi il disparut en descendant vers le lac. L'homme le plus proche prit un sentier qui filait dans la forêt où il ne tarda pas non plus à se diluer parmi les ombres. Il ne restait plus qu'un tueur. Entre les deux véhicules.

— Il faut qu'on récupère la voiture ! murmura Yael.

Thomas envisageait toutes les possibilités.

— Occupons-nous de ce type pendant qu'il est tout seul, dit-il. C'est notre seule chance ! Mais ce sont des pros, on ne pèsera pas lourd face à eux !

— On n'a pas le choix ! chuchota Yael qui sentait l'urgence. Ils vont revenir !

Elle lui saisit le poignet en insistant :

— Tu ne pourras pas t'approcher discrètement, avec ta cuisse, alors laisse-moi faire.

Il allait protester lorsqu'elle se releva, une bouteille d'oxygène en main.

— Je *dois* le faire.

Tous les dix pas, Yael relevait la tête dans les hautes herbes pour distinguer sa cible. L'homme venait de poser son miniprojecteur pour allumer une cigarette.

Yael entendait son cœur cogner, et elle suait malgré le froid qui la raidissait de plus en plus. Si l'un des deux autres revenait subitement, elle n'aurait aucune chance.

Elle n'était plus qu'à dix mètres.

Elle accéléra, serrant la lourde bouteille d'oxygène contre elle, prête à en caresser le premier crâne à l'approche.

Ses cheveux mouillés la gênaient, sans cesse devant ses yeux.

Cinq mètres.

Elle allait y arriver. C'était possible.

J'attends le dernier moment avant de lever ça. Le dernier moment. Qu'il n'ait pas le temps de réagir.

Il tira sur sa cigarette, tout son visage s'embrasa d'une lueur rouge.

Une alliance brilla à son annulaire.

C'était un homme marié. Il avait une vie.

En une seconde, Yael prit pleinement conscience de l'existence qu'elle avait en face d'elle. Qu'elle pouvait détruire en frappant trop fort.

Peut-être était-il père ? Avait-il serré ses enfants contre lui ce matin avant de partir ? Ce type n'était pas uniquement « une menace », c'était un être humain, avec ses rires, son enfance, ses espoirs.

Son hésitation dévorait de précieuses secondes.

Et il tourna la tête vers elle.

Parfaitement synchronisées, ses deux mains firent balancier. L'une descendit en jetant sa cigarette pendant que l'autre montait.

Pointant la gueule abyssale de son pistolet sur elle.

44

Il avait chopé cette petite conne qui leur avait causé tant de problèmes en si peu de temps.

Une balle.

Dans le front.

Un petit trou luisant avec un filet de fumée qui s'en échappe.

La cervelle de cette nana explosant dans la nuit, le sang plus noir que l'oubli sous l'éclairage de la lune.

Elle était morte.

Et c'est lui qui aurait terminé le boulot.

Son index glissa sur la détente.

Il fantasmait.

Le choc fut immédiat.

Traumatisant.

Il ne vit pas ce qui lui fracassait le visage, juste une grosse masse fulgurante.

La douleur n'eut pas même le temps d'irradier dans son cerveau depuis les os brisés. Son esprit court-circuita sous l'impact, comme si on coupait brutalement le câble de l'alimentation. Tout s'éteignit.

Yael reprit sa respiration.

Thomas avait mis un peu plus de temps que prévu à cause de sa cuisse blessée, mais leur plan avait fonctionné. Une approche en tenaille, un de chaque côté, à vitesse régulière, le premier prêt devait frapper, et si l'un des deux se faisait repérer, l'autre se précipitait pour assommer le tueur.

— Il est… Il…, balbutia-t-elle.

— Viens ! ordonna Thomas en se précipitant vers leur voiture.

Il sauta à l'intérieur en jetant tout son équipement sur les sièges arrière, la clé était restée sur le contact et aucun des tueurs n'avait songé à la prendre.

Yael allait se précipiter à l'intérieur lorsqu'elle rebroussa chemin en sortant son couteau de plongée. Elle fit le tour du véhicule de leurs agresseurs pour planter la lame de toutes ses forces dans chacun des pneus, puis elle revint en courant.

Thomas démarra et accéléra sans ménagement.

— Baisse la tête ! commanda-t-il.

Yael s'exécuta. L'Opel vrombit, cahota violemment et fendit la végétation pour approcher de la forêt.

Deux hommes surgirent en courant dans son sillage. L'un déboula dans leurs traces tandis que l'autre tirait à plusieurs reprises en pleine course, sans même stabiliser son bras. Les balles arrosèrent les alentours sans faire mouche.

L'Opel jaillit entre les conifères qui formaient un rideau protecteur.

Thomas prit le virage à trop vive allure, l'Opel chassa et manqua de peu le tronc d'un épicéa, ses branches éraflèrent tout l'arrière.

Le journaliste négocia difficilement les virages successifs à pleine vitesse.

Ils parvinrent cependant à rejoindre la départementale et son goudron confortable.

— Ralentis, demanda Yael. Ils sont loin maintenant.

— Ils nous ont retrouvés, dit-il sombrement. On n'a laissé aucune trace, pourtant ils nous ont retrouvés. Comment tu expliques ça ?

Yael ne répondit pas. Tout allait encore trop vite dans son cerveau.

Après plusieurs minutes elle alluma le plafonnier, ouvrit le haut de sa combinaison et extirpa le papier qu'ils avaient remonté du lac.

Elle le déroula et lut.

Elle ferma les yeux un court instant.

Ses seuls mots furent :

— J'ai besoin de me réchauffer.

45

En s'engageant dans le dernier virage avant l'hôtel, Thomas demanda :

— Kamel sait dans quel hôtel nous logeons ?

— Non, on a payé en liquide et on ne l'a pas appelé depuis notre arrivée.

— Tant mieux.

— Pardon ?

— C'est plus prudent. Explique-moi comment ces types ont pu nous retrouver tout là-haut en pleine nuit ? Seul Kamel savait que nous devions venir à Thonon.

Elle secoua la tête.

— C'est ton ami ! Comment peux-tu penser ça ?

— Je t'ai dit qu'on se connaissait depuis un an, depuis mon reportage, ça ne fait pas de lui un ami pour autant. Je croyais pouvoir lui faire confiance, sa paranoïa en faisait quelqu'un d'incorruptible à mes yeux.

Thomas se gara derrière une camionnette. Il coupa le contact et resta immobile dans son siège.

— Nous étions perdus en pleine montagne, loin de Paris, personne n'aurait dû nous retrouver, répéta-t-il.

— Kamel n'y est pour rien.

— J'aimerais le croire.

— Je te le dis : il est innocent. Il ne savait même pas que nous devions aller au lac de Vallon ! Pour lui nous sommes descendus pour les gorges du pont du Diable. Et même s'il l'avait déduit comme nous du guide touristique, comment aurait-il pu prévoir que nous y serions cette nuit et pas en pleine journée ?

Thomas soupira.

— Je n'en sais rien…

— En revanche, si ce n'est pas lui, ça veut dire qu'ils ont trouvé un moyen de nous pister. Et ça c'est un vrai problème auquel il faut remédier tout de suite.

Thomas resta silencieux un moment puis il se redressa :

— On va parler à Kamel.

Ils s'écartèrent de l'hôtel pour trouver une cabine téléphonique d'où ils contactèrent le biper, à presque deux heures du matin.

Ils raccrochèrent et attendirent que le téléphone sonne. Thomas en profita pour satisfaire sa curiosité :

— J'ai le droit de savoir ce que dit le message dans la bouteille ?

Yael haussa les sourcils.

— Il dit qu'il nous faut une bible.

— Comment ça ?

— Je te le montrerai lorsqu'on aura réglé notre problème. J'ai apporté la bible trouvée sous la vasque de la chapelle, elle est dans mon sac.

— Comme si tout était prévu, hein ?

— Mais tout est prévu. Depuis le début, les Ombres ont calculé chacun de mes déplacements puisque ce sont elles qui m'y envoient.

La cabine se mit à résonner d'un signal sonore.

— Tout va bien ? demanda Kamel d'une voix étouffée.

— Je n'irais pas jusque-là, mais on est sains et saufs, rétorqua Yael qui avait pris le combiné.

Elle lui relata brièvement leur journée, et surtout leur découverte avant l'attaque.

— Nous sommes inquiets, Kamel, il se pourrait qu'ils aient trouvé un moyen de nous localiser.

— Peu probable, vous vous êtes rhabillés de la tête aux pieds. S'ils avaient placé des mouchards sur toi ou tes vêtements, ils ont tout perdu. Tu n'as pas gardé une vieille paire de lunettes ou une barrette au moins ?

— Non, je n'ai plus rien.

Thomas, qui était collé à l'écouteur, parla à son tour :

— Moi j'ai encore mes lunettes de soleil.

— Ils ne te connaissaient pas jusqu'à hier si j'ai bien compris, ils ne pouvaient pas te coller un émetteur.

— J'ai aussi mon téléphone portable, mais il est éteint.

— Depuis quand ? voulut aussitôt savoir Kamel.

— Relax, je ne m'en sers plus depuis hier matin, je l'ai gardé en cas d'urgence mais je n'ai passé aucun appel.

— Et ces types, ces tueurs, ils t'ont identifié, non ?

— Certainement, j'avais payé notre hôtel porte de Versailles par carte de crédit.

La voix de Kamel changea, elle était à présent teintée de peur :

— Tu as complètement coupé ton téléphone ?

— Oui, je…

— Parce que même si tu n'appelles pas, on peut te localiser, il suffit qu'il soit en veille ! Les opérateurs doivent localiser leur client pour lui « envoyer » l'appel entrant ou sortant, donc tu es pisté en permanence.

— Il est coupé, rassure-toi.

Kamel parut à peine plus serein :

— Sache que même si tu retires la batterie, il faut environ une demi-heure pour que les condensateurs ne fournissent plus assez d'énergie pour émettre le signal qui repère l'appareil. Et tous les téléphones sont équipés de condensateurs.

— Il est totalement éteint depuis hier.

— OK, donc c'est pas ça. Je ne vois pas comment ils ont pu faire. (Après une courte pause, il ajouta :) Pour l'instant soyez prudents, trouvez-vous un autre endroit que prévu pour la nuit, et dormez d'un œil, de mon côté je vais essayer de comprendre comment ils font pour vous suivre à la trace. Rappelez-moi demain matin.

Ils raccrochèrent, guère plus sereins.

Après un rapide tour des environs, ils prirent une chambre dans l'hôtel qui faisait face au leur, et obtinrent même du garçon de nuit qu'elle donne sur la rue. Ainsi ils pourraient surveiller les allées et venues.

Yael déposa leur sac de voyage sur l'un des deux lits et prit immédiatement de quoi se changer. Thomas était à la fenêtre.

— Avec la voiture sur le parking de l'autre côté de la rue, on devrait vite apercevoir si des gens s'en approchent, prévint-il.

— Il faut qu'on se relaie, dit Yael depuis la salle de bains où elle faisait couler l'eau. L'un dort pendant que l'autre monte la garde.

En prononçant ces mots, elle se rendit compte à quel point ils semblaient tout droit sortis d'une fiction. Monter la garde. En étaient-ils arrivés là ? Dans quel cauchemar nageait-elle ? Fidèle à la ligne de conduite qu'elle s'était imposée l'avant-veille au matin, elle se força à ne plus penser en ces termes, à ne plus s'apitoyer mais à être dans l'instant présent, pour prévoir au mieux ses actions à venir. Se réchauffer tout d'abord.

Elle prit un bain très chaud dans lequel elle faillit s'endormir. Lorsqu'elle en ressortit, Thomas avait tiré une chaise jusqu'à la fenêtre et veillait, le pantalon en lin remonté sur sa cuisse blessée qu'il venait de bander. Il était pâle et ses lèvres étaient bleues. Ses avant-bras étaient tachetés de croûtes rouges.

— Elle s'est ouverte à nouveau ?

— Non, ça a tenu mais c'est douloureux.

— C'est déjà bien que les fils n'aient pas cassé. Va prendre une douche chaude, je te remplace.

Thomas la retrouva après un quart d'heure, l'air plus en forme.

Elle lui montra la vieille bible en cuir qu'elle avait remontée des catacombes, ouverte à une page, le nouveau message des Ombres glissé au milieu. Thomas le déplia, une écriture serrée et complexe avait tracé :

« L'Histoire ne se déroule pas, elle s'écrit, elle se fait.
Certains la prévoient en puisant dans le passé, pour écrire l'avenir, le formater à leur désir.
Notre futur est déjà écrit, il est partout, réapprenez à lire, à voir, à comprendre.

« Nous avons donné à l'homme ses chaînes, façonnant le maillon essentiel de sa civilisation.

APOCALYPSE, 13-16/17

« Notre sceau est partout, entre vos mains, sous vos yeux, l'humanité nous appartient.
« Tout était prévu.
« Passez de l'autre côté, Yael, avec nous. »

Thomas s'assit sur le rebord du lit.

— Ça te parle ?

— Je crois, dit-elle.

Il l'incita à développer d'un mouvement du menton.

— Le premier paragraphe rappelle ce que les Ombres me font comprendre depuis le début, expliqua-t-elle. Que le monde et notre histoire fourmillent de symboles que seuls les initiés peuvent lire, ce faisant ils deviennent capables de… comprendre réellement le monde et parfois de prévoir ce qui va suivre. Je pense que c'est parce qu'ils *orientent* très fortement l'Histoire qu'ils la prévoient. Au regard de ce qui suit, on pourrait même affirmer que les Ombres se servent de ce qui existe, parfois des mystères qu'elles ont elles-mêmes laissés derrière elles dans l'Histoire, pour *fabriquer* le futur.

— Pourquoi pas ? Et la suite ?

— Dans le second paragraphe le « nous » se réfère aux Ombres, aux gens dans les arcanes du monde, qui le dirigent : *« Nous avons donné à l'homme ses chaînes, façonnant le maillon essentiel de sa civilisation. »* Les chaînes, ce maillon essentiel, c'est encore un symbole, mais qu'est-ce qui est essentiel à notre civilisation ?

Après une courte réflexion, Thomas proposa :

— La religion.

— Non, elle est un maillon, mais pas le plus important. Je ne suis pas experte mais j'ai assez lu pour savoir que la religion s'est développée dans nos cultures de manière à consolider les pouvoirs de certains. Importante, oui, mais pas au cœur d'une civilisation.

— Sa culture alors ?

— Non plus, la culture peut évoluer, s'affranchir, elle n'est pas une entrave, au contraire, ça n'est pas elle qui est l'essence de la civilisation, elle l'alimente parfois. Regarde, au cœur d'une civilisation il y a le regroupement des hommes. Pourquoi ? Parce que dans l'interaction, la synergie des uns et des autres il y a le progrès de tous. Et pour avoir ce rassemblement, il faut l'échange, le partage…

— Le commerce, comprit Thomas.

— Oui, sous toutes ses formes, primitives ou non. C'est pour cet échange que les hommes se sont assemblés jusqu'à former des civilisations. En nombre ils sont plus forts parce qu'ils s'entraident. Je fais ça pour toi, je partage ma force ou mon intelligence et toi en échange que me donnes-tu ? Aujourd'hui le commerce est toujours le cœur de notre système, il définit notre survie.

— Alors les Ombres auraient aussi *inventé* le commerce ? se moqua Thomas. Je décèle comme un soupçon d'égocentrisme là, non ?

— Pas selon leur raisonnement. Elles affirment avoir *façonné* ses chaînes à l'homme : le commerce tel qu'il est aujourd'hui. En fait les Ombres disent qu'elles ont influé, construit le commerce moderne tel qu'il est, pas qu'elles l'ont créé. Pas tout à fait pareil.

Thomas posa le bout de son doigt sur la suite.

— Et la citation biblique, c'est quoi ?

— Regarde à la page ouverte.

Thomas lut à voix haute :

— *« Par ses manœuvres, tous, petits et grands, riches ou pauvres, libres ou esclaves, se feront marquer sur la main droite ou sur le front, et nul ne pourra rien acheter ni vendre s'il n'est marqué au nom de la Bête ou au chiffre de son nom. »*

— Le chiffre de la Bête est écrit juste après.

— *«... son chiffre, c'est 666 »*, ajouta Thomas en reposant la bible sur les draps.

— On pourrait logiquement déduire que la Bête, ce sont les Ombres, fit remarquer la jeune femme.

— Oui, un symbole de l'ombre, de ce qui se trame dans le dos des humains, une figure de la manipulation, en effet, les Ombres et la Bête ne font qu'un. De toute manière le diable, la Bête, a toujours servi aux puissants pour orienter, diriger les autres selon son bon vouloir, leur imposer ce qu'il voulait par la peur, le mensonge. C'est ce que les Ombres font, non ? Elles ont juste changé de sobriquet. Elles s'adaptent à la société dans laquelle elles vivent.

— Dans la société qu'elles façonnent, je dirais.

Thomas relut le dernier paragraphe :

— *« Notre sceau est partout, entre vos mains, sous vos yeux, l'humanité nous appartient.*

« Tout était prévu.

« Passez de l'autre côté, Yael, avec nous. »

— Le sceau qui est partout c'est…

— L'argent !

— Oui, approuva Yael. Regarde l'extrait de la Bible, la marque de la Bête sur la main ou le front.

— Pour payer, soit je tends la main, soit je me sers de… mes codes bancaires ! La main pour le cash, et le front pour symboliser l'esprit, la mémoire qui sert pour les autres transactions.

Yael n'était pas pleinement satisfaite de leurs déductions.

— Tout ça c'est juste, mais très… métaphorique.

Jusqu'à présent, les Ombres ont toujours illustré leurs actes en me montrant un élément concret.

— L'argent, c'est concret ! Regarde le billet de un dollar ! Il est truffé de références ésotériques, le commerce international est basé sur le dollar, tout le monde s'en sert et personne n'a conscience qu'il est en train de reproduire les textes apocalyptiques de la Bible !

— Je suis sûre qu'il y a autre chose. Encore plus sournois.

— C'est déjà énorme ! La Bête possède l'humanité ! Elle a manipulé les hommes pour qu'ils bâtissent leur système de survie sur sa marque !

— Je suis d'accord, mais il manque encore le 666 quelque part.

L'effervescence de Thomas retomba.

— Qui sait ? C'est peut-être un code d'échange international…, lâcha-t-il sans y croire. Attends une minute…

C'était ce qui était peint sur la porte des Catacombes en bas de chez toi !

— Exact. La marque de la Bête. Déjà les Ombres nous mettaient sur la piste du diable, des différents mythes et surnoms qu'il pouvait prendre au gré de l'Histoire. Et c'est dans les catacombes qu'on a trouvé cette bible.

Thomas croisa les bras sur son torse.

— Je suis sceptique tout de même, dit-il. Tu crois vraiment qu'un groupe d'hommes, une sorte de secte, se serait transmis le pouvoir et une sorte de… codification, de jeu de symboles depuis le Moyen Âge ?

— Je pense qu'il y a bien un groupe d'individus influents depuis quelques décennies, des hommes qui se rassemblent par le biais des divers groupes ésotériques et fermés, comme les fameux Skull and Bones par exemple, et que ces personnes manipulent le monde, s'approprient le pouvoir pour guider le monde. En même temps, il y a toujours eu des groupes comme celui-ci, les religieux à une époque, les aristocrates à une autre, et tous ces groupes ont toujours triché pour garder le pouvoir, pour contrôler les peuples. C'est peut-être ça que veulent dire les Ombres. Le pouvoir religieux à une époque ne tenait que par la peur des fidèles, on se servait de la Bête pour effrayer et rassembler les croyants sous des règles strictes, à l'avantage de l'Église. Et on tuait les réfractaires. La Bête n'était qu'un prétexte, un moyen. Derrière l'image de la Bête se cachaient en fait les hommes de pouvoir, et les Ombres se retrouvent dans cette méthode vieille comme nos civilisations. Ces êtres qui nous dirigent en secret changent avec les siècles, mais pas leur façon de procéder.

Yael quitta son poste pour aller s'étendre sur le lit proche de celui de Thomas. La fatigue commençait à faire son ouvrage.

— Repose-toi, dit-il. Je vais prendre le premier tour.

Il vint s'asseoir face à la fenêtre.

— Au moindre signe suspect je te réveille.

Pendant que Thomas s'interrogeait sur les méthodes utilisées par les tueurs pour les retrouver, Yael se questionnait sur la signification de ce fameux sceau des Ombres, le sceau de la Bête.

Sans deviner qu'il était présent dans la pièce en plusieurs endroits.

Et bien plus présent dehors. Partout.

Célébrant le triomphe de la Bête sur l'Homme.

BLOG DE KAMEL NASIR. EXTRAIT 7.

Il est indéniable aujourd'hui que le gouvernement Bush savait que des attentats se préparaient sur le sol américain. Il savait qu'il s'agirait certainement d'attaques utilisant des avions. En février 2001, les Israéliens avertirent les USA que des terroristes allaient pirater un ou plusieurs avions de ligne et s'en servir comme *arme. Le roi de Jordanie, le président Moubarak et le chancelier Schroeder transmirent la même information au Pentagone. Pire, la CIA surveillait des extrémistes islamiques qui s'entraînaient au détournement d'avion sur la carcasse d'un vieil appareil au sol, par petits groupes de quatre ou cinq individus, utilisant des lames pour uniques armes. La CIA disposait de clichés satellites de ces entraînements. On savait à l'époque que plusieurs hommes prenaient des cours de pilotage uniquement pour savoir comment se diriger en vol, ils ne souhaitaient pas apprendre à atterrir ! En 2000, un homme a été à l'antenne du FBI de Newark dans le New Jersey pour affirmer qu'il avait entendu parler d'un projet d'attentat terroriste contre le World Trade Center avec des avions.*

Cette accumulation ne déclencha aucune alarme.

Officiellement, les renseignements américains se justifient en expliquant qu'ils pensaient à des préparatifs de prises d'otages dans des avions. Ils ont préféré attendre de voir ce qui allait se passer, ils ne croyaient pas qu'il y avait urgence.

Ça semble ahurissant venant des services de renseignements.

Le 24 août 2001, les services secrets français remettent un rapport à l'antenne parisienne du FBI. Un document sur Zacarias Moussaoui prouvant ses liens avec al-Qaida, ses entraînements en Afghanistan dans les camps de Ben Laden, et ses relations avec plusieurs membres importants du réseau terroriste. Le document n'est jamais parvenu à l'antenne du FBI de Minneapolis où vivait Moussaoui. La direction ne transmettait pas les informations.

Tout était là, sous les yeux du gouvernement, la plupart des services secrets du monde le leur criaient dans les oreilles, leurs propres services de renseignements le leur criaient, mais ils n'ont rien fait. Rien.

À la longue, c'est à se demander.

Se pourrait-il que les politiciens milliardaires qui dirigent le pays soient à la solde de consortiums ultra-puissants, et pour cela prêts à sacrifier leurs propres électeurs ?

Cela semble aujourd'hui dément de pouvoir ne serait-ce que penser qu'un pays puisse organiser des attentats contre ses propres citoyens. Mais avec le recul des décennies, tout le monde finit par oublier, par ne plus s'en soucier.

Opération Northwoods.

C'était exactement ça.

Et parce que Kennedy s'est dressé contre, l'opération n'a pas eu lieu.

Pas tout de suite.

Je sais qu'en envisageant une théorie du complot aussi folle que celle-ci je dépasse les limites. Je le sais.

Alors je vous en conjure, si vous ne deviez faire qu'une seule chose après la lecture de ce récit : allez chercher des informations sur l'opération Northwoods. Vous verrez que je n'invente rien. Les huiles des armées américaines avaient élaboré un plan d'attaque terroriste contre leur propre pays ! C'était dans les années 60, il y a très peu de temps ! Certains sont encore vivants.

Enfin, quitte à aller loin, on peut ajouter la thèse de l'explosif dans les World Trade Center. Bien que je trouve la théorie folle, voire fantaisiste, je ne peux m'empêcher de la suivre d'un œil faussement distrait :

Morgan Reynolds a enquêté sur la destruction des tours. Tout le monde avait été extrêmement surpris qu'elles puissent s'effondrer, surtout aussi vite, après le choc des avions, et pour certains experts toutes les explications fournies aujourd'hui ne fonctionnent pas, voire se contredisent. De plus, comme le soulignait Frank de Martini (manager de la construction du WTC) peu de temps avant les attentats : les tours avaient été construites pour résister à l'impact de plusieurs jets de type 707 qui étaient les plus puissants à l'époque des travaux. De Martini a disparu le 11 septembre.

Et puis il faut rappeler que pour les premiers attentats, ceux de février 1993, l'équivalent de 820 kilos de TNT (!) avaient explosé dans les sous-sols d'une des deux tours, tout près de ses fondations, sans même les ébranler.

Reynolds, qui est un ancien conseiller économique de Bush, et professeur émérite d'économie à l'université A & M du Texas aujourd'hui, rappelle qu'il existe bien un débat scientifique autour des causes réelles de l'effondrement des tours. Et que, plus grave encore, certains experts affirment que seule une démolition professionnelle contrôlée peut rendre compte de tous les éléments avérés par l'enquête. Reynolds termine son exposé en rappelant que pendant toute la durée de l'enquête conduite par la commission gouvernementale Kean, les experts en explosifs et en bâtiment ont été systématiquement écartés, voire intimidés.

C'est ce dernier point qui m'attire vers cette hypothèse folle. Pourquoi a-t-on empêché tous les experts en explosifs et en bâtiment d'approcher des décombres ?

À chacun d'en tirer ses conclusions.

46

Yael ouvrit les yeux à huit heures. Thomas était toujours assis près de la fenêtre à guetter les mouvements extérieurs.

Yael le contempla en clignant les paupières. Dans cette lumière blanche qui n'éclairait qu'un seul de ses profils, les traits marqués par l'absence de repos, il dégageait une force protectrice qui réchauffa l'âme de la jeune femme, refroidie par des mauvais rêves.

— Tu ne m'as pas réveillée, reprocha-t-elle, encore ensuquée.

Sa tête pivota vers elle, et aussitôt ses traits s'adoucirent. Yael aima cette altération. Elle aimait la manière dont il la regardait.

— Ton sommeil était agité, tu avais besoin de dormir et je n'étais pas fatigué. La bonne nouvelle c'est que je n'ai vu personne de suspect.

Yael mit de longues minutes à émerger du lit, des images de ses cauchemars.

Ils prirent une douche, s'habillèrent, et rassemblèrent leurs affaires qu'ils rangèrent dans le coffre de la voiture. L'un comme l'autre surveillaient les alentours, craignant à tout moment de voir surgir les tueurs. Personne ne se manifesta.

Avant de partir ils appelèrent le biper de Kamel depuis une autre cabine téléphonique. Après une dizaine de minutes sans réponse, ils décidèrent d'abandonner et de réessayer plus tard. Ils roulèrent en direction de Morzine et s'arrêtèrent à une boulangerie pour s'offrir quelques croissants.

Pendant que Thomas conduisait, Yael lisait le guide touristique qui relatait la légende du pont du Diable.

— C'est une vieille histoire locale mais on en retrouve des variantes un peu partout en France et dans le monde. Deux villages séparés par un gouffre et des villageois qui demandent à Dieu qu'il leur donne un pont pour pouvoir se rejoindre sans avoir à faire des détours. Dieu ne leur donne rien alors ils se tournent vers le diable qui leur construit un pont en échange de l'âme du premier être qui le traversera. Les villageois firent traverser une chèvre, ce qui déplut au diable qui maudit le pont et promit de tout faire pour que bien des gens tombent dans son gouffre… Et en effet, il y a eu beaucoup d'accidents mortels depuis le Moyen Âge. Par mal de gens ont dû

profiter de la mauvaise réputation du gouffre pour régler leurs différends, si tu vois ce que je veux dire.

— J'imagine ! dit Thomas en bâillant. Tu crois que les Ombres veulent nous dire quelque chose à travers cette histoire ?

— Elles n'ont pas choisi cet endroit au hasard. J'y vois une illustration de la différence entre la réalité des faits et celle rapportée par l'Histoire, le mythe populaire en tout cas.

Yael tourna la page.

— En fait, lut-elle, toute la région est assez portée sur… l'occulte. Il y a eu à Morzine l'un des cas de possession collective les plus spectaculaires au monde.

— Possession collective ? s'amusa Thomas. Qu'est-ce que c'est ?

Yael continua son décryptage du chapitre sur Morzine :

— Entre 1857 et 1863 plus de deux cents personnes ont été possédées à Morzine. Essentiellement des femmes et des enfants.

— Tu plaisantes ?

Elle reposa le livre sur ses genoux.

— Ça me dit quelque chose, j'en ai déjà entendu parler, pas mal d'historiens et de sociologues se sont penchés sur ce cas parce qu'il ne relève pas de la légende, il y a eu des centaines de témoins et autant de procès-verbaux. Ça avait été très loin, je crois.

Elle se replongea dans le guide pour obtenir plus de détails.

— Oui, voilà. Les possédés étaient pris de convulsions, de démence, ou se livraient à des actes obscènes, exclusivement à l'encontre de l'Église ou des institutions publiques. Les femmes s'exhibaient devant l'autel ou devant les employés communaux par exemple. Malgré les demandes répétées de l'église de Morzine, l'évêque d'Annecy refusa de procéder à un exorcisme et ce sont les disciples de Charcot à l'hôpital de la Salpêtrière qui vinrent examiner la situation. On envoya à l'asile bon nombre de personnes, jusqu'à devoir mobiliser un régiment de Dragons, pour imposer l'ordre et un couvre-feu. Les choses sont revenues à la normale peu à peu et les possessions se sont arrêtées.

— J'ai du mal à le croire !

— Pourtant, pour une fois dans ce genre d'histoire, il y a tellement de preuves et de témoins, imagine : plus de deux cents personnes affectées sur six ans !

— Et aucune explication… rationnelle ?

Yael termina sa lecture.

— Tiens… ça va te rassurer. Les experts qui se sont penchés sur ce cas depuis ont trouvé une raison. Sociologique tout d'abord. C'est une époque où la plupart des hommes de la région durent partir chercher du travail ailleurs, ils s'absentaient longtemps, laissant les femmes entre elles, avec les enfants. C'est la période – 1860 – où la Savoie est rattachée à la France, Morzine est un village un peu isolé en ces temps, et le changement fait peur. C'est une société industrielle et moderne qui va happer un village rural. Les femmes de Morzine entendent parler de ce rattachement, de ce que ça va changer, de l'autorité française qui va s'exercer. Elles s'imaginent le pire. En l'absence des hommes, elles s'enflamment, s'inquiètent. L'Église et les institutions qui représentent l'autorité, l'État, deviennent la cible de ces peurs, parce qu'elles ne savent pas rassurer, parce qu'elles jouent le même jeu. Et à force de ressasser ces craintes, elles s'amplifient, les femmes en rajoutent, jusqu'à ce que l'une d'entre elles passe à l'acte : un délire ciblé contre l'Église qui sert aussi de bouc émissaire. Et tout ça fait des émules.

— C'est une réaction un peu… disproportionnée, non ?

— C'est là qu'intervient la seconde raison : alimentaire. Les femmes de Morzine consommaient beaucoup de seigle, très souvent ergoté. L'ergot de seigle est une maladie due à un champignon et qui développe plusieurs alcaloïdes, dont l'ergotamine, responsable de l'ergotisme, et le lysergamide, aux propriétés hallucinogènes puissantes… le LSD.

— Elles souffraient de délires hallucinatoires ?

— Oui, des délires orientés et exacerbés par l'effet de groupe. Puis le fait que la Savoie avait été rattachée à la France en douceur, sans que leur vie change, calma progressivement les esprits et la spirale infernale se dissipa.

Ils croisèrent un camion qui les obligea à rouler contre le bord du talus.

— Encore une fois : il y a l'apparence et la vérité, constata Thomas. Les Ombres ont bien choisi leur coin !

Yael fouilla le paysage, le regard dans le vague.

— Je crois que ce n'est pas la région qui doit attirer notre attention, conclut-elle.

Thomas se gara sur le parking. Ils étaient à flanc de montagne, surplombant une vallée étroite et boisée dont on ne distinguait rien d'autre qu'une frondaison épaisse.

Ils payèrent leur droit d'entrée au comptoir d'une bâtisse qui vendait tous les produits artisanaux du Chablais, et descendirent vers la forêt par un sentier sinueux. Ils passaient entre des blocs de rochers imposants, couverts de mousse.

Une nappe brumeuse stagnait entre les troncs, comme l'haleine d'une créature énorme hantant le gouffre.

Les frênes et les érables cachaient le ciel à mesure que le couple dévalait le sentier, se rapprochant d'un froissement cristallin qui résonnait depuis les profondeurs de la vallée.

Un toit en bois avait été construit entre deux rochers. Une plate-forme surplombait le gouffre. Yael s'y aventura et découvrit les falaises torturées par le passage séculaire du torrent, plongeant en à-pic vers un abîme d'ombres, d'arêtes et d'eaux tumultueuses plus de soixante mètres en contrebas.

Une poignée de visiteurs attendaient devant une grille que le guide donne le signal pour se jeter sur leurs appareils photo et Caméscopes. Yael et Thomas se fondirent dans le petit troupeau et un grand gaillard blond d'une vingtaine d'années vint ouvrir la porte cadenassée.

— Faites attention à l'escalier, prévint-il, il est abrupt et traître, regardez bien vos pieds ! Le diable a eu assez de sacrifices comme ça !

Yael adressa un sourire ironique à son compagnon.

La visite commença en passant sous une arche minérale gigantesque, un bloc de pierre éboulé là depuis le sommet de la montagne, des millénaires plus tôt, coincé au-dessus du précipice par sa masse. Le guide expliqua l'origine du gouffre, sa formation par l'érosion du marbre sous l'action répétée de l'eau, ponctuant son discours d'humour et d'anecdotes qui plaisaient aux touristes.

Yael tendit l'oreille, cherchant dans son récit un élément qui pourrait se rapporter aux Ombres.

Ils marchaient sur des passerelles métalliques rivées aux parois à mi-hauteur, cachés du soleil par la profondeur et noyés dans le bruit du torrent qui se répercutait jusqu'à marteler le cerveau à coups de décibels.

— Nous allons à présent passer sous le fameux pont du Diable ! s'écria le jeune guide sous les exclamations des enfants.

L'humidité opacifiait l'air d'un voile blanchâtre. Yael songea à un miroir de salle de bains après une douche brûlante ; elle avait envie de passer un coup d'éponge sur l'horizon.

Le pont du Diable n'était en fait qu'une voûte naturelle reliant les deux bords du gouffre, un long rocher effondré là des milliers d'années plus tôt et découvert par hasard au Moyen Âge par des paysans. Le guide expliqua qu'au-dessus, l'unique chemin praticable était étroit et couvert de mousse glissante. Les chutes au fond des gorges n'avaient pas manqué dans l'histoire du pont du Diable. Mais il avait permis d'économiser un détour de sept kilomètres à bien des gens pendant plusieurs siècles.

Yael se remémora le texte des Ombres qui les avait conduits jusqu'ici.

« Qui contrôle les hommes et les victoires contrôle l'Histoire. La vôtre, Yael, est gardée dans une gorge, sous le pont du Diable. Dans la plus grande des marmites de géant où elle bouillonne encore et encore, dans l'attente de vous être révélée. »

Elle s'approcha de la rambarde et contempla le fond du canyon.

Des dizaines de marmites de géant se succédaient à différentes hauteurs, à mesure que le torrent avait creusé la roche pour s'enfoncer toujours plus bas.

Mais une en particulier se démarquait par sa taille, juste sous le pont, une quinzaine de mètres au-dessous de Yael. Elle était un peu au-dessus du niveau du torrent, l'eau s'y engouffrait par moments, tournoyant un instant avant de s'écouler plus bas par un trou.

Yael donna un léger coup de coude à Thomas pour lui montrer sa découverte. Il acquiesça, l'ayant également remarquée.

De là où ils se trouvaient, rien de particulier ne sautait

aux yeux dans ce cercle de pierre, grand comme une baignoire ronde, ni marque ni objet.

— Continuons la visite, proposa Thomas, de toute façon on ne peut pas descendre.

Ils terminèrent en remontant un escalier qui débouchait dans la forêt, un peu à l'écart du fracas. Yael attendit que les touristes remercient le guide et se dispersent pour l'approcher.

— J'ai une question à vous poser. Il y a des visites qui s'aventurent au niveau de l'eau ?

Il secoua vivement la tête

— Surtout pas ! Il y a un barrage plus haut, lorsqu'il ouvre ses vannes l'eau monte d'un coup sur plusieurs mètres, c'est beaucoup trop dangereux et imprévisible.

— Donc personne ne descend jamais ?

— En théorie non, sauf les jeunes inconscients !

Yael prit l'air amusé.

— Ah, bon ? Ça arrive souvent ?

— Non, heureusement. Des ados néerlandais l'été dernier, mais ils sont remontés sans bobos, le barrage n'avait pas ouvert les vannes.

Il se fendit d'un sourire.

— Et puis cette nuit apparemment ! ajouta-t-il.

Yael masqua le coup d'adrénaline que cette réponse venait de déclencher en elle.

— Cette nuit ?

— Oui, quelqu'un a forcé la grille et a sûrement accroché son matériel à la passerelle pour descendre, il l'a un peu abîmée Ce coup-ci c'était sûrement pas des gamins qui passent les vacances dans le coin, plutôt un amateur d'escalade, un truc dans ce genre.

— Pourquoi ?

— Parce que ici on connaît la faille, c'est du calcaire en amont, c'est plus évasé, les gosses descendent par là et longent le torrent jusqu'ici pour atteindre le gouffre. Mais le bonhomme a utilisé un équipement d'escalade.

C'est le plus rapide pour se rendre en bas, mais faut franchir la grille et ensuite savoir se servir d'une corde !

Yael échange un bref regard avec Thomas.

— Dites, vous ne cherchez pas à y aller au moins ? interrogea le guide subitement inquiet.

Thomas coupa court à toute spéculation en exhibant sa carte de presse, suffisamment vite pour ne pas laisser au guide le temps de lire son nom.

— On rédige une série d'articles sur les promenades de l'été, compléta le journaliste. On est friands de toutes les anecdotes possibles.

Ils le remercièrent et prirent la direction du sentier pour remonter.

Une fois à l'écart, Yael jubila :

— Ce sont eux ! Les Ombres ont envoyé un de leurs sbires ici cette nuit.

— Ce qui signifie qu'on les talonne. On est tout près. Elles mettent en place les éléments à trouver, te croyant à Paris. Elles ignorent que tu as déjà les indices en ta possession. Si on se dépêche, on pourra les intercepter la prochaine fois.

Il prit Yael par la main et l'entraîna vers la sortie, porté par l'excitation.

— Maintenant, dit-il, il faut qu'on descende dans cette marmite.

47

Thomas vérifia les horaires de visite du gouffre et retrouva Yael à la voiture.

— Ils ferment à dix-huit heures !

— On a le temps de rentrer sur Thonon pour déjeuner et essayer de joindre Kamel. Je n'ai pas aimé qu'il ne réponde pas ce matin, ça m'angoisse.

Il était à peine midi lorsqu'ils traversèrent le square Aristide-Briand pour s'installer en terrasse, bien à l'abri des regards entre un énorme pot de fleurs et leur parasol. Yael s'éclipsa, le temps d'aller téléphoner à Kamel. Il la rappela presque immédiatement pour lui dire qu'il n'était pas plus avancé, qu'il ne trouvait aucune piste expliquant que les tueurs les aient retrouvés.

Elle finit par raccrocher, observant la place où les gens déambulaient nonchalamment.

Il y avait forcément une explication. Les tueurs n'avaient pu remonter jusqu'au lac de Vallon en pleine nuit par simple déduction. Soit ils disposaient d'un émetteur placé quelque part, soit ils avaient été renseignés. La première solution ne tenait pas la route. C'était techniquement improbable. Elle n'avait conservé que l'essentiel : passeport, permis de conduire, cartes, trousseau de clés, juste les objets qui ne pouvaient dissimuler un émetteur, elle avait même jeté son stick hydratant pour les lèvres. Et quand bien même un mouchard serait passé au travers du filet, les tueurs se seraient déjà manifestés depuis cette nuit. Si elle était pistée, elle n'avait pas parcouru assez de distance pour qu'ils ne puissent pas la retrouver.

Restait l'autre hypothèse.

Mais qui pouvait savoir où elle se trouvait en pleine nuit ?

Personne. Absolument personne. Pas même l'homme qui leur avait loué le matériel de plongée.

Sauf Thomas...

Yael porta son regard aussitôt de l'autre côté de la place, parmi les tables du restaurant. Les perspectives changèrent, elle se sentit à mille lieues de son compagnon dont elle ne distinguait qu'une main posée sur son verre, le reste du corps caché par le pot de fleurs.

C'était idiot. Elle ne pouvait pas l'accuser. Thomas n'avait rien fait. Il ne l'aurait jamais trahie. Pas lui. Yael ne le connaissait pas depuis longtemps, mais l'intensité de leur aventure les forçait à se montrer sans masque,

bruts et prêts à réagir avec les tripes, l'esprit à vif, pour survivre, pour prendre la bonne décision. Thomas était entier avec elle, sans compromis.

Pourtant c'est la seule personne qui savait où nous trouver cette nuit...

Elle repensa aux Ombres.

Yael ferma les yeux et se passa la main sur le front.

Les Ombres le lui disaient depuis le début : tout est prévu.

Les Ombres manipulent les histoires personnelles des gens pour manipuler l'Histoire.

Elles avaient placé Thomas sur le chemin de Yael.

Comment l'avait-elle rencontré ?

Yael paniquait à présent. Elle se força à respirer, à faire le point rapidement. Son absence prolongée allait alerter Thomas.

Dans un bar... Je suis sorti... c'était... vendredi soir. Je n'avais pas prévu de sortir seule, je devais voir Tiphaine ! Je n'aurais pas dû aller dans ce pub. Personne ne pouvait prévoir que j'y serais.

Yael étala les événements et les déductions comme on pose ses vêtements pour les choisir.

C'est moi qui suis allée vers lui ! C'est moi qui l'ai dragué ! Il ne faisait même pas attention à moi...

Elle se repassait la scène : ils s'étaient croisés à la sortie des toilettes, et elle n'avait pas arrêté de le fixer au bar. Il n'était pour rien dans leur rencontre, c'était elle qui avait tout fait. Les Ombres ne pouvaient pas aller jusqu'à commander les actes et les émotions d'une personne, elles ne faisaient qu'influencer. Plus elle examinait Thomas, plus elle réalisait combien il était impossible que tout fût prévu.

Il l'avait aidée tout le temps, et c'était grâce à lui qu'elle avait une longueur d'avance sur les Ombres aujourd'hui.

Elle revit tous ces instants où il l'accompagnait, sa présence réconfortante. Elle secoua la tête.

Comment pouvait-elle devenir paranoïaque à ce point ?

Les circonstances, ce sont les circonstances..., se répéta-t-elle.

Je n'arrête pas de découvrir que rien n'est comme il paraît, que tout est apparence...

Yael tiqua. Elle était en train de devenir ce que les Ombres faisaient d'elle. Une paranoïaque. Une marginale. Elle allait peu à peu s'exclure du monde, faire peur aux autres, ne plus être appréciée et crue. C'était bien ça... Elle deviendrait à son tour... une ombre ! Une ombre parmi les vivants.

Elle devait se maîtriser, ne pas se laisser influencer. Conserver cette maigre avance qu'elle avait, et l'exploiter au mieux pour gagner du terrain et court-circuiter les Ombres dans leur propre jeu.

Trouver ce qui l'attendait dans cette marmite de géant sur sa propre histoire. Découvrir ce qu'était ce sceau de la Bête que tout le monde utilisait, par lequel les hommes et les femmes de ce monde étaient marqués.

Yael s'empressa de retourner auprès de Thomas.

— Tout va bien ? s'inquiéta-t-il.

— Oui. J'ai joint Kamel, il n'a rien trouvé pour l'instant. Il continue de chercher.

Yael hésita avant de confesser ses doutes.

— Nous avons été pistés d'une manière ou d'une autre. J'espère seulement que ce n'est plus le cas, dit-elle enfin. Je… J'en suis même venue à te suspecter.

Un très court instant, Thomas laissa poindre une lueur de déception. Yael lut une blessure dans ses yeux, mais il s'empressa de rectifier.

— Je m'y attendais.

— Ne le prends surtout pas mal…

Il l'interrompit en levant les mains :

— C'est normal ! J'en aurais fait autant à ta place.

Un silence gêné s'installa entre eux. Ils commandèrent deux steaks tartares, et les mots chassèrent peu à peu le flottement. Yael posa des questions sur l'adolescent qu'il avait été, elle voulait trancher, l'espace d'un repas, avec tout ce qu'ils vivaient depuis six jours.

Thomas hésita avant de s'exprimer librement. Les doutes de Yael, même s'il affirmait le contraire, l'avaient profondément touché. Puis il oublia, bercé par les souvenirs de ses premières amours, de ses bêtises de jeunesse et de ses années d'études.

Ils payèrent tandis que le ciel se couvrait peu à peu, virant d'un bleu pâle au gris-blanc hésitant. Un filet noir se profilait à l'horizon. La nuit serait pluvieuse.

Ils s'en allèrent dans une rue piétonne pour manger un cornet de glace. Yael réalisa que ces confidences étaient réparatrices, ce moment d'accalmie les rechargea, apaisant leurs nerfs tendus à l'extrême.

Court répit.

En croisant toutes ces femmes, tous ces hommes et ces enfants, Yael s'interrogea sur la nature du sceau de la Bête. Qu'est-ce qui pouvait tous les lier, être à ce point omniprésent et invisible ? Une marque apposée sur les êtres humains, au cœur de l'essence de leur civilisation :

le commerce. Ce n'était pas seulement l'argent sous toutes ses formes.

Pourtant, en voyant tous ces gens payer en utilisant souvent la main droite, Yael se demanda s'il fallait vraiment chercher plus loin.

Ils passaient devant une grande librairie, elle entraîna Thomas à l'intérieur. Elle détailla les rayons et les différents thèmes, ÉSOTÉRISME attira son attention. Elle passa en revue les titres. Rien ne l'inspirait.

Sans se décourager, elle alla visiter ÉCONOMIE et chercha un ouvrage qui pourrait traiter des symboles dans l'économie moderne. Elle hésita sur un titre, mais après avoir feuilleté l'ouvrage elle voulut le reposer, il ne convenait pas.

Elle eut alors un mouvement d'hésitation.

Puis, par curiosité, elle vérifia son intuition.

Et tout son corps se raidit.

La solution n'était pas dans un livre.

Mais sur tous les livres.

48

À moins de deux kilomètres de là, deux hommes sortaient de l'hôpital pour retrouver leur véhicule. Le plus grand, Dimitri, lâcha une bordée de jurons en russe.

— Putain, même son gosse pourra plus le reconnaître ! cracha-t-il, en français cette fois.

Son acolyte lui lança un regard froid.

— Luc a merdé, on connaît tous les risques, dit-il sans se départir de sa carapace impassible.

— On chope cette fille et c'est moi qui vais lui régler son compte. Je vais lui faire payer d'avoir abîmé un pote.

Michaël ne répondit pas. Yael Mallan leur posait des problèmes.

Il fallait cependant s'en tenir aux méthodes traditionnelles, pas d'écarts. Dimitri devrait être recadré.

Michaël se tâta, puis estima qu'il était préférable d'attendre un peu que l'émotion retombe. Ils venaient de voir le médecin qui s'occupait de Luc, et le verdict était sans appel : défiguré.

Tout le visage s'était enfoncé dans le crâne.

Son cerveau avait été endommagé par un os de la boîte crânienne et il faudrait encore un peu de temps pour savoir si les dégâts seraient irréversibles. La zone de la motricité était touchée.

Michaël avait réglé les formalités, avec l'appui de l'Entreprise. Elle savait comment gérer ce genre de situation délicate.

Michaël avait expliqué aux médecins comment Luc était tombé la tête la première sur un rocher tandis qu'ils faisaient les imbéciles en montagne, quelques bières à la main. Dimitri avait confirmé.

L'Entreprise avait aussitôt dépêché une femme de confiance pour ajouter un témoignage supplémentaire qui terminerait de convaincre les médecins et éviterait que la police s'en mêle de trop près.

Ils arrivèrent à la voiture où Magali les attendait. Une grande brune élégante, en tailleur blanc de grand couturier, la frange biseautée très tendance, et un maquillage qui mettait en valeur ses pommettes, ses lèvres et ses longs yeux noirs.

— Alors ?

— C'est un légume, commenta Dimitri avec sa finesse habituelle.

— Des nouvelles de la cible ? interrogea Michaël.

Magali répondit par la négative.

— Il faut relancer la procédure. Ça prend du temps. Dès que les techniciens auront l'information, on nous appellera.

Michaël s'installa au volant.

— Qu'ils se magnent, je veux pas qu'elle prenne le large. Maintenant qu'on a une idée du client, on va arrêter d'y aller comme des amateurs. Je veux plus le moindre accroc. Pigé ?

Il fixait Dimitri.

— Cette gonzesse en a dans le ventre, continua-t-il, alors on va arrêter de faire les guignols, parce qu'elle nous a déjà filé entre les pattes deux fois.

— Et l'Entreprise est furieuse du fiasco parisien, ajouta Magali. Plus de conneries de ce genre !

Michaël acquiesça. Elle avait raison. Encore une opération aussi catastrophique et ils devraient se faire oublier pour le restant de leurs jours. En étant optimiste.

Michaël montra la boîte à gants et Dimitri l'ouvrit pour en sortir une petite mallette.

Elle contenait la précieuse livraison apportée par Magali.

Le BIN-D.

Bio-Inoculateur Non Discernable.

Une arme fabriquée au départ par la CIA, lançant un minuscule dard empoisonné. Si le tir était bien ajusté, la victime ne se rendait même pas compte qu'elle avait été touchée. La toxine à base de potassium agissait en une minute. Pour peu qu'on puisse récupérer le dard, et à moins d'une autopsie très minutieuse pour relever l'infime trace de piqûre, on concluait à une mort naturelle, défaillance cardiaque. Le potassium mortel se confondant avec celui qui était libéré par le corps à la mort, chaque être humain en libérant des doses plus ou moins grandes.

Michaël s'empara du pistolet.

Il y avait plusieurs doses. De quoi régler le problème Yael Mallan une bonne fois pour toutes. Et celui de son mystérieux compagnon par la même occasion.

Michaël prit son téléphone et le posa sur le tableau de bord à côté de son écran portable GPS. Lorsque le premier sonnerait, on lui transférerait les informations sur le GPS, et Yael clignoterait sur son plan comme un arbre de Noël. Il fallait un peu de patience. Le temps de relancer tout le système de repérage qui dépendait en majeure partie de la grande distribution. S'approprier les codes d'un individu était toujours compliqué et délicat. Néanmoins l'Entreprise y était parvenue. Elle avait identifié un numéro rattaché à Yael Mallan et l'avait lancé à tous ses logiciels pirates installés dans les ordinateurs des magasins sans qu'ils le sachent. Merci Internet.

Si Yael Mallan passait non loin d'un système de détection – beaucoup de grandes structures de vente en possédaient – elle serait repérée par l'ordinateur, et celui-ci enverrait automatiquement un mail à l'Entreprise. C'était absolument illégal, mais si pratique. C'était ce que l'Entreprise appelait une *étude sauvage de marketing*.

Ils avaient eu de la chance la veille. Les résultats étaient tombés rapidement. Elle était près du lac Léman, repérée par un magasin de la banlieue de Thonon-les-Bains. On l'avait ensuite localisée aux abords d'un lac de montagne, le signal avait été capté par erreur sur une balise-relais de téléphone. L'Entreprise avait eu l'info par un logiciel espion dans un ordinateur des télécoms qui surveillait toute entrée ou sortie d'appel sur les téléphones de Yael Mallan et Thomas Brokten. Le logiciel était couplé à toutes les informations surveillées, et avait aussitôt envoyé son e-mail d'avertissement au siège de l'Entreprise.

Le temps que Michaël et son groupe se mettent en route et qu'ils arrivent, le signal était perdu. C'était le problème avec ces puces de grande consommation. On en perdait facilement le signal. Les modèles à venir corrigeraient ce problème.

Ils avaient refait son parcours en montagne, espérant tomber sur elle, en vain. Sur l'intuition de Luc, et à défaut de mieux, ils étaient retournés de nuit au fameux lac.

Elle était bien là. Et Luc avait payé le prix fort.

Michaël serra les poings.

Maintenant, il fallait attendre que le téléphone sonne.

Et cette fois, ils ne la rateraient pas.

49

Thomas chercha à comprendre ce qui venait de se produire dans la tête de Yael. Elle prenait des livres au hasard dans les rayons et regardait brièvement au dos de chacun. Après quoi elle sonda la pièce pour aller vers les agendas où elle procéda de même.

Elle sortit sans prévenir pour entrer dans le magasin d'en face, une boutique de maroquinerie. Elle vérifia plusieurs articles tous différents et retrouva Thomas dans la rue. Elle semblait abasourdie.

— Qu'y a-t-il ?

Elle ne répondit pas, encore trop préoccupée par sa découverte.

— Comment est-ce qu'on a pu laisser faire ça sans que personne en parle ? lâcha-t-elle.

— Faire quoi, Yael ?

Elle fit claquer ses mains, prise d'une idée subite.

— Il me faut Internet !

— Yael, tu es une grande malade de l'ordinateur, tu sais ?

— Non, vraiment, je dois vérifier si ce n'est pas une énorme coïncidence.

Thomas ne put que la suivre ; elle courait presque, le nez en l'air à guetter la moindre enseigne de cyber-café ou d'espace informatique. Elle trouva une salle de jeux en réseau, et obtint contre dix euros une connexion

Internet dans un coin de la pièce où s'affrontaient des adolescents hilares.

Elle pianota à toute vitesse.

— Yael, rappelle-toi notre conversation avec Kamel, je n'aime pas trop que tu sois là, si un logiciel de la NSA compare ta dynamique de frappe avec sa base de données, tu seras repérée en un rien de temps.

— Je ne suis peut-être pas archivée dans leur base de données, dit-elle sans se détacher de son écran. Et puis je n'en ai que pour quelques minutes.

Thomas soupira et vérifia la porte d'entrée. Il n'aimait pas ça. Il n'y avait de toute évidence qu'une sortie. Si les tueurs les repéraient, Yael et lui seraient morts.

En moins de cinq minutes, Yael trouva la confirmation qu'elle cherchait. Elle avait vu juste.

— C'est… incroyable. Et tellement banal que tout le monde s'en moque.

— De quoi parles-tu à la fin ?

Yael se tourna vers lui. Elle examina les alentours et se leva pour attraper un livre de programmation qui traînait sur le comptoir.

— Regarde au dos.

Thomas obéit.

— Je ne vois rien.

— Pas même ce qui est au cœur du commerce ?

— Quoi ? Je ne comprends rien, qu'est-ce que tu veux dire ?

Elle posa son index sur le petit rectangle en bas de la page.

— Le code-barres. Il est partout. Dans tous les pays.

— Et ?

— Tu sais comment il fonctionne ?

— C'est une référence codée selon des chiffres.

Yael approuva :

— Chaque chiffre de 0 à 9 est codé selon un procédé qui lui attribue une ou plusieurs barres noires d'épaisseurs différentes et une espace blanche plus ou moins conséquente. Pour information, le chiffre 6 est codé par deux barres noires fines, de la même épaisseur, séparées par une espace blanche assez fine.

Thomas vérifia le code-barres du manuel. Les chiffres étaient inscrits au-dessous des lignes parallèles. Aucun six.

Cependant, le code commençait par deux barres fines, le symbole du 6, bien que le chiffre ne soit pas porté. Thomas remarqua le même symbole au milieu du code-barres et à la fin.

— 6, 6, et 6, dit-il en posant son doigt dessus. 666, le chiffre de la Bête.

— Exactement ! Tous les codes-barres ont une règle de construction : le début, le milieu et la fin sont composés du 6. Parfois ces barres qui constituent le squelette du code sont plus longues que les autres, parfois non. Mais elles sont toujours présentes. Il y a en général un chiffre qui précède le code-barres et qui lui n'est pas codé, c'est juste un chiffre seul, d'identification, par exemple en France pour les livres c'est le 9 et ensuite vient le code-barres.

— Et tous les codes-barres du monde sont ainsi ? s'indigna Thomas.

— Le code-barres EAN est le plus répandu, celui qui fait office de modèle, basé sur l'UPC nord-américain. En dehors de la presse, qui est régie par un code à part, presque tous les articles vendus dans nos pays industrialisés ont un code-barres EAN ou UPC, avec les doubles barres fines du 6 au début, au milieu et à la fin.

Thomas se passa la main dans les cheveux, nerveux.

— Comment c'est possible ? Comment les Ombres ont-elles pu imposer la présence du 666 dans tous nos codes-barres ?

Yael désigna l'écran d'ordinateur et le site sur lequel elle naviguait.

— Probablement comme pour le billet de un dollar et tout le reste. Par influence. On prend la décision en haut lieu, et on place des pions aux positions stratégiques. Toi, le journaliste, tu connais la technique du noyautage : on infiltre des éléments à soi dans les institutions à surveiller et ces éléments vont morceler de l'intérieur ladite institution : soit la désorganiser et la détruire, soit en prendre le contrôle.

Yael marqua une pause pour avaler sa salive, avant d'ajouter.

— Le plus fou n'est pas comment ils ont réussi à le faire, mais que personne n'en parle ! Juste quelques sites sur Internet, des illuminés pour la plupart, et c'est tout. Il suffit d'entrer dans n'importe quelle boutique pour regarder les codes-barres et s'en rendre compte.

— Il faut savoir quel est le symbole du 6, ces deux barres fines…

— C'est pas très compliqué. Dire que depuis plusieurs décennies notre commerce s'effectue sous « le sceau de la Bête »… Pourquoi ? Pourquoi les Ombres font-elles ça ? Jusqu'à présent il n'y avait pas de délire eschatologique, pas de prédiction de fin du monde, tout ça semblait très… concret !

— M'est avis que tu ne tarderas pas à l'apprendre. Bon, si on partait, je ne suis pas très à l'aise ici.

Ils se relevèrent et traversèrent la salle.

— Ils sont là, murmura Yael pour elle-même, partout, ils façonnent l'Histoire à leur gré, ils manipulent nos vies, truffent le monde de codes, mais pour quelle raison ?

Elle s'immobilisa juste avant la sortie.

— Attends, je dois vérifier quelque chose.

Cette fois Thomas grogna, mais fit demi-tour avec elle, conscient qu'il était inutile de chercher à la raisonner.

Elle reprit son clavier et pianota de site en site, Chambres de commerce et d'industrie, Registre du commerce, puis, alternant les moteurs de recherche, elle tenta de glaner des informations sur l'entreprise Deslandes, son employeur.

— Que fais-tu ?

— Je… m'assure que je ne suis pas moi-même manipulée depuis longtemps…

Après quelques minutes d'analyse, elle secoua la tête.

— Je ne vois rien chez Deslandes qui puisse, d'une manière ou d'une autre, être rattaché à moi ou aux Ombres. C'est déjà ça.

Elle repoussa le clavier.

— Euh… Tu permets que je regarde à mon tour ? fit Thomas. Tu viens de me donner une idée.

Il procéda de la même manière, voyageant sur les sites administratifs et parmi les archives virtuelles des journaux d'économie.

— Je pense qu'on peut dire sans se tromper que les Ombres sont des gens très puissants, exposa-t-il, dans l'ombre des dirigeants, ou quelque chose de ce genre, non ? Comme s'il y avait en permanence quelqu'un dans l'ombre de celui qu'on croit être le responsable. Eh bien, je voudrais juste adapter ce raisonnement à notre situation et aux éléments concrets que nous avons.

Yael n'était pas sûre de suivre.

— Lesquels ?

— On ne connaît l'identité que de deux personnes pour l'instant.

— Languin et son… commanditaire : Lubrosso.

— Tout à fait. Qui dit que Lubrosso n'avait pas un patron au-dessus de lui ? Et si celui qui commandait Lubrosso était son supérieur hiérarchique ?

— Je croyais qu'il était propriétaire de son entreprise, c'était bien lui le patron de l'usine, non ?

— Ça ne veut pas dire qu'il n'y ait eu personne au-dessus.

Thomas erra de coupures de presse en organigrammes. Après dix minutes durant lesquelles il oublia la surveillance de l'entrée, il posa doucement son doigt sur l'écran.

« … Le rachat par le banquier suisse Henri Bonneviel de la verrerie Lubrosso pour implanter sur le territoire français son… »

Yael parcourut en diagonale l'article qui n'avait d'autre intérêt que de révéler que l'usine faisait partie depuis peu d'un groupe d'investissement appartenant au milliardaire suisse. Elle s'apprêtait à dire que ça ne suffisait pas à tirer la moindre conclusion quant à l'implication de ce banquier genevois, lorsqu'elle aperçut la photo qui illustrait le papier.

Henri Bonneviel souriait à l'objectif dans un costume sur mesure.

Yael prit appui sur la chaise de Thomas pour se soutenir.

Elle connaissait très bien ce Bonneviel.

Sous un autre nom.

50

Henri Bonneviel était un assemblage de paradoxes. Aussi flasque dans son corps que son regard pouvait être ferme et tranchant. Son sourire décontracté était aussi rassurant que le pli de ses lèvres le rendait inquiétant.

Sur la photo du journal, l'homme d'affaires était sûr de lui. Dans la mémoire de Yael, il était timide et maladroit.

Le Shoggoth.

— C'est un de mes clients, lâcha-t-elle sans parvenir à y croire.

Thomas la dévisagea.

— Tu veux dire qu'il ressemble à un de…

— Non, c'est lui ! Plus je le regarde et moins j'ai de doutes. Il n'y a pas deux types comme lui ! Ce… banquier est mon client du vendredi. Celui qui m'achète des yeux en verre.

— Comment ça ?

— C'est un gentil bonhomme qui se fabrique des bijoux avec des yeux de verre, il s'en accroche partout.

— Comme pour dire qu'on n'a pas assez de deux yeux pour tout voir ?

Dans l'éclairage de ces derniers jours, Yael corrigea :

— Comme pour dire qu'on peut se rajouter autant d'yeux qu'on veut, on n'en sera pas pour autant différent, on ne verra pas mieux. Le nombre n'est pas nécessaire…

— … il faut savoir comment regarder.

Yael rejeta la tête en arrière.

— Je n'arrive pas à croire que ce type soit… un banquier.

— Et pas un petit, précisa le journaliste en reprenant le clavier pour creuser le sujet.

Des silhouettes, à peine des ombres à contre-jour, passaient devant la porte vitrée de la salle de jeux.

Thomas débusqua plusieurs informations sur Henri Bonneviel.

La liste des cinquante plus grandes fortunes établie par le magazine *Forbes* s'afficha.

— Il est en trente-septième position.

— Suffisamment riche pour faire ce qu'il veut, sans être sur le devant de la scène, déduisit Yael. Mais pourquoi cet homme s'est-il déguisé depuis… quatre mois, tous les vendredis, pour venir me voir ?

— Il aurait pu te surveiller de loin, donc c'est par… ludisme. Hey, regarde un peu ça !

Il mit en surimpression plusieurs lignes d'un article de presse spécialisée.

« ... pour M. Bonneviel qui vient à Paris tous les vendredis pour le conseil d'administration du groupe Lodvan dont il fait partie, et dont les actifs... »

— Il profitait de ses impératifs professionnels pour te rendre visite, t'approcher. Il voulait te connaître.

— C'est lui qui est derrière tout ce qui m'arrive, n'est-ce pas ? C'est donc lui qui me dira pourquoi. Qui m'expliquera comment ils ont fait pour me rendre dingue au point de voir des ombres dans les miroirs. Pour envahir mon ordinateur. Il vit où à Genève ?

— Yael, je ne crois pas que ce soit une bonne idée…

Elle le coupa froidement.

— Je veux son adresse.

Thomas planta son regard dans le sien et se leva.

— C'est une énorme bêtise, Yael. Je n'approuve pas du tout.

Yael prit sa place et poursuivit l'investigation. Elle ne trouva nulle part l'adresse personnelle du banquier mais rassembla suffisamment d'informations sur ses différents partenaires pour tenter le tout pour le tout dans une bouffée de culot. Elle loua le téléphone du gérant de la salle pour appeler le siège de la banque de Bonneviel. Se faisant passer pour la secrétaire de direction d'une entreprise qui faisait affaire avec le milliardaire suisse, elle obtint l'une des assistantes de Bonneviel et lui fit croire qu'en remerciement de leur dernière transaction son patron souhaitait faire livrer une caisse d'un excellent vin à M. Bonneviel. À son adresse personnelle bien sûr. Henri Bonneviel habitait une villa à Cologny, près du centre de Genève.

Yael recopia les informations et raccrocha.

Thomas l'attendait, impatient de quitter cet endroit qu'ils occupaient depuis trop longtemps à son goût.

Elle exhiba fièrement son bout de papier.

— Je le tiens !

Thomas l'entraîna à l'extérieur sans plus tarder.

— Il est temps de retourner au gouffre, fit-il. Le temps d'y monter et de le rejoindre à pied, il sera fermé.

— Et ce soir, cap sur Genève, ajouta la jeune femme.

Thomas ouvrit la bouche mais réussit à se taire. Inutile d'insister, il commençait à la connaître.

Tout cela allait très mal se terminer. C'était son intuition.

51

Ils étaient garés à moins d'un kilomètre du gouffre du pont du Diable, sous un panneau interdisant formellement de descendre au bord du torrent car le niveau pouvait monter subitement. Le paysage montagnard était celui auquel ils s'habituaient peu à peu : falaises et forêts, mer de végétation et arêtes rocheuses surgissant des flancs cabossés. Un lac gris bordé d'un épais tapis de conifères s'étirait jusqu'au barrage-voûte du Jotty que Yael contemplait avec une admiration teintée d'appréhension. Elle se sentait minuscule à côté de cette masse de béton, et la cuvette qu'il dominait ne lui inspirait pas confiance.

C'était pourtant là qu'ils devaient descendre.

L'air était lourd, électrique. Les nuages bas, charbonneux, faisaient craindre à Yael qu'un orage n'éclate dans la soirée.

Elle espérait être de retour avant, surtout ne pas se trouver dans le gouffre lorsque la pluie déchirerait le ciel.

Thomas passa en premier, trouvant un semblant de chemin qui dévalait jusqu'au pied de l'immense mur lisse. Une fois en bas, Yael contourna une mare formée à la dernière ouverture des déversoirs, évita un tas de troncs pourris et marcha dans les traces de son compagnon qui longeait le petit torrent. Ce dernier occupait à peine la moitié de son lit rocheux.

Les coteaux qui l'encaissaient étaient couverts d'arbustes, de buissons et de rocs que Yael espérait bien arrimés.

À mesure qu'ils progressaient, les parois devenaient de plus en plus escarpées, les emprisonnant au fond d'une tranchée haute de trente, puis quarante et enfin une cinquantaine de mètres.

Yael avait les mains moites. Malgré la présence d'un corridor de ciel anthracite au-dessus de leurs têtes, elle avait l'impression d'être enfermée sous terre. Le fracas assourdissant du torrent ajouta au malaise.

— Thomas, c'est le seul chemin pour repartir ? osa-t-elle demander lorsque l'angoisse fut trop forte.

— J'en ai bien peur…

Elle prenait désormais toute la mesure de l'avertissement qu'ils avaient ignoré en se garant. Cette fichue promenade pouvait se révéler fatale. Si le barrage ouvrait

ses vannes, il n'y aurait aucune fuite possible, ils seraient emportés, écrasés de rocher en rocher.

Les pentes viraient à la roche grise, tandis qu'elles tutoyaient une verticalité parfaite. Il faisait sombre là où ils posaient les pieds. Yael consulta sa montre : 18 h 45.

Le gouffre était à présent fermé au public, personne ne les verrait approcher.

La lumière déclinait très vite. Thomas s'en voulut de n'avoir pas emporté une lampe torche.

Le gouffre s'annonçait dans l'angle d'un virage.

L'écho du torrent frappait les parois en continu.

Yael repéra avec envie les passerelles qu'elle avait arpentées dans la matinée, plusieurs mètres au-dessus d'eux

D'ici la magie du site n'était plus la même.

La contemplation fascinante du vide et de la géométrie chaotique du matin laissait place à une sensation de vertige écrasant. Le gouffre réussissait l'exploit d'étourdir non plus par sa profondeur mais par sa hauteur sans fin et son étroitesse.

— J'avais oublié un détail, pesta Thomas. La marmite de géant est de l'autre côté, il faut traverser.

Groggy par la démesure du paysage, Yael haussa les épaules. Elle était coupable du même oubli, obsédée par sa claustrophobie naissante.

Thomas inspecta le torrent sur une centaine de mètres pour trouver le gué le plus praticable.

— Ici, Yael. Avec un peu d'équilibre ça devrait aller.

— Et si je tombe ?

— Il y a moins d'un mètre d'eau. Tu seras trempée et frigorifiée mais vivante.

Pas sûre d'elle pour autant, elle lui emboîta le pas, en se répétant pourquoi elle était là. Ce qu'elle était venue chercher.

Thomas joua au funambule, sautant de pierre en pierre jusqu'à rejoindre l'autre rive sans problème. Yael l'imita, avec plus d'assurance et de facilité qu'elle ne l'aurait cru.

Ils étaient sous le pont du Diable, et elle s'étonna de la brusque obscurité.

La falaise se creusait à cet endroit, plusieurs plates-formes naturelles se succédaient au-dessus du torrent. Des marches avaient été taillées dans la pierre à l'époque des premières visites, plus d'un siècle auparavant, pour passer de l'une à l'autre afin de surplomber le panorama. Des marmites de géant perçaient les terrasses, comme les souvenirs d'un bombardement intense.

Yael repéra la plus grande, celle qui les intéressait, et s'en approcha.

Il y eut alors un énorme choc sonore, comme un coup de canon. Le gouffre tout entier résonna lourdement. L'image d'un géant frappant la montagne de son marteau de guerre s'imposa dans l'esprit de Yael.

Puis le grondement roula à nouveau, depuis les nuages jusque dans la vallée, dévalant les pentes et faisant trembler sur son passage tout ce qui ressemblait à un être vivant.

L'orage éclatait.

52

Les premières gouttes de pluie mirent un certain temps avant de s'infiltrer dans le gouffre. Yael sauta dans la marmite de géant, ses baskets éclaboussèrent Thomas qui surveillait au bord du trou, un mètre plus haut.

Yael s'accroupit pour fouiller entre les pierres qui s'étaient entassées dans la cuvette avec les années. Une flaque stagnait au milieu, alimentée par le torrent lorsqu'une vaguelette se soulevait assez haut en heurtant la roche.

La bassine géologique faisait moins de deux mètres de diamètre, tout en arrondis, parfaitement polie par les millénaires. Yael remarqua un entassement de cailloux plus conséquent au centre, comme un petit cairn.

Elle plongea les mains dedans. Les galets étaient froids, ils roulèrent en s'entrechoquant.

Le tonnerre claqua à nouveau et cette fois une pluie grasse se mit à fouetter la pénombre.

Yael sentit du plastique sous ses doigts, et un objet dur.

Un éclair illumina le gouffre, plaquant sur le couple l'ombre du pont du Diable.

La pluie devint plus drue qu'une douche.

Yael tira sur ce qui l'attendait depuis la nuit précédente.

C'était une pochette transparente contenant un rouleau de papier.

La foudre s'abattait sur la montagne, en même temps que le grondement furieux de la tempête.

Yael tenait un nouveau message dans la main.

Et un revolver.

— Il faut y aller ! cria Thomas par-dessus la pluie battante et le vacarme du torrent.

Yael se retourna, levant bien haut la pochette.

Thomas resta à la regarder, l'eau ruisselant sur son visage.

— Prends tout, finit-il par crier, on verra plus tard.

Ils s'empressèrent de quitter la berge par le gué qui commençait à s'animer. La pluie s'engouffrait maintenant dans la faille avec énergie, elle claquait contre les parois. Thomas et Yael furent rapidement trempés.

Le journaliste saisit Yael par la main et l'entraîna en courant en sens inverse, pour remonter vers le barrage avant que le torrent ne s'énerve.

Le ciel n'était plus qu'un plafond bas d'un gris-noir uni. Il faisait presque nuit, chaque foulée appelait la vigilance pour ne pas risquer de se briser la cheville.

Le déluge inondait le pays, se déversant avec une rage telle qu'il occultait la vue, plombant l'horizon d'un rideau qui mangeait les montagnes.

Yael lâcha la main de son compagnon pour rabattre ses cheveux mouillés en arrière, loin de son visage. Ils n'avaient pas fait un quart du trajet et déjà les eaux bouillonnaient, léchant leurs semelles.

Un éclair vint rompre le carcan obscur qui se resserrait sur la vallée. Le tonnerre cogna entre les pentes.

Yael avait les pieds dans l'eau. Ils couraient toujours.

Elle n'entendait ni ne voyait plus rien, ses sens saturés jusqu'à l'extrême. Elle ne faisait que poser un pied après l'autre, le plus vite possible, en prenant garde de ne pas perdre l'équilibre.

La foudre flashait régulièrement, accompagnée de son colosse rugissant. Et le torrent ne cessait de grossir et de prendre de la vitesse. Il n'était plus qu'un flot d'écume jaillissante.

Ils couraient, les mollets fouettés par les assauts de plus en plus violents des vagues.

Il surgit alors du voile opaque. Monumental.

Le barrage s'arrachait à la terre juste devant eux.

Et Yael remarqua les taches noires et mouvantes qui apparaissaient et disparaissaient en rythme entre les arches du sommet.

Le niveau du torrent allait exploser d'un instant à l'autre.

— Vite ! hurla Yael. Il faut sortir de la cuvette !

Thomas chercha le sentier par lequel ils étaient descendus.

Des dizaines de rigoles boueuses coulaient à toute vitesse entre les rochers et les buissons. Il ne le retrouvait pas.

Pris par le temps, il s'élança au hasard dans la montée, débusquant mètre après mètre leur parcours.

Des pierres roulaient en rebondissant le long de la pente.

Thomas errait à tâtons, s'agrippant d'une main où il le pouvait et aidant sa cuisse malmenée de l'autre main. Yael le suivait, esquivant les coulées glissantes qui manquaient de la faire chuter.

Ils parvinrent à la route, puis au parking, à bout de souffle.

Une fois à l'abri dans la voiture, ils se turent, occupés à récupérer, bercés par la cacophonie qui s'abattait sur le pare-brise et les *flop* cadencés de leurs vêtements qui gouttaient abondamment.

Yael rouvrit les yeux après une minute. Elle frissonnait.

Les dieux s'affrontaient devant eux.

À grands coups de flèches embrasées qui irisaient le grand néant au milieu duquel flottait la voiture.

Des glaives flamboyants s'acharnaient sur la terre, des lances aux racines noueuses, brillant dans les ténèbres comme la mort.

Elle réalisait, à vingt-sept ans, qu'elle n'avait jamais assisté à un orage en pleine montagne.

Les hampes de l'Enfer sondaient ce monde fuligineux. Elles lançaient leurs décharges à l'instar de tentacules effrayants, la tempête se déchirait, laissant apparaître sa véritable forme : celle d'une pieuvre noire couvant ces sommets et ces gorges.

— Ça va ? demanda Thomas en frissonnant lui aussi.

Yael lui sourit. Elle se savait en sécurité dans le véhicule, même en cas de foudre, ses pneus l'isolaient du sol et l'habitacle ferait office de cage de Faraday. Du moins espérait-elle que ses souvenirs de physique étaient corrects.

— Alors ? dit-il. On voit ce que c'est ?

Le sachet en plastique reposait sur ses cuisses.

Le revolver.

Délicatement, elle ouvrit l'emballage et prit le rouleau de papier en prenant soin de ne pas toucher l'arme. Elle le déroula, sachant qu'ils tenaient peut-être là un moyen d'intercepter les Ombres s'ils se dépêchaient.

Le texte était manuscrit, de la même écriture serrée et alambiquée, presque gothique, que celle du message de la bouteille.

« Le mensonge est un des ciments de l'Histoire. Volontaire ou par omission. Toutes les familles ont un secret. Toutes. Ignoré par la plupart. Ces secrets de famille reposent sur le mensonge.

« Que savez-vous de votre famille, Yael ? Qu'ignorez-vous ? Les fantômes ne hantent que ceux qui peuvent les voir. Avez-vous vu le vôtre, sous la surface des apparences ?

« Certains savent. Il y en a toujours qui savent. La gorge du Diable est le puits des mensonges, mais si vous lui donnez votre âme, le diable parle toujours... »

La pieuvre de lumière déplia une dernière fois ses tentacules et, peu à peu, glissa vers l'est.

53

Yael lut et relut le texte jusqu'à le connaître par cœur. Elle commençait à se familiariser avec la rhétorique des Ombres.

Le sens des phrases, sibyllines en apparence, lui apparaissait de plus en plus vite.

Cette fois, les mots lui faisaient mal. Ils ne lui nouaient plus seulement les tripes, ils frappaient à l'estomac, touchaient au cœur.

« Que savez-vous de votre famille, Yael ? Qu'ignorez-vous ? »

— Montre-moi, dit Thomas en prenant le texte.

Yael se massa les tempes.

— Ce coup-ci, on y est, murmura-t-elle.

Thomas se souleva sur son siège pour lui faire face.

— J'ai peur que… l'heure de vérité ait sonné. Tu… Que sais-tu sur tes proches ?

Yael secoua la tête.

— Rien qui soit douteux. C'est ça qui ne colle pas. J'ai l'impression qu'on se fout de moi !

Thomas l'observait, n'osant rien dire. Il attendit qu'elle accepte l'évidence. La démarche des Ombres n'avait rien d'une plaisanterie, et tout ce qu'elles avaient entrepris jusqu'à présent avait révélé la réalité du monde.

La colère de Yael retomba aussitôt. Elle savait.

— Il faut… Il faut procéder dans l'ordre, annonça-t-elle.

Je me fais à leur écriture, je m'habitue à leurs tournures. D'abord le premier paragraphe.

Elle le lut à voix haute :

— *« Le mensonge est un des ciments de l'Histoire. Volontaire ou par omission. Toutes les familles ont un secret. Toutes. Ignoré par la plupart. Ces secrets de famille reposent sur le mensonge. »*

— Rien de particulier, aucun sens symbolique, c'est de l'explicatif.

— C'est un moyen de te rappeler que tu ignores probablement… ton secret de famille, non ?

Yael approuva sombrement.

— Second paragraphe… *« Que savez-vous de votre famille, Yael ? Qu'ignorez-vous ? Les fantômes ne hantent que ceux qui peuvent les voir. Avez-vous vu le vôtre, sous la surface des apparences ? »*

— *« Sous la surface des apparences »*, c'est le lac.

— Et mon fantôme est ce cadavre dans la maison engloutie…

Yael prit une profonde inspiration pour se donner du courage. Elle savait que ce squelette n'allait pas cesser de la hanter.

— Et pour finir : *« Certains savent. Il y en a toujours qui savent. La gorge du Diable est le puits des mensonges, mais si vous lui donnez votre âme, le Diable parle toujours… »* Il nous faut trouver ceux qui savent.

— Ton fantôme date de 1943, la formation accidentelle du lac. On cherche sûrement une personne âgée.

— *« La gorge du Diable est le puits des mensonges, mais si vous lui donnez votre âme, le diable parle toujours… »*, répéta Yael.

Elle décrypta sans peine la signification de cette dernière phrase.

— Personne ne voudra parler, ou bien on nous mentira. Sauf si je suis sincère. Je dois dire qui je suis. J'ai peut-être des ancêtres qui ont vécu dans la région.

— Tu sais quoi de tes parents ?

Yael soupira.

— On sait toujours tout et rien de ses parents. On ne sait que ce qu'ils ont bien voulu nous dire. Et c'est encore pire pour les grands-parents et ainsi de suite ! Il n'y a pas de grand mystère, juste des drames. Ma mère s'est tuée dans un accident de voiture il y a quatre mois. Mon père était orphelin, voilà ! C'est ça nos grands secrets de famille !

Thomas secoua la tête doucement. Il se rappelait les confidences de la jeune femme lors de leur premier dîner.

Yael baissa le ton, calmant sa colère grandissante.

— Excuse-moi. C'est juste que… Mes parents étaient des êtres bons. Le souvenir de ma mère me fait mal depuis qu'elle n'est plus là. Et mon père est un homme bien, il ne mérite que de belles choses, tu comprends ? Je ne veux pas qu'on vienne les salir ou me polluer le crâne avec des trucs qui… ne me regardent pas.

— Peut-être que ça n'a rien à voir avec eux, tu sais.

— En fait il n'est pas vraiment orphelin, il n'entretenait pas de bons rapports avec sa mère et il n'a presque pas connu son père, il est mort lorsqu'il avait un an.

— Je peux te demander comment ?

— On ne sait pas. C'était la guerre. Il est parti un matin pour travailler, il n'est jamais revenu. Sa femme a toujours soupçonné les Allemands, sans jamais le prouver.

— Tu sais où ils vivaient ?

— Ma grand-mère n'aimait pas en parler, c'était douloureux pour elle. Je sais juste qu'ils ont grandi dans la région lyonnaise.

Thomas prit le temps de rassembler les informations. Il craignait d'avoir compris qui était ce cadavre déliquescent qu'ils avaient libéré.

— L'énigme parle des gorges du pont du Diable, rappela Yael, je crois que celui ou ceux qui savent sont ici même. Si tu veux bien, j'aimerais qu'on aille voir, j'ai vu une maison en face de l'entrée des gorges ce matin.

Thomas acquiesça et mit le contact, pendant qu'elle enfournait le sachet avec l'arme dans son sac à dos.

Ils roulèrent à peine un kilomètre avant d'aller se garer à nouveau, sous un vieil hôtel en pierre, les essuie-glaces en action.

Yael alla frapper à la porte, s'abritant de la pluie sous le porche. Une petite étiquette racornie au nom de MALINVAL pendait au-dessus de la sonnette cassée.

Un vieil homme vint ouvrir le battant de bois et fronça les sourcils en apercevant le couple trempé.

— Eh bien… l'eau ça fait pousser que les plantes, vous savez !

Yael lui rendit un sourire aimable.

— Monsieur, je… Je m'appelle Yael Mallan, je suis désolée de vous déranger maintenant. J'ai besoin de vous poser quelques questions.

Le vieillard la regarda avec insistance, puis se recula.

— Entrez, entrez.

Ils pénétrèrent dans un salon rustique où flottait une odeur chaude de bouillon, réveillant l'appétit de la jeune femme.

— C'est surtout d'une serviette dont vous avez besoin, dit leur hôte.

Il leur en tendit une, délavée par les années.

— Monsieur…, commença Yael.

— Je m'appelle Lucien.

Il ouvrit un buffet poussiéreux pour en sortir une bouteille de génépi dont il servit trois verres.

— Ça va vous préserver du rhume, expliqua-t-il.

— Pardonnez cette question, mais y a-t-il beaucoup de personnes qui vivent ici ? Je veux dire autour du gouffre du Diable ? Des personnes qui… des personnes qui sont là depuis longtemps.

— Y a moi. Et puis les autres fermes, plus loin.

Les Ombres avaient précisé la gorge du pont du Diable. C'était ici, pas à dix kilomètres.

— Lucien, je suis confuse d'être aussi franche, mais je recherche des informations. Probablement en rapport avec ma famille.

Il évita son regard en buvant une gorgée de liqueur.

— Je m'appelle Mallan, ça vous dit quelque chose ?

Cette fois il la fixa intensément. Puis il guetta Thomas.

— Vous devriez en parler avec votre famille, conseilla le vieil homme.

— Pour ce qu'il en reste, on ne peut pas dire qu'elle soit… bavarde.

— Je l'ai déjà dit à votre… père, je suppose. C'est une vieille histoire qui n'a pas besoin d'être remuée.

— Mon père est venu ici ?

— Je pense que c'était lui. Un M. Mallan, la cinquantaine.

Yael palpa aussitôt sa salopette à la recherche de son portefeuille. Il était dans son sac à dos, à ses pieds. Elle en tira une photo de famille avec ses parents et elle.

— C'est lui ?

Lucien Malinval secoua la tête.

— Non. Mais il m'a dit s'appeler François Mallan. C'est pas un nom que j'oublierai de toute ma vie.

Yael leva sur lui des yeux contrariés. François Mallan était le nom de son père.

54

Thomas vit Yael se raidir. Il devina que quelqu'un s'était fait passer pour son père afin de faire parler le vieil homme.

— C'était il y a combien de temps ?

— Je sais pas bien… à l'été dernier je dirais, peut-être bien en juin ou juillet, il y a plus d'un an.

Yael s'efforça de ne pas perdre le fil de la conversation malgré sa surprise. Les Ombres la traquaient depuis longtemps.

— Monsieur Malinval, c'est important pour moi, que lui avez-vous dit ?

Le vieux montagnard termina son verre, visiblement embarrassé.

— Je préférerais éviter.

— C'est important pour moi, répéta-t-elle. J'ai besoin de savoir.

— Personne n'a besoin de savoir ces choses-là, croyez-moi.

Elle lui prit la main et plongea en lui son regard éploré.

— Je ne vous créerai pas de problèmes, c'est juré. Je dois savoir. C'est ma famille, supplia-t-elle.

Il reprit sa main pour faire tourner le verre sur la table. Sa bouche s'ouvrit puis se referma. Il n'avait pas de lèvres, comme si le temps les lui avait mangées. Il jeta un bref coup d'œil vers la photo noir et blanc d'une femme en robe et tablier qui trônait sur le vaisselier.

— Je vais vous le raconter parce que tous les protagonistes de cette affaire sont morts aujourd'hui, cependant je ne veux pas d'ennuis, c'est d'accord ? Je ne dirai rien à la gendarmerie, moi. Et je ne veux plus en entendre parler après.

Elle acquiesça et il prit une profonde inspiration. Aussi profonde que s'il devait descendre loin en lui, puiser dans la mine acide de sa mémoire.

— Y avait des Mallan qui vivaient dans la région autrefois. Au hameau de Malatraix, c'est un village qui n'existe plus.

— Il a été emporté par le glissement de terrain de 1943, nous y sommes allés.

Lucien Malinval l'observa avec minutie, comme si elle venait subitement de surgir sous ses yeux. Il approuva :

— C'est ça. Le gars, Armand Mallan, c'était pas un boute-en-train, pas plus que sa femme.

Yael échangea un bref regard vers Thomas.

« Mes grands-parents », lut-il sur ses lèvres.

— Pendant la guerre, il y avait pas mal de maquisards dans la région, des enfants du pays qui n'aimaient pas trop les Allemands et qui profitaient de la montagne pour se cacher. Et Mallan, il était plutôt du genre milicien, il avait de la sympathie pour Vichy, je crois. Il a fait des choses pas reluisantes. Il a dénoncé plusieurs maquisards. Des hommes des alentours, et même des adolescents. Il y a eu des morts. Des fusillés. Et lui, il s'en est bien tiré. Tout ça n'a pas beaucoup plu, déjà qu'il n'était pas bien apprécié avec ses manières. Dans les garçons qu'il a trahis, il y en avait de Malatraix, avec de la famille encore vivante au village, ça lui a causé de gros tracas. Mais les miliciens l'avaient à la bonne, alors personne n'osait rien faire, de peur des représailles. En 43, quand il y a eu l'éboulement, j'habitais avec mon frère dans la scierie plus haut, sur la montagne. C'est nous qui avons vu les premiers la coulée de boue et les troncs qui dévalaient la pente. Dans la nuit, notre chambre a été traversée par la vague.

Ses yeux abîmés par les décennies brillaient à l'évocation de ces souvenirs lointains.

— Dans la vallée, on s'est organisés les jours suivants. On a préparé le départ. Mais ça a donné des idées à des gens. Un soir, j'ai vu les hommes du hameau se rassembler pour aller chez les Mallan. Il en avait fait des grossièretés, le Mallan, il avait du sang sur la conscience, mais ce qui s'est passé cette nuit-là valait pas mieux. Y a eu du grabuge dans la maison, avec la femme Mallan qui criait et tout. J'ai entendu, j'étais avec mon frère. Des hommes sont ressortis avec l'œil vicieux, si vous voyez ce que je veux dire. Ils portaient le père Mallan. Sa femme et son fiston sont restés à l'intérieur. Ils ne voulaient que le traître. Ils ont parlé d'utiliser la ferme qui commençait à être inondée. Et puis je suis rentré avec mon frère. On en avait assez entendu.

Il se resservit un verre et le but d'une traite.

— S'il est encore quelque part, Armand Mallan, c'est sous le lac, conclut-il. C'est pas une belle histoire, mademoiselle, mais ne jugez pas. C'était un autre temps. C'était pas comme aujourd'hui.

Yael n'avait aucune envie de juger.

Elle assistait avec une analyse presque suspicieuse à son propre détachement. Curieusement, elle n'éprouvait aucune émotion. L'homme qui était venu ici sous l'identité de son père n'était qu'un menteur, assurément à la solde des Ombres. Son propre père n'avait jamais eu vent de cette sinistre histoire. N'ayant jamais connu son grand-père, elle n'éprouvait pas la moindre peine à parler de sa mort, et l'homme qu'il avait été ne méritait pas d'apitoiement, malgré sa disparition tragique. Elle comprenait mieux maintenant pourquoi sa grand-mère était cette femme acariâtre et peu bavarde, pourquoi elle avait menti sur leurs origines, cachant qu'ils avaient vécu ici.

— Ce François Mallan qui est venu vous voir, que vous a-t-il dit ? s'enquit-elle.

— Il m'a expliqué que ses parents avaient vécu là, autrefois. Que sa mère était morte depuis peu et qu'il avait trouvé dans ses affaires des documents qui mentionnaient leur passage dans le pays. Il voulait pouvoir faire un trait sur son passé, il voulait savoir pourquoi on ne lui en avait jamais parlé. Il venait de questionner pas mal de monde dans le coin, sans qu'on puisse le renseigner. Jusqu'à moi.

— Vous lui avez répété tout ce que vous venez de me confier ?

— C'était pas mon intention au départ. J'ai commencé par lui dire que c'était vrai. Ses parents avaient vécu ici pendant quelques années. Jusqu'en 43. Après quoi ils étaient partis on ne sait où. Mais il a insisté. Il avait besoin de savoir. Je lui ai dit que je ne les connaissais pas bien, j'étais jeune à l'époque. On a causé tous les deux. Il voulait comprendre. Il m'a fait parler.

Le menton du vieil homme se contracta un instant. Yael comprit qu'aussi douloureux que fussent ces souvenirs, Lucien Malinval éprouvait un certain besoin de les exprimer ; les partager, c'était les exorciser. Il avait accepté de tout lui dire sans vraiment rechigner parce qu'il en ressentait le désir.

— Ça me faisait du bien de partager tout ça, confirma-t-il aussitôt. Et lui, comme ça, il savait. C'était peut-être pas très beau, mais c'était mieux qu'il sache. Il ne m'a pas demandé de noms, rien. Il voulait juste savoir.

— Il n'a pas cherché à connaître des détails en particulier ?

— Non. Enfin si, il s'interrogeait sur la ferme inondée. Il se demandait s'il était possible que le corps de son père soit encore là-bas. J'ai pas su lui répondre. Personne ne sait, et plus personne ne voudrait savoir.

Yael tenta de mettre de l'ordre dans les pensées qui

l'assaillaient. Comment les Ombres avaient-elles pu venir jusqu'ici ?

À la mort de ma grand-mère, au printemps, il y a un an et demi. Elles ont réussi à pénétrer chez elle, à fouiller dans ses papiers, à violer ses souvenirs.

Cela signifiait que ça n'était pas seulement elle, Yael, qui était sous surveillance, mais toute sa famille. Une idée insoutenable lui vint à l'esprit concernant l'accident de sa mère. Elle la chassa aussitôt, avec une violence aveugle.

Les Ombres se sont introduites chez ma grand-mère, avides de n'importe quelle information. Elles ont l'habitude de ça. Elles savent qu'il faut toujours fouiller, remuer le passé des familles pour remonter à la surface un secret bien gardé.

Peut-être avaient-elles fait de même avec chaque membre de la famille ? Creusant sans arrêt, sans rien trouver de probant, jusqu'à ce moment. Elles devaient se montrer patientes et acharnées pour espérer obtenir un résultat.

Les Ombres avaient ensuite organisé une plongée discrète pour voir si le cadavre y était encore. Elles avaient découvert la malle, peut-être l'avaient-elles même remontée à la surface pour pouvoir y mettre la bouteille au message sans abîmer le squelette ?

Depuis combien de temps surveillaient-elles Yael ?

Un an et demi ? Deux ans ?

Cela lui semblait fou. Pourquoi témoigner d'un investissement pareil ? En moyens, en hommes, en énergie ? Qu'avait Yael de si particulier pour les intéresser à ce point ?

Henri Bonneviel détenait sûrement la réponse.

Son pied heurta son sac et quelque chose de lourd à l'intérieur.

Elle se remémora le revolver.

Il aurait son utilité avant la fin de cette histoire.

BLOG DE KAMEL NASIR. EXTRAIT 8.

On peut sourire à la lecture de mes mots, me traiter de paranoïaque, de conspirateur, certes. Mais je ne fais que mettre bout à bout les informations qui traînent. Allez-y, prenez votre ordinateur et allez sur Internet. Faites quelques recherches sur ces « délires », et vous constaterez qu'ils sont bien réels. Consultez les archives des journaux sérieux. Interrogez quelques historiens bien documentés. Fouillez. Vous verrez.

Mais soyez prudents, car comme dans les films (!), il arrive qu'en voulant raconter la vérité, on finisse par avoir des problèmes.

Je pense à l'agent de la CIA Robert Baer qui décida enfin d'aller devant le Congrès américain pour leur expliquer comment tout fonctionnait, notamment la puissance des lobbies dans la politique du pays. Non seulement le Congrès ne l'a pas écouté, mais le procureur l'a même dissuadé de revenir en le menaçant. Le jour où Baer témoignait devant le Congrès, son appartement fut « visité » sans que le voleur prenne quoi que ce soit. Peu à peu, l'enquête instaurée par Baer sur le fonctionnement de l'administration s'est retournée contre lui. Jusqu'à ce qu'on lui demande d'accepter d'être examiné par un expert-psychiatre. Effrayé à l'idée de ce qui pourrait suivre, Baer décida d'abandonner toutes ses poursuites et l'enquête fut stoppée.

Plus sinistre encore, je pense à des hommes comme

James Hatfield. Auteur d'un livre très documenté sur la famille Bush. Il a été menacé de mort, publiquement de surcroît (l'erreur est humaine !), par deux proches de Bush. Et il a été retrouvé mort le 18 juillet 2001. Officiellement, il se serait suicidé. Il dénonçait, entre autres, les liens des Bush avec les Ben Laden. Faites quelques recherches sur lui. Sur John Arthur Paisley et sur tous les autres « suicidés » qui jalonnent l'histoire de la Maison-Blanche depuis longtemps. Comme Marilyn Monroe, la plus célèbre, dont un ancien procureur vient de dévoiler les notes et confessions à son psychiatre, révélant qu'elle n'avait absolument pas ce « penchant suicidaire » mis en avant par les autorités de l'époque pour légitimer son soi-disant suicide aux barbituriques. Au contraire, elle fourmillait de projets, elle était motivée pour les mois à venir, pas candidate à sa destruction pour un sou. Seulement voilà : Marilyn fréquentait de trop près des personnalités influentes dont les Kennedy, elle en savait trop, et n'était pas du genre à taire un secret toute sa vie. Quelque part, des gens craignaient qu'elle puisse parler. On l'a endormie pour toujours, et avec elle, la méfiance de tout un peuple.

Et si la paranoïa était devenue vertueuse ?

Dans un monde d'ultracommunication manipulée, où les peuples sont gouvernés et orientés par les mensonges d'une poignée d'individus qui ne servent que leurs propres intérêts, la paranoïa ne serait-elle pas l'instrument de survie moderne ?

Je rencontre bien des gens sur le net. Beaucoup considèrent la race humaine comme un troupeau de moutons qui paît sagement, chaque être faisant comme tous les autres sans se soucier de ce qui l'entoure ou de la direction dans laquelle il va. Parmi celles et ceux qui parlent ainsi, certains sourient à mes propos, je les appelle les « chiens de berger » car ils pensent avoir suffisamment de connaissances et d'intelligence pour manœuvrer au-dessus du troupeau. Ils pensent être assez fins pour ne pas se faire manœuvrer eux-mêmes. L'intelligence n'a rien à voir là-dedans.

C'est de la vigilance qu'il faut. Et cette touche de paranoïa désormais salvatrice.

Ils me disent que tout ça c'est le problème des Américains. Que Bush ne sera bientôt plus là de toute façon. Et qu'en France on n'a pas ces problèmes-là.

Faux. Faux. Et faux.

Ne méprisons pas les vies sous prétexte qu'elles sont loin de nous. Ne méprisons pas la liberté sous prétexte que la nôtre n'est pas menacée. Car la liberté des nations et des peuples est un jeu de dominos fragile. Les forces en action aujourd'hui ont bien compris que faire trébucher les dominos était trop risqué, alors elles les laissent debout, tout en suçant leur moelle de l'intérieur pour ne laisser que des enveloppes vides.

Et la France n'échappe pas à la règle.

Derrière tous les prétextes possibles, derrière des statistiques tronquées ou des faits sortis de leur contexte, on peut nous faire accepter bien des choses, bien des lois, bien des mesures restrictives.

La géopolitique moderne n'est qu'une vaste tapisserie sans cesse en construction. Tirer un fil quelque part a des conséquences sur l'œuvre tout entière. Parfois bien plus dramatiques qu'on ne l'imaginerait de prime abord.

La France est comme tous les autres pays, elle couve ses mensonges, elle drape ses secrets habilement, voilà tout. Il suffit de creuser.

Ne soyons pas aveugles ou méprisants sous couvert d'une certaine finesse.

J'invite tout le monde à cultiver, au contraire, son jardin de paranoïa.

C'est aujourd'hui la seule clé pour comprendre réellement le monde.

55

L'Opel se frayait un chemin de lumière sous la pluie qui couvrait la montagne d'une brume grise.

Yael et Thomas avaient profité de l'hospitalité de Lucien Malinval pour se sécher et se changer avant de reprendre la route de Thonon-les-Bains. Yael était partagée entre la déception et une excitation froide. Ils étaient allés au bout des messages laissés par les Ombres sans trouver de suite précise. De toute évidence, le vieux montagnard n'avait rien à faire dans leur histoire, sinon son rôle de témoin.

Où Yael devait-elle aller maintenant ?

Les Ombres ne savaient pas qu'elle avait démasqué le Shoggoth.

Henri Bonneviel était-il le sommet de l'organigramme ? L'œil omniscient en haut de la pyramide tronquée du billet de un dollar ?

Bien qu'elle se sût près de le confondre, Yael se sentait désemparée. Que voulaient les Ombres ? Pourquoi l'avoir amenée jusqu'ici ? Lui dévoiler l'histoire de sa famille avait une finalité qu'elle ne cernait pas.

— Je ne comprends pas pourquoi elles nous ont entraînés si loin, avoua-t-elle tandis que Thomas conduisait.

Il se concentrait sur la route tortueuse.

— N'oublie pas de remettre *ton* histoire dans le contexte, fit-il remarquer. Les Ombres font l'Histoire.

Yael analysa le sens qu'elle pouvait donner à ce qu'elle vivait en le replaçant dans un contexte plus large.

— Toutes les familles ont leurs secrets, c'est bien ce qu'elles ont dit. Bâtis sur des mensonges. Tout comme l'Histoire. Comment pourrions-nous prétendre connaître l'Histoire si nous ne connaissons même pas notre propre histoire ? Ce serait ça ?

— Oui. Elles prouvent également qu'elles ont un pouvoir sans fin, qu'elles connaissent jusqu'à ta propre intimité. Les Ombres sont capables de tout, même de déterrer un secret de la famille inconnu par la plupart de ses membres.

Il s'appliqua à passer l'épingle délicate de la route mouillée, et ajouta :

— Ou peut-être qu'elles veulent dire : Regarde ce qui se produit à ton échelle, et compare à l'échelle humaine, planétaire, c'est pareil. Le micro et le macro. Toujours dans leur dynamique du « ouvre les yeux ». Je crois que c'est un peu tout ça en fait.

— Mais pour aller où ? Pour faire quoi ? Et pourquoi moi ? Qu'est-ce que j'ai de spécial ?

Elle secoua la tête et essaya de contempler le paysage derrière l'obscurité. N'y parvenant pas, elle baissa le pare-soleil, son visage apparut dans le miroir.

Ses lèvres épaisses, ses yeux si clairs sous une chevelure de jais.

— C'est beaucoup d'efforts pour une petite personne, ajouta-t-elle.

Elle repensa aux premiers mots des Ombres :

« Nous sommes de l'autre côté. Dans les ombres. Ceux de l'autre côté des miroirs. Nous sommes partout. Vous devez savoir. Être avec nous. Fouillez. Comprenez. C'est important pour vous. Croyez. Et vous serez prête. »

Ils étaient de l'autre côté du système, là où se trouvait le pouvoir. Cachés sous les apparences. Et elle serait prête pour quoi en fin de compte ? Pour la révélation finale ?

Thomas la sortit de ses songes :

— Il faut qu'on appelle Kamel. On s'arrêtera avant l'hôtel.

— Non, on fonce sur Genève.

— Yael, là, le danger est trop considérable. On ne sait rien de ce Bonneviel.

— Jusqu'à présent je t'ai toujours écouté, et tu avais raison. Cette fois, c'est moi qui prends le risque. (Elle se tourna vers lui pour préciser :) Je comprendrais que tu ne m'accompagnes pas cette fois.

— Ne dis pas d'idioties. Tu sais très bien que je ne te lâcherai pas. Mais je n'approuve pas. C'est beaucoup trop tôt. Tu es fatiguée, sous l'emprise de la colère et…

— Je ne suis pas en colère. Je veux savoir. C'est tout. Cap sur Genève, Thomas.

La route bordait le lac Léman qui disparaissait sous l'orage toujours présent. Des trouées miroitantes surgissaient de temps à autre, le faisant ressembler à un poisson formidable, échoué dans le brouillard.

Ils avaient passé la frontière sans être contrôlés, au grand soulagement de Thomas qui n'avait cessé de dire à Yael que c'était jouer avec le feu. Leur dîner consista en un sandwich-club dans une station-service et une canette de soda.

La pluie se calma dans les faubourgs de Cologny, pour n'être plus qu'une bruine constante. La voiture tourna longtemps dans le quartier qui leur avait été indiqué cinq minutes plus tôt dans une pharmacie. Ils se perdaient sans arrêt. Thomas stationna devant un petit hypermarché, juste avant sa fermeture, le temps que Yael coure acheter un plan de la ville.

— Je vais essayer de joindre Kamel pendant ce temps, prévint Thomas qui s'accapara la cabine téléphonique.

La jeune femme revint étudier sa carte au sec pendant que son compagnon patientait à côté du combiné, espérant qu'il allait sonner. N'ayant pas de réponse après dix minutes, il abandonna pour reprendre le volant, et ils trouvèrent enfin la longue rue où vivait Henri Bonneviel.

Des haies de troènes cloisonnaient les villas, nichées à l'abri des curieux. C'était un secteur chic et désert où les voitures de luxe voisinaient avec des piscines interminables aux architectures les plus extravagantes.

— C'est ici, indiqua Yael lorsqu'ils dépassèrent un portail en bois.

Elle se démit le cou pour apercevoir un bout de la demeure.

— Il y a de la lumière chez lui.

Thomas ne s'était pas arrêté, il roulait doucement, longeant le parc.

— Et quel est ton plan ? On va sonner chez lui ? On s'invite pour exiger des explications ?

— Continue, je préfère que la voiture soit loin pour ne pas qu'on nous remarque ; tiens, tourne là pour prendre la rue qui descend.

Il obéit et ils s'installèrent dans une allée parallèle en contrebas d'où ils jouissaient d'une vue idéale sur toute la maison de Bonneviel. Elle était construite sur pilotis de ce côté, plusieurs fenêtres étaient illuminées ainsi que la grande terrasse dominant la vue sur le lac.

— Et maintenant ?

Yael se pencha pour examiner l'extérieur.

— On attend un peu, le temps de voir s'ils sont nombreux.

Thomas posa les mains sur le volant et inspecta ce qu'il distinguait de l'immense parc qui grimpait sous les pieds métalliques de la villa.

Il n'y voyait personne. Ni même aucune caméra de surveillance.

Yael guetta l'horloge du tableau de bord.

23 h 10.

Que devait-elle faire ? Attendre qu'il dorme pour s'introduire chez lui ? Tout prenait soudain une démesure qu'elle ne maîtrisait plus. Elle qui, une semaine plus tôt, n'avait jamais été arrêtée par la police, en était à présent à vouloir entrer par effraction chez un banquier suisse.

Elle contempla encore une fois la propriété du milliardaire. Énorme, plantée dans la colline comme une rampe de téléphérique.

Il fallait peut-être attendre encore. Que les lumières s'éteignent.

Une heure passa.

Il ne pleuvait plus.

Yael finit par ne plus y tenir. Elle prit son sac à dos qu'elle enfila sur ses épaules. L'arme était dedans.

— Je monte voir.

Thomas allait tourner la clé pour lancer le moteur lorsqu'elle l'en empêcha :

— À pied, je préfère. C'est plus silencieux.

Thomas sortit pour l'accompagner avant même qu'elle lui propose de l'attendre.

Ils gravirent la pente sur le trottoir détrempé, longeant le mur d'arbustes mitoyens. Une fois au portail, Yael sonda l'interphone. Un rectangle noir trahissait la présence d'une caméra de contrôle lorsqu'on pressait le bouton d'appel. Elle vérifia qu'ils étaient seuls dans la rue et se hissa sur le montant de bois, sous le regard ébahi de Thomas. En un instant elle était passée de l'autre côté.

— C'est pas vrai ! pesta-t-il avant de l'imiter.

De l'autre côté, un gazon parfaitement entretenu entourait la villa, et une allée serpentait jusqu'au triple garage qui la flanquait. Des lampadaires d'un mètre de hauteur balisaient le chemin à suivre jusqu'à l'entrée.

— Réfléchis bien à ce que tu es en train de faire ! murmura Thomas en la rejoignant. Dans une minute il sera trop tard !

— Il est déjà trop tard.

Elle pressa le pas vers la porte principale. Une imposte de verre l'encadrait complètement. Yael s'y colla pour scruter l'intérieur.

— Je vois de la lumière.

Elle posa la main sur la poignée.

— Yael ! objecta Thomas en étouffant son cri.

Elle le dévisagea, mesurant sa propre détermination à la crainte de son compagnon.

La vérité était entre ces murs. La réponse à toutes ses questions.

Pourquoi sa vie avait-elle basculé à ce point en si peu de temps ?

Pourquoi elle ?

Que lui voulait-on ?

Et elle tourna la poignée.

56

La décoration et le mobilier du hall étaient sobres et sommaires, une table moderne avec une lampe dessus, un tableau de style impressionniste dont Yael ne savait dire s'il s'agissait d'une œuvre célèbre ou d'une toile d'amateur. Une porte ouverte donnait sur un dressing, pour les chaussures et les manteaux. Il était allumé aussi et Yael s'en approcha sur la pointe des pieds. Il sentait le cuir et le cirage.

Personne.

Le salon s'ouvrait ensuite, tout en longueur, éclairé par des dizaines d'appliques murales baignant la pièce d'une lumière chaude et indirecte. La hauteur sous plafond était impressionnante, au moins sept mètres, estima Yael. Et tout un flanc de la salle donnait sur la terrasse en teck, presque aussi grande.

Yael se pencha pour distinguer chaque recoin, scruter chaque canapé. Elle ne vit personne. Elle entra dans le salon, à pas lents.

Une télé plasma dernier cri était accrochée au mur, diffusant les images de publicités, le son coupé.

Elle remarqua un verre posé sur la table basse en verre fumé et marbre. Il était au tiers plein. Elle le huma.

Du whisky, conclut-elle en le reposant.

Bonneviel était là, quelque part.

Thomas s'écarta pour sonder une pièce attenante, la salle à manger. Il revint en secouant la tête.

Un escalier grimpait à l'étage, près d'une cheminée aux proportions démesurées. Thomas décida de monter.

— Peut-être dans la chambre ! murmura-t-il.

Yael allait le suivre lorsqu'elle s'intéressa à une porte à double battant, dont l'un était entrouvert, laissant courir un filet de lumière sur le parquet. Elle s'en approcha.

Des bibliothèques en bois sombre encadraient un bureau massif sur lequel s'entassaient des livres et des dossiers. Une lampe éclairait le sous-main en cuir et une batterie de stylos Mont-Blanc.

Yael entra, s'enfonçant dans le tapis moelleux.

Elle tira le lourd fauteuil pour s'y installer.

Elle remarqua deux écrans plats au plafond, des valeurs boursières y étaient affichées.

Il n'y avait aucune poussière, le faible éclairage suffisait à faire briller les bois, à souligner les courbes douces des meubles.

Chaque objet qui retenait son regard, le moindre crayon, la moindre reliure, tout était de grande qualité, façonné avec une attention particulière.

Yael respirait le luxe discret qui donnait son cachet au bureau.

Assise ainsi, elle ressentait le spectre du pouvoir. L'importance de chaque mot composé sur le clavier de l'ordinateur portable qui reposait sur sa gauche, chaque e-mail, chaque fax qui pouvait faire gagner ou perdre des millions, engendrant des créations d'emplois, des licenciements, des richesses nouvelles ou des faillites. Elle était au cœur d'un des points névralgiques du système financier mondial. Celui-ci n'avait pas assez d'influence à lui seul pour tout bouleverser, mais l'homme qui contrôlait un certain nombre de ces points sur le globe pouvait influer sur l'économie de la planète. Transformer en un instant les vies de millions, de milliards d'êtres humains.

Qu'était-elle au milieu de tout ça ? Elle, Yael Mallan, jeune femme de vingt-sept ans qui gagnait mille cent euros nets par mois. Un rouage du système ?

À peine.

Elle ouvrit la bouche pour respirer. Ce n'était pas le moment de penser à ça. Elle était dans le bureau de celui qui manipulait ce qu'elle vivait. C'était le moment ou jamais d'en savoir plus.

Mais elle n'osait rien toucher. Elle réalisa qu'elle avait presque peur. Peur de déplacer un objet et des conséquences que cela pouvait avoir. De toucher au mauvais fichier sur l'ordinateur. D'être à la source de séquelles énormes.

Je suis à la masse... C'est pas le bouton nucléaire... Allez, je me bouge !

Elle se força à refouler son complexe d'infériorité déplacé et toucha le pavé tactile pour désactiver le mode veille. Un fond bleu marine apparut avec un cadre gris demandant le mot de passe.

— Raté...

Sachant que la quête d'un hypothétique mot de passe était perdue d'avance, elle reporta son attention sur la boîte à courrier et fit un tri rapide de ce qui était professionnel ou personnel. Elle les parcourut en vitesse sans rien découvrir d'intéressant pour elle. Ce fut ensuite au tour des dossiers empilés, elle lut les intitulés de chaque pochette, essentiellement des affaires bancaires.

Elle passa en revue les livres, des essais sur l'économie mondiale. Rien à signaler.

Elle se levait pour faire le tour de la pièce lorsqu'elle remarqua des tiroirs sous le bureau. Elle ignora les deux premiers qui ne contenaient que des fournitures diverses et ouvrit le dernier. Des chemises de classement répertoriaient les dossiers :

URGENT ; AFFAIRES EN COURS ; FONDS DE PENSION ; PERSONNEL.

Elle commença par le dernier.

Parmi les dossiers, l'un en particulier retint son attention : ASSOCIATIONS UNIVERSITAIRES.. Après ce qu'elle avait lu sur les Skull and Bones, fratrie secrète au pouvoir colossal, Yael avait l'œil aigu. Elle déplia le dossier et le consulta en diagonale. Henri Bonneviel avait pour habitude de faire le mécène pour plusieurs associations universitaires disséminées aux États-Unis, en Angleterre et en Suisse. Les noms étaient toujours les mêmes, il leur versait chaque année plusieurs dizaines de milliers de dollars. Sur le récapitulatif des sommes versées pour l'année passée, un nom la fit réagir. C'était un nombre en fait.

322.

UNIVERSITÉ : Yale
ASSOCIATION : 322
MONTANT ASSIGNÉ : 55 000 USD
DATE : 2e trimestre

C'était de loin le plus gros chèque qu'il avait fait. Yael reprit les historiques des années précédentes pour constater que l'association 322 recevait systématiquement l'essentiel de ses dons.

322 était le chiffre qui ornait le blason des Skull and Bones. Hommage jamais prouvé mais probable au jour de la mort d'Adam Weishaupt, fondateur des Illuminati.

Yael ordonnait toutes ces informations à mesure qu'elles lui revenaient. Les Illuminati étaient soupçonnés d'avoir en leur temps gangrené le pouvoir, et d'avoir implanté des symboles de leur présence occulte un peu partout, entre autres sur le fameux billet de un dollar. Les Skull and Bones – secte tout aussi mystérieuse – semblaient avoir repris le flambeau, en créant des liens officieux entre des étudiants prometteurs qui investissaient tous des postes hautement stratégiques dans les pouvoirs politique, économique et du renseignement.

Les Ombres avaient orienté Yael sur ces deux groupuscules qui tiraient les ficelles de l'Histoire.

La logique s'emboîta d'elle-même dans l'esprit de Yael.

Les Ombres étaient le prolongement de tout cela. Les

Skull and Bones servaient de vivier – un parmi d'autres –, Henri Bonneviel en était probablement issu.

Yael se souvint des mots écrits dans le miroir : *« Illuminati... Skull and Bones... Des illusions... tous des arbres qui cachent la forêt. Maîtres des marionnettes et pourtant pantins. »*

Oui, c'était ça. Toutes les organisations secrètes qui étaient néanmoins connues, du moins de nom, n'étaient que des couvertures, des ramifications lointaines, ou des « écoles » pour ce qui trônait plus haut, un groupe d'individus rassemblés secrètement dans le même but : façonner l'Histoire à leur guise.

Yael secoua la tête. Elle comprenait qu'on puisse ne pas le croire.

Elle rangea le dossier pour fouiller dans le reste des affaires.

Une ombre se porta d'un coup sur le seuil de la porte.

Son cœur se mit à cogner, mais elle se rassura aussi vite en constatant que Thomas s'avançait vers elle.

— Je viens de visiter chaque pièce de la villa. Toutes vides. Il n'y a personne. Bonneviel n'est pas là.

— N'est plus là. Il est parti précipitamment, sans finir le verre qu'il s'était servi, et sans éteindre les lumières, dont celle de son « placard à chaussures ».

— Je me demande s'il ne nous a pas repérés.

— Peu probable, on n'a fait que passer devant chez lui.

Thomas détailla la pièce.

— Tu as trouvé quelque chose ?

— De quoi confirmer mes déductions sur les Ombres.

Thomas alla jusqu'à la petite porte du fond et inspecta ce qui n'était qu'un cabinet de toilette attenant où Yael n'avait même pas pris la peine d'aller.

— Ne traînons pas. Si Bonneviel est parti en vitesse, il a peut-être appelé les flics.

Yael approuva mais ne fit pas mine de se lever. Elle poursuivit sa vérification des dossiers, et attaqua celui des affaires en cours. Les pochettes multicolores défilaient sous ses doigts agiles.

Et puis le flash.

Le nom qui brûle les rétines. Traverse l'âme d'une décharge brutale.

Écrit à la main en minuscules sur la tranche :

YAEL MALLAN.

57

La pochette à son nom était rouge.

Yael l'ouvrit si brutalement qu'elle en déchira le bas.

Mais la déception fut à la hauteur des espoirs qui avaient submergé la jeune femme. Le dossier ne contenait que deux malheureuses feuilles manuscrites et une petite liasse imprimée.

Les pages dactylographiées rassemblaient des données personnelles sur Yael. Depuis sa date de naissance jusqu'à la destination des vacances qu'elle venait tout juste de passer à Rhodes, en Grèce. Tout y était. Ses parents, l'accident mortel de sa mère. Ses études de lettres. Jusqu'aux noms de ses ex-petits amis.

Yael vacilla.

Elle découvrit les copies de ses relevés de compte bancaire. Les montants étaient surlignés, pour la plupart de couleurs différentes, formant des recoupements qu'elle ne saisit pas tout de suite.

Les pages suivantes étaient des récapitulatifs de ses achats en supermarché. L'intitulé des pages annonçait en tout petits caractères : « Étude marketing client n° 54621 », suivi des dates d'achats. Des marques et des produits en particulier étaient surlignés, rassemblés une fois encore par couleur.

Ils l'étudiaient. Ils disséquaient ses habitudes de consommation.

Ce qu'elle aimait, ce qu'elle n'aimait pas.

La fréquence de certains achats.

Ses goûts artistiques au travers des livres et des CD qu'elle achetait.

Comment avaient-ils pu créer une liste pareille ? La majeure partie de ses achats était reportée là, sous ses yeux.

Ils savaient tout d'elle.

De ses marques préférées, de ses lectures, de ses sorties, des boutiques de vêtements qu'elle fréquentait.

Elle n'en revenait pas.

Les pages s'arrêtaient brutalement. Un post-it était collé sur la dernière : *« Analyse de la suite en cours – cf. Christiane. »*

Thomas était revenu sur ses pas pour lire par-dessus l'épaule de Yael.

— Christiane doit être sa secrétaire, dit-il.

— Comment est-ce que… Comment peuvent-ils obtenir autant d'informations sur moi ?

— Le tout-informatique je présume. Il suffit d'avoir les bonnes relations aux postes clés, ou un bon pirate du net sous la main.

Thomas se pencha pour fouiller le tiroir à son tour.

— Que cherches-tu ?

— À m'assurer qu'il n'y a aucun dossier à mon nom ! répondit-il sans la regarder.

— Impossible, les Ombres ne te connaissent pas, tu as débarqué dans ma vie ce week-end !

— Avec eux je me méfie. Ils ont pu m'identifier depuis et pondre leur petit topo.

Ne trouvant rien, il se redressa et fouilla la pièce du regard pour s'assurer qu'il n'y avait aucune armoire de rangement.

— Il a sûrement un coffre caché quelque part, murmura-t-il en posant les mains sur ses hanches.

— De toute façon on ne pourra pas l'ouvrir.

Thomas oscillait doucement, son visage trahissait que

c'était bien son problème. Ils ne pouvaient avoir accès aux informations les plus sensibles.

Yael prit les deux dernières feuilles de son dossier, celles rédigées à la main. Peu de texte, des notes. La première consistait en une pyramide de noms :

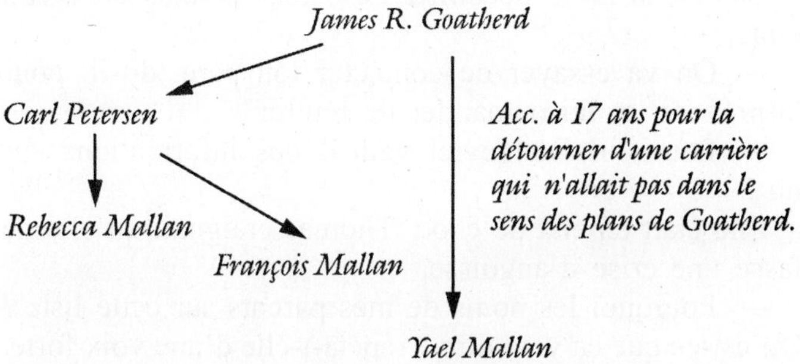

Une phrase était écrite en dessous :

« Yael doit savoir. Elle doit connaître la vérité. Petersen lui parlera. Qu'elle trouve ce croquis dessiné dans la vapeur de son miroir de salle de bains. »

Le papier se mit à trembler.

Les noms de ses parents sur la feuille lui firent froid dans le dos. Qui étaient ces deux hommes ?

Et la note, « Acc. » pour accident sans aucun doute, celui qu'elle avait eu à dix-sept ans en scooter, qui l'avait envoyée à l'hôpital pour plusieurs semaines. Qui lui avait endommagé le bassin. Qui l'avait contrainte à abandonner le sport de haut niveau.

Les hypothèses se télescopaient plus follement les unes que les autres sous son crâne.

Elle se força à passer à la dernière page.

Une poignée de mots éparpillés comme les pièces d'une mosaïque inachevée.

François Mallan, vol AF148 New Delhi.

Hôtel Janpath à N.D. pour les nuits du 15/08 au 20/ 08 et du 04/09 au 05/09.

Réservations à Jaipur, hôtel Umaid Bhawan nuit du 21/08 au 22/08 et du 03/09 au 04/09.
Trekking jusqu'au 03/09.
Retour de New Delhi vol AF257 Paris le 05/09.

Devant la mine déconfite de Yael, Thomas lut à son tour.

— On va essayer de contacter ton père, dit-il, pour le prévenir et lui demander de rentrer.

— Pourquoi Bonneviel veut-il des informations sur lui ?

Elle était en état de choc. Thomas craignait qu'elle ne fasse une crise d'angoisse.

— Pourquoi les noms de mes parents sur cette liste ? Qu'est-ce que ça veut dire ? répéta-t-elle d'une voix forte.

Les pires réponses pesaient sur sa poitrine, l'empêchant de respirer.

— Je veux voir Bonneviel, je veux lui parler ! lança-t-elle.

Thomas la prit par le bras et l'aida à se lever.

— Viens. Il faut qu'on s'en aille.

Elle le suivit mécaniquement mais reprit la pochette des mains de Thomas qui s'apprêtait à la ranger.

— Je la garde.

— Yael, on ne peut pas. Bonneviel va savoir que nous sommes venus.

Elle planta ses yeux clairs, presque transparents, dans les siens.

— Oh ! oui, il va le savoir. Et je crois même que je vais l'attendre !

— Et si les flics débarquent, c'est fichu, tu pourras tirer un trait sur tous tes projets.

Thomas soupira, agacé.

— Tu veux voir Bonneviel ? Très bien ! tonna-t-il. Mais on va préparer cette rencontre, on va s'assurer qu'il ne pourra pas s'enfuir ou se cacher derrière une armée d'assistants, on va te donner toutes les chances d'avoir un tête-à-tête avec lui. En attendant, on s'en va.

Il l'entraîna vers la porte.

Yael se retrouva dans le salon. Elle contempla une dernière fois la pièce, pour mémoriser l'endroit où toute sa vie avait peut-être basculé.

Elle franchissait le seuil, lorsqu'elle se vit sur l'écran télé.

Une photo d'identité, celle de son permis de conduire.

Le présentateur du journal de la nuit était à côté, ses lèvres remuaient sans le son.

Yael se dégagea de l'étreinte de Thomas et se jeta sur la télécommande pour remettre le son.

«… permettrait de retrouver Yael Mallan. La police se dit préoccupée par cette disparition puisque ce serait la carte de crédit de la jeune femme qui aurait servi à payer la chambre d'hôtel du couple de SDF froidement abattu dans la nuit de lundi à mardi. Des témoins auraient également vu la jeune femme en compagnie d'un homme non identifié lundi dans la journée à Herblay. D'après ces mêmes témoins, le couple posait des questions sur Serge Lubrosso. Rappelons que le corps de Serge Lubrosso a été retrouvé criblé de balles le lendemain. La police ne confirme pas ce rapprochement et se refuse à tout commentaire. »

L'écran de fond changea et le présentateur passa à une affaire politique. Yael coupa le son.

Thomas avait enfoui son visage dans ses mains. Le cauchemar continuait.

Il parvint à pousser Yael au-dehors tout en se tenant la cuisse. Sa blessure n'arrivait pas à cicatriser, il malmenait sa jambe en permanence depuis plusieurs jours.

Ils étaient presque au niveau du portail lorsqu'ils entendirent une voiture s'arrêter brutalement devant la maison.

Thomas se plaqua contre la haie de troènes. Yael était figée au milieu de l'allée.

— Planque-toi ! chuchota Thomas.

Elle le regarda, hésitante. Il comprit qu'elle était à deux doigts de craquer. Elle pensait à tout ce qu'elle venait de découvrir, pas à l'instant présent.

Les portières claquèrent.

Si Yael ne se jetait pas à terre, elle serait repérée dans la seconde.

Thomas lui fit signe de s'aplatir au sol sans qu'elle y prête une réelle attention.

Les pas se rapprochaient. Ils allaient entrer.

58

Thomas redressa la tête pour guetter le véhicule. Si c'était une voiture de police, la situation serait catastrophique.

Il lui suffit d'apercevoir un profil pour s'enfoncer à nouveau dans l'ombre.

Il avait reconnu cette tête.

C'était pire que la police.

Il s'élança, attrapa Yael par la main et l'entraîna sur le côté de la maison, en direction de la pente.

— Ce sont eux, Yael ! s'efforça-t-il d'articuler en courant. Les tueurs !

Ils se jetèrent derrière un lourd pylône soutenant la terrasse après avoir descendu un escalier de rondins. Thomas reprit son souffle pour expliquer :

— Celui que j'ai vu tenait un boîtier comme celui qu'ils avaient à notre hôtel à Paris. Il semblait s'y repérer. Je suis certain qu'ils ont un émetteur pour nous suivre.

Yael cligna les yeux. L'adrénaline semblait la remettre sur pied. Elle fit passer son sac à dos devant elle pour y fourrer le dossier qu'elle avait volé. Elle aperçut le revolver.

Elle demanda d'un regard à son compagnon ce qu'elle devait faire. Jusqu'où iraient-ils ? Thomas hésitait.

— Pas maintenant, dit-il enfin. Pas si on peut éviter.

Il la prit par la main et se mit à dévaler le jardin qui s'inclinait sur cent mètres, jusqu'en bas de la colline, s'achevant sur la rue où ils s'étaient garés. Ils survolèrent l'herbe pour traverser les arbustes qui servaient de clôture.

Thomas avait de plus en plus de difficultés à maintenir son allure. Sa cuisse ne tenait plus l'effort.

L'Opel de location était juste là, à une dizaine de mètres.

Yael laissa Thomas enfoncer les clés dans la serrure pour se retourner.

Personne à leurs trousses. Personne sur la terrasse non plus.

En revenant vers la voiture elle remarqua la cabine téléphonique près d'un arrêt de bus. Elle s'y précipita pour composer le numéro du biper de Kamel.

Ils avaient changé tous leurs vêtements, jusqu'aux chaussures, Yael ne comprenait pas comment ils pouvaient avoir encore un traceur sur eux. L'époque des implants n'était pas encore venue.

Elle raccrocha et attendit, priant pour que le téléphone sonne.

Thomas était dans la voiture, il lui fit un grand signe pour qu'elle le rejoigne. Elle répondit non de la tête.

Ils ne pouvaient pas continuer ainsi à courir sans arrêt pour survivre. Il fallait trouver un moyen de perdre une bonne fois pour toutes leurs poursuivants.

Le téléphone se mit à sonner.

— Merci, Kamel ! s'écria-t-elle en arrachant le combiné.

La voix chaleureuse du lion paranoïaque s'éleva :

— C'est moi ! Où en êtes-vous ?

Les mots jaillirent de sa bouche en torrent compact :

— Kamel, les types sont là, juste là, pas loin, ils nous recherchent, ils sont équipés comme s'ils avaient un émetteur sur nous, ça semble prendre un peu de temps chaque fois, mais ils peuvent nous suivre. Dis-moi que tu sais comment ils font ?

— OK, calme-toi… Je… Non, j'ai passé toute la

journée à chercher, j'ai pas d'idée, je ne trouve pas. C'est…

— Kamel, si on remonte dans cette voiture pour les semer, il se peut qu'on se tue sur la route ou que cette fois ils nous règlent notre compte. Il faut qu'on trouve comment les perdre une bonne fois pour toutes ! Dis-moi que tu as une idée, n'importe laquelle. Il y a bien une foutue raison pour qu'ils nous repèrent comme ça !

Elle l'entendit respirer à l'autre bout de la ligne. Sa tête carburait à plein régime.

— Non, j'ai tout essayé, les nouvelles technologies, j'ai passé l'après-midi à trouver s'ils n'étaient pas passés par le loueur de voitures mais c'est impossible.

— Alors c'est forcément quelque chose de classique, quelque chose qui nous a échappé !

Thomas lui fit des appels de phares. Elle devait courir, ils devaient partir à toute vitesse.

Yael allait raccrocher, elle perdait de précieuses secondes.

— Vide ton sac ! ordonna soudain Kamel.

— J'ai pas le temps…

— Vide-le !

Yael tira sur les bretelles de son sac et répandit le contenu sur la tablette de la cabine.

Un crissement de pneus monta depuis le haut de la colline.

— Ils arrivent, Kamel !

— Dis-moi ce que tu as, magne-toi !

Dans la panique, Yael perdit une seconde supplémentaire à trouver par quoi commencer.

— Mon portefeuille neuf, une boîte de chewing-gums que j'ai achetée en liquide tout à l'heure, mon billet de TGV…

Elle hésita sur l'arme qu'elle passa sous silence.

— … mon passeport, ma carte de métro, un dossier que je viens de récupérer…

Une voiture surgit tout en haut de la rue, phares allumés. Elle fonçait sur l'asphalte humide.

Yael se retourna. Elle devait lâcher le téléphone. Thomas venait de démarrer, il accéléra pour venir piler devant elle.

— C'est quoi cette carte de métro ? hurla Kamel.

— Une carte classique, rien de suspect, c'est juste un… merde, comment on appelle ça ? Un passe Navigo ! Kamel, je dois…

Cette fois, Kamel hurla à plein poumons :

— C'est ça ! C'est ça ! C'est la puce RFID qu'ils traquent ! Jette-la ! Jette la carte !

Yael repoussa toutes ses affaires dans son sac en balayant la tablette de l'avant-bras et grimpa dans la voiture.

Thomas démarra en trombe, plaquant la jeune femme sur son siège avant qu'elle ait pu refermer sa portière.

Elle tenait son passe Navigo à la main.

— Qu'est-ce que tu foutais ! cria Thomas.

— Ça y est ! Je sais comment ils nous pistent ! Conduis-nous au centre-ville.

Thomas roula aussi vite que possible, perdit un enjoliveur dans un virage qui écrasa tout le poids de la voiture sur un côté ; il frappa un trottoir de la roue arrière et ils remercièrent leur bonne étoile que le pneu n'éclate pas sous le choc.

Lorsqu'ils atteignirent le centre, ils avaient une bonne avance sur les tueurs qui n'avaient pas pris autant de risques.

Yael chercha un autre véhicule pour y lancer l'émetteur et brouiller les pistes. À cette heure de la nuit, personne ne flânait dans Cologny.

Elle fit signe à Thomas de continuer à rouler, pencha le buste par la fenêtre et lança de toutes ses forces son passe de métro. Elle le vit s'envoler dans la pénombre et disparaître derrière un jardin.

Thomas tourna sur place pour s'éloigner de la rue. Il

tourna encore, espérant se rendre invisible, empruntant des petits axes.

Ils roulèrent au ralenti, sondant chaque ruelle avant de s'y engager. Mais les tueurs avaient disparu. Ils les avaient semés.

Thomas se gara sur le parking sans éclairage d'un magasin de meubles.

— Comment ont-ils pu poser un émetteur dans tes affaires ?

— C'était pas ça, je n'ai pas bien compris, Kamel a parlé d'une puce RFID. C'est ma faute, j'avais tout jeté, tout ce qui me paraissait louche, sauf quelques photos et mon passe Navigo, je pensais que ça pouvait me servir pour circuler dans Paris. Je n'ai plus pensé à cette puce ! Elle est pourtant visible ! Quant à savoir comment ils ont pu s'en servir de mouchard, je n'en ai aucune idée. Kamel saura nous dire.

Thomas scrutait la rue.

— Il faut qu'on rentre à Paris, dit-il doucement.

Yael baissa la vitre pour faire entrer l'air frais de la nuit.

— Je veux d'abord parler à Henri Bonneviel. Je veux qu'il me dise ce que mes parents font sur sa liste. Et ce que signifie cette liste. Tu comprends ?

— Yael, on ne peut pas rester dans la région. Genève est une ville aussi sécurisée que Monaco, il y a des caméras partout, des flics à chaque coin de rue. Ta photo est passée au journal télé. On doit rentrer sur Paris. Là-bas on sera en sécurité. Chez Kamel, à faire les recherches nécessaires, à préparer ta rencontre avec Bonneviel.

Yael se redressa.

— On est quel jour ? demanda-t-elle.

— Jeudi soir très tard ou vendredi matin très tôt, au choix.

— Tu as raison, on rentre à Paris.

Thomas la dévisagea, surpris de sa sagesse inopinée.

— Il faut qu'on prenne le premier train, précisa-t-elle.

— Trop de monde. On rentre avec cette voiture. Kamel appellera pour demander qu'elle soit rapatriée au loueur de Thonon, on lui paiera les frais.

Après une courte pause, il ajouta :

— Je peux te demander pourquoi ce revirement ?

— La politique de Lagardère.

— Quoi ?

— Tu parles mieux que certains Français, mais tu ne dois pas connaître le film *Le Bossu* avec Jean Marais. Le Bossu est en fait un justicier déguisé qui règle ses comptes. C'est lui qui dit : « Si tu ne viens pas à Lagardère, Lagardère ira à toi ! »

Elle frappa deux coups secs sur le tableau de bord pour inviter Thomas à se mettre en route.

— On va se relayer pour conduire jusqu'à Paris, décida-t-elle. Il faut y être en milieu de matinée au plus tard.

— Je ne comprends toujours pas ta… politique de Lagardère.

— Je vais l'appliquer en l'inversant. Puisque je ne peux pas aller à Bonneviel, je vais attendre qu'il vienne à moi.

59

Ils s'étaient encore fait avoir.

Michaël était furieux.

Tu parles de professionnels !

Déjà une heure qu'elle s'était volatilisée.

À croire qu'elle avait un ange gardien.

— Et qui c'est ce type avec elle ? hurla-t-il en direction de Magali.

La grande brune sophistiquée sur la banquette arrière le fixa. Elle n'aimait pas sa façon de lui parler.

— On est en train de lui tirer le portrait, répondit-elle sèchement, rien de bien original, Thomas Brokten, grand reporter indépendant. Il a collaboré à plusieurs revues connues. Je pense que c'est un mec de passage qu'elle a entraîné avec elle.

Michaël se racla la gorge et cracha par la fenêtre.

— Son mec ?

— Peut-être.

— Je croyais qu'elle était célibataire ! s'énerva-t-il. Putain, si les infos qu'on nous donne sont merdiques on risque pas d'avancer. Je veux qu'on épluche ses achats des quatre derniers mois, est-ce qu'elle a acheté des capotes, est-ce qu'elle a acheté une boîte de pilules contraceptives, qu'on regarde ses dossiers médicaux pour voir quand elle a été voir son gynéco pour la dernière fois. Qu'on soit sûrs que c'est bien un type qu'elle a ramassé au passage, pas son petit copain depuis six mois et qu'aucun crétin de notre équipe ne s'en soit rendu compte.

Dimitri revint d'une ruelle en remontant sa braguette, visiblement soulagé.

— Qu'est-ce que ça change ? demanda-t-il.

— Ça change que ce type, s'il vient de débarquer dans sa vie, on pourra peut-être le retourner à notre avantage si l'occasion se présente. S'ils se sont fraîchement rencontrés, ça sera plus facile que s'ils se connaissent depuis six mois.

Dimitri haussa ses épaules de colosse, il ne comprenait pas.

— Comment tu veux faire ?

— Par du fric, en lui foutant une trouille d'enfer, je sais pas, mais je veux tout savoir. Y en a marre de bosser à l'arrache. Regarde ce qu'on a fait depuis dimanche !

Le portable de Magali sonna. Elle décrocha et échangea

quelques mots avant de le refermer.

— L'Entreprise a identifié le propriétaire de la villa où ils étaient, annonça-t-elle. Henri Bonneviel. Apparemment c'est une connaissance de la direction. Ils veulent qu'on s'en occupe. Une équipe est en train de s'activer pour monter un *dossier*. Il a une maîtresse, on vérifie si elle a un alibi pour ce soir et on cherche à le retrouver. On est en attente pour l'instant.

Michaël soupira.

Il détestait ces plans de dernière minute. Il avait l'impression de ne rien contrôler, de n'être qu'un instrument. On lui demandait de retrouver et d'éliminer une femme et maintenant on découvrait qu'elle venait de rendre visite à un « ami » de la direction qu'il fallait faire disparaître. Il n'y comprenait plus rien.

En fin d'après-midi, Magali avait reçu un coup de fil de l'Entreprise. L'identifiant personnel RFID de Yael Mallan était toujours recherché par les magasins de grande distribution. Les ordinateurs, habituellement chargés de suivre les nombreux signaux RFID – ces petites puces insérées dans les marchandises et destinées au suivi des stocks – surveillaient également un signal en particulier, via un petit logiciel Internet, au nez et à la barbe des magasins. Si l'un des ordinateurs repérait le signal de Yael Mallan, le logiciel envoyait automatiquement un e-mail à l'Entreprise.

Et c'était arrivé en début de soirée. La cible était en Suisse.

À Cologny. Repérée par le logiciel d'un supermarché.

Ils avaient foncé sur place. Michaël avait branché son GPS portatif sur la fréquence RFID rattachée à Yael. Dès qu'il s'était trouvé à moins d'un kilomètre, elle était apparue sur son écran. Le signal était régulièrement perdu ou brouillé, il supportait mal les ondes des téléphones portables, mais il réapparaissait au bout d'une minute ou deux.

Et une fois encore, elle s'était enfuie.

Pire, elle s'était débarrassée de la puce RFID qui la trahissait. Ils venaient de la retrouver entre deux poubelles.

Ils avaient tout perdu.

Et à présent on voulait que lui et Dimitri se chargent de supprimer à l'improviste l'homme chez qui elle venait d'aller. De mieux en mieux.

Michaël s'installa pour somnoler sur le siège conducteur en attendant des informations supplémentaires et le feu vert. Il fut réveillé avant l'aube par un moteur qui approchait. Une berline grise se gara à côté d'eux. Magali sortit pour aller vers la vitre arrière qui se baissait. On lui tendit une petite valise en la briefant :

— C'est bon, on a localisé Henri Bonneviel, il a payé un hôtel par carte de crédit, l'adresse est sur le papier, avec son numéro de chambre. On a imprimé le plan de l'hôtel, ce sont les plans destinés aux pompiers, on n'a pas trouvé mieux en si peu de temps, mais ça devrait suffire pour entrer sans se faire remarquer du personnel si vous y allez maintenant, il est encore tôt, il n'y aura personne.

La voix d'homme n'était pas très virile.

— Pour la maîtresse de Bonneviel, continua-t-il, on vient de s'assurer qu'elle dormait chez elle, sans témoin, personne pour prouver qu'elle y était ou pas. Elle n'aura pas d'alibi. On est passés par son bureau pour faire un moulage de ses empreintes sur son clavier d'ordinateur. On a même récupéré quelques cheveux. Éliminez Bonneviel et ensuite allez mettre l'arme chez elle, pendant qu'elle sera au boulot, ce matin. On termine de pirater la ligne téléphonique de l'hôtel et les registres des télécoms pour faire croire qu'il l'a appelée dans la nuit. On est en train de transférer de l'argent de son compte sur celui de sa maîtresse. Tout devrait l'accuser. Un riche banquier flingué par sa maîtresse pour une sombre histoire de pognon.

Magali attrapa la mallette et la berline s'éloigna.

Michaël n'avait pas vu le visage de l'homme. C'était mieux ainsi. La discrétion dans l'Entreprise favorisait le respect et la longévité.

Magali revint vers lui, elle ouvrit le rectangle d'aluminium noir.

Il contenait des flacons avec des cheveux ; plusieurs doigts en latex sur lesquels venaient d'être apposées les empreintes de la maîtresse ; un flacon de sébum à appliquer sur les faux doigts avant de laisser les empreintes dans la chambre d'hôtel ; un vaporisateur pour répandre des résidus de poudre sur un vêtement de la maîtresse ; tout le matériel pour accuser une innocente de meurtre.

Ils savaient faire.

Michaël préparait déjà son coup mentalement. Ne pas oublier de tirer sur Bonneviel à travers des oreillers avec un automatique. Ce qui expliquerait que personne n'ait entendu de coup de feu.

Il ne collerait pas des empreintes partout, non, surtout pas. Il en mettrait une sur le lavabo, en partie essuyée, comme si elle avait cherché à toutes les effacer. Une autre sur la table de chevet. Et surtout celle sur la chasse d'eau, sa préférée. Les flics se féliciteraient de l'avoir trouvée, celle-là, gloussant entre eux sur le « besoin féminin d'aller souvent pisser », besoin qui allait perdre cette criminelle-là.

Plus les cheveux sur le lit, un ou deux dans la baignoire et un sur le cadavre du banquier.

Et bien sûr, lors d'un bref et très discret passage chez elle, il laisserait les empreintes sur l'arme qu'il cacherait dans le fond du sac-poubelle, comme si elle avait voulu s'en débarrasser. Il vaporiserait ensuite des résidus de poudre sur un pantalon ou un chemisier dans le linge sale.

Le cas Bonneviel serait réglé en quelques heures.

Mais Michaël se préoccupait davantage de celui de Yael Mallan.

Il en faisait une affaire personnelle. Il fallait que l'Entreprise trouve un autre moyen de la localiser.

Elle trouverait.

L'Entreprise ne perdait jamais quelqu'un.

Le monde n'était plus qu'un vaste espace ultraquadrillé.

Il suffisait seulement de savoir quelle méthode utiliser.

Et Yael Mallan tomberait à son tour.

Une balle dans la nuque.

60

Kamel les accueillit avec une tasse de café et des toasts à la confiture.

Il était tellement rassuré de les retrouver sains et saufs qu'il ne cessait de les dévisager. Il leur assura qu'il s'occuperait de la voiture de location, refusant catégoriquement leur argent.

354 C'était le début de matinée d'un vendredi maussade. Un ciel gris couvrait Paris, une lumière anémique filtrait, décuplant la fatigue des deux jeunes gens qui venaient de couvrir Genève-Paris d'une traite. Thomas faisait le récit de leur aventure. À l'évocation du squelette, puis du dossier sur Yael découvert dans la villa, la jeune femme s'agita sur son siège.

— Vous comptez faire quoi ? s'inquiéta Kamel. Vos têtes font la une des journaux tous les jours. La police vous recherche.

— Je veux parler à Bonneviel, déclara Yael. Qu'il m'explique tout.

Kamel et Thomas échangèrent un regard.

— Tôt ou tard, il faudra bien se rendre à la police, fit remarquer Thomas. Avec le maximum de preuves de ton innocence, et que tu n'es pour rien dans les morts qui… nous suivent. Ne secoue pas trop rudement le banquier sinon les flics ne croiront pas à ton histoire de conspiration. Tu vois où je veux en venir ?

Elle acquiesça en portant la tasse à ses lèvres.

Elle but une gorgée avant de rétorquer :

— On va commencer par se reposer. Il sera plus facile de faire le point ce soir.

— Tu as la feuille dont vous m'avez parlé ? demanda Kamel. Je vais faire des recherches pour mon site, j'en profiterai pour essayer de trouver quelque chose sur ces noms.

Yael ouvrit le dossier dans son sac et lui tendit le papier avec le schéma.

— Prends-en soin.

Thomas attrapa son bagage, bien décidé à se détendre sous une douche, et monta à l'étage. Yael, trop énervée pour dormir, préféra s'allonger devant la télévision, pendant que Kamel les saluait et partait faire sa moisson de nouvelles fraîches dans la capitale.

Yael attendit une demi-heure, passa sous la douche et débusqua une paire de ciseaux dans les tiroirs de la salle de bains. Puis elle se coupa les cheveux sans une hésitation.

Ses grandes boucles brunes se remarquaient trop. Elles glissèrent jusqu'au carrelage.

Yael ne s'était pas coupé les cheveux depuis plusieurs années, mais tout en opérant au jugé, elle s'en sortait admirablement bien.

Elle raccourcit ses mèches jusque sous les oreilles puis les attacha en queue-de-cheval pour affiner son visage. Elle avait hésité à les teindre mais le brun était plus passe-partout qu'un roux ou un blond.

Fard brun, mascara et khôl autour des yeux pour changer un peu sa physionomie. Elle serait plus difficile à reconnaître ainsi. La photo que diffusaient les médias la reflétait au naturel.

Elle enfila un pantalon large en toile et un haut dont les bretelles formaient un nœud sur la nuque. Une paire de baskets et le tour était joué. Elle se contempla dans le miroir.

À moins d'être très alerté, on pouvait difficilement faire le rapprochement avec la fille des journaux.

Elle attrapa son sac à dos et prit soin de sortir sans bruit.

Direction le métro.

Yael n'avait pas obtenu d'autre d'explication sur cette fameuse puce RFID, mais elle avait compris qu'elle se trouvait dans le passe Navigo et non dans un ticket banal. Elle ne courait donc aucun risque.

Vingt minutes plus tard elle marchait dans le quartier où elle allait travailler tous les matins depuis deux ans.

Elle chercha une cabine téléphonique, remarquant qu'avec l'essor des portables, elles se faisaient rares. Elle composa le numéro des renseignements pour obtenir celui de l'hôtel Umaid Bhawan à Jaipur, et ne tarda pas à appeler en Inde. Avec le décalage horaire, ils devaient être en plein après-midi.

D'après les documents qu'elle avait volés chez Bonneviel, son père se trouvait en trekking en ce moment même, mais elle préférait tenter sa chance. Un homme à la voix presque féminine décrocha. Son accent anglais était déplorable.

Yael, qui s'exprimait correctement dans la langue de Shakespeare, demanda à joindre François Mallan de toute urgence. On lui expliqua qu'il était reparti le 22 au matin et qu'il serait de retour le 3 septembre.

Yael insista : ne pouvait-il essayer de le retrouver ? C'était une urgence. Le réceptionniste se confondit en excuses, expliquant qu'ils s'occupaient bien de leurs clients, mais qu'au-dehors, l'hôtel ne pouvait rien faire. Encore moins dans le cadre d'un trekking où M. Mallan allait arpenter des terres sans téléphone, sans moyen de communication. Il fallait attendre. De plus, en cette période de l'année, les touristes étaient nombreux.

Yael comprit qu'il était inutile d'insister.

Elle s'accota au téléphone pour réfléchir.

Pouvait-elle partir en Inde ? Peu probable. Elle serait

arrêtée à l'aéroport avant même d'embarquer dans l'avion. Et quand bien même elle trouverait un transport clandestin, que ferait-elle une fois sur place ? Toutes les agences de trekking de Jaipur ? Et si elle localisait son père, elle serait dans l'obligation de l'attendre, il avait plusieurs jours d'avance.

Elle devait trouver une solution plus rapide. Et plus efficace.

Si elle ne pouvait prévenir son père, elle devait s'attaquer à la source du problème. L'instigateur de tous ses maux.

Henri Bonneviel.

Le Shoggoth.

Et le Shoggoth venait lui rendre visite tous les vendredis depuis quatre mois. Elle qui voyait en lui un individu gentil, presque émouvant, avait affaire à un prédateur qui s'amusait avec sa proie.

Yael maîtrisa sa rage.

Elle devait entrer chez Deslandes sans se faire remarquer, au cas où le bâtiment serait surveillé par la police…

Elle opta pour la cour, empruntant la grande porte cochère un peu à l'écart de l'entrée du magasin, vers l'escalier de service. Lionel laissait l'accès ouvert une bonne partie de la journée lorsqu'il travaillait, les livreurs pouvaient ainsi monter sans le déranger chaque fois.

Dans l'escalier, Yael fut parcourue d'un long frisson. Elle s'était interdit de repenser à l'épisode de la cave, des ombres dans le miroir. Il n'y avait plus rien à glaner dans ces souvenirs. Plus rien que la peur. Et Yael s'était juré de fuir la peur.

Elle poussa le vantail massif de l'étage, redécouvrant l'impressionnante salle familière. Il lui semblait l'avoir quittée depuis des vies.

Lionel était là, derrière le comptoir, à feuilleter un bon de commande. Il tourna la tête vers elle, s'attendant à un livreur.

Il sursauta.

— Ah, ben ça ! Qu'est-ce tu fous là ?

— Les flics sont ici ?

Il secoua la tête.

— Nan. Sont venus poser quelques questions hier, c'est tout. Dis, tu t'es fourrée dans quoi ? T'as quand même pas flingué tous ces gens ?

— Pas toi, s'il te plaît.

— Je sais bien que t'as rien fait, c'est ce que j'ai répondu aux inspecteurs. Ils m'ont rien dit d'autre que « vous fiez pas à ce que vous pensez. On a trop souvent des surprises ».

Yael referma la porte doucement et s'approcha de lui en vérifiant qu'il n'y avait aucun client dans le long couloir boisé.

— Écoute, j'ai pas le temps de tout t'expliquer, chuchota-t-elle, mais c'est une histoire incroyable. Est-ce que le Shoggoth est passé depuis mon départ ?

— Pas vu. Il est dans le coup ? Il t'a fait quelque chose ? Mais t'as vraiment été dans cette ville où un mec a été flingué ? Tu les connaissais, les clodos abattus ? C'est toi qui as payé la chambre ou on t'a volé ta carte ? T'as un flingue ?

Yael le fit taire en lui demandant de mettre la radio, elle voulait savoir ce qu'on disait sur elle. Il obéit et le haut-parleur crachota un tube des années 80 de Prince.

Le décor de la pièce, avec ses bustes d'animaux comme jaillis des murs et le dôme de verre, renvoyait Yael à ce jour d'orage où elle était descendue à la cave.

— Lionel, je voudrais savoir… La psyché qui est en bas, dans la cave, elle est à toi ?

— La quoi ?

— Le miroir sur pied.

— Ah, ce truc-là ? Non. Il est là depuis… cet été. Je pense que c'est la proprio qui l'a descendu.

— Elle n'y va jamais. Elle te demande toujours.

— Bah, p't-être que cette fois elle l'a fait toute seule comme une grande.

La psyché était lourde et la propriétaire prompte à s'éviter une corvée.

— Depuis quand est-elle là ? insista la jeune femme.

Lionel inspira pour réfléchir, haussa les sourcils.

— Je dirais… fin juillet, début août.

— Pendant que j'étais en vacances.

— Ouais.

Yael battait du pied nerveusement. Elle associait les idées, tirait des conclusions.

— Il y a eu des visites inhabituelles pendant que j'étais en congé ?

— Qu'est-ce que t'entends par inhabituelles ?

— Tout ce qui est différent, les flics, la compagnie du téléphone, ce genre de trucs…

Lionel ouvrit grands les yeux.

— Non, pas que je me souvienne. Ah, si, il y a eu ce gars des pompiers.

— Qu'est-ce qu'il voulait ?

— Juste faire des vérifications, voir si le bâtiment était aux normes de sécurité incendie.

— Il a arpenté les pièces ?

— Oui. Il a regardé partout.

— Il est descendu à la cave ?

Lionel acquiesça.

— Oui, il m'a même demandé les clés.

— Tu les lui as données ?

— *Keep cool !* C'était un pompier ! Il me les a rendues dans l'après-midi.

Yael commençait à y voir clair. Les Ombres étaient organisées, elles avaient envoyé un faux pompier qui s'était arrangé pour garder les clés une heure, le temps d'en faire des doubles. Puis ils étaient revenus dans la nuit pour installer la psyché. De même que la porte dans le couloir devait être trafiquée pour pouvoir bouger et claquer sur commande. Comment ? Deux aimants à intensité et polarité variables installés dans le bois du battant et le chambranle par exemple… On pouvait ainsi repousser les deux aimants pour que la porte s'ouvre ou au contraire les attirer pour qu'elle se referme, la puissance conditionnait la vitesse de mouvement. Yael n'y connaissait pas grand-chose mais elle parvenait sans peine à imaginer différents systèmes possibles.

Un homme s'était donc tenu tout près d'elle ce jour-là. Dans l'escalier de service. Avec le double des clés il était entré pour allumer les bougies et l'attirer en bas.

Yael frissonna.

Elle se souvint du bassin de mercure formant des mots dans la chapelle des Catacombes. Le mercure est un métal. Un ingénieux appareillage jouant avec les propriétés magnétiques – des zones d'attraction et des zones de répulsion, repoussant le liquide selon un guidage précis et télécommandé – pour faire apparaître des lettres dans la vasque.

Les Ombres se servaient de trucages.

Comme des illusionnistes. Mais dans quel but ? Pourquoi toute cette mise en scène ?

— Je vais aller jeter un coup d'œil à la cave, dit-elle.

Le bulletin d'informations débutait à la radio. Yael tendit l'oreille. L'ouverture du flash concernait un accident sur l'autoroute. Puis la politique. Yael avait déjà disparu des gros titres pour devenir un simple fait divers en attente d'évolution.

C'était préférable.

Le journaliste poursuivit, de sa voix chaleureuse :

« La police suisse vient d'annoncer qu'un banquier genevois a été retrouvé mort ce matin dans une chambre d'hôtel. Henri Bonneviel, un millionnaire discret, aurait été assassiné par balles dans la nuit. L'enquête est en cours.

« Sport. Le championnat de première division se poursuit ce week-end avec le choc… »

Lionel n'eut pas le temps de se retourner que Yael dévalait déjà les marches quatre à quatre.

61

La psyché était exactement là où Yael l'avait laissée six jours plus tôt.

L'ampoule nue n'éclairait que chichement la cave.

Yael tourna autour du miroir.

Elle palpa l'arrière. Tout était solide, lourd.

Son reflet était clair mais assombri par la pénombre comme sur une mer d'huile.

Ses yeux n'eurent pas à chercher bien loin, juste derrière elle, sur l'établi. Elle attrapa un marteau, toute sa frustration et sa colère volèrent en une myriade d'éclats dans la cave.

Des dizaines de fragments de réalité se mélangèrent dans les airs avant de se fracasser au sol.

Des triangles acérés restèrent collés au cadre.

Yael remarqua tout de suite la fine pellicule qui recouvrait la surface réfléchissante. Maintenant que le miroir était en pièces elle apparaissait nettement.

La jeune femme fouilla l'établi jusqu'à s'emparer de la loupe de travail de Lionel. Elle examina ce glacis singulier.

Agrandis par la loupe, de minuscules prismes réfléchissants étaient disséminés à intervalles réguliers. Yael ausculta les bords. Elle vit des objectifs noirs d'une taille défiant la science moderne.

Des caméras ?

Non ! Des projecteurs de la taille d'une tête d'épingle ! De la nanotechnologie !

Yael, de seconde en seconde, se faisait une idée plus précise du système.

Les projecteurs envoyaient une ombre, chacun dans une direction calculée, jouant sur les prismes pour les réfléchir, et, selon un programme probablement télécommandé, les projecteurs déplaçaient les ombres, ou leurs faisceaux pour changer de prismes, afin que les ombres bougent et dessinent ce qu'on voulait.

Tout cela se passait dans la couche transparente, très fine et adhérente.

Les ombres étaient en fait superposées à l'image du miroir.

Une technologie qui avait dû coûter beaucoup d'argent.

Qui demandait des moyens importants.

Yael se redressa aussitôt.

Elle venait d'omettre un dernier point. Le plus important.

Pour lancer le programme afin que les projecteurs entrent en action, il fallait savoir si Yael était face au miroir ou non.

Et elle ne voyait qu'une solution à cela. La plus simple.

Une caméra filmant la pièce.

Ce qui signifiait qu'on la surveillait à l'instant même.

Les Ombres savaient qu'elle était là.

Yael fit le point rapidement.

Les Ombres n'avaient jamais cherché à lui nuire. Elles voulaient l'informer. Savoir qu'elle était ici n'était donc pas un danger pour Yael.

Non, non, je me trompe ! Les Ombres… Les Ombres sont puissantes, il s'agit de personnes différentes, aux buts différents… Henri Bonneviel en fait partie. En faisait… Lui cherchait à me parler. À me faire découvrir leur existence. Mais d'autres ne partagent pas ce point de vue. Ils ont envoyé des tueurs pour m'éliminer. Comment savaient-ils ? Ils surveillaient Henri Bonneviel ? Donc ils surveillaient peut-être son équipement.

Ce qui pouvait les conduire jusqu'à elle, dans cette cave.

Yael courut à la porte, gravit les marches à s'en couper le souffle, récupéra son sac à dos devant un Lionel à l'air égaré.

— Tu t'en vas ? Mais le Shoggoth…

— Il est mort ! lança-t-elle en respirant fort. Merci pour tout, Lionel. Je te revaudrai ça un jour… Je l'espère.

Et elle disparut dans l'escalier de service.

Elle savait que c'était une monumentale bêtise.

Pourtant elle poussa la porte de chez elle.

Yael était dans ce salon qu'elle avait tant aimé et qui évoquait à présent tellement de peurs.

La police, les Ombres et les tueurs, tout le monde, d'une manière ou d'une autre, surveillait son logis. Mais la fatigue et le désespoir la faisaient se jeter dans la gueule du loup.

Elle voulait se réfugier entre ses murs quelques minutes. Le temps de retrouver ses marques. Son identité.

Sa vie avait basculé d'un coup. Une semaine auparavant elle était aussi guillerette que ses amies, avec ses joies et ses peines du quotidien, et aujourd'hui elle se terrait dans la clandestinité. Sa famille était menacée. Et elle en était venue à supposer l'impensable.

Que l'accident de la route qui avait tué sa mère n'en était pas un.

Que son père puisse être en danger.

Et s'il était surveillé pour s'assurer que Yael ne lui avait transmis aucune information ? Elle en savait trop sur ces gens. Peut-être voulaient-ils garder son père à l'œil pour le cas où. Dans ce cas elle ne devait chercher ni à l'approcher, ni à le contacter.

Pour le protéger.

Henri Bonneviel était mort. Assassiné.

Par qui ? Les autres Ombres ? Celles qui ne souhaitaient pas partager leur secret ? Probablement.

Yael parcourut son territoire sans éprouver l'envie de s'asseoir, de se poser, malgré son épuisement.

Elle se vit dans le miroir de l'entrée.

Son regard se porta fugitivement sur le palier, vers l'ordinateur, puis revint au miroir. Elle et ses cheveux courts noués au-dessus de la nuque, son maquillage – déguisement. Elle se trouva changée. Les traits plus marqués. Plus adulte.

Les cheveux blancs n'allaient plus tarder… ?

Elle guetta les angles du grand miroir, attendit qu'elles apparaissent.

Rien ne vint.

Alors Yael saisit un candélabre et frappa de toutes ses forces.

Le verre explosa bruyamment.

Elle recula d'un pas, au milieu du fracas.

La même fine pellicule recouvrait les débris épars.

Yael baissa les yeux. Au sol, son corps et son esprit étaient disséminés, éparpillés. Tout son être disloqué.

Elle courut vers l'escalier.

L'ordinateur s'effondra contre le mur, l'écran brisé, l'unité centrale ouverte. Les plaques de composants se répandirent sur le sol comme les tripes mécaniques d'un robot. Yael s'agenouilla et remua les entrailles fumantes.

Elle n'y connaissait pas grand-chose en informatique mais le petit boîtier noir installé près du disque dur n'était certes pas d'origine. Il devait agir comme une sorte de prise Internet, ou une télécommande Wi-Fi…

C'était en tout cas ce qui avait permis aux Ombres de prendre le contrôle de son ordinateur.

Devait-elle monter à l'étage pour pulvériser aussi le miroir de la salle de bains ?

Elle se retourna contre la rambarde. Là elle dominait le salon, et le sol en verre fumé.

Pour le visage fantomatique, comment avaient-ils fait ?

Yael fonça dans la cuisine, trouva une lampe et descendit.

Le puits résonnait du tumulte des collecteurs.

Yael n'était plus prisonnière de la terreur et du sentiment d'urgence qui la submergeaient la dernière fois qu'elle était venue.

Et elle savait ce qu'elle cherchait.

Elle se tenait à mi-hauteur de cette colonne d'air humide, la pointe des pieds dans le vide, au-dessus de l'échelle.

Le faisceau lumineux lécha la plaque de verre par en dessous, caressant les parois grises et sales.

Une longue minute à sonder les murs.

Yael allait abandonner lorsqu'un éclat métallique accrocha son attention. Un mousqueton noir était planté dans la roche. Elle éclaira la zone et en trouva un autre, puis un autre encore.

Ils étaient difficiles à remarquer. Sans un peu de chance, elle aurait pu s'acharner en vain des heures durant.

Il avait suffi qu'un homme bien maquillé et adepte de l'escalade vienne se hisser juste sous le verre et la surprenne. Descendre ne lui avait pris qu'une poignée de secondes, à peine plus pour retirer son baudrier, tout cacher… dans le réservoir par exemple, et s'enfuir par le couloir menant aux Catacombes après y avoir tout préparé : peinture rouge sur la porte, bougies à allumer au passage. Pour s'évanouir dans le labyrinthe souterrain une fois sa mission effectuée.

Non. Ils étaient deux. L'homme maquillé pour faire peur et Languin pour allumer les bougies. À moins qu'il n'aït tout fait lui-même, se pliant aux directives de Lubrosso sans rechigner et se grimant pour l'occasion avant de faire preuve de patience et d'attendre que Yael réagisse.

Avec une bonne préparation, tout cela avait été un jeu d'enfant.

Yael hocha la tête. Elle comprenait tout. Ils avaient agi pendant ses vacances, investissant sa maison. Avaient-ils été jusqu'à remplacer ses miroirs par des répliques ou seulement incorporé leur ingénieux système ?

Et les bruits dans les murs ?

La réponse était évidente, logique.

Un appareillage de micros miniatures.

Yael remonta dans le salon.

Elle se sentait presque coupable d'avoir pu croire à tout cela.

Les circonstances, se répéta-t-elle. Et elle savait que c'était vrai. Tout le monde aurait pu y croire en vivant ce qu'elle avait vécu. Qui aurait pu répondre dès la première apparition : « C'est une manipulation de millionnaires par la nanotechnologie » ?

Yael jeta la lampe sur le sofa, posa ses mains sur les murs et les palpa. Les puissants grincements qu'elle avait entendus provenaient d'un peu partout.

Principalement en hauteur, se remémora-t-elle.

Elle rejoignit la mezzanine et poursuivit son inspection scrupuleuse des murs.

Où est-ce que des micros seraient le plus discrets ?

Loin des sources de lumière qui souligneraient une bosse ou un coup de peinture fraîche. Et dans les angles.

Yael repéra plusieurs endroits qui correspondaient.

Elle avait vu juste. C'était tellement plus facile lorsqu'on savait quoi chercher.

Elle repéra le haut-parleur à la tache de peinture qui n'était pas parfaitement fondue dans le reste de la pièce. Elle alla chercher une paire de ciseaux à ongles et se servit de leurs pointes effilées pour gratter le mur et désincruster le cercle noir, grand comme une pièce de cinq centimes. Elle en trouva un autre un peu plus loin.

La maison en était truffée. Tous de la même taille, synchronisés et alimentés par une source à distance.

Les Ombres louaient sûrement un appartement dans l'immeuble voisin. Si elles y étaient encore, elles devaient la suivre en ce moment même. Elle devait partir.

Au lieu de quoi, Yael retraça mentalement l'organigramme.

Henri Bonneviel tout en haut. Il en savait beaucoup sur elle. Et c'était lui, semblait-il, qui cherchait à la mettre au courant de tout. Pour exécuter ses plans, il passait par un associé, presque un employé, Serge Lubrosso. Lui recrutait et orchestrait les opérations sur le terrain, par le biais d'hommes comme Olivier Languin. Il devait y en avoir plusieurs, ne serait-ce que pour porter les miroirs trafiqués.

Pouvait-elle aller voir la police maintenant ?

Tout leur montrer, tout leur expliquer.

Qu'elle était innocente des meurtres des SDF et de Serge Lubrosso. Et même de celui de Bonneviel.

Tout ce qu'elle avait fait, elle l'avait fait pour sauver sa peau.

Même lorsqu'elle avait poussé cet homme dans les Catacombes.

Son ventre se creusa.

Elle témoignerait contre les hommes qui avaient essayé de la supprimer. Elle parlerait des Ombres.

Et mon père ?

Qu'allait-il lui arriver ? Si Bonneviel le surveillait, les autres Ombres devaient pouvoir en faire autant.

Yael pensa à sa mère. Elle serra les poings.

C'était un accident..., se répétait-elle sans arrêt. Mais elle n'arrivait plus à en être sûre.

Elle devait savoir. Identifier les autres Ombres. Trouver un moyen de pression pour qu'elles ne puissent pas l'intimider. Elles étaient assez puissantes pour l'éliminer, même une fois la vérité rapportée à la police. Et puis les flics la croiraient-ils ? Elle commençait à avoir pas mal de preuves tangibles, cependant rien de réellement concret pour accuser un individu en particulier.

Même l'installation technique ne serait pas suffisante pour accuser quelqu'un.

Le temps que le système judiciaire français, voire international, se mette en branle, les Ombres pourraient la faire disparaître et frapper son père.

Yael ne savait plus où elle en était. Un vertige l'obligea à s'asseoir.

Rentrer. Retrouver Thomas. Voilà ce qu'il fallait faire avant tout.

Oui. Raconter à Thomas et à Kamel. Ils l'aideraient.

Mais avant, elle devait dormir. Se reposer.

Elle sortit en claquant la porte derrière elle, sans la fermer à clé, elle s'en fichait.

Elle traversa la cour.

Et juste comme elle franchissait la porte cochère de l'immeuble, une voiture rugit dans la rue.

Yael déglutit sans parvenir à s'enfuir. Elle n'en avait ni la force ni le courage. Elle ferma les yeux, vaincue par l'épuisement. Et comprit qu'elle avait tenté le diable une fois de trop.

BLOG DE KAMEL NASIR. EXTRAIT 9.

« L'Histoire est pleine de situations dans lesquelles on a ignoré les avertissements et résisté au changement, jusqu'à ce qu'un événement extérieur, jugé jusque-là "improbable", vienne forcer la main des bureaucraties réticentes. La question qui se pose est de savoir si les États-Unis auront la sagesse d'agir de manière responsable et de réduire au plus vite leur vulnérabilité spatiale. Ou bien si, comme cela a déjà été le cas par le passé, le seul événement capable de galvaniser les énergies de la Nation et de forcer le gouvernement des États-Unis à agir sera une attaque destructrice contre le pays et sa population, un "Pearl Harbor spatial". »

DISCOURS ÉTRANGEMENT VISIONNAIRE
PRONONCÉ PAR DONALD RUMSFELD,
LE 11 JANVIER 2001, SOIT NEUF MOIS
AVANT LES ATTENTATS
DU 11 SEPTEMBRE.

62

Dans la voiture, Yael regardait le paysage défiler sans vraiment le voir.

Le bruit feutré du moteur la berçait, ses paupières se fermaient.

Elle était sortie dans la rue pour se faire embarquer à toute vitesse à l'arrière du véhicule.

370 Tout avait été très rapide.

Thomas la foudroyait du regard, tourné vers elle sur le siège passager.

— Qu'est-ce qui t'a pris ? gronda-t-il. C'est un miracle qu'il n'y ait pas eu de flics ou de tueurs !

— Laisse-la, elle a besoin de repos, intervint Kamel en négociant un virage.

Thomas secoua la tête, furieux, et reprit position.

Ils entrèrent chez Kamel et Yael monta directement s'étendre.

Son sommeil s'éternisa, sans rêves, mais sans cauchemars. Un sommeil réparateur qui stabilisait d'heure en heure son esprit vacillant, la rechargeant en énergie, en courage et en sang-froid.

Lorsqu'elle rouvrit les yeux, il faisait nuit. Elle resta allongée, à contempler le plafond et la fenêtre donnant sur l'arrière d'un immeuble. Puis elle prit une douche et se changea pour retrouver les deux hommes installés autour d'une table. Une troisième assiette y était disposée, intacte.

— Nous n'avons pas osé te réveiller, l'informa Kamel en souriant. Viens, ton dîner t'attend.

Elle dévora chaque bouchée, elle n'avait rien avalé depuis le matin.

Ils la laissèrent manger en paix. Ce fut elle qui prit la parole en terminant son bol de fromage blanc.

— Il est quelle heure ?

— Presque dix heures, dit Thomas d'une voix douce.

Elle termina sa bouchée, avant de murmurer :

— Je suis désolée pour aujourd'hui. J'ai merdé.

— Tu nous as fait peur

Elle baissa les yeux vers son bol.

— Kamel est rentré déjeuner et s'est inquiété de trouver la porte déverrouillée. Il est monté voir si nous étions là et n'a trouvé que moi. Il m'a réveillé pour savoir où tu étais et nous nous sommes imaginé le pire. On t'a attendue durant une heure, puis on a foncé chez toi. J'avais peur que tu y sois retournée. Là ou à ton travail.

— J'y suis passé auparavant.

Thomas eut l'air embarrassé.

— Yael, je dois te dire…

— Bonneviel est mort, je sais.

Kamel ajouta :

— On a découvert ça aux infos ce soir. Ils ont arrêté un suspect, d'après les journalistes il s'agirait de la maîtresse de Bonneviel.

— Elle est sûrement aussi coupable que je le suis du meurtre de Lubrosso…

— Les flics n'ont rien dit sauf qu'ils disposaient d'éléments qui les rendaient très optimistes quant à la résolution rapide de l'enquête.

Yael repoussa sa vaisselle.

— Bien sûr ! s'exclama-t-elle. Ceux qui ont tué le banquier sont suffisamment organisés et habitués à ces coups tordus pour faire accuser n'importe qui !

Kamel se leva pour servir un thé à la menthe à tout le monde.

— Yael, fit Thomas, plus de coup comme celui-là. C'est une chance qu'il n'y ait pas eu de casse.

Elle n'avait aucune envie d'entrer dans les détails, d'expliquer son état de fatigue nerveuse. Elle avait craqué, c'était ça la vérité.

Kamel vint à la rescousse :

— J'espère que tu me pardonneras, j'ai passé tes affaires en revue pour m'assurer qu'il n'y avait pas d'autres puces RFID...

Yael pivota vers lui.

— Tu pourrais m'expliquer cette histoire de puces RFID ?

Il leva la main pour signifier que c'était tout un programme.

— C'est des puces de silicium avec antenne, toutes petites, moins d'un millimètre ! Un vrai condensé de technologie. Sauf qu'on les produit maintenant en telle

quantité qu'elles ne coûtent plus rien. RFID est un sigle qui signifie Puce d'identification à radio fréquence. Elles émettent dans un éventail large de fréquences jusqu'à l'ultra-haute fréquence selon les modèles. Elles disposent d'une mémoire d'un kilobit environ.

— Mais c'est quoi ?

Kamel lui offrit un sourire plein de sous-entendus.

— Le paradis des agences de renseignements créé par la grande distribution.

Yael fit la grimace.

— J'y comprends rien, je croyais que c'était en rapport avec mon passe Navigo.

— Je vais y venir. La puce RFID a été lancée à très grande échelle par les fabricants de produits de consommation courante. Au départ, elle devait servir à assurer la traçabilité, depuis la fabrication d'un article jusqu'à sa livraison finale au magasin, en passant par les différents points de stockage. On gagne du temps, pas besoin d'inventaire manuel, c'est précis et sûr. Il suffit d'avoir l'appareil qui capte les fréquences et tu sais en quelques secondes combien d'articles tu as en stock, et où ils se trouvent précisément. Elles existent partout, sur les CD, les DVD, les emballages de brosses à dents, les jouets, et même dans les fringues !

— Tu veux dire qu'on… en a sur nous ?

— Oh ! oui ! Le problème, pour les consommateurs, enfin l'un des problèmes, c'est que la puce est activée à la fabrication et ne peut plus être désactivée ensuite, jusqu'à ce que sa batterie s'épuise, ce qui peut prendre très, très longtemps. Ça signifie qu'une fois qu'on sort du magasin la puce continue d'émettre son signal. Ce qui est… « amusant », c'est de savoir que les grands magasins ont détourné l'usage premier de la puce RFID. Lassés de perdre beaucoup de fric avec les vols, ils se sont équipés de systèmes qui leur permettent de suivre en direct sur des écrans d'ordinateur le mouvement d'un article jusqu'à sa sortie du magasin, tout ça grâce à la puce. On peut ainsi s'assurer que l'article a bien été payé au passage. Bien entendu, si on est équipé, pas besoin d'être un grand magasin pour suivre une personne à la trace, il suffit de savoir sur quelle fréquence passe la puce RFID que notre cible porte sur elle, dans ses baskets par exemple…

— J'imagine qu'on ne peut pas facilement se la procurer cette fréquence, non ?

— Eh bien… la marchandise passe par tellement d'endroits que ça n'est pas difficile pour quelqu'un de bien organisé. Mais c'est surtout des études de marketing sauvage que vient le problème.

— Les études de marketing sauvage ? répéta Thomas.

Kamel se fendit d'une explication :

— Oui, chaque client passe en caisse, ses articles sont fichés par la machine grâce au code-barres ou à la puce RFID qui finira par remplacer le code-barres, et si l'acheteur possède une carte client avec son numéro propre ou tout simplement s'il paye par carte bancaire ou par chèque, son identité est archivée avec ce qu'il a acheté. Et si c'est un client qui a déjà fait ses courses là et qu'il est dans la banque de données, on compare ses différents achats pour voir ce qu'il préfère, ce qu'il achète une fois mais ne reprend pas ensuite, etc. Ces fichiers sont gérés par des ordinateurs et servent aux grandes marques pour des études marketing. C'est strictement illégal, donc tout le monde hurle bien fort que ça n'existe pas, alors que la pratique est devenue courante. Mais si un fichier comme celui-ci est piraté par des gens malintentionnés, ils peuvent *tout savoir de vous* !

Il les fixa un court instant pour bien souligner ce qu'il venait de dire.

— On trouve des puces RFID un peu partout aujour-d'hui et ça va empirer. Par exemple dans votre passe d'autoroute ou de parking, dans votre badge au travail, et dans le fameux passe Navigo. C'est cette puce-là qui permet de stocker vos informations personnelles et qui, en émettant son signal propre, informe le capteur au portique du métro que le passe est valide. Plus besoin de sortir son ticket pour l'insérer dans la machine, il suffit de brandir son sac au-dessus sans même sortir le passe, la puce émet au travers sans problème !

— Mais comment on a pu me retrouver, moi précisément, avec mon passe ? s'étonna Yael. Il y a des milliers de gens qui en ont !

— Parce que lorsque tu t'abonnes ou que tu recharges ton passe, soit tu remplis un formulaire précis avec ton identité, soit tu payes, souvent par carte bancaire ou chèque, rarement en espèces. Et il aura suffi aux tueurs de pirater le fichier de la RATP pour rattacher ton identité au numéro de la puce qui est dans ton passe et donc à sa fréquence.

— Fréquence qui peut ensuite être captée partout ? interrogea Thomas.

— En effet. Et pire, si tu pirates les ordinateurs des supermarchés chargés de dresser les études de marketing sauvage, tu peux vérifier s'ils n'ont pas capté récemment la puce que tu recherches.

Yael n'en revenait pas.

— Et comment pouvaient-ils savoir que j'avais un passe Navigo ?

— L'enfance de l'art ! Ils ont eu accès à tes relevés de compte pour y voir, entre autres, un prélèvement RATP.

— Et tu crois qu'ils sont parvenus à pirater ma banque et la RATP ?

— On lit régulièrement dans la presse que des petits génies de l'informatique s'introduisent dans les fichiers top secrets de l'armée, du FBI et même de la CIA ! Alors pour des gens bien organisés qui ont des moyens, c'est pas la RATP ou ton compte en banque qui vont les gêner, malgré tout le respect que je porte à notre bon vieux métro parisien.

— Je pensais que seuls les organes officiels pouvaient avoir accès aux informations bancaires, fit remarquer le journaliste.

— En théorie. Dans la pratique, si tu as beaucoup d'argent, donc du matériel hors normes, et que tu cherches bien pour t'offrir les services d'un hacker exceptionnel, tu peux tout ouvrir sur Internet.

— Alors c'est comme ça que les tueurs nous ont retrouvés à l'hôtel, porte de Versailles, conclut Yael. Ce jour-là, j'ai vu un de ces types dans le hall qui se guidait avec une sorte de boîtier comme un GPS.

Yael termina son thé en croisant le regard de Thomas.

— J'arrive à peine à le croire…, dit-elle. Cette histoire de puces qui seraient partout…

— Heureusement qu'on a payé nos vêtements en liquide ! intervint Thomas.

— Demain je vous montrerai, leur assura Kamel. Mais en attendant… je voulais te dire que j'ai avancé sur notre affaire. On était en train d'en parler avec Tom lorsque tu es descendue.

Yael et tira sa chaise pour être plus proche de la table.

— Comment ça ?

— J'ai fait mon investigation sur les noms que tu as trouvés chez Bonneviel.

Kamel sortit de sa poche la feuille au schéma, et la posa devant eux.

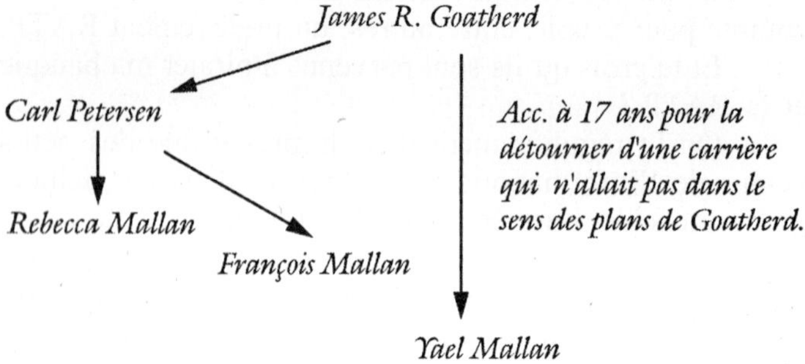

« Yael doit savoir. Elle doit connaître la vérité. Petersen lui parlera. Qu'elle trouve ce croquis dessiné dans la vapeur de son miroir de salle de bains. »

Kamel posa son doigt sur le nom de Petersen.

— C'est un vieux monsieur. Un ancien général de l'armée américaine. Et, ma chère Yael, si les Ombres ont insisté sur Kennedy c'est qu'il n'y a pas de hasard ! Carl Petersen était général à l'époque de Kennedy, parmi les mieux placés, si tu vois ce que je veux dire.

Yael acquiesça. Elle se souvenait très bien de l'exposé de Kamel sur les assassins du Président.

— Il est à la retraite depuis un moment déjà, il a presque quatre-vingt-dix piges ! Il vit en périphérie de Philadelphie. Tiens, voilà ses coordonnées.

Il glissa à Yael une note avec toutes les précisions.

— Merci !

— Pour ça, c'est l'ambassade de mon père que tu devras remercier. Je n'avais pas réussi à localiser Petersen par Internet. Quoi qu'il en soit, le vieux militaire est un proche du pouvoir, il connaît beaucoup, beaucoup de monde parmi ceux qui passent à la Maison-Blanche. Je n'ai pas trouvé de liens précis entre lui et Goatherd, qui est pourtant mentionné au-dessus de lui sur le schéma. En revanche, j'ai trouvé que le général Carl Petersen et notre banquier, Henri Bonneviel, étaient de vieux amis. Ils se connaissaient depuis…

— L'université, compléta-t-elle en imaginant que leur lien était les Skull and Bones.

— Non, ils n'ont pas du tout le même âge, Bonneviel était bien plus jeune. Non, ils se connaissaient depuis que Bonneviel lui avait offert un poste de consultant pour l'une de ses entreprises. Petersen touchait un gros chèque tous les mois d'une société de gestion de crise appartenant au milliardaire suisse en échange de conseils stratégiques.

— Bonneviel lui offrait une retraite dorée en somme ? résuma Thomas.

— Tout à fait. Certainement en échange de *vrais* services, le poste de consultant n'étant qu'une façade pour justifier le transfert d'argent. J'ignore hélas quels services.

Yael se pencha sur la table.

— OK, donc on a un lien entre eux deux, Petersen devait une faveur à Bonneviel, et on peut imaginer qu'il lui avait demandé de me parler, d'où la remarque en bas de page, sous le schéma. Et pour ce… James R. Goatherd, tu as quelque chose ?

Kamel récita sans notes ce qu'il avait découvert :

— James Rhodes Goatherd, né en 1944 dans une bonne famille de Nouvelle-Angleterre. Il a fait l'université de Yale…

Cette fois le lien avec les Skull and Bones est probable…

— … reprend l'empire familial, dans l'armement et le pétrole, et le gère de main de maître. Il est marié à Martha Goatherd et ils ont une fille : France. Ils possèdent plusieurs résidences ; dont une dans notre charmant pays, mais la principale est au nord de New York.

Et si les chiffres vous passionnent, sachez que ce type représente la onzième fortune du monde.

— Onzième fortune mondiale ? s'étonna Thomas. Curieux, je n'en ai jamais entendu parler.

— Tu verrais les noms des trente premiers, tu serais encore plus surpris. Ils sont, disons… discrets. Goatherd lui aussi cultive une certaine discrétion.

— Il fait partie des Ombres, déclara Yael. J'en suis sûre. Il a fait Yale, foyer des Skull and Bones qui alimentent pas mal les Ombres, il est milliardaire, donc influent, et discret.

— Et il figure sur une liste trouvée chez Bonneviel, rapporta Thomas.

Kamel leur resservit du thé. Les arômes de menthe s'élevèrent autour d'eux.

— Je dois connaître le rapport qui existe entre ces gens et ma famille, soupira Yael. Et comprendre ce que signifie ce schéma.

— Appelle Petersen ! fit Kamel. Il est écrit qu'il te parlera. Je t'ai trouvé le numéro de téléphone.

Yael hocha la tête. Elle se retint de se précipiter sur l'appareil. Quelque chose la chagrinait. Depuis le début de cette histoire, on lui parlait de technologie qui piratait, surveillait, détournait. Elle n'imaginait pas Petersen lui dévoilant quoi que ce soit par téléphone, lui, ancien général sous Kennedy.

— Je vais aller le voir, dit-elle sans enthousiasme.

— C'est notre dernière piste, avec Goatherd, rappela Thomas. Après ça, on n'a plus rien.

Kamel osa avancer ce qui lui semblait la dernière solution, la plus radicale :

— Sauf si vous allez… vous rendre aux flics. Malgré tout ce que j'en pense, on ne sait jamais, peut-être que les officiels pourront vous aider.

Yael le coupa :

— J'ai pris ma décision à ce sujet. Je n'irai pas risquer ma vie et celle de mon père tant que je ne saurai pas précisément qui fait quoi dans cette histoire. Vous êtes libres de ne pas me suivre.

Thomas et Kamel l'observèrent sans un mot… Comme offusqués.

— Tu connais mon point de vue là-dessus, trancha Thomas.

— Moi, ce que j'en disais, se justifia Kamel, c'était en dernier recours…

Yael prit le papier avec les coordonnées de l'ancien général.

— Je vais essayer d'appeler Carl Petersen, dit-elle.

Elle se détourna et prit la direction de la sortie. Les deux garçons voulurent l'accompagner mais elle refusa. Il lui fallait prendre l'air, réfléchir à tout cela sur le chemin de la cabine. Elle savait que ça ne plaisait pas à Thomas qui s'inquiétait pour sa sécurité.

Elle s'absenta un quart d'heure.

Son visage fermé, lorsqu'elle revint, en disait long sur l'absence de résultat.

— Il n'était pas là ? voulut savoir Kamel.

— Si, je lui ai parlé.

— Et alors ? demanda Thomas.

— Je me suis présentée et il n'a rien dit. J'ai insisté et il a raccroché.

Thomas vint vers elle. Il posa la main sur l'épaule de la jeune femme.

— Je crois qu'on y pense tous depuis un moment. Tu sais ce qu'il nous reste à faire…

Elle y avait pensé dès la lecture des deux noms aux consonances américaines.

Partir.

Trouver un moyen de traverser l'Atlantique sans passer par les douanes et rencontrer Carl Petersen.

Car c'était écrit.

Il devait lui parler.

TROISIÈME PARTIE

L'EMPIRE DU CHAOS

63

Thomas s'était levé tôt, il devait s'absenter pour la journée.

Ils avaient longuement discuté dans la nuit de la nécessité de partir aux États-Unis. C'était un voyage risqué et long sans garantie de résultat. Mais depuis le début, beaucoup trop d'éléments étaient rattachés au pays de l'Oncle Sam. Et comme l'avait fait remarquer Kamel, les USA étaient le wagon de tête du monde économique, politique et stratégique. Si des hommes voulaient influencer, voire diriger le monde, alors c'était là-bas que se devaient d'être Carl Petersen et James Rhodes Goatherd.

Et il avait expliqué son idée pour leur faire traverser l'océan et surtout les frontières sans avoir à passer par les douanes. Il devait prendre des renseignements et le cas échéant organiser leur départ.

Kamel sortit de la salle de bains, sa chevelure d'habitude si foisonnante était aplatie par l'eau. Il sentait bon le parfum.

— Aujourd'hui je t'emmène pour la pratique ! s'exclama-t-il.

Elle approuva avant d'aller laver sa tasse de café dans l'évier.

— Tu te passionnes pour… toutes ces choses depuis longtemps ?

— Tu veux dire pour l'espionnage, les théories du complot et tout le tralala ? Depuis Sciences po ! (Ses yeux se perdirent dans le vague.) C'est une maladie, Yael. Une fois que tu l'as contractée, ça te ronge parce que le mensonge est disséminé partout. Je ne peux plus voir un journal télévisé sans m'indigner des approximations qui changent tout, des manipulations, des contre-vérités. Le journalisme, aujourd'hui, est mondialisé, tout le monde fait le même journal, se basant sur les mêmes dépêches. On est pressés par le besoin de résultats rapides, sans cesse dans la nécessité d'aller de l'avant, alors on s'attarde peu, on n'a pas le temps de gratter. On n'a ni le temps ni les moyens de faire de l'investigation. Le journaliste aujourd'hui *doit* avoir la mémoire courte. Et se focaliser sur l'info du jour, point. Je vais te donner un exemple d'info perverse : un journaliste qui couvre la guerre du Golfe expliquera que c'est une guerre beaucoup plus propre que toutes celles de l'Histoire parce que les blessés meurent moins souvent que dans les autres

conflits. Il te dira aussi que pendant celle du Vietnam un blessé sur quatre mourait tandis qu'aujourd'hui les statistiques sont de un sur huit ou dix. Mais ce que le journaliste devrait savoir, c'est que les fabricants d'armes se sont appliqués depuis vingt ans à construire des armes moins mortelles qui font plus de blessés. Et sais-tu pourquoi ? Parce qu'un mort ne coûte rien à l'ennemi, tandis qu'un blessé lui coûte cher en argent, en hommes, en énergie et sape son moral sur le long terme. Quand on sait ça, je pense qu'on pourrait éviter de vanter les mérites d'une guerre qui fait des blessés, on considère les chiffres sous un autre angle. L'info ne résonne plus pareil.

— Je crois que c'est pas la faute des journalistes, ils n'ont plus le temps d'approfondir, intervint Yael.

— Bien sûr ! Je ne les incrimine pas, ils font le travail qu'on leur dit de faire, c'est tout. La responsabilité en revient à la direction des chaînes, c'est elle qui impose des résultats, de nouvelles images chaque jour, de couvrir le monde avec le moins de reporters possible. Et quand je dis la direction des chaînes, je devrais évoquer les quelques patrons milliardaires qui détiennent les empires médiatiques.

— On en revient toujours à eux, n'est-ce pas ?

Kamel inclina la tête.

— Difficile de le nier. Tiens, je vais te montrer un truc qui me fait rire.

Il ouvrit un tiroir et fouilla dans une pile de journaux. Il en sortit deux numéros de *Science et Vie* qu'il posa côte à côte. L'un était un ancien tirage, abîmé. L'autre bien plus récent.

— Regarde. Même journal, et seulement quelques années entre les deux exemplaires. Le premier titre : « POURQUOI OSWALD N'A PAS PU TUER KENNEDY », alors que l'autre nous fait un super-article pour expliquer pourquoi Oswald est le seul et unique assassin de Kennedy. En soi, que le même journal se contredise ne me choque pas, mais qu'il omette de mentionner sa première version dans la deuxième, voilà qui me dérange. On a décidé de tirer un trait sur la théorie du complot, alors on fait fi de tout ce qui s'est dit, y compris chez nous, et on balance à grands coups de démonstrations douteuses que seul Oswald a tiré ce jour-là. Ce n'est plus la vérité qu'on cherche.

Ils se préparèrent à sortir et il lui tendit une casquette NEW YORK YANKEE bleu marine.

— Désolé pour ton look, j'aime bien ta nouvelle coupe de cheveux, mais ce serait mieux que tu la portes, pour les caméras.

— Lesquelles ?

— Toutes… Dans la rue, devant les banques par exemple, dans les parkings, dans les galeries marchandes…

Yael n'insista pas, elle coiffa la casquette, rentra ses cheveux à l'intérieur et baissa la visière sur son visage.

— Je suis mignonne comme ça, pas vrai ?

Ils sortirent jusqu'à la voiture de Kamel. Il prit le volant et l'auto vers la banlieue nord.

— 95 % des gens ne savent pas comment fonctionne le monde, commença-t-il. Ils croient le savoir, à travers une image fausse, celle qu'on leur présente. On les manipule. Prends les États-Unis par exemple ; chaque fois que le puritanisme est retombé, chaque fois que la morale s'est délitée, on a vu naître une crise politique majeure, menaçant l'intégrité du pays. Et cette crise sert à resserrer les liens du peuple américain, à redurcir la morale, à faire passer des lois plus strictes, qui nuisent peu à peu aux libertés individuelles. Et chaque pays fonctionne ainsi. Il suffit d'adapter le type de crise à la mentalité du peuple, et on peut reprendre le contrôle.

Yael ouvrit la vitre pour sentir la fraîcheur de l'air.

— Tu crois pas que tu pousses un peu ? lâcha-t-elle. Ne le prends pas mal, mais tu… vois le mal partout, non ?

— Tu es l'exemple type de la globalisation ! Une méthode géniale pour mondialiser les moyens de contrôle

des peuples ! Tellement efficace que si un type veut déroger ou dénoncer, ou le traite aussitôt de parano ! Pas génial, ça ?

Elle s'en voulut aussitôt de penser ainsi. Kamel les aidait, il prenait des risques énormes, simplement parce qu'il les appréciait.

Ou parce qu'on le conforte dans ses théories avec mon histoire !

— Tous les moyens sont bons pour te fliquer. On te fait payer par carte bancaire pour savoir où tu es et ce que tu achètes. D'ailleurs, l'argent liquide les fait chier, ils aimeraient bien le remplacer par des petites cartes du style Moneo ou tout ce qui suivra jusqu'à la disparition du cash. Tu ne peux plus aller travailler sans avoir un badge à l'entrée, ou une carte magnétique de cantine, ou tout simplement un ordinateur qui sert de mouchard. Si tu consultes tes mails ou si tu bosses sur l'écran, l'ordi archive tes manips. Et pareil pour les transports, le passe Navigo se généralisera avec les années, le passe pour l'autoroute, le radar automatique qui trahit ta position, ta carte bancaire qui dit où tu étais lorsque tu as fait le plein à la pompe, le parking qui sait que tu es chez lui parce que tu viens de lui filer ta carte, ton téléphone portable qui te localise en permanence, sans compter toutes les caméras…

Yael se taisait prudemment. Surtout ne pas entrer dans le débat.

Kamel poursuivit son monologue sur plusieurs kilomètres. Il cita les grandes dynasties qui régnaient sur le monde, mentionnant notamment le clan Kennedy mais aussi celui des Bush, rappelant que le grand-père, Prescott Bush, avait fait des affaires avec les nazis. Il avait été nommé directeur général de l'Union Banking Corporation montée par la famille allemande Thyssen, les financiers de Hitler, et Prescott Bush était allé en Pologne à la fin des années 30 pour superviser les travaux d'une mine où travaillaient comme des esclaves les déportés du camp d'Auschwitz. Remarquant que Yael ne pipait mot, il précisa que Prescott Bush avait fait ses études universitaires à Yale et était officiellement reconnu pour avoir été membre des Skull and Bones.

Ils arrivèrent aux abords d'un centre commercial où Kamel prit soin de ne pas se garer sur le parking, préférant tourner dix minutes à la recherche d'un emplacement moins surveillé.

Une fois dans la galerie marchande, il répéta à Yael de bien garder la tête baissée et lui demanda de l'attendre sur un banc, devant les caisses du supermarché où il se dépêcha d'aller chercher un paquet de lames de rasoir qu'il paya en liquide.

— On va faire quoi, là ? demanda Yael qui s'impatientait.

— J'aimerais que tu me prennes au sérieux. Mais pas pour mon ego, je m'en fous, pour ta sécurité. Et je vais procéder à une démonstration.

Yael leva les yeux au ciel mais lui emboîta le pas lorsqu'il prit la direction de la cafétéria près de la sortie.

Il ouvrit son paquet de lames pour ne garder que l'emballage.

— Tiens, regarde, c'est juste du carton, hein ?

— Oui.

Ils dépassèrent les plats cuisinés et les affiches exposant les différents menus pour s'arrêter devant les bacs contenant les sauces et les condiments.

— Tu es d'accord pour dire qu'on ne risque rien à mettre du carton dans un four à micro-ondes ?

Elle acquiesça, un peu agacée.

— En revanche, il ne faut surtout pas mettre de métal, sinon ton four peut exploser, tout le monde sait ça.

Il ouvrit l'un des fours à micro-ondes destinés à réchauffer les plats et y déposa l'emballage en carton.

Il régla sur puissance maximum et lança la cuisson pour une minute.

Le plateau se mit à tourner à l'intérieur.

Sans que rien de particulier ne survienne.

Puis il y eut deux brefs flashes, des éclairs intenses accompagnés de crépitements. Kamel appuya immédiatement sur le bouton STOP. Il récupéra son emballage du bout des doigts et le lança dans la poubelle.

— Curieux pour du carton, non ? Bon, je te déconseille d'essayer chez toi, la première fois que je l'ai fait, j'ai fait sauter mon four et un éclat de plastique a manqué ma carotide de peu !

Il s'empressa de l'entraîner vers la sortie avant qu'on ne remarque leur manège.

— C'est la puce RFID qui a provoqué ça, expliqua-t-il. Là elle était dans l'emballage, mais on la trouve de plus en plus souvent dans le produit lui-même, dans les vêtements par exemple. Tu me crois maintenant ?

Yael ouvrit la bouche pour lui dire qu'elle n'avait pas besoin de démonstration mais préféra éviter une confrontation.

— Oui, se contenta-t-elle de dire.

Il se mit à déambuler dans la galerie.

— Ce qu'il faut comprendre c'est que cette puce n'est pas innocente, les grands magasins ont détourné son usage premier, mais c'était... prévisible. En fait, elle a été conçue au tout début par une entreprise qui appartient à un dénommé Alex Mandl, dont l'oncle est un des directeurs de la NSA, l'agence d'espionnage américaine ! Si je te dis qu'en plus, Alex Mandl fut l'administrateur de la société IN-Q-TEL qui était en fait financée et hébergée par la CIA, tu vas peut-être te poser des questions... IN-Q-TEL s'occupe de cryptographie et de sécurisation de l'Internet pour le gouvernement américain. L'entreprise crée également et inventorie des technologies nouvelles pour les agences gouvernementales, CIA, NSA, FBI... Ça fait un peu beaucoup, non ?

Cette fois, Yael dut avouer que l'accumulation la surprenait.

— Depuis, la puce RFID est passée dans la grande consommation. Pire, elle est tout doucement en train de s'implanter dans nos mœurs avec un objectif à moyen terme : remplacer la carte d'identité. Un jour, nous aurons tous une puce greffée sous la peau, avec nos informations du quotidien : identité, état civil, permis de conduire, carte de Sécurité sociale, et tout ce qu'on voudra y mettre. Elles remplaceront nos cartes bancaires, nos dossiers médicaux, tout. C'est déjà en cours, on fait des tests dans certains hôpitaux, avec l'accord du malade, et même dans certaines boîtes de nuit qui n'autorisent l'accès VIP qu'aux porteurs de leur puce. Les générations à venir vont grandir avec cet outil, l'estimant normal, considérant même que celles et ceux qui ne l'auront pas seront « à la masse », et la puce RFID sera banalisée.

— C'est déjà en train de s'installer avec les animaux, non ?

— Exact, on leur implante une puce RFID, elle devient même obligatoire dans certains pays pour avoir un chien. Pas mal comme idée, non ? On peut pister le maître en suivant le chien sur un écran !

Ils se retrouvèrent à l'extérieur, marchant entre les voitures stationnées. Yael avait les mains dans les poches, la visière de sa casquette la dissimulait.

— D'accord, tout ça est… hallucinant, admit-elle, mais où veux-tu en venir ?

— Tout ce que je souhaite, c'est que tu ouvres bien les yeux sur le monde dans lequel tu vis. Il n'est pas *ce que tu crois voir*. Et les nuances sont de taille. On dit que nous vivons dans un monde de communication, il faudrait dire : un monde de manipulation. Il n'y a plus place pour le hasard dans ce système. Chaque décision pèse des millions, voire des milliards de dollars, et cette masse d'argent nécessite un maximum de contrôle. Les décideurs sont un tout petit nombre, tout en haut, dans la stratosphère de notre civilisation.

Yael n'osa pas lui dire que c'était un discours qu'elle connaissait désormais. Et que depuis quelques jours on la forçait à en mesurer la réelle portée.

— Je sais, je peux être un peu lourd, à rabâcher la même rengaine, mais tout le monde s'est habitué à ce système, et on le trouve normal. Comment réveiller le troupeau qui cherche son petit carré d'herbage ?

Le plus discrètement possible, il prit le bras de Yael et la fit glisser derrière lui alors qu'une voiture de police les croisait au bord de la route.

— On est comme cette grenouille qui ne se rend pas compte que l'eau bout ! Tu sais, si tu mets une grenouille dans l'eau bouillante, elle sautera hors de la casserole immédiatement, en revanche, si tu la trempes dans l'eau froide et que tu la mets à chauffer à petit feu, elle restera sans se rendre compte que l'eau devient trop chaude et tu la feras bouillir à ton gré. Pareil pour nous. Il suffit d'y aller à petit feu, progressivement, et hop ! On est cuits !

— Tu me refais le coup du : c'est la Révolution française la cause de tout ça ?

— Non, la Révolution a été une tragédie. Mais elle nous a fait entrer dans une nouvelle ère qui aurait pu être bénéfique. C'est le sang du peuple qui a été versé ; mais qui a orienté, guidé la Révolution pour en tirer le bénéfice ? La bourgeoisie, les grands commerçants, les banquiers de l'époque ! Et comme malins ils l'étaient, ils ont mis en place un nouveau système à leur avantage, en se gardant bien de reproduire l'erreur du précédent : mettre une tête au sommet de la pyramide du pouvoir. Une tête à renverser dès que le peuple serait en colère. En élaborant ce qui allait devenir notre nouveau système, ils ont déshumanisé la pyramide du pouvoir, pour faire en sorte qu'on ne puisse plus se rebeller. Contre qui ? Si aujourd'hui la France voulait tout changer, si elle n'en pouvait plus de payer des impôts, d'obéir à des lois injustes, de ne pas avoir des conditions de vie décentes, que pourrait-elle faire ? Aller dans les rues et renverser le président ? Pour en mettre un autre à sa place et recommencer… Non, tout le monde le sait bien ! On ne peut même pas descendre et tout casser, on est trop dépendants du système, les rouages, c'est nous !

— Les types qui ont fait la Révolution n'en pouvaient plus d'être affamés, c'étaient pas des comploteurs professionnels !

— Tu ferais bien de relire l'Histoire entre les lignes. Qui a déclenché les hostilités, puis les règlements de comptes entre eux pour le pouvoir ? Et surtout, étudie les dates des révolutions, des déclarations d'indépendance, tu verras comme elles apparaissent un peu partout dans les symboles occultes rattachés à certaines sectes. Sur le dollar, par exemple…

Yael l'interrompit.

— C'est normal que 1776 figure sur le billet de un dollar ! C'est leur déclaration d'indépendance !

— Regarde mieux ! Tu verras que la date est au pied de la pyramide symbolisant le règne de l'œil ! Un œil omniscient, omnipotent, qui règne sans partage sur tout le reste de la pyramide ! Un œil qui symbolise un petit groupe d'hommes. La date est à la base de la pyramide, tout en bas, son point de départ ! C'est une date imprimée au milieu des symboles ésotériques, au pied d'une pyramide à treize étages, une date encastrée entre deux mentions : *« Il favorise notre réalisation »* et *« Nouvel ordre des siècles » !* Je n'invente rien ! Regarde donc en rentrant, c'est écrit ! Le Nouvel Ordre mondial ! Aujourd'hui, les Illuminati, ou quel que soit leur nom, ne se battent plus pour changer le monde, ils l'ont déjà fait ! Nous vivons sous leur règne depuis la fin du XVIIIe siècle ! Ils font déjà ce qu'ils veulent ! Des guerres, des mensonges, le monde est à eux. Et nous sommes leurs jouets aveugles !

C'en était trop pour Yael, elle n'en pouvait plus de voir des signes cachés partout, d'apprendre sans arrêt qu'elle vivait dans un monde mensonger, que sa vie n'était qu'une vaste manipulation.

Elle avait envie d'oublier tout ça. De revenir à son existence aveugle mais paisible. Pouvoir sortir ou entendre une information à la télévision sans se poser mille questions.

— Kamel, je crois que j'ai besoin d'une pause, dit-elle dans un souffle.

Il allait ajouter quelque chose mais ses mots restèrent en suspens entre ses lèvres. Peu d'individus pouvaient aujourd'hui supporter la pression de la vérité.

— D'acc. Je comprends, conclut-il.

Yael monta en voiture.

Ils rentrèrent pour déjeuner et Thomas les retrouva en fin d'après-midi. Il refermait à peine la porte derrière lui que Yael bondissait du canapé pour avoir des nouvelles. Avait-il une piste pour leur voyage ?

— Yael, on part demain matin pour Le Havre. Si tout va bien, nous serons en route pour les États-Unis dans la semaine.

Yael soupira longuement. Toute son impatience et son stress se relâchèrent. *Partir*. Elle n'avait plus que ça en tête.

Et affronter les hommes qui se croyaient tout permis.

Jusqu'à lui voler sa vie.

64

Thomas leur raconta comment il avait prospecté du côté des compagnies de transport maritime. Les paquebots ne l'intéressaient pas, ils demandaient un passeport. Il ne cherchait que les cargos et les pétroliers.

Il connaissait bien l'existence de ces navires commerciaux qui disposaient d'une cabine libre et qui offraient la possibilité d'embarquer un curieux ou deux moyennant une compensation financière. C'était même une forme de tourisme qui commençait à se développer, encore réservée aux initiés, mais qui offrait un voyage hors du commun, propice à la contemplation et à la réflexion.

Thomas avait obtenu les noms des navires qui pratiquaient ce type de service dans une petite agence de voyages spécialisée dans les croisières originales, près de la Bourse. Il avait dressé la liste de ceux qui partaient de France pour la côte Est des États-Unis. Une dizaine devaient appareiller dans les jours à venir depuis le port du Havre. Ils devaient tenter leur chance. Approcher les capitaines. En trouver un qui n'aurait pas peur d'empocher quelques milliers d'euros pour les embarquer sans papiers d'identité, sans déclaration aux douanes.

Le soir, pendant le dîner, Thomas s'adressa à Kamel :

— Par le biais de l'ambassade, tu pourrais obtenir des informations sur ces navires et leurs capitaines ?

Kamel haussa les sourcils.

— Je vais demander à mon père, on va voir.

Yael mangeait avec un appétit modéré. Elle finit par avouer :

— Je n'y connais rien en matière de voyages clandestins, mais il me semble que ça coûte cher. Très cher...

Thomas hocha la tête.

— Oui. Une fortune.

— Et on va faire comment ? Je n'ai pas de fric sur mon compte... Et je ne peux pas y accéder de toute façon.

— Tout est arrangé.

Thomas échangea un regard complice avec Kamel.

— Oui, fit ce dernier, j'ai... je vais vous aider.

— Kamel ! Tu... Je ne peux pas prendre ton argent, lança la jeune femme.

— Ne te pose pas la question. Quel genre d'homme serais-je si je dorlotais mon argent pendant que mes amis sont dans le besoin ? J'en ai, alors autant qu'il serve ! C'est de ça que nous parlions hier soir lorsque tu es descendue.

Interdite, Yael cherchait ses mots.

— Je... Merci, Kamel. Je te rembourserai dès que je pourrai, je te le jure.

Kamel se mit à rire doucement.

— Ne t'en fais pas pour ça. Lorsque tout sera terminé, tu obtiendras tellement de dommages et intérêts que tu me rembourseras au centuple !

L'évocation d'un avenir post-Ombres lui fit du bien. Elle sourit à son tour. Thomas avait rapporté de sa journée parisienne une bouteille de vin qu'il dégusta avec elle, et la jeune femme s'entendit rire, ce dont elle n'était plus capable depuis des jours.

Kamel s'absenta pour faxer la liste des navires à son père en lui demandant une enquête urgente.

Thomas raconta comment il avait toujours rêvé de peindre, et comment il s'y était essayé l'année dernière en prenant des cours. Une catastrophe. Yael souriait, à nouveau confiante en un avenir qui lui semblait moins sombre.

Ils se couchèrent avec une légèreté nouvelle.

Sans plus se poser de questions, Yael se glissa dans la chaleur de Thomas, tout contre lui.

Elle chercha sa bouche et y posa ses lèvres. La tête lui tournait un peu.

Ils s'enlacèrent fougueusement. Thomas se déshabilla sous les assauts de la jeune femme et il lui enleva son long tee-shirt.

Yael interrompit son geste pour fixer Thomas, une lueur espiègle dans le regard.

— Je tiens à m'excuser pour ma lingerie torride, chuchota-t-elle. Une culotte chinoise à trois euros les deux.

Ils rirent, blottis l'un contre l'autre, puis le temps leur fit la grâce de s'effacer.

BLOG DE KAMEL NASIR. EXTRAIT 10.

Si un esprit ouvert a poursuivi sa lecture jusqu'ici c'est qu'il se demande pourquoi.

En partant de l'hypothèse folle que l'administration Bush savait pour les attentats à venir, voire qu'elle était derrière, la question du pourquoi s'impose.

Outre la manne financière que cela engendre.

Il y a deux points essentiels :

— L'état de peur.

— Et, au final, la mise en place d'un Nouvel Ordre mondial.

La peur ?

Je juxtapose tous les faits et j'en tire mes conclusions.

Elles sont démentes. Et pourtant si plausibles au regard des hommes qui tirent les ficelles. Cette extrême droite propre sur elle.

Imaginez une alliance entre une poignée de milliardaires de plusieurs pays, essentiellement États-Unis et Arabie Saoudite, bien qu'à mes yeux les premiers manipulent les seconds. Imaginez ces hommes prêts à tout, dont l'éthique et le sens moral ont disparu au fil des années tandis que le pouvoir et l'argent les dévoraient comme la drogue qu'ils sont. Imaginez ces hommes qui noyautent le système, s'emparent progressivement du pouvoir, de la Maison-Blanche au Pentagone. Des hommes qui ont compris comment fonctionne le peuple.

Un peuple habitué à un confort moral et matériel

moelleux et rassurant. Soudain vous jetez le chaos dans ce confort. Vous en troublez l'équilibre à coups de peurs, d'incertitudes. Le peuple sera prêt à bien des sacrifices pour retrouver son confort. Prêt à accepter bien des choses inacceptables s'il sent au bout la promesse de tuer cette peur qui le tient au ventre. La promesse de retrouver son existence d'avant.

Et c'est exactement ce qu'il s'est passé.

En novembre 2002, Bush se sert du prétexte terroriste et de la sécurité de la nation pour lancer la TIA, Total Information Awareness (connaissance totale de l'information). Le principe en est simple : installer un système d'enquête qui permette au gouvernement américain d'explorer toutes les bases de données du monde afin de rassembler toutes les informations existantes sur un individu, vie professionnelle et privée, tout, absolument tout, sans aucune restriction. C'est Donald Rumsfeld qui va nommer le responsable de la TIA, un certain amiral John Poindexter. Ce dernier est plus que controversé puisqu'il est fortement soupçonné d'avoir instauré le fameux trafic de drogue lié à l'Irangate. Je me permets de rappeler à ce sujet que lorsque Poindexter fut accusé, il fit disparaître tous les documents qui prouvaient sa culpabilité sans savoir que cette destruction était enregistrée par les services de surveillance. En fin de compte, il fut condamné le 11 juin 1990, pour avoir détruit des preuves, à dix-huit mois de prison qu'il ne fit pas, grâce à l'annulation du jugement par une autre juridiction pour « vice de forme ». C'est cet homme-là qui est en charge de la TIA et donc qui a l'autorisation de tout savoir sur les individus de son choix.

Face au tollé soulevé par sa nomination, la TIA disparaît officiellement peu de temps après avoir été rendue publique, mais depuis, bien d'autres projets sont venus le remplacer sous d'autres noms. Matrix par exemple (Multistate Anti-Terrorism Information Exchange). De nouveaux projets surgissent tous les semestres.

Certains disparaissent dans la foulée, en général pour être remplacés par un autre, le même sous un autre nom et avec un emballage toujours plus « rassurant ».

Sans compter le Patriot Act.

Le Patriot Act *est une loi liberticide votée le 26 octobre 2001 pour renforcer les pouvoirs d'investigation gouvernementale tout en affaiblissant le pouvoir de la défense. Que cette loi disparaisse un jour, qu'elle soit prolongée ou remplacée par une nouvelle loi, la même sous un autre nom avec les mêmes applications, elle est installée et perdurera dans les faits. Cette loi réduit drastiquement les libertés individuelles tout en favorisant la répression policière, en légalisant la violation de la vie privée et en diminuant notamment le droit à la liberté d'expression. Avec cette loi, il est possible de détenir sans limite de temps et sans inculpation toute personne estimée terroriste. Mais qui est terroriste aux yeux du gouvernement ?*

Est-ce que j'en suis un, moi, pour mes propos ? Est-ce que dire ce que je pense peut m'envoyer en prison sous prétexte que je m'oppose verbalement au gouvernement en place ? Possible...

Quand on sait que John Ashcroft (ex-ministre de la Justice) et les siens ont préparé une loi encore plus liberticide intitulée Patriot Act II *dans le secret – cachant au Sénat et au Congrès leur projet pendant six mois ! –, on peut avoir peur. Surtout que lorsque celle-ci fut rendue publique, face à l'indignation, ils durent prétexter qu'il ne s'agissait que d'une « note interne divulguée prématurément au public » ! La vérité sans fioritures, c'est qu'ils préparaient des restrictions de liberté encore plus condamnables dans le plus grand secret pour faire passer la loi au dernier moment !*

Il suffit de lire la presse, de s'intéresser un minimum à notre société pour réaliser que ce type de loi a germé un peu partout dans le monde. Notamment en France, sous le nom de loi Perben II. Peut-être qu'avec le temps le nom changera, mais soyons attentifs à ce que les politiciens ne changent pas seulement l'emballage... En attendant, je vous invite à creuser de votre côté cette loi, ou celles qui ont été votées dans votre pays, où que vous soyez. Livrez-vous à un petit jeu aussi amusant qu'effrayant : tentez de définir ce qu'est votre liberté selon vous, et comparez-la avec la réalité des textes nouveaux.

Bon courage.

C'est fou ce que nous sommes prêts à accepter lorsqu'on nous fait peur.

Le 11 septembre aura permis de faire main basse sur la nation, de contrôler ses libertés, tout en assurant un pouvoir plus large au gouvernement et ses partenaires. Afin de préparer la suite des événements.

Le Nouvel Ordre mondial.

65

Dimanche 26 août.

Fin d'après-midi, temps humide et maussade.

Les raffineries de pétrole envahissaient le paysage comme une végétation épineuse, dressant leurs tiges d'acier et bloquant la vue de leurs cuves énormes entre les oléoducs qui serpentaient en meutes sur leurs kilo-
400 mètres. Par intermittence, des totems culminaient dans cette forêt sans vie, léchés par une flamme bleue qui dressait dans les cieux des piliers de fumée noire.

Une odeur huileuse d'essence traînait dans l'habitacle de la voiture.

Kamel conduisait en silence, la mission qu'il s'était fixée touchait à sa fin : ils arrivaient au Havre. Bientôt il quitterait ses compagnons pour retrouver son quotidien, en espérant, jour après jour, avoir de leurs nouvelles.

Il suivit les panneaux indiquant la zone portuaire, traversa un quartier d'habitations constitué de longues barres grises de plusieurs étages. Puis les entrepôts apparurent.

Le port était devant eux, noyé derrière les hangars et les immenses grues de chargement. Les mâts et les cheminées de tankers, cargos et méthaniers dépassaient au loin.

Kamel s'arrêta avant de s'engager dans la rue qui entrait dans le port, en passant par le bureau des douanes.

— Vous ne pouvez vous permettre de présenter votre pièce d'identité, rappela Kamel, c'est donc en faisant le mur que vous devrez approcher les navires. Il y a une zone déserte là-bas, derrière les arbres, on doit pouvoir s'y faufiler.

— J'ai repéré des voies ferrées plus loin, précisa Thomas, elles ne sont certainement pas protégées sur tout le parcours, il nous suffira de les remonter.

— Bon, alors je crois que c'est le moment de se dire au revoir. Tu as bien le fax que mon père a envoyé ce matin ?

Thomas acquiesça.

Ils se quittèrent sans s'attarder, déjà dans l'action.

Yael et Thomas se mirent à suivre le mur du port, le sac sur l'épaule.

Comme Thomas l'avait prévu, le chemin de fer courait derrière un grillage rouillé et troué qu'ils franchirent sans peine. Ils marchèrent le long des rails en direction du port repérable par les hauts terminaux à céréales et leurs silos.

À l'approche des premiers bâtiments, Thomas invita Yael à s'asseoir sur des palettes abandonnées pour attendre la nuit et éviter d'être repérés. Ils étaient à l'abri des regards, coincés entre deux entrepôts décrépits et les hautes herbes jaunies.

Yael eut soudain un petit rire qui surprit Thomas.

— Moi qui tremblais au moindre risque…, dit-elle.

— Si on trouve un navire pour nous prendre, envisagea-t-il, ce qui n'est pas sûr, on sera… des clandestins. Personne ne saura que nous sommes à bord sauf l'équipage. Notre existence sera entre parenthèses tant que nous serons en mer. Tu vois de quels risques je parle ?

— Tu me l'as déjà dit, on pourrait se débarrasser de nous.

Cette seule pensée la terrorisait. Mais ils devaient traverser l'Atlantique.

— Je sais, je me répète, mais tu dois rester vigilante. Si on trouve un capitaine prêt à nous embarquer, il ne le fera qu'à la condition d'être payé à l'avance.

C'est la règle. Et une fois en haute mer, il se pourrait que lui et l'équipage décident de garder le fric sans prendre le risque de se faire pincer par les autorités US avec des clandestins à bord. Sans oublier les douanes américaines... réputées pour leur sévérité.

— Tu crois qu'ils nous jetteraient par-dessus bord ?

— Je sais que des milliers de gens voyagent ainsi, depuis l'Afrique et l'Asie essentiellement, et que ce genre de drame arrive. Souvent. Il y a même des endroits connus pour ça, comme en Italie où tout un village savait sans rien dire qu'un navire avait un jour jeté par-dessus bord des cadavres de clandestins.

— On n'a pas le choix.

— Il nous reste la vigilance. Tu me le promets ?

— Entendu.

— A priori, même si nous tombons sur un équipage véreux, ils y regarderont à deux fois avant d'occire deux Blancs bien habillés. Ils redouteront l'enquête. Mais prudence tout de même.

Un train de marchandises passa au ralenti devant eux, au rythme saccadé de ses roues tranchantes. Yael le suivit du regard, se remémorant les romans américains et les films où des hommes sillonnaient le pays tout entier dans des wagons à bestiaux, courant le long des voies pour se hisser dans le convoi en route vers l'inconnu, vers l'espoir.

Elle s'apprêtait à faire la même chose.

Sur une énorme coque de métal, au milieu de nulle part.

La nuit tomba tandis qu'elle s'était blottie contre Thomas, et ils reprirent leur marche.

Le père de Kamel avait fait un travail salutaire en très peu de temps. Pour tous les navires à quai, il avait dressé un historique détaillé. Thomas avait coché quatre noms sur la liste. Des capitaines suspectés ou condamnés pour des délits allant du dégazage à proximité des côtes au transport de clandestins. L'un d'eux en particulier, suspecté mais jamais arrêté faute de preuves, était le plus grand espoir de Thomas. Il commandait l'*Absolute Conqueror*.

Ils rôdèrent entre les terminaux de conteneurs, dépassèrent les entrepôts frigorifiques tandis que les portiques de chargement leur passaient au-dessus, sautant de proue en proue à la recherche de l'*Absolute Conqueror* qu'ils trouvèrent en bout de quai.

Thomas laissa Yael en retrait derrière un hangar de transit et monta à bord. Il revint moins d'un quart d'heure plus tard, sans rien dire. Il prit son sac, fit signe à Yael de le suivre, et ils s'en allèrent vers une autre silhouette massive qui flottait dans l'obscurité.

Le port s'était transformé avec l'apparition de la nuit. Les projecteurs des grues tournoyaient, les feux des mâts brillaient en rouge et vert dans une ambiance sonore de raclements, de chocs métalliques, de moteurs, de treuils sifflant, de cris et de sirènes.

À la seconde tentative, Thomas revint tout aussi bredouille et inquiet. Il craignait que le capitaine prévienne les autorités de leur présence. Ils s'empressèrent de rejoindre le nom suivant sur la liste, un porte-conteneurs déjà bien chargé.

L'entretien dura plus longtemps.

Yael patienta une heure.

Et l'anxiété commença d'instiller ses doutes obscurs dans son esprit. Une demi-heure s'écoula encore.

Yael n'y tenait plus. Elle faisait les cents pas, guettant avec méfiance les chariots élévateurs qui fonçaient avec leur chargement, tous phares allumés.

Thomas apparut soudain sur le pont, il lui fit un signe de la main pour qu'elle grimpe le rejoindre.

Son cœur tressauta.

Elle attrapa les sacs et quitta le béton du quai.

En posant le pied sur la passerelle d'embarquement, elle se retourna pour contempler une dernière fois le sol.

Quel genre de femme serait-elle lorsqu'elle le retrouverait ?

Thomas l'appela et elle grimpa sans un mot, sans un regard.

Plus rien d'autre ne devait compter désormais que son but.

La confrontation qui l'attendait là-bas.

De l'autre côté de l'océan.

66

En pleine mer, le plus impressionnant était la puissance de l'air.

La vigueur quasi permanente du vent sur l'Atlantique, les embruns qu'il arrachait à la surface de l'eau pour nimber le pont du porte-conteneurs d'un vernis glissant. Le vent sifflait aux tympans, étourdissait, et il fallut trois jours à Yael pour s'y habituer.

Le *Baltic* était si grand et si lourd qu'on n'y souffrait pas du roulis ou du tangage à moins d'une mer déchaînée. Yael était impressionnée par le nombre de conteneurs entassés sur le pont, en contraste avec cet horizon interminable de vagues et de houle, En quittant le monde des hommes, Yael réalisa combien le *Baltic* était fragile et minuscule, coquille de noix à la merci des éléments. Jamais elle ne s'était sentie aussi minuscule. Dérisoire à l'échelle de l'univers.

Puis elle s'habitua à cet infini mouvant. Elle considéra très vite que son opacité était une alliée. Ne rien deviner de ses profondeurs, de ses abysses, était une bénédiction. Elle aimait imaginer l'océan comme un revêtement solide qui les portait, une surface compacte capable de l'isoler des gouffres effrayants.

Et elle oublia les canyons qui défilaient sous ses pieds, leur flore et leur faune. Mais le vent, elle ne put que le subir et l'accepter.

Leur cabine était à côté de la cheminée et, la première nuit, Yael eut de la peine à s'endormir, le bruit des moteurs était trop présent et l'énorme conduit qui passait non loin de sa tête résonnait de temps à autre d'étranges échos.

L'équipage était discret, tout juste avait-elle des contacts avec les officiers, mais à la demande du capitaine, ils mangeaient séparément. Il leur rappelait souvent qu'ils n'étaient pas des passagers mais des clandestins, et qu'ils se devaient de rester silencieux, voire invisibles. Moins ils marqueraient les esprits, mieux ce serait pour tout le monde.

Pour ce qu'elle put en savoir, l'équipage était philippin et les officiers panaméens. On parlait plusieurs langues à bord, dont un anglais hésitant.

Les jours passaient sur les horloges murales accrochées au mess et qui indiquaient les fuseaux horaires qu'ils

traversaient.

L'expression « Nouveau Monde » prenait un sens à bord.

S'enfoncer dans ce no man's land indomptable pour des jours et des nuits, c'était s'embarquer pour un étrange voyage intérieur. L'homme ballotté par l'immensité chatoyante se retrouvait bien vite à contempler ses propres reflets, l'âme à nu, libre soudain de faire son ménage, d'opérer un tri et de choisir quel être il souhaitait devenir. Une mue silencieuse était en cours, un effeuillage lent, profond, qui débarrassait des attitudes, des faux-fuyants et des mensonges du cœur.

Au matin du quatrième jour, Yael chaussa ses baskets, enfila un short et un tee-shirt et partit seule pour faire le tour du pont en courant. L'assemblage polychrome des rectangles d'acier formait un château immense autour duquel elle fit son jogging. Pour la première fois depuis longtemps. Le son de ses pas heurtant le plancher disparaissait dans le ressac qui tourbillonnait contre la coque, et le vent qui sifflait entre les conteneurs. La pureté de l'air portait ses foulées. Yael se sentait vivre. Elle remarqua au second passage sous la passerelle de navigation qu'un homme d'équipage était assis à fumer sa cigarette en l'observant.

Elle lut une certaine convoitise dans ses yeux. Un rictus gourmand qu'elle détesta.

Yael hésita à continuer. Si elle tournait à nouveau elle serait dans la longue zone des marchandises, on pouvait l'entraîner entre les conteneurs. Personne ne pourrait alors ni la voir, ni l'entendre.

Elle ne ralentit pas et poursuivit son exercice. Ne pas montrer qu'on a peur, pensa-t-elle. Se montrer forte pour décourager un type hésitant. Il restait encore quatre jours, ce n'était pas le moment de flancher sinon le reste du voyage serait un cauchemar. Elle boucla un troisième tour et revint vers sa cabine.

Thomas l'attendait à sa sortie du cabinet de douche.

— J'ai parlé avec le capitaine, nous serons à New York lundi prochain, dans la soirée. Ils resteront à quai deux jours pour décharger et charger. Ensuite ils partent pour Savannah en Géorgie. Même topo, et machine arrière vers Boston pour un dernier chargement avant le retour en France le 13 septembre. Il dit que si nous voulons rentrer, on peut les rejoindre à cette date. Ça nous laisse dix jours pour rencontrer Carl Petersen et aviser de la suite.

Elle approuva sans développer. Elle n'avait aucun plan précis. Rien qu'un besoin de résultat. Savoir. Et s'assurer que ni son père ni elle ne risqueraient plus rien. Le reste… elle improviserait sur place au gré des circonstances. Elle devait commencer par Petersen.

Dans l'après-midi ils allèrent se promener sur la plage avant, bercés par le bourdonnement tranquille des moteurs, un tremblement rassurant. L'étrave ouvrait l'écume vers l'ouest, en direction du couchant.

Ils parlèrent de leurs vies, de ce qu'ils en attendaient, prenant soin de ne pas mentionner les Ombres. Ici, à des milliers de kilomètres de la ville la plus proche, ils savouraient ce répit. Loin des civilisations et des mensonges.

Ils dînèrent et se couchèrent tôt. Ce soir-là, Yael s'invita dans la couchette étroite de son compagnon. Depuis la nuit qu'ils avaient partagée chez Kamel, elle ne se posait plus de questions quant à leur relation. Elle refusait de la définir. Seuls comptaient l'instant présent, leurs caresses, leurs baisers et son désir de lui, de son corps. Elle guida le sexe de son compagnon jusqu'à elle.

Sans aucun moyen de contraception. À aucun moment elle ne chercha à protéger cet échange, elle le souhaitait brut et instinctif, elle qui d'habitude était si prudente.

Il s'enfonça en elle, et elle gémit, de plaisir, de son choix assumé, de ce voyage qu'il lui offrait et dans lequel elle voulait se fondre. Un voyage fusionnel, à la vitesse de l'oubli, toucher de l'âme par le corps l'unique réalité

de l'univers : un périple orgasmique entre le néant et la matière, l'état prénatal et post mortem. Elle voulait voyager à travers soi, à travers lui, dans l'essence même de l'humanité.

Alors, elle jouit.

La traversée dura huit jours.

Lorsque le *Baltic* approcha les côtes américaines, la nuit était tombée depuis quatre heures. Yael ne vit que des lueurs dans le lointain. Sur la passerelle de navigation, le capitaine leur expliqua comment ils allaient quitter le navire.

L'opération reposait sur leur discrétion. Une fois à quai, les machines arrêtées, ils passeraient du côté opposé au quai et descendraient un escalier à flanc de muraille jusqu'au niveau de l'eau. Ils embarqueraient dans un canot pneumatique et devraient s'éloigner à la rame, sans se faire remarquer des bateaux de surveillance qui patrouillaient. Il leur faudrait sortir du port pour accoster dans un endroit tranquille. Et surtout, il fallait rester extrêmement attentif car si un tanker venait à appareiller ils seraient happés et broyés par ses hélices, aucun des gros navires ne les verrait.

S'ils venaient à se faire prendre, le capitaine nierait les avoir jamais vus. Ils devaient se débrouiller seuls et surtout oublier le *Baltic*.

En attendant, il les fit conduire dans des cales, un réduit étriqué, où ils resteraient cachés jusqu'à ce qu'on vienne les chercher, pour le cas où les gardes-côtes feraient une visite-surprise à bord.

Ils attendirent deux heures, serrés l'un contre l'autre, des fourmis dans les jambes, les bras engourdis et la tête qui tournait. Un officier leur ouvrit enfin. Dans un mauvais anglais il leur ordonna de le suivre avec leurs sacs. Ils sortirent au grand air, dans la nuit scintillante de projecteurs du port new-yorkais. Ils se glissèrent sous la protection des conteneurs et l'officier désigna un escalier serpentant jusqu'au niveau de l'eau en leur donnant à chacun une rame en plastique. Pendant qu'ils dévalaient les marches, il passa par-dessus bord un bateau pneumatique à peine suffisant pour deux personnes, qu'il fit descendre au bout d'une corde.

Yael ne se sentait pas en sécurité contre la paroi de l'énorme cargo, et le clapotis de l'eau noire en contrebas ne la rassurait pas davantage.

Thomas parvint à attraper leur canot et à s'y asseoir sans chavirer. Il aida Yael à en faire autant, les sacs calés entre les jambes. C'était un radeau de fortune, à peine digne des jouets pour enfants qu'on pouvait trouver sur n'importe quelle plage. À la moindre houle il se retournerait. Thomas défit le nœud et ils ramèrent en silence pour s'éloigner du *Baltic*.

Son immense carcasse dominait la nuit.

La frêle embarcation s'enfonça dans l'obscurité, quittant la rade pour contourner le phare du port.

Très vite, leurs épaules devinrent douloureuses. Ils luttaient contre le courant.

Le canot se mit à tanguer dangereusement. L'eau était glacée.

— Je ne vois pas le rivage, s'inquiéta Yael en haletant. Je ne vois que les lumières.

— Juste sur notre gauche, des rochers.

Et comme pour souligner les paroles de Thomas, Yael entendit les vagues qui se brisaient. Ils ramèrent plus fort, les muscles en feu, et manœuvrèrent le plus habilement possible pour éviter d'aller s'écraser sur des récifs, mais le courant finit par les agripper et les pousser rageusement vers la côte.

Ils passèrent à toute vitesse entre des arêtes tranchantes et le canot vint racler le sable de la plage.

Ils se jetèrent sur la terre ferme en serrant leurs bagages contre eux, hors d'haleine et le corps douloureux, mais vivants.

Ils y étaient.

Ils étaient aux États-Unis. Le pays qui avait fait rêver tant d'exilés.

The land of the free, comme l'appelaient les premiers colons, pleins d'espoir et avides de liberté.

Yael était venue reprendre la sienne.

67

Mardi 4 septembre.

Pennsylvania Station. Début de matinée.

Avec les dollars que Kamel leur avait donnés, Yael et Thomas s'étaient offert une chambre d'hôtel dans le Queens pour ce qui restait de la nuit. Après un court sommeil, ils étaient partis en direction de Manhattan pour prendre le train.

La gare résonnait sous les échos démultipliés de tous les pas. Les usagers défilaient si rapidement que Yael ne parvenait pas à distinguer leurs visages. Tous deux cherchaient un guichet où acheter leurs billets et se faisaient bousculer par une foule au rythme frénétique, avant d'atteindre enfin une fenêtre où Yael glissa un billet de cinquante dollars.

Moins d'une heure plus tard ils étaient assis dans un train de l'Amtrack filant à toute vitesse vers l'ancienne capitale des États-Unis.

Ils atteignirent Philadelphie à l'heure du déjeuner.

Sac sur l'épaule, ils achetèrent des hot dogs à un marchand ambulant et trouvèrent un plan de la ville pour localiser les différents quartiers. L'ancien général Carl Petersen vivait en périphérie, dans le quartier nord-ouest, au bord de la rivière Schuykill.

Yael proposa qu'ils s'installent tout d'abord dans un hôtel à proximité, et ils prirent un bus qui entra dans Fairmont Park, un vaste espace vert aménagé de pistes cyclables et d'aires de pique-nique. Il les déposa au pied d'un motel à la sortie du parc. Thomas prit une chambre, qu'il paya en liquide, et acheta une carte d'accès à Internet pour aller consulter les informations en français. Pas question que Yael joue les touristes sans passeport. Elle dut laisser Thomas parler pour deux. Devant l'écran, elle fit un rapide tour des nouvelles, cherchant avant tout à s'assurer qu'aucun ressortissant français n'avait été tué en Inde.

Rien sur le web.

Yael se remémora les dates sur la feuille de route. François Mallan était rentré de son trekking la veille. Il devait repartir le 5 septembre pour Paris, c'est-à-dire le lendemain.

Yael soupira.

Elle consulta les articles de presse concernant leur affaire. L'enquête n'avait pas beaucoup avancé, la police se refusait à tout commentaire et les journalistes ne parvenaient pas à savoir si Yael Mallan était considérée comme suspecte ou comme victime.

Quant à l'assassinat de Henri Bonneviel, un suspect avait été arrêté et inculpé. Sa maîtresse. Les enquêteurs affirmaient avoir réuni suffisamment de preuves de sa culpabilité. La femme n'en continuait pas moins de clamer son innocence.

Yael termina en consultant ses mails.

Rien de palpitant. Des spams par wagons entiers, ces publicités intempestives. Elle allait les effacer lorsque l'un d'eux attira son attention. Il n'y avait pas d'expéditeur, juste un espace blanc, et il datait du 30 août, cinq jours auparavant. L'intitulé était « *Knock-knock* ». Yael hésita, ce n'était peut-être pas un spam.

Elle cliqua dessus pour l'ouvrir en espérant ne pas déclencher un virus.

Le message était concis.

Et direct.

Ses doigts se resserrèrent sur la souris.

Les Ombres avaient renoué le contact.

68

« Puisque l'Histoire exerce une telle fascination sur vous, continuez à la lire, continuez ce que vous avez commencé, passez à la suite ! Avec des billets de 5, de 20, et 100 dollars. En les réduisant sans les couper, vous devriez obtenir une suite intéressante pour prédire l'avenir... Mais prenez garde. Voir le futur peut coûter cher. Peu sont capables d'y survivre. C'est un jeu d'initiés. Vous êtes prévenue. »

Yael imprima aussitôt la page et ferma la session.

Elle retrouva Thomas dans la chambre.

— On change d'hôtel ! prévint-elle en entrant. J'ai merdé. J'ai consulté mes mails et il y en avait un des... Ombres. Elles sont capables de remonter la connexion jusqu'ici.

Thomas ne répondit rien. Il ne la réprimanda pas non plus d'avoir pris ce risque. Il se contenta de prendre ses affaires et de sortir.

Ils trouvèrent un autre hôtel à moins d'un mile mais préférèrent l'ignorer pour le suivant.

Ils demeuraient cependant à courte distance de chez Carl Petersen.

Thomas ferma la porte à clé derrière lui.

— Fais voir ce message.

Elle le lui tendit.

— J'ai l'impression… que le ton a changé, confia Yael.

— En effet, fit Thomas après lecture.

Yael haussa les épaules.

— Mais c'est logique ! réalisa-t-elle soudain. Bonneviel mort, puisque c'est lui qui me contactait, les Ombres ne devraient plus m'envoyer de messages…

— Sauf si c'est l'autre faction qui le fait, compléta Thomas. Celle qui a cherché à te tuer.

— Tu crois que c'est un piège ?

Thomas relut le mail.

— Ils l'ont envoyé il y a cinq jours. Ils avaient perdu notre trace depuis un moment.

Il hocha la tête.

— Oui, c'est sûrement un piège. Un moyen de nous localiser. Le mail devait contenir une sorte de virus, un *tracker*, pour nous pister. Je ne sais pas s'il était puissant mais s'il a fonctionné, ils savent maintenant que nous sommes aux États-Unis.

— Alors plus de temps à perdre. On va chez Petersen.

Il n'était pas seize heures lorsqu'ils appelèrent un taxi pour les conduire chez le général à la retraite.

C'était une zone pavillonnaire, des maisons larges et longues, de plain-pied, séparées par de fines haies et ouvertes sur la rue, rien qu'un gazon et des parterres de fleurs. Toutes disposaient d'une allée conduisant à d'imposants garages. La rue sentait le bien-vivre à l'américaine dans un quartier bourgeois.

Yael et Thomas se firent déposer avant le numéro qu'ils cherchaient et marchèrent.

De jeunes hêtres bruissaient, bien alignés sur le bord des trottoirs.

— C'est ici, murmura Thomas. Continue de marcher. Je veux être sûr qu'on ne nous attend pas.

Du coin de l'œil, il scruta l'intérieur des rares voitures

qui stationnaient aux alentours pour s'assurer qu'elles n'étaient pas occupées.

— Je suis d'avis qu'on surveille la maison avant d'y aller, proposa Yael. Je ne voudrais pas tomber sur sa femme en son absence et qu'elle puisse le prévenir. Viens, j'ai une idée.

Elle l'entraîna au bout de la rue, sur un banc d'où ils avaient vu sur toutes les propriétés, et sortit de son sac à dos feuilles de papier et crayon.

— Tu parlais de peindre l'autre jour, non ? Alors tu vas faire un portrait de moi, sur ce décor.

Elle lui glissa un sourire complice et un clin d'œil.

— Tu ne vas pas être déçue…

Ils patientèrent ainsi, Thomas levant régulièrement son esquisse afin de montrer aux quelques passants ce qu'ils faisaient là.

En fin d'après-midi, une Lexus ralentit devant la demeure du général et s'engagea dans l'allée pour s'y garer. Un grand blond fringant en sortit du côté conducteur et ouvrit la porte arrière d'où un vieil homme s'extirpa.

— C'est lui à coup sûr, commenta Yael. Il a un chauffeur, rien que ça !

Le nervi alla jusqu'à la porte d'entrée et sonna. Une femme d'une quarantaine d'années leur ouvrit. Son apparence et son maintien confirmèrent qu'il s'agissait d'une employée de maison. Elle fit entrer tout le monde et referma.

— Ils sont trois, murmura Thomas. Ça ne va pas nous simplifier la tâche.

— Il y a bien des moments où il est seul, non ?

— Vu son état, je n'en suis pas sûr.

Après une heure d'attente et de spéculations, ils virent le chauffeur ressortir en saluant la gouvernante, monter dans la Lexus et disparaître à l'autre bout de la rue.

— Un de moins, conclut Thomas.

— On y va.

Thomas fit la grimace.

— On va pas attendre comme ça pendant une semaine ! insista Yael. Bonneviel avait écrit que Petersen me parlerait, et il le fera.

Thomas ne put faire autrement que de la suivre lorsqu'elle bondit sur ses jambes et s'éloigna.

Ils sonnèrent à la porte blanche.

La gouvernante apparut.

— Bonsoir, fit-elle, un peu surprise.

— Nous venons voir M. Petersen, c'est très important, lança Yael dans un bon anglais.

— Vous êtes…

— Dites-lui que nous venons de la part de Henri Bonneviel. Dites-lui que Bonneviel est mort.

— Écoutez, je crois qu'il serait préférable d'appeler demain…

— Non, nous devons lui parler maintenant. C'est *très* important. Je suis Yael Mallan.

La gouvernante pinça les lèvres, partagée entre l'instinct protecteur et l'urgence qui brillait dans le regard de la jeune femme.

— Attendez ici, je vais voir ce que je peux faire, trancha-t-elle en refermant la porte.

Elle se rouvrit moins d'une minute plus tard.

— Suivez-moi.

69

Yael et Thomas traversèrent le salon jusqu'à une véranda ouverte sur un jardin magnifiquement entretenu. Assis dans une chaise longue en bois, les pieds nus dans l'herbe, le vieux général les toisa tour à tour. Il tendit la main pour leur désigner deux sièges où ils s'installèrent. Il était à l'abri du crépuscule sous un parasol planté à même la terre.

— Maggy, servez-leur de l'orangeade, commanda-t-il d'une voix sifflante.

— Merci de bien vouloir me recevoir, monsieur Petersen, fit Yael.

— Qui est-ce ? demanda-t-il en désignant Thomas.

— Mon ange gardien.

Petersen la fixa. Ses yeux bleus brillaient comme de la braise. Malgré son âge, il n'avait rien perdu de sa force mentale. Yael lui rendit son regard. Sa peau était presque transparente sur ses os et ses veines vertes. Il n'avait plus de cheveux.

Yael contemplait presque un siècle d'histoire. Ces mains-là avaient touché Kennedy, cette bouche lui avait parlé.

À en croire le récit de Kamel, on pouvait même supposer qu'elle avait œuvré pour ordonner l'assassinat du Président.

— C'est ce salopard de Bonneviel qui vous envoie ! siffla-t-il.

— Il est mort…

— Bien sûr qu'il est mort, cette tête de mule ! railla le vieillard. Il a fait chier Goatherd, il a été trop loin.

À l'évocation du nom qui figurait au sommet du schéma, la jeune femme se pencha.

— Comment ça ?

Un rictus de contentement tira le visage du général.

— Vous aimeriez savoir, hein ?

Yael croisa les mains devant elle.

— Henri Bonneviel m'a fait venir ici. Il disait que vous me parleriez.

La gouvernante réapparut avec deux verres qu'elle posa sur la table basse avant de s'éclipser. Petersen étira son bras pour attraper le parasol et d'une pichenette le fit se replier, s'inondant subitement de soleil couchant.

Les rayons dorés se prirent dans la silhouette du vieil homme, le recouvrant d'une cape de feu. Ses yeux ne furent plus que deux fentes.

— Pour ça, il faut savoir poser les bonnes questions, dit-il tout bas.

— Pourquoi moi ? Pourquoi Bonneviel a-t-il décidé de m'envoyer tous ces messages ?

— Parce qu'il jouait à un jeu.

— Avec moi ?

Petersen marqua une pause.

— Non, vous n'êtes qu'un pion. La seule chose qui compte dans ce jeu, ce sont les joueurs, et la manière dont ils vont gagner leur partie. Et vous étiez le pion de son adversaire. James Goatherd.

— Moi ?

Petersen acquiesça lentement, pénétré de ses révélations.

— Et pourquoi mes parents étaient-ils mentionnés à mes côtés chez Bonneviel ?

— Vous devez d'abord comprendre comment marche le jeu. Entendez bien que je n'utilise pas une métaphore, ils jouent *réellement* à un jeu. Au-delà du divertissement.

C'est une partie sans fin, le plateau de jeu est le monde. L'objectif est le pouvoir. Une démonstration permanente entre les joueurs. Avec une sorte de hiérarchie qui évolue en fonction des actions de chacun.

— Ils sont plus de deux ?

— Oui. Je n'en connais pas le nombre exact, mais ils ne sont qu'une poignée.

Thomas murmura :

— Les Ombres.

— En effet, c'est un surnom qu'ils se donnent entre eux, bien qu'il change avec les époques.

— Comment joue-t-on à ce jeu ? demanda-t-elle, les dents serrées. C'est une conquête d'argent ?

— Non, ça c'est la conséquence pour ceux qui gagnent. Il faut pour cela marquer des points. Et l'Histoire avec un H majuscule est l'échelle de ces points. C'est sur l'Histoire qu'on inscrit ses victoires.

— De quelle manière ?

— Par la manipulation. Chaque joueur dispose de ses propres intérêts et de ceux de ses partenaires. Il doit trouver un moyen, n'importe lequel, pour non seulement les conserver mais les faire fructifier. Cependant, il ne peut pas procéder n'importe comment ! Il doit impérativement jouer avec l'Histoire. La manipuler, jouer avec les hommes. Et le principal moyen qu'utilisent les joueurs c'est…

— Les coïncidences, termina Yael se souvenant de tout ce qu'elle avait appris depuis quelques semaines. L'assassinat de Lincoln, celui de Kennedy…

Petersen la scruta par-dessus le voile de lumière qui l'enveloppait.

— En effet. Je vois que Bonneviel vous a bien orientée. Ce jeu est le fruit des mégalomanies ambitieuses de milliardaires, dans une course effrénée au pouvoir, à « toujours plus ». Ils ont fini par se rassembler et se fixer des défis. Ces défis secrets sont devenus un besoin. Une règle à suivre pour pimenter leur quotidien.

— C'est… pathétique, le coupa Yael.

— Pas tant que ça ! Prenez un enfant indigène qui vit au fin fond de la forêt amazonienne, ce n'est pas parce qu'il n'a pas le dernier jouet Star Wars qu'il sera malheureux, il est tout aussi épanoui avec les lianes tressées qui lui servent de jouet qu'un gamin américain. C'est une question d'environnement, de références. Les Ombres sont pareilles. Ce sont des gens qui ont grandi avec tout, absolument tout, ou en tout cas qui ont tout aujourd'hui. Et plutôt que de se contenter de gérer leur empire, chacun dans leur coin, dans une solitude paranoïaque, ils se sont inventé un moyen de donner du sens, une importance plus colossale encore à leurs actes. Ils n'ont fait qu'adapter leurs règles à leur environnement, à la hauteur de leurs références.

Il passa une langue sèche sur ses lèvres, avant d'enchaîner :

— Lorsque certaines personnes faisant partie des Ombres ont décidé que Kennedy allait à l'encontre de leurs intérêts, elles ont mis en branle un plan visant à son élimination. Tout en prenant soin que celle-ci se fasse selon des critères minutieusement préparés. Je sais que c'est énorme, mais regardez le nombre de coïncidences entre les assassinats de Lincoln et Kennedy et vous verrez ! Le « hasard » n'est pas à ce point pratique. Et il y a trop de coïncidences dans l'Histoire pour qu'on puisse nier l'influence d'une force extérieure.

Yael luttait pour maîtriser sa révolte.

— Qui sont les Ombres actuellement ?

— Des hommes et quelques femmes. Ils se sont partagé l'héritage spirituel de leurs ancêtres, ce sont des gens qui ont toujours su naviguer dans les sphères politiques tout en étant rarement des figures trop en vue. Ils ont su comment orienter la société. Ils ont misé sur le pétrole avant le XXe siècle et ont manœuvré dans l'ombre pour qu'il devienne une manne financière colossale. Ils ont investi dans les transports et lancé l'ère de la communication. C'est logiquement qu'ils se sont peu à peu emparés des médias pour fonder des empires à l'ère de l'information. À la Première Guerre mondiale, ils ont flairé le potentiel de l'industrie militaire, et l'ont accaparée. La Seconde Guerre a confirmé ce potentiel et les a encore plus enrichis. Un business parmi les plus juteux au monde mais qu'il faut entretenir. Kennedy s'était farouchement opposé à cette politique. Il refusait l'intervention militaire contre Cuba et contre les Russes, il refusait un conflit au Vietnam.

— Alors les Ombres l'ont éliminé.

De nouveau, le rictus fit son apparition.

— N'allez pas pour autant faire de JFK un saint. D'aucuns disent que son opposition farouche à ces gens-là n'était destinée qu'à favoriser les intérêts de son clan, si vous voyez ce que je veux dire…

Yael ouvrit la bouche pour rebondir, Petersen ne lui en laissa pas le temps.

— Il ne faisait pas partie du complexe militaro-industriel comme vous l'appelez. Les intérêts de Kennedy n'étaient donc pas dans les guerres. Soyez néanmoins assurée que s'il n'avait pas péri, il aurait soigné l'empire de sa propre famille comme tous les autres.

— Vous étiez général à l'époque, intervint Thomas, lourd de sous-entendus.

Petersen perdit son sourire.

— Je ne suis pas une Ombre, si c'est ce que vous voulez savoir, répliqua-t-il. Mon travail a toujours consisté à jouer le rôle d'intermédiaire. C'est pour ça que Bonneviel vous a envoyée à moi, mademoiselle Mallan.

Yael eut la chair de poule en entendant son nom par la voix sifflante de cet homme.

— Que savez-vous de ma famille ?

— Ce que James Goatherd a bien voulu me dire.

— Goatherd ?

— Oui. Vous vouliez le nom d'une Ombre, en voici un. Et une figure historique s'il vous plaît. Je crois que son grand-père était parmi ceux qui ont fait le coup le plus extraordinaire de tous les temps : le *Titanic* !

— On a lu cette rumeur, intervint Thomas. C'est de la connerie. Jamais quelqu'un ne ferait une chose pareille. Ce serait impossible à orchestrer !

— Croyez-vous ? Vous les sous-estimez grandement. Attendez de voir ce qu'ils nous préparent, j'ai entendu parler d'un coup énorme à venir. Si gros que personne ne pourra jamais imaginer que c'est un coup monté.

— Quoi donc ?

Thomas s'était redressé.

— C'est ce qui se chuchote dans les coulisses...

Yael prit le relais :

— Que veut Goatherd à ma famille ?

— Ce que veulent toutes les Ombres ! Vous manipuler, vous contrôler. Pourquoi, je l'ignore. Mais je sais comment.

Yael se leva, elle n'en pouvait plus.

— Asseyez-vous s'il vous plaît, ordonna-t-il d'un ton glacé.

Yael obéit aussitôt.

— Elles procèdent souvent de la même manière. Je sais comment, je vous l'ai dit : j'ai souvent été l'intermédiaire entre les Ombres et ceux qui pouvaient leur servir. Une fois qu'elles tiennent leur cible, elles se renseignent pour tout savoir d'elle. Et peu à peu, elles l'encadrent. Pour une raison que j'ignore, Goatherd vous a sélectionnée, probablement parce que votre famille était assez calme, avec un peu moins de liens qu'une autre. Il vous a suivie. Des gens dressaient des rapports sur vous de temps à autre et lui faisaient des comptes rendus, il approuvait ou non les propositions qu'on lui soumettait vous concernant. Par exemple, je sais qu'adolescente vous étiez une très bonne coureuse. À tel point qu'il devenait envisageable que vous tentiez une carrière sportive. Ça n'allait pas dans le sens de ses plans. Une sportive de haut niveau est trop sollicitée, trop encadrée, Goatherd aurait eu du mal à vous surveiller, et surtout à faire de vous ce qu'il voulait. Alors il a fait organiser un… accident.

La tête de Yael se mit à tourner. Elle se raccrocha à l'accoudoir de son siège.

— C'était risqué. Vous pouviez très bien vous en sortir avec quelques bobos sans gravité et reprendre votre activité sportive, ou vous pouviez devenir un légume. Goatherd a pris le risque, plutôt que de tirer un trait définitif sur vous. L'accident a été parfait. Juste ce qu'il fallait : pas de dégâts en profondeur mais une hanche suffisamment abîmée pour vous empêcher à jamais de poursuivre dans la voie du sport.

Yael ouvrit la bouche pour respirer. Son cœur s'emballait.

Thomas se rapprocha d'elle. Il lui prit la main.

Petersen s'amusa de cette réaction. Il enchaîna :

— Goatherd se sert de vous comme il le fait avec des dizaines d'autres personnes. Ne cherchez pas à savoir pourquoi, vous ne le saurez jamais, lui seul le sait. La plupart du temps, il se contente de contrôler des vies uniquement pour avoir des pions sous la main un peu partout sur terre, pour le cas où. C'est sa façon à lui de jouer.

Yael balbutia froidement :

— Pourquoi votre nom apparaît-il entre James R. Goatherd et celui de mes parents ?

Petersen lut la détermination teintée de colère sourde dans les yeux gris de la jeune femme.

— Nous y voilà. Il m'a contacté l'an dernier pour me charger d'un travail.

Yael se crispa.

— Quel genre de travail ?

Ses mots fusaient avec une telle rage qu'ils en devenaient tranchants comme des lames.

— Le genre de travail que j'avais l'habitude de faire pour lui. J'ai un réseau de connaissances, élaboré au cours des décennies. J'ai, pendant un moment, servi d'intermédiaire entre les souhaits de M. Goatherd et leur concrétisation, l'application sur le terrain de sa volonté. C'est aussi ce genre de services que je rendais à Henri Bonneviel. Je suis un peu comme… un organisateur, si vous voulez. *J'étais*, en fait.

— Qu'est-ce qu'il voulait à mes parents ?

Petersen laissa passer un temps, fixant Yael droit dans les yeux.

— Les éliminer.

Yael reçut le coup dans le plexus. Elle dut inspirer une grande bouffée d'oxygène pour se maintenir droite.

70

Carl Petersen brûlait en dévoilant la vérité. Le coucher de soleil le dévorait peu à peu.

— Il y a tout juste un an, James Goatherd m'a donné un dossier sur vos parents. Il me chargeait de faire tuer votre mère par accident. Il voulait que cela se produise rapidement, et si possible un vendredi 13, juste pour la symbolique. Quant à votre père, Goatherd voulait que nous préparions le coup longtemps en amont, que nous agissions lors de son voyage en Inde. Votre père a l'habitude de programmer ses itinéraires, à ce que j'en ai vu, et il était surveillé depuis plusieurs mois déjà. J'ai eu le dossier complet entre les mains. Cependant je n'ai rien lancé. J'ai dit à James Goatherd que j'étais fatigué de tout ça. De tout ce travail dans l'ombre, de ces plans toujours complexes. Éliminer un père et une mère de famille pour achever ma longue carrière ne m'a pas… motivé. J'ai décliné la demande. Goatherd l'a mal pris, mais il sait que je travaillais à l'occasion pour d'autres Ombres que lui. Bonneviel essentiellement. Alors il s'est contenté de reprendre ses dossiers et de m'oublier. Je présume qu'il a fait passer l'affaire à un autre de ses partenaires.

Yael en appelait à toutes ses ressources mentales pour ne pas flancher. Elle broya la main de Thomas.

On lui avait volé son existence.

Sa mère avait été assassinée. Par Goatherd.

Au prix d'un douloureux effort, elle repoussa la souffrance pour se reconcentrer sur l'être qui lui faisait face. Le monstre.

— Si vous avez refusé… comment expliquez-vous que votre nom figure sur le document d'Henri Bonneviel ?

— Parce que cet idiot espionnait Goatherd, ça faisait partie de leur petit jeu ! Mais que ses informations n'étaient pas à jour !

— Vous auriez pu le prévenir, contra Thomas, puisqu'il était votre « ami ».

— Si je suis encore là aujourd'hui, c'est parce que je ne trahis jamais la main qui me nourrit. Ni Goatherd, ni personne. L'heure… du bilan approchant, j'ai juste souhaité prendre une retraite définitive. Goatherd l'aura compris. Je crois qu'ils… (Une fois encore, Petersen dut humidifier ses lèvres craquelées.) Bonneviel était comme moi, reprit-il, il avait décidé que tout ça allait trop loin,

beaucoup trop loin. Il veut… Il voulait y mettre un terme. Mais s'il avait agi directement, non seulement il aurait risqué son empire financier, mais Goatherd lui serait tombé dessus avec les conséquences que vous imaginez. Bonneviel devait donc passer par quelqu'un d'autre. Quelqu'un qui ne faisait pas partie des Ombres. Qui n'avait rien à voir avec lui, qui ne pouvait pas lui être rattaché.

Yael avala sa salive. Elle anticipait la suite. Petersen continua :

— Alors je présume qu'il a mis son réseau en marche pour espionner Goatherd, pour savoir ce qu'il manigançait. Et il est tombé sur vous. Il a décidé que vous deviez tout savoir, tout apprendre. Probablement dans l'espoir qu'une fois tout cela découvert, vous l'étaleriez au grand jour. Mais il semblerait que Goatherd ait lui-même lu dans le jeu de son rival et n'ait pas apprécié. Au final, Bonneviel a tout perdu.

— Pourquoi Goatherd s'intéresse-t-il à moi et à ma famille ?

La voix de Yael était tremblante, ses joues en feu. Les larmes menaçaient au bord de ses paupières.

— Il ne s'intéresse qu'à vous, cerner votre famille ne servait qu'à vous toucher vous. Le pourquoi, je l'ignore. Ainsi que les causes et les raisons des décisions de Goatherd. Je me contente d'appliquer ses désirs contre une retraite confortable et l'assurance que mes enfants et petits-enfants auront de quoi vivre décemment dans ce monde où l'argent est l'unique sécurité.

— Si Bonneviel voulait tout faire éclater en se protégeant, pourquoi ai-je découvert qu'il était mêlé à mon histoire ? demanda-t-elle en serrant les poings.

— Je présume qu'il ne l'avait pas voulu. Vous avez dû être perspicace. Si tout s'était passé comme il l'avait prévu, vous n'auriez jamais dû découvrir ne serait-ce que son nom. Il a agi trop vite, c'est l'erreur à ne jamais commettre ! Nous pouvons prendre le contrôle d'une vie sans problème, à condition d'avoir le temps nécessaire. C'est l'unique condition.

Yael se sentait mal. La nausée naissait de ce mélange de révolte, de peur et de chagrin qui lui tordait les entrailles.

— Pourquoi Goatherd veut-il tuer… mon père ?

— Aucune idée.

— Comment je peux l'empêcher de tuer mon père ?

Petersen s'humecta les lèvres.

— J'ai bien peur que ce soit impossible.

— Je ne vous demande pas votre avis. Je veux savoir comment je fais ? s'écria-t-elle soudain.

Il secoua la tête.

— Vous ne comprenez pas. Même si votre père n'a pas encore été assassiné au moment où je vous parle, la machine est si énorme qu'on ne peut plus l'arrêter. C'est un réseau qu'on met beaucoup de temps à lancer, et qui freine rarement, et moins bien qu'un sous-marin !

Un flash visita Yael. Le revolver. Dans son sac. Tout contre elle.

— Je veux savoir, articula-t-elle lentement, comment je fais pour empêcher Goatherd de tuer mon père. Je ne vais pas perdre ce précieux temps à vous le répéter dix fois. Vous me suivez ?

Le vieil homme eut un sourire las.

— Pour comprendre Goatherd, vous devez savoir comment tout ça fonctionne. Prenons un exemple. Imaginez un groupe de terroristes, des pauvres types fanatiques, recrutés dans des quartiers défavorisés, des hommes sans espoir et pleins de haine, à qui on fait subir un lavage de cerveau avec des doctrines anti-ce-qu'on-veut, avec un martèlement idéologique précis et calibré. Jusque-là, rien de bien original. Mais qui recrute ces hommes, qui les façonne et les prépare à servir une cause terroriste ? Des hommes plus implantés encore, des idéologues souvent. Qui sont eux-mêmes influencés par une ou deux figures importantes qui leur transmettent leurs ordres, figures qui elles-mêmes sont soutenues par des hommes de pouvoir, les financiers de ce groupe. C'est toujours celui qui fournit l'argent qui commande. Et avec qui travaille ce mécène ? Qui lui fait faire des affaires ? N'est-il pas lui-même manipulé ? La pyramide entre le petit terroriste qui va se faire sauter au milieu des passants et le haut responsable est assez… monumentale. Souvent impossible à remonter. Et si la pyramide est bien structurée, elle peut tout à fait, derrière des prétextes fanatiques, religieux ou autres, cacher ses buts réels. Sans aucun rapport avec les motivations du kamikaze.

— Qu'est-ce que vous essayez de me dire ?

— Qu'un homme très puissant de Wall Street peut être le partenaire vital d'un… millionnaire saoudien par exemple. Leurs fortunes sont énormes, mais fragiles, et reposent sur leur entente cordiale. Et par un système de maillons, il se peut que ce financier new-yorkais soit responsable, volontairement, des actes terroristes d'un jeune fanatique à l'autre bout du monde.

— Comment pouvez-vous dire ça ? C'est… immonde !

— Pour quelques centaines de millions de dollars, vous seriez surprise d'apprendre ce que sont prêts à faire bien des individus sans scrupules, pauvre naïve que vous êtes !

— Pourquoi un Américain commanditerait-il un acte terroriste à dix mille kilomètres de chez lui ? Ça n'a aucun sens !

Petersen joignit les mains devant sa bouche en plissant les lèvres. Visiblement tenté de répondre mais se contenant.

— La géopolitique est complexe, ma chère, se contenta-t-il de dire. Mais cet exemple doit vous faire comprendre l'impressionnante chaîne de commandement installée entre celui qui prend la décision et celui qui l'applique concrètement. Ce dernier est bien loin d'imaginer que ce qu'il fait n'a rien à voir avec ce qu'il croit, ce pour quoi il donne sa vie. C'est si complexe que le commanditaire lui-même ne peut savoir comment les choses se dérouleront, quand, et de quelle manière. Les rouages sont si nombreux que si le commanditaire décidait de tout annuler, il faudrait des semaines pour le faire, si cela pouvait l'être encore ! Il ne s'agit pas de décrocher son téléphone. Pour reprendre notre exemple, il faudrait que notre New-Yorkais contacte son partenaire saoudien, lui fasse comprendre à mots couverts qu'il préfère ne plus poursuivre l'opération de déstabilisation, le Saoudien faisant ensuite remonter l'ordre à ceux qui servent de leaders spirituels, souvent clandestins, donc difficiles à joindre, qui eux-mêmes devraient établir le contact avec le chef de cellule qui a préparé le coup sur le terrain et qui devrait enfin se rapprocher de ses hommes pour annuler, modifier ou reporter l'opération. Des semaines, voire des mois de délai. C'est la complexité de cet organigramme qui provoque sa lenteur, mais qui le fait si parfait, impossible à remonter. On ne pourra jamais faire le lien entre quelques malheureux fanatiques qui font sauter une ambassade et le vrai responsable. Je peux comprendre que cela vous choque, mais n'oubliez pas qu'il n'y a pas de grand phénomène historique hasardeux. L'Histoire appartient à une poignée d'individus. Le pouvoir et l'argent sont leur seule conscience.

Yael ne pensait plus qu'à une chose : son père.

— Monsieur Petersen, vous êtes en train de me dire que l'ordre a été donné par Goatherd de tuer mon père, mais que vous êtes incapable d'annuler cet ordre, c'est ça ?

Il leva la main devant lui aussitôt.

— Je n'ai donné aucun ordre. Je ne suis responsable en rien de l'éventuel décès de votre père, j'ai cessé de collaborer avec James Goatherd depuis quelque temps. Je suis fatigué de tout cela. Mais ce que je veux vous faire comprendre, c'est que si Goatherd a lancé cette opération, il est presque impossible pour lui de l'annuler. Même s'il en donne l'ordre maintenant.

Il hésita avant d'ajouter :

— Même si Goatherd venait à mourir aujourd'hui, je ne pense pas qu'on pourrait empêcher ce qui a été lancé.

Le vieillard secoua la tête et compléta d'un sinistre :

— Et si je peux vous donner un bon conseil : ne cherchez pas à savoir le « pourquoi vous », Goatherd ne parlera jamais. Jamais. Mais vous, soyez assurée que vous ne survivriez pas à sa rencontre. Alors chérissez votre vie, et fuyez.

BLOG DE KAMEL NASIR. EXTRAIT 11.

La peur aura permis à une poignée d'individus de façonner la société comme ils l'entendent. La peur aura permis de changer le visage de cette société.

Elle aura permis le contrôle du peuple. Et du monde.

Le Nouvel Ordre mondial.

Voilà ce qui est en train d'arriver sous nos yeux.

Un Nouvel Ordre mondial qui pourrait être une vision plus détaillée de ce fameux Project for the New American Century – PNAC (Projet pour un nouveau siècle américain), une organisation visant à « dominer militairement et économiquement la Terre, le cyberespace, et l'espace proche de la Terre par les États-Unis, afin d'établir leur domination sur le monde pendant au moins un siècle *». En septembre 2000, le PNAC rédige un rapport intitulé* Rebuilding America's Defenses *qui propose et planifie une attaque contre l'Irak tout en indiquant que pour justifier une attaque contre l'Irak et la domination globale du monde par les États-Unis, il faudrait un «* nouveau Pearl Harbor *».*

Ce n'est pas une plaisanterie ! Cette organisation dont le discours n'est pas sans rappeler celui d'une ancienne doctrine effrayante qui visait à régner pendant mille ans, a son siège à Washington, DC, au 1150 sur la 17e Rue.

Et vous voulez savoir le plus fou ? Parmi les membres anciens et récents on trouve, entre autres, Dick Cheney, Donald Rumsfeld, Paul Wolfowitz, Jeb Bush (frère du Président), et Richard Perle. Toujours les mêmes.

Les hommes dans l'ombre du Président, ceux qui dirigent vraiment le pays.

Alors, en ayant en tête que ces hommes prônent ce genre d'idées, il est intéressant de se repencher sur les faits historiques récents.

Je suis comme beaucoup de monde, je m'intéresse un peu à la géopolitique. Et je ne peux pas croire que tout le Pentagone, tous les ministères, toutes les agences de renseignements et toute la Maison-Blanche ne soient habités que par des crétins finis. En apparence peut-être... mais pas en réalité. Comme tout le monde sur terre ils savaient très bien quelles seraient les conséquences d'une invasion de l'Irak, les tensions qui en ressortiraient. Alors pourquoi le faire ?

Pour les richesses économiques du pays ?

Un point.

Mais pas seulement, sans quoi les USA seraient déjà en train d'envahir le Venezuela pour son pétrole, le Niger pour son uranium, et l'Afrique du Sud pour son or, et ainsi de suite. Il y a un autre but derrière tout cela.

Ils font tout depuis le début pour que les tensions raciales s'exacerbent.

Inutile de vous préciser qu'aux États-Unis, on a fait comme dans le monde entier, on a appris d'où venait le terrorisme, sur quoi il reposait. Ils savent pertinemment qu'en envahissant l'Irak, ils attiseront un feu déjà bien nourri.

Surtout s'ils passent leur temps à citer Dieu, à affirmer que Dieu leur donnera la victoire finale sur le terrorisme... Que Georges W. Bush ne soit pas assez malin pour comprendre ce qui se passe dans le monde est une chose que je veux bien croire, mais tous ceux qui sont dans son ombre, qui dirigent réellement la nation, ceux-là savent très bien ce qu'ils font.

En agissant ainsi, non seulement le gouvernement américain n'éradiquera pas les terroristes, mais au contraire, il va en créer bien d'autres, des nouveaux... qui permettront de maintenir la cohésion de la nation américaine derrière des valeurs ultraconservatrices, celles de l'extrême droite qui dirige en réalité le pays, tout en fournissant des contrats par centaines aux groupes industriels proches de la Maison-Blanche, qui permettront de faire avaler au peuple américain encore bien des mesures restrictives quant à ses libertés individuelles, sans qu'il bronche.

Finalité : on crée une vraie vision manichéenne du monde pour les masses, entre les bons Occidentaux-infidèles d'un côté et les gentils Arabes-terroristes de l'autre, tandis que les instigateurs de ce mode de vision s'en mettent plein les poches tout en s'assurant d'être les leaders et de le rester, au moins pour un temps, lorsqu'ils quitteront la Maison-Blanche.

Une vision manichéenne mais bilatérale dans laquelle chaque clan est persuadé d'être le bon, persécuté, et qu'il a tous les droits en retour pour se venger et détruire l'ennemi dans une spirale sans fin, qui peut durer des décennies. L'exemple le plus flagrant est le messie du peuple : la télévision. Sur CNN on découvre le conflit israélo-palestinien avec les images des enfants juifs mutilés par les bombes des terroristes palestiniens, tandis que sur Al-Jazira ce sont les enfants palestiniens qui sont à l'image, déchirés par les bombes de Tsahal. Chaque clan, informé avec subjectivité, est ainsi persuadé d'être la victime de l'autre, l'ennemi cruel contre lequel il faut lutter.

Les membres du PNAC ne sont pas innocents.

Ils prônent la souveraineté sans partage des États-Unis.

Et ils ont préparé depuis longtemps leurs plans.

Ils ont investi la Maison-Blanche. Pour répandre sur toute la planète leur idéal. Et trouver à leur pays un nouvel ennemi.

Le terrorisme.

Un prétexte. Pour instaurer la peur, pour passer de nouvelles lois, pour affirmer leur pouvoir, pour renforcer leurs richesses et contrôler le monde.

C'est la réalité. Celle d'un nouveau monde qui se construit sur notre ignorance.

71

Yael se leva d’un bond en fouillant dans son sac.

Le revolver apparut dans sa main, brandi en direction de Carl Petersen.

— Ne dites pas ça ! hurla-t-elle, en larmes.

L’homme la fixait sans ciller.

— Vous feriez mieux de la fermer, lança-t-il, serein. Mes voisins vont prévenir la police.

Thomas s’était redressé lui aussi, désemparé par le geste fou de sa compagne, les mains tendues vers elle pour l’inciter à se calmer.

— Je veux savoir où trouver Goatherd ! gronda-t-elle.

— Mademoiselle Mallan. Je vous croyais plus apte à comprendre. Pour ces gens vous n’existez pas. Une fourmi. Voilà ce que vous êtes à leurs yeux. Si vous les approchez, ils vous écraseront. Mais c’est peut-être ce que vous souhaitez…

Thomas tendit doucement une main vers Yael qui tenait toujours l’arme pointée sur Petersen. Le canon tremblait.

— Je ne vais pas attendre que mon père se fasse tuer pour satisfaire les obscurs désirs d’un taré qui veut faire de moi son objet, répéta-t-elle, les traits ravagés.

Il se frotta le bout du nez :

— Dans ce cas le choix est simple : ou bien vous exprimez votre rage en allant voir Goatherd et c’est la mort assurée, ou bien vous ravalez votre orgueil et vos émotions, et vous acceptez de payer le prix de votre lucidité sur ce qu'est la réalité du monde. Vous vivrez certes avec ces colères froides à jamais, mais vous vivrez. Vous serez peut-être le pantin de Goatherd, son jouet, mais vous saurez. Vous ferez partie de ces êtres qu'on traite de paranoïaques parce qu'il serait trop douloureux de les croire. Les initiés.

Yael déglutit péniblement. Le revolver pesait une tonne au bout de son bras. Ses tempes claquaient frénétiquement au rythme de son cœur emballé.

Elle baissa l'arme le long de sa jambe et cligna les yeux. Thomas se hâta de la soutenir en la serrant contre lui.

Il prit son visage entre ses paumes vivantes, chaudes, pour arrimer son regard au sien et lui transmettre la tendresse de son réconfort.

Elle se calma.

Puis elle marcha lentement vers la sortie, sans un regard pour Carl Petersen.

Thomas fit un pas à sa suite mais se ravisa, tourné vers le vieil homme.

— Vous lui en avez beaucoup dit, je trouve, pour un homme qui a cultivé le secret toute sa vie.

Petersen se fendit d'un sourire énigmatique.

— Jamais ma bouche ne se descellera pour un journaliste. Mais je devais ce dernier service à Bonneviel. Maintenant elle sait, et moi, j'ai honoré ma parole. Les cieux aiment les bons comptes.

72

Yael disparut du monde des vivants.

Les premières minutes, assise par terre dans la rue, sous une cabine téléphonique, elle laissa résonner en elle, encore et encore, la voix d'homme qui venait de lui annoncer dans le combiné : *« Je suis au regret de vous informer du décès de votre père, mademoiselle, ce matin même, lors de l'explosion d'un minibus de touristes sur le chemin de New Delhi. Je viens à peine d'avoir confirmation de son identité et... »*

En quittant Petersen, elle avait couru dans la nuit, folle de désespoir, jusqu'à ce que Thomas la rattrape et la maîtrise. Il l'avait reconduite à l'hôtel où elle s'était effondrée. Puis, en pleine nuit, elle s'était relevée comme un zombie. Elle avait rejoint une cabine téléphonique pour essayer d'appeler l'hôtel de son père. On n'avait pu le lui passer, il était parti. Elle avait appelé l'aéroport de New Delhi, sans obtenir le moindre résultat, pour se tourner enfin vers l'ambassade de France en Inde. Elle leur avait expliqué qu'elle devait joindre son père, question de vie ou de mort. Elle avait hurlé son nom au téléphone. Il y avait eu un long silence avant qu'on lui demande de patienter. Un homme l'avait ensuite prise en charge, très attentif. Il lui avait fait répéter son nom, puis avait changé de ton, pour lui demander : « *Vous êtes la fille de M. François Mallan ?* » et de rendre concret le cauchemar.

L'homme lui avait demandé où elle se trouvait. Elle devait joindre au plus vite le Quai d'Orsay. Mais Yael n'entendait plus rien. Le crochet de la douleur fouaillait son corps, son âme, et son souffle même s'était paralysé entre deux hoquets. Puis elle avait dormi, longuement, expulsant sa haine, son amour arraché, la formidable colère de l'impuissance.

Thomas l'avait trouvée une heure plus tard, secouée d'un tremblement incoercible. Il l'avait portée jusqu'à son lit, où elle se perdit.

Son être tout entier se délitait peu à peu. D'heure en heure.

Ce qu'elle était. Ce qu'elle aimait. Ce qu'elle voulait. Tout se mêla avant de s'effacer de sa conscience, de tourner lentement autour du point central, celui de l'oubli.

Tout basculait dans l'illusion, l'irréalité de son existence.

Rien n'était vrai.

Ses émotions s'engloutirent en elle-même.

Ses souvenirs aussi.

Cette vie n'était pas la sienne.

Depuis combien de temps manipulait-on son quotidien ?

Son premier amour était-il réel ? N'avait-on pas barré le chemin à un autre garçon pour la pousser dans les bras de celui-ci ? Ses études étaient-elles le fruit de ses choix ou l'accumulation de manipulations ?

Mensonges.

L'accident de scooter.

Cet homme qui avait grillé la priorité en bas de chez elle. Un homme si gentil, encore plus traumatisé qu'elle de l'avoir renversée.

Menteur.

Sa mère… le divorce de ses parents.

L'accident de voiture…

Mensonges.

Les contours devenaient flous.

Elle flottait entre deux réalités. Soûle de vertige.

Elle dormit. Se réveilla en sueur.

L'aube blanche.

Qui meurtrit parce qu'elle renvoie à la réalité de nos angoisses et douleurs qui s'avèrent ne pas être un simple cauchemar.

Se rendormit. Secouée de petits cris.

Sommeil-refuge, sarcophage de pleurs où le jour refusait d'entrer.

De loin en loin, elle percevait la voix de Thomas. Qui lui parlait. Qui la faisait boire.

Des voix qu'elle aimait mais qu'elle n'identifiait plus menaient sarabande. Des visages se superposaient.

Puis, de ce maelström, naquit la phase de reconstruction.

Son esprit devint une gigantesque salle d'archives où tout se classait, se cloisonnait selon un ordre différent. Les vieux tiroirs avaient sauté, d'autres connexions s'effectueraient dans les abysses de l'inconscient.

Un matin, Yael se réveilla, à bout de forces.

Elle n'éprouvait aucun sentiment en particulier.

Rien que la perception d'un mur bourdonnant derrière ses yeux. Celui qui la protégeait de la douleur trop vive.

Elle ne se sentait ni bien ni mal, juste éveillée. Elle savait qu'elle pourrait tenir ainsi, à condition de fuir les émotions. Qu'elles ne viennent pas créer de brèches dans ce mur protecteur.

Elle n'allait plus pleurer. Elle n'irait plus puiser dans sa mémoire.

Elle pouvait agir. C'était déjà un bon point.

Et elle savait quoi faire.

Thomas l'observait sans rien dire. L'inquiétude qu'elle lisait dans ses yeux ne faisait rien résonner en elle. L'information était perçue, mais pas transmise en profondeur.

Elle parla, d'une voix pâteuse :

— Je dois trouver James Goatherd.

73

Dimanche 9 septembre.

Angle de la 108e Rue et de Lexington Avenue.

Manhattan, New York.

Ils étaient arrivés la veille, assez tard, après que Yael eut émergé de sa longue et inquiétante torpeur.

Kamel avait transmis l'adresse de Goatherd, à New York.

Dans un premier temps, Thomas avait voulu raisonner Yael, afin qu'elle prenne le temps de se remettre, qu'elle se repose et réfléchisse. Mais il avait vite compris qu'elle ne s'accrochait à cet objectif, trouver Goatherd, que pour tenir. Ne pas sombrer. Cet homme était devenu l'enfer de sa vie.

Contrairement à ce que pouvait laisser penser la réputation de l'Upper East Side, quelques blocs au nord n'avaient rien de bourgeois. Ils marchaient dans une rue aux maisons abandonnées, toutes ouvertures murées. Une musique latino jaillissait des immeubles encore habités et les boutiques – d'obscures épiceries vendant tout et n'importe quoi – disparaissaient derrière des devantures crasseuses.

Ils occupaient une petite chambre suffocante dans un hôtel miteux, mais discret, qui ne prenait pas cher et où on ne vous posait pas de questions. L'air conditionné ne fonctionnait plus et ils avaient été obligés de prendre une douche froide pour s'endormir.

Thomas rentra en fin de matinée avec une pile de journaux et quelques provisions. Il suait abondamment, les rues semblaient s'évaporer sous la canicule qui plombait la ville depuis trois jours.

Le contraste entre la lumière éblouissante de l'extérieur et la pénombre de la pièce lui demanda un temps d'adaptation. Yael était sur le lit, adossée au mur, les jambes repliées contre son torse parmi les draps moites.

— J'ai pris tout ce que je trouvais qui parlait d'économie, dit Thomas, en espérant qu'on y trouvera quelque chose sur Goatherd.

— Avec Internet on gagnerait une semaine de recherches.

— C'est trop risqué, la coupa-t-il aussitôt.

Il écarta les lames du store pour jeter un coup d'œil en contrebas, en s'essuyant le front d'un revers de manche.

— Une fois que tu en sauras plus sur lui, soupira Thomas, tu comptes faire quoi ?

— L'approcher.

— Pour quoi faire ?

Elle ne répondit pas.

Thomas vint s'asseoir à son côté.

— Le tuer ne résoudra aucun problème, murmura-t-il. Tu presseras la détente, et après ? Voir sa tête exploser ne ramènera pas tes parents.

Elle se leva pour passer dans la salle de bains et se rafraîchir. New York était en train de fondre.

Ils épluchaient la presse financière de la semaine, guettant le nom de Goatherd quelque part. Ils grignotèrent des sandwichs sans quitter la chambre et burent quantité d'eau en bouteilles.

En début d'après-midi, Yael s'enveloppa le visage dans une serviette mouillée. Elle se tourna vers Thomas :

— Tu ne veux pas demander au proprio qu'il nous donne au moins un ventilo ?

Thomas descendit à la réception et dut attendre cinq minutes qu'on vienne répondre à ses coups de sonnette. Il remonta les mains vides.

Quand il poussa la porte de la chambre, le sac de Yael avait disparu.

Il ouvrit la salle de bains en sachant que c'était inutile.

Il trouva le mot sur la table. Une écriture pressée. Un message épuré.

« Je ne peux plus te mêler à ça. Je dois le faire. Pardonne-moi. »

Il se laissa tomber sur le lit, les mains jointes sur la tête.

À présent, c'était quitte ou double. Il ne pouvait plus intervenir. Il avait déjà beaucoup fait.

Bien plus que prévu.

Thomas n'avait aucun doute sur la capacité de la jeune femme à trouver James Rhodes Goatherd, même sans qu'il l'aide. Mais irait-elle jusqu'au bout de son geste ?

Probablement.

Que lui arriverait-il ensuite ? L'arrestation. On la ferait passer pour démente ? Un type manipulé à son tour irait la tuer ? Ou peut-être se suiciderait-elle ?

Thomas préféra ne pas y penser. Après tout, ce n'était plus de son ressort. Il avait fait plus que sa part.

Le journaliste se mit à sourire avec un pincement au cœur.

Ça n'avait pas été la plus désagréable de ses missions.

Cette fois, il fallait bien avouer qu'il s'était impliqué au-delà du raisonnable. Il avait vraiment partagé quelque chose avec elle.

L'oublier serait difficile.

Mais c'était ce pour quoi il excellait dans son métier.

Et on l'avait grassement payé pour ça.

74

Yael prit le métro pour s'éloigner de Thomas.

Il ne fallait pas qu'il puisse la retrouver.

Elle vit défiler les stations, s'efforçant d'oublier les traits de celui qui lui avait tant donné depuis quelques semaines. Elle l'abandonnait en ignorant volontairement la culpabilité. Elle le fuyait pour ne plus l'entraîner dans

sa spirale.

Tout ce cauchemar n'était que le sien. C'était sa vie et non celle de Thomas. Il garderait ainsi une chance de reprendre une existence normale, moyennant un peu de temps et quelques explications à son retour en France.

Pour elle, tout s'était arrêté chez Petersen.

Ce qui adviendrait d'elle désormais lui importait peu. Elle n'avait qu'une idée en tête : trouver Goatherd et lui faire payer. La suite… elle n'y pensait pas. Sa vie n'allait pas au-delà de la vengeance.

Elle descendit à Bleecker Street Station et trouva un espace Internet en quelques minutes. À Manhattan ils fleurissaient comme les boulangeries en France.

Elle sortit une poignée de dollars de sa poche, billets qu'elle avait pris dans la réserve que leur avait confiée Kamel, et s'offrit quatre heures de connexion.

James Rhodes Goatherd.

Rien qu'avec un moteur de recherche généraliste, des dizaines de pages s'affichèrent.

Une à une, elle les fit défiler. Elle les survola.

Cela lui prit presque trois heures

Elle s'attarda sur les photos.

Goatherd avait la cinquantaine, des cheveux poivre et sel, des rides profondes dans un visage régulier impeccablement rasé sur tous les clichés. Il n'avait rien d'original. Yael en était presque déçue. C'était un homme d'affaires comme tant d'autres, qui prenait soin de lui. Son tour de taille témoignait d'une subtile alternance entre cuisine équilibrée et mets savoureux. Un physique absolument passe-partout.

Elle fit une courte pause pour aller chercher un café au distributeur.

Localiser Goatherd allait lui prendre plus de temps qu'elle ne l'avait pensé. Il lui faudrait une chambre d'hôtel. Un endroit calme. Hors de Manhattan, dans un quartier plus éloigné de la *skyline* des industriels de haut vol. Le Queens ou Brooklyn.

Elle retourna devant son poste de travail où elle décida d'approfondir à partir de critères plus précis. Tout d'abord le nom complet avec différentes entrées telles : « habite », « adresse » ou « demeure », puis elle essaya avec le mot « septembre ».

C'est sur une page de cette recherche qu'elle découvrit que James Goatherd avait rendez-vous à Manhattan le lundi 10 septembre.

Demain.

Il présidait une réunion de conseil d'administration à quinze heures, avant de se rendre à un vernissage en soirée. C'était le site de l'artiste en question qui se faisait le témoin de son emploi du temps, soulignant combien c'était un exploit et un honneur d'avoir la présence de M. Goatherd à son vernissage. Goatherd était son mécène.

Encore un jeu de dupes, songea Yael.

Le milliardaire jouait avec ce peintre comme il devait le faire avec la plupart des gens qui l'entouraient, pour alimenter ses obscurs desseins.

Yael nota les informations dont elle avait besoin et sortit de la boutique.

Dans la rue, elle ne prêta aucune attention à l'homme au walkman sur les oreilles qui venait d'arriver et qui déjà se redressait pour s'élancer sur ses traces.

75

Yael dîna dans un petit restaurant du Queens, au bord de l'East River. Elle mangea sans appétit et quitta sa table très tôt dans la soirée.

Sur le chemin de son hôtel, elle fit quelque chose qui la surprit elle-même. Elle décrocha un téléphone public et demanda aux renseignements l'hôtel où elle avait abandonné Thomas.

Le propriétaire transféra l'appel vers la chambre du journaliste qui décrocha à la troisième sonnerie, d'une voix méfiante.

— Thomas, c'est moi.

— Yael ! Où es-tu ?

— Écoute… Je voulais te le dire de vive voix, ce n'est pas contre toi, c'est juste que tu ne dois plus m'accompagner. Tout ça va trop loin. Rentre chez toi. Retrouve ta vie. Avec moi, il ne t'arrivera rien de bon.

— Ne dis pas ça. Dis-moi où tu es, je te rejoins.

— Ce que j'ai dit à Petersen, je le pensais, tu as vraiment été mon ange gardien. Maintenant, tu as accompli ton devoir. Et tu m'as procuré un vrai bonheur. C'est… dommage qu'on ne se soit pas rencontrés avant…

— Yael, je suis prêt à te suivre, quoi que tu fasses, d'accord ?

Elle hésita. Non, elle ne pouvait pas lui dire ça. C'était idiot. Elle ferma les yeux.

— Pardonne-moi, dit-elle doucement.

Et elle raccrocha.

Elle tituba sur une centaine de mètres et grimpa dans sa chambre, laissant derrière elle la rue déserte et chaude.

Une silhouette s'extirpa d'une ruelle et vint jusqu'au téléphone.

L'individu enfila un gant en plastique pour saisir le combiné et appuya sur la touche « bis ».

— Hôtel Raglio, dit un homme à la voix éraillée.

La silhouette s'interrogea un court moment sur la suite à donner.

— Ma femme vient d'appeler à l'instant, elle a oublié de demander le principal à notre ami. Repassez-moi la chambre s'il vous plaît.

— Ah… Euh… c'était la… 24, je crois. Ne quittez pas.

Mais la main reposa l'appareil pour couper la communication.

L'homme pianota sur le rebord de la cabine.

Il avait trouvé la fille.

Et probablement son acolyte.

Si l'ordre de les éliminer tombait, le boulot serait fait avant la prochaine aube.

Pendant leur sommeil.

Ils ne se débattraient pas. Ils ne s'en rendraient même pas compte.

76

Yael se leva tôt, devançant la chaleur.

Elle se promena sur les bords de la rivière, puis rentra récupérer son bagage avant midi.

Au moment de quitter la chambre, elle vérifia le revolver. Les balles étaient brillantes, lourdes. Elle les remit dans le barillet et referma le tout. Jamais elle n'avait tenu une arme à feu avant cette aventure. Elle ressentait comme une vibration dans le bras. L'arme pesait son poids. Se dire que d'une simple pression de l'index une vie pouvait basculer laissait une sensation étrange. Il suffisait de pointer la bonne personne, et toute l'Histoire prenait une orientation différente. Le revolver ressemblait à une télécommande.

Une programmation de l'avenir. Le moyen de zapper un problème en une seconde.

Elle le rangea dans son sac et sortit.

Yael gagna Manhattan en métro, sortit sur la 5e Avenue, et marcha jusqu'à la hauteur de la 56e Rue sous un soleil terrassant.

Le building noir où James Goatherd avait rendez-vous était juste sous ses yeux. Une haute tour réfléchissante, renvoyant les façades des immeubles environnants et le ciel bleu sans qu'on puisse discerner ce qui se passait à l'intérieur.

Yael trouva cela ironique. Après ce qu'elle avait vécu avec les miroirs, c'était la cerise sur le gâteau.

Elle attendit de l'autre côté de la rue. La sueur se mit à égrener les minutes, en grosses gouttes le long de sa colonne vertébrale.

Peu avant quinze heures, une limousine blanche s'arrêta devant l'entrée. James Goatherd en descendit. Il portait un impeccable costume malgré la canicule et tenait une serviette en cuir sous le bras. Il disparut presque aussitôt à l'intérieur du bâtiment.

Yael ne vit pas la silhouette qui se tenait à moins de deux mètres derrière elle. Prête à intervenir.

Elle traversa pour entrer dans le hall. Son ombre sur les talons.

Un monde de fraîcheur, de sourires composés et de confort apparut de l'autre côté du tourniquet en verre.

Yael chercha Goatherd des yeux. Il entrait dans un ascenseur.

Elle se précipita avant que les portes ne se referment. La silhouette derrière elle bondit aussi promptement.

Goatherd, Yael et son gardien se retrouvèrent ensemble dans la spacieuse cabine chromée.

La jeune femme ignora le colosse qui s'apprêtait à la maîtriser.

Elle fixait Goatherd.

Celui-ci pivota vers elle pour l'examiner à son tour.

Sa peau avait une texture presque élastique. Son costume renforçait son maintien et ses mains étaient manucurées avec soin. Tout en lui respirait la bonne santé et l'élégance.

Yael accrocha ses pupilles et les sonda.

Il cligna lentement les paupières.

Rien sur ses traits ne trahit la moindre émotion.

Pourtant Yael sut qu'il l'avait reconnue.

Elle plongea la main dans son sac.

La voix du troisième passager de l'ascenseur claqua aux oreilles de Yael :

— Laissez vos mains où elles sont.

Une haleine mentholée descendit sur sa nuque, soufflant dans ses cheveux.

— Je serais vous, j'obéirais, fit Goatherd sèchement.

Yael sentit la colère s'emparer d'elle.

Tu n'es pas moi. Tu ne me feras pas obéir.

Elle agrippa la crosse et l'arme sortit du sac.

Toute la cabine se déforma brutalement, l'image de Goatherd se contracta tandis qu'un flash blanc aveuglait Yael et que la douleur se propageait jusqu'à son cerveau.

Ses jambes se dérobèrent et elle s'effondra sans parvenir à amortir le choc avec ses bras. Sa tête heurta la moquette rouge.

La dernière chose qu'elle vit fut James Goatherd qui secouait la tête avec une moue méprisante et qui rajustait le nœud de sa cravate.

77

La tête écrasée dans un étau.

Yael ouvrit les yeux… Deux mâchoires d'acier broyaient son crâne, comprimant son cerveau.

Elle était allongée sur un canapé en cuir, les mains liées par une fine bande de plastique qui lui entaillait les poignets.

450 Elle voulut se redresser pour voir où elle se trouvait mais sa tête explosa. Aucun étau, juste une migraine à hurler.

Tout doucement, elle roula sur un coude.

C'était un salon ressemblant à un pub anglais, tout en bois verni. Un pan de mur entier n'était constitué que de verre. En haut de la tour noire. Manhattan partait à la conquête des cieux sous ses yeux, dressant un horizon vertical de façades plus vertigineuses les unes que les autres.

Yael vit le soleil à travers la vitre fumée, devina la chaleur suffocante qui plombait la ville. Le salon, lui, était climatisé et la température frisait même la fraîcheur.

Elle se relaissa tomber, étourdie.

Et sombra à nouveau dans l'inconscience.

Il faisait nuit lorsque ses paupières se soulevèrent.

Son front palpitait encore, un élancement fusait à chaque battement de son cœur.

Cette fois Yael prit tout son temps pour s'asseoir

Ses bras étaient engourdis, ses menottes de plastique lui cisaillaient la peau.

La pièce était sombre, seulement éclairée par le nimbe urbain de Manhattan.

Un petit œil rouge brillait dans un angle de la pièce. Une caméra…

Elle s'humecta les lèvres, sa bouche était pâteuse, sa nuque raide.

Derrière les deux canapés en vis-à-vis, Yael remarqua un bureau, vierge de tout papier.

La diode rouge de la caméra s'éteignit.

La porte du salon s'ouvrit une dizaine de secondes plus tard.

James Rhodes Goatherd entra et une série d'appliques murales s'allumèrent sur son passage.

— Vous êtes du genre têtu, n'est-ce pas ? lança-t-il dans un français impeccable.

Il avait tombé la veste.

Il traversa sans un bruit et ouvrit les portes d'un minibar.

Yael était dans un état second.

Il se servit un bourbon et apporta un verre d'eau qu'il déposa devant Yael, sur la table basse. Elle remarqua une alliance à son annulaire et une chevalière au petit doigt. Puis il prit un long couteau effilé qu'il pointa vers elle.

— Écoutez-moi bien, je ne suis pas du genre patient. Je ne vous donnerai pas une seconde chance de me parler. Faites un geste déplacé et c'est la fin de notre petit entretien.

Sur quoi il trancha ses liens.

Yael le vit reculer pour s'asseoir en face.

Elle prit le verre et le but d'un trait.

— J'aurais pu vous faire disparaître la nuit dernière et je ne l'ai pas fait. Que faites-vous en retour ? Vous venez ici avec une arme dans votre sac pour… quoi au juste ? Me menacer ? Me tuer ? (Il secoua la tête.) Pas très fin comme plan, railla-t-il.

Yael s'entendit répondre d'une voix lointaine, enrouée :

— Je vous emmerde…

Goatherd leva les yeux au ciel.

— Allons donc. Notez bien que je n'ai aucune animosité à votre égard. J'ai presque envie de dire que tout ça n'est pas votre faute.

— C'est vous qui m'avez entraînée jusque-là…

Elle ferma les paupières un court instant, le temps de chasser le bourdonnement qui assaillait ses oreilles.

— Comment avez-vous pu me faire ça ! articula-t-elle doucement. Ma famille, ma vie…

Goatherd eut l'air agacé.

— Allons ! Ne me faites pas le coup de la victime éplorée, je déteste qu'on s'apitoie sur soi-même.

Yael le fixa. La colère revenait.

Le milliardaire enchaîna :

— Des millions de gens affrontent des drames chaque jour, ils s'en remettent et repartent de plus belle. Vous aviez une petite existence banale, on s'est contenté de la pimenter un peu…

— Ne dites pas « on », ayez le courage de dire « je » ! Vous m'avez volé ce que je suis. Mes choix. Mes parents.

— Moi ? s'étonna Goatherd en souriant. Moi ? Non, vous n'y êtes pas du tout. Avouez que ça serait idiot de ma part de faire tout cela. Pour en arriver où ? À ce que vous débarquiez un jour avec votre arme au poing ? (Il secoua les épaules.) Réfléchissez, ma chère ! Ça n'aurait pas de sens !

— Vous ne l'aviez pas prévu… Désolé de casser votre rêve, Goatherd, vous ne pouvez pas tout contrôler.

Il croisa les bras sur sa poitrine, visiblement ennuyé qu'elle puisse penser cela.

— Il est vrai que nous avons mis du temps à vous retrouver depuis la Suisse. Vous savez, la NSA est une agence énorme. Les directeurs sont des militaires et des civils, avec un passé dans des entreprises, des appuis politiques. Un homme comme moi contrôle une partie de ces appuis et de ces entreprises. Ça signifie que j'ai mes entrées à la NSA. Ils vous traquaient pour moi. Et hier, lorsque vous avez entré mon nom sur Internet, un logiciel espion chargé de surveiller toute personne effectuant des recherches sur certains noms, dont le mien, s'est mis à vous pister. Il a analysé votre dynamique de frappe et... Ô miracle ! c'était celle qui correspondait à une certaine Yael Mallan, archivée depuis son ordinateur personnel à Paris. Vous ne serez plus surprise d'apprendre que le logiciel est remonté jusqu'à votre poste de connexion, pas loin d'ici, et a transmis l'information à un responsable. Votre identité faisait partie d'une liste que j'ai fournie à la NSA. À peine prévenu, j'ai envoyé un homme à moi pour vous pister.

Il écarta les mains.

— Et voilà. J'aime la simplicité apparente de tout cela. Je pouvais vous faire éliminer dès cette nuit.

Son visage s'assombrit soudain.

— Il est vrai que mes hommes ont essayé de vous supprimer à plusieurs reprises sans y parvenir. L'erreur en incombe à leur incompétence. Ces crétins vous ont certainement sous-estimée.

Yael n'était pas sûre de le suivre.

— Vous êtes... Pourquoi m'avoir espionnée toutes ces années, avoir manipulé *mon* existence pour finalement vouloir me tuer ? Parce que Bonneviel voulait me dire la vérité ? C'est ça ?

La colère commençait à grandir.

Il secoua la tête, attristé.

— Vous n'y êtes pas du tout. Je vous ai épargnée cette nuit parce que vous étiez localisée, donc neutralisée d'une certaine manière. Au début, à Paris puis en Suisse, j'ai chargé une de mes entreprises de sécurité qui possède un département un peu « spécial » de vous éliminer. Vous en saviez trop. Mais en vous sachant ici, à New York, j'ai estimé qu'il était judicieux de vous donner une chance de me rencontrer. Après un si long voyage et autant d'adresse… Vous êtes une femme surprenante et… méritante. Mes hommes se sont assurés de ne plus vous quitter jusqu'à cet instant présent. En revanche, pour ce qui est de votre vie… manipulée, je n'y suis pour rien.

Yael fronça les sourcils. Il se fichait d'elle. Elle serra les poings.

Il l'humilia d'un sourire.

— Vous ne comprenez rien, décidément… Maintenant que Bonneviel vous en a tant dit sur les Ombres, vous ne comprenez toujours pas ? Nous n'agissons pas au hasard. Nous aimons le contrôle. L'influence subtile des hommes pour servir nos desseins. C'est pourtant assez clair ! Ouvrez les yeux, bon sang ! (Il balaya l'air devant lui.) Tout ce que vous avez fait ou presque était prévu ! Jusqu'à votre présence à mes côtés, avec cette arme.

Yael avala sa salive, son cœur s'était accéléré.

Goatherd lança le coup de grâce :

— C'est Henri Bonneviel qui est derrière tout ça. Depuis le tout début. Vous qui en savez tant sur nos méthodes, vous n'avez pas remarqué les « coïncidences » qui vous conduisaient à mon assassinat ?

78

Yael tremblait sur le canapé en cuir.

— Vous me décevez ! s'écria Goatherd en prenant un air affecté. J'ai mis la main sur une large partie du dossier de Bonneviel vous concernant. J'ai vu les pistes sur lesquelles il voulait vous lancer. Le billet de un dollar, les Présidents assassinés… Et malgré tout ça, vous n'avez *rien* vu ? Enfin ! C'est sous vos yeux depuis le début !

Yael s'enfonça dans son siège.

— Les Skull and Bones de Yale, université où j'ai étudié, commença le milliardaire. Yale ! Anagramme de Yael, enfin ! Et mon nom… Goatherd, qui signifie « chevrier » en anglais ! C'est d'une ironie cocasse avec la signification de votre prénom en hébreu, non ? Yael : chèvre des montagnes. Il y a le prénom de ma fille : France, votre pays. Et mon second nom : Rhodes. Vous revenez de vacances, n'est-ce pas ? Vous étiez à Rhodes…

Yael ouvrait la bouche sans parvenir à parler.

— Vous vous demandez comment il a fait, non ? (Goatherd jubilait.) Rien de bien sorcier. Un savant alliage entre des techniques de communication, de marketing et des moyens. Pour vos vacances par exemple, son équipe s'est arrangée pour vous bombarder pendant un an de publicité vantant les mérites de Rhodes. Ils ont repéré l'agence de voyages devant laquelle vous passiez le plus souvent et se sont débrouillés auprès d'un voyagiste pour offrir des prix attractifs à cette agence pour qu'elle valorise le déplacement à Rhodes, affichant cette destination en vitrine. Jour après jour, vous avez vu Rhodes écrit partout, à des prix compétitifs. Il aura suffi de mettre deux personnes à vos côtés dans une file d'attente, en train de parler de Rhodes et du bonheur qu'ils y avaient eu et, consciemment ou non, votre esprit s'est intéressé à cette destination. C'est le principe de l'image subliminale dans les publicités visuelles. Et ça a marché sur vous ! Il existe tant de moyens pour « orienter », pour « guider » une personne dans ses choix !

Yael avait la tête qui tournait. Sa colère s'était dissoute, remplacée par un abattement total. Elle se sentait écrasée. Des larmes montèrent à ses yeux.

Goatherd ne s'arrêtait plus :

— Je pense qu'il y a là assez d'éléments nous liant l'un à l'autre pour que ce cher Bonneviel marque quelques points à son tableau de chasse. Ce n'est pas extraordinaire, mais c'est déjà pas mal. Car voyez-vous, Bonneviel, quelques autres et moi sommes… partenaires et concurrents, si je puis dire.

— D'un jeu odieux, lança Yael d'une voix vacillante.

Goatherd haussa un sourcil, très surpris.

— Bonneviel a été plus loin que je ne le pensais ! avoua-t-il. (Soudainement contrarié, il leva un index pour corriger :) Cependant, je n'emploierais pas le terme « jeu », c'est… réducteur et vulgaire. Je dirais plutôt que nous nous sommes fixé des règles pour établir et renforcer notre pouvoir, des règles qui nous obligent non seulement à aller dans le sens philanthropique mais qui nous permettent de nous reconnaître. Il ne s'agit pas seulement d'argent, de pouvoir, Yael. C'est l'art d'exercer ce pouvoir qui est admirable. Regardez votre Louis XIV, aurait-il été aussi célèbre s'il n'avait été qu'un roi parmi d'autres ? Non, bien sûr que non ! On le respecte parce qu'il a exercé son pouvoir avec ce que j'appellerais un certain art. Il a marqué l'Histoire de ses choix, de ses constructions !

Yael n'en revenait pas. Lui, James Goatherd, milliardaire américain à l'influence économique et politique sans limites, avait une vision primaire de l'histoire française.

— Nos aïeuls ont rêvé d'un monde nouveau, plus harmonieux, le Nouvel Ordre mondial, et nous nous efforçons d'y parvenir. Les moyens ne sont certes pas à votre goût, mais ils sont adaptés à l'humanité.

Goatherd porta son verre à ses narines pour humer l'arôme du bourbon.

— Avec le temps, enchaîna-t-il, et si nos plans parviennent à se mettre en place, le monde de demain sera plus sécuritaire encore. Nous rendrons le contrôle des hommes aussi facile que celui des marchandises. Les lois changeront progressivement, pour nous permettre davantage de liberté, et nous assurer une domination plus aisée des citoyens du monde, nécessaire à la prospérité de l'humanité.

— Comment pouvez-vous utiliser le mot « citoyen » ? Vous parlez des hommes comme de vos esclaves ! Vous êtes un facho répugnant.

Goatherd haussa les sourcils.

— Vous êtes ignorante et naïve, mademoiselle. Je déteste ces gens qui s'arrogent le droit de parler politique ou enjeux économiques sans la moindre connaissance en la matière. Qu'imaginez-vous ? Que les hommes sont des gens responsables ? Qu'on peut les laisser libres de leurs choix ? Qu'ils feront ce qu'il faut pour se gouverner et prospérer ? Quelle ineptie ! Quel manque de lucidité ! (Un sourire énervé s'empara de son visage.) Et comme vous aimez vous gargariser de grands mots : « Liberté ! », « Démocratie ! », « Fascistes ! » Des concepts aussi réducteurs et grossiers que votre absence de culture en la matière. Laissez donc les questions de politique aux gens qui savent ce que c'est ! Laissez-nous gérer le bien de l'humanité !

— Le bien de l'humanité ne vous intéresse pas,

c'est le vôtre qui compte. Votre enrichissement ! Votre pouvoir ! Voilà ce qui compte à vos yeux.

— J'ai une définition de mes priorités moins réductrice ! C'est un legs spirituel qui vous dépasse. Je me dois, moi et mes semblables, de faire proliférer mes intérêts pour continuer à être au sommet de la chaîne de commandement. Cela nous permet de guider la société dans la bonne direction, car l'humanité ne peut survivre que sous la tutelle dominante d'une poignée d'hommes. Les hommes ensemble, la *masse*, sont trop capricieux pour qu'on leur laisse une pleine liberté. Ils sont comme un enfant seul dans une grande maison. C'est notre rôle de veiller sur eux.

Yael rejeta la tête en arrière. Elle se demanda tout à coup à quoi servait d'argumenter avec un dément pareil. Elle ajouta lentement :

— C'est pour votre petit jeu de pouvoir que Bonneviel a détruit ma vie, afin de faire en sorte qu'un jour, je puisse venir jusqu'à vous et vous tuer.

— Ne le prenez pas mal. Bonneviel a eu bien du mérite à tout mettre en place. Nous étions rivaux, c'est vrai. Il souhaitait prendre ma place et pour cela il fallait m'éliminer. Mais pas n'importe comment ! En jouant selon nos règles. Pour qu'avec le temps, on puisse observer ma mort et mon assassin et relever un certain nombre de coïncidences frappantes. Bonneviel aurait alors marqué quelques points pour grimper dans notre hiérarchie. Mais il a triché…

Yael scruta le milliardaire.

— Il y a une règle à ne jamais transgresser. Dévoiler notre fonctionnement à des non-initiés comme vous. En faisant cela, il s'est exclu de notre cercle. Je l'ai fait supprimer, et cette fois sans chichis, il ne méritait pas cette peine.

Yael se remémora les dernières semaines de sa vie. Bonneviel avait truffé son appartement de haute technologie pour l'effrayer. Lui faire prendre conscience de l'existence des Ombres, de leurs méthodes. Pour que la colère monte progressivement en elle. Et pendant ce temps, Goatherd avait découvert le petit jeu de son homologue suisse en l'espionnant, et il avait décidé d'envoyer ses hommes pour la tuer, elle. La première fois chez elle. Au moment où elle descendait dans les Catacombes. Et ils l'avaient suivie, probablement alertés par la lumière sous la plaque de verre du salon. Yael avait survécu au prix d'une vie.

Pour laquelle elle n'éprouvait plus aucun remords.

Tout avait été calculé. Même le revolver dans les gorges du pont du Diable était là dans un but précis. Au moment où elle l'avait trouvé, elle était suffisamment à fleur de peau et paranoïaque pour s'en emparer et le garder.

Quelque chose la chiffonnait pourtant.

Elle n'avait pas suivi toute la logique préparée par Bonneviel.

Plusieurs fois, elle s'en était même détournée. Tout d'abord en découvrant l'identité de Lubrosso. Puis celle de Bonneviel en personne. Il s'en était fallu de peu pour que sa stratégie n'échoue complètement.

Comme pour confirmer ses déductions, Goatherd expliqua :

— Vous avez été plus rapide que la musique parfois. J'ai bien lu le dossier préparé par Bonneviel, ce n'était pas simple. Tout a bien fonctionné en définitive. Parce qu'il avait songé au plus important : bien vous encadrer.

Yael le regarda sans comprendre.

— C'était assez délicat à organiser. Mais Bonneviel a dû bien s'amuser à gagner votre confiance.

— De quoi parlez-vous ?

— Plutôt de qui ?

Il lui lança un sourire sadique, et joua avec son verre.

— Eh bien, pour s'assurer que tout allait se dérouler sans encombre, Bonneviel a mis à vos côtés un homme tout dévoué à sa cause, ma chère Yael… Tout dévoué à votre cause…

79

Yael jeta un regard affolé autour d'elle. Elle perdait contact avec la réalité. Non… Goatherd se moquait d'elle. Il jouait encore…

— Thomas…, murmura-t-elle.

— Oui. Votre… compagnon, n'est rien d'autre qu'un homme à la solde de Bonneviel. J'ai piraté ses dossiers, je peux vous en dire plus sur lui. Il est vraiment journaliste indépendant. C'est une couverture pratique pour sillonner le monde. En réalité il fait partie du cercle de Bonneviel. Il est payé par le banquier suisse ou ses collaborateurs lorsqu'ils ont besoin d'un homme d'infiltration. Thomas est son vrai nom. Il ne vous a pas totalement menti, le galant homme.

Yael avait l'impression qu'un vide s'ouvrait sous ses pieds. Tout son corps se raidit. C'était un coup de bluff. Un de plus. Pour la déstabiliser.

— Il a fait l'armée au Canada, continua Goatherd. D'après son dossier, il s'est ensuite porté volontaire pour rejoindre un groupe de mercenaires. L'adrénaline et la bonne paye étaient ses motivations. C'est là qu'un homme de Bonneviel l'a recruté.

— Vous mentez ! j'ai rencontré Thomas par hasard dans un bar. Il m'a attirée, c'est *moi* qui suis allée vers lui, et non le contraire. Il y avait peu de chances que ça se produise. Et ne me dites pas qu'il était tous les soirs dans les bars que je fréquente, Thomas a un physique que j'aurais remarqué si je l'avais vu.

À ces mots, Goatherd lança ses mains ouvertes vers elle, pour souligner qu'elle venait de parler juste.

— C'est exactement ça ! s'amusa-t-il. Il a un physique que vous avez remarqué. Enfin, Yael, après tout ce que vous avez appris de nos méthodes, pourquoi ne pouvez-vous accepter que tout ceci était *préparé* ? Vous allez me parler « amour » et « sentiment », moi je vous répondrai : hormones et études psychosociologiques d'un patient. C'est ce que vous avez été pour Bonneviel et ses hommes : une patiente à étudier, dont il fallait décrypter les codes amoureux. Ils vous ont espionnée pour découvrir quel type de femme vous étiez ! (Il croisa les jambes pour s'installer confortablement.) Statistiquement, les couples qui durent se ressemblent. Dans leurs attributs physiques – ce n'est pas un hasard si nous faisons plus facilement confiance à quelqu'un qui nous ressemble physiquement – ce qui est démontré scientifiquement – mais aussi par la personnalité, le niveau d'éducation. Jusque-là, rien de bien nouveau. (Goatherd leva l'index.) Je vois que vous êtes sceptique, laissez-moi approfondir. Les scientifiques savent aujourd'hui que nous sommes instinctivement attirés par des êtres du sexe opposé ayant certains gènes du système immunitaire, les HLA, les plus différents des nôtres. La nature s'est arrangée pour qu'à force de reproduction, le mélange des gènes renforce notre résistance. Ingénieux ! Et nous captons cette différence en grande partie par l'odorat ! Des informations sur les gènes de notre système immunitaire sont portées dans les messages chimiques que nous dégageons, par la transpiration notamment. Lorsqu'une personne vous plaît, c'est qu'elle a des gènes HLA très différents des vôtres. C'est instinctif bien entendu, mais notre cerveau analyse les informations olfactives qu'il reçoit et les résume assez simplement de manière binaire : attirant ou non.

Goatherd avait le regard brillant, fier de décrypter le mécanisme utilisé par Henri Bonneviel.

— À cela, vous ajoutez l'ocytocine, l'hormone de l'amour. Celle que notre corps libère lorsque nous sommes heureux avec quelqu'un, et c'est aussi l'ocytocine qui envahit le cerveau lors du rapport sexuel. Maintenant que vous savez tout cela vous pouvez imaginer l'action de Bonneviel. Il a cherché parmi les hommes qui travaillaient pour lui quelqu'un ayant un maximum de ressemblances physiques avec vous et dont les gènes HLA étaient le plus éloignés des vôtres. Si possible en s'assurant qu'il avait quelques ressemblances avec votre père, coupe de cheveux, intonation de voix ou autre, pour nourrir votre Œdipe au passage. Et il l'a bien formé sur ce qu'il fallait vous dire. Lui inculquer un certain nombre de techniques, comme de regarder l'autre droit dans les yeux pour renforcer ses réactions affectives, tout le B.A.-BA de la PNL... Sans oublier les codes vestimentaires qui vous plaisaient... et le tour était joué.

Yael secoua la tête. On ne pouvait l'avoir contrôlée à ce point.

— Bonneviel avait accès à des laboratoires de pointe, il aura sans difficulté mis au point, si ça n'existe déjà, un système pour vous injecter de l'ocytocine chaque fois que vous étiez avec Thomas. Verser la dose dans votre verre, ou vous l'injecter par contact, avec une bague ou un minuscule patch, je ne sais pas. Il existe tant de solutions indétectables de nos jours ! Ainsi votre cerveau recevait un message clair : « En présence de Thomas, je me sens bien, donc j'ai besoin de le revoir. » Il a suffi de surveiller les lieux que vous fréquentiez et d'y installer Thomas à l'avance. Trois à quatre jours par mois, pas plus, et d'attendre le bon soir. (Il lui adressa un clin d'œil.) Une dernière chose : sachant qu'il est très simple pour nous de connaître les dates de vos règles, les hommes de Bonneviel auront fait en sorte que vous rencontriez Thomas lors de votre période d'ovulation, c'est à ce moment qu'une femme est le plus sensible aux odeurs masculines. L'étude qui aura été faite sur vous aura permis de cerner les différents facteurs cognitifs dont vous avez besoin pour vous sentir proche d'un homme, et Thomas aura été briefé en conséquence. (Un immense sourire élargit sa bouche.) Dans votre cas, dès qu'ils ont eu confirmation de votre rencontre avec Thomas, ils ont accéléré les messages des Ombres pour vous effrayer et vous jeter dans ses bras. Ils ont parfaitement choisi la période : vos amis et votre père en vacances, vous étiez isolée. Il n'y avait que Thomas pour vous aider. Un plan… diabolique !

Yael ne parvenait plus à s'exprimer.

Thomas, un menteur ? Un traître ?

Thomas qui l'avait aidée.

Sans qui elle n'aurait jamais pu parvenir jusqu'ici. Lui qu'elle avait trouvé réticent avec le recul, lorsqu'elle avait voulu à tout prix remonter la piste de Henri Bonneviel. Il s'y était opposé. Il l'avait empêchée d'aller chez lui. Bonneviel n'y était d'ailleurs plus, comme par hasard. Yael se souvint de l'hypermarché, il s'était absenté, prétextant qu'il allait tenter de joindre Kamel. Il avait prévenu Bonneviel à ce moment-là ? Thomas s'était servi d'elle comme tous les autres. Il avait été jusqu'à lui parler du voyage de retour en France pour la rassurer, pour s'assurer de sa confiance !

Yael ferma les yeux.

— C'est difficile à avaler, déclara Goatherd, je vous l'accorde. Et pourtant, ce n'est rien d'autre que l'application du savoir scientifique en la matière. La principale difficulté a certainement été de trouver l'homme qu'il fallait. Mais le monde est grand, les liens et les connaissances de Bonneviel également, alors avec un peu de temps et quelques centaines de prises de sang… tout devient possible.

Yael rouvrit les yeux pour observer le milliardaire qui lui faisait face.

— Laissez-moi deviner, renchérit-il, vous vous êtes souvent demandé ces derniers jours pourquoi vous, n'est-ce pas ? Pourquoi Yael Mallan, jeune femme ordinaire, était embarquée dans une histoire aussi folle.

Comme elle ne répondait pas, il poursuivit :

— Vous n'avez rien de particulier. Rien. Absolument rien. Vous êtes comme tout le monde. C'est ça qui nous passionne, moi, Henri et les autres. Vos bases de données, pardon, les informations concernant votre historique bancaire, votre Sécurité sociale, vos e-mails, votre dossier fiscal, votre dossier médical chez votre médecin et votre psy, tout cela a été piraté, et nos logiciels ont fait des recoupements. Vous correspondiez au profil que Bonneviel recherchait. Bien entendu, dans votre cas, il a procédé sans Internet au début, à l'époque où il cherchait quelqu'un qui pourrait me ressembler, c'était un long travail de fourmi. Mais aujourd'hui ça se fait d'un claquement de doigts, merci l'informatique !

— Mais pourquoi… moi ? murmura Yael pour elle-même.

— C'est toute l'injustice du système ! Vous correspondiez à ce dont Bonneviel avait besoin pour m'éliminer, moi ! Pour qu'il existe un maximum de coïncidences ! Oh, il aurait pu faire mieux ! Cela dit, vous représentiez une cible intéressante. Yael, anagramme de Yale. Mon nom, Goatherd, et le vôtre en hébreu. Le nom de ma fille et celui de votre nationalité. Mon second nom et vos vacances… Oui, je continue de dire qu'il aurait pu faire mieux. Ça ne vaudra jamais les liens entre Lincoln et Kennedy !

— Vous avez ruiné ma vie juste parce que je rassemblais assez de coïncidences avec vous pour servir votre jeu ? insista Yael en secouant la tête.

— Ça n'avait rien de personnel. En fait, vous ou une autre, c'était pareil. N'allez pas croire que je sois dénué de toute empathie en disant cela, au contraire. J'essaie d'éclairer votre lanterne, de tout mettre à votre portée, qu'au moins vous sachiez ! Tout cela est tombé sur vous mais ça aurait pu être n'importe qui d'autre. Ça arrive tous les jours, à des gens qui n'ont rien à se reprocher. Il nous suffit d'un besoin et nous trouvons la bonne personne. Où qu'elle soit, qui qu'elle soit. Peu importe. Une fois immiscé dans votre existence, Bonneviel savait tout de vous. Il a joué avec vous pour vous briser psychologiquement, pour vous manipuler jusqu'à ce que vous m'assassiniez. C'était son but.

Yael serra les poings.

— C'est aussi simple que ça. Ne cherchez pas d'ultime révélation romanesque. Il n'y en a pas.

Il se pinça le nez avec délicatesse, fier de lui.

— Vous vous en foutez ! parvint à articuler Yael entre ses larmes.

Goatherd la contempla, intéressé.

— C'est vrai, je m'en fous, avoua-t-il crûment. D'autant que c'est mon *partenaire* qui vous a façonnée. Votre échec est le sien, c'est *son* temps perdu, pas le mien. Pour moi, vous n'êtes qu'une silhouette dans la masse. Demain vous ne serez plus.

— Vous allez me tuer, c'est ça ? s'écria-t-elle.

— Oh, calmez-vous ma belle. Si je voulais votre mort, vous ne seriez pas arrivée jusqu'ici. D'accord, je le confesse, dans un premier temps, j'ai tenté de vous éliminer. Vous avez la peau dure. Maintenant que vous savez tout, autant vous en faire profiter un peu, non ? J'aimerais que vous assistiez à ma victoire sur Bonneviel. Je vais marquer beaucoup de points d'un coup, pour moi, mes intérêts et ceux de mes partenaires économiques. L'Histoire à venir, c'est moi qui vais la sculpter. D'abord en résonance avec le passé, pour doubler mon score, et ensuite pour… augmenter ma zone d'influence.

Il avait prononcé la dernière phrase avec une application quasi enfantine.

— Et je veux que vous soyez aux premières loges lorsque ça arrivera.

80

Yael tenta de se relever, sa tête résonna brutalement, elle retomba sur le canapé.

— Vous souhaitez partir ? questionna Goatherd. Très bien. Je vais faire en sorte qu'on vous raccompagne. Cette nuit, vous dormirez bien au chaud, confortablement. J'imagine que ça va vous changer.

Il reposa le verre de bourbon auquel il n'avait pas touché et se dirigea vers le bureau, d'où il fit apparaître un téléphone d'un tiroir. Il appuya sur un bouton et revint auprès de Yael en tenant une enveloppe jaune.

— Ne l'ouvrez qu'en présence de Thomas. Respectez cela, même si vous le haïssez à présent ! Après tout ce que vous avez vécu ensemble, il mérite autant que vous de lire ce qu'elle contient.

Il la posa sur la table basse.

— Je… ne crois pas…, balbutia Yael, le revoir…

Elle ne se sentait pas bien du tout. Sa vision se brouillait.

— Mes hommes ont retrouvé sa trace, grâce au coup de fil que vous lui avez passé. Soyez certaine que nous allons l'informer de ce qui s'est passé. Primo, vous ne m'avez pas tué, sa mission a donc échoué ; secundo, vous savez tout sur lui ; et tertio : nous ne vous avons pas… éliminée. Je pense qu'avec ça, il aura envie de vous revoir, tôt ou tard. Alors vous partagerez le contenu de cette enveloppe.

Il pointa un doigt en direction du rectangle jaune.

— C'est la vérité qui vous manque, expliqua-t-il. Et l'assurance de mon triomphe. Vous verrez. Demain sera un autre jour plein de promesses pour des hommes comme moi. Et le monde changera.

Il recula jusqu'à la porte. Yael voulut se lever une nouvelle fois, mais ses jambes ne répondirent pas. Goatherd franchit le seuil. Et lui adressa un dernier sourire.

Plein de condescendance.

Yael essaya encore de se redresser pour aller vers lui.

Il fit « non » de l'index et désigna le verre d'eau qu'il lui avait servi un peu plus tôt.

— Adieu, mademoiselle Mallan.

Yael vit la pièce basculer.

Elle perdit pied et s'effondra dans le canapé. Avant de perdre conscience.

BLOG DE KAMEL NASIR. EXTRAIT 12.

Avec tous les éléments que je viens d'exposer, on en vient naturellement à imaginer les hommes qui dirigent les États-Unis, les membres du PNAC et une poignée de milliardaires à leurs côtés, fiers d'eux après avoir imposé en un rien de temps un contrôle quasi totalitaire de leurs citoyens et s'être accordé les pleins pouvoirs, notamment lorsqu'ils ont fait en sorte que le Sénat américain, le 11 octobre 2002, vote une résolution qui permet désormais au président des USA, leur marionnette, de déclarer la guerre à qui il veut, quand il veut, sans passer par le Sénat, donc sans demander son avis au peuple.

Je n'ai plus aucune peine à imaginer ces hommes, avant les attentats du 11 septembre, mettant en place un processus machiavélique. Oh, rien d'extraordinaire, juste en faisant ressortir des tiroirs quelques anciens projets de l'armée… Vous modernisez l'opération Northwoods. Et cette fois, plus malin que vos prédécesseurs, vous ne la confiez pas à l'armée, non, non ! Vous vous associez avec vos partenaires économiques. Chaque clan devra fournir des moyens. Et chaque clan devra aussi fournir son pantin.

Qui prendre dans ce dernier rôle ?

La brebis galeuse de chaque famille.

Deux extrémistes religieux pour attiser les haines pour longtemps. Deux individus manipulables. Il suffit de bien les encadrer. On les dispose sous les « sunlights » et on en fait les symboles de ce nouveau conflit qui va obséder le globe alors qu'ils ne sont que les pantins destinés à nourrir le feu de cette guerre.

Mais pour que le feu s'embrase il faut une étincelle. Et pas une petite, sans quoi ça ne prendrait pas. Il faut toucher l'un des deux peuples droit au cœur pour qu'il soit ébranlé, prêt à tout accepter Alors on « encadre » un des extrémistes, on lui fournit les moyens de réussir. Personne n'ignore plus que le terrorisme est sponsorisé par les pétromonarchies. Pendant ce temps, on fait en sorte que l'autre extrémiste accède au pouvoir dans son pays, pour préparer la suite.

On sait qu'Oussama Ben Laden a été fortement influencé et guidé par des hommes comme Abdullah Azam, mais lui, qui était derrière lui pour suggérer la direction à suivre ?

Aujourd'hui le feu a pris, il s'est propagé partout où l'on avait pris soin de mettre du combustible. Avec les conséquences que l'on sait, et celles à venir, qu'on peut imaginer. Il est impossible de contrôler ces terroristes à présent. Mais après tout, dans la logique de ceux qui les ont favorisés, voire créés, ce n'est pas plus mal, on s'assure des décennies de conflits, de peurs permettant de contrôler ses concitoyens, de contrats militaires, de prétextes pour étendre l'hégémonie d'une économie américaine (plus ses partenaires saoudiens, jusqu'à ce qu'ils se fassent, eux aussi, dévorer par l'ogre yankee) dans le monde.

*Si on regarde comme tout s'est parfaitement enchaîné depuis le 11 septembre on peut se poser des questions. La guerre en Irak était déjà prévue et préparée. Les mensonges tout trouvés. Les empires industriels en rapport avec la Maison-Blanche et le Pentagone dans les starting-blocks. On avait pris soin de « recadrer » les services de renseignement comme la NSA vers des objectifs plus économiques (*via *Echelon par exemple), tout en faisant perdre à la CIA son influence et son pouvoir* *depuis plus de dix ans, pour la remplacer par des sociétés privées de sécurité que l'on a vues se partager le marché en Irak, ces sociétés paramilitaires suréquipées recrutant souvent parmi les hommes des régimes extrêmes disparus, comme l'apartheid en Afrique du Sud par exemple. Des armées privées sur lesquelles le Congrès américain ou tout autre organe représentatif d'une nation dans le monde n'a aucun pouvoir, obéissant uniquement aux industriels...*

Lorsqu'un trop grand nombre de coïncidences se produisent à la chaîne, peut-être faut-il commencer à chercher une explication autre que celle du « hasard ». L'Histoire est truffée de coïncidences parfois folles. Et lorsque celles-ci se mêlent à des symboles forts, il devient difficile de ne pas y voir, d'une manière ou d'une autre, la main de l'homme.

Récemment, un type sur Internet me faisait part de

ses constatations à propos du 11 septembre. Il me disait qu'il n'y avait aucun hasard là-dedans. Ni dans la date d'ailleurs.

Car le 11 septembre 1990, George Bush senior faisait un discours sur le « Nouvel Ordre mondial » à venir. Onze ans plus tard, jour pour jour, les attentats du 11 septembre frappaient et lançaient l'axe du changement. Puis, le 11 septembre 2002, George Bush junior confirmait cette vision par la publication de La Stratégie nationale de sécurité.

Le 11 septembre 1973, le président Salvador Allende, démocratiquement élu, mourait parce qu'il nuisait et faisait peur à la politique étrangère et aux multinationales américaines. Henry Kissinger, via la CIA, est très fortement suspecté d'avoir organisé le coup d'État qui débuta par la chute de symboles forts à Santiago : la destruction de deux tours, celles de Radio Portales et de Radio Corporación. Par des avions.

Kissinger aura le prix Nobel de la Paix cette année-là.

Le 11 septembre 2001, les deux tours hautement

symboliques du World Trade Center tombent, attaquées par des avions. Henry Kissinger sera nommé directeur de la commission d'enquête. Belles coïncidences...

Alors oui, j'imagine, ou plutôt je constate que notre monde n'est pas réellement ce qu'on nous montre à la télévision. Les arcanes de la géopolitique se dessinent davantage dans les bureaux des entreprises que dans ceux des gouvernements.

Et je n'ai plus honte aujourd'hui de l'écrire : il y a trop d'éléments à charge qui s'accumulent pour qu'on continue de fermer les yeux en croyant à une « coïncidence » lorsqu'il s'agit de « manipulation ».

Bon sang, on sait aujourd'hui que le gouvernement Bush a ouvertement menti sur les ADM pour aller en Irak, ils ont MENTI pour allumer la guerre ! Que faut-il de plus ? Continuer, devant l'énumération hallucinante de faits, à leur chercher excuses et prétextes ?

Et dire que c'était le plus doux de leurs mensonges.

81

Le téléphone réveilla Yael.

Elle était dans un grand lit moelleux.

Le décor tournoya une seconde avant de se figer.

Une armature en fer forgé au-dessus de sa tête. Des tissus pastel aux murs, un mobilier de qualité. Une grande chambre avec des fenêtres aux rideaux tirés. Une faible lumière les traversait, il devait être tôt.

Nouveau coup de sonnette.

Ce n'était pas le téléphone mais la sonnette de la porte.

Yael se redressa. Elle eut presque un haut-le-cœur en constatant qu'on l'avait entièrement dévêtue. Elle se précipita vers la salle de bains qu'elle devinait par la porte entrouverte. Elle enfila un lourd peignoir blanc et s'aspergea le visage à n'en plus finir.

Elle se vit dans le miroir.

Les traits creusés. Les yeux rouges.

À la porte, le visiteur insistait.

Les savons portaient une étiquette *Plaza Hotel.*

Yael alla ouvrir.

Un groom en livrée lui tendit un carré de papier.

— Bonjour mademoiselle, je suis désolé de vous déranger si tôt mais on a précisé au téléphone que c'était extrêmement urgent.

Yael prit le message et referma.

Elle lut :

« Je dois te parler. » Suivait l'adresse d'un restaurant

panoramique et l'heure du rendez-vous : 8 h 15. Le tout était signé : THOMAS.

Yael consulta le réveil de sa chambre, il était sept heures. *Il m'invite à un petit déjeuner d'adieu*, songea-t-elle. *Pour se justifier. Ou pour me...*

Non, elle chassa cette pensée. Il ne lui ferait pas de mal.

Il était pourtant capable du pire. Il l'avait manipulée. Il s'était servi d'elle en lui mentant ouvertement, en jouant sur ses émotions, ses sentiments. Ce qu'il avait fait ne pouvait se justifier.

Elle n'avait plus rien à lui dire.

Elle ne ressentait qu'une haine sans limites à son égard.

Pourtant elle sut aussitôt qu'elle irait. Un infime espoir rivé au cœur : lire dans son regard que tout cela n'était qu'un perfide mensonge de Goatherd.

Ne sois pas idiote...

C'était un rendez-vous dans un lieu public. Pour éviter tout esclandre ? Pour lui montrer qu'elle ne devait pas le craindre ?

Yael avala sa salive. Une salive douloureuse.

Sa gorge était étroite et son ventre se creusait.

Elle aurait tant voulu que cela soit un mensonge, pouvoir le retrouver et se serrer contre lui.

Yael laissa les larmes couler. Il ne méritait même pas cela.

Elle se dirigea vers la salle de bains pour passer vingt minutes sous une douche brûlante.

Lorsqu'elle s'habilla avec ses vêtements de la veille, elle remarqua l'enveloppe jaune posée dessous. Elle la prit délicatement, avec méfiance. Sa légèreté la surprit. Elle s'attendait presque à sentir le détonateur d'une bombe à l'intérieur. Elle la secoua. Ce n'était que du papier.

Pourquoi attendre pour l'ouvrir ?

Elle n'avait rien à promettre à Goatherd, elle pouvait tout à fait l'ouvrir maintenant.

Curieusement, elle n'en fit rien. Thomas. Une part d'elle s'accrochait encore au souvenir de ce qu'ils avaient enduré ensemble

Elle la rangea dans son sac. Le revolver avait disparu.

Et gagna la sortie du palace pour affronter sa vérité.

82

Le restaurant, au dernier étage d'un building, dominait tout Manhattan. Les tables étaient presque toutes vides à l'exception d'une poignée d'hommes et de femmes qui travaillaient dans les étages inférieurs et venaient ici prendre leur café du matin.

Yael repéra Thomas, assis contre le vide. Il examinait l'horizon et le soleil qui venait clignoter sur les centaines de vaguelettes de la baie.

Elle s'installa en face de lui, sans dire un mot.

Leurs regards se croisèrent.

Alors elle sut que Goatherd n'avait pas menti.

Plus de jeu de séduction, plus de sourire complice. Rien qu'un homme l'observant avec le poids de ce qu'il avait fait.

— Je n'ai pas d'excuses, dit-il calmement. Je l'ai fait parce que c'est mon travail.

Yael serra de toutes ses forces mentales la corde qui maintenait close la vanne des sanglots et parvint à se contenir. Ses mâchoires se bloquèrent et les larmes grossirent dans sa gorge à l'étouffer.

— C'est toi…, souffla-t-elle, c'est toi le plus abject de tous.

Il recula sur sa chaise et se pinça les lèvres.

Après un flottement durant lequel il contempla le paysage, il annonça :

— Ce n'est pas ce que tu voudras entendre, mais je vais

te faire le récit de mon rôle, et ne te lève pas pour te tirer avant la fin. C'est pour toi que je le fais, pour chasser de ton esprit le fantôme du Thomas que tu as connu.

Et il lui raconta comment il l'avait approchée, confirmant tout ce que James Goatherd lui avait dit. Il était là pour l'encadrer, l'aider à avancer, pour qu'au final elle aille tuer Goatherd. Il lui relata ce qui n'était pas prévu : qu'elle fonce affronter Olivier Languin. À l'origine, Thomas devait obtenir l'identification de Languin mais ne surtout pas l'approcher. Car Languin devait mourir dans la nuit. Pour effrayer Yael. Mais elle avait roulé jusqu'à son lieu de travail. Thomas avait tout fait pour intercepter Languin avant elle, il voulait lui parler, mais l'homme avait pris peur. Lubrosso était tout de même parvenu à lui régler son compte mais tout avait failli échouer car Yael se trouvait là à ce moment. Thomas avait craint qu'un mot de trop ne soit dit et qu'elle puisse comprendre.

Elle se souvint de sa nervosité, il était prêt à sauter sur Languin ; sur le coup elle avait cru que c'était pour la protéger alors qu'il s'agissait de le faire taire.

Yael avait surpris Thomas en s'emparant des documents brûlés, bien qu'avec le recul cela leur ait permis de gagner du temps. Car tout ne se passait pas comme prévu. Des hommes de Goatherd avaient décidé de s'en mêler et d'éliminer Yael, la contraignant à quitter son domicile où Bonneviel pouvait lui faire passer ses messages. Il fallut improviser. Se dépêcher avant que les nervis de Goatherd identifient Thomas et fassent tout rater.

En faisant parler les papiers brûlés, Thomas avait rattrapé le coup pour entraîner Yael dans la suite de l'énigme.

L'arme qu'elle avait trouvée était celle qui avait servi à abattre Lubrosso. À l'origine elle devait servir à tuer Languin mais comme il avait été empoisonné par son patron, Bonneviel avait ordonné qu'on change les plans. Lubrosso avait été sacrifié. Si tout se passait comme prévu, Yael allait finir par tirer sur Goatherd avec ce revolver et les autorités finiraient par retracer l'itinéraire sanglant de la jeune femme. Le coup de folie d'une jolie solitaire qui avait abattu un vieil homme à Herblay, sans raison apparente, avant de s'en prendre à un milliardaire new-yorkais. On s'en étonnerait puis on l'accepterait comme l'Histoire l'avait fait pour Lee Harvey Oswald, Sirhan Sirhan et d'autres assassins célèbres. Tout juste remarquerait-on sur quelques sites Internet qu'il existait des similitudes et rapprochements troublants entre Yael et Goatherd. Bonneviel se serait débarrassé de son grand rival selon les règles de leur jeu, il aurait marqué des points pour les ressemblances entre Yael et Goatherd et serait monté dans la hiérarchie des Ombres. C'était son plan.

Le plus gros problème vint de Yael elle-même et de sa perspicacité lorsqu'elle remonta jusqu'à Bonneviel. Le pire, c'était que Thomas lui-même l'avait aiguillé sur cette piste en faisant les recherches Internet sur Bonneviel. Il sentait que la confiance de Yael à son égard s'effritait, il avait dû s'impliquer encore plus, marquer des points en se rendant très perspicace. Il avait opéré naïvement, pensant accentuer la paranoïa de Yael, et pour la conforter dans l'idée que les Ombres étaient des hommes très puissants. Mais le nom n'avait pas suffi, elle voulait le voir. Thomas fit tout pour la dissuader de l'approcher. Elle avait bien deviné, il avait à peine eu le temps de prévenir le banquier suisse juste avant leur arrivée en passant un coup de téléphone éclair, soi-disant à Kamel.

Kamel était de l'improvisation totale.

Désemparé par la présence inattendue de tueurs à leurs trousses, Thomas avait dû se replier sur une solution d'urgence. Quelqu'un qui ne pouvait pas les trahir, quelqu'un qu'il savait neutre à tout prix. Il s'était souvenu de Kamel.

À l'origine il l'avait approché en prétextant un article alors qu'il s'agissait de le surveiller. Des amis de

Bonneviel dans le gouvernement américain s'inquiétaient qu'un fils de diplomate puisse enquêter sur eux avec autant d'acharnement. Thomas l'avait infiltré pour dresser un rapport de ce qu'il savait. Et il savait beaucoup trop de choses. Mais ses liens avec la diplomatie lui sauvèrent la vie. On décida qu'il était préférable de conserver un œil sur lui plutôt que de risquer gros en l'éliminant, ce qui n'aurait pas manqué de donner un crédit phénoménal aux théories qu'il défendait ardemment.

Plusieurs mois après cette rencontre, Thomas s'était souvenu de lui.

Kamel les avait aidés. Il s'était révélé très efficace en définitive.

Plus tard, Thomas avait presque perdu son sang-froid à l'annonce du décès de Bonneviel. Cela s'était traduit par une certaine agressivité, qu'il avait rapidement contrôlée. La mort de Bonneviel n'empêchait pas la mission d'aller à son terme. Thomas avait toujours l'entourage du banquier suisse parmi ses contacts. Non seulement il serait payé, mais il pouvait jouir du prestige que ferait rejaillir sur lui le succès d'une mission pareille. Il fallait aller jusqu'au bout. Conduire Yael aux États-Unis, continuer de s'assurer qu'elle était de plus en plus tendue, que son état psychologique se délitait, que la paranoïa grandissait, pour qu'elle soit prête. Prête à tuer Goatherd.

Yael avait découvert des documents chez Bonneviel, ce n'était pas prévu mais leur avait fait gagner du temps, encore une fois. Thomas avait eu peur qu'elle ne tombe sur autre chose de bien plus compromettant pour lui.

Il était un proche du banquier, dans son premier cercle d'hommes de main, ce qui était exceptionnel et uniquement dû, Thomas ne se leurrait pas, à cette mission particulière qui lui imposait d'être au courant de tout.

Yael avait mordu à l'hameçon. Elle s'était intéressée à Petersen et Goatherd.

Le voyage en cargo était prévu également.

Et Carl Petersen avait juré à son ami Bonneviel qu'il

répéterait tout ce qu'il fallait à cette jeune femme dès qu'elle mettrait les pieds chez lui.

Malgré une somme d'imprévus, le plan fomenté par Bonneviel avait fonctionné.

Presque jusqu'au bout.

Il avait sous-estimé son principal ennemi dans cette histoire : sa cible, James R. Goatherd.

Thomas conclut :

— Je ne suis pas fier de ce que je t'ai fait. C'est… rien de personnel, tu comprends.

La main de Yael fusa. Elle cueillit violemment la joue de Thomas.

Lorsqu'il pivota pour la fixer à nouveau, son regard était glacial. Il permuta aussitôt et redevint neutre.

Plusieurs personnes s'étaient retournées et les observaient. Après une seconde, chacun retourna à ses occupations.

— Rien de personnel, répéta sèchement Yael. J'espère au moins que tu vas t'asseoir sur une montagne de fric pour un coup pareil. Parce que c'est bien pour ça que tu l'as fait, non ?

Elle posa ses mains sur la table pour ne pas être tentée de se défouler à nouveau.

— J'espère que coucher avec moi n'aura pas été la partie la plus écœurante de ta mission, lança-t-elle.

— Yael…

— Tais-toi. Je ne veux pas entendre tes mensonges.

Elle jeta l'enveloppe jaune de Goatherd sur la table.

— Tiens, ton nouvel ami voulait que nous l'ouvrions *ensemble*.

Thomas fronça les sourcils, surpris et inquiet.

— Qu'est-ce que c'est ?

— Je ne sais pas. Notre *récompense* de chiens-chiens. La vérité qui nous manque, a dit Goatherd, son triomphe.

Toujours peu rassuré, Thomas la décacheta.

Plusieurs petites enveloppes de vélin glissèrent sur la table.

Toutes portaient un numéro de un à trois.

— Une nouvelle énigme ? s'étonna Thomas. Qu'est-ce que c'est que ces conneries.

Il ouvrit la première.

Thomas avait bien deviné. Le dernier jeu de devinettes venait de débuter.

L'horloge du restaurant affichait 8 h 35.

83

La première enveloppe contenait trois billets.

5, 20 et 100 dollars.

Yael se souvint aussitôt de l'e-mail qu'elle avait reçu à ce sujet. Un message envoyé par Goatherd pour tenter de la localiser.

Le texte qui accompagnait les billets était le même :

« Puisque l'Histoire exerce une telle fascination sur vous, continuez à la lire, continuez ce que vous avez commencé, passez à la suite ! Avec des billets de 5, de 20, et 100 dollars. En les réduisant sans les couper, vous devriez obtenir une suite intéressante pour prédire l'avenir... Mais prenez garde. Voir le futur peut coûter cher. Peu sont capables d'y survivre. C'est un jeu d'initiés. Vous êtes prévenue. »

Thomas prit un des billets et remarqua qu'ils avaient été pliés jusqu'à conserver les marques de pliures.

— J'en ai ma claque de ces conneries, fit Yael en voulant se lever.

Thomas lui attrapa le bras.

— Non, attends. Goatherd n'est pas du genre à faire des cadeaux, s'il a fait ça c'est qu'il a une idée derrière la tête. Crois-moi, ces gens n'agissent *jamais* par hasard.

Elle allait rétorquer que ça n'avait plus d'importance, lorsqu'elle vit à son tour les pliures sur les billets. Son esprit percuta tout de suite.

— Réduire sans couper c'est plier, exposa-t-elle en les prenant.

Elle redonna assez rapidement leur mouvement aux billets.

Ainsi assemblés, chacun offrait une suite de dessins qui s'enchaînaient. Incompréhensibles individuellement mais pertinents ensemble.

Le premier, le billet de 5 dollars, représentait une tour, un immeuble :

Le suivant, le billet de 20 dollars, montrait cette même tour en feu :

Le troisième affichait un long panache de fumée, après que la tour s'était effondrée :

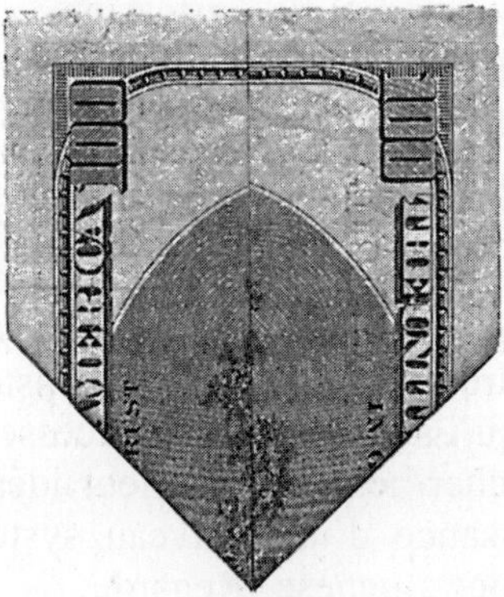

Yael hocha la tête. Après avoir truffé le billet de un dollar de symboles, il était logique que les Ombres aient cherché à faire de même avec les autres billets.

Une fois encore, ils jouaient entre eux.

— Je ne… comprends pas où ils veulent en venir, articula Thomas.

Yael ouvrit la seconde enveloppe.

Une page déchirée. Celle d'une bible.

Genèse, 11-9.

« Aussi la nomma-t-on Babel, car c'est là que Yahvé confondit le langage de tous les habitants de la Terre et c'est là qu'il les dispersa sur toute la face de la Terre. »

L'esprit de Yael, rompu à cet exercice et électrisé par les émotions intenses qu'il encaissait, fit aussitôt le lien.

— Pourquoi vouloir associer des billets à la Bible ? Par goût de la provocation, du sacrilège ? proposa Thomas.

— Plutôt pour souligner qu'ils sont corrélés, expliqua Yael froidement. L'argent et la religion sont les deux mamelles du pouvoir. Le dollar représente le commerce international, il représente aussi le point de départ du Nouvel Ordre mondial. Et, on le sait maintenant, les billets sont truffés de symboles laissés là par ceux qui sont dans l'ombre du monde. Ils ne vivent que pour tirer les ficelles de l'Histoire, ils jouent à dominer le monde. Ils fomentent tous les coups tordus, et le font selon des principes, jamais au hasard. Ils font coïncider tous les organes du pouvoir : l'argent, la religion, c'est comme ça qu'ils peuvent marquer l'Histoire de leur sceau. (Elle réfléchit un court instant pour ordonner ses pensées.) Le Nouvel Ordre mondial qu'ils ont instauré depuis les révolutions et qu'ils alimentent sans cesse pour le consolider, le rapprocher peu à peu de leur idéal, c'est un peu comme la naissance d'un nouveau système, non ? On pourrait dire une… genèse. Regarde.

Elle disposa les trois billets pliés devant lui avec l'extrait de la Bible.

— Je pense que pour marquer le point de départ, ou plutôt pour relancer l'élan de ce Nouvel Ordre mondial, ils vont faire s'effondrer une tour. Une grande tour, très symbolique. Et qu'ils vont le faire aujourd'hui.

— Aujourd'hui ? Pourquoi ?

— Parce que c'est Genèse 11-9. Onze septembre. La date d'aujourd'hui.

Elle pointa l'extrait de la Bible.

— Genèse 11-9, c'est le passage où Babel est détruite. La tour de Babel. Quelle ville est la plus cosmopolite sur terre, en tout cas un symbole fort du rassemblement de toutes les langues dans un endroit vertical où tout le monde parle et où peu s'entendent, ce qui est la définition de Babel ?

— New York. Celle qu'on surnomme aussi la Nouvelle Babylone.

Yael prit la troisième et dernière enveloppe et annonça sans émotion :

— Et je te parie que dans celle-ci, il nous dit quelle tour il va frapper.

84

La troisième enveloppe ne contenait qu'une feuille sur laquelle étaient collés deux extraits des journaux.

Yael lut le premier à voix haute :

« L'Histoire est à nous, et les peuples la font pour construire une société meilleure. SALVADOR ALLENDE, *le 11 septembre 1973. »*

Elle se redressa.

— C'est le jour où Allende est mort. Le président chilien est mort pendant le coup d'État, rappela-t-elle.

— La date, fit remarquer Thomas. Goatherd veut jouer avec l'Histoire une fois encore.

Yael fit un effort pour se remémorer ce qu'elle savait du coup d'État de Pinochet.

— Allende avait accédé au pouvoir démocratiquement, mais ça n'a pas plu à certains militaires chiliens.

— Ni aux Américains qui voyaient là le succès politique d'une union de gauche qui leur faisait peur. On dit que Henry Kissinger aurait préparé le coup d'État en demandant à la CIA d'aider les militaires putschistes à s'organiser entre eux et en semant un début de chaos favorable au renversement en s'alliant à des multinationales assez influentes pour frapper l'économie chilienne.

Yael lut l'autre coupure de journal.

« Des avions ont attaqué le peuple. Ils ont commencé par détruire les deux tours de communications, celle de Radio Portales et de Radio Corporación, symbole des voix, de notre ville. Puis notre nation a changé. C'était le 11 septembre 1973. »

Yael tendit la feuille à Thomas.

Elle posa le front dans sa paume.

— Les deux tours, symboles de la ville, murmura-t-elle.

Thomas secoua la tête.

— Non.. c'est impossible, dit-il. Les tours du World Trade Center…

— Ici même.

Thomas se leva.

— Pourquoi m'as-tu donné rendez-vous ici ? demanda-t-il.

— Quoi ?

Elle était stupéfaite. C'était lui qui…

— Bien sûr…, comprit-elle.

Elle laissa échapper un petit rire nerveux.

— James Goatherd n'est pas du genre à nous laisser vivre après tout ça. Mais il voulait que nous soyons aux premières loges de son triomphe. Son « coup » à lui. Il nous a fait venir ici…

Thomas la prit par la main et voulut l'entraîner vers la sortie mais sa main se déroba. Il se tourna vers elle.

Yael fixait l'horizon bleu au-dessus de la baie.

L'horloge affichait 8 h 46.

Le premier avion frappa la tour de plein fouet.

85

Les vitres se fendirent et le bâtiment gronda comme le ventre d'un monstre torturé.

Les femmes et les hommes hurlèrent dans le restaurant panoramique. Ils se précipitèrent vers les ascenseurs pour redescendre. Ils attendirent en vain que les portes s'ouvrent sans savoir que des geysers de kérosène en feu jaillissaient déjà le long de ces puits.

D'autres se mirent à courir vers les escaliers de service. Ils ignoraient que les marches avaient disparu quelques niveaux plus bas, arrachées par le choc au-dessus du trou béant de l'enfer.

Ils erraient en criant, déjà fantômes de leur prison dans les cieux.

Yael vit Thomas qui cherchait à l'entraîner vers la sortie de service mais elle resta assise.

— Viens ! hurla-t-il.

Yael préféra se tourner. Les fêlures du verre s'ouvraient en grinçant.

Elle attendit là, sur le sol tremblant.

Lorsqu'elle se leva pour marcher lentement parmi les chaises renversées, Yael découvrit que Thomas avait disparu avec tous ceux qui étaient encore présents un quart d'heure plus tôt.

La température monta très rapidement. Le sol devint brûlant, les semelles de Yael se mirent à coller comme du chewing-gum. L'air était suffocant. Yael titubait doucement, au sommet du monde, du haut de son vertige.

Des affiches se décollèrent des murs.

Les fenêtres explosèrent, et les vents s'engouffrèrent rageusement dans le grand hall, apportant pendant quelques secondes une fraîcheur salvatrice. De courte durée.

La fumée extérieure couvrit l'horizon comme un voile ténébreux et le vent se mit à brûler.

C'était à présent une fournaise tourbillonnante. L'air tremblait.

Yael n'avait plus la force de bouger. Chaque respiration lui torturait les poumons. Sa peau était douloureuse, comme frottée au papier de verre. Ses cheveux commençaient à se resserrer sur son crâne. Ils allaient fondre. Ses paupières eurent du mal à se rouvrir.

Yael tint bon. Elle ne tomba pas sur cette plaque bouillante qu'était devenu le sol.

Et dans le grand flou palpitant, elle vit un battant s'ouvrir.

Thomas réapparut en poussant la porte de l'escalier. Il était seul.

Les vapeurs froissèrent l'air du hall jusqu'à boire les deux silhouettes. Deux fantômes s'observant au cœur sacré de l'Histoire.

D'une démarche lente et difficile Thomas revint en direction de la jeune femme.

Il la guettait.

Il attendait un signe de sa part.

La tour sud vacilla d'abord.

La seconde disparut moins d'une demi-heure plus tard.

Le champignon de poussière gonfla, tumeur en pleine expansion ravageant les rues, arrachant les façades, recouvrant la surface des eaux de l'Hudson ; une tumeur contagieuse qui s'infiltra jusqu'aux plus hautes terrasses, jusqu'aux plus profonds des égouts.

Par un jeu d'optique et d'imagination, on vit bien des signes ce jour-là dans ce panache effrayant qui grimpait à l'assaut des cieux pour les endeuiller.

« Demain sera un autre jour plein de promesses pour des hommes comme moi. Et le monde changera. »

Les tours chancelèrent dans la confusion des esprits assistant au drame en direct à la télévision.

Elles s'effondrèrent en emportant bien plus que leurs victimes et leurs symboles.

Alors, le monde changea.

ÉPILOGUE

BLOG DE KAMEL NASIR.

J'ai connu un couple, il y a quelques années, Yael et Thomas, qui avait mis le doigt dans l'engrenage du pouvoir.

Ils n'étaient pas volontaires.

Ils n'ont pas eu le choix.

Ils ont été happés.

Je ne sais pas ce qu'ils sont devenus.

Toutes les données que je vous ai livrées dans ces pages ne sont pas top secret. Ce sont des informations que l'on peut se procurer en cherchant bien. Mais elles sont là, avérées, loin des mythes de conspiration, il ne s'agit que d'informations bien réelles. Il suffisait seulement de les mettre bout à bout, de les relier entre elles. D'une certaine manière, ces gens qui jouent avec nous, qui nous mentent, se servent de notre ignorance, de notre laxisme, et c'est bien là-dessus qu'ils comptent. C'est parce que nous considérons les notions de liberté et de démocratie comme acquises que nous n'avons pas été assez attentifs.

Il y a déjà tellement de choses à surveiller, me direz-vous, de fronts où combattre dans nos vies personnelles. Le travail au quotidien, les factures à payer, la vie de couple, les problèmes relationnels, les enfants... C'est vrai.

Mais c'est sur ces bases-là que se construit notre nouveau monde.

Le Nouvel Ordre mondial.

Sur nos doutes, nos peurs, nos luttes au quotidien qui nous rendent moins vigilants aux problèmes du monde.

N'oubliez pas que cette histoire est vraie.

Faites-la circuler. Mais pensez que vous êtes surveillé. Toujours.

D'ailleurs, ils savent déjà que vous avez lu ce récit. Comment l'avez-vous eu ? Vous l'avez acheté ? Payé par chèque ou par carte de crédit ? Alors vous êtes fiché.

Emprunté à la bibliothèque municipale ? Alors vous êtes fiché.

Téléchargé sur le web ? Fiché aussi.

Un ami vous l'a prêté ? Fiché probablement, via la puce RFID, votre ami étant lui-même fiché.

Vous trouvez que j'en fais trop ? Alors attendez quelques années. Mais il sera peut-être trop tard.

Mon grand-père disait que la paranoïa était en train de devenir non plus une tare mais une qualité de survie dans ce triste système. Qu'en penser ?

Pensons. C'est déjà ça. À l'abri de nos cervelles, nous avons au moins cette liberté.

Mais pour combien de temps encore ?

C'est légitimement que je conclus par le biais de deux penseurs universels qui devraient, je l'espère, tous nous parler. Dont un Américain, justement, Benjamin Franklin :

« Ceux qui négocieraient leur Liberté fondamentale contre une sécurité illusoire ne méritent ni Liberté, ni Sécurité. »

Nous devons être vigilants car au nom des libertés et de la sécurité de notre système, de notre collectivité, nous rabaissons nos libertés individuelles. C'est là que le danger rôde. Des États fascistes sont nés ainsi.

Avec le soutien de leur peuple.

Tandis que les lois de nos civilisations se durcissent, j'aime à me rappeler Montesquieu et à trembler :

« La liberté est le droit de faire tout ce que les lois permettent. »

KAMEL NASIR,
Le 12 septembre 2005.
En hommage à deux amis disparus.

PRÉDATEURS

« L'homme est un loup pour l'homme. »

PLAUTE

Si au plaisir de la lecture vous souhaitiez ajouter celui de l'ambiance musicale, voici les thèmes principaux qui m'ont accompagné pendant l'écriture :

— *La Ligne rouge*, de Hans Zimmer.

— *Le Silence des agneaux*, de Howard Shore.

— *Munich*, de John Williams.

Bienvenue dans ce récit. Puissiez-vous y embarquer sans retenue… et survivre à la violence de cette guerre.

Edgecombe, le 2 janvier 2007
www.maximechattam.com

1

Le ciel était d'un gris uniforme, il retenait la lumière comme un filet diaphane, ne laissant à la terre qu'une clarté atone.

Les milliers de soldats de la base attendaient dans leur tente, les uns jouant aux cartes ou aux dés, mégot ou cure-dent au coin des lèvres, les autres conversant autour de caisses en bois.

Certains régiments avaient déjà embarqué et vivaient à bord des navires de guerre amarrés aux quais devenus campement.

L'attente les consumait.

L'attente du signal.

Il prendrait d'abord la forme d'une rumeur, se propagerait depuis le poste de commandement ou du mess des officiers. Et en quelques minutes les milliers d'hommes entassés ici seraient au courant, équipement paré.

Alors il faudrait former les rangs. Partir vers le sud, vers un avenir tristement binaire : survivre sous le feu ou périr par le feu.

Surplombant le port, le bâtiment des officiers généraux se dressait : briques rouges aux joints, arêtes et corniches blancs.

Dans une salle du deuxième étage le lieutenant Craig Frewin, face à la fenêtre, considérait ce grand rassemblement monochrome d'éclats de rire, de ronflements et de jurons, organisé autour de cabanes en bois d'où montaient à toute heure de la journée les fumées de bassines de nourriture.

Frewin avait les mains croisées dans le dos, sa chemise militaire tendue sur les puissants muscles de son torse. Un homme imposant, aux épaules larges et épaisses. Les cheveux, d'un blond gris, les traits rustiques sous une barbe naissante, qu'un nez fin et des lèvres charnues adoucissaient, lui donnaient un charme certain tandis qu'il approchait doucement la quarantaine. Un éclat noir dans ses yeux noisette ajoutait encore à cette apparence qu'on n'oubliait pas.

Il écoutait le discours de son major général Colin Toddwarth :

— Craig, toi et moi nous nous connaissons depuis un moment, soyons francs : je sais que ça ne t'enchante pas, mais nous n'avons pas le choix. On n'a pas assez d'effectifs dans la PM pour conserver les équipes telles

qu'elles sont. Chaque homme de ton service sera affecté à une section, ou une compagnie entière si je n'en ai pas assez.

Frewin, immobile, répondit avec tout le flegme qui le caractérisait, d'une voix trop posée pour être polie :

— Nous ne servirons à rien dispersés dans des sections d'assaut, Colin. C'est une aberration. Nous sommes des enquêteurs, pas des combattants.

Colin Toddwarth se mit à piaffer, martelant ses mots :

— Je sais tout ça. Seulement… les temps changent. Une fois là-bas, votre présence dans ces groupes maintiendra la cohésion, et ce ne sera pas facile. On s'attend à un enfer. Il y aura des envies de désertion. Vous les empêcherez et, s'il le faut, vous sévirez, les consignes sont claires. Votre statut de Police Militaire est une priorité, mais restez en accord avec le commandant de l'unité concernée.

— Je ne me suis pas engagé dans la PM pour ça, rappela Frewin, toujours aussi calme. Pas pour jouer au chien de garde.

— Ce n'est pas moi qui décide, je suis désolé. Mais j'ai veillé à ce que toi et tes hommes soyez affectés à des sections qui ne débarquent pas en première ligne. Le gros du grabuge sera passé…

— En somme, tout est déjà décidé, lâcha-t-il froidement.

Le major général se caressa la moustache avant de lui lancer :

— Tu seras dans la compagnie Drake, section à définir. Vous embarquerez sur le *Swordfish*, un destroyer.

Frewin se tourna enfin, face à son supérieur.

— Tu permets au moins que ce soit moi qui prévienne mes hommes ?

Toddwarth attendit une dizaine de secondes avant de donner son accord d'un clignement de paupières. Il contemplait ce grand gaillard avec un étrange mélange d'affection paternelle et de fascination. Frewin était le seul à cultiver un tel intérêt pour l'investigation. La plupart des hommes de la Police Militaire aimaient leur rôle pour le pouvoir qu'il leur conférait. Frewin, lui, fuyait ces missions, préférant les enquêtes, aussi morbides fussent-elles, toujours volontaire pour aller examiner un cadavre et traquer l'agresseur. Avec ses méthodes à lui, bien particulières. Frewin était le seul militaire à demander des permissions afin d'assister à des colloques de psychologie. Un jour, Toddwarth avait compris qu'il *aimait* le contact avec la mort violente. Pas celle de la guerre, qu'il jugeait obscène, mais, disait-il, la mort de l'ombre, intime et secrète. Toddwarth lui avait demandé la raison de cette attirance. Il n'oublierait jamais sa réponse : *« Parce que toute la vie est là, en résumé, dans ce subtil moment où un être décide d'en mettre un autre à mort. »*

Dès qu'un crime était commis dans l'enceinte militaire, Frewin accourait, sans un mot, l'œil brillant et inquisiteur.

Alors devant son lieutenant, Toddwarth éprouva un étrange sentiment, une sorte de crainte. La personnalité trop complexe inquiétait dans ce corps surpuissant.

Sur le seuil, Frewin se retourna pour demander :

— *C'est* prévu pour quand ?

L'officier général secoua la tête.

— L'état-major décidera. La mer est mauvaise pour l'heure. Mais… le départ semble imminent, voilà tout ce que je peux te dire.

Craig Frewin se fraya un chemin à travers le maillage de haubans, parmi les soldats en attente, dans la dissonance des harmonicas et des exclamations. Les hommes tuaient le temps. Il retrouva sa tente, au milieu de celles de son équipe. Le jeune Matters au visage bosselé – les restes d'une acné dévastatrice –, aux membres trop longs pour savoir qu'en faire, était assis à l'écart sur un tabou-

ret pliant, lisant un journal de bandes dessinées. Il était le sergent de Frewin, attentif et dévoué. Ceux qu'on surnommait « les jumeaux », Clauwitz et Forrell, deux rouquins couverts de taches de rousseur, et qui n'avaient de fraternel que l'apparence, parlaient autour d'une pile de photographies de femmes prélevées dans un magazine douteux.

Kevin Matters leva les yeux au passage de son supérieur, attendant qu'il lui adresse la parole. Frewin n'en fit rien et disparut sous son auvent en refermant le cordon de la porte. Il avait besoin de réfléchir, de prendre du recul pour digérer les nouvelles. Ne jamais parler à ses hommes sous le coup de la colère, c'était la règle qu'il s'imposait.

Un nimbe pâle filtrait au travers de la toile, insuffisant pour y voir correctement. Frewin alluma sa lampe à huile et se posa sur une chaise de fortune, face à la table qui lui servait de bureau. Il s'empara de son stylo et d'un calepin puis commença à griffonner : « *Ma tendre Patty, Je reviens vers toi...* » Il posa son front dans sa paume et prit le temps de calmer l'afflux de mots qui chahutaient sous son crâne. Il barra la première phrase, puis froissa soudain la feuille pour en prendre une vierge. Cette fois il s'élança d'une seule traite :

Ma douce,

Te rappelles-tu l'horloge dans notre chambre chez ta mère ? Son balancier lancinant rappelant le temps qui fuit aux heures d'insomnie dont tu me parlais si souvent ? La rumeur de la vie sur le camp résonne à mes oreilles avec le même entêtement obsédant. Presque une anxiété. Tout le monde s'excite ici, la peur au ventre.

Nous attendons le signal du grand départ, vers une terre où se prépare le commerce le plus vertigineux jamais inventé par l'homme : le troc de nos existences. Prendre des vies afin de sauver les nôtres. Pour imposer une liberté. Nous sommes maudits, chérie. Le mal que nous nous faisons est si grand, que je me demande si cette malédiction ne transpirera pas sur les générations à venir. Dimanche dernier, en accompagnant le ravitaillement du mess au village, j'ai croisé deux enfants. J'ai eu honte en les voyant. Honte de nous. De l'histoire qu'on leur inculque. Toute cette civilisation, tous ces progrès, ces promesses pour en arriver à résoudre nos querelles par le massacre. Sais-tu seulement que la plupart de nos hommes ne savent même pas pourquoi nous partons en guerre ? Je suis certain qu'il en est de même de l'autre côté des canons !

Pardonne-moi. Je n'arrive pas à écrire correctement aujourd'hui, les passions sont trop vives, je te prie de m'en excuser. J'essaierai ce soir ou demain matin. Tu me manques.

Mais ça, tu le sais.

Ton Craig.

Frewin reposa son stylo et plia sa feuille en trois après avoir vérifié que l'encre ne lui avait pas taché les doigts. Puis il inscrivit un nom sur l'enveloppe : « *Patty Frewin* », sans y ajouter d'adresse, avant d'aller ouvrir une malle métallique de couleur verte. À l'intérieur, bien à l'abri sous une épaisse couverture, s'accumulaient une soixantaine d'enveloppes similaires : même destinataire sans destination. Certaines, dont le papier avait jauni, semblaient dormir là depuis des mois.

Elle s'en alla rejoindre les autres.

2

Sortir du sommeil fut comme crever la surface de l'eau après une apnée profonde : un bouleversement des sens et des repères. Ann Dawson émergea de ses rêves en reprenant son souffle.

Les murs se déplièrent, le plafond s'immobilisa.

Elle était dans… dans…

Sa chambre, à l'infirmerie.

Elle s'était endormie après avoir dîné au lit d'une soupe, un roman à la main. La lumière était allumée… non. Pas sur sa table de chevet. Quand l'avait-elle éteinte ? Elle ne s'en souvenait pas. C'était l'ampoule du couloir qui s'invitait dans la pièce.

Un contact, une voix l'avaient extraite de sa nuit.

La main était encore posée sur son épaule, elle glissa en arrière.

Un visage, un chuchotement.

— Ann… Ann, réveille-toi.

Grosses joues, sourcils épais, cheveux raides et longs. Ombre chinoise trapue. Clarice. Elle portait son uniforme blanc d'infirmière, frappé de la croix rouge. Ann peinait à reprendre ses esprits. Quelle heure pouvait-il bien être ? Elle avait l'impression de n'avoir dormi que deux heures.

— Il y a de l'agitation en bas, annonça Clarice. Il s'est passé quelque chose.

— Quoi donc ? demanda Ann d'une voix ensommeillée.

— Je ne sais pas, c'est la Police Militaire qui est sur le coup, le camp dort encore.

Ann redressa sa nuque raide de fatigue pour distinguer les aiguilles de son réveil. Une heure et demie du matin.

— On vient de nous prévenir à l'instant, ils n'ont pas demandé de médecin, juste des brancardiers, c'est mauvais signe.

Ann tira sur ses couvertures. Ses cuisses fines apparurent, saisies par le froid.

— Désolée de te surprendre si tard, s'excusa Clarice. Tu m'avais demandé de te prévenir si la Police Militaire intervenait sur une affaire violente. Je crois bien que c'est le cas.

Ann hocha la tête :

— Je sais. Merci…

Elle se leva pour aller s'asperger le visage au-dessus de sa vasque en faïence. Une phrase arrachée à un livre était

collée au bas du miroir : *« Rien n'est figé. L'individu est au moins maître de lui-même. »* Ann la relut pour la millième fois, souffla en projetant des perles brillantes sur la glace.

Elle s'observa un instant, palpant ses traits gonflés de fatigue, si fins d'habitude. Ses boucles blondes s'enroulaient autour de ses tempes pour descendre jusqu'à ses épaules.

— Ça se passe où ? demanda-t-elle.

— Sur un croiseur, le *Seagull.*

— Et qui est dépêché sur place, tu le sais ?

— Non. Mais ça semblait grave. Le soldat qui est venu nous prévenir était pâle comme un linge. Et il a demandé qu'on reste très discrets.

Ann s'humecta les lèvres. *Grave*, songea-t-elle. Pas de temps à perdre. Elle attrapa sa blouse blanche et sa jupe de la veille et s'habilla à la hâte.

— Merci, Clarice, tu peux retourner en bas. Laisse-moi un quart d'heure avant d'envoyer les brancardiers. Et pas un mot de tout ça aux autres, s'il te plaît.

Ann sortit de l'immeuble et traversa le camp de toile en se repérant aux lampes suspendues. Dans le brouillard compact qui nappait toute la base, les flammes n'étaient plus que des halos flous. L'infirmière parvint au quai sur lequel s'entassaient des pyramides de matériel, de vivres et de munitions. Des baraquements s'alignaient comme des stands à frites l'été sur les plages, à cette différence près qu'ici les relents de graisse étaient remplacés par ceux de la peur. Une peur aigre qui tordait les tripes des soldats, à en vomir, à en teinter leurs excréments, jusqu'à empuantir le port d'une acidité écœurante.

Le brouillard s'entrouvrait un peu sur le clapotis des eaux, plusieurs mètres en contrebas.

Les imposants bâtiments de guerre surgirent, carcasses pareilles à des squelettes dans la nuit de brume. Les cheminées massives, les filins, les fanions, les tourelles, les canons élancés, toute l'ossature de ces géants des mers émergea au sommet des coques vertigineuses.

Ann repéra la passerelle d'accès du *Seagull* au groupe d'hommes qui tenaient lanternes à huile et lampes-torches électriques. En s'approchant, elle distingua le profil d'un officier de la PM sur les premières lattes de la passerelle : cheveux courts en bataille, mâchoire carrée, épaules puissantes, silhouette de colosse. Il était en pleine conversation avec deux gardes armés et un officier de la marine. Un soldat roux avec le brassard PM se tenait en retrait, en compagnie d'un très jeune sergent arborant lui aussi le brassard policier.

Ann prit une inspiration, redressa le buste et sortit de l'ombre d'un pas assuré.

— Bonsoir, fit-elle doucement.

Matters sursauta et la dévisagea aussitôt.

— On m'a dit que vous aviez besoin de moi, poursuivit l'infirmière.

Frewin délaissa son interlocuteur pour se tourner vers elle.

— Qu'est-ce que vous faites là ?

Elle haussa les sourcils et se donna l'air étonné.

— J'étais de permanence à l'infirmerie, et on m'a ordonné de venir ici de toute urgence.

Frewin sembla tout à coup excédé. Il secoua vivement la tête.

— C'est d'une civière et de deux hommes pour la porter dont j'ai besoin ! Pas d'une infirmière !

Ann lut alors le nom sur sa veste kaki. « C. FREWIN. » Elle cilla. Le lieutenant Frewin. Celui qui avait arrêté plus d'une trentaine de meurtriers dans l'armée. Personne ne s'intéressait vraiment à ses exploits. Sauf Ann. Comment avait-elle fait pour ne pas le reconnaître ? Elle s'était tellement renseignée sur lui, sur le mécanisme qu'il utilisait pour conduire ses enquêtes. On le disait vaniteux et fantasque, renfermé et audacieux. L'occasion était trop belle de constater par elle-même. Elle ne pouvait la laisser passer.

— J'ai dû mal comprendre, lâcha-t-elle sans bouger.

Mais elle sentait qu'il n'allait pas la laisser monter à bord. Clarice n'avait pas enjolivé, ça semblait vraiment grave. Et embarrassant, pensa-t-elle en jouant une nouvelle carte :

— Les hommes que vous voulez, je leur dis de prendre une couverture pour dissimuler le corps ou ça ne sera pas nécessaire ?

Cette fois, Frewin descendit d'un pas vers elle.

— Qui vous a parlé d'un corps ? s'inquiéta-t-il.

Elle le fixa sans ciller, vérifiant mentalement qu'elle se tenait bien droite, sûre d'elle.

Il aime les déductions logiques et la pertinence. Et surtout : il aime s'entourer de personnel médical ! Il se sert de toutes les disciplines possibles pour ses investigations !

— La Police Militaire me demande à deux heures du matin de faire venir des brancardiers et c'est vous en personne, lieutenant, qui êtes présent. Je doute qu'on vous réveille à cette heure lorsqu'il s'agit d'un soldat ivre ou d'un garde qui s'est cassé la cheville en patrouillant. Je me trompe ?

Le silence embarrassé qui suivit lui confirma qu'elle avait fait mouche.

— Matters, finit par dire Frewin, allez me chercher ce foutu brancard. (Il pivota pour faire face à l'infirmière.) Vous, venez, vous pourrez peut-être nous éclairer sur ce qui nous attend là-dedans.

Ann contint sa joie. Elle avait réussi. Matters soupira dans son dos.

— Et à partir de maintenant, tout ce que vous verrez ou entendrez devra rester secret, ajouta le lieutenant. Suis-je bien clair ?

— Très clair.

D'un mouvement de la tête il l'invita à le suivre et ils gravirent les niveaux jusqu'à atteindre le pont du croiseur.

— Vous vous appelez ? demanda-t-il.

— Ann Dawson.

Une cloche sonna dans la brume du port.

Ann n'en revenait pas.

Il fallait se concentrer maintenant, être précise, efficace. Et surtout, faire attention à tout ce qu'elle allait dire. Ne pas aller trop vite. Se faire discrète. *Mais pertinente !* Que pouvait-il y avoir de si grave sur ce navire ?

Ce fut seulement à bord du *Seagull* qu'elle remarqua combien l'officier de marine qui les accompagnait était pâle.

À bien y regarder, il tremblait.

La cloche lointaine sonna encore une fois.

Et l'écoutille se referma sur eux.

3

L'escalier qui s'enfonçait dans les entrailles du croiseur était abrupt, les marches de métal amplifiant l'écho des pas qui les dévalaient, un degré après l'autre, toujours plus bas.

Craig Frewin enjambait les portes étanches, tournait dans ce dédale de coursives éclairées par les veilleuses blanchâtres sans perdre un mètre sur l'officier qui le conduisait à toute vitesse.

Le navire était silencieux, pas un murmure, pas un bourdonnement de machine, rien ne résonnait dans les couloirs jalonnés de tuyaux.

Frewin avait presque vingt ans d'armée, dans la PM. Son esprit logique et son aplomb lui avaient rapidement permis de monter dans la hiérarchie et de diriger sa propre équipe. Il gérait essentiellement des affaires de mauvaise conduite, des rixes entre soldats. Parfois des agressions. Et de temps à autre des homicides. Il connaissait son travail. Il connaissait l'armée et ses mentalités ; sa rigueur. Tout était fonctionnel, organisé. Les enquêtes s'en trouvaient grandement facilitées. La plupart des crimes élucidés procédaient des mêmes motifs : brutalités qui dépassaient l'intention. Plus rares et souvent couverts par la hiérarchie : les viols suivis de meurtres. Quant à l'homosexualité, elle provoquait des étincelles dans l'armée. Le machisme et le culte de la virilité étant ici les seules religions tolérées et encouragées.

Cette fois, témoignait l'officier de permanence, le garde qui avait découvert le corps était paniqué. Il avait perdu les pédales et était parti dans des délires, décrivant un corps mi-homme, mi-bête et hurlant que le diable était à bord. L'officier l'avait fait descendre à l'infirmerie aussitôt – celle du navire, par souci de discrétion. Mais la rumeur s'était propagée parmi les soldats de garde. L'officier avait alors décidé de se rendre compte par lui-même. Il n'avait pas retrouvé ses couleurs depuis.

Il avait prévenu Frewin : « Préparez-vous, ce qu'il y a en bas, c'est… incroyable. C'est… diabolique ! Il faut trouver les coupables, et vite ! »

Frewin repensait à ces mots à mesure qu'ils s'enfonçaient dans les profondeurs du croiseur. L'officier avait insisté sur le terme *diabolique*, il avait pris le temps de le choisir. Et il avait parlé de *coupables* au pluriel… Qu'est-ce qui pouvait bien les attendre en bas ?

L'officier Coolidge ralentit au milieu d'une très longue coursive et s'immobilisa devant une porte fermée. On la devinait, dans une zone d'ombre, entre deux veilleuses éloignées.

Coolidge se retourna et attendit que Frewin, Ann Dawson et Clauwitz soient tous là pour poser sa main sur la poignée froide.

— Mademoiselle, vous devriez peut-être attendre…

— J'ai le cœur bien accroché, le coupa Ann en remarquant un filet de sueur sur le front de l'officier.

Coolidge n'insista pas et se contenta de plisser les lèvres. Il abaissa la poignée et poussa.

Frewin regarda son soldat et lui ordonna :

— Vous restez ici et personne n'entre, sauf Matters quand il sera là.

À la grande surprise de Frewin, la pièce était plongée dans les ténèbres. Pas la moindre source lumineuse.

— C'est vous qui avez éteint ? s'enquit-il aussitôt.

— Non, c'était exactement comme ça quand on l'a trouvé. (Sa voix tremblante leva des échos, la salle devait être vaste.) J'ai allumé l'interrupteur et l'ai rabaissé en partant.

Frewin enjamba la contremarche et fit quelques pas avant de s'immobiliser.

Les ampoules se mirent à briller d'un seul coup, aveuglantes.

Les bancs et les tables apparurent, puis le présentoir à couverts et le long comptoir. *Le réfectoire*, comprit Frewin. De quoi attabler une centaine de personnes en même temps.

Au milieu de la salle, quatre membres pendaient mollement, dans un uniforme kaki taché de sinistres auréoles sombres. Un corps humain. Surmonté d'une tête de monstre. Deux gros yeux noirs, des cornes recourbées, un mufle humide. Aux lèvres arrachées pour dévoiler une mâchoire menaçante.

Ce minotaure semblait flotter dans l'air.

Ann étouffa un petit cri derrière ses mains.

Deux crochets à viande posés sur les poutrelles métalliques tenaient grâce au poids du cadavre, embroché par les épaules.

Frewin s'approcha lentement, sans croire ce qu'il voyait.

— Attention où vous marchez ! prévint Coolidge.

Frewin baissa les yeux juste à temps pour distinguer une flaque de sang. Il retint son pied en se maudissant. Ça ne lui ressemblait pas, lui d'habitude si méticuleux. Son attention revint à l'homme-bête. Jamais il n'avait vu pareille chose. On avait décapité la victime ; la tête animale avait été ajustée sur le cou avec beaucoup de soin. Du sang recouvrait entièrement la peau à cet endroit. Tout le haut de l'uniforme était souillé.

— Je vous avais prévenus, fit Coolidge avec un peu plus d'assurance, comme si le malaise des autres le réconfortait. Il faut qu'on arrête vite ces porcs.

Frewin fronça les sourcils.

— Qu'est-ce qui vous fait croire qu'ils sont plusieurs ? s'enquit-il.

— Eh bien… Il faut de l'organisation pour voler un corps, je n'imagine pas un homme seul capable de…

— Voler un corps ? répéta Frewin. Je ne vous suis pas.

— Oui (il désigna le cadavre), c'est évident ! C'est un vol commis à la morgue, une plaisanterie très douteuse.

Ann guetta la réaction de l'enquêteur, surprise par cette théorie. Frewin fixa l'officier de marine.

— J'aimerais vous suivre dans vos déductions optimistes, dit-il posément, mais il ne s'agit pas d'un vol de cadavre. J'ai bien peur que ce soit un homicide.

Coolidge risqua un sourire crispé.

— Non, bien sûr que non, enfin, c'est… non. Qui ferait une chose… pareille ? Nous sommes sur un navire de l'armée ici, pas dans un asile ! Regardez ! Cette tête de… bouc, là, c'est l'œuvre d'un groupe d'excentriques à l'humour regrettable, et vous savez pourquoi ? Parce qu'un meurtrier ne ferait pas ça ! Enfin, c'est évident ! Une tête de bouc, c'est grotesque !

— De bélier, je crois, murmura Ann. C'est une tête de bélier.

Sans un regard pour elle, Frewin observa autour de lui, ignorant Coolidge. Une grande mare de sang croupissait à côté, entre deux tables. Des projections vermillon mouchetaient le sol, traits et pointillés rappelant comment la vie s'était enfuie du corps sous la pression des artères crevées. Le lieutenant fit le tour du mort, examinant et mémorisant. Aucune émotion ne se lisait sur ses traits, pourtant il serrait et desserrait nerveusement le poing gauche.

Après une inspection attentive, Frewin s'assit sur une table pour contempler le carnage.

Les crochets étaient plantés dans les omoplates.

— La porte est fermée à clé, la nuit ? demanda-t-il sans se détourner du cadavre.

— Non, ça ne craint rien et les hommes sont supposés

dormir. J'ai quatre gardes qui patrouillent sur le pont, c'est la procédure imposée par notre capitaine de vaisseau en temps de guerre, mais seulement deux à l'intérieur, pas besoin de plus. En ce moment, nous abritons à bord trois compagnies, pas loin de six cents hommes en plus de l'équipage normal, ça fait un sacré paquet de monde, plus tous les officiers qui vont avec. S'il y avait du grabuge, ils l'entendraient.

Frewin désigna les mains tachées de sang de la victime.

— Vous voulez dire qu'on ne pourrait pas se battre ici sans se faire repérer ? insista-t-il.

— Eh bien... il n'y a pas de cabine à proximité, néanmoins il ne faudrait pas que ça dure longtemps. Un soldat de surveillance passe dans cette coursive toutes les quinze ou vingt minutes environ. (Coolidge hésita avant d'ajouter à regret :) Vous êtes convaincu qu'il s'agit d'un homicide, n'est-ce pas ? Qu'est-ce que c'est pour vous, une bagarre qui a mal tourné ?

Frewin jeta un bref coup d'œil vers l'officier. Celui-ci n'était pas à son aise, tiraillé entre sa conception rigoureuse de l'armée et cette folle hypothèse qu'on voulait lui faire admettre. Il cherchait à tout prix à rationaliser l'horreur de cette mise en scène. Frewin décida de ne plus le ménager.

— Vous avez déjà vu deux hommes se battre et planter une tête de bélier sur le corps du perdant ?

Coolidge ne répondit pas. Ann recula, pour obtenir une vue d'ensemble. Elle avait enfoncé ses mains dans les poches de sa blouse, les bras collés au corps comme si elle avait froid.

Coolidge avait le front plissé, dubitatif.

— Alors vous... croyez *vraiment* à un meurtre ? interrogea-t-il, pas rassuré.

Frewin prit le temps de réfléchir avant de répondre :

— Il y a beaucoup de sang sur le sol. Et des projections. Ça veut dire que le cœur battait encore lorsqu'on a perforé les artères et les veines. Ce n'était pas un cadavre volé à la morgue. Désolé.

Coolidge se tut, ruminant les faits sans parvenir à les accepter.

— Pire, c'était prémédité, ajouta Frewin.

— Comment… ? balbutia l'officier de garde.

— Vous avez des béliers à bord ? Parce que cette tête est fraîche, c'est assez évident. Approchez-vous.

Coolidge, resté à l'entrée du réfectoire, se redressa et posa ses mains sur sa ceinture mais sans avancer. Frewin l'épargna en enchaînant :

— La surveillance de nuit passe par cette pièce à chaque ronde ?

— Non… Il y a tellement de coursives, de niveaux et de salles qu'ils patrouillent partout mais ne vérifient les salles qu'en début, milieu et fin de ronde. J'ai demandé aux deux hommes qui montaient la garde cette nuit, l'un avait inspecté le réfectoire vers vingt-deux heures, puis plus rien, jusqu'à une heure ce matin.

— Ce qui nous laisse trois heures. Le type qui a fait ça connaissait bien les habitudes du navire.

Le lieutenant croisa les bras sur sa poitrine pour réfléchir à ce qu'il voyait.

— Vous êtes vraiment sûr qu'il était vivant ? insista l'officier.

— Regardez la longueur des projections au sol. Un bon mètre cinquante, voire deux mètres. Le cœur battait, il propulsait le sang dans ce corps lorsqu'on l'a ouvert profondément. Le cœur a continué de battre, de pomper tout ce sang et de le renvoyer…

Il fit trois pas en arrière et désigna la mare rouge, non loin de l'entrée.

— La victime s'est fait surprendre ici, entre les tables.

Ann s'approcha subitement et s'accroupit pour vérifier ce qu'elle venait d'apercevoir.

— Il y a des lettres là, annonça-t-elle.

Frewin se pencha pour les distinguer. Après la mare principale, une succession de petites flaques et de traînées traçaient un sillage jusqu'à l'endroit où l'homme pendait. On l'avait traîné ou porté maladroitement. Ann montra du doigt deux dessins sanglants :

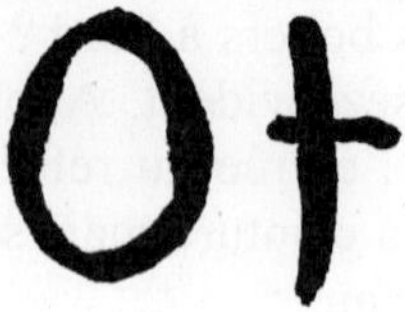

— O.T., lut-elle tout haut. Le début d'un mot ?

— Ou des initiales, ajouta Frewin.

Ann inspira par le nez, cela l'aidait à garder son calme. Au début de sa carrière d'infirmière elle avait pensé qu'elle s'habituerait à la vue du sang. C'était une

erreur. Elle avait appris à s'endurcir, à évoluer dans un monde de chairs ouvertes, mais pour découvrir qu'en réalité on ne s'habituait pas. On acceptait. Certaines de ses collègues ne manifestaient plus aucune émotion devant le sang, Ann les plaignait. Elles avaient acquis une telle distance avec ce qu'elles voyaient ou faisaient qu'elles en avaient oublié l'essentiel : la vie. Lorsque le sang coule, c'est la vie à l'état pur qui se disperse, il est la semence de l'âme, et chaque goutte brille comme l'étendard de l'existence. Ann cultivait un rapport au sang très particulier. Chaque confrontation était un travail sur l'autre, un travail sur soi. Et parce qu'il y avait cette bataille permanente, cette conscience du sang, Ann s'estimait à sa place dans sa profession.

— Il a voulu laisser un message, pour démasquer son agresseur ? hasarda-t-elle.

Frewin demeura silencieux.

— Vous ne croyez pas ? s'étonna-t-elle. Il a les mains ensanglantées, le bout des doigts aussi.

Le lieutenant secoua la tête.

— Mademoiselle Dawson, vous n'avez jamais vu une sentinelle se faire couper la gorge, enchaîna-t-il sombrement. L'homme panique dans ces cas-là, la terreur le déchire tout autant que le fer qui s'enfonce dans sa chair et sectionne peau, muscles, veines, artères, cordes vocales. Le sang se met à dégouliner à l'intérieur, dans la trachée, et à l'extérieur. L'homme ressent autant de douleur que de terreur à la découverte de ce chemin de mort qui le tranche en deux. Personne dans un cas comme celui-là ne penserait à laisser un indice pour démasquer son assaillant. Croyez-moi, personne. Sauf dans les romans. En vrai, il n'y a que gargouillis, souffrance et peur incommensurable.

— Alors qu'est-ce que c'est ? Vous voyez bien que ce ne sont pas des marques aléatoires !

Il ouvrit les mains devant lui comme pour souligner l'évidence.

— L'assassin l'a écrit lui-même.

Ann fronça les sourcils.

— Pourquoi ferait-il ça ? (Elle se tourna et désigna le sol.) C'est presque caché sous le banc.

— Je ne sais pas. C'est une éventualité, voilà tout.

Il avait prononcé cette dernière phrase distraitement, l'attention captée par autre chose. Il prit la direction du mur et montra la veilleuse. Elle était brisée et des éclats de verre brillaient sur le sol.

— C'est là qu'ils se seraient battus ? demanda Coolidge.

— Non, il n'y a pas de sang ici. Et je ne pense pas qu'ils se soient battus. On égorge quelqu'un par-derrière en général. J'imagine que notre victime est arrivée ici dans la nuit, pour une raison à déterminer. Il faisait totalement noir puisque la veilleuse avait été brisée. Pourquoi n'a-t-il pas allumé les grosses lampes ? Pour ne pas se faire repérer par la patrouille ?

Coolidge fit signe qu'il n'était pas d'accord.

— Non, la porte est étanche, la lumière ne filtre pas, il pouvait très bien allumer sans se faire remarquer.

Frewin se mit à réfléchir tout haut :

— Pourtant la victime est entrée dans le noir absolu et y est restée. Elle s'est même avancée de plusieurs mètres, jusque-là. (Il pointa un doigt vers la flaque et les pointillés de sang.) Soit le gars voulait rester dans l'obscurité, soit il ne savait pas où trouver l'interrupteur.

— Un homme étranger au navire ?

Frewin acquiesça mollement.

— L'agresseur a surgi dans son dos. Les projections sont très localisées, ça n'a pas duré longtemps, la victime n'a pas résisté, elle a été surprise.

— On lui a tendu un piège…, lâcha Ann.

— Ça m'en a tout l'air. Il est venu ici parce qu'on l'y a invité. L'assassin avait préparé son coup en brisant la veilleuse.

Coolidge intervint, sûr de lui :

— C'est l'assassin qui a éteint derrière lui, en quittant les lieux !

Frewin jeta un coup d'œil circulaire.

— La pièce ne comporte aucun recoin, même sous les tables c'est bien trop large pour qu'on puisse s'y dissimuler sans être vu de l'entrée.

— Enfin…, insista Coolidge : je ne comprends pas votre entêtement, lieutenant ! La lumière pouvait tout à fait être allumée ! Si c'est réellement un homicide, alors c'est un règlement de comptes, les deux hommes se connaissaient certainement, il a suffi que la victime ait tourné le dos un instant à son agresseur pour que le drame surgisse !

Frewin pointa le menton vers les débris de la veilleuse :

— Pourquoi la briser alors ? Si on a pris soin de le faire, c'était pour plonger la pièce dans le noir total. Pour ne pas être vu. En espérant sauter à la gorge du pauvre diable qui s'aventurerait là. Et celui qui a arrangé cette ampoule savait que la victime allait venir sans allumer. Je ne sais pas pourquoi, mais il le savait !

La porte s'ouvrit alors et Matters se profila sur le seuil.

— Lieutenant, les brancardiers sont là…

Il se tut en apercevant le cadavre à tête d'animal.

— Entrez, Matters, ordonna Frewin.

Le jeune homme s'exécuta, sans lâcher du regard la créature suspendue.

— Matters, aidez-moi à sonder la pièce, je veux m'assurer qu'on n'y a rien laissé traîner. Ann ! (L'infirmière sursauta et tourna la tête vers lui.) Joignez-vous à nous, regardez sous les tables.

Ils obéirent. Ann, surprise d'être sollicitée, en éprouvait un certain soulagement. Cela allait lui permettre de respirer un peu, de tourner ses pensées vers autre chose que le cadavre à tête de bélier.

Tout était propre, soigneusement rangé. Une porte ouvrait sur la pièce attenante : une immense cuisine et ses dépendances. Ils ne trouvèrent rien de significatif. Frewin ne cachait pas sa déception.

— Matters, dites à Clauwitz d'aller réveiller Forrell à notre campement, et passez la cuisine au peigne fin ensemble. Retournez tout, placards, meubles, et n'oubliez pas les poubelles. Ce type n'a certainement pas décapité un homme sans avoir eu besoin d'instruments et de se nettoyer ensuite.

Matters s'exécuta et passa la tête dans le couloir.

— S'il avait prémédité le coup, il avait peut-être apporté son matériel, hasarda Ann.

Observer le cadavre n'était pas écœurant en soi, c'était ce qu'il dégageait qui la dérangeait. La souffrance du meurtre. Rien à voir avec les blessures de guerre. Ici, chaque goutte de sang renvoyait à l'acte volontaire qui procure un certain plaisir. Jusqu'à remplacer la tête par celle d'une bête.

— S'il a préparé à ce point son acte, alors on peut se faire du souci, mademoiselle. Venez avec moi, j'aimerais que vous examiniez le cadavre de plus près, pour me donner votre avis professionnel.

Elle prit une grande bouffée d'air avant de le suivre, d'une démarche qu'elle espérait assurée.

Frewin monta sur un banc situé à côté des jambes pendantes et invita l'infirmière à en faire autant sur le banc opposé. À une dizaine de centimètres du mort.

— Regardez le cou, demanda Frewin, la peau est entaillée à plusieurs endroits. On dirait que sa main a dévié.

Ann fixa son attention sur le bourrelet de chair. Des grumeaux rouges pendouillaient sur les bords. La peau avait été déchiquetée par à-coups, témoignant de la violence de l'agression. Pas de geste sec et précis mais une succession d'entailles mal assurées pour tuer lentement, au prix de souffrances barbares. Ann avait l'habitude des visions macabres, c'était son métier. Pourtant elle ne parvenait pas à se détacher des circonstances, de l'idée de torture.

Et elle savait très bien pourquoi.

Elle n'était pas venue ici par hasard. Elle avait longtemps attendu cet instant. Se confronter à un… *tueur*.

— La tête de bélier ne devrait pas tenir toute seule, fit-elle en se penchant pour distinguer la nuque. Je vois un objet métallique, peut-être un couteau ou une fourchette plantée pour tenir les deux morceaux. Je…

Elle ferma les yeux pour se concentrer. Son cœur battait plus vite qu'à l'accoutumée.

Une main se posa sur son bras. Elle rouvrit les paupières aussitôt.

Frewin la fixait.

— Ça va, descendez.

— Non, je peux…

— N'insistez pas, Ann, descendez.

Il fit signe à Matters de venir l'aider. Puis il examina à nouveau le mort. Il remarqua le collier militaire qui dépassait sous l'uniforme.

— Il a ses plaques, commenta-t-il en tirant doucement dessus, pour lire l'identité. Il s'appelle… Fergus Rosdale… vingt-… cinq ans.

Frewin descendit et croisa le regard déçu de l'infirmière. Elle voulait aider davantage, prouver sa valeur.

— Faites entrer les brancardiers, lança-t-il à son adjoint. On va ramener Mlle Dawson à sa chambre, elle en a assez vu comme ça. On s'occupera du corps ensuite.

Ann ouvrit la bouche pour protester, mais elle lut la détermination sur les traits de Frewin. L'ordre ne souffrait aucune contestation.

Matters fit claquer sa langue pour signifier qu'il avait compris, mais hésita encore avant de s'éloigner.

Frewin scrutait toujours le cadavre ballant.

— Ça… va, lieutenant ? osa-t-il.

— Oui…, répondit Frewin, du bout des lèvres.

Matters n'en crut pas un mot. Il le voyait bien, quelque chose n'allait pas chez son lieutenant. Lui-même n'était pas à son aise. Il leva les yeux vers l'homme à tête de bélier.

Les gencives rouges brillaient dans la lumière crue.

Matters sentit son cœur comprimer sa poitrine. Une pensée, puis un malaise le chaviraient : si la victime avait l'apparence d'un monstre, alors à quoi pouvait bien ressembler le meurtrier ?

4

Ils nommaient leur quartier général la Ruche.

Partout où se rendaient Frewin et ses hommes, leur priorité était de trouver l'endroit idéal pour accueillir la Ruche. Dès que l'enquête débutait, le lieu se mettait à grouiller, on y centralisait les informations, les axes d'investigation, on y affichait les données sur de larges panneaux en liège ou sur des tableaux noirs, dans une atmosphère tiède à l'odeur de café.

La Ruche était composée d'une grande tente centrale, d'environ dix mètres sur cinq, et de quatre autres plus petites, reliées par des sas de toile, qui servaient soit de bureaux, soit de dortoirs d'appoint. Les interrogatoires s'effectuaient à l'extérieur selon les ordres de Frewin. Il avait expliqué à Matters, la première fois, qu'il était souvent utile de déstabiliser un soldat, surtout les gros durs, en l'entraînant dans un bois, loin de tout regard. Isolé, craignant le pire, le sujet perdait son assurance.

Il faisait encore nuit, des lanternes brûlaient, suspendues à l'armature métallique de la Ruche, projetant l'ombre impressionnante de Frewin sur le sol recouvert de tapis vert sombre.

Sept hommes de la Police Militaire étaient assis sur les tabourets pliants, dont Clauwitz et Forrell, les grands gaillards roux. Matters restait debout, prêt à assister son supérieur.

Le lieutenant Frewin prit une craie et inscrivit le nom de la victime sur un des tableaux.

— Fergus Rosdale, lut-il. Il faisait partie de la compagnie Gold, section 2. C'était un simple soldat. Retrouvé mort à une heure du matin. Égorgé et décapité. Je précise qu'on n'a pas retrouvé sa tête. (Il décrivit sans trop de détails la tête de bélier, puis insista sur les éléments découverts sur place.) Maintenant qu'il est identifié, nous savons que Fergus Rosdale n'avait rien à faire à bord de ce navire, il n'aurait pas dû y monter. Ou bien il l'a fait dans le dos des patrouilles, ou bien il connaissait un garde, ou bien encore il en a soudoyé un. À vous de me débusquer une réponse. (Il inscrivit au tableau : « Comment Rosdale est-il monté sur le *Seagull* ? ») Je pense que son assassin l'attendait dans le noir. Il l'a égorgé dès qu'il est entré dans la pièce. Il a pris la peine de briser la veilleuse pour obtenir l'obscurité complète, il savait donc que Rosdale n'allumerait pas en entrant. Pourquoi ?

Phil Conrad, le doyen de l'équipe – il approchait de la cinquantaine – s'avança sur son tabouret.

— Ils avaient peut-être rendez-vous.

— Pourquoi dans le noir ? ajouta Baker, un brun musclé.

— Un rendez-vous galant, proposa Donovan, nouveau venu dans la PM.

— Sur un bateau ? s'étonna Conrad en grattant l'une de ses tempes grisonnantes.

— Qui sait ? Rosdale se cachait, il attendait peut-être un… homme ?

— Il pouvait aussi avoir de mauvaises intentions, envisagea Larsson, l'autre géant du groupe. Un rendez-vous pour échanger de la drogue ou je ne sais quoi. Il ne serait pas le premier !

Frewin siffla pour faire taire l'enthousiasme de ses hommes. Il attendit quelques secondes pour s'assurer leur attention, puis inscrivit : « Comment l'assassin s'y est-il pris pour faire venir Rosdale à lui ? Comment l'a-t-il tué dans l'obscurité ? »

Tapotant du bout de sa craie, Frewin insista :

— Réfléchissons. Notre homme n'est pas magicien, il ne voit pas sans lumière. De plus, il est très organisé, on n'a rien retrouvé sur place, ni couteau, ni arme, rien. Matters a relevé quelques traces de sang dans un évier de la cuisine attenante, ça veut dire que l'assassin a pris le temps de se laver avant de sortir. Il a apporté ses instruments, en tout cas la tête de bélier et probablement les crochets de boucher pour suspendre la victime. Tout ça était prémédité, et notre tueur n'était pas inquiet. Il savait que la patrouille ne viendrait pas contrôler le réfectoire avant une heure du matin environ. C'est donc un homme d'équipage. Vous allez commencer par interroger les sentinelles de garde cette nuit et les trois précédentes.

Frewin parlait vite, allait à l'essentiel. Matters, qui l'avait assisté sur beaucoup d'enquêtes, dont une demi-douzaine d'homicides en deux ans, n'avait jamais perçu en lui une telle tension. Lui-même se sentait mal à l'aise, tourmenté par une peur inhabituelle.

Cette fois, le tueur s'était… amusé.

Matters leva un index timide pour prendre la parole.

— Je… Je crois, mon lieutenant, qu'on pourrait préciser que nous recherchons un individu costaud. Il a fallu de la force pour hisser le corps sur des crochets de boucher et le suspendre.

— Bien vu, Matters ! conclut Frewin. Vous m'ôtez les mots de la bouche. (Il se tourna vers les autres :) En fouillant les cuisines, Matters a trouvé également une serpillière ayant servi à nettoyer du sang.

Forrell leva le bras à son tour :

— Vous n'avez pas dit qu'il y avait du sang partout ? Il… le tueur, il ne s'est tout de même pas lavé avec une serpillière ?

— J'ai en effet une théorie à ce sujet : parce qu'il y avait beaucoup de sang au sol, je n'arrive pas à croire que personne n'ait marché dedans pendant l'affrontement. Et en portant le cadavre. On aurait donc pu trouver des empreintes de chaussures. Pourtant non. Rien. Le tueur a pensé à les effacer avant de partir.

— Vous croyez qu'il est si… *prévoyant* que ça ? s'étonna Donovan.

— Il a tendu un piège à cet homme, il est venu avec de quoi lui couper la tête et la remplacer par celle d'un animal, et il l'a plantée sur des crochets. Alors oui, je crois qu'il est prévoyant. Ce n'est pas un cas à aborder comme on le fait d'habitude, j'insiste là-dessus. Pas un règlement de comptes ou une bagarre qui a dégénéré. C'est un meurtre avec préméditation.

Cette fois, ce fut au tour de l'autre rouquin couvert de taches de rousseur, Clauwitz, de s'exclamer :

— S'il a pensé à nettoyer les empreintes de ses chaussures, pourquoi il n'en a pas profité pour tout effacer ? Il aurait pu aussi cacher le corps !

Matters devança son supérieur :

— Parce qu'il tient à exhiber le cadavre de sa victime ! Il nettoie ce qui est compromettant, mais il veut montrer à tout le monde ce qu'il a fait.

— Exactement, approuva Frewin. Ce qui n'est pas une bonne nouvelle. Un client sérieux pour nous. Un vrai furieux. J'insiste : nous devons l'identifier rapidement. Ce type ne s'arrêtera pas là. (Il jaugea ses hommes avant d'ajouter :) Messieurs, vous avez deux heures pour dormir, ensuite je veux vous voir sur ce foutu rafiot à interroger tout ce beau monde. Matters collectera vos infos et fera la liaison. Allez-y et ne négligez rien, il y a dans nos rangs un assassin qu'il faut neutraliser sans tarder. Je vous rappelle que nous sommes sur le point d'embarquer pour le sud, on ne peut pas se permettre de partir sans avoir mis ce malade hors course.

Tandis que les hommes sortaient de la Ruche, Donovan vint marcher au côté de Matters.

— Hey ! Dis, tu le connais bien le lieutenant,

on dirait ? demanda le bleu en repoussant ses lunettes sur le nez.

— Ça fait presque deux ans que je suis sous ses ordres.

— Alors tu dois savoir, toi, il faisait quoi avant, il était inspecteur de police, c'est ça ?

Matters observa son compagnon tout en se dirigeant vers sa tente.

— Non, il est engagé dans l'armée depuis vingt ans maintenant.

— Ah bon ? Pourtant… il a l'air de rudement savoir s'y prendre avec les assassins, et dans l'armée… bah on peut pas dire qu'il y ait beaucoup d'enquêtes pour se faire la main…

— Tu crois qu'entre tous ces hommes qu'on entraîne à tuer, et qui vivent les uns sur les autres vingt-quatre heures sur vingt-quatre, ça ne dégénère jamais ?

Donovan se gratta l'oreille en réfléchissant.

— C'est sûr, concéda-t-il. Mais j'aurais cru que c'était pas le meilleur endroit pour apprendre. C'est que… pas d'offense, hein ? Je me disais que les inspecteurs de la PM ça devait pas être les meilleurs, tu vois… Je dis ça parce que moi, après la guerre, j'aimerais entrer dans la police, civile je veux dire, et je me demandais si la PM c'était vraiment efficace… Je suis volontaire, tu vois.

— Volontaire fébrile on dirait…

— Quoi, comment ça ?

— Laisse tomber, soupira le jeune Matters en accélérant le pas.

Donovan se hâta de le rattraper :

— Hey, c'est vrai ce qu'on dit à son propos ?

Matters fronça les sourcils :

— Quoi donc ?

— Tu sais bien… la rumeur…

Matters s'immobilisa soudain, les traits durs.

— Arrête ça tout de suite ! ordonna-t-il. Et laisse pourrir les ragots ! Personne ne lui arrive à la cheville. Alors je te conseille de la fermer et d'aller reposer ta carcasse ! Demain on verra de quoi t'es capable !

Le soleil du petit matin peinait à réchauffer les corps engourdis qui se bousculaient entre les préfabriqués des douches. Plus loin, des grappes de soldats s'agglutinaient autour de leurs quarts de café fumant sur les rangées de bancs des réfectoires en plein air.

Ann fonçait entre les odeurs de mauvaise sueur et de savon bon marché, ignorant les remarques lubriques et autres sifflets admiratifs. Elle avait appris à décrypter le comportement des hommes à la veille d'une bataille : ils oubliaient leurs bonnes manières, régressant vers leurs instincts, vers leur part la plus sauvage, pour se préparer à tuer.

Elle bifurqua dans une allée jalonnée d'un fil tendu entre des piquets où pendaient des vêtements militaires par dizaines, et pénétra sur le territoire de la PM, une douzaine de tentes serrées autour de la Ruche. Celle de Frewin était au fond. Ann frappa sur le montant en acier.

— Entrez, fit une voix rauque.

Ann s'exécuta. Deux lampes à huile se balançaient au plafond. Frewin était allongé sur son lit de camp, un livre à la main. Il ne dissimula pas sa surprise en découvrant le visage angélique de l'infirmière. Celle-ci, curieuse, pencha la tête pour saisir le titre du livre. *Les Archives de Sherlock Holmes* par Conan Doyle.

— Ne me dites pas que vous lisez ça !

Piqué au vif, Frewin se redressa et déposa avec soin son roman sur la caisse qui servait de table de chevet.

— Il y a beaucoup à apprendre de cette littérature, justement.

Ann s'en voulait déjà… débuter leur entrevue par une moquerie. C'était bien elle, ça…

— Je ne voulais pas vous vexer, désolée.

Frewin se leva pour lui faire face. Il la dominait de deux têtes et pesait deux fois son poids.

— Que puis-je faire pour vous ? s'enquit-il.

— À vrai dire, j'espère que c'est moi qui vais pouvoir vous aider. Je suis allée voir le cadavre à la morgue de l'infirmerie.

Frewin secoua la tête, manifestement confus :

— N'en faites pas davantage, mademoiselle Dawson, je ne vous ai pas épargnée. La suite ne regarde que moi.. et le médecin qui l'examinera.

Ann se mordit la lèvre. Puis elle se lança :

— Écoutez, je.. je ne veux pas dénigrer le travail des médecins mais… ils portent bien plus d'intérêt aux blessés qu'aux morts. Je les connais bien, vous savez, et la guerre étant ce qu'elle est, ils sont trop sollicités. Leur énergie va vers les vivants… c'est normal !

Un rictus fronça les lèvres de Frewin.

— Vous les avez bien cernés, on dirait, lâcha-t-il. Pour une jeune infirmière, vous êtes lucide, c'est bien. Ça vous évitera les désillusions.

Ignorant le ton paternaliste qui l'agaçait, Ann continua :

— C'est que je les vois tous les jours…

Frewin acquiesça, et l'invita à poursuivre d'un geste de la main.

— J'ai pris la peine d'aller revoir le cadavre à la morgue. J'ai examiné les entailles sur le cou. L'homme ne s'y connaissait pas en médecine, ça a été laborieux. Et… je pense qu'il est droitier.

Cette fois le rictus de Frewin disparut.

— Qu'est-ce qui vous le fait supposer ?

— Les plaies causées par le couteau. On peut remarquer leur forme effilée, avec d'un côté le dos de la lame là où c'est le plus évasé, et le tranchant de l'autre, à l'entaille plus fine. Elles ressemblent à une sorte d'ovale étiré et pointu à une extrémité. Toutes dans le même sens, c'est-à-dire que le dos du couteau – le bord large – est tout le temps du même côté. Et sur les entailles qui ont dérapé on peut remarquer que les stries sont fines, marquant le sens de la… coupe. Comme j'ai trouvé deux gros hématomes sur les omoplates, votre hypothèse se confirme : l'assaillant était derrière lorsqu'il a planté sa lame dans la gorge. Rosdale a dû tomber et l'agresseur a continué une fois au sol, en s'appuyant, peut-être des genoux, sur les omoplates du pauvre diable. Toutes les marques présentent un dos de lame allant de gauche à droite… S'il était bien derrière, en toute logique ça fait de lui un droitier.

— Pour une infirmière vous êtes fichtrement compétente en la matière.

— C'est que… je suis très attentive, ça m'intéresse.

— Au point d'aller examiner un cadavre toute seule ?

Craignant d'en avoir trop fait, elle leva les mains en signe d'excuse :

— Si je suis allée trop loin à vos yeux…

Frewin la coupa :

— Bon travail, mademoiselle Dawson.

La jeune femme redressa le buste, un sourire dans le regard.

— Ann, appelez-moi Ann.

— Merci pour ces précisions.

Un silence embarrassé suivit. Ann le rompit :

— Je voulais aussi vous dire que j'ai été un peu… fébrile cette nuit, face au corps. Ça ne se reproduira plus, je vous le promets.

— Qu'entendez-vous par « ça ne se reproduira plus » ?

Elle répondit précipitamment :

— Oui, pour la suite. Vous et moi savons très bien que les médecins ne se déplacent pas pour les enquêtes de la PM, et une assistance médicale peut vous être utile, j'ai des connaissances suffisantes pour répondre aux questions urgentes. Mes collègues parlent souvent de vous. Si vous faites appel à quelqu'un pour aller sur les scènes de crime, je voudrais que ce soit moi. Je me rendrai disponible. À toute heure du jour et de la nuit.

Frewin la contempla sans broncher. Il admirait la détermination qui enflammait ce visage doux et passionné.

— Je suis navré de vous décevoir, fit-il avec un maximum de gentillesse dans la voix, mais je n'ai pas besoin d'une infirmière en permanence…

— Pour cette affaire, je pense que si. Je vous donnerai un point de vue différent.

— Vous l'avez déjà fait. Maintenant, si vous voulez bien m'excuser…

— L'affaire est loin d'être bouclée, lieutenant ! Il y aura un autre meurtre, bientôt, je le sais !

Frewin se raidit.

— Pourquoi ça ? questionna-t-il.

Ann déglutit avant de formuler ses conclusions à voix haute pour la première fois :

— Rosdale n'a pas été tué, il a été massacré. Et exposé. On l'a exhibé. Un homme ne fait pas ça, nor-

malement. Tuer est un acte honteux pour tous. Même en temps de guerre. Alors massacrer… mutiler et… *déguiser* son cadavre sont autant de preuves qu'il s'agit d'un esprit en déroute.

Frewin hochait lentement la tête.

— Il pourrait s'agir d'une vengeance. Terrible, oui, mais juste une vengeance, qui ne ferait pas craindre un autre meurtre…

Au ton, Ann comprit qu'il n'y croyait pas lui-même, il la testait.

— Trop de préparation. Et surtout : il a eu beaucoup de sang-froid : il a dû tellement imaginer son crime, qu'il ne paniquait plus au moment d'agir. Il a même pensé à effacer ses empreintes de pas.

— Comment savez-vous ça, vous n'étiez plus là lorsque nous avons…

— J'ai demandé au soldat Forrell, le coupa-t-elle. Ne lui en veuillez pas, une femme, sur une base militaire, n'a pas grand mal à se faire confier des informations. Quoi qu'il en soit, le tueur a eu un sang-froid incroyable, et pas beaucoup de temps pour se ressaisir, c'est donc qu'il est resté serein juste après le meurtre. Je ne crois pas qu'un homme vindicatif l'aurait pu après une telle barbarie.

Frewin croisa les bras sur sa poitrine.

Ils se toisèrent en silence.

Ann baissa les yeux tout à coup. L'excitation retombant, elle réalisait combien son culot pouvait être mal interprété.

— D'accord, concéda enfin Frewin. Si j'ai besoin de quelqu'un c'est vous que j'appellerai. Entendons-nous bien, ce n'est pas une promesse.

Les traits de l'infirmière embellirent encore tandis qu'elle souriait à pleines dents.

— Vous ne le regretterez pas !

Elle jeta un rapide regard à la tente, austère et parfaitement rangée, et fit demi-tour. Avant qu'elle ne sorte, Frewin l'interpella :

— Ann !

Il chercha ses mots un instant.

— Comment… Comment une femme comme vous peut-elle cerner à ce point le comportement d'un… meurtrier ?

Sans se départir de son sourire, elle rétorqua :

— J'ai mes petits secrets.

— Eh bien, soyez prête. J'ai peur que vous n'ayez raison : si on ne l'arrête pas très vite, il recommencera.

5

— Un futur récidiviste ? tonna le major général Toddwarth. Il ne manquerait plus que cela ! Enfin, c'est l'armée ici !

Toddwarth tourna le dos à Frewin et s'approcha de la fenêtre pour observer les bâtiments et les tentes. Au loin les cheminées, les passerelles de commandement des navires de guerre se balançaient sur le gris de la mer.

— Regarde ! ordonna-t-il. Ces hommes crèvent d'inquiétude à la seule idée de notre départ. Et tu veux parler d'un meurtrier qui serait prêt à recommencer… ? Qu'est-ce qui te prend ? C'est le mythe de Jack l'Éventreur que tu poursuis ?

— Je dois être affecté au *Seagull*, insista Frewin. Si le signal du départ est lancé avant que je trouve le coupable, je veux être à bord. C'est là qu'il est. J'en suis sûr.

— Si tu en es si sûr, arrête-le !

— Je me base sur une logique de déduction. Et celle-ci m'amène à croire que le tueur est un homme du bord. Il connaissait le rythme des patrouilles, c'est pour ça qu'il a eu le temps de tout mettre en scène, sans commettre d'impair, sans précipitation. C'est un homme du bord, j'en suis certain, ou un soldat embarqué.

Le major général lissa sa moustache et à nouveau fit face à Frewin.

— Je vais voir ce que je peux faire. Mais, par le

diable, cesse de parler de crimes qui n'existent pas ! Tu es dans la Police Militaire, pas dans la voyance !

— Il ne s'agit pas de devinettes, Colin, mais de déductions ! Un homme qui en tue un autre marque la scène de crime de son caractère, aussi sûrement qu'une empreinte digitale marque l'arme. Il suffit de savoir lire les lieux. Et ce que j'ai vu, la nuit dernière, me fait dire que cet homme est un tueur fier de son acte. Et qui ne pense qu'à recommencer !

— Tout ça c'est du vent, de l'abstrait ! Tu as un crime à élucider, alors vas-y, et avec des preuves concrètes, bon sang, pas imaginaires !

Craig Frewin retrouva la Ruche bourdonnante en fin de matinée. Matters avait déjà couvert un tableau de notes en colligeant les différents rapports, et continuait sur le second.

Tous les gardes avaient été interrogés, et tous avaient confirmé, catégoriques : rien à signaler. Cependant, ils avouaient qu'il était possible de monter à bord en douce. Les patrouilles étaient censées mettre au pas les soldats resquilleurs, les fêtards, pas empêcher une intrusion.

Clauwitz avait fouillé les affaires de la victime (la compagnie faisait partie des privilégiés logés dans des bâtiments près des quais). Rosdale ne cachait rien de particulier, sinon plusieurs paquets de cigarettes que ses camarades identifièrent comme les trophées d'une victoire au poker. On ne lui connaissait aucun ennemi, du moins on ne l'avait vu se quereller avec personne. Le soir de sa disparition, il était allé se coucher assez tôt, personne ne l'avait revu ensuite. Sa couchette était intacte, il n'y avait pas dormi. Sortir sans se faire remarquer, au dire des soldats, relevait d'un jeu d'enfant, les fenêtres n'avaient pas de barreaux. Tous s'accordaient à dépeindre un garçon agréable, un joyeux plaisantin. Très sociable, il connaissait beaucoup de monde sur la base, écumant les tables de jeu où il excellait au poker. Deux camarades ajoutèrent qu'il se faisait volontiers coureur de jupons lors de ses permissions. Et le soldat qui dormait au-dessus de lui dans la tente soupçonnait Rosdale de fricoter avec une secrétaire de l'état-major, une certaine Lisa Hiburgh, ce que confirma l'enquête. Clauwitz rendit visite à la jeune femme. Elle n'était pas au courant du meurtre et s'effondra en l'apprenant. C'était bien la maîtresse de Rosdale. Quand ses larmes devinrent torrent et avant qu'elle ne fasse une crise de nerfs, Clauwitz appela des infirmières pour l'évacuer.

En recopiant les grandes lignes de ce rapport sur le tableau noir, Matters inscrivit en capitales : « ROSDALE = SOCIABLE, ENJOUÉ ; PAS D'ENNEMI. » Puis il ajouta : « S'EST-ON SERVI DE LISA HIBURGH POUR TENDRE LE PIÈGE À ROSDALE ? »

En lisant la question, Frewin apprécia d'un geste subtil du menton. Matters ne cessait de le surprendre, il apprenait vite.

Un autre soldat de la PM, Eliot Monroe, entra à son tour, l'air bourru, son carnet de notes à la main.

— J'ai interrogé le responsable de l'approvisionnement de la base, lança-t-il en tendant ses notes à Matters. Ils ont des animaux dans des enclos, à l'ouest, derrière les entrepôts. Poules, cochons… j'aurais jamais cru ça ! Mais pas de bélier. La tête ne venait pas de là. Et sur le site militaire il ne pouvait se la procurer nulle part ailleurs.

Frewin prit une craie à son tour et inscrivit sur un tableau vierge : « Tueur en autorisation de sortie le jour/la veille du crime. »

— Je croyais qu'aucune permission n'était accordée ? s'étonna Matters.

Frewin se fendit d'une grimace :

— Pour éviter que le stress de l'attente ne fasse craquer les hommes, on distribue des autorisations de sortie pour tout et rien : aller en ville chercher des provisions, le courrier ou tout autre prétexte. Deux cents hommes sont ainsi à l'extérieur chaque jour, avec pour obligation d'être de retour avant seize heures. Tout départ imminent aurait lieu de nuit.

— Il est peut-être sorti avant, fit remarquer Monroe.

Frewin secoua la tête.

— Non, la tête de bélier était fraîche. Croyez-moi, je l'ai vue d'assez près. (Se tournant vers Matters, il ajouta :) D'après l'officier de bord, trois compagnies vivent sur le *Seagull*, plus les hommes d'équipage. Soit environ mille cinq cents âmes. Je veux la liste de tous ceux qui ont été autorisés à quitter la base dans les quarante-huit heures précédant le meurtre, et parmi eux, je veux tous les droitiers.

— Je m'en occupe, annonça Monroe sans perdre une seconde.

Frewin croisa les bras sur son torse puissant. Ils avançaient vite. Pourtant, ce n'était pas suffisant. Il sentait l'imminence du départ, bientôt, il n'aurait plus à sa disposition son équipe bien rodée. De combien de jours, d'heures, s'il fallait en croire les sous-entendus de Toddwarth, disposait-il ? Et puis une pensée le tourmentait : il était tenté d'envoyer Clauwitz ou Forrell enquêter sur cette infirmière. Pourquoi cet intérêt pour le meurtre ? Comment en était-elle arrivée à si bien cerner la personnalité du tueur ? Mais il hésitait, ils n'avaient pas le temps… Il devrait faire avec, pour l'instant. Elle était perspicace et pourrait lui être utile.

Matters le sortit de ses pensées :

— Et pour les initiales O.T. je fais quoi ? Un listing de tous les noms à bord du navire ?

Frewin acquiesça mollement, pas très optimiste en vertu du peu de temps dont ils disposaient.

— On va commencer par là… Et tenez-moi au courant s'il y a une urgence, je serai dans le bâtiment médical.

Sur quoi il s'envola littéralement. Il traversa le damier de tentes jusqu'à l'esplanade sur laquelle flottaient des drapeaux. Le hall de l'hôpital sentait le détergent. Frewin se faufila vers un escalier et parvint devant un comptoir verni. Une femme aux cheveux grisonnants leva le nez :

— Oui ?

— Vous disposez des dossiers médicaux de tous les soldats, n'est-ce pas.

C'était une affirmation plus qu'une question.

— Ceux de cette base. Ensuite chaque compagnie est rattachée à une base qui gère ses hommes.

Frewin fit la grimace. Ses doigts tapotèrent nerveusement le bois du comptoir.

— Si je vous donne le nom d'une compagnie, vous pouvez m'obtenir les dossiers ?

La secrétaire observa son brassard PM avant de répondre :

— Dossier militaire oui, pour le dossier médical c'est seulement avec l'autorisation d'un médecin, je suis navrée.

— Je cherche d'éventuelles notes sur le comportement, une évaluation psychiatrique par exemple. Elle serait archivée dans le dossier militaire ou dans le volet médical ?

Elle ouvrit de grands yeux marron :

— J'imagine que ça dépend…

Il se massa le front un instant puis secoua la tête. Il perdait son temps. Il remercia la secrétaire et rebroussa chemin en maugréant. Frewin était convaincu que l'individu qu'il traquait était un soldat atypique. Pour tendre un piège, tuer et décapiter froidement un solide gaillard, et avoir la perversité d'échanger la tête avec celle d'un animal, il fallait posséder un esprit particulier. Un champ de conscience fragile, un potentiel de cruauté machiavélique soutenu par un intellect construit, réfléchi. Un soldat pareil ne pouvait passer inaperçu au sein d'un groupe. Peut-être avait-il déjà éveillé la méfiance de ses supérieurs. La piste médicale n'aboutirait pas, il se perdrait dans les méandres de la hiérarchie. Il lui fallait resserrer l'étau et interroger les officiers. Directement.

Frewin avala une gamelle de haricots au jambon sur un banc des réfectoires en plein air et croisa Forrell qui le cherchait depuis quelques minutes.

— Les trois compagnies à bord du *Seagull* vont être débarquées cet après-midi, expliqua-t-il. Les officiers vont procéder à un appel général, trier les permissions récentes puis les droitiers, comme vous l'avez demandé. Le colonel a estimé que ce serait un exercice bénéfique pour ses hommes, qui croupissent dans la coque. Pour l'équipage, ils procéderont de la même manière sur le pont du navire, par petits groupes. En attendant, ils dressent les listes des troupes, on aura tous les noms et prénoms.

— Parfait, allons-y, lança Frewin en abandonnant son repas et en croquant le quignon de pain pour tout dessert.

La rumeur commençait à se propager. On parlait d'un mort. Un meurtre à bord du *Seagull*. Frewin sentait sur lui des regards insistants. On savait pourquoi la PM s'agitait et ça ne plaisait pas. La mort devait venir du camp ennemi, pas de l'intérieur.

Tout l'après-midi, Frewin assista au défilé des trois compagnies, l'une après l'autre, deux cents soldats chaque fois. Un capitaine faisait l'appel, longuement. Puis on demandait à tous les hommes ayant reçu un droit de sortie dans les quarante-huit heures de s'écarter. On expliqua à Frewin que ces autorisations pouvaient être accordées par roulement, compagnie après compagnie, section après section. Au final, seulement deux sections – les 3e et 4e – de la compagnie Raven étaient concernées, soit environ soixante-dix hommes. On demanda aux gauchers de faire un pas en avant : moins de vingt personnes au total.

Matters, qui assistait à ce déploiement avec une certaine jubilation, avait demandé à son lieutenant s'il ne craignait pas la fraude ; le coupable pouvait s'inquiéter et se faire passer pour un gaucher… Frewin lui répondit d'un sourire énigmatique et lui désigna les quais.

— C'est pour ça qu'on appelle les gauchers d'abord, dit-il, on fait croire qu'on s'intéresse à eux. Et puis vous sous-estimez la vie de groupe, Matters. Les hommes entre eux se connaissent. S'ils voient l'un d'eux, qu'ils savent droitier, se faire passer pour un gaucher, ça reviendra tôt ou tard à nos oreilles. Soyez-en certain. Et ils le savent. Je ne pense pas que le… tueur, s'il est bien là, prendra le risque d'être repéré de cette manière. Il a apporté trop de soin à son crime pour ça.

À la surprise générale, le capitaine ordonna aux gauchers de remonter à bord, laissant une petite cinquantaine d'hommes face à lui. Il se tourna vers Frewin :

— C'est fait ! Parmi les trois compagnies voici les droitiers qui étaient de sortie lors des dernières quarante-huit heures. Nous allons prendre leurs noms et vous pourrez les interroger.

L'opération fut répétée avec les hommes d'équipage, bien qu'elle fût cette fois moins intéressante : aucun membre du *Seagull* n'avait quitté la base au cours des deux derniers jours. La piste s'orientait à présent vers la seule compagnie Raven et sa cinquantaine de soldats droitiers ayant obtenu un droit de sortie. Frewin devait étudier chacun d'eux. Le temps lui était compté.

À dix-huit heures, il était assis à son bureau dans la Ruche, occupé à rassembler les listes éparpillées devant lui, lorsque le major général Toddwarth entra brusquement. Il fonça droit sur lui et, sans préambule, jeta d'une voix grave :

— C'est pour cette nuit, Craig. Nous appareillons cette nuit.

Un silence glacial tomba sur la tente, frémissante d'activité un instant plus tôt.

— Et j'ai ce que tu voulais, ajouta-t-il. Tu embarques sur le *Seagull*.

Deux heures plus tard, Kevin Matters tirait sur la sangle de son sac à dos. Toutes ses affaires étaient empaquetées. Il venait juste de recevoir son ordre de départ. Il avait rendez-vous à vingt-deux heures devant la passerelle avant du *Seagull*. Le lieutenant Frewin avait réussi. Ils resteraient ensemble.

L'enquête était prise au sérieux.

Kevin s'assit délicatement sur le lit de camp. Ils partaient. L'heure avait enfin sonné. Une sensation curieuse l'habitait. De la peur ? De l'excitation ? Il savait qu'il ne monterait pas en première ligne. Son rôle n'était pas de faire usage de la poudre mais de surveiller les hommes. D'une certaine manière, tous ces soldats seraient bientôt des tueurs… et lui le berger des tueurs.

Kevin Matters frissonna à cette idée. Il sentait poindre un début d'érection. C'était cette sensation-là qu'il n'arrivait pas à expliquer ! Cette excitation non pas nerveuse, mais sexuelle.

Il enfonça ses ongles dans ses paumes. Ne pas penser à ça. Fuir ces pensées malsaines qui le submergeaient de flashes violents… Des corps qui se percutent. De la peau nue, des cris… Non !

Matters bondit sur ses pieds et saisit un récipient d'eau fraîche. Il s'arrosa le visage abondamment.

Nettoyer les images, laver l'esprit, inonder jusqu'à la dernière idée pour la noyer, la diluer jusqu'à l'oubli.

Il inspira profondément et ferma les yeux. Des gouttes roulèrent sur ses joues. Son cœur battait fort.

Son sexe se dressait toujours, impérieux.

Matters serra les dents. Il ne parvenait pas à refréner ses ardeurs. Le bourdonnement de l'excitation montait jusqu'à ses tempes à présent. Il savait ce que ça voulait dire. Sa raison allait peu à peu céder du terrain à ses pulsions.

Avec les mois, les désirs s'étaient transformés en flashes. Depuis qu'il vivait en base tout s'était accentué. Ce qu'il avait pris au début pour un besoin ignoble, il l'avait assouvi, en se disant que ça ne se reproduirait plus. Pourtant ça s'était transformé en spirale.

Et il se faisait engloutir.

Mais ce soir, pas question. Trop de monde. Il devait s'en empêcher, par tous les moyens.

Matters serra les dents.

Il fallait agir vite. Avant qu'il ne soit trop tard.

Matters alla jusqu'au pan de tissu servant de porte, et le noua pour qu'on ne puisse pas entrer. Il allait s'empêcher de recommencer.

Il défit sa ceinture.

Lorsque son sexe fut à l'air libre, une intense sensation de liberté envahit Matters. Son membre palpitait dans l'ombre.

Il s'en saisit et serra. Très fort, jusqu'à s'en faire blanchir les doigts. Et commença alors à se masturber sans relâcher la violente pression.

Malgré l'étau de chair il ne tarda pas à jouir en longues traînées filantes qui se répandirent sur la table pliante. Haletant, l'écume aux lèvres, il rouvrit les yeux.

Sa vision était meilleure. Il discernait les détails avec plus d'acuité malgré l'obscurité ambiante.

Il respirait fort. Une sensation de puissance gonflait son torse. Mais son sexe en exigeait encore. L'excitation n'était pas retombée.

Dans quelques minutes ces flashes obsédants le traverseraient à nouveau et il ne pourrait plus penser à rien d'autre.

Secouant la tête, haletant, Matters reprit son mouvement. Il se masturba à nouveau. Avec rage.

Oui, il était différent. Ça il le savait bien.

Mais combien de temps encore parviendrait-il à le dissimuler ?

6

Craig Frewin bouscula deux sous-officiers qui se précipitaient vers leur section. Il remontait à contre-courant dans ce flot humain qui coulait vers les quais pour embarquer. Il parvint à l'entrée sud de l'hôpital et manqua de renverser deux infirmières qui sortaient, un ballot blanc sur l'épaule.

Même l'accueil était fébrile depuis l'annonce du départ. Le hall tout entier résonnait sous l'écho des pas précipités. Frewin s'adressa à la fille de permanence :

— Pouvez-vous prendre un message pour Ann Dawson ?

— Elle doit être à l'étage, vous voulez…

— Non, pas le temps. (Il lui tendit une petite enveloppe au nom de l'infirmière.) C'est très important.

Et il fit demi-tour.

Dans sa lettre il lui demandait de se tenir prête, dès lors qu'il disposerait d'une liste de suspects avérés, il lui ferait parvenir les noms et comptait sur elle pour se procurer sans attendre les dossiers militaires et si possible médicaux.

Il terminait par une phrase de remerciement mal rédigée qui pouvait être interprétée comme le regret de ne pas travailler à ses côtés plus longuement. En réalité, Frewin était déçu de ne pas avoir plus de temps pour la comprendre et cerner ses vraies motivations.

Dehors, il retrouva le port et sa foule d'uniformes. Plusieurs milliers d'hommes regroupés par sections et compagnies piétinaient devant les navires qui devaient les transporter. Une odeur de sueur, aux relents d'essence et de mazout, se mêlait aux fragrances de la mer qui frappait les coques avec régularité. Les abords du *Seagull* n'étaient pas plus calmes, bien que les hommes fussent déjà à bord depuis quelques jours. L'état-major avait décidé d'ajouter deux compagnies au dernier moment.

Frewin fut frappé par le silence des hommes.

La plupart ne se regardaient même pas, les yeux dans le vague, posés sur le sac du voisin. Bien trop préoccupés pour échanger ne serait-ce qu'un mot. Ils fixaient l'instant, la gorge serrée ou le cœur battant, en suivant la cadence frénétique des embarquements. Ils savouraient le soir, sachant qu'au matin, lorsqu'ils retrouveraient l'air libre, celui-ci serait saturé de poudre et du crépitement des armes, les âmes quittant les corps en si grand nombre qu'elles en tresseraient des chaînes vibrantes sur l'horizon, altérant le ciel et leur mémoire pour toujours… s'ils survivaient.

Frewin grimpa sur le pont du *Seagull*, où il se fit indiquer le minuscule réduit qui allait lui servir de cabine avec Matters, le temps de la traversée. Ce dernier n'était pas encore là, bien que ses affaires fussent entassées au pied du hamac.

La tension était palpable, des milliers d'hommes s'affairaient, produisant une excitation si dense qu'elle saturait l'air, nouant les tripes et plombant les estomacs. Frewin avait l'impression que la moindre étincelle sur ces murs de fer provoquerait un embrasement général. Il voulut remonter sur le pont, traversa couloirs et coursives, et parvint à un escalier où l'on déchargeait les dernières caisses. Lorsqu'il réussit à refaire surface, les deux tiers du pont étaient occupés par des grappes de soldats. Frewin se cala contre le bastingage d'où il surplombait les quais encore fourmillant d'uniformes. Les lampes n'éclairaient plus assez pour qu'il puisse repérer les visages. De plus, il ne pouvait scruter que la foule embarquant par la passerelle avant, l'arrière étant trop éloigné et plongé dans une myriade de halos noir et ambre.

Un sous-officier de bord vint vers lui, et le salua.

— Mon lieutenant, il va falloir descendre, la traversée s'effectuera à l'abri.

— C'est ce qu'on m'a dit, murmura Frewin. (Il se racla la gorge et se redressa :) Mais je suis de la PM et en enquête, je dois rester ici pour l'instant.

Le sous-officier, déconcerté par le brassard et ne sachant quelle attitude adopter, préféra acquiescer et reculer.

— Très bien…

Après un rapide coup d'œil vers Frewin, il retourna s'assurer que tous les nouveaux arrivants prenaient bien le chemin des niveaux inférieurs.

Frewin resta vainement à guetter Matters parmi cette foule de visages inconnus. Jusqu'à ce qu'un groupe d'hommes portant des brassards blancs à croix rouge arrivent, accompagnés d'infirmières, et qu'ils se présentent en bas de la passerelle. Le médecin-chef tendit un papier au responsable des affectations et toute la cohorte se mit à grimper. Frewin reconnut alors Ann Dawson, qui ouvrait de grands yeux sur tout ce qui l'entourait. En quelques enjambées, il réussit à la rejoindre tandis qu'elle posait le pied sur le pont. Un sous-officier du bord relut les papiers du médecin-chef et vérifia sur sa liste.

— Que faites-vous ici ? interpella Frewin.

Ann le dévisagea un court instant avant de lui sourire.

— Je me suis fait muter sur le *Seagull*, dit-elle, presque enjouée, je serai affectée à l'une des trois compagnies du bord, je ne sais pas encore laquelle.

Frewin la fixa intensément.

— J'ignorais que vous deviez partir avec les soldats, dit-il après un court silence.

Le regard de la jeune femme se fit plus aigu. Ses boucles blondes jouaient dans le vent malgré les barrettes et le képi blanc.

— Si je peux me permettre, il y a beaucoup de choses que vous ignorez de moi, lieutenant. Je vous l'ai dit : je veux vous aider dans cette enquête.

— Qu'est-ce que…

Le sous-officier l'interrompit :

— Mademoiselle, vous ne pouvez pas rester là, il faut descendre, dépêchez-vous, allez ! Suivez vos camarades.

Il joignit le geste à la parole en la poussant sans ménagement vers la porte où s'engouffraient les autres membres de l'unité médicale.

Ann fixa Frewin et ses lèvres esquissèrent un sourire énigmatique.

En moins d'une heure, tous les hommes furent installés à bord. Les dernières caisses chargées, le *Seagull* se

prépara à appareiller.

Frewin n'avait pas aperçu Matters, sans s'en inquiéter toutefois, songeant que son second avait dû rejoindre leur cabine.

Comme le *Seagull* levait l'ancre, le ciel s'éclaircit soudain. L'eau autour du navire se mit à bouillonner, la coque frémit. La fumée jaillit des cheminées comme l'encre d'une étrange pieuvre d'acier et le quai commença lentement à s'éloigner. La sirène assourdissante fit vibrer l'air, semblable au long cri d'un monstre marin. D'autres lui répondirent, l'une après l'autre.

Un soldat prit position sur la passerelle de commandement et souffla dans sa cornemuse. Les écoutilles étaient restées ouvertes pour brasser l'air frais, et la mélodie mélancolique parvint aux centaines d'oreilles attentives.

Frewin contemplait le ballet des dragueurs de mines, des destroyers, des croiseurs et des frégates qui s'animaient dans la nuit du port militaire, saturés d'hommes et de munitions, la ligne de flottaison au plus bas.

L'armada mit une demi-heure à sortir de la rade, puis

les moteurs s'emballèrent et le vent prit son élan pour hurler dans les couloirs. La musique se tut. On verrouilla les écoutilles et le vrai voyage commença.

L'aube serait blanche comme le cœur des explosions, puis écarlate.

Frewin lâcha le bastingage lorsque les lueurs de la côte ne furent plus que des points incertains dans le lointain.

Il songeait que parmi ces hommes qui allaient devoir tuer pour survivre se cachait un tueur, un vrai, qui torturait pour le plaisir.

Comment s'y prendre pour le démasquer ? D'ici quelques heures, le navire se viderait pour envoyer ses troupes en sections éparses vers des plages de cauchemar. Les hommes seraient éparpillés en autant de pistes à suivre sous les balles ennemies. Comment procéder ?

Finalement, s'il voulait retrouver sa piste au milieu de toute cette confusion, il devrait attendre que le tueur resserre l'étau lui-même.

Attendre le prochain meurtre.

Frewin serra les poings d'impuissance

7

Lancinant balancement.

Ténèbres reposantes. Moiteur réconfortante. Frewin s'est endormi. Heures de grâce.

Respiration lente, profonde.

Cœur au repos.

Pas d'émotions conscientes, rien que l'oubli réparateur
546 du sommeil. Puits salvateur.

Le hurlement féroce surgit du néant.

Le cœur de Frewin s'emballe d'un coup, si violemment qu'une douleur éclate dans sa poitrine.

Un soleil rouge palpite au-dessus de lui.

La conscience rassemble à toute vitesse ses repères.

Les parois d'acier… Un navire. Le *Seagull.*

La sirène rugit à nouveau, transperçant les tympans. Les ampoules rouges sont allumées.

Une torpille ennemie ? Un bombardement imminent ?

Le lieutenant bondit de son hamac et découvrit Matters dans le sien, le visage mangé par la peur. Au moins un point positif, son jeune sergent était de retour.

L'officier de la PM chaussa ses rangers qu'il ferma à moitié et fit signe à son second de ne pas bouger.

La sirène braillait sa stridence à intervalles réguliers.

Personne en vue dans la coursive.

Frewin demeura ainsi, immobile… Attendre. Rester en place, ne pas gêner l'équipage. Il se concentrait pour deviner les mouvements du bâtiment de guerre, pour déceler un changement de cap, sans succès. Tout juste percevait-il un tangage à peine marqué. Il se boucha les oreilles des deux mains. Pourquoi ne coupait-on pas cette fichue sirène ?

Un matelot apparut, aussitôt hélé d'un geste vif.

— Que se passe-t-il ? hurla Frewin.

Le matelot secoua vivement la tête et disparut.

Enfin la sirène se tut, délivrant les tympans meurtris. Seule persista la lumière rouge.

Pendant un court moment, Frewin ne perçut que le bourdonnement feutré des machines. Puis des murmures s'élevèrent un peu partout. L'inquiétude se faufila à bord comme un courant d'air brûlant. Frewin risqua quelques pas dans la coursive.

Il entendit alors un roulement rythmé. On courait dans l'escalier. Plusieurs personnes. Quatre sous-officiers apparurent et éclatèrent en deux groupes au niveau de Frewin pour consigner les soldats dans leurs quartiers.

Les haut-parleurs se mirent à cracher :

« Votre capitaine vous parle. À tous les hommes à bord : restez au poste que l'on vous a assigné et n'en bougez sous aucun prétexte. À l'équipage : restez dans vos quartiers. Nous sommes en état d'alerte. »

Les sous-officiers se ruèrent pour faire respecter les ordres, s'assurant que chaque porte était fermée.

Un sergent stoppa devant Frewin et, remarquant son grade, se fit respectueux mais pressant :

— Mon lieutenant, vous devez entrer dans votre cabine, ce sont les ordres.

Frewin recula pour signifier qu'il obéissait, tout en profitant de sa carrure pour boucher le passage :

— Savez-vous ce qui se passe ? Nous sommes attaqués ?

— Non, vous ne craignez rien… Je crois.

— Comment ça vous croyez ? insista-t-il.

Le sergent tendit le bras pour écarter l'imposant lieutenant.

— Dans votre cabine, esquiva-t-il en fuyant son regard. Fermez derrière vous ! Personne dehors ! commanda l'homme en s'éloignant.

— Vous avez une idée de ce qui se passe ? demanda Matters sans parvenir à dissimuler sa peur.

— Pas la moindre, rétorqua Frewin.

Penché en avant, il s'efforçait de découvrir ce qui se déroulait dans le couloir.

— Ils… ils ont dit qu'il fallait fermer, osa rappeler Matters.

Frewin haussa les épaules. Quand plus personne ne fut en vue, il ressortit.

— Lieutenant ! Qu'est-ce…

— Ça ne ressemble pas à une attaque. Je jette un œil, restez là.

Frewin marcha jusqu'à l'escalier. Les corridors étaient déserts, baignés de cette oppressante lumière rouge. Les sous-officiers n'étaient pas venus d'en haut où se trouvait le poste de commandement mais d'en bas. Frewin décida de s'enfoncer vers la quille. Il agrippa fermement la main courante pour le cas où le navire subirait un impact et rejoignit l'étage inférieur. Son instinct lui disait qu'il n'y aurait ni explosion ni coup de canon, le sergent qu'il avait croisé ne réagissait pas comme s'il connaissait ce genre de situation, ce que son grade induisait pourtant, non, il semblait… effrayé. Frewin hocha la tête, c'était ça : il avait peur. Il ne contrôlait pas la situation. Et le message du capitaine aurait dû envoyer tout le monde aux postes de combat. Au lieu de cela, il consignait ses hommes. Il y avait un problème.

Il parvint à un chemin en T ouvrant le bateau de la proue à la poupe. Une succession de sas ouverts dessinait une perspective étourdissante dans la lumière pourpre. Personne. Craig Frewin soupira. Que faisait-il là à déambuler comme s'il s'agissait de sa vie ? Il pourchassait le spectre de ses propres angoisses, voilà ce qu'il faisait !

Il allait rebrousser chemin lorsqu'une série de tranches lumineuses balaya le plafond depuis un autre escalier. Des hommes équipés de lampes-torches couraient sur le pont inférieur. Frewin s'empressa de gagner l'escalier et s'accroupit dessous.

La coursive était arrosée de taches blanches qui dansaient chaotiquement sur les murs. Frewin distingua trois, puis quatre silhouettes d'hommes en armes filant à vive allure. Après qu'ils eurent pris une bonne avance, Frewin descendit dans leurs traces. Vingt mètres de métal, d'ampoules à l'éclat sanglant, de contremarches à enjamber, de tuyaux rampant au plafond. Puis un angle droit d'où provenaient les voix et les lueurs blanches.

Sans chercher à se cacher, Frewin s'engagea dans le couloir perpendiculaire. Plusieurs officiers du bord se tenaient près d'une porte, la mine défaite. Frewin eut à peine le temps d'apercevoir l'un des soldats armés de fusils-mitrailleurs s'engouffrer dans la pièce qu'un officier le remarqua.

— Vous n'avez rien à faire là ! s'écria-t-il.

Frewin anticipa la suite en désignant son brassard de la PM :

— Police Militaire, que se passe-t-il ?

L'officier, circonspect, baissa le ton pour demander :

— C'est le capitaine qui vous envoie ?

— Le major général Toddwarth.

Les yeux de l'officier s'agrandirent à l'évocation d'un tel grade, bien qu'il s'agisse de l'armée de terre. Et Frewin y lut une certaine confusion. En temps normal la question ne se serait pas posée, ils étaient sur un bâtiment de la marine. Mais la présence des troupes en mission singulière pouvait modifier la donne. L'officier observa une dernière fois le brassard de la PM et estima que la situation nécessitait qu'on accélère :

— On est en train de sécuriser la zone, expliqua-t-il.

Frewin se rapprocha, deux autres officiers étaient en retrait, l'un d'eux tenait un combiné relié au mur.

— Que se passe-t-il ? s'enquit l'enquêteur.

— C'est… un homme là-dedans. Il est… Il est mort. Et, euh… (Le malaise le faisait bafouiller.) C'est pas croyable, je veux dire : ce qu'on lui a fait.

Le sang quitta brutalement le visage de Frewin qui devint, dans cette atmosphère rougeoyante, celui d'un fantôme.

L'officier ajouta sur le même ton :

— Mais on va choper l'ordure qui a fait ça. Fort probable qu'il soit encore quelque part, derrière cette porte !

8

Trois autres soldats lourdement armés apparurent dans le couloir et entrèrent dans la pièce.

Frewin enchaîna :

— Qui a découvert le corps ? Et quand ?

— C'est un… passager, il dit qu'il est passé devant en cherchant à retrouver sa section après s'être rendu aux toilettes. Il a paniqué et tiré l'alarme. C'était il y a moins de vingt minutes.

Frewin guettait la porte entrouverte. Des flashes de lampes-torches en jaillissaient régulièrement.

— Qu'est-ce qui vous fait dire que le meurtrier pourrait encore se trouver sur place ?

Rassuré par la présence d'un enquêteur professionnel qu'il pensait dépêché pour le drame, l'officier s'empressa de préciser :

— Il s'agit d'une salle de repos dont vous voyez ici même l'unique accès. S'il en est sorti, il n'a pu prendre que deux directions : par là (il désignait le couloir d'où était venu Frewin) il serait tombé sur des hommes d'équipage, et apparemment, d'après les premiers interrogatoires, personne n'est passé. Et de l'autre côté, (cette fois la continuité de la coursive) ça mène tout droit vers une succession de salles qui servent de dortoirs. Il serait difficile d'entrer ou de sortir sans se faire remarquer. Au bout il y a une partie très surveillée : les armureries. Impossible d'échapper aux sentinelles.

Frewin se tut. Comment pouvait-on recueillir des avis fiables en un quart d'heure ?

— Vous avez identifié la victime ?

L'officier fit non de la tête. Frewin s'approcha de l'ouverture.

— Vous devriez attendre..., avertit l'officier.

— Je prends le risque.

Frewin se glissa de l'autre côté et fut immédiatement arrêté par un soldat qui braqua sur lui sa lampe-torche.

— Lieutenant Frewin de la Police Militaire, se présenta-t-il en grimaçant.

L'aveuglante clarté s'abaissa aussitôt, accompagnée d'une voix chuchotée :

— L'endroit n'est pas encore sûr, monsieur.

— Je reste à l'entrée, trancha Frewin en constatant que la pièce était plongée dans l'obscurité. C'est vous qui avez tout éteint ?

— Non, c'était comme ça.

Le soldat éclaira alors le sol et des fragments de verre se mirent à scintiller. Ampoule cassée.

Frewin se sentit frémir.

Pas déjà. Pas si vite.

— Le corps ? fit-il entre deux inspirations.

Le faisceau monta et ouvrit une paupière blafarde sur les ténèbres. Des banquettes en mousse se faisaient face, séparées par des tables en bois laqué. Une ouverture donnait sur d'autres pièces, des petits salons vers lesquels avançaient avec précaution plusieurs hommes armés et équipés de lampes.

Le halo de lumière revint au niveau de Frewin et glissa jusqu'à la table la plus éloignée.

Un être amorphe la recouvrait. Seule la main dépassant de l'amas sombre en révélait l'origine humaine. L'avant-bras jaillissait vers le plafond et la main pendait mollement, les doigts repliés sous la paume, comme une araignée mourante ramène ses pattes sous son corps.

Frewin vint se poster tout près. À chaque pas, il découvrait un peu plus l'atrocité.

Une ranger s'extirpait de cette masse. La victime avait été allongée dos contre la table, les membres ballants. Jusqu'à ce qu'on l'enserre de ruban adhésif. D'un modèle large et noir. Des dizaines de mètres pour ficeler le corps au meuble, pour l'arrimer, pour le fondre dedans. Il y avait tant d'emmaillotage, tant d'épaisseur que la forme de l'homme avait disparu. Six rouleaux vides étaient abandonnés par terre.

Le bout d'une chaussure, une main et la bouche, voilà tout ce qui restait visible sous cette carapace collante.

Une bouche disloquée.

On avait tiré sur les lèvres pour y enfoncer des clous courbes, jusqu'à les coudre entre elles et sceller la cavité buccale.

Frewin se pencha. Son nez n'était plus qu'à vingt centimètres de la mutilation. Le soldat l'éclairait toujours mais depuis l'entrée. Frewin dut frotter un briquet pour y voir clair. La petite flamme repoussa les ombres.

Le sang avait coulé depuis les orifices des clous, des dizaines de sillons sombres, bouche barbelée d'un masque barbare. Frewin savait ce que signifiait l'abondante présence de sang autour d'une blessure : la victime était vivante au moment du sévice. Le sang ne circule pas après la mort. Et l'homme avait trop saigné pour que ce soit le seul effet de la gravité.

Soudain, un frisson de terreur glissa de son crâne jusqu'à ses reins et du bout des doigts il fouilla sous le ruban adhésif pour palper le cou. Avait-on pris soin de vérifier s'il était mort ? La peau était chaude. Encore vivant ou décédé depuis peu ? Frewin ne trouvait pas de pouls. Il dut se tordre le poignet pour enfoncer ses phalanges tâtonnantes. Rien. Après une longue minute de recherche, Frewin se résigna et retira sa main de la gangue crissante.

Il scruta chaque plaie, encore suintante.

Le briquet devenait chaud entre ses doigts.

C'est alors qu'il remarqua de minuscules déchirures au niveau de la joue gauche. Frewin força sur le ruban adhésif pour mieux voir. Il en compta six. À peine un demi-centimètre de chair crevée. La peau était percée… – Frewin fronça les sourcils –… et repoussée. Les blessures avaient été pratiquées depuis *l'intérieur* de la bouche ! D'autres clous ? Frewin se redressa. Avait-on contraint la victime à mâcher des objets tranchants ?

Que s'est-il vraiment passé ici…

Le briquet devint brûlant et il l'éteignit en refermant le clapet.

Un halo rouge provenait de la porte entrouverte, et les lampes-torches des soldats découpaient des tranches d'ivoire dans ce sarcophage de ténèbres. Frewin essuya son front moite d'un revers de manche.

Les hommes en armes revinrent vers l'entrée.

— Négatif, c'est vide ici, il n'y a plus personne, commenta le chef de patrouille à l'intention de son supérieur.

Frewin sortit à son tour. Un officier venait de reprendre le combiné accroché au mur et parlait, probablement au capitaine du navire. Un autre fit signe aux soldats de s'éclipser.

— Laissez un de vos hommes devant l'entrée et disposez.

Frewin leva la main.

— Si cela ne vous dérange pas, leur présence pourrait m'être utile, pour sonder la salle à la recherche d'indices. Ils ont des lampes et sont méthodiques.

L'officier approuva.

— Ils sont à vous dans ce cas.

Frewin se tourna vers le groupe :

— Je vais attribuer à chacun de vous une zone de recherche. Vous scrutez tout, du sol au plafond. Si vous apercevez quoi que ce soit, gouttelette, morceau d'étoffe, débris, vous me le signalez, ne négligez rien.

— Y a une procédure pour chercher ? s'enquit le plus grand.

— Commencez par un panorama large, puis rapprochez-vous, jusqu'à examiner des carrés de plus en plus petits. N'oubliez pas : le moindre élément apparaît et vous me faites signe. Je suis le lieutenant Frewin.

Les hommes hochèrent la tête et entrèrent dans la salle obscure après que Frewin eut attribué à chacun une zone.

— Vous m'avez dit qu'il y avait des dortoirs au bout de cette coursive ? demanda Frewin à l'officier.

— En effet.

— Qui y loge ?

— Des hommes embarqués pour l'assaut, armée de terre.

— Vous savez quelle compagnie ?

Un autre officier, celui qui tenait le combiné un instant plus tôt, répondit :

— Compagnie Alto et compagnie Raven.

Frewin retint un sursaut. La compagnie Raven. Celle qui contenait une cinquantaine de droitiers ayant obtenu un droit de sortie au cours des quarante-huit heures précédant le premier crime.

— Toutes les sections de la compagnie Raven sont au bout de ce couloir ? insista Frewin.

— Non, seulement la 3e section, à l'entrée des dortoirs. Les autres sont au niveau inférieur, il faut faire tout le tour pour y accéder, et on a fermé les écoutilles pour éviter qu'on ne circule.

Cette fois tout s'emboîtait. Seules les 3e et 4e sections de la compagnie Raven avaient bénéficié de ces droits de sortie. La liste des suspects se réduisait. Le meurtrier ne pouvait venir d'ailleurs, il se serait fait remarquer ou arrêter à déambuler sur le navire en pleine nuit, et il n'aurait pas pris ce risque. Il devait appartenir à la 3e section. Celle du bout de ce couloir.

Frewin ouvrait la bouche pour répondre, lorsqu'un petit homme chauve, au visage barré de rides profondes, arriva dans son uniforme impeccable : le capitaine, accompagné d'un officier. Les hommes d'équipage se mirent au garde-à-vous brièvement avant d'échanger quelques mots à voix basse. Enfin, le capitaine tourna la tête vers Craig Frewin et prit un air sévère. Il vint vers l'enquêteur qui le salua.

— Lieutenant, fit le maître des lieux en lui intimant de s'écarter un peu des autres.

— Capitaine, je suis à bord à la demande du major…

Le petit homme l'interrompit d'un geste.

— Je sais très bien tout ça, laissez tomber. Vous êtes entré là-dedans ?

— Oui, capitaine. C'est l'œuvre du même tueur. Les deux crimes sont liés.

Frewin se sentit rassuré, face à cet homme intelligent qui allait droit à l'essentiel.

— Écoutez-moi, lieutenant. Loin de moi l'idée de vous mettre des bâtons dans les roues, vous êtes de la PM, vous pouvez enquêter sur mon navire. En revanche, j'ai la charge de presque deux mille âmes à bord et je dois en livrer une bonne partie dans moins de trois heures sous les canons ennemis. J'aimerais ne pas ajouter à la tension. Vous voyez où je veux en venir ?

— Discrétion ?

— Et en dehors des officiers, aucune question aux hommes. Désolé, on n'a pas le temps. Quand tout ce beau monde sera à terre, vous ferez ce que bon vous semblera. En attendant, le champ d'action que je vous concède se limitera à la pièce où s'est produit le crime et à votre cabine.

— Capitaine, le tueur va frapper à nouveau. Très vite. Deux crimes en deux nuits et…

Le petit homme se rapprocha et, sur le ton de la confidence :

— Si on l'avait pris sur le fait, il serait déjà aux fers, soyez-en sûr. Hélas ! ce n'est pas le cas. À l'aube tous ces gars vont devoir aller flinguer les types d'en face.

Inutile d'en rajouter. N'allez pas leur secouer la cervelle et les faire douter du copain qui les couvre.

Frewin perçut dans ce discours la volonté de l'état-major. On redoutait une panique interne. On craignait la paranoïa.

— C'est entendu ? insista le capitaine.

Frewin approuva en silence.

— Puis-je néanmoins avoir l'assistance du médecin de bord ? demanda-t-il.

— Je devrais vous obtenir ça. Faites-moi savoir si votre enquête aboutit, et débrouillez-vous pour ne plus être là à cinq heures du matin. Le *Seagull* sera en état d'alerte pour débarquer ses troupes, et votre place sera dans votre cabine, à attendre votre tour.

Le capitaine s'adressa ensuite à son second, puis il s'éloigna avec lui.

Frewin remarqua alors qu'un soldat armé l'attendait sur le seuil de la scène de crime. Il le fit patienter un instant, demanda qu'on fît venir le sergent Matters de toute urgence, puis se tourna enfin vers l'homme en tenue de combat.

— On a fini. RAS sauf une lampe un peu… bidouillée.

— Bidouillée ? répéta Frewin en entrant dans la pièce toujours obscure, bien qu'émaillée de franges blanches et mouvantes.

Un des gardes se tenait devant le corps, tétanisé, capturant la masse écœurante dans le faisceau de sa lampe. La main qui dépassait, les doigts recourbés, projetait une ombre menaçante sur le mur.

Frewin fit un signe au groupe qui l'attendait et s'approcha du soldat.

— Ça va ? demanda-t-il.

Le soldat hocha la tête, sans quitter des yeux cette main monstrueuse.

— Je m'interrogeais, répondit-il enfin. Qui ça peut être là-dessous ? Sûr qu'on le connaît.

— Pourquoi dites-vous ça ?

Il haussa les épaules.

— Sais pas. Je me pose la question, c'est tout. C'est… c'est le premier mort que je vois, alors… je croyais pas que ce serait…

Frewin s'étonna de cette confidence. Le soldat n'avait pas l'air si jeune et la guerre durait depuis assez longtemps pour que la plupart des combattants aient eu leur part de visions macabres. Il le gratifia d'une tape amicale sur l'épaule et revint vers les hommes qui sortaient dans le couloir.

Se penchant vers Frewin, un moustachu lui confia tout bas :

— Il débarque, vous en faites pas, lieutenant, il va vite s'habituer.

Dans la coursive, un jeune soldat tout blond était en grande discussion avec un marin :

— Non, on ne passe pas, retourne au dortoir.

— Je voulais pisser de ce côté, les pissotières chez nous sont dégueu…

Le soldat blond s'interrompit en voyant la PM sur les lieux.

— Putain, c'est grave alors ? fit-il.

Frewin lui tourna le dos. Un des hommes qui avaient fouillé la pièce lui tendit sa trouvaille : une lampe-torche militaire dont un long câble sortait par le bouton-interrupteur.

— C'est tout ce qu'on a découvert, dit-il. Il y a bien six mètres de fil. Et ça tout au bout.

Frewin prit ce qui ressemblait à une petite poire en plastique avec un commutateur au sommet. On avait bricolé cette lampe pour la faire fonctionner à distance. Frewin pressa le bouton et la lampe s'alluma dans les mains du soldat.

Son regard fut aussitôt attiré par la lueur. Une pastille de couleur bleue était glissée devant l'ampoule, chaque lampe-torche contenait son lot de pastilles colorées pour les besoins variés des missions et des signaux visuels à transmettre. Ces pastilles reposaient dans la partie inférieure du manche dévissable. Le tueur n'avait rien inventé, il s'était servi de ce qu'il avait sous la main.

Puis Frewin réalisa ce qu'il venait de faire.

Et il comprit.

Il comprit à quoi avait servi cette lampe. Un des mystères venait de s'éclaircir.

— Lieutenant ?

C'était la voix de Matters, il se trouvait dans la coursive. Frewin sortit à sa rencontre.

— Je crois que j'ai..., commença Matters.

— Il me faut les listings des noms relevés cet après-midi, le coupa Frewin. On vous les a transmis ?

— Avant le départ, oui, fit Matters en agitant devant lui une fine liasse de feuillets. Tous les hommes de la compagnie Raven, avec les droitiers en permission ces deux derniers jours soulignés en rouge.

— Matters, vous avez lu dans mes pensées.

Le sergent allait répondre mais fut devancé par le sentiment d'urgence de son supérieur qui enchaînait :

— Il me faut les noms de ceux qui font partie de la 3e section.

— 3e section ? s'étonna Matters, l'œil soudain brillant.

Pressentant un imprévu, Frewin demanda :

— Ça pose un problème ?

— Au contraire, murmura Matters. Je... je crois que je sais qui c'est. Le tueur... Je l'ai identifié.

9

Matters déroula ses listes pour s'arrêter à la 3e section.

— Quand vous êtes parti, j'ai occupé mon cerveau pour ne pas… m'angoisser, et j'ai repris le listing pour vérifier une fois encore s'il n'y avait pas dans les noms soulignés en rouge quelqu'un ayant O. T. pour initiales. Rien. Je m'étais dit : Et si Rosdale, dans la panique de
560 ses blessures, avait tout de même eu la présence d'esprit de démasquer son agresseur ? Après tout, ces initiales étaient à peine ébauchées et cachées sous un banc, comme s'il avait voulu les dissimuler à son ass…

Frewin voulait en arriver au fait. Il accepta l'hypothèse sèchement :

— D'accord. Et ?

— Bien… Et si Rosdale n'avait pas eu le temps de finir ? Et si, au lieu d'un O. T., il avait voulu écrire Q. T. ? Or, j'ai justement un certain Quentin Trenton dans la compagnie Raven, droitier et en sortie la veille du premier meurtre. Et vous savez quoi ? Il est dans la 3e section.

Frewin prit cinq secondes pour réfléchir avant de poser une main de géant sur l'épaule du sergent et de l'entraîner à l'écart. Il venait de constater que plusieurs personnes pouvaient les entendre.

— Perspicace, Matters. C'est une très bonne piste.

Le jeune sergent arbora un sourire fier.

— J'ai une bonne nouvelle aussi, continua Frewin en apercevant la silhouette de celui qui devait être le médecin de bord, et à qui on indiquait la pièce sombre. Je sais comment le tueur s'y prend pour piéger ses victimes dans le noir. Il les fait venir à lui – le moyen reste à découvrir – dans une salle aveugle dont il s'est assuré qu'elle le restera. La victime entre – referme-t-elle la porte ou est-ce le tueur qui le fait en partant à l'assaut ? – et après une ou deux secondes dans le noir, une lampe-torche s'allume dans un coin. Que fait la victime ?

Le sergent Matters se gratta une joue couverte de crevasses en grimaçant. Il n'en savait rien.

— Vous êtes dans le noir et soudain une lumière apparaît ! Vous vous tournez pour la regarder ! C'est humain. Et là, non seulement le tueur repère sa victime, mais il peut lui sauter dessus par-derrière.

— S'il allume la lampe-torche, il ne peut pas être derrière la victime…

Frewin s'éloigna pour prendre la lampe bricolée des mains du soldat qui patientait à quelques pas de là.

— Sauf s'il a installé une rallonge pour l'allumer à distance ! dit-il en relevant le long fil devant eux.

— C'est… machiavélique.

Frewin approuva vivement.

— C'est là notre homme : brillant et pervers. Montez au poste de commandement, demandez à parler soit au capitaine soit à son second pour qu'on vous donne des informations sur ce Trenton, tout ce qu'ils peuvent obtenir et en vitesse.

Matters salua son supérieur et partit d'un pas rapide, accompagné du sous-officier qui l'avait conduit jusqu'à la salle.

Le ton montait entre le marin qui gardait l'accès au couloir et le soldat blond.

Un sous-officier se précipita vers lui et lui demanda s'il avait un problème. Le blond, mâchoires serrées, tourna enfin les talons.

— C'est bon, j'y vais ! lâcha-t-il, écœuré.

Une forte tête, songea Frewin en se tournant pour accueillir le médecin.

— Lieutenant Frewin, de la PM, se présenta-t-il en lui tendant la main pour éviter le salut militaire.

— Docteur Carrhus, répondit le quadragénaire aux tempes grisonnantes et grosses lunettes sur un visage bouffi. On m'a relaté la situation, qu'attendez-vous de moi ?

Frewin s'empara d'une lampe-torche et prit le médecin par le bras pour l'entraîner dans la pièce.

— Je n'ai que peu de temps pour avancer mon enquête et je ne peux pas envisager d'interrogatoires. Donc, j'ai besoin de procéder autrement.

Le cercle de lumière blanche guida leurs pas jusqu'au corps que Frewin illumina. Le médecin fronça les sourcils.

— Lorsque ni le lieu du crime ni les hommes ne parlent, il ne reste qu'une solution…, poursuivit Frewin.

Le médecin le dévisagea subitement.

— Quoi ? Une autopsie ? Maintenant ? Ça ne va pas ?

— C'est tout ce que j'ai.

— Non, non, non ! Je ne vais pas ouvrir un type encore chaud ! Et ce n'est pas de mon ressort, je suis médecin, pas légiste !

— Vous êtes le chirurgien du bord, ça me suffira.

Frewin, dont l'ombre de la carrure couvrait deux fois son vis-à-vis, saisit le médecin par l'épaule.

— Le dément qui a fait ça va recommencer, bientôt, et moi je dois l'arrêter. Toute information est précieuse. Alors vous allez faire cette autopsie, et sans tarder. Maintenant, venez, nous n'avons pas une minute à perdre.

Il s'élança vers la sortie, laissant le médecin dans le noir.

— Où allez-vous ? lança la voix contrariée de Carrhus.

— Voir le capitaine. Si moi je n'ai pas le pouvoir de vous contraindre, lui le peut.

Seul le bourdonnement tranquille des machines rappelait à Frewin qu'il se trouvait sur un navire de guerre.

La salle d'opération du *Seagull* était exiguë, d'un bleu-gris qui raccourcissait encore les perspectives. Des armoires en fer étaient rivées aux murs, et seul le scialytique au-dessus de la table d'opération brillait. Un rideau de séparation créant une seconde salle du même type se balançait doucement face à la porte d'entrée. Frewin tenait son carnet de notes dans une main, de l'autre il s'accrochait au bord surélevé de la table. Le Dr Carrhus venait de disposer son peloton de scalpels à côté de lui et croisa ses bras pour observer ce qui ressemblait à un énorme cafard noir. Le soldat mutilé avait été soulevé dans son écorce après qu'on eut décollé le ruban adhésif de la console sur laquelle il reposait, en prenant soin de ne pas dissocier le corps de son enveloppe. Cette peau noire scintillait sous la lumière, la main toujours repliée en un dernier appel au secours, ultime tentative de l'homme avant d'être absorbé par cette chitine épaisse.

— Pourquoi avoir voulu conserver tout ce… cet amas sur le cadavre ? s'enquit le médecin.

— C'est un adhésif, par conséquent ça colle à tout ce qui s'en approche. Il aura fallu de sacrés mouvements pour momifier ce pauvre gars, et de l'énergie. On perd facilement quelques cheveux dans ce genre de situation, et avec un peu de chance on pourra les retrouver là-dessous, ça nous donnera la pigmentation du coupable.

Carrhus leva les yeux – rougis par la fatigue et jaunis par ce que Frewin pensait être l'abus d'alcool.

— Vous êtes du genre malin, vous ! lança-t-il. C'est à l'école de la PM qu'on vous apprend des trucs pareils ?

Sans quitter la victime du regard, Frewin répondit de sa voix calme :

— Un minimum d'expérience vous donne des idées.

Carrhus saisit une pince, approcha une large loupe à bras articulé et se pencha vers le cadavre.

— Quand on vous voit, dit-il sur le ton bas et lent de celui qui se concentre, on imagine plutôt des interrogatoires virils. Vous avez le corps et la taille d'un lutteur !

— Ce qui suppose d'être courtois, rétorqua Frewin sur le même mode placide.

— Vous faites de la lutte ? s'enthousiasma Carrhus en levant un œil dans sa direction. Moi aussi j'en faisais à l'université !

Il écartait des morceaux de ruban à l'aide de sa pince mais la manœuvre n'était pas aisée, l'ensemble adhérait fortement. Il attrapa un scalpel pour découper les lamelles superposées afin d'en scruter l'intérieur, la face adhésive.

Frewin, qui ne perdait pas un geste du médecin, ne répondit pas. Il avait cloisonné au fil des années son travail dans l'armée et ce qu'il était, l'individu privé, au-delà du brassard de la Police Militaire. Cela lui avait permis de rester froid avec ses suspects, lui qui détestait les cris et les coups, Craig Frewin, le jeune homme entré à l'école des officiers parce que brillant à l'école et doté de belles dispositions physiques. Il s'était engagé dans

l'armée, ça lui semblait noble et respectable, une carrière d'officier. Il avait rencontré Patty quelques mois auparavant, il voulait l'impressionner. Leur premier baiser avait eu raison de ses velléités de dessinateur, de ses rêves de créer des bandes dessinées. En un baiser fougueux il s'était transformé en jeune homme responsable, soucieux d'assurer l'avenir de celle qu'il aimait et d'une famille à venir. Il avait troqué papier et crayons contre une école d'officiers. Au détour d'un cours on avait évoqué la Police Militaire et sa nature curieuse avait été captivée, il avait su dès lors ce qu'il ferait dans l'armée.

Les premiers mois furent un enfer. Il dut apprendre à refouler son ironie naturelle pour n'offrir qu'une mine impassible, se forçant à oublier sa gentillesse pendant les heures de service. L'essentiel de son travail consistait alors à remettre dans le droit chemin les fortes têtes. Pour s'encourager et se faire respecter, il se mit à la boxe. Il fréquenta la salle de sport et étoffa encore son gabarit, occupant le ring plus que de raison, élimant le rose candide de ses joues, creusant des rides de fatigue et de souffrance dans ce visage de jouvenceau. Au grand regret de sa femme qui voyait son jeune mari s'endurcir, s'altérer physiquement et mentalement. L'armée fit ressortir sa part d'ombre, remonter ses angoisses, ses doutes, pour les comprendre et s'en servir.

Au fil des mois, puis des premières années, Craig se construisit une citadelle de muscles et de détermination, pour se couper du monde. Le Craig Frewin qu'il avait été jusqu'à vingt ans se replia sur lui-même pour se terrer au fond d'un jardin secret dont seule Patty avait la clé.

Plus surprenant encore, avec les années, il découvrit que sa femme *était* la clé de ce sanctuaire, de sa personnalité sensible. Elle devint la seule capable de savoir comment lui parler, le toucher. Il lui suffisait d'un clin d'œil espiègle et d'un sourire charmant pour que Craig renoue avec sa vraie nature. Le bunker s'entrouvrait et le jeune homme ingénu ressurgissait.

Patty...

— ... toujours adoré, et ça date de la Grèce antique, la lutte ! Et vous, vous la pratiquez ?

Frewin évacua ses souvenirs. Son visage n'avait rien trahi, rompu qu'il était désormais à cet exercice nécessaire. Seuls ses yeux brillaient intensément.

— De la boxe, articula-t-il après avoir avalé sa salive. Je fais de la boxe.

Le médecin s'était arrêté, il fixait un point obscur sous une bande de ruban adhésif.

— Je crois que j'ai quelque chose. Là... on dirait des cheveux, ou plutôt des poils. Attendez...

Il parvint à saisir un minuscule agglomérat de fibres entortillées qu'il porta sous la loupe du bout de sa pince.

— Non. Plutôt un petit nœud de poils, mais je peux affirmer que c'est synthétique.

La trouvaille permit à Frewin de réintégrer vivement le présent.

— De quelle origine ? demanda-t-il.

Carrhus le dévisagea par-dessus sa grosse monture.

— Aucune idée. Peut-être qu'au microscope… Je vous dirai ça plus tard.

Ils avaient l'autopsie à pratiquer et plus beaucoup de temps. Frewin approuva d'un signe de tête.

Carrhus déposa son précieux indice dans une boîte en fer et poursuivit son examen de la carapace, sans rien remarquer d'autre. À la grande déception du lieutenant.

— C'est tout. On aura pris soin d'emballer ce pauvre bougre sans perdre un cheveu !

— Impossible, on ne peut pas se démener autant sans laisser quelque trace.

— Vous avez bien vu, il n'y a rien. Ou le type était chauve, ou il portait une cagoule, c'est tout ce que je peux vous dire. Ou peut-être qu'il a eu beaucoup de chance, tout simplement.

Il posa ses instruments pour saisir des ciseaux qu'il fit claquer.

Peu à peu, les bandes cédèrent.

Peu à peu, le corps se dévoila.

D'abord la tête. Les cheveux agrippés aux rubans, moites et poisseux. Le front, les joues striées des marques rouges des entraves. Le nez était tuméfié, aplati par la compression, probablement cassé par la violence de cette momification singulière. C'était là ses seules rides, le mort était jeune, à peine plus de vingt ans.

Frewin fixait ses yeux.

Deux globes exorbités.

Entièrement noirs.

Le sang avait afflué là, obscur, jusqu'à faire exploser les vaisseaux. Jusqu'à teinter la sclérotique et lui donner cette apparence inquiétante. Frewin ne parvenait plus à distinguer l'iris. Ce n'était plus un homme, allongé dans cette enveloppe opaque, mais un monstre. Aux yeux ténébreux. À la gueule crochetée de pointes effilées d'où dégoulinait une bave vermillon.

Carrhus ne toucha pas aux clous enfoncés dans les

lèvres. Il s'employa à défaire les liens sur la gorge et les épaules.

La gorge était violette. Un large sillon sombre creusait une ravine sur les deux tiers avant du cou.

— Je crois qu'on a trouvé la cause du décès, souffla le médecin. Strangulation par… un objet fin et irrégulier, deux à trois centimètres de large selon les endroits.

— La strangulation peut avoir provoqué cet effet sur les yeux ?

— Tout à fait. Encore que… ils sont particulièrement noirs. Peut-être que l'agresseur s'est assis ou accroupi sur le torse, la compression thoracique provoque ce genre de dégâts. Difficile encore d'en déduire un scénario. Attendons la suite, voulez-vous ?

Frewin se redressa et réalisa qu'il tenait toujours son carnet de notes en main. Il commença à y rapporter les premières constatations.

Carrhus termina de libérer le corps de ses bandages. La victime était en uniforme kaki et le médecin se pencha pour saisir la chaîne qui pendait à son cou. Il tira à lui les plaques militaires et lut :

— « Gavin Tomers », et son matricule, ça devrait vous servir, lieutenant.

Il se décala pour permettre à Frewin de recopier les informations, reculant d'un pas pour observer l'ensemble.

Le bras droit était appuyé sur la table jusqu'au coude puis partait à angle droit vers le plafond, comme s'il cherchait à désigner quelque chose dans le ciel d'acier, de sa main ballante. Carrhus saisit le poignet et en testa la résistance.

— On dirait que la rigidité cadavérique a déjà bien commencé.

— Ça vous étonne ?

— D'après ce qu'on m'a dit, le meurtre a été commis il y a moins de trois heures. Trop récent pour une telle rigidité du bras. Voyez-vous, elle débute normalement dans la zone nuque-mâchoires, puis descend, bras, mains, tronc, abdomen et ainsi de suite. Mais à ma connaissance, elle ne commence que vers la troisième ou quatrième heure, pour être complète après huit à douze heures.

— Et dire que vous refusiez de pratiquer l'autopsie ! Pour un non-légiste je vous tire mon chapeau…

— Pas légiste en effet, mais j'en vois passer des cadavres, vous savez. Quoi qu'il en soit, celui-ci est déjà bien avancé et ça me surprend… À moins que…

Il posa la main sur le menton du mort et tâta les joues.

— Non, c'est bien ça… Il s'agit bien de rigidité. Bon. Il y a peut-être une autre explication.

— Oui ?

— J'ai déjà constaté que des hommes très tendus, qui couraient par exemple en tous sens depuis un moment, développaient des rigidités très rapides lorsqu'ils se faisaient tuer pendant l'effort. Un exercice musculaire intense semble accélérer le processus.

— Il ne pouvait pas faire du sport à ce moment-là, sauf s'il se battait lorsqu'il est mort. Il aura résisté, lutté.

— Sûrement ! Désolé, mais c'est tout ce que je peux en dire pour l'heure.

— Intéressant…, murmura Frewin, pensif.

Il y pensait depuis le premier meurtre. Ils avaient affaire à un tueur très puissant. Capable de soulever un cadavre pour l'accrocher en hauteur dans le cas de Rosdale, et apte à contenir un homme luttant pour sa survie dans celui de Tomers. En plus de la force musculaire, avait-il la technique ? Fallait-il chercher du côté des commandos entraînés à neutraliser l'ennemi en un éclair ?

— Je vais ouvrir cette bouche, annonça Carrhus.

Il pinça les lèvres du mort et tira sur l'un des clous qui glissa en arrière au travers de la peau tendre. En sortant, la pointe de fer libéra une petite rigole de sang d'un bordeaux foncé qui coula sur le menton. Carrhus procéda ainsi avec tous les clous. Le dernier retiré, les lèvres restèrent collées par les fluides en train de sécher. Tout le pourtour de la cavité buccale était mutilé de déchirures humides. Carrhus saisit une lèvre dans chaque main et tira pour ouvrir ce rideau qui se fendit avec le chuintement de deux crêpes qui se décollent.

Il pressa en même temps sur les deux mâchoires pour forcer la rigidité et desserrer les arcs osseux. La langue apparut.

Ce qu'il en restait.

— Mon Dieu…, murmura le médecin. Regardez-moi l'intérieur de cette bouche !

Le palais était creusé de nombreuses plaies, à l'image des gencives, disloquées par endroits. Les joues étaient perforées et tuméfiées.

— Que lui a-t-on fait ? s'inquiéta Frewin. Vous avez déjà vu ça ?

Carrhus répondit par la négative sans développer. Il attrapa une lampe-torche pour sonder le fond de la gorge. Du sang s'était accumulé par toutes petites flaques et coulait au moindre mouvement. La victime avait beaucoup saigné pendant les tortures.

— On pourrait croire qu'il a mangé – non, mâché ! – des aiguilles et des lames de rasoir.

— Vous avez un moyen d'en savoir plus ?

— En examinant son estomac, peut-être, répondit Carrhus en s'emparant d'un scalpel.

Il découpa ses vêtements militaires en deux minutes et après un rapide examen extérieur posa la pointe de son instrument sous le menton du cadavre.

— Prêt ? demanda-t-il.

Frewin se contenta de le fixer droit dans les yeux et le médecin enfonça son scalpel dans la chair qu'il creva d'un geste sec. À petits coups saccadés il conduisit la lame jusqu'au sternum puis prolongea vers le nombril, qu'il contourna, pour s'arrêter au seuil des poils pubiens. Un très léger filet pourpre apparut le long de cette ligne de mort. Sans ménagement, Carrhus entailla l'épaisseur de la peau qui s'ouvrit comme de la pâte à pain, fragile malgré son élasticité et molle sous les doigts.

Le torse était rouge et solide tandis que l'abdomen n'était qu'un enchevêtrement d'organes visqueux entortillés les uns autour des autres.

Désignant les taches sombres au niveau de la cage thoracique, le médecin précisa :

— Ecchymose interne. Ça confirme ce qu'on supposait : pression importante sur la poitrine. L'agresseur se serait assis sur lui que ça ne m'étonnerait pas.

Frewin avait déjà assisté à une autopsie, il avait vu un nombre certain de cadavres, de mutilations et de blessures de guerre horribles, pourtant il ne se sentait pas à son aise, le regard sans cesse attiré par cette main en l'air que le médecin n'avait pas encore cherché à abaisser. Gavin Tomers semblait en vie.

Comme pour le lui confirmer, Carrhus fit remarquer :

— Il est encore chaud, lieutenant ! Je vous remercie pour ce souvenir inoubliable que vous offrez à mes vieux jours.

Il s'appliqua à découper les muscles, un par un, pour les examiner avant de les replier sur les bords du corps pour avoir accès à ses profondeurs. Il en vint à découper les côtes avec une pince coupante, une à une, prenant son temps pour achever le travail. Il sectionna le diaphragme et souleva le plastron sterno-costal, qu'il déposa sur le chariot attenant, à l'instar d'un capot de voiture.

Carrhus posa son majeur sous le menton de Gavin Tomers et l'enfonça comme un crochet pour faire basculer le bas du visage en arrière. L'accès à la gorge était ouvert. Le scalpel s'enfonça sous le masque de Gavin et trancha le plancher de la bouche. Une poignée de secondes plus tard, Carrhus tirait sur un gros tube de chair et fit apparaître la langue mutilée.

— Plus facile pour l'examen, marmonna-t-il.

Il tenait l'organe dans son gant rougi, et le pharynx débutait derrière.

C'est alors que la gorge se souleva doucement.

Elle se mit à bouger toute seule, comme pour déglutir.

Puis les mouvements de la chair s'amplifièrent.

10

Craig Frewin se raidit.

— Qu'est-ce qui se passe ?

Le médecin secoua doucement la tête, recula d'un pas sans lâcher son sinistre tube de chair terminé par une langue écharpée et pendante. *Ça* bougeait. Quelque chose à l'intérieur se déplaçait.

Carrhus, tétanisé, fixait les mouvements sous les muscles.

Puis, remontant depuis l'œsophage, le passager clandestin apparut, s'extrayant par l'orifice près de cette langue rouge.

Une pince recourbée. Un corps plat. Des pattes articulées, fines et mobiles. Une longue queue qui se redressa au-dessus de la tête, le dard menaçant et pointu en position d'attaque.

Un scorpion marron clair.

Carrhus lâcha tout et fit un bond en arrière. Le scorpion retomba dans la cavité thoracique et glissa entre les organes jusqu'à disparaître.

— Sainte Marie mère de Dieu ! s'exclama le médecin. Vous avez vu ? Vous avez vu ce qu'il avait dedans ?

Frewin acquiesça. La surprise passée, il calmait son cœur en essayant de reprendre ses esprits.

— C'est ce scorpion qui a mutilé la bouche de Gavin Tomers, n'est-ce pas ?

Le médecin haletait, toujours figé. Il guettait le cadavre.

— Je crois…, souffla-t-il. Je crois qu'on peut le dire. Cette… fichue bestiole m'a fait une peur de tous les diables !

Il expira longuement pour se ressaisir et se rapprocha enfin de sa table d'opération. Frewin l'observait.

— Les lèvres fermées par des clous… les dégâts à l'intérieur… les boursouflures là où il a frappé de son dard. Oui, le scorpion a été enfermé dans la bouche scellée et il a tout ravagé pour tenter de sortir. Avant de finalement passer par le seul endroit possible : l'œsophage.

— Tout le sang sous la langue et dans les recoins, ça signifie que Gavin était vivant ? fit remarquer Frewin.

Carrhus battit des paupières en contemplant le visage terrible du jeune soldat.

— J'en ai bien peur.

Frewin ferma et rouvrit les poings à toute vitesse. Un réflexe lorsqu'il réfléchissait et que des idées lui venaient. Le tueur avait trafiqué la lampe-torche, afin de surprendre ses victimes, et ne pas avoir à les affronter de face. L'hypothèse d'un corps à corps n'était pas logique. La rigidité du cadavre était due à un effort intense : lorsque Gavin Tomers, momifié, s'était fait mutiler par le scorpion. N'importe quel homme serait devenu fou. Pendant de longues secondes, Gavin avait tenté de s'extraire de sa camisole, bandant ses muscles à l'extrême. Jusqu'à périr. Il n'y avait pas eu d'affrontement direct, l'assaillant s'était arrangé pour l'éviter.

— Il faut récupérer ce… cette horreur, fit le médecin en attrapant un seau qu'il disposa à ses pieds. Si vous voulez bien prendre ces longues pinces, derrière vous, et me les tenir à la verticale pour écarter ce morceau d'intestin…

Frewin s'exécuta en faisant le vide dans sa tête. Ne pas penser. Juste faire. Sans émotion. Se concentrer sur le geste, pas sur le sens. Une pince s'enfonça sous un morceau d'entrailles roses. Puis la seconde. Petit bruit humide similaire à celui d'une langue qui se décolle du palais.

Le scorpion était au-dessous, les pinces ravageant l'organe pour se frayer un chemin.

Carrhus dut s'y reprendre à trois fois avant de saisir la queue avec sa pince. Il leva dans les airs l'arachnide qu'il inspecta attentivement. Six centimètres de long, se tortillant pour échapper à son étau. Puis le médecin le lâcha dans le seau.

Carrhus releva la tête vers Frewin qu'il dévisagea à travers ses grosses lunettes.

— Maintenant que nous nous sommes occupés de ce problème, commença-t-il, je vais tenter d'analyser pour vous ce qui s'est réellement passé dans ce réfectoire, il y a trois heures.

Il contempla le corps ouvert comme une figue et ajouta :

— J'ai déjà ma petite idée, mais ça ne va pas vous plaire, lieutenant.

Kevin Matters se balançait dans son hamac, une jambe dans le vide. Il tapotait son crayon contre son bloc, attendant l'inspiration. Deux heures plus tôt, lorsque le lieutenant Frewin l'avait envoyé se renseigner sur Quentin Trenton, il avait réussi à accéder à la passerelle de commandement, à s'entretenir un court instant avec le capitaine avant qu'un officier le conduise dans un bureau, trois niveaux plus bas. Là il avait pu consulter le chef de section qui connaissait Trenton. Il en avait dressé un portrait peu flatteur. Matters avait tout recopié, sans rien omettre.

Puis il avait réintégré ses quartiers, attendant le retour de son supérieur. Le temps avait passé. L'excitation et le léger roulis l'empêchaient de se rendormir. La météo ne devait pas être bonne dehors.

Frewin n'était toujours pas réapparu. L'autopsie s'éternisait.

Matters avait tourné cette affaire dans tous les sens, analysé tous les éléments dont ils disposaient pour leur trouver une cohérence. Mais il ne voyait rien. Juste ces initiales. Q.T. et non O.T. Déjà un bon point. Quoi d'autre ?

Matters rejeta la tête en arrière. Il avait les yeux irrités de fatigue. Il vit ses affaires dans un coin de la pièce, sa malle en fer avec son précieux contenu, ses sacs. Puis ceux de Frewin. Sa malle.

L'idée lui vint en la voyant.

Y jeter un coup d'œil furtif. Simplement pour mieux cerner la personnalité du lieutenant. Rien qu'un bref regard. Après tout ce temps passé ensemble, il n'avait jamais eu cette opportunité.

Non, bien sûr que non !

Pourtant Matters se redressa pour distinguer le mécanisme d'ouverture. Pas de cadenas, rien que la poignée.

Ça ne prendrait qu'un instant.

Non, impossible.

Matters observa la porte fermée puis la malle.

Juste pour voir... Rien qu'une seconde. Sans fouiller, juste voir et refermer.

Matters sauta de son lit de fortune et s'agenouilla devant le coffre d'acier qu'il tira vers lui.

Il saisit la poignée d'ouverture et l'actionna. Le battant se leva.

Une grosse couverture remplissait l'espace avec une gourde et quelques rations.

Matters fronça les sourcils. C'était décevant. Rien d'autre ? Rien de plus excitant ?

Il guetta la porte d'entrée avant de soulever la couverture.

Plusieurs dizaines d'enveloppes apparurent. Toutes fermées et adressées à la même personne. *Patty Frewin.* Kevin Matters reconnut l'écriture du lieutenant. Il avala sa salive. Pourquoi toutes ces lettres ? Pourtant la femme du lieutenant était…

Matters fut tenté d'en ouvrir une.

Non ! Pas ça !

Frewin s'en rendrait compte, il était trop fort à ce petit jeu d'observation. Que se passerait-il s'il se rendait compte qu'on avait violé son secret ? La rumeur à son sujet était inquiétante. Matters s'interrogea soudain sur la capacité du lieutenant à être violent. Une telle masse de muscles, ce gabarit colossal. Il lui briserait les reins d'une pichenette. Le lieutenant Frewin impressionnait même les unités d'élite, et personne ne bronchait lorsqu'il entrait dans une pièce pour faire respecter l'ordre. Matters l'avait vu une fois, une seule, empoigner un soldat par la veste tandis que celui-ci, totalement ivre, lui manquait de respect. Le soldat avait décollé du sol en une seconde, avec une telle violence qu'il avait dessaoulé avant même que son nez soit collé à celui du lieutenant.

En lire une. *Rien qu'une*. Matters était troublé par la vague de chaleur qui inondait sa poitrine. Plus que de la curiosité il éprouvait… de l'envie. Que disait le lieutenant à sa femme ? Le sexe du jeune sergent se mit à frémir doucement.

La porte s'ouvrit dans son dos.

Matters relâcha d'un même geste la couverture sur les lettres et le couvercle de la malle et se redressa pour faire face à la tempête, le cœur affolé.

La surprise s'ajouta à la peur subite : ce n'était pas le lieutenant mais l'infirmière qui venait d'entrer.

— Je suis désolée de n'avoir pas frappé, s'excusa-t-elle, c'est la troisième porte que j'ouvre et chaque fois je réveille les rares hommes capables de somnoler. Pas facile de vous trouver.

Elle était dans sa tenue immaculée, ses cheveux blonds tirés en arrière pour tresser une longue natte.

— Qu'est-ce que… Je peux vous aider ? demanda Matters en s'éloignant de la malle.

— Je voulais parler à votre lieutenant.

— Il n'est pas là, il y a un message ?

Ann hésita. Elle lissa sa jupe blanche d'une main nerveuse.

— Il va revenir bientôt ?

— Je ne peux pas vous dire.

Elle prit un air suspicieux.

— Pourquoi ? Il s'est passé quelque chose ?

— Je l'ignore, mademoiselle, je peux prendre un message ?

— C'était pour savoir..., balbutia-t-elle, où vous alliez être affectés. Je me suis arrangée pour choisir mon secteur, mais si je veux vous aider, je dois savoir auprès de quelle compagnie vous serez.

Matters ne sut que répondre. Le lieutenant semblait partisan de l'inclure dans l'enquête.

— Compagnie Raven, finit par avouer Matters. On a un suspect, Quentin Trenton.

Après tout, le lieutenant l'aimait bien, il partageait ses informations avec elle, et Ann pourrait peut-être leur apporter autre chose.

— Raven, Trenton... Très bien. Je m'en occupe de suite. Merci.

Elle le salua, très vite, et sortit en refermant la porte précipitamment comme s'il en avait trop dit. Matters réalisa qu'il n'était pas à son aise en sa présence. Il n'aimait pas la façon qu'elle avait de l'observer. Il en perdait ses moyens, voilà pourquoi il lui avait donné si vite le nom de Trenton. Il serait plus prudent dorénavant de l'éviter. Oui, ne pas multiplier les rencontres inutiles. Ce serait plus sage. Il ne l'aimait pas. Son regard, son attitude. Cette femme le dérangeait.

Moins de cinq minutes plus tard, Frewin entra à son tour, le visage fermé, fidèle à son habitude. Matters se saisit aussitôt de son carnet.

— Alors, cette autopsie ? Vous avez trouvé quelque chose ?

Frewin alla droit sur ses affaires et Matters fut transpercé par un courant glacial. Et s'il remarquait qu'on avait fouillé ? Le lieutenant y prit une gourde pour se renverser de l'eau sur le visage et se massa les paupières.

— La victime s'appelle Gavin Tomers, dit-il doucement. Je viens à l'instant de vérifier : un soldat de la compagnie Alto. Celle-ci était logée avec une section d'une autre compagnie, devinez laquelle ?

— Raven ?

— Exactement. Et il n'y avait que la 3e section, ce qui réduit à présent notre champ d'investigation. Facile pour le tueur d'attirer sa victime dans un piège puisque la compagnie Alto et la 3e section de Raven logent au même endroit du navire. Il a été étranglé par-derrière, assez sauvagement pour l'étourdir mais pas pour le tuer. Lorsqu'il a été sonné, son agresseur l'a allongé sur une table pour le momifier avec du ruban adhésif. Il s'est ensuite assis sur lui pour lui mettre un scorpion vivant dans la bouche qu'il a fermée en y enfonçant des clous. Tomers a lutté à mort pour s'extraire de ses liens, tandis que la créature paniquée s'acharnait à se découper un passage avant de le piquer. Il y avait tant de plaies dans ses gencives, ses joues et son palais qu'il est impossible d'être précis. Voilà la triste chronologie des faits, telle qu'on peut la déduire du cadavre.

Matters, qui percutait vite, fit remarquer :

— Un scorpion vivant ? C'est… au moins le tueur n'avait plus besoin d'être là, il se peut qu'il soit parti avant la mort.

Frewin secoua la tête.

— Non. Je pense qu'il est resté. Le médecin a souligné combien on avait été violent avec Gavin, sans pour autant aller jusqu'à le tuer. Ni la strangulation, ni l'écrasement n'étaient mortels. On l'a brutalisé de diverses manières pour le sonner, afin de procéder à la mise en scène du scorpion.

— La *mise en scène* ?

Frewin hocha la tête.

— C'en est une. Même par vengeance, on ne tue pas comme ça. Il utilise tout un processus froidement calculé pour parvenir à cette seule finalité : le scorpion dans la bouche qui sera l'instrument de mort. Rappelez-vous ce que je vous ai appris : le langage du sang.

Matters s'en souvint immédiatement. Frewin était convaincu que la violence criminelle était une expression de l'esprit contrarié, malmené ou mal construit. La violence était un langage. Elle s'écrivait sur une scène de crime avec des lettres de sang, d'ecchymoses, une ponctuation d'objets brisés, saccagés, et même parfois avec des figures de style : lorsque le criminel déplaçait le corps ou les objets. Chaque crime se devait d'être lu et analysé afin de comprendre ce qu'on avait voulu dire, afin de remonter à son auteur par le cheminement de son esprit, l'essentiel de cette écriture étant inconscient chez le criminel. Décrypter une scène de crime c'était décrypter son auteur, être à même de cerner sa personnalité.

Frewin synthétisa toutes ses lectures et ses connaissances pour les transposer :

— Si je pousse mon raisonnement jusqu'au bout, alors on peut envisager que le… *tueur* est un homme qui ne s'est pas développé comme vous et moi, il est plus limité que nous dans son expression. Sauf lorsqu'il s'exprime par le meurtre. Là, ses limites explosent, là, il peut dire tout ce qu'il veut, avec une pleine et totale liberté enivrante. Et pour l'heure, nous pouvons dire que c'est un pervers, qui a un rapport malsain avec la violence, il aime aller à la lisière de la mise à mort et s'en éloigner pour y revenir. Pourquoi ? Une seule alternative : premièrement, le pouvoir seul. Il veut se prouver qu'il peut tuer ou laisser vivre. Il tente de se convaincre lui-même. C'est un être qui n'a aucune confiance en lui, qui veut savoir chaque fois jusqu'où il est capable d'aller. La victime n'a aucune importance en soi, elle n'est là que pour servir sa pulsion, elle n'existe pas en tant que personne, et le tueur s'arrange pour limiter ses rapports à ce qu'il recherche : se rassurer, contempler l'étendue de ses capacités. Deuxièmement : en imposer à sa victime, mais là elle aurait son rôle à jouer. Il veut *lui montrer* qu'il peut en faire ce que bon lui semble, qu'il est tout-puissant. Droit de vie et de mort. Ça rejoindrait la première hypothèse, se prouver son pouvoir, mais autrement : par le regard de l'autre. Il doit le terroriser pour se satisfaire. La relation à sa victime est différente, là il ne l'ignore pas, il s'en sert comme d'un miroir. Même si sa qualité d'être humain n'existe plus pour lui, la victime reste un important outil de travail sur soi.

Matters n'en croyait pas ses oreilles :

— Comment… Comment pouvez-vous affirmer ça avec autant d'assurance, juste à partir d'un corps ?

Frewin posa lentement ses mains énormes sur ses hanches.

— Simples déductions logiques si on va au bout de mon raisonnement sur le langage du sang. Les actes parlent, il faut les lire. Les livres de psychologie servent à ça. À saisir les fonctionnements humains, les déviances et leurs conséquences pour établir ce type de profils. Cependant, je m'interroge sur la perception à avoir de lui : est-il uniquement centré sur lui-même, ou la victime et ses réactions ont-elles une incidence sur ce qu'il recherche, et donc sur ce qu'il fait ?

— Quelle différence pour nous ?

— Énorme. L'homme ne sera pas le même. S'il est uniquement et totalement centré sur lui-même, nous traquons un timide, un introverti qui parle peu, un asocial. Si au contraire il a besoin des réactions de sa victime, de lui en imposer, de guetter sa réaction, de l'humilier, alors c'est un extraverti, peut-être même qu'il en fait trop, une grande gueule ou un « chauffeur de salle », comme disent les soldats.

Frewin s'essuya le visage avec le bas de son tee-shirt kaki.

— Des informations sur Quentin Trenton ? enchaîna-t-il.

Matters brandit son calepin.

— C'est une boule de nerfs. D'après son chef de section, Trenton est un dur à cuire, bagarreur et impulsif. Mais il se donne à fond sur le terrain. Il s'est engagé pour éviter la prison après avoir grièvement blessé trois personnes dans une dispute qui a mal tourné.

Frewin fixa son sergent.

— Je vous dois des excuses, le coupa-t-il. J'avais pensé que les initiales trouvées sur la scène de crime de Rosdale étaient une signature macabre du tueur, je crois maintenant que vous aviez raison : c'est Rosdale qui a eu le temps d'écrire le nom de son agresseur. Trenton correspond tout à fait au profil que nous recherchons.

— Et il est assez solitaire, compléta Matters. Un type violent, le seul dont les initiales correspondent, un droitier qui avait une autorisation de sortie la veille du premier

crime. Il a donc pu se procurer une tête de bélier, et… un scorpion. Il fait partie de la compagnie Raven, à bord du *Seagull* la nuit du premier meurtre, et il est dans la 3e section, tout près de la seconde scène de crime. Tout correspond parfaitement.

— Quelle est son affectation pendant l'assaut ?

— Il débarque dans la seconde vague, lorsque le lieu est sécurisé. Son chef de section préfère le garder pour nettoyer le bocage que la plage, je crois qu'il veut l'avoir à l'œil, ce qui serait difficile dans la première vague.

— Très bien, montez tout de suite, et faites en sorte que nous soyons dans la même barge que lui. Je vais remettre nos notes en ordre.

Matters recula instinctivement.

— Nous ? Dans la même… Pourquoi ne pas l'arrêter tout de suite ?

— Avec quelle preuve ? Vous croyez qu'en fouillant dans ses affaires nous trouverons un élément accablant ? Pas moi. Il n'a que son paquetage de soldat, il n'aura pas emporté de quoi se compromettre, ça m'étonnerait.

Restons en retrait, et observons. Tôt ou tard, il commettra une erreur et nous serons là.

Soudain, tout le navire se mit à trembler tandis qu'un énorme rugissement soufflait l'air dans les coursives.

Le *Seagull* venait de faire feu. Les premiers coups de canon résonnèrent. Frewin plongea ses prunelles brillantes dans celles de son second, sans un mot. Ils se comprenaient.

Matters se précipita vers la coursive pour jaillir dans l'escalier. L'assaut venait de commencer.

11

L'aube, ce matin-là, ressemblait à un linceul. Une longue parure grise bordant l'horizon de plis irréguliers. La côte apparaissait à peine, juste une frange brune dansant sous le ressac de la mer agitée. Les canons avaient tonné pendant presque quarante minutes sans discontinuer. Toute la coque avait frémi encore et encore,

martelée par le rythme écrasant de l'artillerie navale. Lorsque les soldats furent appelés à monter sur le pont principal pour embarquer dans les barges, ils ne savaient plus si leurs jambes étaient molles à cause de la peur ou des vibrations du plancher. L'air frais de l'extérieur revigora ceux qui occupaient la plage avant, la bruine déposa sur les visages fermés un peu de douceur. Le bâtiment de guerre était presque à l'arrêt. Le vent fouettait les uniformes et le silence tendu. Seuls une poignée d'inconscients s'excitaient, l'air ravis de partir enfin au combat.

Le *Seagull* venait de lancer tellement d'obus que le pont en était tiède, les canons des tourelles brûlants. Même le vent échouait à balayer la poudre qui chatouillait les narines et piquait les yeux.

Le lieutenant Craig Frewin et son sergent Kevin Matters se tenaient en retrait, dans la foule de soldats. Matters avait obtenu, en insistant, qu'ils soient autorisés à monter sur la même barge que Quentin Trenton. Ils étaient chargés de tout le paquetage de combat : les casques avaient remplacé les calots, des sacoches en bandoulière assuraient les munitions supplémentaires et l'équipement habituel : grenades, mini-pelle, rations de nourriture…

Trenton se tenait à cinq mètres d'eux, accoté à une paroi métallique. C'était un brun de taille moyenne mais aux épaules larges. Sa lèvre supérieure était proéminente et sa peau mate. Il avait les sourcils très fournis, et le front haut sous son casque. Une petite cicatrice lui barrait le menton depuis la fossette.

Un visage quelconque, sans arrogance particulière ni perversité manifeste. Trenton avait les yeux perdus dans le vague, il se cramponnait à son fusil, dans un uniforme qu'il n'avait pas entièrement fermé.

« Tout correspond », ne cessait de se répéter Frewin. Le profil de l'homme, son physique bagarreur et même la nonchalance dans le port de l'uniforme, son attitude. Trenton n'était pas un modèle de sociabilité, même si ça n'en faisait pas pour autant un tueur.

Par-dessus le froissement puissant du vent, on entendait le grondement des canons des navires encadrant le *Seagull*. Des centaines de formes hérissées d'antennes, auréolées d'une fumée blanche qui, à peine chassée par le souffle marin, ressurgissait des gueules d'acier.

Il y eut alors un flottement, le bateau n'avançait plus, ses canons réduits au silence. Les officiers s'observèrent, les hommes retinrent leur souffle.

Pendant un court moment, il leur sembla même que tout cela n'était qu'une monumentale blague, et qu'on allait tous les faire rentrer à l'abri des cales.

Jusqu'aux coups de sifflet.

Une stridence capable de tripler la vitesse d'un cœur humain en deux secondes. Les officiers se mirent à hurler, appelant leurs sections les unes après les autres. Par grappes entières, les hommes proches du bastingage disparurent dans le vide. Frewin avançait à petits pas, Matters sur ses talons. Les casques en métal s'agitaient tout près du bord avant de se volatiliser. Puis vint leur tour.

On cria le nom de leur section.

Une nuée de soldats se précipita vers le vide, Trenton au milieu, Frewin et Matters en retrait. Le lieutenant arriva au niveau de l'officier qui beuglait ses commandements et vit l'échelle arrimée à la coque qui dévalait vers les barges secouées par les vagues. Il descendit derrière la procession kaki, retenant son pied qui faillit glisser dans ce qui ressemblait à du vomi. Plus il approchait du niveau de la mer, plus les mouvements de la barge semblaient amples et dangereux. Elle montait et descendait, son moteur crachant au gré des manœuvres du pilote qui tentait d'éviter la collision avec le *Seagull*. Des pneus suspendus sur son flanc amortissaient les chocs. La dernière partie de l'échelle était mobile, s'ajustant à la barge. Les hommes sautaient le dernier mètre la plupart du temps.

Frewin se cramponna à la rambarde et s'élança pour atterrir entre les bras des soldats qui amortirent sa chute, comme ils le faisaient pour chacun. Matters suivit. Il n'y avait aucun héros au déplacement gracieux, rien que des hommes trop chargés et maladroits qui chancelaient.

Trois autres atterrirent parmi eux avant que l'officier en charge ne donne l'ordre de départ. Le tumulte des moteurs s'intensifia et la barge se cabra, libérant la place pour une autre.

Frewin vérifia que Matters n'était pas loin et chercha Trenton dans la foule compacte. Une bonne trentaine d'hommes, fusil à l'épaule, cherchant à se rassurer en se répétant qu'ils débarquaient sur un secteur dégagé, qu'ils n'auraient pas à affronter le gros du grabuge. Pourtant la seule idée d'arriver sur une plage truffée de corps et de mines suffisait à plomber les visages.

Quelques-uns étudiaient ces deux hommes sans armes lourdes, rien qu'une arme de poing à l'étui, avec leurs brassards de la PM. Frewin avait envisagé de se fondre dans le groupe sans marques distinctives, pour ne pas attirer l'attention, surtout celle de Trenton, mais avait vite renoncé à cette idée. Une fois sur le sable, il faudrait user de son autorité et surtout s'affranchir de certains ordres pour conduire sa surveillance de Trenton. Ce dernier ne se douterait pas qu'ils étaient là pour lui, la plupart des convois embarquaient des unités de la PM pour décourager les velléités de désertion et surveiller les éventuels prisonniers. Frewin préférait être visible mais libre, plutôt qu'entravé et discret.

— Matters, rappelez-vous ce que j'ai dit, ordonna Frewin. On ne quitte pas ce Trenton d'une semelle. Je veux l'avoir à l'œil. On n'intervient surtout pas. Pas maintenant. Sous aucun prétexte, sauf s'il se montre dangereux. Dans ce cas, pas de prise de risque, soit on peut le menacer et il jette son arme, soit on tire. C'est une bête, un chasseur pour lequel je ne mettrai ni ma vie ni celle de mes hommes en danger.

Trenton restait dans son coin, épaule appuyée contre la paroi, concentré. L'enquêteur le fixa intensément. Mal rasé, les mains abîmées de fines cicatrices blanches, mais aussi par des croûtes d'un rouge sombre. Les séquelles des récents exercices ou bien des plaies infligées par les victimes qu'il avait massacrées ?

Frewin remarqua que les lèvres de Trenton se pincèrent et que sa gorge tressauta pour déglutir. Avait-il peur ? Probablement. Comme la plupart des hommes ici, mis à part une poignée de fous.

Frewin observa les soldats qui l'entouraient.

Un rouquin à taches de rousseur inspirait et expirait longuement par la bouche pour tenter de se détendre ; un autre, d'une bonne trentaine d'années, mâchait un chewing-gum sans relâche. Frewin le vit sortir la photo écornée de deux enfants et l'embrasser comme porte-bonheur ; derrière lui, un tout petit homme aux joues roses avait les yeux fermés, il semblait endormi.

À bien y regarder, beaucoup avaient les yeux fermés. Ils savaient qu'ils n'allaient *que* voir la guerre. Leur rôle était de renforcer les troupes ayant pris la plage, d'escorter les prisonniers, de déblayer le sable afin de préparer l'arrivée des véhicules lourds. La guerre en soi ne surviendrait pour eux qu'ensuite, plus tard, plus loin dans les terres, lorsqu'il faudrait envoyer des sections fraîches pour conquérir de nouvelles positions. Mais quand ? Ce soir ? Demain ? Dans une semaine ? Quand verraient-ils les balles fuser autour d'eux ?

Frewin prit conscience qu'un brouhaha inquiétant se superposait au tumulte des moteurs et des vagues.

Des coups sourds, résonnant dans le lointain. Des centaines de claquements qui ne correspondaient pas aux canons de leur flotte. Puis des rafales sèches devinrent perceptibles.

Ils approchaient.

Personne ne pouvait voir par-dessus la barge sauf le pilote et l'officier de bord. Où étaient-ils ? À quelle distance des plages ?

Frewin se tourna pour examiner l'attitude du pilote et de l'officier. Ils guettaient droit devant à la recherche de quelque chose. Ils commentaient à voix basse, nerveusement.

Ils sont surpris. Ils ont peur, comprit Frewin.

Les explosions se firent plus proches.

Les soldats s'observaient, l'anxiété gagnait les rangs à mesure que les bruits du chaos s'amplifiaient. Soudain un sifflement fusa et une masse frôla la barge qui se mit à vibrer.

— Un obus ! s'exclama un des hommes.

Les impacts se rapprochaient.

Frewin leva les yeux vers les hauts bords, vers le ciel blanc. Ils étaient coincés au fond d'un grand rectangle d'acier, trois mètres sous le niveau des parois, comme des prisonniers dans une cour.

Une fleur noire apparut cinquante mètres plus haut. Aussitôt suivie d'un claquement sonore. L'artillerie.

Frewin sentit sa poitrine se soulever, son cœur monter en rythme. Il ne pouvait rien distinguer de l'extérieur et ça en devenait oppressant. Étaient-ils encore loin de la plage ? Y avait-il d'autres navires autour d'eux ?

Pourquoi les échos de la bataille leur parvenaient-ils, s'ils devaient débarquer sur une plage sécurisée ?

Matters rompit le silence :

— C'est… c'est normal ?

Frewin le dévisagea. Matters n'était qu'un gamin. Tout en lui proclamait qu'il n'avait rien à faire ici. Il tremblait.

Le bourdonnement des machines ralentit et le petit transporteur de troupes perdit de la vitesse.

— Je ne crois pas, se contenta de dire Frewin en reportant son attention sur le pilote.

— Vous n'avez pas terminé de lacer vos chaussures, lui fit remarquer Matters d'une voix chevrotante.

Frewin se souvint qu'il les avait enfilées à la hâte, tôt dans la nuit, lorsque la sirène l'avait réveillé. Il parvint à s'accroupir pour terminer de les serrer.

Soudain, l'air claqua violemment autour d'eux, le hurlement bref et puissant de l'atmosphère qui se déchire, et l'eau vint frapper le flanc gauche du bateau aussi férocement qu'une salve de balles. Le sol se déroba et les soldats furent projetés les uns sur les autres, s'agrippant mutuellement et se rattrapant au mur droit. La mer déferla sur eux par le ciel, les submergeant tous sans exception. Frewin, les mains dans ses lacets, avait basculé dans les sacs. Il se releva tant bien que mal et retira son casque plein d'eau.

Le ronflement du moteur reprit possession de l'environnement sonore.

On s'inspecta, avec appréhension sans un mot.

L'explosion était passée très près.

Ils n'approchaient pas d'une zone tenue par les leurs.

Juste avant que les langues ne se délient, l'officier

tendit le doigt vers tribord et le pilote braqua pour changer de cap. Ils avaient retrouvé leur route.

La barge repassa à plein régime, le vent se mit à souffler contre l'acier. Ils n'allaient plus vers la côte mais à présent la longeaient.

Les hommes étaient secoués au gré des vagues que la proue du bateau à fond plat frappait à chaque creux. L'adrénaline prévenait le mal de mer mais non la peur, et elle tenait au ventre, faisait remonter les flux gastriques dans les œsophages douloureux.

C'est alors que l'embarcation retentit du fracas des balles en fusion perforant la maigre protection extérieure. La rafale gifla les tympans d'un coup, résonnant jusque dans les os tandis que des étincelles surgissaient du haut des parois.

Une quinzaine de trous de la taille d'une balle de golf ornaient toute la longueur du bateau. L'artillerie

lourde les canardait. Matters ouvrit la bouche comme s'il suffoquait. L'impact avait été fulgurant. Pourtant ils n'avaient rien vu venir, rien pu faire. La mort avait surgi avec une violence terrifiante.

Sans décélérer, ils changèrent à nouveau de cap après cinq minutes. Frewin avait un bon sens de l'orientation et, bien qu'il ne puisse rien distinguer à part le ciel, il devina qu'ils refaisaient face à la côte. À cette vitesse, ils n'allaient plus tarder à aborder.

Plus de coups de feu, plus d'explosions. La guerre les encerclait mais au loin, *sur la droite et la gauche*, supposa Frewin. Pour eux, ce serait la percée protégée. Les émotions fortes étaient derrière eux désormais, pour quelques heures au moins.

Des crépitements stridents se firent entendre malgré le vent, le bruissement de la mer et l'écho des assauts. Tout proches.

Les sens de Frewin alertèrent sa mémoire auditive.

Des balles ricochant sur l'acier ! À l'arrière !

Il fit volte-face, à temps pour découvrir que l'officier

n'était plus là et que le pilote avait basculé en arrière, le torse maculé d'auréoles sombres. À trois mètres en surplomb.

En une fraction de seconde, le poste de pilotage était vide. Frewin analysa la situation.

Ils fonçaient à pleine vitesse droit sur la côte. Sans personne à la barre.

Tout l'avant encaissa à ce moment la charge d'une mitrailleuse. Plusieurs dizaines d'impacts creusèrent le blindage de la porte de débarquement.

Frewin s'agrippa à une traverse. Rien n'allait comme prévu. Tout avait échoué. Aucune plage n'était tenue par leurs troupes.

Ils se précipitaient dans la gueule du loup.

12

La mer explosa juste à côté de la barge.

L'eau crépita et la submergea. Un poisson se fracassa aux pieds des soldats, mort sur le coup de l'onde de choc.

Frewin empoigna les traverses et se hissa à la force des bras. À sa gauche, deux soldats grimpaient aux barreaux d'une échelle pour atteindre la dunette. En deux bonds
590 rapides, Frewin enjamba le parapet et se glissa derrière les commandes. Le corps du pilote était encore sur son siège. Le sang avait coulé et maculait le sol d'un film glissant.

Frewin vit alors ce qui les entourait.

Une mer d'un bleu-gris qui s'interrompait brusquement, juste sous la proue de la barge, par une immense plage de dunes.

Un mur pâle, à dix mètres devant. Et le navire fusant à toute vitesse.

Frewin comprit qu'il n'avait plus le temps d'agir, ils s'écrasaient. Il eut le réflexe de repousser le cadavre du pilote pour prendre sa place, se cramponna de toutes ses forces à la barre et baissa la tête.

L'embarcation heurta la terre, et se souleva en projetant ses occupants. À peine les hommes retouchèrent-ils le sol qu'ils furent catapultés comme des galets pour rebondir contre la porte de débarquement. Membres brisés, côtes enfoncées, visages écrasés…

Près de la place qu'occupait Frewin, un soldat disparut

par-dessus bord tandis que l'autre s'envolait pour venir se fracasser le crâne contre le rebord du bateau.

Pendant ce temps, la barge grinçait à se rompre, creusant un énorme sillon dans le sable. Un ouragan blanc se mit à tourbillonner avant que surgisse un « hérisson tchèque » et ses poutrelles métalliques. L'avant de la péniche se propulsa dessus, les barres s'encastrèrent dans la porte et la construction défensive se mit à rouler dans un fracas terrible de crissements, de craquements et de hurlements de métal.

Puis tout s'arrêta. Le sable continua de vrombir en spirale pendant un instant, dissimulant la barge derrière un turban mouvant, avant de retomber.

Le navire devint silencieux. Puis des gémissements montèrent, suivis de jurons et d'imprécations.

Frewin était affalé sur le tableau de bord. Les leviers lui avaient meurtri l'abdomen mais il avait réussi à tenir. Il rouvrit les yeux et se releva, grimaçant de douleur. En bas, le spectacle était un cauchemar.

Les soldats étaient encastrés les uns dans les autres, écrasés par le choc. Des extrémités du hérisson tchèque avaient transpercé le blindage. Un soldat s'était empalé dessus et se débattait sans comprendre pourquoi. Un petit groupe d'hommes indemnes tentaient d'aider les blessés.

Un hoquet furieux claqua dans l'air. La péniche échouée se mit à gronder de toutes parts sous les balles d'une mitrailleuse lourde.

Frewin tomba à genoux derrière le pupitre et se pencha pour distinguer ce qui se passait. Une balle sur dix parvenait à pénétrer la coque. C'était instantané. Un trou dans l'acier et une jambe éclatait. Le son prenait un retard chaque fois… sifflement du projectile qui perfore les tissus humains, impact mou et sec… Les cris ne montaient qu'après, dans l'écho lointain d'une arme à la cadence létale.

Frewin chercha Matters parmi les soldats paniqués.

Avec un peu de chance le jeune sergent serait caché au sol, ou derrière des sacs. Il ne le trouva nulle part.

Pas Matters. Pas comme ça.

Les obus entrèrent dans la danse. Le beuglement des explosions acheva l'ouïe des soldats et le sable se mit à pleuvoir.

Frewin était seul sur la dunette, il pouvait sauter sur la plage pour se protéger des balles, mais comment faire sortir les hommes ? Le hérisson tchèque bloquait toujours la porte de débarquement.

Des plumes blanches commencèrent à voleter partout, l'horreur prenait une tournure surréaliste. Des plumes rouges apparurent, avec la grâce onirique d'une improbable mise en scène. Frewin comprit de quoi il retournait. La doublure de leurs blousons était rembourrée de plumes, chaque projectile qui perforait un homme entre le cou et la taille faisait jaillir des bouquets blancs et rouges.

Bientôt des centaines de plumes se mirent à valser dans le vent.

Pendant qu'il cherchait une solution de repli, Frewin aperçut Matters entre deux blessés. Apparemment épargné. Leurs regards se croisèrent.

Recroquevillé dans un coin, tremblant, Matters cherchait à comprendre ce qui venait de se produire. Il avait vu le lieutenant Frewin s'installer aux commandes tandis que lui s'envolait. La suite n'avait été qu'une succession de coups. Il avait décollé du sol plusieurs fois avant d'avoir le souffle coupé par le corps d'un soldat plus lourd qu'une pierre tombant du ciel.

Tout son environnement s'était déchiré, avant de reprendre consistance, entre les hurlements des blessés et le son terrorisant des balles tonnant contre la barge. Il respirait avec difficulté.

Là-haut, le lieutenant soutenait son regard. Il lui fit

signe de fuir, de grimper aux parois de cette cage mortelle.

Les obus se multiplièrent, une trombe de sable se déversait autour d'eux, sans faiblir. D'un instant à l'autre, l'un d'eux ferait mouche. Matters se mit à chercher un moyen de quitter cet enfer. Sortir. Il fallait sortir.

Tout le monde s'entraidait, on colmatait les plaies ouvertes, on arrêtait les hémorragies, et on relevait les moins touchés. Le médecin de la section s'affairait en courant partout, laissant des consignes aux deux assistants débordés.

Quelque chose tomba au milieu des hommes, *une grenade*, songea Matters aussitôt. Il vit un tout petit soldat aux joues roses se précipiter dessus pour la relancer par-dessus bord.

Le nuage rouge surgit, grumeleux de débris de chair zébrés d'hémoglobine. De ce qui avait été un homme ne restait qu'un bassin ouvert – tombé au centre de ce maelström horrifique.

Matters suffoquait.

Il vit un être en lambeaux s'avancer vers lui, oreilles disloquées, peau du visage pendante comme du papier peint décollé. Matters reconnut le médecin de leur section. Hagard. Le regard vide.

La panique s'empara d'un coup des hommes.

Tous se mirent à courir vers les bords pour se hisser tout en haut, on sautait, on se faisait la courte échelle, certains réussirent à s'élancer sur la plage, sans un regard pour ceux qui les avaient aidés, oubliant les blessés dans leur sang.

C'est en croisant le regard de Quentin Trenton que Matters sortit de son état de choc.

Trenton était recouvert de fragments humains. Son visage avait pris une couleur brique, le faisant ressembler à un Indien d'Amérique. Son fusil dans les mains, il considérait la situation avec une lueur inquiétante dans les yeux. Puis il enfila l'arme sur son épaule et saisit un soldat étendu par terre dans une mare de sang pour le tirer jusqu'aux parois. Il fit de même avec un autre cadavre qu'il hissa sur le précédent. Il se servit de ce tas improvisé pour grimper en haut du mur. Un atroce bruit de succion s'éleva des cadavres lorsqu'il prit appui dessus avant de se tracter.

Matters était écœuré.

Deux balles claquèrent créant une myriade d'étincelles fumantes. Matters sursauta et se propulsa en avant sans réfléchir. Il devait sortir tout de suite.

Il prit un élan pour allonger sa détente mais ne parvint pas à attraper le sommet du mur. Il tenta l'exploit encore une fois sans plus de succès, essoufflé par la peur. Il paniquait, ne parvenait pas à se mouvoir correctement. Son équipement pesait une tonne sur ses épaules.

Les traits rudes de Trenton se penchèrent soudain vers lui, lèvres retroussées sur une série de dents jaunes.

— Balance ta paluche ! s'écria-t-il en lui tendant la main.

Matters bondit et attrapa cette poigne salvatrice qui l'aida jusqu'à ce qu'ils tombent enfin dans le sable. Ils s'en étaient sortis.

Toute la péniche se mit à vibrer alors qu'un obus déchirait le flanc opposé dans un rugissement de métal.

Matters n'avait qu'une idée : s'éloigner de la barge maudite. De la sueur plein les yeux, il courut vers la plage, poursuivi par les cris de terreur et de souffrance de ses compagnons prisonniers de la barge. Après plusieurs secondes, il fit face à Trenton et s'immobilisa.

— Merci…, souffla-t-il. Merci.

Trenton le considéra un instant, avant d'afficher un profond dégoût pour cette peur d'enfant. Il se leva aussitôt et se mit à courir vers un trou d'obus dans lequel il se jeta pour se mettre à couvert tandis que les mitraillettes ennemies faisaient gicler le sable. Une centaine d'hommes occupaient des positions précaires sur ce côté de la plage. Autant de cadavres s'étalaient dans des postures insolites.

Au loin, des transporteurs de troupes prenaient le large, abandonnant derrière eux trois épaves échouées et fumantes.

L'air était lourd, chargé de poudre, difficile à respirer.

Matters songea qu'ils n'étaient pas sur la bonne plage, ou bien qu'on avait sous-estimé ses défenses. Et lui ne devait pas être là. Il n'avait rien à faire au milieu de cette tuerie, il n'était pas formé pour ça. Non, il n'était pas formé pour…

Par-dessus le vacarme assourdissant, Matters entendit son nom. Une voix lointaine. Il se passa une main sur le visage pour en chasser la sueur. Une voix dans sa tête, il ne manquait plus que ça. Et elle s'amplifiait.

La voix de... du lieutenant Frewin !

Matters chercha autour de lui avant de discerner son supérieur à l'arrière du bateau, en hauteur. Il n'était pas encore descendu.

Frewin désigna Trenton dans sa cache et fit comprendre par gestes qu'il fallait l'attraper.

Matters calma sa respiration et hocha la tête.

Puis il avisa le trou pour constater que Trenton les avait vus. Il avait tout suivi. D'un mouvement fluide il se redressa et inspecta les environs avant de guetter Matters et Frewin, sans cacher la violente colère qu'ils lui inspiraient soudain. Il jaillit de sa cachette et s'élança sur la plage dévastée par les tirs.

Frewin atterrit sur le sable et roula pour coller son dos contre un ouvrage de défense constitué de gros troncs surmontés d'une mine. Il n'était plus qu'à dix mètres de son sergent.

Une explosion souleva la mer, faisant s'abattre sur les deux hommes une pluie fournie.

— Il… l'avoir… ant ! hurla le lieutenant.

— Quoi ? cria Matters d'une voix cassée par l'angoisse.

— … l'avoir vivant ! répéta Frewin.

— Mais pourquoi ?

Frewin fit la grimace, frustré de ne pouvoir se faire comprendre.

Il insista une dernière fois et Matters entendit distinctement : « … choper Trenton vivant ! » Le lieutenant changeait ses plans. Il connaissait un élément que lui-même ignorait. Il s'était donc passé quelque chose dans cette barge avant qu'il ne la fuie.

Matters étouffa toute pensée et se concentra sur ce qu'il *fallait* faire. Il se jeta à son tour dans la nasse.

Il devait capturer Quentin Trenton. Vivant.

13

Les coups de canon se répercutaient dans la structure du *Seagull*, comme un courant électrique se transmettant de mur en mur jusqu'à descendre dans les tréfonds du navire. Ann Dawson ressentait les vibrations dans ses talons, puis elles remontaient jusqu'à soulever le fin duvet blond de ses avant-bras. Ils pilonnaient la côte depuis plusieurs heures maintenant.

L'annexe de l'infirmerie, où elle patientait avec ses consœurs et trois médecins, servait de réserve pour les balles de bandages, médicaments et autres instruments chirurgicaux qui n'allaient plus tarder à être débarqués sur le continent. Dans les lits, quatre soldats regardaient le plafond fixement. Deux s'étaient mutilés dans la nuit avec leur baïonnette, un autre faisait une crise de catatonie et le dernier avait léché du cirage jusqu'à s'en rendre dangereusement malade. Tous passeraient en cour martiale. Tous risquaient la peine de mort. Pourtant Ann lisait dans leur attitude qu'ils ne pensaient pas à eux en cet instant mais à leurs camarades. Au courage, à l'obéissance panurgienne, à la démence et à l'insouciance qui les avaient conduits sur ces plages étalées comme le livre du Destin où les balles se substituaient aux Parques pour trancher les fils de la vie.

Ann relâcha la pression sur le mouchoir qu'elle tordait pour évacuer son angoisse. Le lieutenant Frewin avait-il eu son message ? Était-il déjà installé dans un camp de fortune ? Avait-il essuyé les tirs ennemis ? Aucune information ne leur parvenait, l'unité médicale avait reçu l'ordre d'attendre que les compagnies soient en place avant d'intervenir dans les bases fraîchement installées. Cela pouvait prendre plusieurs heures, pire, leur débarquement pouvait être annulé si l'assaut échouait. On laisserait alors des milliers d'hommes agonisant sur le sable avec la poignée de médecins survivants.

Ann n'avait pas fermé l'œil de la nuit. La tension était trop forte pour dormir. En fin d'après-midi, juste avant le départ, elle s'était épuisée à forcer les barrages du responsable des affectations médicales pour être sûre d'aller sur le *Seagull*. Heureusement elle le connaissait et tout s'était arrangé. Tout avait fonctionné. Elle *devait* être près du lieutenant Frewin. L'opportunité était trop belle.

Puis la traversée fut silencieuse, le navire ronflant paisiblement avant la tempête. L'alarme avait éclaté en pleine nuit, fausse alerte. Avant qu'elle ne trouve la cambuse de Frewin et son assistant très tôt ce matin. Ils avaient un suspect, Quentin Trenton, de la compagnie Raven, 3e section.

C'était avant cette aube de feu qu'Ann avait appris pour Gavin Tomers, soldat de la compagnie Alto. Les hommes entre eux se faisaient passer la nouvelle : il s'était suicidé au milieu de la nuit. Ann se souvint de l'alarme. De l'absence de Frewin dans la cambuse, du stress de Kevin Matters. *Il* avait encore frappé. Gavin Tomers ne s'était pas suicidé. On l'avait tué.

Elle avait médité tout cela dix minutes avant de s'emparer d'un ballot de pansements, de doses de morphine, et de lancer à son supérieur :

— Je vais faire une dernière vérification auprès des médecins qui vont débarquer avec les troupes, qu'ils soient ravitaillés au maximum.

Sans laisser le temps aux protestations de s'élever, elle avait claqué la porte derrière elle pour rejoindre les grands réfectoires où « dormait » la 3e section de la compagnie Raven. Après avoir inspiré à fond pour se donner de l'aplomb…

… Des centaines d'hommes se balançaient dans des hamacs ou discutaient à voix basse depuis des lits superposés installés dans l'urgence. La présence d'une femme attira tous les regards pendant une minute. On la siffla avant que deux officiers vocifèrent les noms des coupables comme on hurle sur un chien. La rumeur se tut peu à peu. Ann chercha dans la foule ceux qui portaient une croix sur le casque ou sur le bras. Personne n'avait encore coiffé sa protection, mais elle repéra deux brassards blanc et rouge dans un coin. Elle salua en s'approchant.

— Je m'assure que vous ne manquez de rien. Compresses, morphine, bandages ?

Les deux infirmiers secouèrent la tête.

— On a tout sauf le baiser de la chance, osa le plus grand.

— Ton camarade te l'offrira j'en suis sûre, rétorqua Ann sans se démonter. Vous êtes de quelle section ?

— C'est pour un rencard ?

— Si tu continues c'est pour un rapport ! lui renvoya-t-elle en atténuant le ton d'un sourire charmeur.

— 2e et 3e sections, compagnie Alto.

— Merci, bon courage les gars.

Elle s'éloigna sous les propositions graveleuses de l'infirmier et aperçut un autre homme au brassard à croix rouge qu'elle interpella en désignant son ballot :

— Besoin de matériel supplémentaire ?

— Je suis à bloc, merci.

— OK, c'est noté. Quelle section ?

— 3e.

— De la compagnie Raven ?

L'infirmier acquiesça. Il était plutôt séduisant, avec des yeux verts et perçants.

Ann s'assura que personne n'était trop proche d'eux et se pencha vers lui :

— Avec le staff médical, nous nous demandions si

le suicide de Gavin Tomers n'avait pas trop d'impact sur le moral des troupes ?

L'infirmier fit la moue.

— On ne peut pas dire que ça les galvanise. Ça a jeté un sacré froid. Mais c'est les gars de la compagnie Alto que vous devriez aller voir.

— Une collègue à moi va s'en occuper, mentit-elle.

— Vous savez de quoi il est mort ?

— Non. Il… Vous le connaissiez ?

— Un peu.

— C'était prévisible, selon vous ?

— On peut jamais prévoir ces choses-là, encore moins dans le contexte actuel. Tout le monde va mal, c'est comme ça.

Ann sentit que ses questions ne tarderaient pas à l'agacer. Elle dériva :

— Vous connaissez un certain Quentin Trenton ?

 — Trenton ? Ah ça oui, il est là-b…

Elle saisit son bras pour l'empêcher de le désigner.

— Ça va, je… nous voulons juste nous assurer qu'il va bien, on nous a rapporté qu'il avait un comportement inquiétant ces derniers jours.

— Ces dernières minutes, vous voulez dire !

Ann inclina la tête, interloquée par la coïncidence.

— C'est-à-dire ?

— Bah, c'est qu'il est chiant le Trenton ! Il est sur les nerfs depuis une heure, il nous envoie tous promener et il se met dans son coin. C'est pas qu'il était sociable avant, mais là on dirait qu'il pète un plomb !

— Tout d'un coup ?

— Il y a environ une heure, il jouait aux cartes avec des mecs, on lui a filé un bout de papier et il s'est barré sans prévenir.

— Vous savez qui lui a donné le message ?

— Je regardais la partie, alors oui, j'ai vu, c'était un gars d'une autre compagnie, il venait de le trouver sur le lit de Trenton.

— Ça faisait longtemps que Trenton jouait aux cartes ?

L'infirmier parut amusé et ricana :

— Toute la nuit. C'est pas autorisé, on avait pour consigne de se reposer mais personne ne pouvait fermer l'œil, alors des petits groupes se sont formés. Et Trenton a joué toute la nuit.

— Vous en êtes sûr ? Sans s'absenter ?

Il prit le temps de réfléchir avant d'affirmer :

— Oui, sans s'absenter jusqu'à ce qu'il lise le mot.

Quentin Trenton ne pouvait donc pas être l'assassin de Gavin Tomers. Ann fut prise d'un doute. Et si elle faisait fausse route ? Si Gavin Tomers s'était bien suicidé ?

— À tout hasard, enchaîna-t-elle, vous le connaissez bien ? Je veux dire : vous êtes côte à côte depuis plusieurs jours déjà ?

— En effet.

— Comment est-il, ce Trenton ? Plutôt violent au quotidien ?

— Ah ça, on peut pas dire que ce soit un tendre ! Coléreux, agressif, parano, bête de guerre quand il faut, mais pas un tendre ! Trenton, c'est le cauchemar à gérer sur une base, mais quand il faut se battre il en vaut dix !

Personnalité qui pouvait coller au tueur. *Un homme violent qui gère mal ses émotions, qui transforme son inaptitude à communiquer en brutalité.*

— La nuit précédant notre départ, vous étiez ensemble ? Vous l'avez vu ?

Cette fois, le visage de l'infirmier se ferma.

— Pourquoi vous me posez toutes ces questions ?

— Les médecins sont inquiets pour Trenton, ils ne voudraient pas qu'il craque pendant l'assaut, si vous voyez où je veux en venir.

L'infirmier haussa les sourcils en se mordant la lèvre.

— C'est à ce point ?

— Par précaution. Alors ? La nuit précédente, vous savez ce qu'il faisait ? Il s'est absenté ? Il a cherché à être seul ? Quelque chose qui pourrait nous alarmer ?

L'infirmier soupira, profondément embarrassé.

— Non, au contraire. C'est… un peu délicat. Il faudrait que vous me promettiez que ça restera entre nous.

Elle lui fit signe que c'était le cas. Il se pencha jusqu'à lui murmurer :

— Notre officier de garde nous couvre lorsque nous avons des droits de sortie pour qu'on puisse les allonger un peu. C'est que… on savait qu'on allait partir pour la guerre, alors un peu de compagnie…

— Vous êtes en train de me dire que Trenton n'était pas dans la base hier ?

— Il est rentré au petit matin, avec trois types d'une autre section, l'officier est repassé les prendre en ville. Comprenez bien que ça n'a rien de grave, c'est pas de la désertion, c'est juste qu'il s'arrange, quand c'est lui qui est en charge des droits de sortie exceptionnels, pour qu'on puisse rester en ville une bonne partie de la nuit

au lieu de rentrer en fin d'après-midi. Pour qu'on décompresse… Il sait que c'est important avant de partir au combat.

Quentin Trenton ne pouvait donc pas avoir tué Rosdale non plus. Ils se trompaient de suspect. Trenton était innocent. Mais un innocent bourru et violent, capable de réaction imprévisible s'il se sentait persécuté. Elle devait prévenir Frewin.

— Et…

Ann ne put achever sa phrase, les premiers coups de canon retentirent comme le signal qu'ils redoutaient tous. La clameur générale stoppa aussitôt. Le tonnerre guerrier continua de marteler depuis les ponts supérieurs. Cette fois il n'y avait plus aucun doute.

Puis les sifflets des officiers sonnèrent le réveil et les hommes se ruèrent pour enfiler uniforme et paquetage.

L'infirmier, penché sur sa couche, rassemblait en hâte ses affaires. Ann l'interpella :

— Je peux vous demander un service ? Si vous croisez un officier de la Police Militaire, vous pouvez lui répéter tout ce que vous venez de me dire ? Vous lui dites que c'est moi qui vous envoie, Ann Dawson. Je vous promets que ça ne vous causera pas d'ennuis, en revanche ça peut sauver des vies. Je sais, c'est étrange, mais faites-le.

Sans un regard pour elle, il répondit :

— D'accord ma petite dame, mais faudrait que vous partiez tout de suite d'ici.

Ann ne put retrouver Frewin dans le tumulte qui suivit. En dix minutes, six cents hommes se groupèrent sur le pont et dans les coursives, prêts à embarquer sur les transporteurs de troupes qui les conduiraient sur la plage. Elle regagna ses quartiers et se fit sermonner par le major Callon qui commandait le petit hôpital mobile. Sans broncher, Ann déposa son ballot dans un coin.

— Les trousses de premiers soins sont chargées comme il se doit, on ne vous a pas attendue ! vitupéra le major. C'est n'importe quoi, ce comportement ! Au moment de débarquer en plus ! Faites-moi encore un coup de ce genre et je vous expédie aux soins d'une unité disciplinaire !

Ann baissa le nez et alla s'asseoir sur un lit, près des autres infirmières. Le major continuait de rager, pas loin des insultes. Un sanguin, un extrémiste de l'ordre, qui devenait fou lorsqu'on sortait du rang. Ann avait l'habitude. Elle avait grandi avec un père comme ça. La colère inattendue, les claques qui pleuvent sans prévenir, elle connaissait. Elle savait ne pas s'émouvoir lorsqu'un homme lui hurlait dessus. Dix-huit ans de pratique. Dix-huit ans de crises et de coups. Son père, elle l'avait fait taire elle-même un beau jour. Pour le major, c'était plus délicat. Elle décida d'agir comme la gamine aux taches de rousseur qu'elle avait été : ellc attendit que l'orage passe. Elle attrapa sa longue tresse et tripota le bout de ce qui ressemblait à un épi de maïs.

Le major se calmerait. Il était fatigué, et tendu, comme tout le monde.

Mais il ne s'arrêta pas. Il redoubla de cris et d'acharnement.

Ann l'ignora la première minute. Après quoi elle commit l'erreur de relever le menton en le voyant fondre sur elle. Ann crut qu'il allait lever le bras pour la frapper. Un réflexe d'enfant la fit reculer et rentrer la tête pour se protéger. Le major s'immobilisa aussitôt. Il prit conscience de ce qui venait de se produire. Moment de flottement. Malaise. Tout le monde baissa le nez vers ses chaussures. Le major s'éloigna, sans une excuse, pour ne pas perdre la face.

Ann sortit de sa poche un mouchoir pour sécher une larme incontrôlée. La larme de trop. Qui en appelle d'autres comme autant de souvenirs haïssables qu'on ne peut étouffer. Sans un bruit, Ann pleura. Sans une pensée

cruelle pour son père, rien que du mépris pour elle-même, pour cette faiblesse, pour ne pas s'être endurcie après toutes ces années. Et elle attrapa le morceau de papier froissé qui l'accompagnait depuis l'embarquement. Elle n'eut pas besoin de le relire, chaque lettre était imprimée dans son cerveau, les mots comme autant de phares dans la vie, lorsque celle-ci se faisait nuit noire.

« Rien n'est figé. L'individu est au moins maître de lui-même. »

Deux heures étaient passées. Toujours assise sur ce lit secoué par les explosions des tirs qui se propageaient dans la structure de la coque, Ann avait replié ses jambes contre sa poitrine et les serrait contre elle. Où était le lieutenant Frewin ? Avait-il appris qu'il traquait le mauvais suspect ? Si Trenton se sentait acculé, il deviendrait aussi dangereux que le tueur lui-même. La guerre l'avait sauvé de la prison, mais pour un temps seulement. Dans le contexte d'une bataille, s'il venait à penser que sa vie était menacée des deux côtés du front, comment réagirait-il ? À l'image d'une bête sauvage coincée dans un cul-de-sac. Trenton était de ceux-là.

Pendant ce temps, songea Ann, le tueur était en liberté. Quelque part sur cette plage. Peut-être observait-il ce manège, amusé. Qui sait si cela n'allait pas lui donner des idées ? Le moyen idéal de se débarrasser de ceux qui conduisaient l'enquête sur ses crimes…

Ann referma le poing sur son mouchoir, les yeux rouges.

14

Un nouveau geyser de sable jaillissait en tonnant à chaque seconde pendant que les mitrailleuses labouraient la plage et saccageaient les corps. Les arcs-en-ciel de l'enfer s'allumaient au-dessus de l'écume : des nuances de gris, de kaki et de rouge écœurant se hérissaient à chaque explosion.

 Craig Frewin tentait d'abriter son grand gabarit dans une anfractuosité. Il venait d'arracher une mitraillette des mains d'un cadavre et de fouiller dans sa besace pour s'emparer des chargeurs de réserve. Il parvint à se mettre à couvert. Un soldat était recroquevillé là. Frewin le reconnut aussitôt : il était dans la barge avec eux. Assez petit, fluet, un visage rond et des joues roses, sa jeunesse lui donnait des airs de Matters.

Une rafale éclata tout près d'eux.

— Vous allez bien, soldat ? s'enquit Frewin.

Mal à l'aise en reconnaissant le brassard de la PM, il hocha la tête sans grande conviction. Frewin savait que la PM faisait peur, un homme pendant une bataille craignait autant l'ennemi que la PM qui pouvait l'accuser de fuir le combat en restant caché.

— Ça pourrait aller mieux, lança-t-il d'une voix que la peur rendait aiguë.

Il avait de grands yeux bleus et des sourcils d'un brun roux sous son casque de travers. Frewin risqua un coup d'œil par-dessus le minuscule muret qui les dissimulait. Il n'apercevait plus Trenton qui devait se trouver quelque part devant, plus proche de l'ennemi. Cent mètres à parcourir avant qu'une haute dune couverte de buissons ne s'achève par un bunker imposant et deux nids de mitrailleuses.

Des balles sifflèrent à ses oreilles et il revint en position de sécurité.

— Lieutenant Frewin, se présenta-t-il en guettant les troupes derrière lui, éparpillées sur les premiers mètres de plage.

— Soldat Risbi, mon lieutenant.

Frewin lui tendit la main ; il savait que ce geste, incongru dans ces circonstances, pouvait réchauffer un homme en proie au doute. Ce n'était pas grand-chose mais cela pouvait faire du bien. Risbi la lui serra, d'une poigne molle.

— J'ai besoin de votre aide, Risbi. Je dois interpeller un certain Quentin Trenton, un peu plus loin.

— Tren… Trenton ? Mais, il… euh, il a fait quoi ?

— Ne vous inquiétez pas, il faut juste m'aider à le cerner.

Les deux hommes devaient presque crier à travers les impacts de mortier.

— Je… Je sais pas trop. Trenton, c'est un dur.

Cette fois, Frewin cessa de se montrer rassurant, son visage se ferma.

— Je ne vous le demande pas, je vous l'ordonne. Vous allez prendre sur la droite, il doit être quelque part devant nous. Je vais faire un tir de barrage et vous courrez jusqu'au prochain trou.

Frewin remarqua la silhouette de Matters derrière lui, protégé derrière deux cadavres. Il était accompagné de l'infirmier Collins. Frewin agita la main pour que Matters le voie, et lui fit comprendre qu'il voulait un tir de barrage pour le protéger.

— Vous êtes prêt ? demanda-t-il à Risbi qui le dévisagea, ahuri, pour lui signifier qu'on ne pouvait être prêt à faire une chose pareille. ALLEZ-Y !

Frewin se redressa et arrosa copieusement les sacs de sable entassés au sommet de la dune d'où il se faisait régulièrement canarder. La fenêtre d'éjection se mit à cracher ses douilles, l'arme trembla dans ses mains et, lorsqu'un nuage de poudre se fut formé, il se plaqua au sol. Risbi s'était élancé pour s'arrêter cinq mètres plus loin. Frewin comprit qu'il ne pourrait pas compter sur lui. Trop jeune, trop terrorisé.

Frewin fit signe à Matters mais celui-ci ne répondit pas.

— MATTERS ! s'époumona-t-il. TIR DE COUVERTURE !

Rien n'y fit. Matters avait disparu.

Matters n'avait pas fait dix mètres qu'il entendit un sifflement dans son dos. Un infirmier, reconnaissable à son brassard et à la croix rouge peinte sur son casque, l'interpellait. Il venait de derrière la barge dont il descendait. Matters trouva à se mettre à couvert et l'attendit. L'homme, un grand brun aux yeux verts approchant la trentaine, se jeta à terre à ses côtés.

— Vous êtes le sergent Matters ? interrogea-t-il, tout essoufflé.

— Oui.

— C'est votre lieutenant qui m'envoie. Je l'ai rejoint là-haut, à l'arrière de notre transporteur. J'avais un message pour lui, d'une certaine Ann Dawson. Il m'a dit de tout vous répéter.

En moins d'une minute, Matters apprit les dernières découvertes de l'infirmière et comprit pourquoi son supérieur voulait attraper Trenton vivant. Il n'était plus suspect, seulement témoin potentiel. Mais à en juger par son comportement, quelqu'un cherchait à lui faire peur, à le mettre en garde, quelqu'un de malintentionné. Et ce quelqu'un pouvait bien être le tueur. Ils devaient interroger Trenton et savoir qui l'avait mis dans cet état.

Matters reconnut le lieutenant devant lui, adossé à un mur. Il s'élança pour le rejoindre mais aussitôt le sol se mit à trembler, des dizaines de champignons éphémères se soulevèrent autour de lui. Il se jeta derrière des corps entassés comme un rempart de chairs. Deux balles vinrent se planter dans les abdomens sans vie avec un son mou, horrible, à trente centimètres de son crâne.

L'infirmier était collé à lui. Matters reprit son souffle et chercha des yeux son lieutenant. Deux groupes d'hommes tiraient à tout-va ; plus loin, massés autour d'une grosse radio, deux soldats hurlaient pour se faire entendre.

Soudain le lieutenant Frewin agita le bras. Il lui demandait un tir de couverture. Matters acquiesça en réalisant qu'il n'avait que son pistolet. Il scruta les alentours à la recherche d'armes. Un fusil orphelin reposait à moins d'un mètre. Sans réfléchir, Matters étendit le bras, agrippa la sangle et le tira à lui. Il était chargé. Il trouva cinq magasins supplémentaires dans les sacoches des morts qui le protégeaient. Il avait le souffle court, les oreilles sifflantes. Tout ça n'avait aucun sens. Cette rage, cette volonté de détruire, d'annihiler l'autre parce qu'il ne portait pas les mêmes couleurs… Des grains de sable crissaient sous ses dents et lui arrachaient des frissons. Toute cette sauvagerie…

Les deux morts encaissèrent à nouveau les tirs ennemis, un os éclata distinctement et une balle ricocha sur un casque.

Matters n'en pouvait plus. Il n'était là que depuis quelques minutes et se sentait déjà dépassé. Il aperçut son lieutenant qui se dressait et lâchait une rafale de repli. Matters pleurait. À ses côtés, affolé, l'infirmier cherchait où aller, triant des yeux les corps éparpillés sur la plage : ceux qui n'avaient plus besoin de lui, ceux qui pouvaient s'en passer, ceux qu'il pouvait encore soigner.

Un sous-officier hurlait en se tenant le ventre. Malgré ses efforts il ne réussissait pas à contenir les tripes qui glissaient hors de lui. Matters nageait en plein cauchemar.

Un homme dégoupillait une grenade qu'il lança de toutes ses forces au moment où l'artillerie lourde découpa l’air comme une guillotine. Sa tête se renversa en arrière, encore maintenue par les muscles du cou. Il tituba sur cinq mètres, comme une poule décapitée, puis des jets de sang arrosèrent ses épaules. Matters le vit s’effondrer. Son visage ne trahissait aucune souffrance mais une peur bestiale. Puis plus rien. Le regard vide. La mort était passée, s’emparant déjà d’un autre type, dix mètres plus loin.

Matters était pourtant à l’aise avec le sang, il le côtoyait. Cependant, ici, quelque chose clochait. Il pouvait comprendre la folie meurtrière d’une âme déconstruite, la cruauté d’un ego vindicatif, lien de cause à effet entre la victime et son tueur. Mais comment des milliers d’hommes pouvaient-ils s’acharner à se massacrer sans l’ombre d’une rancœur et sans même se connaître ?

Matters entendit son nom dans le maelström de tirs, de cris et d’explosions.

— MATTERS ! TIREZ, BON SANG ! COUVREZ-MOI ! vociférait le lieutenant Frewin.

Kevin Matters regarda son fusil, ses doigts maculés de sang, et il se remit à pleurer.

— MATTERS !

Il serra les dents, le sable crissa. Son index se faufila lentement vers la détente. Il ne put déglutir, alors il cracha. Il cracha ce qu’il avait dans la bouche, dans l’âme. Au fond de la conscience. Il posa un genou au sol et visa l’éclat noir de la mitrailleuse, tout en haut de la dune.

La première balle claqua en expédiant le canon du fusil vers le haut. Matters resserra sa prise, enfonça la crosse plus profondément dans son épaule et tira à nouveau, sans trop viser, juste pour ne pas laisser de répit. Troisième coup de feu. Les larmes l’aveuglaient, il ne parvenait pas à distinguer sa cible. Quatrième coup de feu. Du coin de l’œil il avisa le lieutenant Frewin qui courait sur la plage, à découvert. Cinquième détonation. Ses oreilles ne sifflaient plus, elles bourdonnaient, son audition diminuait. Il essuya ses yeux et s'efforça d'aligner le casque du tireur ennemi dans sa ligne de mire. C'était difficile, le pays tout entier semblait trembler. Il vit la mitrailleuse lourde se tourner vers lui.

Matters inspira et bloqua sa respiration.

L'embout du canon ennemi s'illumina une demi-seconde avant que le son ne parvienne jusqu'à lui.

Matters pressa la détente.

Il crut voir le casque noir projeté en arrière quand il fut lui-même transpercé par une puissante décharge. Le choc le fit basculer, plaqué au sol par un fantôme. La brûlure de l'acier dans son propre corps perforé grimpa jusqu'à son cerveau.

Matters cligna les yeux. La mitrailleuse l'avait fauché.

Une vague tiède toucha son flanc droit.

Son cœur lançait sur le sable humide sa marée pourpre.

Frewin slalomait entre les paquets d'algues séchées, les trous d'obus, les hommes à couvert ou en morceaux éparpillés. Il fonçait en tenant sa mitraillette serrée contre lui, le casque solidement arrimé, la respiration bloquée par le stress. Devant lui, le sable se souleva comme un rideau de fumée, on le prenait pour cible.

Encore cinq mètres.

Une balle éclata entre ses jambes, à quelques centimètres de ses genoux.

Au loin deux tumeurs sombres apparurent et grossirent dans le ciel en vrombissant.

D'abord surpris par cet éclat de folie, les hommes de la 3e section ne réagirent pas. Puis ils relevèrent leurs armes, la joue écrasée contre la crosse, avant d'ouvrir le feu à leur tour, pour protéger cet inconscient. Mais un inconscient portant le même uniforme qu'eux.

Frewin galopait.

Encore un peu.

Il ne voyait pas Trenton parmi les soldats.

Juste un peu, quelques mètres.

Il devait se coucher, tout de suite.

Trenton apparut, à l'abri dans une large cuvette. Frewin bifurqua pour s'en rapprocher. Trenton le vit venir. Il lui jeta un regard haineux et pourtant ne bougea pas. Il se savait aux avant-postes, dix pas de plus et c'était la mort assurée. Frewin, presque à son niveau, ouvrit la bouche pour hurler :

— Ne bougez pas ! Je dois vous parl…

Une pieuvre énorme jaillit du sable sous Trenton, si brusquement qu'elle aveugla Frewin de son encre. Une fumée brûlante. Et dans la même seconde, le choc féroce balaya Frewin en lui coupant le souffle tandis qu'elle grondait, un râle grave et assourdissant.

L'instant d'après Frewin était dos au sol, sourd, couvert de sable et de lambeaux sinistres. Trenton était éparpillé, jusque dans la bouche ouverte de Frewin, et tout ce qu'il savait s'était vaporisé avec lui.

15

Ann pensait que le temps se décomposait en saveurs. Citronné et piquant lorsqu'il s'éternisait et la rendait impatiente, épicé pour les moments d'excitation, sucré en présence d'un homme séduisant, acide pour les hommes méchants, et fleuri ou moisi selon les femmes qu'elle rencontrait. Pour l'heure, les minutes qui s'égrenaient diffusaient sur son palais une pellicule amère. L'ignorance, l'ennui, la crainte des amertumes sans âge.

En milieu de matinée, le major Callon ordonna à son équipe de ne bouger sous aucun prétexte, il partait à la recherche d'informations. Il n'était pas absent depuis cinq minutes qu'Ann se levait. Elle n'en pouvait plus d'attendre.

— Commence pas, toi ! avertit Clarice par-dessus ses gros sourcils noirs. Je te connais et je sais que tu ne tiens pas en place, mais si tu sors, Callon te ratera pas. T'as bien vu, il t'a dans le collimateur !

Ann la toisa de biais et acquiesça mollement. Étaient-ce les coups et un père tyrannique qui l'avaient rendue si déterminée ? Ann savait, à l'instant précis où une idée germait dans son esprit, qu'elle l'appliquerait. Callon ou pas. Elle ouvrit la porte.

— Ne fais pas ça ! la prévint un jeune médecin avec qui elle discutait de temps à autre. Ça va mal finir.

Elle le salua d'un clin d'œil et lança :

— Dites à Callon qu'ils avaient besoin d'une infirmière dans la salle des machines pour une brûlure.

La porte se referma sur la coursive déserte. Ann retrouva le chemin des dortoirs de la 3e section assez facilement, ils n'étaient pas très éloignés. La grande salle était vide. Rien que des hamacs et des lits superposés barrés de draps froissés. Elle déambula entre le linge et quelques journaux déchirés, et ne tarda pas à localiser l'emplacement de l'infirmier, celui qui connaissait Quentin Trenton. Elle se souvint qu'il avait commencé à lever le bras en regardant vers la gauche pour désigner Trenton, avant qu'elle ne l'arrête. Ann se tourna dans cette direction. L'espace près du mur. Pas très précis, une dizaine de couchettes s'y entassaient, mais c'était mieux que rien après tout.

Son idée était simple : plus elle y pensait et plus elle était sûre que l'auteur du mot pour Trenton était l'assassin. Pourquoi Trenton avait-il subitement changé de comportement après l'avoir lu ? Parce qu'on l'accusait. On l'accusait d'être l'assassin de Gavin Tomers. Le vrai tueur, s'il faisait bien partie de cette 3e section, connaissait Trenton. Il savait qu'il pouvait en faire une cocotte-minute prête à sauter. Il suffisait de faire monter la pression. Le tueur l'avait conforté dans sa paranoïa. D'une manière ou d'une autre, il avait appris que Trenton était suspect et, connaissant son caractère, il voulait en faire une bête traquée, donc dangereuse. Pour semer le doute. Qui d'autre avait une raison de faire peur à Trenton ? À qui profitait son agressivité, voire sa violence… ? Au *vrai* tueur. Quelqu'un d'observateur, d'attentif, qui avait appris que la rumeur du suicide de Gavin Tomers se répandait.

Et qui savait que Trenton était suspect !

Qui le savait ? Matters. C'était lui qu'elle avait vu et qui lui avait transmis l'information. Frewin bien entendu. Qui d'autre ? Elle devrait demander à Frewin. Peu de monde, elle en était sûre, le lieutenant de la PM ne se serait pas amusé à divulguer le nom de son principal suspect tous azimuts. Une chance déjà que Matters ait fait la gaffe, car il avait gaffé, c'était évident. Matters n'était pas à son aise en sa présence. Savait-il quelque chose sur elle ? S'était-il renseigné ? Non, impossible… Ann avala sa salive.

L'homme qui avait écrit le mot pour Trenton était le tueur. Et elle espérait bien retrouver ce bout de papier. Qu'en avait-il fait ? Le gardait-il avec lui ? Peu probable, par expérience elle savait que les soldats partant au combat avaient les poches pleines à craquer d'équipement, et aussi le réflexe de ne rien ajouter d'inutile, fût-ce du papier. Il l'avait jeté. Mais où ? Ann s'évertuait à chercher une poubelle ou une corbeille depuis qu'elle était entrée. Sans résultat.

Les lits étaient couverts de chewing-gums mâchés. *Transmission de nervosité de l'esprit à la mâchoire puis au chewing-gum, et on se débarrasse de celui-ci pour être zen.* Ann adorait élaborer de petites théories fantaisistes comme celle-ci. *Concentration.*

Elle se laissa tomber sur un des matelas qui couina en la recevant. *Charmant…* Elle tournait le problème dans tous les sens. Où Trenton pouvait-il avoir jeté son papier ? Il avait passé la nuit entière à jouer aux cartes. C'était la fin d'une longue veille, il était nerveux, fatigu…

Ann se leva d'un bond.

Les toilettes ! Il ne s'est pas absenté de la nuit, mais l'envie d'uriner a dû le saisir ce matin… Si sa théorie était fondée, que devait-elle en faire ? Sonder le fond des pissotières pour traquer une boule de papier à l'encre effacée ? Aucune chance. Alors peut-être… Ann fit volte-face. Les lits. Ils avaient constitué la bulle personnelle de chacun pour cette dernière nuit avant l'affrontement. Les lits étaient le prolongement de leurs territoires, de leurs corps. *Et aussi leur dépotoir !* rectifia-t-elle en songeant à tous les chewing-gums fraîchement collés.

Ann souleva les matelas, secoua les draps… Rien. Un jeu de cartes oublié sur une couverture, rien d'autre. Son idée n'était pas idiote mais elle ne pouvait la vérifier. Elle perdait son temps. Elle se sentait frustrée d'avoir accès à leur lieu de vie sans en tirer un élément intéressant. Si seulement ils avaient laissé leurs affaires personnelles…

Ann frotta machinalement le col de sa blouse entre le pouce et l'index… *Leurs affaires*… Les hommes étaient envoyés au combat avec leur paquetage d'assaut mais disposaient d'une cantine en métal pour le reste. Cette caisse les rejoignait plus tard, une fois le camp établi. Ann marcha jusqu'au fond de la pièce et aboutit à un sas. Après deux voies sans issue elle dut retourner sur ses pas jusqu'à un escalier d'angle. Un marin se dissimulait là, penché, comme s'il la guettait. Dès qu'elle apparut, il se redressa, surpris, et s'apprêtait à monter, comme si de rien n'était, quand il se ravisa. Pendant une seconde elle crut qu'il l'espionnait mais balaya cette pensée en comprenant que c'était stupide, personne n'avait de raison de la surveiller ici. Le marin la vit approcher sans rien dire, les traits durs, comme s'il n'appréciait pas de la croiser. Ann le salua, son uniforme médical lui permettait de circuler bien plus librement qu'un militaire, mais ne suffisait pas à garantir un minimum de politesse.

— Je cherche la cale où sont entreposées les affaires des soldats partis sur le front, demanda-t-elle sans se démonter.

— Ça doit être avec les munitions à débarquer, deux niveaux plus bas, mais vous n'y aurez pas accès, c'est fermé, rétorqua-t-il, un peu sec.

— Vous avez la clé ?

Il lâcha la rambarde pour faire face à cette séduisante jeune femme.

— Il se trouve que oui, mais je n'ai pas le droit de vous ouvrir.

Il descendit d'une marche pour être à son niveau, et

changea tout à coup d'attitude : un sourire taquin se dessina. Ann ne s'en offusqua pas, au contraire, elle avait l'habitude.

— J'ai reçu l'ordre d'aller y prendre les médicaments d'un soldat. C'est une urgence.

Le marin ne dissimula pas son étonnement.

— C'est bizarre car…

Ann prit son air le plus troublé et le coupa :

— Si je ne le récupère pas tout de suite, mon major va me tomber dessus, et c'est très urgent, aidez-moi s'il vous plaît.

Il l'invita à se calmer d'un geste de la main.

— C'est bon, épargnez-moi les détails et ne vous faites pas de bile, je vais vous ouvrir. Vous savez ce que vous cherchez au moins ?

— Oui, mentit-elle tandis qu'il la précédait pour descendre.

Ann s'étonna de ne croiser aucun membre d'équipage en s'enfonçant dans les profondeurs du *Seagull* et le fit remarquer à son guide.

— Nous sommes en état d'alerte, lui expliqua-t-il, la circulation est limitée.

— Et vous ?

Il se retourna sans ralentir pour la couver du regard.

— Moi je m'occupe des belles infirmières en détresse.

Ann haussa les sourcils, elle était tombée sur le dragueur du bord. Elle ne pouvait pas s'en plaindre, au moins la conduisait-il là où elle avait besoin.

Plus ils dévalaient les marches et longeaient des coursives, plus les canonnades s'éloignaient, semblables à la rumeur d'une tempête en surface.

Ils parvinrent à une porte cadenassée. Le marin fouilla dans son trousseau et finit par l'ouvrir avant d'actionner un interrupteur à l'intérieur.

— Faites vite, je vous attends pour ne pas que ça se referme. À moins que vous n'ayez besoin de moi ?

Il la gratifia d'une œillade aguicheuse et elle faillit éclater de rire. Elle se contenta de sourire pour ne pas le froisser et le dépassa.

La cale lui parut vaste, bien plus haute de plafond que les autres salles du navire. Des lampes scellées aux parois s'illuminèrent successivement. Des caisses en bois s'empilaient derrière des filets et des cordes sur lesquels pendaient des ardoises précisant la compagnie et le contenu.

— L'équipement personnel est plus loin, s'écria le marin, sur la droite je crois. Des caisses en fer, toutes vertes.

Ann sillonna les allées et ne tarda pas à repérer neuf groupes de caisses vertes, aux noms et matricules des soldats peints en jaune. Elle disparut à la vue du marin. Des ardoises précisaient chaque fois la compagnie et la section. Ann s'immobilisa soudain : « Comp. Rav. 3e sec. »

Elle passa sous la corde pour se glisser entre les blocs de rectangles qui grimpaient sur trois mètres de hauteur. Des sangles les maintenaient arrimés au sol. Les noms se superposaient, avec des séries de chiffres. Ann passa les caisses en revue, cherchant celle de Trenton. Elle la repéra tout en haut d'une pile. *Mince...*

Pire, un cadenas en interdisait l'ouverture, comme sur la plupart des autres. Elle serra les paupières une longue seconde.

C'est fichu. Elle n'avait aucune aptitude pour crocheter une serrure et ne pouvait en aucun cas demander son aide au marin.

La lourde coque du *Seagull* grinça. Les ardoises se balancèrent, Ann recula, vérifiant que rien ne bougeait, pas question de terminer son enquête sous une pluie de malles en fer. Elle retourna dans l'allée et revint au carrefour d'où elle pouvait distinguer la sortie. S'il y avait un problème, le marin la préviendrait.

— C'est normal ce bruit ? demanda-t-elle.

Il n'y avait plus personne devant l'entrée. Elle en resta sans voix. Elle allait insister lorsqu'elle réalisa que c'était une aubaine. *Il s'en grille une dans un coin en t'attendant, profites-en !*

Elle repartit au pas de charge vers les réserves de la 3e section. Si elle pouvait trouver une échelle et un pied-de-biche, ou au moins un levier, elle parviendrait probablement à faire céder la serrure. *Tout de même...*

Elle se mit en quête d'un outil pour forcer la malle de Trenton, mais un certain malaise l'habitait.

Le tueur avait sévi ici, dans ce navire, par deux fois. Le lieutenant Frewin en avait déduit qu'il s'agissait d'un homme de la 3e section. *Et s'il s'était trompé ? Si c'était un homme du bord ? Le tueur est peut-être là, quelque part dans ces couloirs de métal, et moi je joue à la femme de Barbe-Bleue...*

Ce n'était pas le moment de songer à des choses pareilles. Frewin avait vu juste. Sans aucun doute. C'est à ce moment que la tache rouge lui apparut sur sa jupe. Elle remonta le tissu sur sa cuisse pour l'examiner. Cela ressemblait à du sang. Elle l'effleura pour constater que c'était humide. Aussitôt, elle vérifia ses mains, ses avant-bras, à la recherche d'une coupure. Rien. Ce n'était pas le sien. Elle se figea. Puis tourna doucement sur elle-même, le cœur emballé jusqu'à la douleur.

Le coin d'une caisse brillait, laqué d'un liquide sombre.

Ann se pencha. Du sang.

Qu'est-ce que ça fait là ?

Elle en découvrit encore sur le rebord. Un nom était peint en jaune : « Cal Harrison. » *Qu'est-ce que ce sang fait sur ton coffre, Cal Harrison ?* Par chance, aucun mécanisme de fermeture n'entravait l'accès à son contenu. Ann grimpa pour donner du mou à la sangle et souleva la plus haute des caisses qu'elle fit glisser sur un tas annexe.

Le *Seagull* grinça à nouveau, une longue plainte sinistre. Les canons se turent. *Qu'est-ce qui se passe encore ?* Après une minute, l'attaque reprit de plus belle et Ann acheva de dégager l'accès au coffre de Harrison. Elle se trouvait toujours en équilibre en hauteur. Ses doigts saisirent le battant, réussirent à l'ouvrir.

Des vêtements chiffonnés étaient entassés avec un livre et une revue pornographique. Une chemise bleue au col taché de rouge abritait un objet massif. Ann attrapa le tissu et l'écarta.

Des poils apparurent. Des cheveux un peu bouclés.

Une oreille, puis tout le profil d'une tête.

Humaine.

Ann écrasa sa main sur sa bouche. Elle recula d'un pas et faillit perdre sa stabilité, ses bras s'agitèrent dans l'air et elle revint s'agripper à la caisse de Harrison.

Elle venait de trouver ce qu'il manquait de Fergus Rosdale. Elle en était sûre. Du sang maculait les tee-shirts et les pantalons roulés en boule. Les paupières entrouvertes, Rosdale fixait le néant d'une pupille sèche. Ses lèvres dévoilaient des dents brillantes. La peau était d'une pâleur extrême, vidée de son précieux fluide.

Ann prit le temps de se remettre en songeant à ce qu'elle devait faire. Elle n'avait aucune raison logique d'être là, personne ne la soutiendrait. Un soldat dissimulait une tête humaine dans ses effets personnels et elle devait trouver le meilleur moyen d'en tirer parti. Sonner l'alarme n'était pas une bonne idée.

Frewin. Lui saurait quoi faire et comment utiliser cette macabre trouvaille. Elle devait donc attendre. Ne rien dire. Au risque de voir partir les caisses vers la côte ? Elle se mordit la lèvre. Que devait-elle faire ?

Attendre Frewin. C'est la meilleure solution.

Elle referma la caisse et remit ce qu'elle put en place avant de descendre. Elle transpirait, le marin allait la soupçonner.

C'est crédible, je viens de fouiller pour récupérer des médicaments...

Sauf qu'elle n'avait rien. Si le marin demandait à voir ce qu'elle emportait, ses mains seraient vides. Elle s'immobilisa et palpa les poches profondes de sa blouse. Il lui restait un flacon d'aspirine dont elle arracha l'étiquette. Ça ferait l'affaire.

Ann déboucha dans l'allée principale et s'arrêta en voyant la porte des cales fermée.

Qu'était-il advenu du marin qui l'accompagnait ?

Ann se remémora l'imposant cadenas qui verrouillait cet accès. Et s'il était refermé ?

Les plafonds émirent un petit tintement à mesure que les lampes s'éteignaient, l'une après l'autre.

Les ténèbres surgirent des angles jusqu'à tout dévorer.

On vient de... couper la... lumière, se répéta Ann comme pour se convaincre que c'était bien arrivé. Elle n'y voyait plus.

Puis la peur s'empara d'elle lorsqu'elle revit le geste du marin.

Il avait passé le bras *à l'intérieur* de la salle pour allumer, l'interrupteur était ici, avec elle.

Elle n'était donc pas seule.

C'est alors qu'elle entendit le crissement des semelles qui se rapprochaient, tout doucement.

Par-derrière.

16

Lorsque les balles se mirent à dévaster les mottes de sable, tout autour de Frewin, il n'eut d'autre choix que de rouler dans le trou où venait de disparaître Trenton. Le sang du soldat encore sur la langue, Frewin ne cessait de cracher et pourtant il lui semblait qu'un fragment de Trenton restait coincé quelque part dans sa gorge, projeté par le souffle. Il fut pris de violents haut-le-cœur et se plia en deux. Il jeta son arme, chercha sa gourde en tâtonnant et l'arracha de sa ceinture pour noyer ce goût infâme.

Frewin prit alors conscience de ce qui l'entourait.

Il était allongé sur les restes de Trenton, dans une mare de viscères et de sable, parmi des morceaux dont il ne put identifier qu'une main à moitié ouverte. Il lâcha sa gourde et bondit hors de la fosse en oubliant sa mitraillette, se jetant dans les tirs ennemis. Les balles déchirèrent le paysage, silencieuses derrière le mur ouaté de ses tympans meurtris. Les obus pleuvaient sans discontinuer. Frewin rampa sans rien y voir, pour s'éloigner de la tombe sanglante. Une main l'attrapa et l'attira dans un des rares renfoncements rocheux.

— Z'êtes dingue ou quoi ? lui envoya-t-on.

Frewin, qui n'entendait rien, s'accota à la pierre pour reprendre son souffle. Il vit le soldat se relever pour tirer et se remettre à l'abri. Un autre avait lâché son fusil pour contenir la plaie ouverte à la jambe d'un troisième qui se cramponnait à sa veste, près de s'évanouir

— Caporal Regie, se présenta le tireur en rechargeant.

Frewin constata qu'il lisait sur les lèvres.

— Lieutenant Frewin.

— C'est la merde, lieutenant, on ne tient pas du tout la position comme…

Frewin l'interrompit, montrant son brassard de la Police Militaire.

— Je ne suis pas ton supérieur, ce n'est pas à moi qu'il faut faire le point.

— Je n'ai plus de supérieur, on ne trouve plus personne dans ce bordel ! s'écria l'autre par-dessus la déflagration d'une grenade. Vous êtes lieutenant, pour moi c'est pareil ! Alors je fais quoi avec mes hommes ? On attend sagement de se faire dessouder ?

Un quatrième arriva à toute vitesse et se jeta à plat ventre dans le sable à leurs pieds. Il s'empressa de venir s'adosser à son tour au muret naturel. Son visage n'était pas inconnu à Frewin. Boucles blondes et yeux bleus, menton fuyant et pommettes saillantes.

— Harrison ! beugla le caporal, qu'est-ce que tu viens foutre ici ! On est déjà trop nombreux !

— Vous avez vu ce qui est arrivé à Trenton ? Vous avez vu ?

— Cet abruti a déconné, il est parti droit devant tout seul !

— C'est sa faute ! rétorqua Harrison en désignant Frewin. C'est la PM qui lui a collé la pression !

— Fais pas chier, c'est pas le moment ! voulut conclure le caporal Regie.

Frewin se pencha vers Harrison. Il se souvenait où il l'avait déjà vu : cette nuit même, dans les coursives du *Seagull*, c'était lui qui était venu voir ce qui se passait. Il faisait partie de ces hommes qui avaient entendu sa conversation avec Matters. Frewin s'en voulut de ne pas avoir été plus prudent.

— Qu'est-ce que tu veux dire ? demanda-t-il, certainement plus fort qu'il ne l'entendait.

— Trenton a sauté parce que vous lui couriez après, voilà ! Vous trouvez pas qu'on a déjà assez à faire avec ceux d'en face ? Faut que vous en rajoutiez ?

— Trenton savait qu'il était notre suspect, et je vous ai vu cette nuit, vous avez tout entendu, c'est vous qui l'avez prévenu, n'est-ce pas ? C'est vous l'auteur du mot !

Harrison demeura muet sous l'effet de la surprise, ils savaient pour le mot. Il s'étira jusqu'à pouvoir chuchoter tout près du lieutenant enquêteur :

— Je lui ai dit de faire gaffe à ses miches. Qu'il était en danger. Point. Ça s'appelle la solidarité, on se serre les coudes nous, pas comme les petites putes de la Police Militaire qui ne cherchent qu'à foutre la merde…

Harrison n'avait pas achevé sa phrase que Frewin le saisissait déjà par le col et, d'une poigne d'acier, l'obligeait à venir coller son nez contre le sien.

— Regarde-moi bien, ordonna-t-il, regarde bien, parce que si je découvre que tu as quelque chose à te reprocher, tu perdras ce sourire narquois une bonne fois pour toutes.

Frewin sentit une proéminence dure s'enfoncer dans ses côtes. Harrison venait de redresser son arme.

— Faites-moi chier, railla-t-il, allez-y, ça me ferait plaisir de vous trouer, lieutenant, une erreur de tir est si vite arrivée…

Frewin allait rebondir lorsque l'infirmier Collins arriva à son tour, hors d'haleine, pour s'approcher du soldat blessé à la jambe.

— Vous êtes trop nombreux ici ! hurla-t-il. S'ils vous repèrent c'est la salve d'obus à coup sûr ! Cassez-vous !

— Il a raison ! Harrison et Traudel avec moi, on dégage, s'écria Regie avec un bref regard acide vers le lieutenant qui refusait de les commander.

Frewin relâcha son emprise et repoussa brutalement Harrison tout en le défiant du regard. Avant qu'il puisse l'interpeller une dernière fois, l'infirmier lui confia :

— Votre sergent est *out*, il a pris une balle.

— Quoi ? Matters ?

Harrison s'éloigna à toute vitesse, à genoux, avec ses deux comparses. Collins déchira l'emballage d'une compresse avec les dents et la déposa sur la jambe du soldat.

— Oui, pas grave mais il n'est pas dans son état normal. Je l'ai laissé derrière, à proximité de la barge Il s'en remettra vite, enfin… physiquement.

Frewin sonda la plage mais ne vit que fumée, tirs, et silhouettes furtives…

— Doc, dit-il, vous connaissez Harrison ?

— Cal Harrison ? De la 3e section ? Ouais. C'est justement un pote de Trenton ! Un peu le même genre, bourru.

Frewin ne parvenait pas à mettre ses pensées au clair dans cet environnement. Néanmoins il sentait que ce Cal Harrison n'était pas innocent dans cette histoire. Il avait entendu Matters suspecter Trenton dans le couloir, il était ami avec lui et partageait ce penchant pour l'agressivité. Ou bien il était l'assassin et il était venu dans la coursive pour voir ce qu'il pouvait apprendre, ou bien ils avaient tout faux et il n'avait fait que prévenir son camarade de la suspicion à son égard.

Frewin s'inclina pour tenter de le repérer.

Flanqué de son caporal et d'un autre soldat, ils préparaient la destruction d'un barbelé.

Les mitrailleuses ennemies concentrèrent leurs tirs sur une nouvelle vague d'hommes qui débarquaient. Les balles giclaient des canons fumants, si brûlantes qu'elles découpaient dans l'air des sillons embrasés. Un opérateur radio profita de l'accalmie pour se glisser, d'abri en abri jusqu'à eux.

— Lieutenant Frewin, c'est ça ?

Il acquiesça.

— La 2e section vient de prendre le nid gauche, ils vont passer le bunker au lance-flammes dans une seconde. Y aura peut-être des prisonniers là-haut après ça. On a besoin de la PM.

— J'ai deux hommes dans la 2e section.

L'opérateur radio pinça les lèvres avant de répondre :

— Plus maintenant, lieutenant. Ils ont été tués.

— Quoi ? rugit Frewin. Mais ils étaient censés rester derrière ! Comment est-ce possible ?

— C'est... quand la 3e section est arrivée. Je crois que... Je crois même que c'était un tir ami.

— Un tir ami..., répéta Frewin, incrédule.

Une bavure. Dans les batailles de grande envergure, un pourcentage élevé de pertes est dû à des erreurs de tir.

— Je crois... C'est ce qu'on m'a dit.

— Il y a eu des témoins ?

Un obus éclata tout près d'eux, ils s'enfoncèrent dans le trou.

— Il faut dégager ! brailla l'infirmier en balançant son blessé sur son épaule.

Frewin fixa l'opérateur radio.

— Il y a eu des témoins ? insista-t-il.

Sa carrure et la colère qui brûlait ses pupilles suffirent à empêcher l'opérateur de fuir avec l'infirmier.

— Pas que je sache. Mais ils ont pris des balles dans le dos.

Une seconde explosion cracha une longue pelletée de sable sur eux.

Cette fois il n'y avait plus aucun doute. Le tueur était dans la 3e section. Et il venait de lancer les hostilités contre la Police Militaire. Frewin ne croyait pas à une erreur de tir. Pas dans cette section, pas avec ces hommes expérimentés. C'était volontaire, sur des cibles précises. Pour signifier qu'il savait. Et qu'il ne se laisserait pas faire.

Un troisième obus explosa et cette fois il arracha tout le bloc rocheux qu'il éparpilla en milliers de fragments, soufflant Frewin et l'opérateur radio dans un nuage gris.

17

Les hommes avaient apporté l'enfer sur Terre.

L'écho des canonnades ressemblait encore à la rumeur lointaine d'un orage. Six heures de barbarie avaient transformé la plage en un tableau dantesque, où le vermillon de la mort dominait. Des milliers d'impacts d'obus avaient perforé le rivage devenu sol lunaire. Des bateaux dévastés gisaient sur le flanc, à demi noyés dans la marée montante. Seule la végétation belliqueuse des hérissons tchèques avait survécu, leurs pointes métalliques découpant dans le ciel des fleurs de mort. Et puis des cadavres partout. Le sang s'écoulait en rigoles vers le ressac jusqu'à former un long ruban colorant les premiers mètres de littoral, sans cesse repoussé par les vagues, comme si la mer elle-même refusait de porter le poids de cette haine.

Deux cents brancardiers arpentaient la mélasse de membres arrachés et de sable retourné pour se charger des corps et remplir des sacs de débris humains, assez gros pour être transportés. Il fallait dégager le passage, les engins lourds n'allaient plus tarder à débarquer.

Parmi ces pénitents errants l'un avait une balafre encore boursouflée de points de suture qui lui entaillait le bas de la joue jusqu'à l'oreille, et plusieurs plaies au visage et au cou. Il se tenait sur le bord d'un trou profond d'un mètre cinquante où gisaient deux soldats avec le brassard de la PM.

Craig Frewin considéra leur posture : repliés sur eux-mêmes pour échapper aux tirs provenant de face, sans se douter une seconde que la mort allait surgir de derrière, de leur propre camp. Cinq balles les avaient fauchés dans le dos. Craig contempla les environs. La barge qui l'avait conduit ici était échouée tout près, ils étaient arrivés par là, lui et la 3e section. Lui et le tueur. De l'autre côté, une épaisse fumée noire s'échappait du bunker, chargée d'odeurs d'essence et de chair grillée.

— On peut les emporter ? demanda un infirmier qui attendait au côté de Frewin.

Le lieutenant ravala sa peine. Clauwitz et Forrell, ceux qu'on appelait « les jumeaux » tant les deux amis se ressemblaient. Le premier avait la tête enfoncée dans le sable, les doigts crispés ; le second, paupières closes, bouche ouverte, paraissait dormir. Seule sa cheville retournée sous le poids du corps démontrait qu'il ne

pouvait être assoupi.

Frewin hocha doucement la tête.

— Allez-y, murmura-t-il en s'éloignant.

Des bâtiments de guerre se rapprochaient de la côte, et les transporteurs de troupes et de marchandises commençaient à décharger, relayés par les Jeeps et les camions. Des dizaines de petits dirigeables flottaient à une trentaine de mètres du sol, arrimés pour ne pas s'envoler, leur rôle étant d'empêcher toute attaque des chasseurs ennemis.

Frewin arriva au sommet de la dune, et domina l'immense camp où se montaient peu à peu des centaines de tentes, où s'entassaient caisses en bois, barils d'essence et munitions sous des filets de camouflage, au milieu d'une agitation incessante. Bientôt les divisions de blindés viendraient dresser leur mur d'acier sur le flanc sud.

Frewin tentait de se ressourcer parmi les hommes. Certains se félicitaient d'avoir vaincu, d'être en vie, les autres, plus nombreux, portaient le poids de l'horreur dans leur silence. Il croisa un peloton de la PM escortant une quarantaine de prisonniers qui défilaient, mains croisées sur le casque, vers une cuvette qui servirait de geôle provisoire. Les vainqueurs accouraient pour leur cracher au visage en riant, un rire qui ne parvenait pas à masquer la peur des deux camps.

Un peu à l'écart de cette agitation, sous des filets de camouflage et encerclée de cartons de vivres, Frewin trouva la Ruche, en cours d'assemblage par plusieurs de ses hommes : Angus Donovan, avec son profil grec et ses lunettes rectangulaires, Eliot Monroe, la tête brûlée de la PM, Phil Conrad, John Larsson et Adam Baker, les deux costauds du groupe, le tout sous l'œil attentif du sergent Matters, le bras en écharpe. Frewin vint vers lui.

— Vous tenez le coup ? s'enquit-il.

Matters considéra son bras avant de répondre :

— Ça passera. Le médecin a dit que je pourrai retirer l'attelle la semaine prochaine, c'est juste pour que les mouvements ne gênent pas la cicatrisation.

Ils s'observèrent, hésitants.

— Clauwitz et Forrell sont morts, lâcha le lieutenant.

— Je sais. On l'a appris. Et dans l'unité, vous, moi et Larsson sommes blessés, Larsson s'est pris un éclat de shrapnell dans le gras du ventre, presque rien, semble-t-il. (Il le désigna qui hissait un piquet en tirant sur une corde.) Il est aussi vif que d'habitude.

— Gardez un œil sur lui, on ne sait jamais. La priorité est de monter la Ruche, ensuite nous ferons un point précis sur tout ce que nous avons. Il faut disséquer les deux meurtres, leurs circonstances, leurs particularités, tout ce qu'on n'a pas encore pu faire. Et il y a un type que je veux surveiller, un certain Cal Harrison.

Dans le quart d'heure suivant, les hommes abandonnèrent piquets et treillis de cordages pour engloutir leur ration froide en guise de déjeuner – pas le temps de faire chauffer. Frewin mangea avec ses hommes. John Larsson récita une prière pour saluer leurs deux amis disparus.

Larsson, Baker, puis Matters, avec un temps de retard, se signèrent. Après quoi chacun retourna à sa tâche.

Frewin s'écarta pour aller uriner dans les hautes herbes et, chemin faisant, songeait à Patty. Il espérait avoir le temps de lui écrire ce soir, lui raconter ce qu'il ressentait, en taisant le détail des atrocités, comme toujours. Une nouvelle lettre. Qui irait rejoindre les précédentes dans sa caisse. Patty.

Frewin retrouva le camp cinq minutes plus tard et se rendit au Q.G. de campagne. Le major général Toddwarth n'avait pas encore débarqué et Frewin perdit du temps à se procurer ce qu'il cherchait : la liste complète des hommes de la 3e compagnie.

L'officier qui la lui tendit une heure plus tard lui précisa :

— C'est la dernière mise à jour.

— C'est-à-dire ?

— Eh bien, il n'y a sur cette liste que les hommes valides. Les morts et les blessés qui ne peuvent plus être opérationnels n'y figurent pas. Vingt-deux noms sur la trentaine de la section. Dans l'immédiat je n'ai pas le temps de vous trouver tous les membres de la 3e section depuis le début.

— Ça ira parfaitement, merci.

Craig Frewin contempla les noms qui se succédaient :

— *capitaine Lloyd Morris*
— *lieutenant Ashley Durrington*
— *lieutenant Philip Piper*
— *adjudant Clive Bradley-Dodders*
— *adjudant Henry Clark*
— *sergent Piotr Kijlar*
— *sergent Gabriel Rabin*
— *sergent (infir.) Parker Collins*
— *caporal Douglas Regie*

— *caporal Adam Houdan*
— *soldat Frank Gazinni*
— *soldat Vladimir Hriscek*
— *soldat Martin Clamps*
— *soldat Jeremy Brodus*
— *soldat Cal Harrison*
— *soldat Peter Brolin*
— *soldat James Costello*
— *soldat Felipe Gonzalez*
— *soldat John Traudel*
— *soldat Rodney Barrow*
— *soldat Steve Risbi*
— *soldat John Wilker*

Cette liste serait le point de départ de leur traque. En regard de chaque nom, il mettrait tout ce que la PM apprendrait et déduirait. Il ferait de cette liste son guide pour resserrer toujours davantage le nombre de suspects. Jusqu'au tueur.

Frewin retourna à la Ruche dont on terminait l'assemblage des toiles annexes, et put installer son paquetage dans sa tente. Il dépliait son lit de camp lorsqu'il entendit son nom. Quelqu'un le demandait auprès de son équipe. Il sortit pour faire face à une infirmière, petite brune costaud, sourcils fournis, longs cheveux raides, qui se tordait les doigts de nervosité.

— Vous… Vous êtes le lieutenant Frewin de la Police Militaire ? balbutia-t-elle.

Frewin sentit que quelque chose n'allait pas. Il hocha la tête.

— Je m'appelle Clarice, je suis une amie d'Ann Dawson.

Elle s'assura qu'on ne les épiait pas et se rapprocha de lui.

— C'est à son sujet, je dois vous parler. Tout de suite, ajouta-t-elle avec une fermeté inattendue.

Tous les sens en alerte, Frewin ouvrit le battant de ses quartiers et l'invita à entrer.

18

Ann Dawson se voyait déjà étripée.

À n'en pas douter, lorsque le major Callon la verrait revenir après une absence de plusieurs heures, il l'étriperait. Et peu importaient les excuses qu'elle aurait inventées. En l'accusant de fuir ses responsabilités et son rôle d'infirmière auprès des nombreux blessés qui affluaient,

Callon pourrait demander son renvoi de l'armée.

Impossible. Pas en ce moment, ils ont trop besoin du personnel médical...

Certes son dossier s'en ressentirait : insubordination, tempérament violent, inconstance dans son travail. Mais qu'est-ce que ça pouvait bien lui faire après tout ? Lui nuire pour trouver du travail dans un hôpital après la guerre ? Si elle s'achevait un jour… Non, le véritable souci viendrait de sa relation avec Callon, il n'allait plus l'épargner désormais. L'œil rivé sur elle, il la coincerait dans une tâche contraignante afin qu'elle ne puisse plus remuer un cil.

Pour l'heure elle n'avait pas lâché les caisses personnelles des soldats qu'on venait de débarquer, elle les avait suivies jusqu'au camp, dans une zone où l'équipement s'entassait. Chaque section disposait de son propre tas et venait à tour de rôle dispatcher les coffres vers leurs propriétaires. Le tour de la compagnie Raven ne tarderait plus.

Cal Harrison reprendrait possession de son ignoble

contenu. Il devrait alors chercher à s'en débarrasser. Était-ce dans ses plans ? S'il l'avait conservée, c'était probablement dans un dessein bien précis… Ann ne savait plus qu'en penser, elle avait seulement hâte de voir le lieutenant Frewin s'emparer du problème. Sa découverte lui avait causé assez d'ennuis comme ça. Cinq heures plus tôt, dans la cale ténébreuse, le marin leste avait tenté de la coincer. À peine lui avait-il effleuré les épaules pour l'embrasser qu'elle lui avait envoyé son genou dans les parties. Le temps qu'elle coure jusqu'à la porte pour rallumer il se confondait en excuses, plié en deux sous l'effet de la douleur, prétextant qu'il avait cru à des avances lorsqu'elle lui avait demandé de l'emmener dans les cales. Le mâle dans toute sa splendeur.

Clarice et le lieutenant Frewin apparurent entre des fûts d'eau potable et elle se précipita vers eux.

— J'ai veillé à ce que personne ne l'approche ! affirma-t-elle.

Frewin la salua brièvement de la tête et ne dissimula pas son incompréhension.

— De quoi parlez-vous ?

Ann fut décontenancée en découvrant la plaie sur la joue de Frewin.

— Je… Je dois tout vous expliquer. (Elle se tourna vers son amie qui les observait avec étonnement :) Merci, Clarice, retourne vite à l'infirmerie avant que Callon ne te tombe dessus. Dis-lui que tu m'as cherchée sans me trouver.

— Le major va te tuer, Ann, Callon va te massacrer.

Frewin arrêta la petite brune d'une main :

— Dites à votre major Callon qu'Ann est avec moi, je l'ai réquisitionnée.

Clarice approuva vivement et lança un clin d'œil complice à son amie avant de partir.

— Si vous m'expliquiez ? demanda le lieutenant.

— Sur le *Seagull*, pendant votre absence, j'ai continué à me poser des questions.

Elle lui raconta comment elle en était venue à fouiller les caisses personnelles de la 3e section et comment les traces de sang avaient attiré son attention. Elle passa sous silence l'épisode du marin pour se concentrer sur sa découverte : la tête tranchée de Fergus Rosdale.

— À qui appartient cette caisse ? demanda Frewin.

— Un certain Cal Harrison.

Frewin cilla. Ann comprit que ce nom signifiait quelque chose pour lui.

— Vous le connaissez ?

Il la prit par le bras et l'entraîna vers l'emplacement réservé à la 3e section de la compagnie Raven.

— Oui, je l'ai croisé sur la plage, ce matin. Un ami de Trenton. Pas vraiment amical.

Frewin se mit à chercher parmi les caisses. Il trouva celle de Harrison en hauteur et escalada les marches improvisées pour s'en emparer.

D'en bas, Ann le vit l'ouvrir et rester de longues secondes à en examiner le contenu. Puis il la referma et descendit avec.

— Alors ? voulut-elle savoir. Qu'est-ce qu'on fait ?

Le visage fermé, il lui lança un bref regard qu'Ann ne sut interpréter. Satisfaction ou inquiétude ?

— On arrête Cal Harrison sans plus tarder. Voilà ce qu'on fait.

Frewin arriva dans le campement de la 3e section en compagnie de deux hommes : Adam Baker et Eliot Monroe, le premier pour son physique imposant et le second pour son tempérament de feu. Il avait préféré laisser à la Ruche le géant de la PM, John Larsson, en raison de sa légère blessure au ventre. Harrison était du genre forte tête, brutal et peu discipliné, son arrestation risquait d'être mouvementée, surtout au milieu de sa section après une matinée comme celle qu'ils venaient de vivre.

Les soldats qui virent arriver deux armoires à glace de la PM et un petit nerveux comprirent qu'il allait se passer quelque chose, et les regards les suivirent jusqu'au centre où plusieurs hommes étaient assis sur des réserves de matériel, pour nettoyer leurs armes, tenue décontractée – tee-shirts verts – et traits fatigués.

— Capitaine Morris ? s'enquit Frewin en toisant un petit trentenaire affligé d'une cicatrice que le lieutenant prit pour un bec-de-lièvre. C'est vous qui commandez la 3e section ?

— Lui-même. Et oui, c'est moi qui commande.

— Puis-je vous parler ? En privé.

— Je n'ai rien à cacher à mes hommes.

— Mais certains préféreront peut-être qu'on n'étale pas leurs problèmes devant leurs camarades, rétorqua Frewin du tac au tac.

Le capitaine soupira et, après avoir confié son fusil à un sergent, se leva pour suivre Frewin derrière une tente. Il était beaucoup plus petit que le lieutenant ne s'y était attendu. Il devait avoir une sacrée poigne pour se faire respecter de pareilles têtes brûlées. À la limite du réformable.

— Je dois vous informer que je viens arrêter Cal Harrison.

— Cal ? Pourquoi ?

— Suspicion de meurtre.

— Meurtre ? beugla le capitaine. Vous vous foutez de moi ? Il est accusé d'avoir tué qui ? Ces salopards d'en face dans leur bunker ? Eh bah, allez-y, arrêtez-le, et n'oubliez pas les trois cent mille autres hommes de cette plage !

— Nous avons retrouvé la tête tranchée de Fergus Rosdale dans ses affaires. Et il a entendu une conversation privée entre mon sergent et moi cette nuit, dont il s'est servi pour affoler le soldat Trenton, ce qui a conduit ce dernier à craindre la PM et à nous fuir ce matin. Il en est mort.

— Écoutez, je suis un officier, je sais ce qui s'est passé cette nuit, Tomers ne s'est pas suicidé, il a été assassiné, comme la veille cet autre gars, c'est vrai, il y a un malade mental qui sévit, mais ça ne peut pas être Cal, il doit y avoir une erreur, on ne va pas le boucler…

— Capitaine, je ne viens pas vous demander votre avis, je vous avertis par courtoisie pour que vous puissiez tenir votre section, c'est tout. En tant qu'officier de la Police Militaire je n'ai pas besoin de votre aval pour arrêter un suspect.

— C'est de la connerie tout ça…

Sans plus d'explications, Frewin s'en fut rejoindre ses hommes qui lui désignèrent Cal Harrison du menton, dans un coin. Tous trois s'approchèrent et encerclèrent le jeune blond.

— Tiens donc ! siffla Harrison. Et si la PM allait surveiller les prisonniers qu'on lui confie au lieu de gambader ! Après ça on va s'étonner qu'il y ait des évasions.

— Cal Harrison, debout, ordonna Frewin. Je vous arrête.

L'intéressé gloussa.

— Moi ? Bien sûr ! Compte là-dessus, tiens.

— Ne nous obligez pas à vous emmener de force.

Le faciès moqueur de Harrison s'altéra aussitôt : ses fossettes s'effacèrent, son regard devint froid, sa bouche tombante.

— T'avais besoin de tes deux copains pour venir me choper, hein ? Tu pouvais pas venir tout seul comme un homme, c'est ça ?

Il se leva d'un bond et se rua tête baissée sur Frewin qui encaissa en contractant ses abdominaux. Ils partirent en arrière et le dos du lieutenant s'écrasa contre une pile de malles qui vacillèrent. Frewin repoussa son assaillant en le tirant par les cheveux de la main gauche et de la droite il lui assena un violent coup de poing en pleine mâchoire.

Quelque chose craqua sous les phalanges du lieutenant.

Harrison tourna sur lui-même, sonné, tandis que Frewin

se stabilisait sur ses appuis en le guettant. Cal finit par stopper et, se tenant la joue, fixa Frewin. Il voulut parler mais la douleur l'en empêcha. Alors il lança son poing vers le foie de l'officier de la PM, qui parvint à s'en saisir et à le tordre pour contraindre Harrison à suivre le mouvement imposé par la clé. Harrison fut propulsé contre les malles qui claquèrent à nouveau sous l'impact. Il cria.

Plusieurs soldats de la section s'élancèrent aussitôt pour soutenir leur camarade, l'un d'eux s'empara d'une pelle avec l'intention d'en découdre. On ne touchait pas aux copains comme ça.

Eliot Monroe se dressa pour leur barrer le chemin, le pistolet tendu.

— On se calme tout de suite les gars ! commanda-t-il.

Comme ils s'avançaient toujours, il ajouta :

— Je n'hésiterai pas à m'en servir, je suis dans mon droit et vous commencez à sacrément me casser les couilles.

Sur quoi il prit son expression d'homme en colère, rictus aux lèvres, et tira deux balles à leurs pieds, manquant de peu d'en envoyer un à l'hôpital. La meute s'immobilisa.

Frewin écrasa Harrison au sol d'un pied entre les omoplates et lui tira les bras en arrière pour passer les menottes.

Le capitaine Morris grimpa sur une caisse pour beugler :

— Tout le monde arrête les conneries ! On va laisser Cal partir avec la PM et ils vont tirer ça au clair rapidement, on n'est pas là pour se battre entre nous, bordel ! Je suis sûr que Cal va revenir bientôt, c'est juste une erreur. Maintenant tout le monde retourne à ses affaires. C'est un ordre !

Des protestations s'élevèrent mais mollement. Ils reculèrent en marmonnant. Baker saisit le bras de Harrison et le fit marcher devant lui, avec Frewin qui venait d'attraper le paquetage de son prisonnier et Monroe qui tenait son arme le long de la jambe, en fixant chacun droit dans les yeux.

L'équipe de la PM put rejoindre son campement où on enferma le suspect dans une tente. Au centre, un anneau fixé à un plot en béton servait à arrimer les bâches de camouflage. On y glissa une chaîne verrouillée sur les menottes de Harrison.

Frewin laissa Phil Conrad, le doyen de leur groupe, conduire le premier interrogatoire. Harrison était trop braqué contre le lieutenant pour que ce dernier en tire quoi que ce soit. Trois heures à tout essayer pour un résultat nul. Harrison était fou de colère. Il avait la mâchoire inférieure enflée, peut-être fracturée, mais ne se plaignait pas. Personne ne proposa d'appeler un médecin, ils avaient trop en tête le macabre contenu de sa caisse et les descriptions du massacre de Fergus Rosdale. Si Harrison était le coupable, il méritait bien de souffrir un peu. S'il était innocent, alors cette tête à claques prendrait une bonne leçon.

Pendant ce temps, Frewin fouillait les effets personnels de Cal sans rien découvrir, si ce n'est une lampe-torche, le modèle militaire standard que le tueur avait abandonné sur les lieux de son second crime.

Harrison resta muet. Sauf pour cracher quelques injures. Lorsqu'on évoqua ce qu'on lui reprochait, il parut même surpris, et répéta plusieurs fois qu'il prenait du plaisir à « buter les enfoirés d'en face, mais certainement pas un copain ! Y a que les putes de la PM pour chercher à foutre la merde dans notre camp ! »

En début de soirée, un sous-officier de liaison arriva en trombe dans la tente principale de la Ruche. Le major général Toddwarth voulait voir Frewin sur-le-champ. Ce dernier le suivit jusqu'au poste de commandement, retranché derrière des sacs de sable et sous une bâche de camouflage, pour découvrir Toddwarth dans le recoin qui lui servait de bureau.

Les premiers mots de Toddwarth furent sans équivoque :

— Craig, tu vas libérer Cal Harrison immédiatement.

19

Frewin en resta abasourdi.

Toddwarth tenait le mégot d'un cigarillo entre ses doigts et grattait sa moustache grisonnante. Il fouilla sur son bureau de fortune pour s'emparer d'un briquet et ralluma le cigarillo.

— Cette nuit Harrison dormira dans sa tente avec ses compagnons de chambrée, et toute la section se calmera, enchaîna-t-il en crachant un nuage de fumée épaisse. La compagnie Raven est en alerte, elle va partir au front dans quarante-huit heures, nous ne tenons pas toutes les positions prévues et nous ne progressons pas assez vite ailleurs. Nous avons besoin de tous nos hommes et de leur confiance.

— Harrison est peut-être un assassin.

— Non, il n'est pas ce que tu dis. Le capitaine Morris vient de m'apporter un rapport qu'il a rédigé cet après-midi même, il a rassemblé les témoignages de trois hommes qui peuvent garantir que Harrison était avec eux la nuit dernière et deux autres affirment qu'ils étaient avec lui la nuit précédente. Harrison dispose d'alibis pour les nuits des deux meurtres.

— Ce sont des foutaises ! Ils se serrent les coudes, rien d'autre, ils s'inventent des alibis pour se soutenir, ça ne prouve rien. Vous avez lu ma synthèse ? Vous savez ce qu'on a retrouvé dans ses affaires ?

— Justement, c'est trop gros, le vrai coupable aura mis cette tête pour accuser Harrison.

— Possible. En attendant il est suspect, je dois l'interroger. C'est prendre trop de risques…

— Lieutenant ! Tu libères Harrison ce soir, c'est tout. Et puisqu'il faut en arriver là, c'est moi qui vais donner à ton enquête l'orientation dont elle a besoin ! N'as-tu pas songé une seconde à qui profitaient ces meurtres abominables ? À l'ennemi bien entendu ! C'est là qu'il faut chercher ! Parmi nos soldats il y a un traître ! C'est un espion fanatique que tu dois traquer et non un de nos hommes qui aurait subitement perdu la raison. Un traître veut semer la panique et saper notre moral. Vérifie qui a des parents étrangers, ou a effectué des voyages dans des pays contre lesquels nous sommes en guerre. Voilà ce qu'il faut faire.

Frewin baissa la tête, il n'en croyait pas ses oreilles.

— C'est un comble que ce soit à moi de te dire comment mener ton enquête ! insista Toddwarth.

— Colin, tout ça est une mascarade épouvantable. Qui te met la pression ? L'état-major ? Ils ne veulent pas de remous pendant l'offensive ? Ils craignent les désertions, les révoltes ?

— Harrison sera libre ce soir, c'est tout.

Le petit major général s'enveloppa de volutes bleutées et ses yeux s'étrécirent comme pour menacer Frewin en cas de désobéissance.

— Dis-toi de toute façon que le meurtrier est peut-être mort pendant l'assaut…, déclara-t-il.

— Et qu'on ne saura jamais qui c'était ? Que sa mémoire sera honorée avec les mêmes égards que les autres soldats tombés au champ d'honneur ? Et s'il est toujours en vie ?

— Avec toute cette barbarie il sera peut-être las et n'aura plus de crise de démence, sait-on jamais !

— Ce n'est pas de la démence, gronda Frewin. Trop de sang-froid, trop bien organisé pour ça et…

— Alors ma théorie de l'espion tient debout ! Fais ce que je t'ai dit et c'est tout. Trouve-moi cet espion, et si j'ai tort, ce malade se fatiguera peut-être, on peut espérer qu'il ne tuera plus.

Frewin secouait la tête, écrasé.

— Deux crimes en deux nuits. S'il garde ce rythme, le prochain sera pour ce soir, Colin.

Frewin libéra lui-même son prisonnier. Harrison sortit très lentement, savourant la frustration qu'il lisait dans le regard de l'officier de la PM.

— Tout se paye dans une guerre, surtout les traîtrises, lança le rustre. On se reverra, lieutenant.

Eliot Monroe se tenait en retrait, serrant les poings. Quand Harrison fut parti, il vint vers Frewin :

— Lieutenant, je sais que ça ne se fait pas, mais je suis sûr que Baker et Larsson seraient d'accord pour m'accompagner et corriger ce connard. Si vous n'y voyez pas d'inconvénient. Histoire de lui apprendre à nous respecter un peu.

— Pas de ça, Eliot. Surtout pas de ça.

Tandis que la nuit tombait, ils entrèrent dans la tente principale de la Ruche où le reste de l'équipe les attendait.

Des tables pliantes et leurs chaises en occupaient le centre, une autre desserte servait au café, deux grands tableaux noirs et des panneaux de liège fermaient le fond de l'installation, le tout éclairé par six lampes à pétrole suspendues dans l'armature d'acier. Summum du confort compte tenu des circonstances – ils le devaient à Phil Conrad et ses nombreux amis dans la logistique – trois grands tapis recouvraient le sol. Des bâches servant de portes séparaient la Ruche de ses alvéoles où s'entassaient des lits de camp, des bureaux annexes et quelques provisions, ainsi qu'une cellule fraîchement installée avec des pans de cage amovibles.

Larsson et Baker discutaient à l'entrée, semblables à deux colosses montant la garde, tandis qu'Angus Donovan nettoyait ses lunettes, assis à la table centrale, face à Conrad. Matters s'approcha, le bras en écharpe.

— Allez à l'infirmerie, lui ordonna Frewin, et dites que je réquisitionne à nouveau Ann Dawson. Si le major Callon se montre sceptique, envoyez-le à Toddwarth.

— Toddwarth est au courant ?

— Non, mais il me couvrira, le temps de savoir de quoi il retourne. Et j'ai décidé de ne plus lui faire de cadeau.

Donovan, plutôt réticent à l'idée de se créer des ennuis avec toutes les formes de hiérarchie, se pencha, inquiet :

— On a des problèmes avec les huiles ?

— L'état-major fera tout pour que les esprits se focalisent sur la guerre et pour que la PM soit discrète. On ne veut pas de vagues.

— Ça veut dire pas d'interrogatoires ? s'inquiéta Conrad.

— Avec parcimonie et tact, corrigea Frewin. Pas d'arrestation sans totale certitude.

— Ça va être simple !

— Et d'ici à trois jours on nous expédie tous aux quatre coins du pays ! s'indigna Monroe. Ils savent faire éclater les groupes qui leur posent des problèmes.

Frewin hocha la tête.

— Ce n'est pas impossible, confirma-t-il, c'est pourquoi il nous faut agir vite. Toddwarth..., ou plutôt l'état-major, aimerait qu'on explore la piste d'un espion ennemi parmi nos hommes, ce qui permettrait de faire tomber la paranoïa ambiante et de resserrer les liens entre soldats.

— Au contraire ! L'idée d'un espion va faire flipper les gars et les rendre encore plus paranos ! contesta Donovan en replaçant ses lunettes sur son nez.

— Pas sûr. Ils préfèrent se dire que c'est un ennemi

infiltré qui les décime, plutôt qu'un de leurs potes devenu dingue.

Frewin écarta un pan de tissu et entra dans une petite tente qui contenait les réserves de nourriture. Il ouvrit une ration de haricots-saucisses et la mangea froide au milieu de ses hommes, qui avaient déjà dîné. Conrad fit chauffer du café dont l'odeur ne tarda pas à emplir la tente.

Matters arriva avec Ann. Sa peau lisse, ses lèvres roses, ses cheveux blonds et ses seins gonflant sa blouse blanche imposèrent un certain silence.

— Messieurs, pour ceux qui ne la connaissent pas, je vous présente Ann Dawson, annonça Frewin. Elle est infirmière et va nous assister pendant une partie de cette enquête pour tout ce qui touche au domaine médical. De plus, elle dispose d'un esprit d'analyse très pertinent lorsqu'il s'agit de décortiquer les actes criminels. N'est-ce pas, Ann ?

Prise au dépourvu, elle acquiesça en bafouillant, avant de se rattraper :

— J'ai… passé les quatre dernières années sur les champs de bataille, à voir les hommes dans les situations les plus dramatiques, faisant appel à leurs instincts les plus primaires. J'ai observé les comportements face à la souffrance, à la mort, à l'ordre de tuer ou à l'instinct de tuer. Étant extérieure aux combats, j'ai un recul sur l'homme et son rapport à la violence, que les soldats n'ont pas. Je recueille leurs confidences les plus intimes sur les lits d'hôpitaux, les pensées qu'ils ne partagent pas d'habitude. J'ai intériorisé tout cela, avec une certaine passion pour la psychologie en général. Je pense que ça peut…, peut-être, apporter un éclairage… *différent* à votre enquête. Celui d'une femme.

Frewin hocha la tête, elle s'en était bien sortie. Elle méritait en effet sa place dans le groupe, du moins pour le moment. Le temps qu'il la cerne mieux, et qu'il sache pourquoi elle portait un tel intérêt à cette affaire.

Il repoussa sa gamelle presque vide et se dirigea vers un des tableaux. Le brainstorming pouvait commencer. Tout le monde prit un siège, à l'exception de Monroe qui préféra rester en retrait près de l'entrée.

— Je ne vais pas revenir en détail sur nos premières conclusions, je pense qu'elles sont justifiées. (Frewin échangea un regard complice avec Matters en continuant sur une théorie qu'il avait partagée avec son sergent la nuit précédente.) Soit c'est un grand timide solitaire, soit au contraire une grande gueule toujours sur le devant de la scène. On sait aussi comment il s'y prend pour piéger ses victimes. Pour ceux qui n'étaient pas là quand j'en ai parlé, voici l'objet en question.

Frewin s'empara de la lampe-torche retrouvée dans la salle de repos du *Seagull* la veille, son long fil enroulé autour du manche.

— C'est un bricolage rudimentaire mais efficace. Il suffit de poser la lampe à l'opposé de soi dans une pièce noire, d'attendre l'arrivée de la victime potentielle et d'actionner le bouton tout au bout du fil. La lampe s'allume, la victime tourne la tête dans la direction de la lueur et l'agresseur peut surgir par-derrière.

Donovan leva la main.

— Question ! fit-il. Est-ce qu'on a vérifié si Harrison avait encore sa lampe dans son paquetage ?

— Oui, il l'avait. Ce qui ne veut rien dire, on peut s'en procurer sans difficulté. Le tueur peut s'être évité le risque d'aller en demander une autre en volant celle d'un soldat sur la base avant notre départ.

— On pourrait demander à toute la compagnie Raven s'il y a eu un vol de lampe, proposa l'imposant Baker.

— Ça ne nous avancerait pas. Ce qui m'intéresse ce soir, ce sont les caractères singuliers de ces crimes. Que peut-on dire, Matters ?

Le sergent se redressa.

— Bien… Euh, dans le cas de Rosdale, on peut

s'interroger sur la décapitation. Pourquoi tant de barbarie ? Pourquoi l'avoir planté sur des crochets de boucher ?

— Et pourquoi une tête de bélier à la place ! ajouta aussitôt Donovan. Pourquoi pas une tête de chien ? Ça aurait été plus facile à se procurer !

— Bien dit, lança Frewin. Et dans le cas de Gavin Tomers il y a aussi une forme de… mise en scène. Totalement enroulé dans du ruban adhésif, avec des clous plantés dans les lèvres et un scorpion enfermé vivant dans sa bouche.

— Des points communs aux deux cas, fit remarquer Conrad.

— Exact.

Et il inscrivit au tableau : « POINTS COMMUNS. »

— Quels sont-ils ? Une référence à un bestiaire dans les deux cas. Pour quoi faire ?

— La symbolique ? hasarda Ann.

Frewin la fixa.

— Allez-y, développez.

— Je me disais qu'il ne tue pas dans son coin, un peu honteux, au contraire. J'ai vu le corps de Rosdale et je peux affirmer que le tueur voulait qu'on le remarque. Il ne l'a pas abandonné après l'avoir tué, non, il l'a *exhibé* !

Frewin approuva vivement. Ann poursuivit :

— Donc, s'il veut… montrer ses crimes, on peut estimer qu'il cherche à dire quelque chose, c'est… une forme d'expression.

— Plutôt barge le mode d'expression, railla Larsson.

— Et son expression passe par ce qu'il fait aux corps. La transformation qu'il leur fait subir.

— Ou l'animalité qu'il leur transmet, proposa Frewin. Dans ce cas, qu'est-ce qu'un homme à tête de bélier ? Une sorte de minotaure ?

— Et un type qui a un scorpion dans la bouche ? fit remarquer Conrad de sa voix éraillée. C'est quoi ?

Frewin fit signe qu'il n'en savait rien.

— Néanmoins c'est une hypothèse à surveiller,

souligna-t-il. Le rapport à l'animal. Que peut-on voir d'autre ?

— La férocité des crimes, dit Matters. On ne sait pas comment est mort Rosdale, probablement la gorge tranchée, Tomers, lui, a été étranglé.

— Pas jusqu'à la mort, il a probablement perdu conscience ou une bonne partie de sa lucidité mais il était vivant lorsqu'on lui a enfourné ce scorpion dans le bec. Pourquoi une telle barbarie ?

— Il détestait ces mecs, proposa Monroe du fond de la tente. Ils se connaissent dans les compagnies Raven, Gold et Alto, et peut-être qu'il existe des rivalités.

— Qui vont jusqu'au meurtre ? s'étonna Matters. Un peu fort !

— Je sais, je m'attache à ma notion de symbolique, intervint Ann, cela dit ça me semble important. Je pense que le tueur est un type intelligent, il est habile puisque

personne ne le voit, il ne laisse pas de trace compromettante, ce sont des signes d'intelligence, et s'il est malin, il peut chercher à dire des choses autrement que par notre langage usuel, notamment la mort et la mise en scène de ses victimes.

— Pourquoi ferait-il ça ? demanda Baker.

— Je ne sais pas, parce que le langage normal le frustre, parce qu'il est bridé dans son expression… Si cet homme a été sévèrement traumatisé durant ses étapes de développement, à l'enfance et l'adolescence, il se peut qu'il ne parvienne pas à s'exprimer correctement…

— Comment ça ? Il ne peut pas aligner trois mots à la suite ? insista Baker, qui manquait parfois de subtilité.

— Non, c'est une métaphore, je veux dire qu'il ne s'est pas développé comme vous et moi et que, pour lui, certaines émotions n'empruntent pas le même canal. Parfois elles ne réussissent pas à l'atteindre, parfois au contraire il n'arrive pas à les faire sortir. Et elles s'accumulent avec les années. La frustration de ne pouvoir les vivre s'accumule également. Les émotions ne sortent pas, elles s'entassent dans les replis de sa personnalité et finissent par devenir obsédantes. Jusqu'à le rendre malade, du moins à le conduire sur des chemins qui ne sont pas les nôtres. Sa frustration devient si forte qu'elle provoque de nouveaux axes de comportement. Et parmi ceux-là, tuer peut être l'unique moyen qu'il ait trouvé pour survivre. Tuer est sa soupape de sécurité à lui, pour ne pas imploser.

Un silence pesant suivit cet exposé. Dans le lointain circulait encore la rumeur des canons, rappelant que, malgré la nuit, les assauts perduraient, la ligne de front n'était qu'à une poignée de kilomètres.

Frewin demeura silencieux. Ann exposait à sa manière des notions qu'il partageait, une vision qu'il avait mis des années à se forger de la déviance criminelle. C'était comme si elle avait pu entrer dans son propre crâne pour le sonder et y récolter ses déductions. Lui parlait de langage du sang, elle considérait ces meurtres comme une forme d'expression ! Même conclusion. Comment pouvait-elle en savoir autant ? Comment une infirmière, aussi observatrice fût-elle, pouvait-elle explorer avec autant de justesse l'esprit des criminels les plus sadiques, les plus rares aussi ?

— Tuer un homme au corps à corps c'est déjà quelque chose d'extrêmement… bestial, difficile, c'est le cauchemar, exposa Monroe d'une voix grave. Et dans l'instant de la mise à mort, c'est l'instinct le plus primitif qui dirige l'être. L'homme cesse d'être homme pour redevenir animal, le prédateur comme la proie. Tout ça est très, très dur. Comment un homme pourrait-il arriver à en tuer un autre avec autant de plaisir juste parce qu'il est frustré ?

On sentait poindre l'expérience intime de Monroe. La guerre ne faisait pas que des victimes pour les cimetières.

— La personnalité s'élabore tel un cours d'eau tumultueux dès les premières années, exposa Ann. Il n'est au début qu'un filet d'eau qui dévale la montagne. Et en fonction du nombre d'affluents qui viennent à lui, il va prendre de l'ampleur ou non. Mais il arrive qu'un traumatisme modifie la descente, une fissure qu'il faut noyer avant de poursuivre son chemin, une crevasse qui bouleverse la route, ou un obstacle qui tombe dans le lit de cette rivière et l'oblige à se scinder pour survivre, ou à prendre une route souterraine. Car, quoi qu'il arrive, la personnalité est comme le cours d'eau, elle doit continuer, elle doit aller de l'avant, inscrite qu'elle est dans le temps, dans l'écoulement de la vie. Aujourd'hui les experts commencent seulement à savoir de quoi sont faits nos comportements, à étudier nos agissements à nous – la majorité, névrosée certes mais « dans la norme » –, cependant qu'en est-il des gens qui se développent autrement à cause d'un trop grand nombre d'obstacles ? À cause du trop grand nombre de failles, de crevasses qu'ils ont dû franchir alors qu'ils n'étaient que des ruisseaux encore

fragiles ? Dans quel état parviennent-ils à la mer ? Par quels chemins sont-ils obligés de passer pour survivre ? Et quels experts peuvent se vanter d'expliquer les cours d'eau souterrains et leur extrême complexité ?

Ann prit une inspiration avant de conclure :

— Pour nous qui avons grandi à la lumière, tuer est un acte ignoble qui cristallise nos peurs et nos tabous, nos interdits. Pour celui qui grandit dans les méandres souterrains de sa personnalité, tuer peut être l'acte suprême de révélation de soi, un moyen d'ouvrir une frange de lumière dans ses ténèbres. Tuer devient l'unique moyen d'exprimer ses passions, et donc c'est en tuant qu'il éprouve des émotions, du plaisir.

Frewin réalisa qu'elle était emportée par ses explications. Tout cela était le fruit d'une longue réflexion. Un mystère de plus tissait son voile autour d'Ann Dawson. *Qui est-elle vraiment ?* se demanda Frewin avec insistance.

— Très bien, relança-t-il. Si je résume, nous sommes

aux prises avec un homme qui n'a pas les mêmes valeurs que nous, qui ne s'exprime pas comme nous.

— Oui. Tuer, pour lui c'est presque vital, surtout depuis qu'il a commencé. S'il l'a fait deux fois, si vite de surcroît, je pense que c'est par goût. Il s'est empressé de recommencer parce qu'il a aimé faire ça et qu'il a voulu s'assurer que c'était vraiment… *bon*, qu'il allait retrouver ces sensations à chaque tuerie.

— Ça laisse augurer le pire, cette théorie ! s'indigna Donovan.

— S'il a eu le même plaisir la seconde fois que la première, alors oui, nous courons à la catastrophe. Si au contraire il a été déçu, j'ai bien peur qu'il tue à nouveau, mais après un temps de latence, pour y réfléchir, trouver ce qu'il n'a pas bien fait.

— Et si à la troisième fois il n'est pas satisfait ? interrogea Matters avec une vive curiosité.

— Je ne sais pas, avoua Ann. Il s'arrêtera pour chercher une autre voie d'expression. Ou bien… il tuera encore et encore, avec de plus en plus de cruauté, libérant sa rage de ne pas retrouver son plaisir dans les autres crimes.

— Pourquoi il aurait du plaisir en tuant ? insista Monroe qui ne réussissait pas à concevoir cette idée.

— Parce qu'il a enfin trouvé le mode d'expression qui lui convient. Il a *fantasmé* ce moment pendant très longtemps. Comme un adolescent qui aurait son premier rapport sexuel. Il ne le maîtrise pas du tout, débordé par tant d'émotion, il est subjugué par ce plaisir dont il a tant rêvé, mais qui se révèle trop court. Alors il veut recommencer encore et encore, retrouver ce plaisir.

— Mais pourquoi *tuer* serait son rêve à lui ?

Ann haussa les épaules :

— Je ne sais pas exactement, c'est en rapport avec sa personnalité, ses modes de développement, ses traumatismes. Une personnalité écrasée par un parent, un référent sexuel complètement déstabilisé dans la prime enfance par un viol, beaucoup d'explications existent à cela. Quoi qu'il en soit, il ne s'est pas développé dans un équilibre, son être a basculé dans une souffrance, il s'est construit dans le repli sur lui-même qui l'a conduit à des autosatisfactions essentielles, mais peu de satisfactions venant des autres. Qui sait ? Il a peut-être été le souffre-douleur de ses camarades… Peu importe. À présent, c'est dans la destruction de l'autre qu'il s'émancipe, qu'il se construit un plaisir. La haine est un moteur fondamental de son fonctionnement, là où c'est l'amour pour la plupart des gens, et même une forme d'empathie, ce que lui ne possède absolument pas. Tout est replié sur lui-même.

Frewin remarqua à quel point l'auditoire était tourné vers elle, vers son savoir surprenant.

— Puis-je vous demander d'où vous tenez cette connaissance ? questionna-t-il.

Elle perdit aussitôt contenance :

— Je… Je lis énormément sur le sujet.

— Vous… lisez ? Vous êtes une infirmière étrange, mademoiselle Dawson.

Ils se fixèrent tous les deux pendant de longues secondes. Il cherchait à percer ce qu'elle cachait et elle le savait.

— Ce type, il se comporterait comment, dans la vie de tous les jours ? s'enquit Matters.

Frewin baissa les yeux pour laisser Ann répondre.

— Eh bien… Il… Il ne doit pas être très différent des autres soldats, j'en ai peur. Il est malin, il sait qu'il ne faut pas se montrer trop différent. La vie militaire doit lui convenir. Une discipline à respecter, une hiérarchie, je pense que dans certains cas ce serait insupportable mais lui s'en accommode au mieux, il s'en sert pour construire sa « personnalité-carapace », de surface. Celle qui lui sert de masque. La discipline militaire doit l'aider dans cette démarche stricte, et la vie en groupe ne doit pas comporter pour lui d'obstacles insurmontables, il lui suffit de s'adapter aux critères de bonne camaraderie et on lui fiche la paix. Néanmoins, je pense qu'il ne peut pas être tout à fait à son aise. C'est un homme qui se tient tout de même un peu à l'écart du groupe, un des plus solitaires. Il est trop différent dans sa nature pour pouvoir vivre tout le temps avec les autres.

— Solitaire ou extraverti, il peut dissimuler sa différence derrière des excès, compléta Frewin.

Il se tourna et compléta ce qu'il avait commencé à écrire.

POINTS COMMUNS :
• Bestiaire animal.
• Barbarie des crimes.
• Mise en scène.

Criminel : solitaire ou extraverti ?

— C'est un pervers, compléta Frewin. S'il montre ses crimes, s'il tue avec autant de barbarie et en cherchant à nous parler avec ces images d'animaux, ce n'est pas seulement pour s'exprimer, il joue. Il sème de fausses pistes, il maquille les cadavres. Il joue avec nous.

— Nous ? C'est-à-dire la PM ? s'indigna Larsson.

— Les *autres*, corrigea Frewin. Les hommes qui ne sont pas comme lui. C'est un joueur pervers et provocateur. Il a su, comme tout le monde dans la compagnie Raven, que nous menions une enquête sur lui, et dès qu'il en a eu l'opportunité, il a frappé. Ce matin Clauwitz et Forrell ont été ses troisième et quatrième victimes. Il nous parle. Et ce qu'il nous dit n'a rien d'amical.

— Vous croyez que c'est lui qui a tué vos hommes ? interrogea Ann.

— Aucun doute.

— Quand vous dites : il joue, voulut développer Conrad, vous faites allusion aux indices qu'il sème pour nous conduire sur de fausses pistes ? Comme les initiales O.T. trouvées sur la scène du premier crime ?

— Par exemple.

— Impossible de dire si c'est lui ou la victime qui a écrit ! intervint Ann.

Frewin haussa les épaules :

— Si c'est la victime, ça n'a aucun sens. On a vérifié toute la 3e section et même toute la compagnie Raven, personne n'a ces initiales-là. Il semble plus probable, comme l'a déduit Matters, qu'il s'agisse d'un Q. et d'un T. Quentin Trenton. Mais il avait des alibis pour les deux crimes. Et il est… mort maintenant C'était un moyen, très subtil, de nous tromper.

— Peut-être qu'il n'y aura pas de nouveau crime…, hasarda Donovan avec une dose d'espoir dans les yeux. Si c'était Trenton le meurtrier.

Personne ne releva et Matters enchaîna :

— Pour résumer, on cherche un droitier costaud de la 3e section, solitaire bien que sachant s'adapter, ou extraverti. Ça réduit les suspects.

— Sauf qu'il sera difficile d'interroger les hommes, objecta Frewin. Ils se serrent les coudes, nous passons dans cette affaire pour des traîtres, et ils préféreront se montrer solidaires, quitte à inventer, plutôt que de nous aider à boucler l'un des leurs. Rappelez-vous qu'ils partagent l'épreuve du feu à chacune de leurs sorties, ces gars-là se sont sauvé la vie mutuellement, et ils recommencent à chacune de leurs missions. La solidarité est plus forte que tout le reste.

Monroe prit la parole :

— Et ce Harrison, on en fait quoi alors ? C'est notre homme ou non ?

Frewin eut l'air sceptique.

— Difficile à dire. Dans l'euphorie du moment j'ai voulu y croire, tout l'accusait… Pourtant il ne ressemble pas à celui qu'on recherche. Le tueur est prudent, méthodique. Il n'aurait pas gardé la tête de sa première victime, c'est stupide.

— Ce tueur, dit Matters, il est un peu comme un chasseur, non ? Et les chasseurs ça aime conserver les trophées. Moi ça ne m'étonnerait pas. Harrison a le profil parfait !

Ce fut au tour d'Ann d'exposer son point de vue :

— Moi je rejoindrais assez l'avis du lieutenant Frewin. Tout nous indique que le meurtrier est méthodique, prudent, il pense à effacer ses traces, alors pourquoi laisserait-il du sang sur sa propre caisse ? Ce sont les taches rouges qui m'ont alertée lorsque j'inspectais ces caisses, le tueur savait qu'elles seraient manipulées par les gars de la logistique pour être débarquées plus tard, il savait qu'on s'inquiéterait en voyant du sang sur l'une d'elles. Pourquoi autant de négligence alors qu'il est si attentif sur la scène de ses crimes ? J'ai du mal à le croire. En revanche, ça pourrait être une bonne fausse
piste, un moyen supplémentaire de jouer avec nous.

— On le classe tout en haut de notre tableau des suspects potentiels, trancha Frewin, à défaut d'avoir assez d'éléments que Toddwarth ne pourra pas réfuter pour l'arrêter. Il faudrait pouvoir le surveiller, trouver quelqu'un de confiance dans la 3e section.

— Impossible, avertit Conrad. Ils sont trop soudés, personne ne le surveillera pour nous.

— Je peux vous aider à les cerner, intervint Ann. Je peux les approcher pour vous. De moi, ils ne se méfieront pas.

Frewin serra les dents. C'était ce qu'il craignait depuis un moment déjà. En arriver là.

— C'est votre seul moyen d'en savoir plus sur lui, rappela-t-elle.

Frewin cassa la craie qu'il tenait entre ses doigts et la déposa discrètement dans un bac, avant d'aller s'asseoir sur le bord de la table.

Monroe assena le coup final :

— Surtout que désormais on n'a plus seulement le tueur comme ennemi, mais aussi Harrison. Qu'il soit coupable ou non, je peux vous garantir que, s'il a l'occasion de nous descendre, il ne s'en privera pas !

Matters haussa les sourcils.

— Alors ? demanda Ann en guettant Frewin. Le temps nous est compté. Deux crimes en deux nuits. Et une troisième qui se profile dès à présent.

— Quatre meurtres, rappela froidement Conrad.

Frewin soupira. Ann ne le lâchait plus du regard. Elle avait compris qu'il craignait pour elle. Il ne voulait pas la mêler physiquement à tout ça.

Et elle le défiait.

Elle en était capable.

Quelque chose en elle lui échappait.

Un secret qui faisait d'elle une femme à part.

Tout comme le tueur qu'elle allait traquer.

20

L'aube blanche et froide s'arracha au rebord du monde pour emporter avec elle les derniers rêves.

Des spectres à forme humaine titubaient pour rentrer à leur base tandis que la relève – qu'on prenait soin de faire passer par d'autres chemins – partait les remplacer sur la ligne de front, les yeux encore bouffis de sommeil.

La rosée se mêlait à la fraîcheur saisissante du petit matin pour contraindre les corps à se recroqueviller dans leur manteau. Les quarts de thé et de café fumaient abondamment, et déjà le ballet des bombardiers et des chasseurs reprenait au-dessus des casques.

Frewin, assis sur une pile de rectangles en acier contenant des munitions, attendait le retour de Matters, Donovan et Conrad, un quart bien chaud à la main. Son menton lui piquait de s'être rasé si vite, à l'eau froide. Il avait pris soin de contourner la balafre suturée qui ornait le bas de sa joue jusqu'à son oreille et elle tirait comme si la peau de son visage était trop courte à présent.

Donovan se présenta au rapport le premier. Rien à signaler au QG du camp. Matters arriva dans la foulée, rien non plus auprès des officiers commandant la compagnie Raven, la nuit avait été calme sur la base. Lorsque Conrad apparut, tous les regards convergèrent vers lui avec une crainte palpable. Il répondit d'un geste par la négative, l'infirmerie n'avait rien à déclarer, aucun blessé ou cadavre qui ne soit l'œuvre de la bataille.

Frewin soupira longuement. Comme tous ses hommes, il avait mal dormi, se réveillant au moindre bruit, songeant à celui qui hantait cette mission, à la souffrance qu'il pouvait être en train de provoquer, à la mort qu'il allait probablement infliger pendant qu'ils attendaient, impuissants, de savoir où et qui il avait frappé.

L'annonce d'une troisième nuit « paisible » suscitait un certain trouble en Frewin. Le soulagement dominait, mais il se sentait anxieux, presque… *triste*. Et si le tueur avait décidé d'interrompre provisoirement sa quête de lui-même, sa destruction des autres ? Il pourrait passer entre les mailles du filet, changer de section, de compagnie. Quitter cette guerre ? Et s'il avait été blessé hier pendant l'assaut ? Allait-il rentrer au pays, chez lui, et tuer à nouveau, loin de Frewin et de son équipe ? Tout cela impliquait un constat amer : l'éventualité de ne jamais mettre la main sur lui. Qu'il puisse éviter les conséquences de ses actes odieux. Que Forrell et Clauwitz ainsi que les deux autres victimes n'obtiennent jamais justice.

Frewin but une gorgée de café brûlant avant d'entrer dans la Ruche avec ses hommes. Là il leur fit le briefing du jour :

— Parce que les huiles de l'état-major lui ont demandé de ne pas faire de remous et de calmer le jeu, Toddwarth va vérifier que cette enquête ne nous empêchera pas d'assurer nos autres fonctions. S'il remarque que nous sommes trop centrés dessus, il s'arrangera pour nous mettre des bâtons dans les roues. Je connais le major général, il ne fera pas ça pour nous nuire, mais il privilégiera toujours ses intérêts, sachez-le.

— Ça signifie qu'on doit se faire discrets ? s'informa Baker.

— Justement non, soyez sur le terrain, bien visibles, contrôlez l'activité des sections dont vous êtes en charge, Conrad et Larsson la 1re section, Donovan et Baker la 2e, Matters et Monroe la 3e. Demandez des rapports aux officiers, faites le tour des camps de prisonniers pour vous montrer, mais n'oubliez pas que vous êtes dispensés de leur surveillance jusqu'à nouvel ordre. Toddwarth nous a au moins accordé ça. Acquittez-vous de vos rondes obligatoires dans le périmètre de sûreté, personne ne saute sa garde, on remplace les collègues des autres compagnies. Vous faites respecter l'ordre et la discipline, la sécurité. Au milieu de tout ça, rien ne vous empêche de poser quelques questions, les hommes se connaissent, ils parlent entre eux, cherchez à identifier les solitaires, les grandes gueules, les marginaux. Voyez si des clans existent, et qui les constitue. Toute information concernant Fergus Rosdale et Gavin Tomers est bonne à prendre, qu'on en sache plus sur eux : avaient-ils des différends avec quelqu'un ? Qui étaient leurs copains ? Nous devons trouver pourquoi eux, pourquoi le tueur les a-t-il choisis plutôt que d'autres. À la moindre info, venez me voir, je serai ici, à régler la paperasse et à m'assurer que nous resterons ensemble le plus longtemps possible. Au boulot, les gars.

Ils se levaient lorsque Larsson redressa son mètre quatre-vingt-quinze pour exhiber son casque et son calot en même temps :

— C'est quoi aujourd'hui, lieutenant ?

— Nous sommes toujours en territoire hostile, Larsson. Casque.

Monroe et Baker sourirent en plaisantant sur le zèle de leur ami et ils sortirent. Frewin interpella Matters alors qu'il allait suivre :

— Sergent, je voudrais vous entretenir un instant.

Matters, surpris, revint sur ses pas.

— Lorsque vous patrouillerez sur le terrain de la 3e section, assurez-vous qu'Ann Dawson s'en sort, vous voulez bien ? Je n'aime pas la savoir au milieu de tous ces loups.

— Bien, je n'y manquerai pas. Cependant, si vous voulez mon avis, elle saura y faire et se défendre s'il le faut.

— Probablement, mais on n'est jamais trop prudent. Il y a au moins un homme dans cette foutue section qui n'est pas ce qu'il prétend. Alors essayons de ne pas prendre de risques et ouvrez l'œil.

En fin d'après-midi, Frewin tapait un rapport pour ses supérieurs sur une machine à écrire portative, installé sous l'auvent de la Ruche. Lorsqu'il levait la tête de sa feuille, c'était pour apercevoir des colonnes de fumée noire sur l'horizon des collines boisées, émaillées ici et là de flashes blancs et rouges sur fond de tonnerre. Les renforts, le matériel et les véhicules continuaient de débarquer dans les dunes de la plage, transitant par la base avant de partir vers leurs inquiétantes destinations.

Un point de conjugaison interpellait Frewin quand un officier de liaison déboula dans sa tente.

— J'ai un télégramme pour le lieutenant Frewin ! annonça-t-il en vérifiant les galons de l'uniforme. C'est vous ?

Frewin lui fit signe d'approcher et s'empara du mince feuillet. Il provenait du *Seagull.*

Analyse rapide des fragments retrouvés. Stop. Pense qu'il s'agit de nylon. Stop. Manque matériel pour l'instant. Stop. Reviens vers vous dès que possible. Stop. Dr Carrhus.

Frewin remercia le messager et au moment où celui-ci s'éloignait, se ravisa :

— Attendez, soldat !

Il se dirigea vers l'intérieur de la Ruche et en ressortit avec la caisse en métal vert qui contenait la tête tranchée de Fergus Rosdale. Il l'avait conservée depuis la veille sans bien savoir qu'en faire, sinon la confier au personnel médical, mais il venait de changer d'avis.

— Prenez ça et portez-le au Dr Carrhus sur le *Seagull*, c'est très urgent.

Il griffonna à la hâte un mot pour le docteur, lui demandant d'en étudier le contenu, et tendit le tout au soldat qui patientait.

— Et surtout que personne ne l'ouvre !

Une fois seul, il se rassit et repoussa sa machine pour poser les coudes sur la tablette.

Du nylon.

21

À l'évocation du lieutenant Frewin de la Police Militaire, le major Callon était entré dans une profonde réflexion.

Ann se doutait qu'il s'interrogeait sur les raisons qui pouvaient pousser la PM à réquisitionner les services d'une infirmière. Frewin était bâti comme un gorille, il ne
660 parlait presque jamais aux gens qu'il ne connaissait pas, et avait une réputation de brute épaisse. Depuis qu'elle le fréquentait, Ann s'étonnait de cette image. Frewin était certes d'un physique impressionnant, mais rien dans ses manières n'évoquait une quelconque violence. Bien des rumeurs se construisaient sur des apparences… elle en savait quelque chose !

Alors, que pouvait s'imaginer le major Callon ? Que Frewin torturait ses suspects jusqu'à ce que leur état nécessite la présence d'une infirmière ? Il l'avait sondée au réveil, lui demandant si tout allait bien avec la PM. Ann avait éludé le sujet, ce qui lui avait manifestement déplu. La note rédigée dans la soirée par Frewin lui avait également déplu. Le lieutenant demandait qu'Ann soit affectée en priorité au service de la PM. Mission de la plus haute importance. Callon n'avait pas objecté. Ann jouissait à présent d'une liberté de mouvement contre laquelle il ne pouvait rien, à moins de saisir sa hiérarchie, et il était bien trop couard pour cela.

Ann ne voulait pas se couper totalement de ses

fonctions premières et de ses collègues. Elle passa la matinée à l'infirmerie pour prendre la pleine mesure de la situation et assister le personnel débordé. Les blessés affluaient sans cesse, les blocs opératoires saturaient, les chirurgiens enchaînant intervention sur intervention. On ne prenait plus la peine de nettoyer le sang par terre et un mucus rouge formait des mares collantes sur la toile de ces tentes où l'odeur du sang devenait irrespirable.

À midi, Ann s'éloigna pour entrer dans la tente qu'elle partageait avec Clarice. Elle s'aspergea le visage et fit une toilette de chat pour tenter d'effacer ce poids de souffrances qu'elle sentait encore sur sa peau. Elle sauta son déjeuner, s'empara au passage d'un morceau de pain qu'elle grignota en traversant la base, dans la poussière des half-tracks et l'agitation des soldats partant rejoindre leurs positions. La compagnie Raven était installée sur la portion sud de la base, et la 3e section fermait le camp à l'orée d'un bois. Elle trouva le capitaine Morris dans sa tente, somnolant.

— Capitaine, excusez-moi, je voulais vous prévenir que j'allais passer parmi vous pour faire un point santé avec vos hommes.

Morris se redressa, l'air hagard.

— Un point santé ? répéta-t-il. Qu'est-ce que c'est que cette connerie ?

Ann remarqua qu'il avait la lèvre salement amochée par une cicatrice qui remontait jusqu'au nez. Elle désigna sa sacoche frappée d'une croix rouge sur cercle blanc qu'elle avait pris soin de truffer de ces placebos qu'on donnait aux mourants pour leur faire croire qu'on s'occupait d'eux sans pour autant gaspiller de précieux médicaments – l'économie de guerre.

— Je passe voir vos hommes pour leur demander s'ils parviennent à dormir, s'ils veulent un calmant, ou au contraire des vitamines, de l'aspirine…

— Des calmants à une unité de combat ? Vous rigolez ?

— Rien de fort, rassurez-vous, il ne s'agit pas

de somnifères, juste de quoi les aider à se reposer. J'ai cru comprendre que la compagnie Raven n'était pas mobilisée aujourd'hui. Ce sera sûrement pour demain.

— Ou pour après-demain, personne n'en sait rien, et c'est la guerre, ma petite dame, alors on file pas de calmants à des soldats !

— Le repos les aide à être plus efficaces, capitaine. Mais d'accord, je n'insiste pas. Je peux au moins leur proposer des vitamines, non ?

Morris secoua la tête.

— Non mais je rêve…, murmura-t-il.

Ann posa une main sur sa hanche, l'air exaspéré :

— Écoutez, ça ne m'amuse pas non plus de faire la baby-sitter pour remonter le moral des troupes. Puisque vous voulez tout savoir, l'objectif réel n'est pas de faire ingurgiter des cachets à vos hommes mais de leur donner l'impression qu'on s'occupe d'eux. Et une présence féminine leur sort les idées noires du crâne. Maintenant si vous avez un problème avec ça, adressez-vous à l'état-major, pas à moi.

Après une pause théâtrale, elle lança :

— C'est bon, je peux y aller ?

Morris, décontenancé par le ton et l'idée que l'état-major puisse mijoter ce genre de diversion, ne put qu'acquiescer. Et Ann sortit sous le soleil du début d'après-midi.

Elle entama sa quête d'informations par celui qui serait son meilleur allié ou son pire ennemi : l'infirmier de la section, Parker Collins. Un grand brun aux beaux yeux verts. Il rangeait soigneusement son paquetage médical dans une trousse. Probablement pour la troisième ou quatrième fois depuis son réveil, pensa Ann. Il comptait les compresses, les doses de morphine, les bandages… De quoi calmer ses angoisses.

— Il ne vous manque rien ? questionna-t-elle.

Collins sursauta.

— Quoi ?

— Dans votre trousse d'urgence, il ne vous manque

rien ? Sinon je peux vous apporter des réserves supplémentaires.

Collins la dévisageait, intrigué.

— Euh, non, ça va aller, je suis déjà chargé jusqu'à la gueule. (Il fronça les sourcils en la détaillant.) On s'est déjà vus, non ? Vous êtes ?

Elle le salua d'un signe de tête en répondant :

— De passage.

— Très marrant, fit-il sans goûter l'humour.

Probablement pas un allié.

— Bon, on ne part pas sur de bonnes bases, dit-elle en souriant. Je m'appelle Ann Dawson. On s'est croisés sur le *Seagull*, juste avant l'assaut. Je passais voir votre section pour distribuer quelques pilules, sans effet réel mais qui donnent l'illusion aux soldats qu'on s'occupe d'eux. Je me disais que vous pourriez m'indiquer ceux qui en ont le plus besoin…

Collins se gratta un sourcil en réfléchissant.

— Je ne savais pas qu'on élaborait des stratagèmes aussi perfides à l'infirmerie ! répliqua-t-il. Vous devriez aller voir Clamps, Risbi et Wilker, ils n'ont pas l'air bien dans leurs pompes.

— Depuis l'attaque d'hier ?

— Depuis qu'on fait cette foutue guerre.

— Je… On cherche à prévenir les gros coups de blues, les dépressions. L'un des symptômes est le retrait, la volonté de solitude, ou au contraire les débordements. Vous avez remarqué quelque chose ?

Il fit la moue.

— Eh bien… Traudel a pas mal été secoué par la matinée d'hier, mais il se remettra, je le connais, c'est un dur à l'intérieur. Sinon… je ne sais pas trop.

— Qui sont les solitaires de la section ?

— Les solitaires ? Je dirais le capo Regie, il ne cause pas beaucoup, Vlad, pardon : Hriscek, mais lui il ne cause pas parce qu'il est… un peu barge.

— Barge ?

— Oui, c'est un dur de chez dur, un vrai ! Il nous raconte que lorsqu'il était petit, son jeu c'était de tuer les poules en les décapitant ! Tu parles d'un jeu de gosse ! Hriscek, vous ne pouvez pas le manquer, c'est un grand blond tout cabossé. En revanche, sur le terrain, c'est pas le dernier à monter au front !

— Qui d'autre ?

— Des solitaires ? C'est tout. Ah, sinon il y a les officiers, le capitaine Morris par exemple, ou le lieutenant Durrington, ils ne causent pas beaucoup. Remarquez, ils n'ont pas besoin de ça pour faire leur job. Il suffit de bien gueuler au bon moment. Ils savent se faire respecter.

— Et parmi les fortes têtes ?

— Là, il y a l'embarras du choix ! La 3e section c'est un ramassis de durs à cuire ! On a fait plus d'une campagne, on se connaît, on a combattu et survécu ensemble, alors ça crée des liens ! Tout le monde ou presque aime

l'ouvrir ici. Y a quand même deux ou trois énergumènes, je dois admettre. Gazinni n'est pas mal dans son genre. Le déconneur du groupe.

— Violent ?

— Lui ? Non ! Enfin, j'aimerais pas être de l'autre côté de son fusil quand on part à l'assaut, mais c'est autre chose… Non, Gazinni c'est « Monsieur deux mille blagues », c'est comme ça qu'on le surnomme. Il en a toujours en réserve. Y a aussi Costello qui la ramène tout le temps. Plutôt le genre à se vanter d'avoir tout fait.

— Et Harrison ? J'ai entendu dire qu'il s'était fait arrêter par la PM.

— Cal est un dur, sûr. La PM a voulu le faire chier, c'est tout. Mais il n'est pas méchant. Et lui c'est comme Costello, pas la peine de perdre votre temps à lui proposer vos médocs, ils n'avaleront rien, pas le genre à s'abriter derrière des cachets.

Ann approuva et s'assura que son calot d'infirmière était à sa place sur ses boucles d'or.

— Vous semblez bien vous connaître. Vous voyez

quelqu'un à qui je devrais parler avant de procéder à ma distribution ?

— Vous pouvez toujours tenter « l'écrivain », Steve Risbi.

— L'écrivain ?

— Oui, on l'appelle comme ça parce qu'il écrit bien. Certains lui font écrire leurs lettres pour les familles, surtout pour les femmes restées au pays. Il est doué pour les poèmes ! Du coup il sait tout sur tout le monde.

— Et je peux le trouver où, ce Risbi ?

— Je vais vous montrer sa tente. Lui, vous ne pourrez pas le rater, c'est une crevette ! Pas un pet de muscle ! Mais avec un fusil à lunette, il vous décime tout un bataillon !

Ann suivit les instructions de Collins et trouva Risbi devant sa tente, assis devant une table en bois, occupé à écrire. C'était un homme de taille moyenne, d'une vingtaine d'années à peine, le poil brun roux, les membres longs et maigres, les veines plus saillantes que les biceps. Dans la tête ronde ses grands yeux rougis dénonçaient les nuits trop courtes.

— Steve Risbi ? Je suis Ann Dawson. On m'a dit que vous étiez l'homme à voir.

Il battit des paupières en la voyant approcher, et quitta le carnet qu'il était en train de compléter d'une écriture tout en boucles. Il lâcha son stylo. *Main gauche*, nota Ann.

— Qu'est-ce que vous voulez ? lança-t-il d'une voix plus aiguë encore que son physique.

Ann prit place sur le banc, en face de lui.

— Je dois m'assurer que tout le monde va bien dans votre section après… le massacre d'hier. Alors je cherche quelqu'un qui connaît ses camarades.

— On a perdu beaucoup d'amis hier, personne n'est en forme. Voilà ce qu'il faut retenir, madame.

Il la fixait dans les yeux, ne se défilait pas, et cette franchise dans l'attitude plut à Ann. De plus il n'était pas droitier. Et tout sauf costaud. Elle devait trouver un appui dans la section, un homme suffisamment fiable, pour passer par lui et tout apprendre sur chaque individu.

— On m'a dit que vous étiez « l'écrivain » de la bande ! confia-t-elle.

Il émit un sifflement bref pour manifester son amusement.

— Vous collez un type qui sait aligner trois mots et qui aime lire dans une compagnie de brutes épaisses et on le traite d'écrivain !

— Des brutes épaisses ? Sympa pour eux, vous n'en êtes pas une, vous ?

— Moi ? Vous m'avez regardé ? Chacun son rôle, madame. Moi je joue à distance, je laisse le corps à corps aux autres.

Il accompagna sa tirade d'un geste des bras qui mimait le tir au fusil.

— La plume et la visée, l'épée c'est dépassé maintenant, ajouta-t-il en gloussant.

Ann remarqua la présence d'un bandage sur le haut du bras, à la lisière de son tee-shirt, il lui sembla même apercevoir une auréole sombre.

— Vous êtes blessé ?

— Ce n'est rien. Une balle m'a éraflé.

— Ça suffit pour une infection. Laissez-moi voir.

Il leva la main pour l'empêcher d'approcher.

— Laissez tomber, ça va.

Ann n'insista pas. Et entra dans le vif du sujet :

— Vous pourriez me parler de vos compagnons ? Y a-t-il des comportements atypiques depuis quelques jours ?

Il croisa les bras sur la poitrine.

— Vous cherchez quoi au juste ? À me faire dire qu'Untel n'est pas bien dans ses pompes pour aller le voir ensuite et le farcir de saloperies ?

Ann sentit fondre l'infime chance de le mettre en confiance. Elle contre-attaqua immédiatement :

— Bien au contraire ! C'est pourquoi j'ai recours à vous ! Je ne veux heurter aucune sensibilité, juste savoir qui il est préférable d'éviter et comment aborder les autres. On m'a assuré que vous êtes subtil et que vous les connaissez tous.

Il la contempla un instant, avant de se pencher vers elle. Et sur le ton de la confidence :

— Vous savez pourquoi la 3e section est si particulière ?

Ann secoua la tête.

— Parce que nous ne sommes pas seulement un groupe d'hommes dans une compagnie. Non. Nous formons un ensemble fraternel. (Il brandit un index pointu :) Nous sommes une secte, madame. La 3e section est une secte. Et si vous n'en êtes pas membre, vous ne saurez rien. (Il fit une grimace pour accentuer le refus.) Rien de rien.

22

Craig Frewin dominait la plage, le dos appuyé contre un immense bunker vide.

Le crépuscule prolongeait le récent carnage d'un rideau rouge qui s'étendait sur les carcasses des navires, colorant de violet les vagues qui léchaient les ouvrages de défense au fil de la marée montante.

Des barbelés couraient sur tout le périmètre, matérialisant une culture agressive, un champ stérilisé par la peur de l'autre. Le vent soufflait doucement dans les hautes herbes, chassant l'odeur des cadavres en décomposition vers l'intérieur des terres.

Lorsqu'il vit Ann approcher dans le petit sentier du camp, il vint à sa rencontre pour l'écarter du rectangle de béton dans lequel pourrissaient encore les corps carbonisés de l'ennemi.

La journée avait été lourde, pleine de ce qu'il détestait : errances administratives, formulaires, rapports à la sauce politique, pour ne froisser ni les uns ni les autres. La tension nerveuse de la veille était en train de retomber, Frewin se sentait plus serein. Et pendant que le soleil se couchait, et qu'Ann se postait près de lui, il réalisa pleinement, pour la première fois, qu'elle était une femme. Avec sa grâce, sa tendre fragilité et son aura charnelle. Une très belle femme. Sa présence, le sourire qu'elle lui adressa en guise de bonsoir lui réchauffèrent l'âme. Ses dents blanches, ses lèvres humides, délicates. Craig constata qu'elle avait libéré ses cheveux, ses boucles blondes dansaient sur ses épaules et deux torsades plus courtes s'arrêtaient à mi-cou. Elle ne portait plus son bibi blanc et une pèlerine verte masquait en partie sa blouse. Elle était émouvante.

— Curieuse idée de me donner rendez-vous ici ! fit-elle en arrivant.

Le trouble de Frewin se dissipa. Il l'avait conviée pour parler en toute liberté, la Ruche était occupée ce soir par plusieurs officiers de la PM qui devaient faire un point sur l'organisation des camps de prisonniers… Mais pourquoi l'avoir entraînée si loin ? Ne pouvaient-ils s'abriter derrière un camion ou une pile de sacs de sable isolée ? Et Frewin dut se rendre à l'évidence : une part de lui avait senti ce changement de perception, et l'avait désiré. Il *souhaitait* passer ce moment avec elle, loin de tout.

Depuis combien de temps n'as-tu plus ressenti la chaleur féminine ? Frewin comprit que son esprit et son corps souhaitaient revenir à la vie après les heures de barbarie.

— Pour être au calme, déclara-t-il, très professionnel. J'ai du nouveau. Le tueur a étranglé Tomers avec du nylon.

— C'est un indice utile ?

— Si on réfléchit en termes de disponibilité, oui. Où trouve-t-on du nylon dans l'armée ?

Ann contempla les herbes mouvantes.

— Je ne sais pas, finit-elle par avouer.

— Les parachutes. Ils sont en nylon. J'ai sondé des officiers de différents corps d'armée, personne ne voit de nylon ailleurs.

— Le tueur serait un parachutiste ? Ça ne correspond pas du tout à nos déductions, il n'y en a aucun dans la 3e section !

— Non, mais il aurait pu avoir accès à des fragments de parachute. Ça arrive parfois, une toile percée qu'on découpe pour différents usages. Il a pu s'en procurer un morceau dont il s'est servi pour étrangler Tomers.

— Et j'imagine que vous avez déjà lancé votre enquête là-dessus ?

— En effet. J'ai demandé la liste des unités parachutées, les contacts avec la compagnie Raven, et j'ai aussi interrogé tous les responsables que j'ai pu rencontrer sur les toiles de parachute mises au rebut. Rien de concluant jusqu'à présent. Par ailleurs, mes hommes ont cherché des pistes concernant les victimes. Aucun résultat. Rosdale et Tomers ne faisaient pas de remous, rien de particulier n'a été signalé à leur sujet.

À l'est, le ciel devenait bleu sombre, piqueté de points brillants, tandis que les derniers reflets du couchant caressaient le visage d'Ann.

— J'ai passé du temps avec la 3ᵉ section aujourd'hui, rapporta-t-elle. Ça va être difficile. Ils forment... bien plus qu'un groupe. Vous savez comment ils se qualifient eux-mêmes ? De secte ! Une fraternité du feu où tous font corps pour se soutenir. La loi du terrain, m'a confié Risbi.

— Vous avez tout de même pu créer un contact ?

— Ténu. Je crois qu'avec l'infirmier ça ne sera pas aussi évident que je le pensais. C'est un collègue, j'ai cru que ça suffirait à nouer un lien, je me suis plantée. Le capitaine Morris est difficile à cerner. Je ne sais pas s'il est distant de ses hommes parce qu'il les craint, ou si c'est un homme froid qui crée une distance avec eux pour simplifier le commandement. Ce n'est pas vers lui non plus que je vais me tourner. En revanche, il y a ce Risbi. Un type assez fin. (Elle sourit.) Je parle de finesse intellectuelle, bien que son corps tout entier tienne dans un seul de vos bras !

Elle se mit à rire, un amusement spontané qui plut à Frewin. Il vit qu'elle avait une canine légèrement de travers, dans l'alignement impeccable des autres dents. Une originalité attendrissante. Le lieutenant sourit à son tour.

Une rareté, songea-t-elle.

— Risbi est un peu plus ouvert que la plupart des gars

de la 3e section. Il a, j'ai cru le comprendre, un point de vue précis sur chacun.

— Et il vous parlera ?

— Avec du temps, c'est possible.

Frewin plissa les lèvres en signe de déception.

— Nous n'avons pas de temps, Ann. Ils vont repartir sur le front dans les jours ou les heures qui viennent.

— Et vous ? rétorqua-t-elle aussitôt. Vous les suivrez, non ?

— Tant que Toddwarth ne m'en empêchera pas, oui.

— Alors je pourrais faire de même.

— Non. À un moment vous devrez tout arrêter. On ne pourra pas continuer ainsi très longtemps.

— Je refuse. J'ai commencé avec vous, j'irai jusqu'au bout.

— Au bout de quoi, Ann ? Au bout de quoi ?

— De cette histoire. Celui qui fait ça, ce prédateur qui tue parce que c'est sa source de plaisir. Je veux le voir.

Frewin prit une inspiration pour la sermonner, mais au moment d'ouvrir la bouche aucun mot ne lui vint. Elle plantait dans les siens ses iris que la nuit naissante rendait bleu-gris.

— Ne me laissez pas tomber, lieutenant, dit-elle tout bas. Je veux aller jusqu'au bout.

Après une courte hésitation, elle baissa le regard pour ajouter :

— J'en ai besoin. S'il vous plaît.

Frewin fut déstabilisé par la faille qui s'ouvrait en elle subitement. Cette perte d'aplomb le troubla. Il posa sa main sur son épaule. Elle semblait si frêle au côté de ce bloc de puissance pure. Frewin perçut son parfum, une fragrance vanillée, teintée d'une nuance plus forte, animale, qu'il ne parvint pas à identifier.

— Qu'est-ce qui vous pousse à agir ainsi, Ann ? Pourquoi, chaque fois qu'on aborde l'esprit pervers de cet homme, parlez-vous comme si vous le connaissiez intimement ?

Elle lui fit à nouveau face, les yeux humides.

— Je dois y aller, ils m'attendent à l'hôpital. Je suis désolée.

Elle se dégagea de sa main et commença de s'éloigner, laissant le lieutenant, déconcerté, la regarder fuir, lorsqu'elle ajouta :

— J'aurai bientôt des informations précises sur chaque homme de la 3e section, faites-moi confiance.

Sur quoi elle tourna le dos et se hâta sur le sentier de sable.

— Ann ! appela enfin Frewin. Ann !

Mais elle ne se retourna plus et disparut au sommet de la dune.

Frewin demeura sans bouger pendant une longue minute. Il avait suffi d'évoquer la possibilité de l'écarter de l'enquête pour qu'elle perde son semblant d'effronterie. Pourquoi tenait-elle à ce point à cette traque ? Au risque de briser sa carrière d'infirmière, au risque de se mettre dans une situation dangereuse envers la 3e section et son tueur… Que cachaient Ann Dawson et son charme capiteux ?

Frewin avisa la lune qui se mettait à briller avec ardeur, seule reine dans les cieux. Au-dessous, le bunker ressemblait au casque d'un golem surplombant la mer, guettant l'horizon perdu dans la nuit.

Frewin se mit à douter.

Patty.

Tout était plus simple avec elle.

Il déglutit.

Il se mentait. Non, tout n'était pas simple avec elle. Au contraire. Tout était compliqué. Conflits.

Patty.

Mais sa femme lui manquait. Il serra les poings.

Ce geste aussi lui rappela sa relation avec elle. Privilégiée.

Tout était si complexe avec les autres. Il avait toujours

eu, depuis l'enfance, le culte de la solitude. Pour fuir les problèmes. Les autres signifiaient problèmes.

Frewin contempla l'astre d'ivoire.

Il se sentait comme elle, loin des hommes, seul, blessé depuis longtemps, parsemé de cratères.

Une créature de la nuit.

23

L'aube ne s'était pas encore montrée. La base tout entière restait plongée dans une torpeur que la rumeur des explosions, au loin, ne perturbait plus.

Frewin revint à lui par paliers. D'abord les sens qui s'éveillent, la sensation du froid au-delà des couvertures, des sons multiples – trop tôt pour les comprendre – et le

confort spartiate du lit de camp. Son esprit reprit contact avec la réalité. Mais pourquoi émergeait-il maintenant ? Pas de trompette du lever, pas de sonnerie de son réveil mécanique. Et il était fatigué. Alors pourquoi avait-il ouvert les yeux ?

Le souvenir auditif, soudain. Un bruit particulier. Un cliquetis. Il fut aussitôt en alerte, focalisé sur le son qu'il avait entendu. Un cliquetis… progressif, à l'instar de taquets qui s'emboîtent… Une fermeture à glissière ! Une tente ! Il avait entendu la porte d'une tente s'ouvrir. Qui dormait à côté ? *Matters. Et Conrad un peu plus loin.* Aux aguets, Frewin rajusta la couverture sur ses épaules pour conserver la chaleur. Il ne put se rendormir. Et c'est de mauvaise humeur qu'il retrouva bientôt ses hommes en train de se raser au-dessus du baquet d'eau froide.

— Matters, Donovan et Conrad, vous partez faire le point sur la nuit comme hier, lança-t-il.

Il se prépara un café, le temps que Matters et Conrad reviennent, avec un constat de calme. RAS. Donovan se fit attendre une demi-heure de plus et, lorsqu'il arriva, ce fut pour transmettre les incertitudes du QG :

— Rien sauf l'absence d'un soldat à l'appel, dans la compagnie Dog. Il n'est pas dans sa tente. Il ne manque rien sauf les vêtements qu'il portait hier.

— Un déserteur ?

— Possible. J'ai croisé le major général, il a ordonné au capitaine Stanley d'enquêter.

— Stanley ? répéta Frewin.

Il le connaissait, un officier de la PM qu'il jugeait plus préoccupé par ses velléités carriéristes que mû par le culot, mais qui faisait du bon travail sur le terrain, pour peu qu'il ne faille pas bousculer les protocoles.

— Bon, je lui demanderai de me tenir au courant. Rien d'autre ?

Donovan répondit par la négative.

— Dans ce cas on se prépare, et avant de patrouiller, assurez-vous que vos bardas soient prêts. La compagnie Raven va vraisemblablement décoller aujourd'hui. En cas de départ, vous serez rappelés immédiatement ici.

Frewin retrouva sa tente en début de matinée pour y prendre son calot, à côté de son casque. Il le plia et le glissa sous la patte d'épaule de sa chemise. Il n'aimait pas le porter.

Un bourdonnement attira son attention.

Des mouches. Plusieurs dizaines.

Interloqué, Frewin se pencha vers le pan de tente où elles s'agglutinaient. Elles se nourrissaient sur une trace fine et longue. En y regardant mieux, la trace formait une courbe… des pointillés… une croix.

Frewin sortit le briquet qu'il utilisait pour allumer sa lampe à pétrole et leva la flamme devant lui.

Les traits bruns formaient un dessin.

Du sang ! Un plan…

On avait pris soin d'établir une sorte de carte avec du sang, à *l'intérieur* de sa tente.

Et tout s'emboîta dans la tête de Frewin. Le bruit de glissière ce matin. Le tueur. C'était lui, il en était convaincu. Il était entré ici. Pour dessiner cette carte. Il était venu là ! Tout près ! Pour jouer avec Frewin. Pour le narguer jusque dans son intimité, dans son sommeil.

Et à présent il l'appelait par une croix grossière à le suivre dans la forêt. Les insectes grouillants lui montraient la voie.

24

Le soleil traçait des lames d'or dans la forêt, entre les branches, captant toute la poussière que la guerre semblait avoir soulevée de la terre, la faisant miroiter en des milliers de cristaux flottants.

Frewin n'avait eu aucun mal à repérer le petit sentier qui serpentait entre les troncs. Il avait recopié le plan dans un calepin, prenant soin de reproduire chaque trait à l'identique, écriture comprise. L'auteur du croquis avait dessiné un demi-ovale au milieu duquel était écrit « camp », une portion hachurée en bas portait la mention : « 3e sect. » d'où partait une série de pointillés jusqu'à un trait délimitant les « bois ». Les pointillés s'arrêtaient une fois enfoncés dans cette zone, sur une croix. L'écriture était celle d'un enfant. Frewin avait aussitôt deviné le stratagème : un droitier se forçant à écrire de la main gauche, pour brouiller les pistes, pour masquer sa véritable écriture. On ne pourrait pas chercher à établir de comparaison.

Peu subtil mais malin.

Ce qui perturbait Frewin, c'était la hardiesse de cet individu. Il avait osé s'aventurer dans sa tente, en fin de nuit. Lui d'habitude si prudent, si méticuleux, avait pris un risque inconsidéré. Qu'aurait-il fait si Frewin s'était réveillé ? Tenait-il une arme à la main, dessinant tout en guettant les signes d'éveil du lieutenant, prêt à lui régler son compte ? C'était de la folie. Craig Frewin ne savait s'il devait s'en réjouir ou s'en inquiéter. Était-ce le premier signe d'une trop grande assurance qui conduirait le tueur à sa perte, ou au contraire la preuve qu'il contrôlait parfaitement la situation, qu'il tenait la dragée haute à la PM ? Songeant que ses crimes commençaient à l'enivrer, jusqu'à lui faire perdre peu à peu la raison, Frewin s'était mis en route avec plusieurs hommes, bien armés. Ils étaient partis du site où campait la 3e section, plein sud vers le bois, jusqu'au sentier qui correspondait à la direction des pointillés du plan. À quoi servait cette carte ? À leur délivrer un message ou à les entraîner dans un guet-apens ? Matters le suivait de près malgré son bras en écharpe, avec Monroe qui tenait une mitraillette tandis que les colosses Baker et Larsson fermaient la marche.

Casques et équipement de rigueur.

Frewin tenait son calepin dans une main, son pistolet dans l'autre, la crosse devenue moite. L'été approchait, la végétation en plein essor constituait des cachettes providentielles pour l'ennemi, et les craquements, crissements, et autres feulements du vent dans les branches représentaient autant de bruits suspects et angoissants. Frewin était surpris par la multitude de toiles d'araignées qu'ils brisaient sur leur passage. En tête, il ouvrait la marche, inspectait le sol, guettant une trace de pas, un mégot de cigarette, toute forme d'indice qui l'aiderait à identifier celui ou ceux qui étaient venus ici avant eux. Mais la terre n'était pas assez humide pour marquer et le sentier trop mal délimité.

Soudain les feuillages se clairsemèrent, les fougères se firent plus espacées, le chemin s'élargissait. Une clairière apparut, grande comme un terrain de football. Dévastée.

Les arbres étaient renversés ou déchiquetés, des dizaines de troncs s'élançaient fièrement sur deux ou trois mètres avant de s'arrêter net, tranchés en pointe par la puissance des obus. Une dizaine de larges cratères, profonds de deux, trois, parfois cinq mètres. Et la terre labourée, noire. L'émeraude des bois avait disparu ici, ne laissant qu'un vaste no man's land de boue séchée, une boue figée dans son dernier mouvement. Des vagues de terre, hautes comme un homme, hérissées par endroits d'une boue écumeuse qu'on devinait projetée par l'explosion. Ailleurs, la brûlure instantanée avait cuit la terre soulevée pour laisser une grosse bulle, comme un champignon creux. Tout ici laissait croire qu'un géant avait joué à façonner la terre comme on façonne le verre à chaud, en soufflant dans une canne.

Les cinq hommes s'arrêtèrent au seuil de ce paysage ravagé, bouche bée. Plus aucun oiseau ne chantait alentour et une odeur âcre flottait encore sur l'étendue martyrisée.

— C'est là qu'on doit aller ? finit par interroger Monroe. Ça correspond à la croix sur le plan ?

— Je pense, murmura Frewin en s'avançant.

La terre craquelait sous ses pieds. Les autres le suivirent, sur leurs gardes, surveillant tous les recoins, les
trous et les troncs mutilés qui ressemblaient à présent à des pieux énormes. Matters effleura du coude une de ces vagues de terre figée et elle se fissura aussitôt. Une seconde plus tard, un craquement sourd s'en échappait en même temps qu'un souffle de poussière, et toute la lame s'effondra d'un coup, dans un nuage ocre.

— Qu'est-ce que c'est que cet endroit ? marmonna Baker.

Frewin contourna un profond cratère que la pente abrupte et les débris de métal avaient transformé en un piège dangereux. D'autres fragments témoignaient de la présence d'un camp récent, disloqué.

— C'était un dépôt d'armes, signala Frewin. Il a été bombardé et tout a sauté.

Monroe baissa sa mitraillette et avoua :

— Toutes ces formes, c'est glauque.

Frewin, qui avait repris sa progression, leur fit signe de le rejoindre au sommet d'une petite butte. De là ils dominaient une immense cuvette, trente mètres de diamètre, quinze de profondeur, sans une racine, sans un arbuste, aucune trace de vie.

— Je crois qu'il n'y a rien, rapporta Matters, je veux dire : si c'est censé être la croix du plan, je ne vois pas ce qu'on est supposés découvrir. Un champ de ruines ?

— C'est peut-être, comment elle dit l'infirmière, déjà ? fit Larsson. Symbolique ?

Frewin soupira.

— Je ne sais pas, lâcha-t-il tout bas en tournant sur lui-même pour contempler les ravages. Peut-être.

Baker rangea son arme dans son fourreau.

— Moi en tout cas, il faut que je pisse.

Il s'écarta pour joindre le geste à la parole.

Monroe attrapa ses cigarettes dans la poche de sa chemise, mitraillette suspendue sur le flanc. Il tendit le paquet à Matters, qui refusa sans un mot, et alluma sa tige pour souffler la fumée avec satisfaction.

— Pas un bruit, hein, fit-il remarquer. C'est flippant tout de même.

Frewin s'éloignait, s'assurant qu'il n'y avait rien à voir.

— On n'est pas censés rester avec lui ? s'étonna Larsson.

— Tu le vois te gueuler dessus parce que tu lui colles pas au cul ? protesta Monroe. Non, il nous laisse une pause. Je crois que t'as pas tort de parler de symbolique. Mais là, je préfère que le lieutenant se charge de l'interprétation.

Larsson désigna la cigarette de Monroe et d'un signe en quémanda une, qu'on lui offrit en lui tendant le briquet.

— Merci, l'ami. Dites, les gars, le lieutenant, c'est vrai ce qu'on raconte à propos de sa femme ?

Monroe haussa les sourcils.

— Va savoir.

— Parlez pas de ça, intervint Matters.

— C'est quand même pas rien, merde, on est peut-être dirigés par un assassin…

— Soldats, j'ai dit stop ! ordonna Matters en haussant le ton.

Bien que jeune et portant son inexpérience sur le visage, Matters devait asseoir son autorité sur des hommes plus âgés, ayant de grandes batailles à leur actif, ce qui n'était pas simple. Matters ne se faisait aucune illusion à ce sujet : si les hommes finissaient toujours par lui obéir, c'était par respect et crainte du lieutenant Frewin. Et non grâce à son autorité naturelle.

Larsson se frotta la lèvre inférieure en fixant son sergent.

— OK, OK… C'est juste qu'il y a des rumeurs, c'est tout.

Matters ne le lâcha pas du regard, prêt à en remettre une couche, lorsqu'un hurlement grimpa de derrière un talus à la forme presque organique. Un cri d'alarme. *De peur…*, perçut Matters.

Baker, le géant aux poings durs comme de la pierre, venait de trouver quelque chose. Une chose capable de lui arracher un cri de terreur primitive.

25

Matters, Monroe et Larsson accoururent.

Baker reculait lentement, les traits congestionnés par un dégoût extrême, teinté d'incrédulité. Il pivotait vers ses compagnons quand le martèlement de leurs rangers parvint à sa conscience. Matters ralentit en croisant son regard qui semblait lui dire : Non, ne va pas plus loin…

Frewin surgit, arme au poing. Le jeune sergent l'imita de son bras valide et les autres suivirent sur une courte montée, du faîte de laquelle ils dominaient toute la clairière. Des troncs disséqués bordaient le sommet, et au milieu s'ouvrait un modeste bunker tenant plus du poste d'observation que du site de défense. Conduits par Craig Frewin, ils entrèrent par l'ouverture béante de l'unique pièce d'une centaine de mètres carrés dont tout un pan se fendait d'une meurtrière dominant la forêt.

Un jeune homme nu se tenait au centre, debout, bras et jambes écartés.

Si l'Homme de Vitruve était une étude des proportions du corps humain, celui-ci était visiblement une étude de la souffrance.

Il était prisonnier d'un étrange maillage de fils translucides, semblables à ceux d'une grosse araignée. Chaque fil partait du sol, du plafond ou des murs et entrait en lui par une petite plaie rouge. Au niveau du pied, du mollet, le troisième au côté de la cuisse. Et le schéma se répétait pour l'autre jambe. Un fil pénétrait dans son anus, un autre tout droit dans son sexe, tenant le petit bout de chair rose tendu vers le sol. Quatre fils, comme les points cardinaux, se partageaient son ventre, l'un passait dans le dos au niveau de la colonne vertébrale et l'autre sur chaque hanche. Un fil s'enfonçait dans les deux tétons. Et dans ses bras levés en diagonale un fil était ancré aux biceps, un autre dans l'intérieur du coude, au poignet, et dans l'extrémité de chaque doigt, ceux-ci accrochés, tendus, depuis le plafond. On avait pris soin de poser dans ses paumes une petite assiette vide en métal. Enfin, sa tête était renversée en arrière, un fil entrait dans sa bouche ouverte, les deux derniers étaient pour les yeux. Et c'est seulement à cet instant que Frewin comprit.

Deux petits hameçons transperçaient les paupières.

Les fils de pêche étaient tenus par des crochets à une extrémité et vissés dans les traverses au sol, aux murs ou dans le plafond, et se terminaient tous par un hameçon. Si l'homme bougeait d'un millimètre, les hameçons entraient chaque fois plus profondément en lui et arrachaient sa chair.

L'homme, à peine une vingtaine d'années, était transformé en marionnette dédiée à la douleur. S'il bougeait en avant, ses mollets, son anus et sa colonne vertébrale saigneraient, sans compter la partie supérieure. S'il reculait, ce seraient ses pieds, son pénis et son nombril qui s'ouvriraient comme des fleurs. Ses cuisses, dans les deux hypothèses, seraient mutilées. Les bras reproduisaient les mêmes menaces, les veines crochetées à l'intérieur du coude et des poignets. Si l'homme cherchait à se mouvoir, quel que soit le sens, le fil qui entrait dans sa bouche se ficherait dans sa gorge et lui ouvrirait l'œsophage. Aucune échappatoire.

Des gouttelettes rouges roulaient sur sa peau et de petites flaques pourpres s'élargissaient au sol. Il devait se tenir ainsi depuis plusieurs heures. À bout de forces. Comment avait-il fait pour ne pas perdre conscience ? Chaque parcelle de ses muscles devait être tétanisée.

Frewin leva la main bien que l'homme ne pût le voir.

— Ne bougez pas, surtout, ne bougez pas, dit-il doucement. Nous sommes de la PM, nous allons vous sortir de là.

L'homme, qui était parfaitement immobile jusqu'à présent, se mit à vaciller, sa peau se couvrit d'une intense chair de poule. Des gouttes d'un rouge sombre s'écrasèrent au sol.

— Ne bougez pas ! ordonna Frewin. Nous sommes là pour vous aider, mais il faut que vous…

Il ne put achever sa phrase

L'homme de Souffrance se mit à trembler et ses jambes lâchèrent.

Alors, ses doigts se déchirèrent, les petites assiettes tombèrent en résonnant, ses poignets s'ouvrirent, ses coudes se rompirent et toute la peau autour de son nombril s'arracha. Ses tétons éclatèrent. Du sang se mit à ruisseler par son sphincter anal et Frewin vit le fil du pénis se tendre quand l'homme fit un pas en arrière. Dix centimètres de matière rouge apparurent par l'urètre, comme une paille de chair.

Un infâme gargouillis monta de ses entrailles à vif. Et l'homme, d'un pas brusque de côté, arracha le contact avec ses fils. Il tituba une seconde et parvint à redresser la tête pour voir Frewin et ses soldats. Ses yeux apparaissaient au travers de ses paupières fendues comme un rideau de théâtre. Un filet rouge ruissela de sa bouche.

Maintenant, tous les fils pendaient comme ceux d'un pantin évadé.

Et il se transforma en fontaine de sang.

Ils couraient, les fougères leur fouettaient les joues. Baker portait l'homme sur son dos. Ils l'avaient habillé avec leurs propres vêtements qu'ils avaient serrés au maximum en espérant stopper les hémorragies. Une trentaine d'hameçons avaient fendu son corps. Le temps qu'ils approchent et le délivrent, la peau avait disparu, remplacée par un film rouge. Il avait hurlé, avant de gémir comme un enfant, et de perdre lentement conscience en grelottant. Frewin savait ce que cela signifiait : plus un homme perdait son sang, plus la chaleur le quittait et plus il tremblait. Les victimes d'hémorragie finissaient par s'endormir dans le froid intense de leur corps, et la mort les saisissait ainsi. Ce n'était plus qu'une question de minutes avant qu'ils ne le perdent.

Il avait été victime du syndrome des secours. Frewin avait déjà vu ce phénomène sur des êtres gravement touchés, des blessés capables de tenir, de survivre par la force mentale, malgré le froid, la faim ou l'épuisement, transcendant les limites de leur corps. Quand les secours apparaissaient enfin, avec la promesse de délivrance, la force mentale craquait, le blessé se laissait aller, rassuré, et ce corps qui avait tenu par la seule rage de vivre, s'effondrait avant que les soins nécessaires soient prodigués.

Baker s'arrêta, à bout de souffle. Larsson, malgré sa blessure au ventre, se précipita pour prendre le relais. Le sang imbibait totalement les étoffes. Le dos de Baker en était noir. Ils reprirent leur course, Matters et Monroe partis devant prévenir l'infirmerie.

Ils jaillirent de la forêt et gravirent la petite colline avant d'atteindre les premières tentes. Des regards les suivirent, horrifiés.

Deux brancardiers se précipitèrent avec Monroe. Ils auscultèrent brièvement le corps et Frewin comprit qu'ils n'y croyaient plus. Tout alla très vite. Délivré de son fardeau, Larsson s'effondra à côté de Baker. Monroe repartit avec les infirmiers rejoindre Matters, caressant l'espoir fragile que l'homme s'en sortirait.

Frewin trouva un banc pour le soutenir. C'est alors qu'il réalisa qu'ils étaient assis au milieu du campement de la 3e section, la plus proche des bois. Tous les observaient en silence, l'attitude hostile. Une vingtaine de soldats impassibles. Et parmi eux, le tueur. La colère gronda dans le cœur de Frewin. Il scruta les visages, l'un après l'autre.

Parker Collins, l'infirmier aux beaux yeux verts. Le caporal Douglas Regie, qu'il avait croisé sur la plage. Les soldats Traudel et Risbi, le premier aussi massif que le second était rachitique. Le capitaine Morris et son bec-de-lièvre. Et son regard s'arrêta sur Cal Harrison qui le fixait intensément. Un autre grand type musclé, blond et couvert de cicatrices au visage, se tenait à ses côtés, son nom inscrit sur son étiquette de veste : « Hriscek. » Ce dernier murmurait à l'oreille de Harrison qui se fendit d'un rictus. Son regard était menaçant. Tous ces hommes ne semblaient nullement affectés par ce nouveau crime. La 3e section avait-elle vu trop de sang pour s'émouvoir de celui-là ?

La victime n'est pas de leur section. Elle n'est pas comme eux, songea-t-il en se rappelant les mots d'Ann à propos de cette « secte ». *« Ces types vivent dans un cocon, ce qui n'en fait pas partie ne les concerne pas. C'est leur mécanisme de survie. » Sauf pour un homme : le tueur.*

Le tueur venait de voir passer sa victime agonisante. *Il doit jubiler à la vue de ce pauvre diable...*

Les yeux de Frewin s'agrandirent.

Son tour d'horizon des suspects.

Il lui fallut plusieurs secondes avant de remettre de l'ordre dans ses pensées. *Oui... ! Il n'est pas resté... Il ne l'a pas regardé souffrir...*

Une pièce importante s'inséra dans ce puzzle qu'était le tueur, et un aspect nouveau de sa personnalité apparut. Frewin se prit à espérer. Il allait falloir jouer serré, mais avec un peu de chance, ils pourraient prendre l'avantage.

26

Toute la 3e section se sentait trahie, persécutée.

Cette agression de la Police Militaire avait resserré les liens entre les hommes, la tension n'avait cessé de croître en même temps que la colère et la haine. L'arrestation puis la libération de Cal Harrison avaient mis le feu aux poudres et toute la section dévisageait les traîtres de la PM, assis sur *leurs* bancs, en train de souffler.

Frewin préféra calmer les esprits :

— Les gars, vous rentrez au camp, lança-t-il à son équipe. Matters et Monroe nous tiendront au courant de l'état de ce pauvre type. Moi j'y retourne.

Larsson déplia son mètre quatre-vingt-quinze.

— Je vous accompagne, lieutenant.

— Négatif, vous retournez au camp, tout de suite. J'ai besoin d'être seul là-bas.

Larsson et Baker s'observèrent, sceptiques, mais durent quitter leur supérieur. Une fois seul, Frewin considéra brièvement tous les membres de la 3e section qui le guettaient en silence. Puis, il vint droit sur le capitaine Morris, qu'il entraîna à l'écart pour un bref échange. Après quoi Frewin quitta le campement, les regards plantés dans son dos, et s'engagea dans les fourrés, en direction du sentier qui pénétrait dans les bois.

Le passage étroit serpentait entre des bosquets de ronces et des mers d'orties, contournant des rochers sortis de terre comme d'énormes crocs. Le chemin grimpait.

Sapins et pins tordus par des décennies de vent marin s'accrochaient à la terre sableuse.

Frewin arriva à la clairière ravagée. Un dépôt de munitions ennemi, bombardé avant l'assaut des troupes au sol. Comment le tueur avait-il trouvé cet endroit ? Deux explications possibles : la plus simple, un soldat se promène à l'écart de la base, l'entrée du sentier est toute proche, il va jeter un coup d'œil. L'autre était liée à l'indice découvert dans le corps de la seconde victime. Le fragment de nylon. Un morceau de parachute ? Auquel cas il pouvait y avoir un lien entre le tueur et l'armée de l'air. Un des pilotes raconte au tueur cette mission, ce bombardement… Frewin balaya cette hypothèse, trop tirée par les cheveux, elle ne tenait pas la route. Il était évident que des hommes de la 3e section étaient venus jusqu'ici pour se détendre ou se trouver un coin tranquille. Le tueur était de ceux-là ou en avait entendu parler à leur retour.

Tandis qu'il progressait entre les cratères et les troncs disloqués, Frewin tentait d'imaginer le tueur arrivant avec sa victime. Comment l'avait-il amenée jusque-là ? Le terrain n'était pas facilement praticable avec un poids mort sur les épaules. Baker et Larsson en savaient quelque chose, ça n'avait pas été évident, même à deux.

Le tueur est un type costaud.

De là à porter sa victime de la base jusqu'ici… possible mais très éprouvant. Étaient-ils deux ? Il n'avait pas encore suivi cette piste. Deux tueurs. La probabilité que deux êtres partageant les mêmes fantasmes pervers se rencontrent et se reconnaissent était bien mince.

Néanmoins elle existe. Même s'il ne parvenait pas à y croire, Frewin ne devait pas négliger cette possibilité. Mais tant qu'un élément tangible n'abonderait pas dans ce sens, il en resterait au plus simple, le plus évident selon lui : un tueur unique.

Comment était-il donc venu jusqu'ici avec sa victime ? Et si celle-ci l'avait accompagné, en marchant à ses côtés ? Déjà sous la menace ou de son plein gré ? Il faudrait étudier les poignets et chevilles du pauvre homme, vérifier s'il portait des marques d'entraves.

Du milieu de la clairière, le bunker-poste d'observation dominait tout le secteur, et il lui parut soudain surprenant que ni lui ni ses hommes n'aient envisagé d'aller l'explorer. *La fatigue. Nous ne savions pas à quoi nous attendre*. Et surtout ils s'étaient sentis en danger. Tous craignaient un piège, mobilisant leur attention sur l'environnement immédiat, non sur l'ensemble.

Un cri, un miaulement strident descendit du ciel. Une buse survolait le dégagement. Frewin monta jusqu'au bunker et s'immobilisa devant l'entrée. Le lieu était sombre, isolé. Pas très engageant. En pleine nuit ce devait être pire encore. De quel subterfuge le tueur avait-il usé pour attirer sa proie à l'intérieur ?

Frewin pénétra dans la grande pièce. La mare brillante, noire à cause de la pénombre, s'étendait sur plus d'un mètre cinquante de diamètre. De grosses mouches s'y baignaient, glissant et pondant dans ce miel matriciel. D'autres traces s'étalaient, plus rouges : les leurs, lorsqu'ils avaient secouru le blessé.

La lumière du jour entrait par la longue fente d'observation qui ouvrait horizontalement tout le mur opposé à l'entrée. Frewin inspecta les crochets ou les clous ayant servi à tenir les fils dans les murs, sol et plafond. Ils étaient en bon état, pour ainsi dire neufs. Ici, aucune solive métallique mais des poutres en bois servant à visser des patères, des étagères ou même des lampes. Le tueur s'en était servi pour y planter son décor de bourreau. Il avait fallu de la préparation, peut-être même des repérages. Comment s'y prenait-il ? Disposait-il de tout ce matériel depuis le départ ? Assurément, il ne pouvait se l'être procuré ici. Frewin fit la moue. Le tueur avait envisagé de mettre en pratique cette… torture dès que l'occasion se présenterait, dépendante du lieu ? Si tel était le cas, il disposait quelque part d'une cachette où il entreposait son matériel. Frewin n'en fut pas plus avancé. Un soldat, même en campagne, n'est jamais seul, toute une compagnie et sa logistique peuvent aider à dissimuler des objets. Dans le sac d'un autre, dans des caisses de munitions, de vivres…

Frewin remarqua la trentaine d'hameçons qui baignaient dans des fluides corporels divers, avec parfois un bout de tissu musculaire, veine ou ligament, embroché comme un vulgaire appât.

L'orgie de mouches diffusait un bourdonnement continu.

Le souvenir de cet homme nu, presque un gamin, le glaça à nouveau. L'horreur qu'il avait dû vivre était inhumaine. La salive avait coulé dans l'arrière de sa bouche et, avec le temps, il n'avait pu s'empêcher de déglutir plusieurs fois. Frewin imagina la sensation terrifiante du crochet s'enfonçant un peu plus dans l'œsophage à chaque mouvement, le fil tendu, jaillissant hors de sa bouche.

Comment as-tu pu seulement penser à une telle barbarie ? Qu'es-tu donc ? Rien que la mise en application nécessitait un travail sans nom. Comment avait-il enfoncé les hameçons aussi profondément dans le sexe et l'anus de sa victime ?

Craig Frewin déambulait lentement dans la salle. Tout avait été trop vite, ils n'avaient pu l'inspecter convenablement. Un tabouret renversé gisait dans un coin. Le tueur s'en était-il servi pour planter les crochets au plafond ? Probablement… Des lampes à gaz étaient disposées sur une étagère, avec des recharges pleines. Le bunker n'avait pas pris de bombe mais l'ennemi avait fui, en abandonnant son matériel.

C'est alors que Frewin réalisa qu'il n'avait vu aucun cadavre, aucune trace de blessure résultant du bombardement. L'ennemi avait-il déjà déserté la place à ce moment ? Cela semblait illogique. Ils avaient plutôt pris le temps d'enterrer leurs morts après les explosions…

Un morceau de tissu était entortillé sur le sol. Frewin s'en empara du bout des doigts. Les deux extrémités étaient encore fripées d'avoir formé un nœud. Un foulard pour bander les yeux. Le lieutenant contempla la mare de sang, à trois mètres. *Trop loin*. La victime ne pouvait l'avoir retiré elle-même, attachée comme elle l'était… Le tueur le lui avait ôté.

Il se pencha en remarquant un petit objet à ses pieds. Une pince d'une vingtaine de centimètres, couverte d'une matière translucide.

Du matériel chirurgical et... ce qui ressemble à du lubrifiant. Il venait d'apporter une réponse à l'une de ses questions : comment enfoncer les hameçons profondément dans le corps de la victime.

L'avait-il volée à l'infirmerie du camp ou la portait-il avec lui depuis leur départ ? Frewin grogna. Cela ne l'avancerait pas de perdre du temps sur cette piste. Il fallait surtout comprendre qui était ce bourreau, quel genre d'homme, pour parvenir à le cerner au mieux parmi la vingtaine de soldats de la 3e section. Et plus il y réfléchissait, plus Frewin était convaincu que ce qu'il avait subitement remarqué au camp, une demi-heure plus tôt, avait son importance. Ce crime n'était pas dans la continuité des deux précédents. Au contraire même, il y avait un changement radical. Déterminant.

Qu'avait fait le tueur une fois sa victime attachée ? Jusqu'à présent ils avaient pensé que tuer était une source de satisfaction pour le meurtrier, un moyen de ressentir une émotion forte. Cette fois, Frewin pouvait affirmer que c'était la souffrance qui l'avait motivé.

Pourtant il n'est pas resté pour la contempler. Il est rentré à la base, jusqu'à ma tente, pour que j'aille voir. Le tueur n'est pas resté jusqu'au bout. Il n'a pas profité de la souffrance, et encore moins de la mise à mort.

Alors qu'avait-il recherché ? Pourquoi faire venir Frewin jusqu'ici ?

Étrangement, l'image qui vint à son esprit était celle d'un chat qui rapporte une souris agonisante sur le lit de son maître pour lui faire plaisir. *Pourquoi as-tu fait ça ?*

Frewin analysait la pièce. Il l'imagina de nuit, éclairée par une lampe à gaz. Le tueur et sa victime aux yeux bandés entrent ici, tandis que tout est déjà prêt. Il ne manque plus qu'à placer la proie au milieu, et à lui enfoncer les hameçons qui reposent au sol ou pendent du plafond. La victime est alors prise en tenaille entre la terreur et l'espoir de survivre si elle obéit. *C'est le syndrome du viol*, songea Frewin. La victime est paralysée, soumise à cette promesse de vie si elle se laisse faire.

L'application du tueur, cette installation fastidieuse font partie du plan. Il a commencé par la bouche, assurément, pour que l'homme ne puisse plus bouger, et que lui puisse se consacrer aux autres fils qui nécessitent de la concentration.

Il commence donc par le fil qu'il fait descendre dans la bouche d'une main, de l'autre il braque une arme sur la tempe de sa victime. Une fois le fil descendu de plusieurs dizaines de centimètres, le tueur tire d'un coup sec, pour que l'hameçon se plante dans l'œsophage.

Maintenant il est debout, nu au milieu de ce bunker, la tête en arrière. Il ne peut plus bouger sans sentir la déchirure dans sa poitrine. Une autre piqûre brûlante dans le bras cette fois. Que lui fait-on ? Très vite, il comprend que le moindre mouvement lui arrache la chair. La douleur et la terreur le suffoquent. Rester immobile, voilà ce qu'il doit faire.

On lui saisit le sexe. On y enfonce un objet fin et froid par le canal de l'urètre. La souffrance le fait hurler. L'objet s'arrête, la pointe s'accroche en lui. À présent guidé par l'horrible douleur, il se tient immobile. S'il vacille, une mâchoire d'acier lui mutile le sexe.

L'opération se répète, dans l'anus cette fois.

Bientôt, l'homme est parfaitement stabilisé. Incapable du moindre mouvement. Un simple frisson déchire quelque chose en lui. Il n'est plus qu'un pantin soumis à son tortionnaire. Pour ne pas mourir.

L'opération a pris du temps. La nuit a été longue. D'abord venir repérer les lieux pour trouver le bon endroit, puis tout installer. Retourner à la base chercher sa victime – comment la chasse-t-il ? comment la choisit-il ? – pour l'amener ici. Oui, il est déjà tard. Et le tueur a beaucoup à faire. Il veut que ce soit le lieutenant Frewin qui découvre son œuvre, pas un autre. Il faut donc lui indiquer la piste à suivre.

Pourquoi lui ? Se connaissent-ils ?

Le tueur doit donc abandonner sa marionnette, après tous ses efforts.

Pourquoi se donner tant de mal si ce n'est pas pour en jouir ? Où s'est déplacé son plaisir ? Quelle est sa motivation ?

La domination ? Mais dans ce cas il serait resté jusqu'au bout. Se donner autant de mal pour offrir à d'autres le « plaisir » de contempler la mise à mort n'aurait aucun sens. Alors pourquoi ?

Le grouillement des mouches sur leur festin rouge devenait écœurant.

La notion d'offrande devint incontournable pour Frewin. Le tueur voulait leur offrir ce spectacle. C'était un être centré sur lui-même, comme tous les criminels qu'il avait côtoyés. Il le savait. Il avait donc une raison *jouissive* d'agir de la sorte.

Frewin ne voyait qu'une seule explication.

Soudain la lumière s'altéra dans la pièce.

Il pivota, un peu surpris.

Il n'était plus seul. Quelqu'un se dressait sur le seuil.

Une cagoule noire sur le visage. Un couteau de chasse dans la main.

Quand le couteau se leva, Frewin comprit qui il avait en face de lui.

27

Frewin bondit en arrière comme un ressort. Ses pieds atterrirent dans la mare de sang, il glissa et posa un genou à terre en se stabilisant d'une main dans le liquide collant. Lorsqu'il releva la tête, ce fut pour voir son agresseur au-dessus de lui. Il lui saisit les cheveux d'une main et la lame vint s'appliquer contre sa gorge.

— Terminé ! chuchota le tueur en contournant Frewin.

Plus simple d'égorger par-derrière, songea Frewin. Il devait agir, très vite.

— On ne bouge pas, entendit-il. Jouez au héros et je vous tranche le cou comme à un vulgaire cochon. Soyez attentif, je ne suis pas venu pour vous tuer. Pas encore.

C'est pour ça qu'il voulait m'attirer ici, pour me parler...

— Vous êtes un putain de fouineur, susurra l'homme derrière lui. Un putain d'emmerdeur. Et je vais vous dire : ça va s'arrêter. Vous allez vous calmer et laisser tomber tout ça. C'est la guerre, des hommes en tuent d'autres tous les jours, oubliez cette histoire. Dans notre armée on est tous capables de se défendre si un crétin veut nous tomber dessus.

Frewin ne reconnaissait pas la voix, l'homme parlait bas pour niveler ses inflexions naturelles.

C'est donc quelqu'un que je connais, il sait que je pourrais l'identifier...

— Vous ne servez à rien dans cette affaire. À rien sauf

à déstabiliser les liens fraternels qui unissent les soldats au combat. On peut vivre en sachant qu'un des nôtres n'est pas net, mais si vous cherchez à nous briser les uns après les autres, ça va mal se passer. Alors je vous le dis une dernière fois : oubliez votre enquête minable et retournez faire le berger auprès des prisonniers.

— C'est mon rôle…, objecta Frewin malgré l'acier qui lui entaillait le cou. Enquêter sur ce tueur pour vous protéger…

— On n'a pas besoin de protection, et on est assez grands pour régler nos problèmes entre nous. Laissez-nous faire. On va le trouver, celui qui a fait ça, et on s'en occupera. La 3e section a reçu l'ordre de se préparer, elle part bientôt au front, là-bas on n'a pas besoin de vous, surtout pas vous. La 3e section c'est une meute de loups, et les loups ça n'aime pas qu'on vienne dans leurs pattes. Je ne le répéterai pas, si on se recroise, ce ne sera plus pour des menaces, vous comprenez ? S'il faut en arriver là pour nous protéger, on le fera. Vous y passerez.

Sur quoi Frewin perçut un brusque changement de position derrière lui et le choc qu'il encaissa sur la joue projeta des éclairs devant ses yeux. Un second coup de poing s'abattit sur sa mâchoire et cette fois il s'effondra.

Sa vision se troubla. Il ne parvint pas à contrôler ses membres. Ses vêtements devinrent froids et humides. Dans le halo blanc de la sortie il aperçut l'homme qui s'enfuyait en courant. Puis, tandis qu'il battait des paupières pour recouvrer ses esprits, il comprit qu'il roulait dans le sang et les larves de mouches.

28

Frewin sentait l'angoisse du temps qui lui échappait sous forme de palpitations dans le ventre, des dizaines de papillons effleurant ses entrailles. La 3e section avait reçu son ordre de regroupement, ils partaient au petit matin.

Entre-temps, le lieutenant était rentré à la base, chargé d'une colère sourde qu'il s'était efforcé d'évacuer en marchant, avant de rejoindre ses hommes. Sa blessure au cou n'était qu'une estafilade, en revanche sa joue l'élançait et il sut qu'il ne pourrait pas dissimuler l'ecchymose, d'autant que plusieurs points de suture avaient sauté, libérant une petite rigole de sang. Il passa par l'infirmerie pour se faire recoudre et apprit le décès du soldat « crucifié ». Les médecins n'avaient rien pu faire. On l'avait identifié rapidement : Clifford Harris, 22 ans. Le soldat manquant à l'appel du matin dans la compagnie Dog.

Ann arriva dans la Ruche avec Matters qui était passé la chercher, et Frewin commença sans attendre qu'ils s'assoient.

— Je pense avoir cerné un aspect intéressant de la personnalité du tueur, lança-t-il froidement.

Ann aperçut sa pommette tuméfiée.

— Qu'est-ce qui vous est arrivé ? s'inquiéta-t-elle.

— J'ai eu de la visite.

La stupéfaction crispa le visage de l'infirmière.

— Le… l'assassin ? balbutia-t-elle.

— Non. Et pas Cal Harrison, mais c'était un gars de

la 3ᵉ section, et il parlait en leur nom, pas de « je » mais des « on » et des « nous ».

— C'est forcément le tueur ! rétorqua Monroe, il n'y a que lui qui savait où vous trouver !

— Non, j'ai dit à Baker et Larsson que j'y retournais devant toute la 3ᵉ section, ils savaient que je partais seul. Il suffisait de me suivre sur le sentier, à bonne distance pour ne pas se faire repérer. N'importe qui de la section peut avoir fait le coup. J'ai été imprudent, ils me l'ont rappelé.

— Qu'est-ce que vous vouliez nous dire ? interrogea Donovan. Pourquoi cette réunion d'urgence ?

— La 3ᵉ section a reçu son ordre de mission. Ils partent demain matin à l'aube.

— On les suit ? questionna Monroe.

— Je vais y venir. Avant cela, je voudrais vous dire deux mots du tueur. Je crois que ce nouveau meurtre est très différent des précédents. Vraiment très différent.

— En quoi ? demanda Larsson. C'est bien le même gars, non ? Me dites pas qu'on en a un deuxième !

— Non, en effet, c'est bien le même. C'est lui qui est venu nous narguer en dessinant dans ma tente le plan qui nous a conduits à son… spectacle macabre. Il est bien dans cette dynamique ludique. C'est un pervers qui joue, avec nous, avec ses victimes, pour nous prouver son pouvoir. Aucun doute là-dessus.

— Alors en quoi c'était différent des autres crimes ? Frewin se massa la nuque.

— Parce que ce matin, il n'a pas directement *tué*. Il n'a pas procédé à la mise à mort.

— Sauf si c'est l'un d'entre nous, plaisanta Monroe sans provoquer le moindre rire.

— D'habitude, reprit Frewin, il agresse et il tue de ses propres mains. Nous pouvions penser en toute logique que son plaisir émanait de ce sentiment de pleine puissance, ce pouvoir de vie et de mort. Ce n'est pourtant pas le cas avec l'homme de ce matin. Cette fois, la mise en scène était plus importante que la mise à mort. Je ne peux pas croire qu'un pervers fasciné par la pulsion de contrôle et la mise à mort prenne tous les risques, enlève quelqu'un et le torture à ce point pour finalement partir sans achever son œuvre, sans assister à cette transition entre la vie et la mort que je pensais jubilatoire à ses yeux. Je croyais qu'il éprouvait un plaisir quasi sexuel en tuant, et je réalise que, dans ce cas, il ne se serait pas privé de ce plaisir après s'être donné tant de mal. Sauf si la mise à mort n'était pas la finalité.

— Tuer ne serait pas l'acte essentiel à ses yeux ? répéta Matters, confus.

— Non, tuer fait partie des conséquences. Ce n'est pas sa source de plaisir. Ce qu'il aime c'est le contrôle. Et surtout, c'est la mise en scène. Il ne tue pas pour lui.

Tous se raidirent sur leur chaise, devinant ce qui allait suivre sans parvenir à le croire.

— Il tue pour nous.

— C'est… absurde ! s'indigna Ann. Il n'aurait aucune…

Craig Frewin la coupa :

— Chacun des trois crimes a été perpétré avec des méthodes différentes : décapitation, strangulation et mutilation par animal, et enfin… par hémorragie. C'est comme s'il testait des méthodes, comme s'il en cherchait une qui lui convienne, sachant qu'il n'a même pas voulu assister à la dernière.

— Il pouvait être caché dans les bois, derrière nous, pour tout voir, proposa Monroe.

— J'y ai pensé. Cependant la mise à mort n'a pas eu lieu dans le poste d'observation, il aurait fallu qu'il attende dans la pièce pour y assister. Et il n'y avait que nous. J'ai interrogé le capitaine Morris à midi. J'ai voulu savoir qui de ses hommes était sorti du camp dans la matinée. Personne. Et il l'a garanti. Ils avaient la visite de leur colonel, inspection des troupes avant le départ en mission. Ils ont fait l'appel et il ne manquait aucun homme valide. Le temps de préparation et de visite les a mobilisés pendant que nous étions dans la forêt. Cela venait tout juste de s'achever lorsque nous sommes rentrés avec la victime.

Monroe approuva. Présenté ainsi c'était irréfutable.

— Donc, si ce n'est pas la mise à mort qui lui plaît, pourquoi tue-t-il ? relança Frewin. Il y a un point commun à ces trois crimes. La mise en scène. Et la volonté qu'on tombe dessus, qu'on ne les rate pas.

— Le culte d'un spectacle macabre. C'est une sorte d'artiste ? C'est à ça que vous pensez ? demanda Matters.

— Plutôt un homme animé d'une haine froide contre la société. Contre les hommes. Il tue parce qu'une vie ne vaut rien à ses yeux, mais il sait ce que ça représente pour les autres. Il sait à quel point un meurtre est grave. Il est intelligent. Et il exhibe la souffrance qu'il inflige – marque de sa rage –, il veut qu'on la voie. Il veut nous choquer, nous faire mal en tant que société. Et le fait qu'il s'en soit pris à la PM en tuant Clauwitz et Forrell est aussi symptomatique de son rejet du système que nous représentons. La PM c'est le prolongement de cette société, son bras armé.

Frewin s'appuya contre le tableau sur lequel était recopiée la liste des noms de la 3e section.

— Par conséquent on peut supposer qu'il s'agit d'un homme qui a grandi en marge, certainement persécuté, rejeté par les autres garçons. Raillé par les filles. Quelqu'un qui n'a jamais développé le moindre sentiment de sociabilité.

— Attendez, je résume :… il serait devenu comme ça parce qu'il n'a pas grandi comme tout le monde ? insista Donovan. Il était rejeté et du coup il s'est développé dans l'ombre ?

— On peut dire ça, oui.

— Ce que je n'arrive pas à saisir, c'est la source du mal ! Parce que le gamin rejeté qui devient asocial, voire psychopathe, c'est l'œuf et la poule ! Il était rejeté parce que les autres gosses *sentaient* qu'il allait devenir « mauvais », ou c'est parce qu'il a été mis à l'écart qu'il l'est devenu ? Vous voyez ce que je veux dire ?

Tous les regards convergèrent vers Ann, encore silencieuse.

— Je vais être très cruel, Donovan, intervint Frewin, car je pense qu'il n'y a aucun mystère là-dedans : c'est l'enfant qui se fait rejeter par les autres de par son attitude, ses envies, ses réactions. Il est *déjà* abîmé par la vie. La noirceur du monde, d'une manière ou d'une autre, l'a *déjà* contaminé beaucoup plus que les autres, et c'est trop tard. Il s'est développé selon une trajectoire erronée par rapport aux critères de notre civilisation. La noirceur du monde l'a induit à préférer jouer avec le cadavre d'un chat mort qu'avec une petite voiture. Elle l'a perturbé dans ses repères d'enfant jusqu'à lui en fournir d'autres.

Ce fut au tour d'Ann, cette fois, d'intervenir :

— Qu'appelez-vous « noirceur du monde » ?

— Elle peut prendre bien des visages. Cet enfant a été confronté à un père ou une mère tyrannique, violent,

peut-être même incestueux. Ce ou ces événements vont recodifier la psyché de l'enfant. À un moment de son développement, il découvre un rapport à l'autre et à son propre corps lié à la douleur, à la frustration, à l'humiliation. Par mimétisme ou par réflexe de survie. La personnalité se modifie. La plupart de ces enfants s'en sortent avec le temps. Mais d'autres n'y parviennent pas. Ils s'enferment dans une spirale dévastatrice. Par exemple la souffrance d'un camarade va les fasciner, voire les exciter. Cette personnalité humiliée va projeter son humiliation sur les autres pour réduire la tension. Très vite, l'enfant est rejeté. Il grandit alors dans un monde centré sur lui-même, garde ses maux à l'intérieur et les ressasse, les faisant croître. Et, le temps passant, il comprend qu'il est différent, mal aimé, sa haine d'autrui prend de l'ampleur, ce qui finit par annihiler les dernières bribes d'empathie qu'il pouvait ressentir.

— La plupart s'en sortent, les autres non. Sur quoi se fait la différence ? demanda Ann.

— Je l'ignore. Personne ne le sait.

— Alors, le tueur qu'on recherche, lança Baker, déstabilisé, c'est pas seulement un… enfoiré, pardonnez mon langage, c'est avant tout un pauvre gamin qui s'en est jamais sorti, c'est ça ?

— Oui, Baker, c'est aussi ça. C'est devenu un homme froid comme la glace vis-à-vis des autres. Ses recherches de plaisir sont uniquement tournées vers lui-même. Ses satisfactions, il se les crée différentes des nôtres.

— Donc on cherche un homme très égocentrique, conclut Ann. Un soldat qui ne pense qu'à lui.

— En effet. Mais pas seulement. On peut élargir à quelqu'un qui se fait remarquer.

Matters croisa les bras sur sa poitrine.

— Je croyais au contraire qu'on cherchait un solitaire ! dit-il. Et puis si ce mec est enragé contre la société, et qu'il déteste les autres, pourquoi mendierait-il une quelconque forme de reconnaissance ?

— La mise en scène, Matters. Il met ses victimes en scène pour qu'on les voie. Il exprime sa rage, pourtant il pourrait agir en secret, en se débarrassant des cadavres dans un coin, ce qui serait plus prudent d'ailleurs ! Au lieu de quoi, il préfère nous les exhiber ! C'est une personnalité complexe. Sans émotion vis-à-vis des autres, mais plein d'émotion pour lui-même. Il ne mendie pas l'attention, ce qu'il veut, c'est contempler son propre reflet dans les yeux tournés vers lui. Vous saisissez ?

Matters approuva doucement, presque triste.

— Je crois, oui. Il ne veut pas l'attention des gens, il veut se savoir au milieu d'eux, c'est lui-même qu'il veut voir dans l'attention qu'on lui porte. Tout est centré sur lui.

— C'est ça. Un garçon qui se fait remarquer, qui veut qu'on le voie, mais qui nourrit en même temps une haine farouche pour la société. À nous de savoir exploiter ces éléments. Que diriez-vous de le priver de tout cela ?

— Comment ça ? s'inquiéta Matters.

— Privons-le de toute attention, ignorons ce qu'il cherche à nous dire. Et faisons passer le message.

Il va enrager, et il va tout faire pour qu'on le remarque, pour qu'on s'occupe de lui. Jusqu'à l'erreur.

— On peut alors craindre le pire ! protesta Ann. Il pourrait repasser à l'acte très vite. Si on agit de la sorte, non seulement on va le pousser à tuer encore, mais il frappera très fort.

— C'est plus que probable. Et à vouloir frapper fort, plus vite que prévu, il sortira de ses plans, il commettra une erreur.

Monroe eut un sourire incrédule.

— Vous êtes en train de dire qu'il faut qu'il tue à nouveau ?

— Si vous avez un meilleur plan pour le coincer, je suis preneur. N'allez pas croire qu'élaborer une stratégie pareille me rende fier de moi ! Mais c'est tout ce que j'ai. Nous n'avons rien. Rien du tout ! Parce que je vais vous dire : ce type va tuer à nouveau, quoi qu'on fasse. La question est de savoir ce qu'on veut ! Un nouveau meurtre qui ne nous avancera pas plus et qui sera suivi d'un autre, puis d'un autre, et ainsi de suite, ou que ce soit le dernier ?

— C'est une stratégie du sacrifice ! s'indigna Ann.

Frewin approuva avec insistance :

— Je m'en passerais bien, croyez-moi. C'est ça ou on reste ainsi, à attendre que les meurtres s'enchaînent, et qu'un grand coup de chance nous permette de l'arrêter.

— Si la chance se manifeste, murmura Baker.

Larsson hocha la tête avant de fixer Frewin.

— C'est peut-être cruel et… cynique, mais je suis pour la solution du lieutenant. Il nc s'arrêtera pas de tuer tout seul, alors faisons en sorte que le prochain soit le dernier.

— Quand bien même nous nous lancerions dans une stratégie aussi discutable, comment compteriez-vous vous y prendre ? interrogea Ann.

Frewin la considéra un instant. Il déglutit et lança, tout doucement :

— Pour commencer, en me servant de vous.

29

Ann oublia de refermer la bouche, estomaquée :

— En vous servant de moi ?

— Tout à fait. Pour propager la rumeur dans la 3e section que l'affaire est classée, que la PM et l'état-major ont décidé de ne plus enquêter sur ces meurtres parce qu'il s'agit d'un cas trop isolé et insignifiant au regard de l'assaut que nos forces mènent. La PM doit donc se remobiliser sur ses tâches prioritaires : le contrôle des camps, l'ordre et la surveillance des prisonniers de guerre.

— Personne ne va y croire ! protesta l'infirmière.

— C'est la guerre, tout est possible. D'ailleurs l'état-major n'est pas loin de le penser. Ce qui compte, c'est que le tueur le croie, lui. Il est peut-être intelligent mais tout son raisonnement et tous ses actes s'organisent autour de sa volonté et son application à tuer, à frapper la société en lui montrant les blessures qu'il peut causer. Je suis sûr qu'il y croira, il sera trop enragé par cette décision pour la nier. Il faut juste insister sur un point…

— Lequel ?

— Que cette décision résulte de mon analyse. Que j'ai décidé d'abandonner l'enquête. Je vais rédiger un faux rapport dans lequel j'exposerai mes conclusions : l'auteur des deux premiers meurtres est un fou, un fou sans importance qui se fera tuer très bientôt pendant un assaut du fait de sa personnalité instable et de ses tendances suicidaires

— Les deux premiers meurtres ? Vous voulez occulter le troisième, celui de Harris, ce matin ? s'étonna Matters.

— Non, je vais priver le tueur d'une tête supplémentaire à son palmarès, je vais expliquer que pour différentes raisons, méthodes utilisées, choix du lieu, etc., ce n'est pas le même tueur et qu'il s'agit ici vraisemblablement d'une vengeance. Ça va l'obliger à sortir le grand jeu pour qu'on ne puisse plus l'ignorer. Autant d'éléments qu'il ne pourra pas maîtriser.

Conrad, « le sage de l'équipe », fit remarquer :

— Si je peux me permettre, lieutenant, cette idée va le conduire tout droit à vous. S'il estime qu'on le prive de toute attention à cause de vous, il pourrait vous tomber dessus.

Frewin demeura silencieux, le regard brillant.

— J'y compte bien, finit-il par admettre.

704 La tente du lieutenant Frewin sentait l'huile des lanternes. Il reposait le roman de sir Arthur Conan Doyle lorsque Ann entra après avoir demandé la permission.

— Merci d'être revenue, la salua-t-il en s'asseyant sur son lit.

— Vous m'avez demandée…

Il l'invita à prendre place sur sa chaise de bureau, ce qu'elle fit aussitôt, face à lui.

— Comment ça se passe à l'infirmerie ?

Elle soupira.

— Comme vous pouvez l'imaginer. Les blessés affluent sans discontinuer. On vient tout juste de faire embarquer ceux qui devaient être rapatriés et déjà nos lits se remplissent. Et mes relations avec le major Callon ne sont pas très bonnes, comme vous le savez… Encore moins depuis qu'il est obligé de me laisser vous aider dans votre enquête.

— Dès que nous aurons fait passer les informations dans la 3e section, je vous laisserai tranquille…

— Non, surtout pas ! trancha-t-elle en se raidissant sur son siège. (Dans un élan d'orgueil elle ajouta sèchement :) Je vous ai déjà supplié de me garder, ne me faites pas recommencer tous les jours, s'il vous plaît.

Il leva la main pour faire taire le malentendu.

— Ce n'est pas dans mes intentions, Ann, calmez-vous. Je disais ça pour le cas où vous souhaiteriez prendre du recul, c'était une porte ouverte, rien d'autre.

Elle le toisa pour s'assurer de son honnêteté. La défiance et le doute la rendaient encore plus belle. La présence d'émotion pure, sans retenue, qui occupait ses traits, habitait ses yeux, faisait vivre ses lèvres, troubla le lieutenant. Elle ne portait pas son calot blanc, ses cheveux d'or étaient noués sur l'arrière, une mèche bouclée passée derrière l'oreille.

— Je suis désolée, murmura-t-elle en s'efforçant de maîtriser son anxiété.

— Ann, je peux vous poser une question ?

Elle releva le nez.

— Si je ne suis pas obligée de répondre, allez-y.

Ignorant la repartie, il demanda :

— Pourquoi cette enquête vous fascine-t-elle autant ?

Elle cilla, puis tourna la tête, comme pour observer le reste de la tente.

— J'ai mes raisons, lieutenant. Je vous demande de me faire confiance, ça ne vous portera préjudice en aucune manière, je peux vous le garantir, et croyez-moi : j'y veille.

— Ann… Qu'est-ce que ça veut dire ? Pourquoi êtes-vous à ce point *impliquée* dans cette histoire ? Lorsque nous avons parlé de cet homme, le tueur, vous aviez une analyse très pertinente, très fine, rien à voir avec celle d'un néophyte. Je vais vous dire : j'avais l'impression de discuter avec un confrère… très perspicace. Et ça ne m'arrive pas souvent. Alors, dites-moi.

— S'il vous plaît…

— Qu'est-ce qui fait que vous êtes à ce point intéressée et douée ? Si j'osais, je dirais que vous avez été agressée, et que ce drame vous a plongée dans les abîmes de l'homme, des *mauvais hommes*. C'est de là que vous tirez intérêt et compréhension pour ces tristes choses. Est-ce ce genre de drame ?

Elle secoua la tête :

— Vous n'y êtes pas du tout, et je vous demande d'arrêter, s'il vous plaît.

— Ann, ce n'est pas pour vous faire du mal, j'ai besoin de savoir pour être sûr que je peux compter sur vous. Je veux simplement comprendre pourquoi une infirmière se retrouve du jour au lendemain à tout faire pour me suivre dans mon enquête, et pourquoi elle semble si… capable ?

Elle se pencha pour poser une main sur le genou de Frewin. Ce qui le déstabilisa. Le parfum vanillé de la jeune femme lui revint aux narines. Accompagné de cette autre odeur, plus complexe, que Frewin n'arrivait pas à identifier et qu'elle portait sur la peau, une fragrance qu'il aurait voulu garder sous le nez encore quelques instants.

— Je… Je vous demande de me faire confiance, implora-t-elle lentement. S'il vous plaît.

Il ouvrit la bouche et Ann crispa sa main, pour ancrer sa présence et ses mots dans le corps du lieutenant.

— J'ai *besoin* de vous, de votre confiance, pour rester dans l'équipe. Alors que dois-je faire ? Vous supplier une fois encore ?

Craig secoua la tête. Ann se redressa et ôta sa main. Il ne put empêcher son regard de descendre sur ses seins qui tendaient la blouse.

— Non, bien sûr que non, articula Frewin.

Il se leva pour rompre cette intimité qui le perturbait et alla se servir de l'eau à sa gourde, en proposa à Ann, lui désignant un quart en aluminium. Elle refusa d'un mouvement de la tête.

— Je vous fais confiance, Ann, dit-il après s'être désaltéré, parce que je n'ai aucune raison de ne pas le faire. Et pour être honnête : parce que vous êtes sacrément perspicace. Néanmoins, vous admettrez que la situation est délicate pour moi. J'aimerais savoir, pour tout clarifier.

Je ne vous forcerai pas à me parler, vous savez où me trouver, à vous de le faire si vous en éprouvez l'envie.

Sentant qu'il s'était refermé en quelques secondes, Ann en éprouva une peine inattendue. À bien y réfléchir, elle réalisa qu'elle appréciait cet homme plus qu'elle ne se l'était avoué.

Alors une autre idée, plus claire et bien précise, émergea dans ses pensées. Une idée qu'elle redoutait depuis le début, sans vouloir l'affronter, ni la bannir de ses desseins.

Non, pas lui, s'interdit-elle. *Pas lui, c'est impossible.* La panique commença à grimper en elle. *Pas lui... ce serait catastrophique. Surtout pas.* Elle devait immédiatement reprendre le contrôle de ses divagations. Craig Frewin ne pouvait pas être le prochain sur sa liste. C'était une aberration. Le faire serait sortir des limites qu'elle s'était imposées par sécurité. Pour ne pas se faire prendre.

Frewin cligna les paupières en la contemplant. Une fragilité rare se dégageait d'elle en cet instant.

Ann se sentait partir. L'adrénaline du passage à l'acte imminent diffusait ses spores dans son cerveau. La température grimpait dans ses entrailles. Son cœur palpitait dans l'extrémité de ses doigts.

Elle enfonça ses ongles dans sa paume, la douleur l'électrisa.

Pas lui ! s'ordonna-t-elle avec rage.

— Ça va, Ann ? Vous allez bien ?

Elle chercha son oxygène avant d'affirmer :

— Oui, ça va.

Changer de sujet, orienter la conversation, détourner mes intentions.

— Je me demandais..., commença-t-elle vous croyez qu'il a des notions de médecine ?

— Le tueur ? Pourquoi ça ?

— D'après ce qu'on m'a décrit de la scène de ce matin, il a fallu une précision énorme pour mettre au point son stratagème morbide. Et ça m'aiderait à cibler des suspects, comme le sergent Parker Collins, leur infirmier.

Craig croisa les bras sur ses imposants pectoraux.

— Pas besoin de connaissances médicales. Il s'est procuré une pince longue et du lubrifiant, rien d'extraordinaire. Ensuite ça lui a demandé du temps, rien d'autre. Ne cherchez pas à cibler un suspect en particulier, faites des observations, et rapportez-nous tout ce que vous verrez ou entendrez. En particulier sur… (Il alla à son bureau pour prendre la liste de la 3e section)… ces noms, que j'ai soulignés, le D signifie qu'ils sont droitiers :

— *capitaine Lloyd Morris D*
— *lieutenant Ashley Durrington D*
— *lieutenant Philip Piper*
— *adjudant Clive Bradley-Dodders D*
— *adjudant Henry Clark D*
— *sergent Piotr Kijlar D*
— *sergent Gabriel Rabin*
— *sergent (infir.) Parker Collins D*
— *caporal Douglas Regie D*
— *caporal Adam Houdan*
— *soldat Frank Gazinni D*
— *soldat Vladimir Hriscek D*
— *soldat Martin Clamps D*
— *soldat Jeremy Brodus D*
— *soldat Cal Harrison D*
— *soldat Peter Brolin*
— *soldat James Costello*
— *soldat Felipe Gonzalez*
— *soldat John Traudel D*
— *soldat Rodney Barrow D*
— *soldat Steve Risbi*
— *soldat John Wilker D*

— Ils sont droitiers et costauds, très costauds, comme notre tueur.

— Et les autres ? Je m'y intéresse tout de même ?

— Oui, je n'ai pas vraiment mis un visage sur tous les

noms, on ne sait jamais. Tenez, voici le rapport que je suis censé avoir rendu au major général Toddwarth, dans lequel je conclus que le crime de ce matin n'a rien à voir avec les précédents et que le tueur de Rosdale et Tomers est un instable suicidaire, qui ne mérite pas qu'on perde plus de temps, il n'est pas le psychopathe que l'on croyait. Je termine en écrivant qu'à mon avis il se fera bientôt tuer dans un quelconque acte suicidaire car c'est dans sa nature.

— Vous le dénigrez alors qu'il aime être mis en valeur, ça va le rendre fou de rage contre vous.

— J'espère bien. Arrangez-vous pour faire traîner ça dans leur camp, soyez subtile.

— Si je comprends bien, demain matin, lorsqu'ils seront partis au front, nous n'aurons plus aucun moyen de savoir ce qu'ils font. On laisse le tueur avec eux, et on attend leur éventuel retour ?

— Selon Toddwarth ce sera dur : ils rejoignent plusieurs compagnies sur la ligne de feu. Nous allons nous cantonner sur leurs arrières. J'ai une place pour vous.

Le visage d'Ann s'illumina malgré le danger que cela représentait. Bombardements ennemis, mines et proximité du tueur.

— Je… Merci.

Elle se leva pour sortir. Elle ne devait plus rester dans cette tente, à la limite de glisser, de commettre l'irréparable, d'ajouter Frewin à la liste. De tout foutre en l'air. Elle avait les joues rouges.

— Je vais faire le nécessaire de suite, dit-elle en se saisissant du rapport.

Tandis qu'elle sortait, Frewin la rappela :

— Ann, je vais être honnête : je vous fais confiance parce que vous êtes pertinente dans vos déductions. Pour le reste…

Elle soutint son regard une seconde, puis baissa les yeux avant de relâcher le pan de toile derrière lequel elle disparut. Le corps en feu.

30

Elle n'avait pas une seconde à perdre.

Ann remontait entre les tentes, les ballots militaires, les caisses et sacs de sable entassés autour des armes lourdes et des munitions. La nuit rendait le camp plus inquiétant, avec ces allées improvisées entre les murs de toile. Les filins tendus au sol devenaient pièges invisibles. Elle se

sentait dans la peau de Thésée errant dans un labyrinthe immense, sachant que quelque part le Minotaure guettait et attendait sa prochaine victime.

Thésée avait un fil pour ne pas se perdre, non ? Et toi, qu'as-tu ? se moqua-t-elle. Un faux rapport, voilà ce qu'elle avait pour orienter sa colère. Lorsque le tueur l'aurait lu, s'il le lisait un jour, le lieutenant Frewin devrait dormir avec un bataillon autour de lui pour le protéger. Plus elle y songeait, moins elle était convaincue de la pertinence de cette idée. Était-ce leur unique option ? *Probablement…*

Et elle, que lui était-il arrivé ? Elle ne pouvait se laisser aller à ses vils instincts, pas avec Frewin. La fraîcheur nocturne lui avait remis les idées en place, elle se sentait honteuse.

Constatant que les soldats étaient pour la plupart dans leurs tentes, Ann pressa le pas. Elle aurait voulu prendre son temps à l'infirmerie pour être sûre de voir Clarice avant qu'elle ne dorme, lui dire au revoir avant de partir pour le front, mais la priorité était de faire lire ce rapport par la 3e section. Il serait toujours temps de réveiller son amie au petit matin, pour les adieux.

Ann s'arrêta dans la première tente des soins. À l'entrée, posées sur une table pliante, plusieurs boîtes à courrier superposaient les différents formulaires médicaux. Ann prit la pile des comptes rendus de traitements et trouva, comme elle s'y attendait, ceux de la veille. Elle les feuilleta pour en prendre trois qui ne présentaient aucun caractère d'urgence et les joignit au faux rapport de Frewin. *Il faut donner un peu de matière à cette mise en scène... Puisque le tueur aime ça, on va lui en donner.*

Elle se dépêcha de ressortir après s'être procuré une bouteille d'alcool et des bandages propres qu'elle fourra dans sa besace. S'il y avait une personne qu'elle ne voulait pas croiser maintenant c'était bien Callon. Le major devait avoir reçu une note de Frewin lui signifiant qu'Ann Dawson quittait son équipe au petit matin pour rejoindre la PM sur le front. Il ne devait pas apprécier.

Elle se faufila entre les piquets à linge qui occupaient le quart d'un terrain de football, où séchaient les serviettes, les draps, les bandes et même les brancards. En zigzaguant parmi ces ombres flottantes, Ann eut l'impression d'y sentir l'odeur du sang. Ce mélange âcre aux senteurs d'humus frais, de fer et de viande crue. Les rectangles de toile, gris et noir dans la nuit, battaient au vent comme autant de suaires. Ann s'empressa de quitter ce champ d'oripeaux lugubres.

En déambulant, elle déboutonna le haut de sa blouse pour laisser deviner le haut de ses seins. C'était le genre d'atout qui pouvait lui servir ce soir. *En prenant garde tout de même à ce que ça ne se retourne pas contre toi !*

La zone de la 3e section était aussi calme que les autres. Deux lanternes suspendues éclairaient la petite place au milieu des tentes où se trouvaient des tables et des bancs ainsi que le matériel de campagne de la section. Personne n'était dehors. En revanche, elle pouvait distinguer les halos des lampes-torches derrière les « dortoirs ».

Ann avait été très attentive, la veille, à repérer les tentes de chacun. L'infirmier, Parker Collins, disposait de la sienne, comme tous les sous-officiers et officiers de la section. Les soldats partageaient de grandes installations aménagées par des séparations de toile pour préserver un semblant d'intimité.

Comment faire ? Elle voulait voir le soldat Risbi. Puisqu'il rédigeait des courriers pour ses camarades, s'il découvrait le faux rapport, l'information circulerait très vite ; elle voyait en lui une sorte de carrefour des informations de la 3e section. *C'est pour ça qu'ils l'aiment bien. En plus d'être un bon tireur...* Pouvait-elle entrer directement dans une tente et chercher Risbi ? *Non...*

Ann tourna autour de la tente qu'occupait « l'écrivain ». Dans la première moitié on riait, on plaisantait, elle comprit qu'on jouait aux cartes. L'autre partie du camp était plus calme : une conversation, trop basse pour être intelligible, et deux zones silencieuses éclairées par des lampes suspendues. En s'approchant jusqu'à frôler les bords de la toile, elle perçut le froissement d'une page qu'on tourne. *Une grande page. Un journal ?* L'homme se mit à rire doucement. *Une bande dessinée ou un roman illustré, quelque chose de drôle !* Le rire était léger, plutôt aigu. Il pouvait fort bien correspondre à la voix flûtée de Risbi.

Ann tenta le tout pour le tout. Elle gratta avec ses ongles, plusieurs fois. De l'autre côté, on posa le journal et une ombre apparut.

— C'est Ann Dawson, chuchota-t-elle. Je voudrais vous parler.

L'ombre recula un moment puis se pencha pour soulever le bas de la toile. À la grande surprise d'Ann, une petite ouverture se profila. Il était donc extrêmement simple, pour n'importe quel soldat, de sortir sans être vu par les autres. La tête ronde de Risbi apparut par le trou, le regard inquisiteur.

— Qu'est-ce que vous foutez là ? dit-il tout bas.

Ann s'assura que personne ne les observait et fit signe qu'elle voulait entrer. Risbi soupira en serrant les dents puis, l'air agacé, lui fit signe de passer.

— Vous n'êtes pas nette, vous ! murmura-t-il dès qu'elle fut à ses côtés. Vous cherchez quoi, les ennuis ?

— Je termine mon service en apportant les copies de rapports aux officiers..., répondit-elle en secouant les feuillets qu'elle tenait en main. Je passais à côté et je me suis dit que c'était l'occasion de vous rendre service.

— Ah oui ? s'inquiéta-t-il en jetant un regard furtif vers l'entrée. Je n'ai pas besoin qu'on me rende service, qu'est-ce qui vous prend ?

Ann, d'un air déterminé, s'assit sur le lit de camp où elle lâcha ses rapports pour ouvrir la petite besace qu'elle portait à la taille.

— Je connais les gaillards de votre trempe, vous ne voulez pas consulter pour des broutilles quand vos camarades sont estropiés par une balle ou une grenade. Mais des soldats se font amputer d'un membre comme ça. Retirez votre tee-shirt et montrez-moi votre bras.

— Collins s'en occupera ! Allez-vous-en !

— Je sais que vous n'irez pas. Mais je ne vais pas vous dénoncer à votre capitaine, vous ne serez pas écarté du groupe, rassurez-vous si c'est ce que vous craignez. Hier, j'ai remarqué que votre blessure commençait à suppurer.

Comme il ne bougeait toujours pas, Ann haussa le ton :

— Montrez-moi votre blessure, soldat.

— Moins fort ! Je vais avoir des ennuis si un officier vous trouve ici !

— Alors ôtez votre vêtement et laissez-moi faire.

À contrecœur, Steve Risbi exhiba un bandage rudimentaire, taché d'un halo sombre au centre.

— Vous faites infirmière à domicile maintenant ? railla-t-il pendant qu'elle ôtait le pansement.

— C'est mon métier. Oh... c'est une vilaine blessure.

— Ce n'est pas profond.

— C'est en train de s'infecter. À ce rythme, vous ne serez plus apte au combat dans moins d'une semaine !

Elle sortit ciseaux, alcool, tout ce qu'elle avait apporté et s'activa sur le bras maigre du jeune homme. Il avait la peau laiteuse, parsemée de grosses taches de rousseur.

— Il faudra surveiller cette lésion. Je fais partie des unités envoyées au front avec vous, lorsque vous serez de retour de mission, venez me voir.

— Ça ira…

— Non, ça n'ira pas. Je ne plaisante pas. Il faut nettoyer et surveiller. Venez me voir dès que vous le pourrez, compris ?

Risbi s'humidifia les lèvres.

— Ouais…, finit-il par lâcher.

— Vous n'avez pas d'angoisse à l'idée d'y retourner demain ?

— Des angoisses ?

À sa grande surprise, Risbi prit le temps de réfléchir plutôt que de nier la peur.

— Si, des tiraillements dans le ventre. On ne sait jamais comment ça va se terminer quand on part. Je… c'est ce qui me fait le plus peur : ne pas savoir.

Il voulut ajouter quelque chose, mais retint ses mots. Le regard d'Ann glissa de la plaie devenue propre aux traits du jeune homme. Il n'avait rien d'attirant, pâle, chétif et sans charme aucun, et pourtant, d'un coup, il devenait touchant au point qu'elle ne le voyait plus de la même manière.

Il haussa les épaules d'un air fataliste :

— Mais c'est ça la guerre, des jours et des nuits d'incertitude, non ?

— Je… Oui, je crois. On ne la vit pas de la même manière, vous et moi. (Après un temps de silence, elle trouva à ajouter :) C'est comme la lune, non ?

— La lune ?

— Oui, faire la guerre c'est quitter le confort terrestre pour s'exiler là-haut, loin des autres, et moi je n'en explore que la face éclairée. Vous, vous plongez de l'autre côté, sur la face cachée dont j'ignorerai tout, quoi que je fasse.

Risbi ricana.

— J'aime bien cette idée, s'amusa-t-il avec moins de discrétion.

Le bandage était presque terminé. Ann allait repartir, elle devait bien calculer son départ. Brouiller les pistes pour que Risbi ne voie pas les documents oubliés sur son lit, qu'il ne puisse pas les lui rendre avant qu'elle soit loin. *À moins qu'il ne soit pas du genre à rendre le paquet de cigarettes...*

Ann avait grandi avec un père plus porté sur les combines, la violence et l'extorsion que sur la tendresse. Mais elle en avait tiré quelques enseignements. Dont celui « du paquet de cigarettes ». Son père répétait que lorsqu'il voulait tester le degré de moralité d'une personne, en vue d'une association malhonnête, il suffisait de poser un paquet de cigarettes plein sur la table puis de faire mine de l'oublier en partant. Si l'autre l'arrêtait pour lui rendre, mieux valait ne pas faire affaire avec lui, trop honnête. S'il ne disait rien, tout devenait possible. La règle ne s'appliquait qu'aux fumeurs, mais comme disait son père : « La cigarette va de pair avec le bon truand, comme un gangster et son pistolet ! » Il ponctuait sa tirade d'un rire gras qu'Ann avait appris à haïr. Et pourtant, aujourd'hui elle en était à se souvenir de ses conseils. C'était bien la première fois que « l'éducation paternelle » se révélait utile.

La porte en tissu se souleva brusquement sur un homme approchant la trentaine, brun, doté d'un système pileux très fourni et d'un imposant nez écrasé sous des sourcils ininterrompus d'une arcade à l'autre.

— Oh bah merde alors, Steve…, siffla-t-il en contemplant l'infirmière au chevet du soldat torse nu

Risbi se pencha pour l'attraper par le col et le tirer dans le petit espace.

— Ta gueule, Barrow !

Les yeux du soldat dévoraient Ann des pieds à la tête.

— Moi aussi je peux avoir un traitement particulier, ma beauté ?

Sans un regard pour lui, Ann termina de rebander le haut du bras et répliqua :

— Tout ce que vous aurez c'est votre main pour vous branler.

Elle détestait la vulgarité, qui lui rappelait son enfance, mais avec ce genre d'hommes, il valait mieux annoncer la couleur. Pourtant, Barrow continua :

— Pas docile la poulette !

Ann perçut une main qui l'agrippait par les fesses.

Elle abandonna ses soins et voulut lui balancer une gifle puissante. Il intercepta son poignet.

— Faut pas vous énerver comme ça, déclara-t-il sur un ton mielleux. On part à l'assaut demain, ça mérite bien un peu d'affection, pas vrai ?

— Lâche-la, commanda Risbi.

Au loin, à l'avant de la grande tente, des hommes rirent de bon cœur, ignorant ce qui se passait.

— Fais pas le con, Steve, tu vois bien qu'elle attend que ça. Deux beaux mecs rien que pour elle.

— Lâche-la, je t'ai dit.

— T'es con ou quoi ?

Ann changea brutalement de ton. La menace devint palpable.

— Arrêtez tout de suite.

— Ou bien quoi ? s'amusa-t-il.

Cette fois elle fut si rapide qu'il ne put l'éviter : sa main attrapa les ciseaux et les brandit jusqu'à en enfoncer l'extrémité dans la gorge de son agresseur.

— Ou bien je vous tranche les cordes vocales pour que vous ne racontiez plus de conneries.

Barrow relâcha vivement son étreinte.

— Faut pas vous mettre en colère comme ça, c'était juste pour rigoler…

Ann approuva de la tête et lui décocha un coup de genou dans les parties. Il s'affaissa aussitôt en gémissant.

— Oh, je suis désolée, vous mettez pas en colère, c'était juste pour rigoler.

Le moment ou jamais. Elle devait profiter de la diversion pour partir. Risbi devait être aussi gêné qu'elle et il ne prêterait pas attention aux documents à l'en-tête de la PM qu'elle oubliait. Pas avant de s'allonger sur son lit.

Elle jeta son matériel en vrac dans la besace et se pencha pour passer sous la tente.

— Je vous laisse entre mâles, fit-elle, le cœur battant à toute vitesse.

Risbi avait l'air dépassé par les événements.

— Je suis navré, commença-t-il, je…

— Pas votre faute, venez me voir pour votre bras.

Elle quitta l'air surchauffé d'hormones. Elle s'en tirait bien. Très bien.

Il ne fallait pas traîner, que Risbi n'ait pas le temps de l'interpeller s'il trouvait les documents.

Et la nuit était loin d'être terminée. Après ce qu'elle venait de vivre, elle sentait qu'il lui fallait extérioriser son trop-plein d'émotions.

Pas ce soir, non… ne te laisse pas aller à ça.

Pourtant, au fond d'elle, Ann sentait que la décision était prise. Ses sens avaient été chauffés à blanc plus tôt dans la soirée, face à Frewin. Elle ne pouvait plus faire marche arrière.

Tu dois lutter !

Elle marchait en direction de l'infirmerie.

Si tu ne peux pas t'en empêcher ce soir, tâche au moins d'être invisible. Et ne laisse aucune trace. Rien. Choisis bien ta victime solitaire, une proie facile.

La lune apparut entre des nuages noirs.

La face cachée dont tu ignores tout, hein ?

Ann le savait, l'envers des décors n'avait aucun secret pour elle. Parce que, depuis son plus jeune âge, elle était fascinée par la face cachée de toute chose. Elle avait exploré bien des gouffres, sondé bien des âmes obscures, à commencer par la sienne. La plus terrifiante de toutes. Et elle avait cerné sa propre personnalité.

Au seuil de cette grande forêt sauvage qu'est l'échelle de l'évolution, l'homme en est au stade de l'enfance. Et Ann l'avait bien compris, elle qui se sentait un être à part dans cette humanité. Comme le tueur que traquait Frewin.

Pourtant, une petite voix, faible et hésitante, surgit des tréfonds de sa mémoire :

« Rien n'est figé. L'individu est au moins maître de lui-même. »

Mais elle résonna comme un écho lointain, qui disparaît dans l'épaisseur de la nuit.

31

Les mots du lieutenant Frewin l'obsédaient.

« ... c'est l'enfant qui se fait rejeter par les autres de par son attitude, ses envies, ses réactions. Il est déjà abîmé par la vie. La noirceur du monde, d'une manière ou d'une autre, l'a déjà contaminé, beaucoup plus que les autres, et c'est trop tard. »

Kevin Matters ne parvenait pas à les ranger dans un coin de son cerveau. *« C'est trop tard. »* Que voulait-il dire par là ?

Tu le sais bien, tu le sais très *bien !*

Il décroisa ses bras derrière sa nuque, allongé sur le lit de camp de sa tente. *Qu'en sait-il, après tout ? Est-ce le genre d'analyse prédéfinie qu'on apprend en psychologie ?* Il avait pensé à ce dernier mot avec un dédain profond. *Que font-ils du cas par cas ? Chaque être humain est différent, non ? On ne peut pas généraliser...* Pourtant, au fond de lui, Matters savait qu'il était possible de définir des schémas comportementaux. La psychologie n'était pas une « parascience » aléatoire.

Pourtant, tout le monde a ses secrets ! Tout le monde ! Même le lieutenant ! C'est quoi toutes ces lettres que j'ai trouvées dans sa malle, hein ? C'est quoi son secret à lui ?

Mais aussitôt, Matters dut se rendre à l'évidence. Si chaque être avait ses secrets, la plupart n'étaient ni honteux, ni graves. Ils ne portaient pas préjudice, pas comme lui…

Je ne fais de mal à personne !

Il ferma les yeux et se força à inspirer par le nez et expirer par la bouche, pour se calmer. Faire le vide en lui. S'il continuait ainsi, il éveillerait les soupçons. On finirait par le regarder avec méfiance, puis on fouillerait sa tente, sa vie. Et ils *sauraient*.

Son cœur venait d'accélérer. *Respirer, je dois me focaliser sur ma respiration, ne plus penser à tout ça.*

Il orienta son esprit vers sa blessure à l'épaule. La course dans la forêt avait rouvert la plaie, et il avait dû changer le pansement à l'infirmerie en accompagnant le mourant. Clifford Harris était mort presque dans ses bras. Tandis qu'Ann Dawson lui refaisait son bandage et l'accablait de questions sur ce qu'ils avaient découvert. Il ne l'aimait pas. Quelque chose de perturbant se dégageait d'elle. Matters avait tenté d'identifier ce malaise, sans y parvenir. Mais tôt ou tard il saurait pourquoi il se tenait à distance.

L'excitation était contenue, pour l'instant.

Cependant elle rôdait sous la surface de sa vigilance, comme un requin attendant sa proie.

Il se leva et s'agenouilla devant sa caisse personnelle dont il défit le cadenas.

S'il ne voulait pas se faire submerger par ses pulsions, il devait agir maintenant, tant qu'il en était encore capable. Sans quoi il sortirait de sa tente, cette nuit, et il irait braver les interdits, une fois encore. Il s'humilierait pour quelques minutes de plaisir.

Ils allaient l'attraper s'il ne redoublait pas de vigilance. Il fallait qu'il se contienne. Bientôt, tout irait mieux.

« *Il est* déjà *abîmé par la vie. La noirceur du monde, d'une manière ou d'une autre, l'a déjà contaminé, beaucoup plus que les autres, et c'est trop tard.* »

Non, il n'était pas trop tard !

Pourquoi les mots du lieutenant résonnaient-ils en lui avec la même justesse que pour le tueur ?

Ses yeux se remplirent d'eau.

Non, personne n'est irrécupérable ! C'est une hypothèse de fasciste ! Même le plus abject des criminels peut s'en sortir, se répéta le jeune sergent. *Tout le monde peut s'en sortir, il n'y a aucune fatalité ! Même moi...*

Matters plongea ses mains dans la caisse.

Les larmes l'aveuglaient, ruisselaient le long de ses joues.

Même moi !

32

La pluie se mit à tomber en tout début de matinée. Des gouttes lourdes et froides, sournoises jusqu'à couler dans le cou, sous les vêtements, provoquant des ondes frissonnantes. Le paysage ne tarda pas à s'effacer pour laisser place à un flou gris, plombant toute luminosité.

Ann arriva au camp de la PM à huit heures et demie, son sac sur l'épaule, trempée et grelottante. Tout avait disparu, il ne restait que des rectangles d'herbe écrasée. Elle trouva Phil Conrad et Angus Donovan en train de jeter les dernières caisses d'équipement à l'arrière d'une Jeep.

— Le lieutenant Frewin n'est pas là ? s'étonna-t-elle.

— Déjà parti, avec le reste des hommes, précisa Donovan en criant par-dessus le tumulte de l'averse.

— Il m'avait dit…

— Vous en faites pas, on a une place pour vous ! la rassura Conrad.

Un quart d'heure plus tard, ils étaient assis dans la voiture chargée au maximum, Conrad au volant, Donovan à ses côtés et Ann derrière, après avoir insisté pour occuper cette place. L'eau crépitait sur la toile. Ann s'était enveloppée d'une couverture pour se réchauffer, elle tenait à peine entre les ballots contenant les tentes et les panneaux de bois annonçant : POLICE MILITAIRE. Donovan ôta ses lunettes pour les essuyer, dévoilant un profil peu accentué, le nez à peine dessiné, et des lèvres fines comme un trait de maquillage. Il n'avait pas vingt-cinq ans et l'infirmière se souvint qu'il était tout nouveau dans la PM. Conrad, lui, avec ses rides nombreuses, sa voix rauque et ses gestes qui respiraient la force tranquille, était son contraire, aussi massif que Donovan était mince.

Les cheveux des deux hommes gouttaient sur leurs vestes kaki.

— On a deux bonnes heures de route avec ce temps, alors profitez-en pour dormir, prévint le doyen en mettant le moteur en marche.

— Ce sera dangereux ? voulut savoir Ann.

— A priori non, le trajet est déminé, on pouvait craindre un bombardement mais tant qu'il pleuvra comme ça, c'est peu probable !

Ann souhaitait mettre le voyage à profit pour faire connaissance. La nuit avait été courte, très courte, mais sa fatigue lui servirait de punition. *Contrôle-toi et tu dormiras !*

Elle commença par Angus, toutefois il se révéla peu loquace sur sa vie privée. Il était dans l'armée depuis un an seulement, à cause de la guerre. Avant cela il travaillait avec son père dans l'entreprise familiale de bâtiment. Il s'était retrouvé dans la PM après ses classes, il avait fait des pieds et des mains pour rejoindre l'unité, se prétendant fin psychologue. Il leur avoua qu'au tout début, c'était l'idée de rencontrer des prisonniers ennemis qui l'avait attiré. Il s'était imaginé en train d'interroger des hommes pour cerner leur personnalité, démasquer des espions. La réalité était tout autre, nuits de garde dans un local minuscule, quotidien rythmé par des ordres toujours aussi monotones, et son contact avec l'ennemi s'était limité à des rondes dans les couloirs des cellules. Jusqu'à ce que le lieutenant Frewin le recrute, sur dossier et surtout sur entretien, moins de deux semaines plus tôt.

— Il vous a dit pourquoi il avait besoin d'un nouvel homme ? demanda l'infirmière.

— Parce qu'il savait que nous allions partir, il lui fallait du monde.

Conrad était penché sur le volant pour distinguer la route à travers le ballet des essuie-glaces.

— On a perdu un gars, il y a un mois, dans un bombardement, révéla-t-il froidement. Angus le remplace.

— Oh… pardon, je ne savais pas, s'excusa Ann.

De derrière, elle avait tout loisir d'inspecter les deux soldats, leurs joues mal rasées, abîmées par les lames émoussées et l'eau trop froide, les cernes naissants, les petites cicatrices qui ornaient le cou de Donovan.

— Vous vous êtes blessé au cou ?

— Quoi ? Oh, ça… oui, quand j'étais adolescent. Un vieux souvenir.

Conrad s'esclaffa.

— Vieux ? Toi ? Attends un peu, passe cette fichue guerre et tu verras ce que c'est que d'avoir de vieux souvenirs !

Ann sauta sur l'occasion :

— Vous dites cela parce que vous êtes dans l'armée depuis longtemps ?

— Ça fera cinq ans en septembre. J'étais là au tout début.

Ann fut surprise par cette ancienneté. Conrad n'était pourtant qu'un simple soldat. Il ne pouvait y avoir que deux possibilités : soit il avait refusé de monter en grade, soit on l'en avait empêché pour mauvaise conduite.

— Engagé ou appelé ? fit-elle.

— Engagé. J'étais policier, avoua-t-il doucement.

— Policier ? Et pourquoi avoir quitté votre boulot pour entrer dans la PM ? Pour le risque en plus ?

— Pour éviter des ennuis, lança-t-il en jetant un bref regard vers ses passagers. Et vous, miss Dawson ? Pourquoi infirmière ?

— Par vocation, mentit-elle.

Pour être au plus près de la souffrance. Pour voir

et décortiquer les âmes blessées, pour sonder ce que les hommes ont de plus vrai : l'imminence de la mort.

— Vous êtes mariés tous les deux ? enchaîna-t-elle pour esquiver son tour.

Ils répondirent par la négative. Angus Donovan était fiancé, et Conrad finit par admettre qu'il avait plusieurs amies à différents endroits. Ann réalisa que l'unité de PM attirait des êtres atypiques. La plupart des soldats qu'elle croisait ailleurs étaient mariés malgré leur jeune âge, précipitation qu'elle imputait à la guerre.

— Et le lieutenant Frewin, vous le connaissez bien ?

— Ça fait presque quatre ans, répondit Conrad. Un type… à part.

— C'est ce que je me disais : il n'est pas comme tout le monde, n'est-ce pas ? Vous savez d'où il tient ce… cette faculté de cerner les criminels ? De se mettre à leur place avec autant de justesse, rien qu'en analysant les scènes de crime !

— C'est ce qu'il appelle le « langage du sang », exposa Donovan, fraîchement formé aux méthodes du lieutenant.

Ann remarqua le rictus qui échappait à Conrad.

— Pourquoi souriez-vous ?

Il se tourna vers elle.

— Je ne souris pas…

— Si, vous avez un morceau de rire coincé entre les dents, je le vois bien !

Conrad hocha la tête doucement, avec le même air amusé et songeur en même temps.

— C'est que… le lieutenant, il n'est pas comme tout le monde, c'est tout.

Ann pouffa un peu fort.

— Il va falloir développer, vous en avez dit trop ou pas assez !

Cette fois Conrad perdit son air narquois et devint grave :

— Vous n'êtes pas au courant, n'est-ce pas ?

— Au courant de quoi ?

— De ce qu'il… a vécu.

Ann examina Donovan qui ne semblait pas décontenancé, il savait à quoi Conrad faisait allusion. Ce fut même lui qui poursuivit :

— L'accident.

— Ce n'est pas le mot que certains emploient quand ils parlent de lui, fit remarquer Conrad sans quitter la route des yeux.

Ann n'en revenait pas d'apprendre seulement maintenant ce qui semblait un fait majeur dans la vie du lieutenant.

— Il a eu un accident ? Qu'est-ce que c'est que cette histoire ?

— Pas lui, sa femme. Il y a deux ans. Elle est tombée dans l'escalier un soir où il était en permission. Ils avaient un peu bu tous les deux, il est monté en premier, et quand elle a voulu suivre quelques instants plus tard, elle a trébuché et dévalé toutes les marches. Elle est morte dans ses bras.

Ann avait instinctivement porté la main à sa bouche.

— Une sale histoire, continua Conrad. À l'époque, le lieutenant était déjà doué pour les enquêtes criminelles, c'est pas qu'il y en avait beaucoup, mais elles lui étaient systématiquement confiées vu son talent pour les résoudre. Après la mort de Patty, il a fait une demande officielle pour que toute investigation sur une mort suspecte lui soit attribuée. Je crois que, depuis le début, c'est quelqu'un de très… empathique, pour reprendre un terme qu'il aime bien. Même avec les pires émotions de l'humanité. Mais après la mort de sa femme, ça s'est accentué. Comme si la tristesse avait ouvert une autre porte de sa conscience, de son savoir-faire.

Donovan avait déjà entendu ce récit et pourtant il n'en perdait pas une miette, comme fasciné.

— Faut croire qu'il y a dans tout criminel une part importante de tristesse, de désespoir, que le lieutenant peut comprendre parce qu'il l'a en lui. Ça s'ajoute à ce qu'il savait déjà faire.

La pluie battait le pare-brise avec acharnement, dessinant des ondes transparentes qui déformaient le décor gris et noir.

Ann digérait les propos de Conrad, peu à peu, mot après mot. Elle réalisa qu'elle était en apnée et se força à reprendre son souffle.

— Tout à l'heure, vous… vous avez sous-entendu que certains ne parlaient pas d'un accident, c'est ça ? demanda-t-elle à toute vitesse.

— Il y a toujours des mauvaises langues pour imaginer le pire et ternir les réputations. Vous savez, plus la guerre avance et plus je crois que l'homme est un chien sauvage. Quand l'un d'entre nous tombe à terre, il y en a toujours, par groupes, par meutes, pour s'en prendre à lui. Un homme blessé est une proie facile. On se déchaîne comme on peut, plus à coups de crocs désormais, mais à coups de sarcasmes, de rumeurs.

— Vous voulez dire qu'il s'en trouve pour affirmer que le lieutenant aurait… tué sa femme ?

— C'est ce qui se dit parfois.

Ann sentit la colère monter en elle.

— Comment…

Conrad anticipa :

— Des jaloux, ou juste cet instinct animal dont je vous parle, quand un homme pose le genou à terre. Ils pensent que le lieutenant ne tient pas son « savoir étrange » de nulle part. Lui dira que c'est une grande faculté d'empathie, de l'expérience et des heures d'études de la psychologie humaine, eux affirment que c'est parce qu'il n'est pas sain, qu'il a en lui ces racines pourries qui conduisent au crime. C'est un homme au physique impressionnant, toujours calme, eux craignent qu'il contienne une violence étouffée qui aura explosé un soir, contre sa femme.

— C'est stupide et ignoble de juger un homme ainsi, sans raison aucune !

Conrad inspira en dodelinant de la tête, comme pour nuancer l'indignation de l'infirmière.

— Ce n'était pas toujours le calme plat avec Patty, on peut même dire qu'ils se prenaient le bec souvent, et le ton pouvait monter, mais… quel couple un peu sanguin, passionné, ne vit pas ça, hein ? Et quelques engueulades ne conduisent pas au meurtre. Cela dit, vous n'empêcherez jamais les gens de parler dans votre dos.

Ann ramena ses jambes contre elle, pour s'assurer un peu plus de chaleur.

— Et vous, qu'est-ce que vous en pensez ?

— Moi ? s'étonna Conrad. Que croyez-vous que je puisse vous répondre ? Je travaille avec lui ! Je le vois faire, j'apprécie à la fois l'homme, et le lieutenant. Qu'est-ce que vous voulez que je croie ?

— Pourtant le propre des rumeurs c'est de semer le doute, ça ne vous est jamais arrivé de douter ?

Conrad fixait la route à travers le rideau de pluie. Donovan le guettait, attendant sa réponse.

— Il a une science des tueurs qui me dépasse, c'est tout ce que je vous répondrai, miss. Il se met à leur place comme personne. Pour le reste… je ne me pose pas de questions.

33

L'avant-poste était installé dans un village épargné par les obus et les bombes. La mairie servait de quartier général, la salle des fêtes d'hôpital de fortune, et la PM n'avait eu d'autre choix que d'investir l'église, dernier bâtiment assez grand pour servir de prison. Les rues étaient occupées par des hommes en uniforme, des véhicules militaires et quelques blindés, obligeant les villageois à se terrer chez eux, suivant toute cette parade belliqueuse depuis leurs fenêtres. Quelques-uns agitaient de petits drapeaux en signe de victoire, mais la puissance et la fréquence des impacts à moins de dix kilomètres au sud imposaient une certaine retenue. Même les plus téméraires finirent par rentrer chez eux dès qu'ils virent arriver par dizaines les brancards sanglants et hurlants provenant du front. On était loin des promesses de liesse.

La pluie s'était étiolée jusqu'à devenir crachin. La Jeep conduite par Conrad s'arrêta devant une petite esplanade surélevée par des marches de pierre, au pied de l'édifice religieux. Un vantail était ouvert, dévoilant les entrailles ténébreuses de la nef où brillaient les flammes tremblantes des bougies.

— Votre nouvelle demeure, miss, fit le chauffeur en sortant.

Ann prit son maigre balluchon et grimpa jusqu'à la porte de l'église, laissant les deux hommes décharger leur matériel. L'intérieur était particulièrement obscur.

Ann essuya la pellicule d'eau qui venait de recouvrir son visage et entra. Elle remarqua aussitôt que tous les vitraux étaient intacts. Le verre coloré tamisait la pâle lumière du jour, conférant au lieu une atmosphère crépusculaire. La présence de cierges allumés un peu partout permettait de percer les ombres et de réchauffer les murs si froids. Il n'y avait plus qu'une demi-douzaine de bancs dans la nef, et ils étaient entassés dans un coin. À leur place on avait disposé des barils d'essence gros comme des tonneaux de vin. Une cinquantaine.

— Le sens pratique et l'intelligence de l'état-major en pleine démonstration, s'indigna-t-on face à elle.

Frewin arrivait à sa rencontre.

— Ils pensent que l'ennemi ne bombardera pas une église… ! Au milieu des bougies ! Heureusement que les fûts sont bien scellés, ça nous épargnera les odeurs, en attendant de rôtir vivants.

— Et les prisonniers ? S'il y a un suicidaire parmi eux, c'est..

— Non, ils sont enfermés dans la crypte, et on y accède par l'extérieur, rassurez-vous, l'autre entrée, qui est ici, est condamnée par le poids de plusieurs fûts entassés dessus.

— Très rassurant, ironisa-t-elle entre ses dents. Les fidèles du village doivent être ravis.

Frewin lui retira son sac des mains et l'invita à le suivre. Il avait le dessous de l'œil et la pommette rouges du combat de la veille.

— Ce n'est pas le grand luxe mais on vous a préparé un coin un peu à l'écart, pour que vous soyez à l'aise. Les hommes cantonnent dans la sacristie qu'on a transformée en dortoir. Matters ne sera pas loin, et moi je suis sur un lit, près de l'entrée.

— À l'entrée ? Pourquoi à l'écart de nous ?

Il ne répondit pas, préférant lui désigner un renfoncement.

— Tenez, nous y voici.

Quatre chapelles s'ouvraient sur l'enceinte du chœur, deux de chaque côté. On avait installé un rideau devant deux alcôves pour en fermer l'accès. Un lit de camp et une lanterne servaient de mobilier tandis que tableaux, ex-voto et croix colossales surplombaient chaque espace. Frewin posa le sac de la jeune femme au pied d'un lit au-dessus duquel scintillait une Vierge à l'Enfant. Deux bougies veillaient de part et d'autre du petit autel secondaire.

— Matters sera en face. Comme vous pouvez le constater, c'est rudimentaire. Au moins c'est sec.

Ann approuva, puis pivota pour admirer l'espace spirituel réquisitionné par les militaires. Elle vit l'autel, débarrassé de ses calice et encensoir. Deux cierges restaient allumés près d'un pistolet et de carnets de notes.

— Quel païen vous faites…, se moqua-t-elle, sans indignation réelle.

Frewin se raidit avant de se retourner et comprendre de quoi elle parlait.

— Oui… Je… je suis désolé si ça vous choque, on a fait avec ce qu'on avait, et… je ne crois pas en tout ça, dit-il en levant les mains vers le plafond voûté.

— Je ne disais pas ça pour moi.

Ann préférait ne pas insister. Elle avait remarqué combien les personnes qui avaient souffert réagissaient de manière excessive aux croyances. Elles s'y engouffraient ou les rejetaient en bloc, sans nuance.

N'est-ce pas le propre des religions ? Soutenir les esprits chancelants ? Donner une raison de poursuivre aux plus démunis, pour qu'ils continuent à exister, dans le respect des autres ?... Pour qu'ils ne sortent pas d'un système... Tout ce qui arrange les puissants, parents des religions.

— Vous grelottez, Ann. Séchez-vous, changez-vous et rejoignez-moi.

Sur quoi il tira sèchement le rideau, qui isola la jeune femme sous le regard de la Vierge Marie.

Ann retrouva Frewin assis sur un tabouret pliant, face à l'autel. Il reposa son stylo et se leva. Derrière lui, Matters et le grand Larsson rangeaient des fiches de prisonniers dans des boîtes en fer. Ann les salua et fit face au lieutenant. Ils venaient d'installer les tableaux noirs sur lesquels toutes les notes de la PM concernant les meurtres étaient lisibles. Ann constata que la balustrade séparant le chœur du reste de l'église semblait délimiter une zone à part, celle où l'on décortiquait la mort, « le langage du sang » pour reprendre l'expression de Frewin. Les cylindres de cire ressemblaient à de longs doigts jaunes encadrant de leurs lueurs l'estrade recouverte d'un lourd tapis rouge. Ann évoluait dans un espace protégé.

— Pas de nouvelles, je présume ? demanda-t-elle en désignant un des tableaux où figurait la liste de la 3e section.

— Ils livrent combat à l'instant où je vous parle. Peut-être que le tueur y restera. Vous avez pu faire lire le faux rapport à la section ?

— Je l'ai laissé dans la tente d'un soldat, celui qui connaît tout le monde. Je pense qu'il n'aura pas tardé à en propager le contenu. Quelle est la suite des opérations ?

— On attend qu'ils rentrent. À partir de là, on verra s'il se passe quelque chose.

— C'est pour ça que vous vous êtes mis à l'écart, près de l'entrée ? Pour attirer ce malade tout en nous préservant ?

Frewin la fixa, l'œil scintillant.

— C'est mon plan, j'en assume les conséquences.

Ann haussa les sourcils, l'air dubitative.

— Est-ce que je peux me rendre utile ? interrogea-t-elle.

— J'aimerais que vous relisiez mes notes, et… peut-être que vous dénicherez un trait de caractère qui m'a échappé.

Ann approuva, subitement galvanisée par cette confiance.

— Je vais voir ce que je peux faire.

Frewin l'installa sur un tabouret, au milieu de l'église, sous le clocher. Des cierges rayonnaient autour d'elle, entre les tableaux sur lesquels se résumaient les données principales de l'affaire. Il lui apporta une tasse de lait chaud.

— Désolé, c'est tout ce qu'on a trouvé, ni thé ni café.

— Ça ira très bien, merci. Qu'allez-vous faire pendant ce temps ?

— Superviser mes hommes et l'arrivage des prisonniers. Et si j'ai le temps, je vais essayer de localiser Carrhus, le médecin du *Seagull* qui a pratiqué l'autopsie de Gavin Tomers. Aux dernières nouvelles, il me cherchait lorsqu'il est descendu à terre.

Ann se retrouva vite seule, au centre du chœur, sous le confort rassurant des multiples flammes, tandis que les vitraux projetaient sur elle une morne clarté. Cette fois, fidèle à son jeu, elle trouvait que le temps avait la saveur d'une épice. Le gingembre, par exemple. Excitant et doux en même temps. Elle brûlait d'impatience de se plonger dans les documents de Frewin. Elle lut les rapports officiels du lieutenant, puis ses notes. Les secondes étaient particulièrement révélatrices de ses méthodes. Dans un premier temps il se contentait de retranscrire chaque détail de la scène de crime, le lieu, le corps, les traces, à grand renfort de schémas et croquis. Puis il reprenait les données et tentait de leur apporter une chronologie et un sens. Pour le premier crime, celui de Fergus Rosdale, il s'était intéressé à la décapitation. Pourquoi priver un homme de sa tête ? Et surtout : pourquoi la remplacer par celle d'un bélier ? Tout y passait, la présence de cornes, le rapport satanique éventuel, l'animalité de l'humanité, et bien sûr l'allusion biblique : le bélier prenant la place d'Isaac lorsque Abraham s'apprêtait à sacrifier son fils. Craig Frewin avait exploré la symbolique sous tous les angles possibles, sans réussir à se convaincre. Il concluait en affirmant qu'une certitude pouvait au moins se dégager de cette macabre mise en scène : en privant la victime de visage pour le remplacer par celui d'une bête et en l'exposant de cette manière, le tueur avait voulu choquer.

Ann poursuivit avec la mort de Gavin Tomers. Cette fois Frewin butait sur l'interprétation de la mise en scène.

Le corps est sous une épaisse croûte de bande adhésive, il n'en dépasse qu'un pied et un avant-bras. Est-ce un cocon protecteur ? Si c'est le cas, pourquoi l'exposer dans un lieu de passage ? Le tueur voulait le montrer, mais il protège sa victime ? Ce n'est pas elle qui compte mais ce qu'elle représente ?

Non. Non ! La victime a beaucoup souffert. D'abord étranglée, puis écrasée (le tueur à genoux sur sa poitrine – bondissant pour enfoncer le sternum ?) et enfin, le scorpion glissé dans la bouche qui est ensuite clouée. La mise à mort s'est effectuée dans la souffrance. Sadisme. Extériorisation de la colère du tueur. Cruauté : désir de contrôle sur l'autre, pouvoir de vie et de mort, matérialisation de la frustration. Un être construit dans sa propre douleur.

En tenant compte de cela et de son intelligence : il doit être conscient de sa différence et en souffre ; deux options : soit il en souffre tant qu'il est proche de l'autodestruction, il se mutile, c'est un homme portant de nombreuses cicatrices autoinfligées, un garçon jeune, pas plus de trente ans ! Au-delà, sa personnalité se serait délitée et il ne serait plus capable de vivre dans une société confinée comme l'armée sans se faire remarquer ; soit il vit la souffrance de cette différence comme une force de plus, qui le confirme dans son cheminement. C'est alors un être froid, extrêmement narcissique et persuadé que le système n'est pas adapté à lui car lui seul est vrai, comme il faut. Nous ne méritons donc aucune considération, il nous tue sans émotion.

Plutôt cette seconde hypothèse face au premier crime.

Mais il est apte à dissimuler sa froideur derrière une façade, peut-être même extravertie. Tout n'est qu'illusion. Il nous nargue, il joue avec nous.

Que veut-il en tuant ?

Éprouver des émotions. C'est là que sa sexualité s'épanouit. Du moins son rapport à la sexualité, le charnel (la peau de sa victime, sa vie, son contact, ses fluides : le sang). Même s'il n'y a pas d'acte sexuel proprement dit. La torture de l'autre en est une substitution.

Les analyses de Frewin s'étendaient sur une trentaine de pages témoignant d'un cheminement intellectuel complexe mais reposant sur une pertinence logique. Et si les explications qu'il apportait sur la personnalité du tueur lors des réunions étaient sommaires, ce n'était pas le cas de ses longues analyses écrites.

Ann termina avec le dernier mort : Clifford Harris et ses 22 ans seulement. L'heure du déjeuner approchait
lorsqu'elle referma les carnets à reliure de cuir pour s'étirer. Son regard parcourut les tableaux noirs et l'écriture de Frewin, avant de s'arrêter sur un résumé :

POINTS COMMUNS :
• Bestiaire animal.
• Barbarie des crimes.
• Mise en scène.

Criminel : solitaire ou extraverti ?

La grande porte d'entrée grinça et un soldat apparut. Il marchait en scrutant les arcades et les piliers de l'église. Puis il vit Ann et la salua.

— Ah, désolé, j'ignorais qu'il y avait quelqu'un, fit-il. On m'a indiqué l'orgue de l'église. Et… euh… Je joue chez nous, les dimanches. Je me suis dit que peut-être je pourrais me dégourdir les doigts, je suis en permission, c'est…

— Allez-y, le coupa Ann. Je ne sais pas où il se trouve mais cherchez et faites-vous plaisir.

Contente de s'en débarrasser elle reprit le cours de sa réflexion, passa en revue la fameuse liste, associant noms et visages, au moins pour une partie d'entre eux.

Les brutes : Hriscek, Harrison, Traudel. Et Barrow, ajouta-t-elle en repensant à son attitude de la veille. Aurait-il été jusqu'au bout ? L'aurait-il violée ? Non, probablement pas… Ces quatre-là faisaient partie de ces individus qui ne semblaient pas déboussolés par la guerre. Avec l'expérience, Ann avait appris à classer les soldats en trois catégories : les bellicistes qui trouvaient dans la guerre un moyen d'exprimer leurs pulsions primaires, les caméléons capables de s'adapter sans broncher, et les poètes qui souffraient d'être embarqués de force dans un conflit dont l'existence même les faisait souffrir. Hriscek, Harrison, Traudel et Barrow étaient sans aucun doute des

bellicistes à qui le combat donnait une occasion d'exprimer une part importante de leur nature.

C'était un trait de leur personnalité à prendre en compte, car il en disait long sur ce qu'ils étaient. *Des brutes !*

Qui y avait-il encore ?

Les beaux parleurs Gazinni, Costello. *Des caméléons.*

Les plus fins : le capitaine Morris, Parker Collins, l'infirmier, et le soldat Risbi. *Caméléons également, sauf peut-être Risbi. Poète ?*

Et quatre autres qu'elle avait aperçus brièvement : l'adjudant Clark, calme et observateur ; le soldat Clamps, vif et méfiant ; le soldat Brodus, le regard baladeur, n'osant pas engager la conversation pour autant, et enfin le soldat Wilker qui s'éloignait dès qu'elle approchait de lui. En raison de son gabarit imposant, elle pourrait éventuellement mettre ce dernier avec les brutes après investigation sur sa personnalité.

Restaient encore neuf hommes à identifier clairement. Beaucoup de travail…

Les notes gutturales de l'orgue emplirent soudain la nef, des graves qui dévalèrent des cieux vers Ann, surprise par tant de vigueur. Les rugissements syncopés prirent possession de la pierre jusqu'à vider l'endroit de toute autre matière sonore. Ann eut le sentiment d'être entourée d'une enveloppe fluide l'isolant du reste du monde. Très vite, elle se remit à penser, portée par la musique.

Un des vingt-deux hommes de la section était celui qu'ils recherchaient. Derrière quelle façade pouvait-il se dissimuler ? Il ne pouvait être trop gentil, trop attentionné. Ces êtres essentiellement méchants, et pourtant capables de se cacher derrière des masques d'une bonté insolente, ne se rencontraient que dans les romans. La réalité était tout autre. Le tueur ne pouvait mentir tout le temps à tous. Un homme violent dans sa nature, ayant un rapport de force avec le monde. Hriscek, Harrison, Traudel et Barrow correspondaient parfaitement. Tous droitiers de surcroît.

De l'assemblage de sonorités puissantes qui sortait de l'orgue, quelque part dans les hauteurs de l'église, commença à se dégager une mélodie, un thème plus aigu.

Ann examina les panneaux noirs pour relire les notes. Les noms des deux soldats de la PM tués pendant le débarquement, Clauwitz et Forrell, figuraient en tête, suivis des mentions « 4e et 5e victimes. Reposez en paix ». La mention spirituelle n'était pas de l'écriture de Frewin, elle avait été ajoutée. Par Matters, Donovan ? Assurément un de ceux-là, croyants et respectueux.

Les méthodes pour tuer étaient résumées. Les lieux. Leurs particularités, l'heure de la découverte…

Ann revint en arrière. Les mots *bélier* et *scorpion* se mirent à ressortir des phrases courtes. Elle passa en revue le troisième assassinat. Et soudain son cœur s'emballa.

Comment étaient-ils passés à côté de ça ?

Elle le tenait, le lien entre les trois crimes.

C'était si évident.

34

Le lieutenant Frewin supervisa l'installation de la PM et son organisation dans le village toute la matinée. Les prisonniers de haut grade étaient transférés à la mairie, dans les combles, où on les interrogeait sous l'œil attentif des officiers du QG. Les autres étaient scindés en deux groupes : les plus farouches partaient pour une maison qui avait servi de poste de police avant la guerre – il s'y trouvait quatre cellules humides –, les autres marchaient jusqu'à l'église où une trappe extérieure conduisait à la crypte réaménagée en quartier de surveillance.

Pendant tout ce temps, l'écho des combats tonnait sans relâche.

Frewin déjeuna avec Larsson et Baker qui notaient les identités des captifs et les enregistraient sur des fiches. Un traducteur des transmissions était détaché à leurs côtés, un petit homme avec une grosse moustache noire.

En début d'après-midi, assuré que tout fonctionnait à merveille, Frewin put se consacrer à son enquête. Il passa par le quartier général pour se renseigner sur la position de la compagnie Dog. Avec les compagnies Raven et Alto, Dog faisait partie d'un triangle d'intervention. Un major lui confirma que Dog avait établi son casernement dans le village depuis cette nuit, mais les sections, sévèrement décimées par l'assaut du débarquement, étaient pour l'heure en réserve. Alto et Raven étaient parties au front. Sur ses cent quatre-vingts soldats, Dog n'en comprenait plus que quatre-vingt-treize et n'aurait pas de renfort avant plusieurs semaines.

Frewin les trouva à l'est du village, dans les cours et étables de trois fermes qui bordaient le bourg. Le capitaine Ambrose dirigeait la compagnie. Il reçut Frewin dans la pièce principale d'une des fermes, où brûlait un feu de cheminée pour faire sécher les treillis trempés.

— L'endroit était désert lorsque nous sommes arrivés, expliqua le capitaine pour justifier l'occupation des bâtiments. Nous avons du café, vous en voulez ?

Frewin accepta et alla droit au but :

— Je vous rends visite suite à la mort du soldat Clifford Harris. Est-ce que vous le connaissiez ?

— Un bleu, je n'ai eu ni l'occasion ni le temps de le cerner, je l'avoue.

— Comme vous l'avez appris, il a été assassiné hier matin, au sud de notre précédent camp.

— Oui, on m'a dit qu'il avait été mutilé, c'est vrai ?

Frewin hocha la tête. Il ne souhaitait pas entrer dans le détail des tortures. Moins l'information circulerait, mieux ce serait pour l'enquête.

— Vous savez s'il était dans sa tente le soir de la disparition ?

Ambrose fit la moue.

— Pour tout ça je vais vous appeler le chef de section ou le chef de groupe. Ils savaient qui était Harris, ils pourront vous répondre.

Le capitaine les fit appeler tous les deux et servit du café chaud.

— La PM n'a pas trop à faire avec tous ces types qu'on ramène ?

— On s'en sort. Mes hommes et moi n'assurons que le transit, nous ne sommes pas assez nombreux au rythme où vont les choses. Une équipe complète devrait arriver ces jours-ci.

Deux hommes entrèrent en essuyant leur visage couvert de pluie.

— Foutu temps ! jura le premier avec un accent campagnard très prononcé.

— Messieurs, voici le lieutenant Frewin, présenta Ambrose. Il a des questions à vous poser concernant le soldat Harris.

Frewin demanda à leur parler l'un après l'autre, en privé, ce qui surprit et dérangea le capitaine bien qu'il ne s'y opposât pas. Ils ne se contredirent pas, au contraire, tout se recoupait. Selon eux, Harris était assez effacé, obéissant, et bien que peu causant c'était un homme sympathique, qui n'avait aucune raison de craindre un ennemi dans la compagnie. Il n'était pas marié et à ce qu'ils savaient, n'avait aucune petite amie, son courrier s'adressait à sa famille et ses amis. L'avant-veille, le soir précédant son absence à l'appel, il avait mangé avec tout le monde et d'après les témoignages des hommes il était parti dans la tente-dortoir de son groupe. Ensuite plus rien. Absent le matin, couchette vide, et tout portait à croire qu'il n'avait pas dormi là. Frewin se fit confirmer ce qu'il savait déjà : il était d'une simplicité enfantine pour un soldat de quitter sa tente sans se faire remarquer, voire de quitter la zone où toute la compagnie stationnait en l'absence de patrouille efficace. Les quelques gardes autour du camp veillaient plus par principe que par crainte d'une attaque, puisque la ligne de front se trouvait bien plus loin au sud. Frewin voulut savoir s'il fréquentait des personnes de la compagnie Raven, en particulier dans la 3e section, mais on ne sut lui répondre, sinon qu'il n'était pas impossible qu'ils se connaissent, les deux compagnies ayant attendu plusieurs jours côte à côte au port avant l'embarquement.

Frewin rassembla ses notes dans son calepin et les remercia, avant de s'en retourner vers le centre du village. Les trois victimes avaient quitté leur lit de leur plein gré, jamais de trace de lutte sur place. Ils n'avaient pas dormi, attendant le calme pour fuir leur section. Le tueur les attirait-il ? Était-il au courant de rendez-vous secrets avant lesquels il les interceptait ?

C'est lui qui les attire, ça fait partie de sa jubilation : faire venir à lui sa proie. Il n'est pas passif, il n'attend pas que ça lui tombe dessus, il crée l'événement. Il se prépare trop bien, il a un tel répertoire de mises en scène qu'il lui faut prévoir... C'est lui qui va les chercher.

Frewin marchait en longeant les murs pour esquiver la pluie qui s'était intensifiée pendant l'heure du déjeuner. Des soldats circulaient en courant pour rejoindre leurs camarades. Le principal trafic dans les rues était celui des ambulances qui remontaient du sud vers la salle des fêtes et son hôpital improvisé.

Le café-restaurant du village accueillait désormais les transmissions et leur armada de grosses radios, devant lesquelles se relayaient les opérateurs à toute heure du jour et de la nuit. C'est en longeant sa devanture que Frewin repéra la silhouette blanche qui pédalait sur un vélo en scrutant les visages. Trempée, ses vêtements collant à son corps avec indécence, Ann lui fit un grand signe et se redressa pour pédaler jusqu'à lui.

— Je vous cherchais partout ! gronda-t-elle une fois à son niveau.

Ses cheveux s'étaient affranchis de leur nœud et se plaquaient contre ses joues.

Frewin nota sa détermination, mais elle semblait surtout excitée. Il n'eut pas le temps de la questionner qu'elle avait déjà explosé :

— J'ai trouvé ! s'écria-t-elle. Le lien entre les trois meurtres ! J'ai trouvé !

Frewin se hâta vers elle.

— Ne hurlez pas, dit-il par-dessus les claquettes de la pluie. Venez m'exposer tout ça mais à l'intérieur, vous voulez bien ?

Elle ruisselait, des gouttes plein les yeux. Son teint blanc, ses boucles dorées, devenues presque rousses avec l'eau, tout soulignait sa beauté.

Et pour la première fois depuis deux ans, Frewin s'accorda le droit de savourer ces fourmillements de plaisir, la chaleur irradiant de son cerveau vers sa poitrine et son entrejambe. Il avala sa salive. Ann le fixait également. Que voyait-elle ? Un pervers en puissance ? Un pauvre type au regard inquiétant ? Elle battit des paupières comme si elle était elle-même gênée et remonta sur sa selle.

— Je... Je vais passer devant pour aller me sécher..., lança-t-elle en prenant de la vitesse.

Frewin lui fit un signe d'accord, qu'elle ne pouvait déjà plus voir.

Les traits de Patty se matérialisèrent enfin. Il n'en éprouva ni embarras ni déception, rien qu'une évidence. Elle restait sa femme. Même maintenant. Lui et Ann n'auraient qu'une relation professionnelle, même si l'infirmière venait à éprouver quelque attirance et lui quelques fantasmes. Patty était sa femme.

Même morte.

Les petits chocs de la pluie cognant contre les vitraux créaient un bruit de fond enivrant. Les cierges formaient un halo orange au-dessus du chœur où Ann venait de monter. Frewin sillonna le champ des fûts d'essence, vérifiant au passage qu'il n'y avait aucune fuite. La présence de bougies incitait tout le monde à la prudence.

Ann ferma le dernier bouton de sa blouse propre pour l'accueillir au milieu de leurs notes éparpillées. Elle avait encore les cheveux humides, peignés en arrière.

— Le lien était juste là, sous nos yeux, commença-t-elle en marchant jusqu'au tableau. Regardez, pour Clifford Harris. Comment l'avez-vous trouvé ?

— À bout de forces, dans un état second ! Embroché par tous les côtés Mais je ne vois pas le rapport avec les autres. Trois crimes, trois méthodes, trois mises en scène différentes.

— Il n'était pas à proprement dire « embroché », il devait conserver un équilibre sensible pour ne pas s'ouvrir toutes les veines du corps. Qu'est-ce que tenir l'équilibre ?

— Allez droit au but, Ann.

— C'est être en balance ! Le jeune Clifford Harris devait tenir cette balance de la vie, de la souffrance. Balance, ça ne vous dit rien ?

Songeur, Frewin avait les mains sur les hanches. Son regard passa de l'infirmière au tableau. Il lut les mots soulignés. Et la lumière se fit.

— Bélier, Scorpion, Balance… Bien sûr ! s'exclama-t-il. Les signes du zodiaque !

— Et j'ai vérifié : chaque signe correspond à la victime. Fergus Rosdale était Bélier, Gavin Tomers Scorpion et Clifford Harris Balance.

Frewin s'élança vers un autre tableau et recopia les noms et signes des trois défunts.

— Où cela nous conduit-il ? demanda-t-il d'une voix exaltée. C'est tout un pan de sa personnalité qui s'ouvre, pourquoi fait-il ça ? (Il faisait tourner son morceau de craie dans sa paume :) Bien joué, Ann.

Ignorant le compliment, elle développa :

— Va-t-il faire tous les signes ? Auquel cas il faut trier les soldats qui ne sont pas de ces trois signes. Ils sont en danger.

Frewin eut un sourire indulgent.

— C'est impossible en pratique, dit-il. L'état-major ne nous laissera pas isoler une section entière, et encore moins demander à des centaines d'individus de ne plus avoir de contact avec elle sous prétexte que des dates de naissance sont mortelles aux yeux d'un psychopathe. (Il pointa alors sa craie vers Ann :) Les meurtres n'ont pas eu lieu toutes les nuits. J'ai mis ça sur le compte du hasard, pourtant il se peut que ce soit voulu. En rapport avec ces signes ? Vous vous y connaissez en astrologie ?

— Absolument pas.

— Il nous faut creuser cette piste. On doit dégoter quelqu'un capable de nous en dire plus.

Ann acquiesça.

— Je peux m'en charger si vous voulez, vous aviez le Dr Carrhus à voir, il me semble.

— Pas eu le temps de le chercher, il doit être au camp de base près des plages de toute façon. Ça attendra.

Frewin relut les tableaux sans parvenir à y croire.

— Les signes astrologiques ! Dire que ça nous crevait les yeux.

— Matters et les autres ne sont pas là ? s'étonna Ann. Il faudrait peut-être les mettre au courant…

— Ils doivent assurer l'enregistrement et la garde des prisonniers, une équipe complète de la PM va venir aujourd'hui pour prendre le relais. Officiellement on fait le boulot, mais officieusement l'enquête est notre priorité.

Il déposa sa craie et attrapa sa parka militaire.

— J'ai rencontré les supérieurs de Clifford Harris ce matin, et il a disparu comme les deux autres. De son plein gré, il savait qu'il devait sortir cette nuit-là, il a quitté ses camarades tôt mais ne s'est pas couché. Ça aussi il faut s'en occuper, trouver comment le tueur les attire jusqu'à lui.

— J'ai bien une hypothèse mais elle ne vous conviendra pas.

— Allez-y tout de même.

— Le tueur est une femme.

Elle le considéra attentivement, l'œil vif.

— C'est le meilleur moyen d'attirer un militaire sans qu'il en parle, et si c'est une femme qui le lui demande vous pouvez être sûr qu'il viendra à l'endroit indiqué. Même si c'est la nuit.

— S'il n'y avait pas les preuves que le tueur est un type très costaud, je pourrais presque vous croire, Ann. Vous êtes inquiétante quand vous vous y mettez.

— Et il n'y a jamais de… semence, pourtant vous

l'avez dit vous-même, tuer est une forme d'acte sexuel pour le tueur. Il devrait y avoir des… traces.

— La rage peut découler de l'incapacité à jouir, pardonnez-moi d'être cru. Et même s'il jouit, il peut le faire dans… ses vêtements. Ou encore : tuer se substitue à l'acte, la mort est sa jouissance, elle lui suffit. De toute façon, il n'y a presque aucune femme parmi nous.

— Aux transmissions il y en a quelques-unes, et au secrétariat du QG aussi.

Frewin secoua la tête.

— Vous faites fausse route, Ann, elle n'aurait pas la force.

— Vous seriez surpris de ce que peut faire une femme sous l'emprise de l'émotion.

Cette fois, Craig fut décontenancé par la lueur étrange qui brillait dans ses yeux. Sa beauté était altérée par quelque chose, une force intérieure qui venait de remonter jusqu'à la surface. Une ombre troublante qui s'animait en elle. C'était comme un voile noir qui flottait d'un coup derrière ses pupilles.

Un voile ou un masque.

Il se tourna pour enfiler sa parka.

— Oubliez cette idée, Ann, nous avons beaucoup à faire.

35

Ann et le lieutenant Frewin passèrent tout l'après-midi à sillonner le village, de tentes en maisons, à la recherche d'une personne ayant des connaissances, même rudimentaires, en astrologie. Un soldat prétexta avoir quelques notions, mais il cherchait juste à échapper à son quotidien. Frewin le renvoya sèchement après un quart d'heure d'entretien.

À l'approche du dîner, un jeune opérateur des transmissions qui les entendait interroger du monde vint leur parler d'une femme, Katarina Weiss, secrétaire au QG. Dix minutes plus tard, les deux enquêteurs investissaient la mairie en quête de cette miss Weiss qu'ils débusquèrent dans une toute petite salle en lambris, face à une machine à écrire. C'était une femme un peu ronde, très grande, aux cheveux de jais tirés en arrière par un chignon bien structuré. La pièce était tout enfumée et sentait le tabac froid.

— Mademoiselle Weiss ? s'enquit Frewin, Ann sur les talons.

— Madame.

— Pardon, je suis le lieutenant Frewin, de la Police Militaire. J'ai grandement besoin de vous. Vous êtes compétente en astrologie à ce qu'il paraît.

— Qui vous a dit ça ?

— Un jeune homme des transmissions… Alors, est-ce bien le cas ?

— Ça doit être Vincent, il cause de tout à tout le monde, celui-là.

— Pardonnez-moi d'insister mais c'est important : avez-vous oui ou non des compétences en astrologie ?

— Eh bien… je travaillais dans un journal avant. Je faisais les horoscopes.

— Vous me sauvez. Puis-je vous voler la soirée ?

— C'est avec mon supérieur qu'il va falloir régler ça.

Frewin arrangea la mise à disposition de Mme Weiss en dix minutes grâce à l'influence du major général Toddwarth. Pendant ce temps, Ann disparut dans les couloirs étroits et les bureaux remplis d'officiers pour ne revenir qu'au moment de quitter la mairie, sans un mot pour Frewin.

Une fois sous les voûtes de la nef, Katarina Weiss ne perdit pas une miette du spectacle, le nez en l'air ou sur les milliers de litres d'essence emmagasinés là. Craig l'installa sur une chaise prise à la sacristie. Elle se retrouva dans le chœur, entre les tableaux et l'autel recouvert de carnets de notes.

— Nous conduisons une enquête criminelle, commença Frewin.

— Je sais, tout le monde est au courant, vous pensez ! Un premier crime au port, puis un second que tout le monde a pris pour un suicide au début, et il paraît même qu'il y en aurait eu un troisième ces jours-ci ! Ça ne passe pas inaperçu ce genre de nouvelles.

— Dans ce cas je vais droit au but : nous cherchons des renseignements sur des signes astrologiques, ainsi que des précisions du même ordre sur les nuits passées.

— C'est-à-dire ? Vous voulez que je vous parle de chaque signe ?

— Non, disons que j'ai les dates de naissance de trois individus et je voudrais que vous me disiez s'il y a des points communs, astrologiquement parlant. Et s'il peut y avoir un lien entre ces signes et les nuits de la semaine écoulée.

Katarina fronça les sourcils.

— Ces trois personnes, ce sont les trois morts, c'est ça ?

— En effet.

Elle ne broncha pas. Sa bouche resta close, si bien que Frewin crut qu'elle était choquée. Juste au moment où il allait la rassurer, elle dit :

— Écoutez, pour… gagner quelques sous il m'arrive de faire les thèmes de mes collègues, j'ai encore un peu de matériel, mais ça ne suffira pas. Il me faudrait des éphémérides astronomiques, par exemple. Vous pouvez m'en procurer ?

Ann intervint à l'intention de Frewin :

— La marine doit avoir ça, ou peut-être l'armée de l'air, non ?

Frewin eut l'air sceptique.

— Je vais demander, il y a une flotte en attente tout près d'ici, on ne tardera pas à avoir une réponse.

— Ce n'est pas tout, le prévint Katarina. Pour vous faire les thèmes astraux, il me faut aussi une règle, un rapporteur, et surtout…

— Faites une liste complète, on verra ce qu'on peut faire. Vous pouvez vraiment nous rédiger les thèmes de chacun ?

— Oui. Vous avez leurs dates et lieux de naissance, j'imagine ?

Le lieutenant acquiesça.

— Dans ce cas c'est possible. Ça prendra du temps, c'est tout.

— Faites-moi une liste, et il faudra faire vite.

Pendant que la secrétaire s'activait à ne rien oublier, Ann entraîna Frewin à l'écart, dans les ombres du déambulatoire.

— Pendant que vous obteniez la réquisition de Mme Weiss, expliqua-t-elle, j'ai posé quelques questions à ses collègues, pour que nous sachions à qui nous avons affaire.

— Et qu'en ressort-il ?

— Elle parle beaucoup. Un peu trop même. Ceux qui travaillent avec elle pensent qu'elle exagère un peu, elle en fait trop.

— Une mythomane ?

— On dirait bien.

— Ça ne va pas nous aider. J'espère qu'elle est vraiment compétente en astrologie. Les mythomanes sont souvent en quête de reconnaissance. Si c'est le cas, elle va nous mener en bateau.

Ann jeta un rapide coup d'œil vers la femme au gabarit imposant. Elle se concentrait sur sa liste à la lumière d'un cierge.

— J'essaierai de passer un peu de temps avec elle, pendant que vous tenterez d'obtenir ce dont elle a besoin. Peut-être que j'en apprendrai plus.

Frewin n'eut pas le temps de répondre. La porte de la sacristie claqua violemment. Matters survint et courut vers eux.

— La compagnie Raven revient ce soir, dit-il à bout de souffle. Ils ont pris la position ennemie mais ils ont eu de très grosses pertes. Le QG a laissé la compagnie Alto sur place et Dog part en renfort.

Ann regarda Frewin.

— Ça annonce le retour du tueur, conclut-elle. (Elle considéra la secrétaire un moment avant d'ajouter :) Il est urgent d'en apprendre davantage sur le lien astrologique entre les victimes. Qu'on sache s'il va frapper cette nuit.

Ann remonta son regard jusqu'à la porte d'entrée mal fermée.

Non loin se trouvait la couchette du lieutenant Frewin.

Le tueur allait attaquer.

Le compte à rebours était lancé.

36

Katarina Weiss rejoignit ses quartiers en début de soirée avec l'assurance que le lieutenant Frewin la préviendrait s'il parvenait à rassembler le matériel.

Frewin et Ann dînèrent ensemble, dans le fond de l'église, à l'écart des barils d'essence afin de faire chauffer leur plat sur un petit réchaud à gaz. Ils étaient seuls,
750 les autres soldats de la PM se relayaient dans les différents tours de garde. Matters et son bras en écharpe étaient réapparus, le temps de confirmer que la compagnie Raven venait de rentrer, et qu'elle installait ses tentes à la sortie du village. Le jeune sergent repartit en promettant d'avoir une liste précise des pertes.

Frewin servit à Ann une purée grumeleuse avec du bacon séché, et fit surgir une bouteille de vin de ses affaires personnelles.

— Avec les compliments du village pour la... libération.

— Vous avez marchandé cette bouteille contre vos infâmes rations ?

— Non, c'est un cadeau.

Craig déboucha le vin et le servit dans des quarts. Ils trinquèrent tandis que la pluie redoublait d'intensité sur les vitraux. La nuit était tombée et les échos des combats avaient cessé, remplacés par le roulement du tonnerre. L'église brillait d'une centaine de cierges. Lorsque les éclairs illuminèrent les cieux, projetant des flashes multicolores au travers des hautes fenêtres, Ann comprit qu'ils étaient dans un décor de roman gothique. Tout cela n'était qu'un rêve, ou un cauchemar, elle ne savait plus très bien.

Ils avaient terminé leur repas et bu les deux tiers du vin capiteux. Ann avait les gestes un peu détachés de l'esprit. Frewin venait de la bombarder de questions sur son quotidien à l'hôpital militaire, et maintenant il dérivait vers des sujets plus personnels. Elle n'était pas dupe, il voulait tout savoir sur elle.

— Alors ? Comment êtes-vous devenue infirmière ?

— Par nécessité.

— La vôtre ou celle des autres ?

— J'ai l'égoïsme des gens ambitieux et qui s'aiment : pour moi, ma propre nécessité.

— Et quelles sont ces ambitions ?

— Réussir ma vie, être épanouie, fonder une famille un jour.

— Je suis certain que s'il n'y avait pas la guerre, ce serait chose faite.

Ann regarda son quart, entre ses mains.

— La guerre ? C'est une excuse pour ne pas se lancer. Il y a toujours une guerre à mener, même en temps de paix. La guerre contre les doutes, la guerre contre l'ambition professionnelle trop accaparante, la guerre contre les blessures qui empêchent de grandir…

Craig approuva en silence.

— C'est si dur de vivre en paix avec soi-même, confia-t-elle plus bas. C'est peut-être pour ça que les « grands » de ce monde font des guerres.

— S'accepter, et accepter les incertitudes de l'avenir pour fonder sa famille, compléta Frewin. Ce sont des blessures anciennes qui vous en empêchent, n'est-ce pas ?

Ann sentait qu'ils glissaient sur des pentes dangereuses. La colère ou le mensonge qui bâtissent des murs entre les êtres se rapprochaient. *Ou la vérité…* Elle se sentait pourtant bien incapable de se confier, encore moins de tout partager, sur ce qu'elle était en fait, tout au fond, et ce qu'elle faisait. *Je suis ce qu'il traque. Une de ces ombres qui entraînent le monde dans l'obscurité. Ma perversité ne tue pas, pourtant c'est un vice de plus, et un jour, tous les vices des gens comme moi feront basculer la terre dans le chaos, par manque de contrôle.*

Soudain, il se pencha vers elle.

— Ann, je ne veux pas que vous soyez mal à l'aise, mais je veux vous dire que je vois vos souffrances, elles sont évidentes. J'ignore quelle en est la nature et ne chercherai pas à vous le faire dire, elles sont à vous, votre part de mystère. Mais lorsque nous sommes ensemble, faites-moi confiance, ne soyez pas sur la défensive, c'est tout ce que je vous demande.

— Je croyais n'être qu'un grand flou étrange à vos yeux ? répéta-t-elle lentement.

— C'est le cas. Et je vous l'ai dit : je vous fais

confiance parce que vos déductions sont pertinentes. Même si je sens que vous me cachez bien des choses. Je me suis posé des questions à votre sujet, je l'avoue. Et je continuerai. Cela ne nous empêche pas d'être en confiance l'un avec l'autre. Une confiance qui accepte les non-dits.

Ann changea de ton, passant d'une douce fébrilité à une assurance inquisitrice :

— Savoir ce qui me hante changerait quelque chose entre nous ?

Craig Frewin la considéra sans un mot.

Bien sûr que ça changerait ! songea Ann. *Tu ne peux pas me le dire parce que ça dépasse les rapports professionnels, parce que c'est ta nature de vouloir percer les barrières des autres, parce que tu as besoin de voir au travers des gens, parce que l'ombre chez les autres t'attire plus que la lumière, n'est-ce pas, Craig ? Pourquoi ? Qu'y a-t-il en toi ? Es-tu le négatif de ces papillons qui sont attirés par la lumière et viennent s'y brûler les ailes ? Ce sont les ténèbres qui t'aspirent, et peu à peu tu t'y noies, c'est ça ? Mais pourquoi ? Pour y retrouver celle que tu as perdue ?*

— Je suis prête à tout vous dire, à tout confesser, à tout avouer, lâcha-t-elle d'un coup. À une condition.

Il releva la tête pour la dévisager.

— Vous répondez d'abord à mes interrogations à moi. Sans fard, sans mensonge. Rien que vous et l'essentiel de vous.

Comme ses lèvres ne bougeaient pas, Ann continua :

— Sur votre femme.

Cette fois Frewin réagit aussitôt :

— Qui vous en a parlé ?

— Vous voyez, ce n'est pas si simple de se confier, de s'ouvrir de choses intimes.

Frewin déplia son corps puissant et se leva.

— Je crois que nous avons assez bu pour ce soir, la journée de demain sera longue, mieux vaut aller se coucher.

Ils se toisèrent mutuellement, conscients de cette fuite stérile. Ann devina une clarté subite dans le regard du lieutenant, une émotion forte qu'elle prit une seconde pour du désir. Un désir flamboyant, brutal. L'envie de se diluer dans l'autre pour finalement se perdre en soi, dans son propre plaisir.

Il tourna la tête et descendit de l'estrade du chœur pour marcher dans les allées afin d'éteindre les bougies.

— Bonne nuit, Ann, dit-il en s'éloignant.

Au beau milieu de la nuit, l'orage cogna contre l'église avec la frénésie d'un Thor enragé. Les coups de tonnerre résonnaient comme les heurts d'un marteau géant contre le clocher. Frewin ne dormait pas, il songeait à Ann. Était-il en colère contre elle ? À bien y penser, non. Elle l'avait bousculé comme on le faisait rarement. Et elle le forçait à réfléchir sur lui, sur ce qu'il lui demandait.

Que savait-elle de sa relation avec Patty ? Que lui avait-on dit ? La rumeur persistait dans l'armée, il le savait. Et il s'en trouvait beaucoup pour y croire. Craig Frewin, le colossal lieutenant de la Police Militaire, avait tué sa femme. Ann y croyait-elle ? Avait-elle le moindre doute ? Il réalisait que cela le dérangeait.

Il l'aimait bien, et c'était difficile d'admettre qu'une personne qu'il appréciait puisse avoir une très mauvaise image de lui.

Sois honnête ! Tu ne l'aimes pas « bien » ! Tu la veux !

Et ce soir elle l'avait senti, aucun doute. L'alcool avait fait remonter ses pulsions à la surface, il n'était pas parvenu à les masquer derrière sa façade de marbre. Quelque chose avait transpiré et Ann était du genre à capter ces failles chez les autres.

Qui était-elle en réalité ? Que dissimulait-elle ?

Plusieurs éclairs successifs illuminèrent la nef, repoussant les ombres dans les angles, soulignant une seconde les bas-reliefs multiples et leurs visages dolents.

Il faut dormir…

Craig allait se retourner pour se contraindre à chercher le sommeil lorsqu'il la vit.

Un nouvel éclair ouvrit l'obscurité recouvrant son visage.

Ann était agenouillée à côté de son lit de camp, emmitouflée dans sa couverture. Il voulut se redresser pour lui parler mais elle ouvrit ses bras et son corps nu apparut sous la cape improvisée. Ses seins étaient volumineux, la peau tendue, et s'achevaient par une couronne rose pâle, à peine visible. Son nombril se soulevait au rythme de son souffle, elle respirait fort. Son pubis formait un petit triangle obscur entre ses cuisses fines.

Craig ne put qu'avaler sa salive, incapable de décrocher un mot.

Elle se pencha vers lui et l'embrassa, d'abord sa lèvre inférieure. Elle sentait bon ce parfum vanillé et animal. La langue de la jeune femme caressa le bord tendre de sa bouche, puis elle la pénétra, à la recherche de la sienne. Les deux douceurs se touchèrent, humides, se goûtèrent. Ann posa une main sur le lit et bascula délicatement sur Frewin. Et bientôt Craig ne put discerner le bien du mal, aveuglé par son désir. Ann se glissa sous la couverture et leurs peaux à leur tour se goûtèrent. Le contact des seins contre ses pectoraux hérissa sur lui la chair de poule, il enfonça ses doigts dans les fesses de la jeune femme qui se cambra contre lui, son bassin appelant sans retenue à plus encore. Les baisers voluptueux cherchèrent la douceur du cou, des épaules, le creux des mains, explorant les tétons. Le feu grimpait en Frewin, embrasant toute autre pensée.

Il agrippa la hanche de la jeune femme et pivota pour passer sur elle. Elle replia une jambe, puis l'autre, et il l'attira jusqu'à vivre en elle. Tout le corps de Frewin se réchauffa, une onde délicieuse montait jusqu'à son cerveau. Il se sentait à présent asservi à son sexe, au besoin de jouir en elle. Les saveurs humides l'enivrèrent et il saisit la nuque de sa partenaire. Les ondulations devinrent vagues, les vagues spasmes violents au creux desquels Ann plantait ses ongles dans le dos de Frewin. Elle était couverte par un imposant roulis de muscles en action. Tous deux haletant, l'un en l'autre, au rythme lumineux de la tempête. Sous les regards fixes des saints.

Ann se cambra jusqu'à soulever ses épaules et se coller contre le torse de Frewin. Ses doigts, ses pieds se tendirent et tout son être se contracta plusieurs fois, brièvement. Elle étouffa un râle sec, comme un bref hoquet. Craig sentit l'écume de son plaisir le déborder et se répandre. Sa tête bascula en arrière et ce qui demeurait de sa retenue s'évapora en décharges euphorisantes.

Puis il retomba tout contre elle, corps serrés par l'étroitesse du lit. Le souffle court, les yeux éblouis.

Le tonnerre claqua dans l'église, faisant vibrer la cloche.

Pendant une longue minute, l'écho résonna entre les murs.

Ann souriait aux anges. Et brusquement, libérée de toute obsession, du vice hypnotique qui l'avait conduite jusque-là, Ann prit conscience de ce qu'elle venait de faire. Elle ferma les yeux, dévorée par la honte et le remords.

Puis par l'angoisse de ce qui allait suivre.

Une esquisse de soulagement se profila lorsqu'elle entendit Frewin murmurer :

— Je suis désolé, Ann, je crois qu'il vaudrait mieux que vous retourniez à votre couche.

C'était la meilleure chose à faire. Elle ne pouvait entraîner Craig Frewin avec elle, dans les ténèbres.

Ann tira sur sa couverture, pour s'enrouler dedans et, sans un mot, sans un regard, retraversa la nef obscure.

37

Le village s'éveilla dans la brume, l'humidité chevillée aux draps.

Frewin se leva très tôt, Ann dormait encore, du moins son rideau était tiré et il ne chercha pas à en savoir plus. Il chauffa un peu de lait et fit une toilette rapide dans la sacristie. Conrad y ronflait en chœur avec Baker après leur nuit de garde.

À huit heures, Frewin fit lui-même le tour des différentes compagnies pour s'assurer que tout allait bien, et que l'appel à peine achevé ne signalait aucune absence. Il craignait un nouveau crime avec le retour de la 3e section la veille au soir. Partout on lui répéta la même chose : rien à signaler.

Une heure plus tard il localisa par des demandes radio le Dr Carrhus, au camp de base, près des plages. Frewin croisa Matters pour l'informer qu'il s'absentait pour la journée et que la charge de la PM du village lui revenait jusqu'au soir.

Juste avant qu'il ne parte, une moto militaire arriva à toute vitesse sur la place. Le pilote cherchait le lieutenant de la Police Militaire pour lui remettre un pli urgent.

Frewin l'ouvrit et décacheta un petit mot de Toddwarth.

J'espère que tu sais ce que tu fais. Voici ce que tu m'as demandé. N'oublie pas : discrétion. La priorité est au moral des troupes. Si la paranoïa s'installe, ton enquête cesse. Trouve-moi le coupable et mets-le hors d'état de nuire.

En langage d'officier de carrière, « mettre hors d'état de nuire » signifiait qu'il avait carte blanche pour trouver la solution qui ferait le moins de vagues. L'enveloppe contenait tout ce que Katarina Weiss avait exigé pour son travail astrologique. Frewin la donna à Matters et quitta le village.

Deux heures de Jeep eurent raison de ses résolutions de ne pas penser à la veille. Coincé face au volant, avec le bourdonnement du moteur pour toute musique, Frewin ne put repousser les interrogations plus longtemps.

Qu'avait-il fait ?

C'est elle qui est venue à moi !

Piètre excuse… La vérité était qu'il n'avait pu se contenir. Elle était venue jusqu'à lui et il en crevait d'envie. Il l'avait prise avec la fougue de celui qui n'attendait que cela. Sans aucun doute, sans une hésitation, voilà ce qu'il avait fait.

Revoir en pensée son corps nu surgir des couvertures et se river au sien provoqua des fourmillements dans son bas-ventre.

Il avait répondu à ses désirs, c'est tout ce qu'il avait fait, sans nuire à quiconque.

Patty est ma femme. Morte depuis deux ans.

Mais elle reste ma femme malgré tout. Malgré le temps et les vers qui la rongent ?

Cette dualité pouvait durer encore longtemps et Frewin y coupa court. Il avait couché avec Ann. Et c'était seulement maintenant que la vraie question lui venait, sans détour : avait-il le droit de coucher avec une autre que Patty ? Malgré tout ce qui s'était passé entre eux ? Ne lui devait-il pas plus de respect que ça ? Patty était pleine de vie, d'énergie, qu'aurait-elle fait à sa place ? Elle aurait vécu sa vie. Sans lui.

Mais jamais elle n'aurait été à ma place.

Combien de temps fallait-il attendre avant de coucher avec une autre femme ?

Frewin balaya toutes ces interrogations, il les enterra loin dans les tréfonds de son esprit parce qu'elles n'avaient pas de réponses possibles. Il ne devait plus se les poser, il devait vivre. D'affirmations, de décisions.

La première serait de ne plus fréquenter Ann. Conserver avec elle un rapport professionnel comme ils l'avaient fait jusqu'à la nuit dernière. Elle comprendrait. *Peut-être pas... Que cherchait-elle, en venant jusqu'à moi ?* Quoi que ce fût, c'était une erreur. *Non, pas une erreur, assume.* C'était fait, ils avaient pris du plaisir ensemble. Maintenant ils iraient de l'avant.

Il faudrait lui parler, surveiller ses mots pour ne pas la heurter… *Je suis naïf, Ann est plus solide que moi !* Y croyait-il ou apaisait-il sa culpabilité naissante ? Ann et lui s'étaient plu parce qu'ils partageaient des blessures fortes qui les avaient façonnés comme des êtres sauvages à l'intérieur mais policés en apparence. Ils s'étaient reconnus en cela, et désirés pour cela.

Mieux valait qu'ils en restent là.

Il arriva au camp en fin de matinée, l'esprit agité, et constata que les effectifs n'avaient pas fondu malgré l'envoi massif de troupes sur les différents fronts ; les renforts continuaient d'affluer depuis les navires. Il ne manquait plus que les chars, qui étaient déjà en mouvement, bien plus au sud et à l'est. Une partie des tentes étaient désormais occupées par des hôpitaux de fortune qui accueillaient les blessés en attente de rapatriement, si bien que le camp était sillonné de silhouettes amputées ou claudicantes. En traversant les allées, Frewin entendit des centaines de gémissements derrière les murs de toile.

Il situa Carrhus sans parvenir à le voir pour autant, il était en pleine intervention chirurgicale. Frewin attendit jusqu'en milieu d'après-midi, pour rencontrer enfin le médecin aux tempes grises et aux grosses lunettes. Il l'interpella tandis qu'il sortait prendre l'air.

— Docteur ! J'ai besoin de vos lumières une fois de plus.

Carrhus fit la moue. Il semblait exténué.

— Oh, Frewin, je ne vous avais pas reconnu.

— L'opération était difficile ?

Carrhus approuva vigoureusement, aussi triste que fatigué.

— Le pauvre homme est décédé après quatre heures d'efforts. C'était ça ou la mort assurée. On a risqué pendant que d'autres attendaient désespérément qu'on s'occupe d'eux. Et on a perdu.

— Je ne vous prendrai qu'un court moment.

— Allez-y, j'ai besoin d'une pause de toute manière, sans quoi je tuerais même un patient en pleine forme. Je vais chercher un café, vous m'accompagnez ?

Ils marchèrent dans le sable en direction d'une large tente précédée par des dizaines de bancs et tables en bois.

— On m'avait laissé un message, vous me cherchiez, expliqua Frewin.

— Oui, c'est vrai. Je voulais vous… transmettre mes constatations de vive voix, disons, moins officiellement. Ça fait plusieurs jours déjà. D'abord, concernant cette tête que vous m'avez fait porter. Merci du cadeau ! Imaginez ma réaction en ouvrant cette caisse ! Je n'ai rien pu en tirer, sauf que celui qui a fait ça n'était pas médecin, il s'est débrouillé pour trancher dans le vif, mais avec maladresse. Un droitier certainement, et l'instrument ayant servi à la décapitation est un couteau à lame longue. Rien d'autre.

Frewin acquiesça, au moins le médecin confirmait qu'il s'agissait d'un droitier.

— En fait j'ai examiné le fragment que nous avions trouvé dans le cadavre, reprit Carrhus. Je vous ai fait envoyer un télégramme dès que j'ai été sûr de ce que c'était. C'était la part scientifique du processus.

— Pourquoi ? Il y a une part empirique ?

— Tout à fait.

Carrhus parvint aux bancs et entra dans le carré des officiers séparé du reste par des cordons. Là on lui servit des cafés que les deux hommes purent siroter à l'écart.

— Vous savez quel est l'usage le plus courant du nylon ? questionna le médecin.

— Les toiles de parachute.

— Dans l'armée, oui. Petit indice que j'ai omis de vous transmettre : sous microscope les fragments sont de couleur beige. Chair, pour être tout à fait exact.

— Des bas !

— Eh oui, lieutenant, je pense, même si rien de scientifique ne permet de l'affirmer, que ces morceaux de ce qui a servi à étrangler Gavin Tomers proviennent de bas. Quelle ironie dans un milieu d'hommes !

Frewin était troublé, il tenait son gobelet d'une main, indifférent aux vapeurs qui montaient à son visage.

— Il l'aurait étranglé en se servant d'un bas…, répéta-t-il doucement.

— Votre bonhomme est un collectionneur ! Ou un fétichiste ! Il garde les souvenirs de ses conquêtes féminines… dont il se sert pour tuer.

Frewin n'écoutait plus le médecin, il réfléchissait à haute voix :

— Quel genre d'homme emporte avec lui des bas ? N'est-ce pas dangereux ? Il risque de se faire pincer s'il y a une fouille des affaires… Sauf si… Qui dispose de bas sans que cela soit anormal ? Une femme.

L'hypothèse soulevée par Ann devenait moins fantaisiste. Pourtant il n'y avait aucune femme dans la 3e section et tout concordait pour désigner celle-ci comme abritant le coupable. Ils avaient eu une permission juste avant le premier meurtre, ce qu'il fallait pour se procurer une tête de bélier fraîche… *Et des hameçons, du fil de pêche solide et un scorpion…* La 3e section était sur le navire lors des deux premiers crimes, le coupable était tout proche, facile pour lui de tuer sans se faire remarquer. *Mais Fergus Rosdale, la première victime, ne logeait pas sur le* Seagull, *il a dû grimper à bord sans se faire voir et il y est parvenu ! Pourquoi pas le tueur ?* Toutes les victimes étaient issues de compagnies proches de la 3e section, le tueur avait eu le temps de tisser des liens avec eux, pour les attirer à lui les soirs de passage à l'acte. *Néanmoins, comme Ann l'a souligné, une femme peut attirer un homme très facilement*... Et si le coupable n'était pas dans la compagnie Raven, alors comment avait-on fait pour mettre la tête découpée dans la caisse de Harrison ? C'était une fausse piste, un leurre provocateur, mais il fallait y accéder. *Et savoir que nous soupçonnions la 3e section !* Quelqu'un de la PM ? *Non, bien sûr que non !* Frewin avait une confiance absolue en ses hommes. *En es-tu si sûr ?* Bien entendu…

Mais déjà la certitude se fissurait.

De toute façon il y a le problème de la force. Une femme aurait eu des difficultés énormes pour tuer ces hommes. Ils se sont défendus, il y a eu lutte, au moins un rapport de force, même si le tueur a surgi par-derrière pour les étrangler. Une femme n'aurait pas tenu à moins d'être très résistante. Et comment aurait-elle hissé Rosdale sur des crochets de boucher ? Elle ne se trimballait pas avec une poulie portative tout de même ! Non, ça ne tient pas la route. Et Clauwitz ainsi que Forrell se sont pris des balles par-derrière, là où arrivait la 3e section dans la confusion de l'assaut. Aucune femme n'était sur la plage à cet instant.

Cependant, Frewin avait une boule au creux du ventre, un pressentiment qui lui commandait de ne pas ignorer cette possibilité.

Il fallait désormais envisager que le tueur soit une femme.

Frewin pouvait s'être trompé depuis le début.

Une femme. Et il n'y en avait pas beaucoup qui avaient fait le chemin depuis le port jusqu'au village.

Très peu en réalité.

38

Ann venait de passer la journée entière en compagnie de Katarina Weiss, toutes deux assises devant l'autel pour établir les thèmes astraux des trois morts et les comparer avec les nuits précédentes. Weiss n'avait pas tout à fait terminé son analyse et préférait ne rien en dire avant d'avoir achevé son travail et ses recoupements. Les deux femmes avaient parlé, surtout la secrétaire, avouant qu'elle était entrée dans l'armée parce qu'ils recrutaient massivement alors que son journal venait de fermer ses portes pour faillite. Elle avait eu deux maris, et deux divorces. Aucun enfant. Katarina précisa que c'était la faute de ses hommes *« aux couilles sèches »*, mais Ann perçut une colère contre soi, la haine à l'égard de ses maris n'était qu'une défense. À l'écouter, Katarina avait tout fait, tout vécu à seulement trente-sept ans. Des parents démissionnaires et, à ce qu'Ann crut comprendre dans les confidences impudiques, un frère incestueux. Mais tout était avoué à demi-mot, dans un flot de paroles.

Ann, quant à elle, demeura silencieuse toute la matinée. Ce qui s'était passé dans la nuit accaparait son esprit. Pourquoi y était-elle allée en fin de compte ? Pour cette flamme captée dans le regard de Frewin au moment de la quitter ? Il la voulait, Ann l'avait lu. Elle avait tenté de s'endormir, d'évacuer les images qui s'enchaînaient dans sa tête, sans succès. Une somnolence humide et brûlante, pour rouvrir les paupières quatre heures plus tard, incapable de penser à autre chose.

Elle s'était abandonnée une fois encore à sa perversion. Pourtant elle s'était interdit de mettre Frewin au bas de sa longue liste. *Mais tu as craqué, une fois encore. Tu es faible, ma pauvre fille...*

Deux adultes qui se désirent et qui se trouvent, l'espace d'un moment, qu'y avait-il d'anormal ? Le contraire aurait été stupide.

Mais arrête ! Qu'est-ce que tu fais ? Tu sais très bien que ce n'est pas ça. Tu t'es libérée de ce sentiment archaïque de culpabilité, ton corps est ton *instrument lorsque tu le veux, depuis longtemps ! Et si c'est un tabou social que de penser ainsi, il n'y a aucune honte à avoir pour autant. Mais toi, c'est bien plus sournois, n'est-ce pas ? Avoue... C'est bien au-delà du plaisir. À ce point-là, ce n'est plus seulement du plaisir... Ce*

sont les ténèbres qui derrière sont une menace pour toi et pour les autres. Et c'est ça que tu ne te pardonnes pas ! Avoir pris le risque d'entraîner Frewin dans tes ténèbres. Dans tes perversions. Parce que c'est de ça qu'il s'agit. Tu ne cherches pas le plaisir simple, ta quête est immonde. Les hommes sont ton instrument. Parce que tu n'es pas normale !

Ann serra les dents.

Qu'avait-elle fait ? Devenait-elle une bête sauvage à la merci de son désir, pour ne plus être capable de se contrôler ? L'évidence lui était venue peu à peu, en fin de matinée. Sa part sombre n'était pas en train de prendre le pouvoir sur elle, non, pas encore. C'était bien elle qui avait voulu entraîner Frewin dans ses abîmes. Pour ne plus être seule. Parce que la fibre tourmentée qui vivait en elle percevait un écho en lui. La possibilité qu'il comprenne. Qu'il partage avec elle ce poids. Qu'il l'aide. Tout au fond de son être, Ann avait distingué en Frewin un individu susceptible de ne pas la juger, et même de lui tendre la main.

Coucher avec lui était le meilleur moyen de te livrer à lui ? Qu'il te comprenne et puisse t'aider ? Quelle crétine tu fais...

Ils exploraient d'abord une intimité physique, avant d'aborder celle, plus fragile, de leur psychisme. Ce que tout le monde faisait dans l'autre sens. D'abord apprendre à se connaître, fouiller les personnalités, avant d'autoriser l'intimité des corps. Ann, au contraire, estimait plus important de préserver son esprit et ce qu'il abritait. Les corps pouvaient encaisser beaucoup, l'âme, non. Les corps pouvaient servir de sonde, pour tâter l'autre, et décider s'il méritait ou non qu'on fasse tomber les barrières, le masque. À vingt-cinq ans Ann s'était déjà rendu compte qu'on n'offrait à l'autre qu'un jeu de dupes. À travers la séduction, on ne présentait qu'une partie de soi, la plus attractive. Il fallait du temps avant de percer ces couches d'illusions, avant de savoir qui on avait vraiment dans son lit. Car le masque ne tombait jamais avant l'acte sexuel. Alors elle avait inversé la tendance. « Dis-moi comment tu me fais l'amour et je te dirai si je veux de toi dans ma vie. »

À présent elle devait trancher. Quelle attitude prendre ? Devait-elle continuer ou tout arrêter et faire comme si de rien n'était ?

Tu le sais bien... le temps t'est compté. Si tu ne fais rien, tôt ou tard tu te détruiras. Il est peut-être ce pont dont tu as besoin pour passer le gouffre.

Lui parler... Non, pas tout de suite. D'abord se toucher. Se connaître par les sens. *C'est dangereux.* Se parcourir pour se faire confiance. *C'est jouer avec le feu, tu sais comment ça finit, ce que ça devient avec toi !* Frewin portait en lui les réponses à ses questions. Il l'aiderait.

— J'ai fini.

Ann s'extirpa de ses réflexions comme d'un sommeil lourd.

— Pardon ?

— Je disais : j'ai fini. J'ai fait les thèmes, je les ai

étudiés, et j'ai tout comparé avec les astres des nuits passées.

— Et il y a des liens, quelque chose qui pourrait nous éclairer ?

Katarina pianota sur ses feuilles.

— En fait, je vais certainement vous dire une ânerie, mais je crois que l'assassin que vous traquez cherche à tuer autre chose que des hommes.

Ann croisa les bras sur sa poitrine.

— Comment ça ?

— Je pense qu'il veut tuer la chance qu'ils ont en eux.

39

La lumière de fin d'après-midi – des rayons obliques et dorés – projetait les couleurs des vitraux dans toute l'église en un kaléidoscope de scènes dont les personnages bibliques semblaient des esprits émergeant de la pierre.

Ann se massa la nuque en se rapprochant de Katarina.

— Qu'est-ce que ça veut dire, « tuer la chance » ?

Katarina désigna la dizaine de pages qu'elle avait noircies de calculs et conclusions.

— Je vous l'explique dans le détail ou vous préférez que j'aille droit aux faits ?

Ann considéra les schémas, les noms de planètes, les traits en rouge, noir ou bleu, les termes « ascendant », « décan », et secoua la tête.

— Rien que l'essentiel.

— Pour résumer, disons que chacun des trois hommes dont je viens d'étudier le thème aurait été dans un jour très favorable s'il avait survécu quelques heures. Chaque fois, les données se croisent : c'étaient des jours à tenter beaucoup car très propices à la réussite. Des jours de grande chance si vous préférez.

— Ça ne pourrait pas être un hasard ?

— Qu'est-ce que le hasard ? Ici c'est tout de même flagrant ! Si ces garçons étaient venus me consulter pour savoir quel jour ils devaient entreprendre je ne sais quoi, j'aurais indiqué la date correspondant au lendemain du meurtre de chacun ! Dans tous les domaines ils étaient sous de bons augures. C'était leur jour de chance, astrologiquement parlant, ils étaient sous d'excellents aspects !

Ann se mit à tourner en rond pour réfléchir.

— Ça ne se tue pas, la chance. Pourquoi ferait-il ça ?

— Là, ce n'est plus ma partie…

Ann s'immobilisa :

— N'importe qui de compétent aurait la même analyse que vous ?

Katarina répondit avec une pointe d'agressivité :

— À condition d'être un astrologue scrupuleux, attentif au détail, oui. Mon interprétation personnelle est limitée, je considère les positions des…

— Je vous crois, coupa Ann.

Le lieutenant Frewin entra par la porte principale, ouvrant un puits lumineux qui aveugla les deux femmes. Il referma et s'approcha du chœur.

— Du nouveau ? s'enquit-il sans un regard pour Ann.

Ann tourna la tête vers Katarina pour répondre :

— Vous allez être surpris.

L'astrologue lui exposa brièvement les faits. Un tueur traquant la chance. Frewin se mit à observer la secrétaire avec méfiance.

— Quoi ? fit-elle. Ce que je vous dis ne vous plaît pas ? Fallait pas venir me chercher si vous considérez l'astrologie comme une croyance de bonne femme !

Il lui fit signe que ce n'était pas le cas.

— Je suis étonné qu'il y ait bien un lien astrologique entre ces crimes, c'est tout. Je n'y croyais pas… Cela implique que nous recherchons une personne capable de faire ce que vous venez d'accomplir. Vous en connaissez beaucoup dans l'armée, vous ?

Katarina fit la moue.

— Non, ça ne court pas les rues.

— Quelqu'un qui aurait avec soi tous ces… instruments que vous avez réclamés.

Katarina attrapa la liasse d'éphémérides astronomiques.

— Pas s'il avait fait ses calculs avant de partir en campagne. S'il savait précisément qui il voulait… assassiner, il pouvait avoir tout préparé à l'avance et partir léger. (Elle haussa les sourcils.) Je n'arrive pas à croire que je parle avec vous de choses aussi sordides !

Frewin se tourna instinctivement vers Ann avant de pivoter pour faire ses déductions face aux tableaux.

— Le tueur ne frappe pas au hasard, pire : il sait depuis le début qui sont ses victimes à venir ? (Il eut une grimace de colère.) Il nous faut étudier ça encore et encore, comprendre pourquoi il le fait et ce qu'il veut vraiment, ce qu'il croit faire.

Ann entra dans son champ de vision, plantée juste devant le tableau qui résumait la chronologie des trois meurtres et l'emploi du temps de la 3e section.

— Et si…, balbutia-t-elle, et s'il tuait pour survivre ? Elle tapota les notes.

— Regardez ! Le premier meurtre a lieu pendant que nous attendons l'ordre d'embarquer, la bataille est imminente. Le second s'effectue pendant le trajet, à quelques heures de l'assaut. Puis plus rien jusqu'à la nuit précédant le départ de la 3e section pour le front. Chaque fois le tueur supprime les garçons les plus chanceux de sa section le jour des combats. Et que faut-il pour survivre lors d'une bataille, au milieu des balles perdues et des obus, sinon une sacrée dose de chance ?

Frewin avait le visage contracté, il synthétisa :

— Quoi, ce type aurait le thème astral de tous ses compagnons pour chaque jour de la semaine et déciderait d'éliminer ceux qui ont beaucoup de chance les jours de bataille pour s'assurer d'être le plus en veine ? Pour avoir la *chance* de survivre ? Ce n'est plus un psychopathe qu'on pourchasse ! C'est un aliéné !

— Et pourquoi donc ? contra Katarina. Même si ça vous semble insensé, je trouve ça cohérent comme raisonnement ! Perfide et machiavélique, certes, mais cohérent !

Il écarte ses rivaux pour être le plus chanceux. La chance, ce n'est pas un autocollant qui se promène au gré des vents, lieutenant ! C'est la convergence d'un grand nombre de paramètres astrologiques, et s'il se rend compte que d'autres ont des paramètres bien plus favorables que les siens ces jours-là, il fait en sorte qu'ils ne soient plus.

— Ce gars vient de redonner un sens nouveau à l'expression « provoquer sa chance », conclut Frewin.

Dynamisé par leur découverte, il se précipita vers la liste de la 3e section. Il découvrit plusieurs noms barrés.

— C'est le sergent Matters qui est venu à midi, expliqua Ann, il s'agit des soldats qui ne sont pas revenus hier ou qui sont partis pour l'hôpital. Trois morts et trois blessés graves.

Le lieutenant lut toute la colonne.

capitaine Lloyd Morris D
~~*lieutenant Ashley Durrington*~~ *D*
lieutenant Philip Piper
~~*adjudant Clive Bradley Dodders*~~ *D*
adjudant Henry Clark D
~~*sergent Piotr Kijlar*~~ *D*
~~*sergent Gabriel Rabin*~~
sergent (infir.) Parker Collins D
caporal Douglas Regie D
caporal Adam Houdan
~~*soldat Franck Gazinni*~~ *D*
soldat Vladimir Hriscek D
soldat Martin Clamps D
soldat Jeremy Brodus D
soldat Cal Harrison D
soldat Peter Brolin
soldat James Costello
~~*soldat Felipe Gonzalez*~~
soldat John Traudel D
soldat Rodney Barrow D

soldat Steve Risbi
soldat John Wilker D

— Ça nous ramène à seize suspects. Peut-être que celui que nous cherchons était de ceux qui sont partis. (Il fixa alors Katarina :) Vous allez dresser les thèmes de tous ces hommes, on va vous fournir leurs dates et lieux de naissance. Et vous allez nous établir une liste décroissante, du plus au moins chanceux les jours de bataille. Si cette hypothèse tient debout, alors notre homme sera un de ceux qui étaient sur le dessus.

— Vous n'y êtes pas du tout ! protesta Katarina. Ça ne marche pas comme ça, il ne s'agit pas de statistiques, mais de recoupements, d'analyse, et d'éléments plus ou moins favorables dans différents secteurs de l'existence ! On ne peut pas faire une liste comme celle que vous exigez !

— Alors dites-moi ceux qui avaient des « éléments moins favorables ».

— Mais ce n'est…

Katarina soupira de désespoir. Ann vint à son secours

— Il y en a pour plusieurs jours de travail.

Ann le sentait nerveux. À cause d'elle ? Les yeux du lieutenant parcouraient toutes les notes à grande vitesse, il survolait chaque mot. *Il ne sait plus dans quelle direction aller*, comprit-elle. *Il n'est plus sûr de rien, de ses déductions, de ce qu'il doit faire.*

— Je vais m'arranger avec votre supérieur, dans ce cas, trancha Frewin. Ann, je dois préparer l'arrivée de l'équipe de PM qui va nous remplacer, pouvez-vous vous procurer la liste complète des noms, dates et lieux de naissance de la 3e section ?

Il l'écartait. Il l'envoyait loin de lui pour qu'ils ne soient pas confrontés, pour qu'ils n'aient pas à se parler. Ann sentit la colère monter. Elle était prête à se confier à lui, elle commençait à lui tendre la main et il répondait en lui tournant le dos. *Ça ne va pas se passer comme ça, non, tu ne vas pas te débarrasser de moi si facilement.*

Elle était furieuse, la colère s'altérant en rage. Une rage qu'elle avait appris à craindre car elle concluait toutes ses tentatives de relations de la même manière. Elle allait se métamorphoser en glace, peu à peu. Frewin allait cesser d'exister à ses yeux. Jusqu'à n'éprouver qu'une froide indifférence à son endroit.

Et tandis que le soleil envoyait sur leurs visages des lames colorées, un nouveau massacre se préparait.

Le plus infâme des crimes.

40

Ann était assise sur un banc, sur la place du village où elle mangeait un sandwich récupéré au mess. Le soleil avait disparu derrière la forêt, à l'ouest, laissant la surface bleue qui dominait le monde s'assombrir et les étoiles émerger des fonds célestes.

Elle s'efforçait de ne pas penser à Frewin.

Un convoi de camions militaires était stationné dans la grande rue, dont plusieurs portaient le cercle blanc à croix rouge. Ann avait vu des hommes en descendre pour entrer dans ce qui avait été un bar-restaurant-hôtel avant la guerre. Un groupe de soldats discutaient devant l'entrée, en fumant. Parmi eux, Ann crut distinguer deux femmes. Une silhouette en particulier attira son attention. Ses mouvements de tête pour rire, sa façon de tenir sa cigarette, main repliée en arrière, se pouvait-il que ce soit…

Ann se leva et marcha lentement dans leur direction.

Blouse d'infirmière. Femme trapue. Cheveux raides.

— Clarice ? interrogea-t-elle, incrédule, en parvenant à son niveau.

La petite femme se pencha pour distinguer celle qui approchait.

— Ann ? C'est toi ?

— Clarice ! Qu'est-ce que tu fais là ?

— Alors ça ! Je suis envoyée à un avant-poste, nous

devions déposer du matériel ici, alors nous faisons une halte pour la nuit.

Clarice s'écarta du groupe pour s'isoler avec son amie.

— Alors, dis-moi, comment ça se passe pour toi ?

— C'est... compliqué.

— Comment est le lieutenant Frewin ? C'est une brute épaisse ou un génie de la police dans un corps d'hercule ?

Ann balaya l'air devant elle d'un geste du bras.

— Il est très doué dans ce qu'il fait, néanmoins... je confirme ce qu'on dit de lui : il est un peu spécial. Et toi, comment ça va avec le major Callon ?

— On est débordés donc il est invivable, pour changer, ironisa Clarice. Je suis contente de te voir. Tu as l'air fatiguée. C'est dur, pas vrai ?

Ann acquiesça doucement.

— Pas de nouveau crime ? demanda Clarice.

— Non, c'est au moins ça.

— Dis-moi, le lieutenant, il est plutôt séduisant, il paraît...

Un trou douloureux s'ouvrit dans la poitrine d'Ann.

— Et il est célibataire ! minauda Clarice.

— Veuf, corrigea Ann.

— Oui, oh, avec le temps c'est pareil, non ? S'il est vraiment intelligent, beau comme il est, il ne devrait pas le rester longtemps ! À moins qu'il n'entretienne déjà une relation secrète !

Clarice parlait vite, singeant les speakers de radio :

— As-tu trouvé la femme derrière l'homme ? Celle qui se cache dans l'ombre du mystérieux lieutenant Frewin ?

Ann ouvrit la bouche pour freiner les ardeurs coquines de sa camarade mais quelque chose l'empêcha de prononcer un mot. Son subconscient moulinait si fort qu'il débordait sur l'esprit conscient. Ann avait capté une information dans son environnement sans parvenir à l'identifier.

— ... pas rester sans rapports non plus ! Et puis c'est

la guerre, on peut bien adapter la morale ! poursuivit Clarice.

— Qu'as-tu dit ? insista Ann. Avant ça, sur Frewin.

L'interpellée fronça les sourcils.

— Euh… Qu'il entretient peut-être une relation secrète ? Qu'il faut chercher la…

— La femme derrière l'homme…, murmura Ann.

Les rails de pensées s'ordonnèrent en elle, jusqu'à s'emboîter parfaitement. *La femme derrière l'homme*, se répéta-t-elle in petto. *La femme... dans l'ombre. La femme. Les symboles. Depuis le début, tout est dans les symboles*...

Subitement, Ann porta une main à son cou.

— O.T., dit-elle tout haut. Ce ne sont pas des initiales !

41

Frewin terminait de dîner avec ses hommes sur le parvis de l'église lorsqu'il vit Ann approcher rapidement.

— Je dois vous montrer quelque chose, annonça-t-elle en grimpant les marches. À l'intérieur, venez.

D'un seul mouvement ils se levèrent tous pour la suivre vers le chœur. Matters et Conrad prirent des briquets pour

allumer des cierges afin d'ouvrir un cône de lumière au centre de l'estrade. Ann prit une craie et effaça d'un revers de manche des notes qu'elle jugeait de moindre importance.

— Hé ! protesta Frewin.

Ann ne lui laissa pas le temps de s'emporter :

— Vous vous souvenez tous des lettres dessinées sur la scène de crime de Fergus Rosdale ? Un O et un T, comme ceci.

Elle tenta de reproduire les marques :

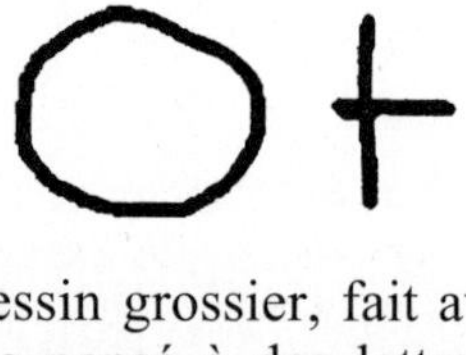

— C'était un dessin grossier, fait avec du sang. Nous avons tout de suite pensé à des lettres, parce que nous l'avons pris dans ce sens-là.

L'auditoire, rivé à ses lèvres, cherchait à anticiper ce qu'elle voulait dire.

— Mais si nous nous étions justement trompés de

sens ? Après tout, nous n'avons aucune idée de l'orientation qu'avait Fergus Rosdale lorsqu'il a tracé ces lettres.

— Si c'est bien lui ! contra Conrad qui se faisait l'écho des propos de son lieutenant. Il n'est pas impossible que ça vienne du meurtrier, une sorte de signature ou une fausse piste pour nous narguer, ce ne serait pas la première fois.

Ann effaça et rectifia le sens du signe.

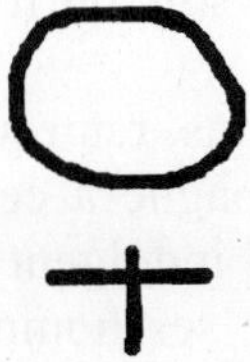

— Et là ? Ça vous parle davantage ? En fait, pour que ce soit tout à fait exact, il faudrait le terminer, je pense que Rosdale l'a tracé dans la précipitation. La gorge tranchée, il n'a eu qu'une poignée de secondes, dans le dos de son assassin. Il manque le trait pour relier les deux parties. Comme cela :

— Le symbole féminin ? s'étonna Donovan. Pourquoi ferait-il…

— Bien vu, Ann, déclara Frewin. Messieurs, je veux parler à la petite amie de Rosdale. Dans ses dernières secondes de vie, ce garçon a eu la présence d'esprit de tracer ça avec son propre sang, c'était un peu à l'écart, sous un banc, pour que le tueur ne le remarque pas.

— Vous changez d'avis ? fit remarquer Donovan.

Vous disiez qu'un homme à la gorge ouverte n'aurait pas pu…

— Je sais ce que j'ai dit, soldat, c'était sous un éclairage différent. J'ai eu tort.

Face au regard pénétrant de son supérieur, Donovan scruta aussitôt ses rangers, l'air confus.

— Il y a deux interprétations possibles, intervint Matters. Soit Rosdale voulait nous dire que son agresseur était une femme, soit qu'il était venu jusqu'ici à cause d'une femme.

— Trois interprétations, rétorqua Baker, il voulait dire qu'il pensait à sa compagne à cet instant.

Frewin eut un regard indulgent pour son soldat. Baker était le moins subtil de ses hommes.

— Si ça avait été le cas, il aurait écrit le nom de la fille, au moins le début, railla Monroe. Ou un cœur, je ne sais pas, mais pas ça !

— Matters a raison, reprit Frewin, dans tous les cas, il est question d'une femme. Je veux voir sa petite amie, comment s'appelle-t-elle ?

Matters bondit sur son calepin et lança :

— Lisa Hiburgh ! Elle a fait une crise de nerfs quand on lui a appris la mort de Rosdale.

— Trouvez-la.

L'ordre avait sonné avec assez d'autorité pour qu'ils se lèvent, et Matters sortit au pas de course, bientôt suivi de Donovan.

Une équipe complète de la PM avait rejoint le village en soirée, prenant la relève de Frewin et de son équipe. Pour l'heure, Baker, Larsson, Monroe et Conrad se reposaient en jouant aux cartes dans la sacristie tandis que Donovan et Matters étaient au QG à la mairie pour tenter de localiser Lisa Hiburgh par radio.

Frewin était seul à l'autel, penché sur ses carnets, et

Ann faisait semblant de lire un roman historique sur sa couchette, à moins de dix mètres de là.

Il tourna la tête pour l'observer et vit les yeux de la jeune femme dériver vers lui.

— Je peux vous parler ? demanda-t-il doucement.

— Depuis quand avez-vous besoin de ma permission ?

Malgré le ton sarcastique, elle releva les jambes pour lui offrir une place à ses côtés. Frewin vint s'asseoir.

— Je… suis navré si je vous ai semblé un peu distant, aujourd'hui, dit-il tout bas.

— Vous étiez plus glacial que distant.

Frewin approuva avec une pointe de culpabilité qui lui fit baisser la tête et joindre les mains sur ses genoux.

— Je vous présente mes excuses, Ann. J'aurais dû vous parler ce matin mais…

— Ce n'était pas si simple, acheva-t-elle. Je sais. Et vous avez eu le temps de réfléchir depuis ? À ce que vous vouliez me dire ?

Il inspecta ce teint pâle, ces yeux qui brûlaient en le contemplant. Était-ce la colère ? Le désir ? Qu'avait donc Ann en elle à cet instant ?

— Je sais que j'aurais dû vous parler cette nuit, avant de vous faire l'amour. Je ne peux pas, Ann. Notre relation ne peut pas tenir, je suis désolé…

— Vous ne pouvez pas ou vous n'êtes pas prêt ?

Frewin demeura bouche bée.

— Peu importe ce qui s'est passé cette nuit, je ne suis pas de ces femmes qui vous le reprocheront, je suis une grande fille, vous savez, j'assume mes actes. On a pris du plaisir l'un avec l'autre, point. S'il ne doit pas y avoir de suite, soit, on ne force pas quelqu'un à vous désirer. Cependant je veux vous entendre me dire si c'est à cause de moi, et dans ce cas je ne peux rien faire, ou si c'est parce que vous n'êtes pas prêt à vivre autre chose à cause de votre femme.

Frewin perçut ses entrailles qui encaissaient le choc, comme un crochet au foie. Puis le corps ne put faire barrage plus longtemps et l'esprit reçut l'impact. *Patty*... Le mur céda et les émotions affluèrent comme un torrent, toutes en même temps, se confondant, et la rage qui semblait prendre l'ascendant sur les autres. Frewin serra les poings et ferma les paupières un court instant. Ses mâchoires se contractèrent.

— Je suis désolé, murmura-t-il en se levant. Je ne peux pas.

Frewin ne dormait toujours pas malgré l'heure tardive. Il ne pouvait sortir Ann de ses pensées. Qu'avait-il fait ? La sensation désagréable d'avoir commis une erreur qu'il aurait pu éviter le démangeait. Mais où était l'erreur ? Était-ce d'avoir couché avec elle ou de ne parvenir à s'autoriser une relation ? Une part de lui la désirait, voulait encore la goûter. Pas seulement pour les minutes lascives mais aussi pour la chaleur de sa peau contre la

sienne, le réconfort, ne plus se sentir seul. *Tu ne formeras jamais un couple avec elle, ton couple c'était Patty.*

Il en revenait toujours au même point. Incapable de raisonner calmement. Tout se mélangeait, la sexualité, la peur, la culpabilité, l'envie de partager à nouveau, la morale. Il ne réussissait pas à trancher. À remiser Ann dans un coin, rangée parmi les souvenirs. À décider fermement que dès à présent il aurait avec elle un rapport purement professionnel. C'était ce qu'il avait cru choisir plus tôt dans la journée, il s'était leurré. Tout un pan de son être refusait ce manque.

Un débat sans fin. Fallait-il attendre que le temps fasse son ouvrage, qu'elle s'éloigne sous le coup du ressentiment et qu'ainsi l'ambiguïté se tarisse d'elle-même ? Solution de facilité, celle du couard qui ne fait pas le ménage en lui. Il en paierait le prix un jour ou l'autre, il ne fallait pas se mentir. La personnalité n'évacuait pas les dilemmes ou les problèmes irrésolus, elle les recouvrait, jusqu'au jour où les racines pourries remontaient leur gangrène à la surface, plus destructrices que jamais.

Il ne savait plus quoi penser, quoi faire. La fatigue, la confusion de l'enquête. Même dans ce domaine il ne savait plus s'orienter. L'hypothèse d'une femme devenait difficile à écarter, même si elle n'allait pas avec celle d'un tueur au sein de la 3e section. Et les femmes n'étaient pas légion, encore moins celles qui avaient été proches au moment des trois crimes. Une poignée de secrétaires et quelques infirmières. Et cela impliquait que Clauwitz et Forrell soient morts à cause d'un « incident de tir », et non de la présence d'un tueur dans la 3e section. Difficile à croire.

Et pourtant…

La porte d'entrée grinça légèrement.

Frewin sentit la peau de son crâne qui se tendait. Il se tordit la nuque, très lentement, pour distinguer l'ouverture.

Une silhouette pénétra dans l'église, emmitouflée dans un vêtement ample, et referma le lourd vantail derrière elle.

Puis elle se mit à marcher en direction de Frewin.

42

Frewin connaissait cette forme et ces gestes. Elle portait un châle sur les épaules.

— Ann ?

Elle sursauta à son approche.

— Je venais vous réveiller, dit-elle dans l'obscurité. Il s'est passé quelque chose.

— Quoi ? Dehors ?

— Je n'arrivais pas à dormir alors je suis allée prendre l'air sur la place. Il y a deux minutes, un adolescent est arrivé à toute vitesse sur un vélo, paniqué, blême. Il s'est précipité vers moi dès qu'il m'a vue et m'a noyée de paroles que je ne comprends pas. Il nous faut un interprète. Je crois que c'est grave.

Frewin distinguait à peine son regard dans la pénombre.

— Il a du sang plein les mains et les habits, ajouta-t-elle.

Le garçon n'avait pas vingt ans. Il était brun, les cheveux en pagaille, et plusieurs virgules de sang tachaient sa joue depuis qu'il se l'était frottée. Frewin avait réveillé ses hommes et Conrad revint du restaurant où les hommes des transmissions s'étaient installés avec un interprète. Un petit homme approchant la trentaine, des lunettes rondes sur le nez. L'adolescent restait debout, hagard, sans lâcher son vélo. Dès qu'on lui adressa la parole dans sa langue, ses yeux se ranimèrent d'une panique incroyable et il se mit à débiter des phrases à toute vitesse. L'interprète leva les mains pour le calmer et entreprit de relater ce qu'il comprenait :

— Tout le monde est mort, il y a du sang partout, apparemment il parle d'une ferme à la sortie du village.

— Un commando ennemi ? demanda Frewin.

L'interprète posa la question, et répondit :

— Il n'en sait rien, il n'arrête pas de répéter que c'est atroce.

Frewin fit signe à ses hommes de se rassembler.

— On va aller voir, il nous faut une unité armée au cas où.

— Je vois où est cette ferme, affirma l'interprète, une compagnie campe à proximité et une section en particulier à moins de cinq cents mètres.

Frewin serra les poings :

— Ne me dites pas que c'est la compagnie Raven ?

— Si, il paraît que ces types sont des lions au combat, avec eux vous ne courez aucun risque.

Sans plus attendre, Frewin ordonna :

— Donovan, allez vous chercher un autre interprète et revenez auprès du garçon, demandez-lui qui il est, tout ce qu'il a vu, en détail, faites-moi un rapport complet. Et réveillez Matters, je me fous de savoir s'il a mal à l'épaule, qu'il vienne vous aider. Monroe, prenez des armes lourdes, on ne sait jamais. (Il fit à nouveau face à l'interprète.) Demandez-lui combien de personnes vivaient dans cette ferme.

L'intéressé transmit la question et la réponse vint, aussi rapide que brève :

— Toute une famille, les parents et leurs quatre enfants.

— Les âges des gamins ?

Autre échange et réponse immédiate :

— Le plus jeune devait avoir dix ans et les autres s'échelonnaient jusqu'à dix-sept pour l'aînée. Je crois que c'est elle qu'il allait voir.

— À cette heure-ci ?

L'homme haussa les épaules et transmit la question du lieutenant. Cette fois l'échange fut plus long.

— Il dit que le père n'approuvait pas leur relation, il venait la chercher si tôt parce qu'ils avaient prévu de s'enfuir avant l'aube, profitant de la libération.

Frewin soupira.

— Bon, on y va et tout le monde vient, vous aussi, Ann.

L'infirmière approuva et l'interprète intervint :

— Euh… Vous n'avez plus besoin de moi, alors si vous allez chercher un autre…

— Comment vous appelez-vous ? s'enquit le lieutenant.

— Philip Dougman.

— Vous venez aussi, Philip, trancha Frewin. Il se pourrait qu'on ait besoin de vous là-bas. Du moins espérons-le.

43

La nuit était noire, une chape d'épais nuages surplombait l'horizon. Frewin avançait sur un chemin de campagne, lampe-torche à la main. Monroe, Larsson et Baker suivaient, mitraillette en bandoulière et encadrant l'interprète, tandis que Conrad et Ann tenaient d'autres lampes qui ouvraient des éventails jaunes dans le velours de la forêt.

Leurs pas écrasaient les brindilles et la terre encore gorgée de pluie fraîche. La faune nocturne s'époumonait, grillons en tête, stridulant sous les fougères du sentier. Plus un bruit de combat, pas même le roulement des mortiers ou de l'artillerie lourde. Tout laissait croire qu'ils évoluaient dans le cadre bucolique d'un paisible village à l'approche de l'été. Sauf la tension qui les parcourait. La probabilité que l'adolescent se soit alarmé pour rien était quasiment nulle, le sang qui le maculait n'était pas le sien. Et la proximité de la 3e section laissait augurer le pire.

Après moins de dix minutes de marche, un vieux mur apparut dans une clairière. Il encerclait deux bâtiments, une grange et une maison plus petite. Un des deux battants du haut portail était ouvert sur une cour profonde. Frewin fit stopper le groupe et s'approcha. Il ralentit sur les derniers mètres, passa la tête par la porte pour distinguer la ferme. Puis il observa le sol et fit signe à ses hommes de le rejoindre.

— Je vais entrer avec Monroe, chuchota-t-il. Vous attendez un signe de ma part. Ensuite, vous vérifiez bien où vous posez les pieds, il y a des traces un peu partout, j'aimerais que nous les conservions intactes.

Sur quoi il ramassa un bâton et s'élança en balayant le sol de son faisceau lumineux pour ne pas marcher n'importe où. La pointe de son bâton traçait un sillon derrière lui.

Il contourna un puits et se posta à l'entrée de l'habitation principale, où brûlait une lanterne.

Frewin fit un geste vers les autres, en leur indiquant de suivre le trait creusé dans la terre.

Ann marcha au côté du géant Larsson, et elle remarqua une multitude de traces aux abords du puits. Elle éclaira cette zone et vit que de nombreux allers-retours entre la margelle et la maison avaient inscrit leurs passages dans la boue. Il y avait des empreintes de pas partout. Une énorme tache sombre et brillante recouvrait un bord de la margelle.

— Regardez ! souffla-t-elle.

Ils tournèrent la tête comme un seul homme pour découvrir le sang frais sur la pierre. Frewin reprit le contrôle :

— Baker et Conrad, vous allez inspecter la grange, Monroe et moi on s'occupe de la maison. Les autres vous restez dehors. Jetez un œil sur ce puits mais surtout n'effacez rien !

Frewin entra dans la maison, suivi par Monroe, celui qu'on appelait « Tête Brûlée » dans la PM. En passant, Frewin remarqua que ni la serrure ni le chambranle ne paraissaient forcés. Son premier soupçon se porta sur l'adolescent. Il connaissait l'endroit, il en avait peut-être les clés. Il semblait vraiment choqué pourtant, il y avait une terreur sourde en lui, à la limite de la démence, il était tout près de s'effondrer.

Le couloir carrelé était couvert de gadoue, très récente. Bien plus que l'adolescent n'avait pu en apporter lors de sa venue. Craig Frewin sortit son pistolet, sa lampe dans l'autre main. Ils arrivèrent à la pièce principale, une grande cuisine servant de salle à manger. Deux portes dans le fond et un escalier pour accéder à l'étage. Une lanterne diffusait sa clarté pâle.

Du sang luisait sur les carreaux gris, balisant une route tragique qui conduisait à l'escalier.

Frewin sentit son cœur battre jusque dans ses tempes, un drame effroyable venait de se produire entre ces murs, il le savait désormais. Ce qui l'inquiétait c'était de connaître l'ampleur du carnage. À première vue il y avait trop de traces de pas entre la maison et le puits pour n'impliquer qu'un seul individu. Surtout si toute la famille avait été frappée.

Les gamins seront à l'étage, indemnes.

Frewin avança, auscultant son environnement, captant chaque détail, le positionnement des chaises, celle qui était renversée sur la trajectoire reliant le couloir à l'escalier. *C'est là-haut que ça a eu lieu. En pleine nuit, ils dormaient.* Frewin repensa à la porte non fracturée. *C'étaient des gens confiants, ils ne fermaient pas leur porte à clé. Tout était ouvert. Ils n'avaient pas le réflexe de se barricader à la nuit tombée.*

Il leva sa lampe vers le palier du premier étage. Tout était plongé dans l'obscurité.

Une étoile pourpre marquait le haut du mur. Deux gouttes s'en étaient échappées pour former deux traits parallèles sur une trentaine de centimètres, avant que le filet ne se tarisse. Même de là où il était, Frewin distinguait l'humidité du sang. L'attaque était très récente. Une poignée d'heures à peine.

Monroe ouvrit les portes derrière son lieutenant et revint aussitôt en faisant signe qu'il n'y avait rien. Frewin grimpa les marches, lentement. Elles grincèrent. Une fois au sommet, il éclaira le dégagement où une dizaine de petites flaques laissaient présager l'horreur. Quatre portes entrouvertes. Frewin désigna les deux à droite pour que Monroe s'y engage, pendant qu'il inspectait les autres.

La première ouvrait sur une chambre austère : un coffre à jouets en bois dans un angle et rien d'autre qu'un lit froissé, aux draps entortillés sur le plancher. L'unique oreiller était enfoncé sous l'empreinte d'une petite tête. La plume était tellement tassée que les contours de ce crâne d'enfant étaient parfaitement lisibles. De la boue maculait le sol et Frewin reconnut la forme d'une semelle caractéristique. Une ranger. De taille adulte. La lampe caressa le décor.

Pas d'enfant. Nulle part.

Pas de sang non plus.

Le plus jeune des gamins dormait. Proie facile. Son cerveau fonctionnait à présent en analysant tout selon une lecture criminelle, cherchant l'interprétation la plus pessimiste de ce qu'il voyait. L'apparence des draps dont une partie étaient étrangement torsadés fit émerger des images sordides dans le crâne du lieutenant. *On lui a enroulé la tête dans ses couvertures, et on a roulé le bord jusqu'à resserrer la pression autour du cou du gosse. L'épaisseur des couvertures aura aidé à l'étouffer.* Frewin se représenta un garçon de dix ans, écrasé par le poids d'un adulte puissant, ce dernier enroulant draps et couvertures autour du visage de l'enfant et serrant.

Frewin fixait la pièce vide, sans corps. Il recula d'un pas et passa à la suivante.

— C'est vide de mon côté. RAS sauf les lits en pagaille, murmura Monroe en revenant à son niveau.

Frewin poussa le battant du bout du pied et la dernière chambre, celle des fermiers, se profila. Il orienta son cône de lumière vers les murs pour faire apparaître une grosse armoire qui défila avant de céder la place à une commode rafistolée. Le cercle continua d'ouvrir une vision claire dans les ombres profondes, glissa sur une croix clouée au mur. Celle-ci retourna aux ténèbres. Puis ce fut un grand lit qui entra dans le rayon.

Un pied humain, un second, une cheville, une jambe, les jambes, la tranche de clarté remonta rapidement, jusqu'à se braquer totalement sur le lit.

Monroe se mit à expirer bruyamment.

— Oh merde…, lâcha-t-il avant de reculer.

Une femme était allongée sur le dos, chemise de nuit remontée jusqu'au nombril. Un flot de sang mouillait les draps entre ses cuisses. Une bouteille en verre était enfoncée dans son intimité. Jusqu'au culot fendu, qui avait déchiré les chairs pour la pénétrer de toute sa largeur. Un marteau reposait sur son ventre.

Sa tête n'était plus qu'un magma vermillon, de cheveux mêlés de débris de cervelle rose. Des centaines de gouttelettes zébraient le mur et le plafond, collant des esquilles d'os.

Un carré de peau apparut par-delà le lit. Frewin fit un pas à l'intérieur pour contourner le châlit.

Une autre femme. Une jeune fille.

Elle aussi avait la chemise de nuit remontée sur la poitrine. Elle était face contre le plancher, une ceinture serrée autour du cou, les genoux ramenés sous elle pour dégager sa croupe relevée qu'elle exhibait malgré elle. On y avait enfoncé une bougie après y avoir planté une douzaine de coups de couteau.

Il se pencha pour écarter le tissu qui dissimulait le visage de l'adolescente. Il la considéra un bref instant. Ses paupières mi-closes, son regard vide, sa lèvre supérieure molle, tout le travail de la mort ne parvenait pas à la rendre moins touchante. Puis il se redressa pour saisir la scène dans son ensemble.

Le sang brillait dans l'éclairage.

Il n'y avait aucun doute quant à l'identité de la première femme. La peau de son ventre était flasque et ses jambes marquées de nombreuses varices. La mère.

— On a fouillé toutes les pièces ? interrogea Frewin avec douceur.

— Oui, on a tout vu, murmura Monroe.

Frewin vit la bouillie grumeleuse qui remplaçait l'anus et les lèvres génitales de l'adolescente. Un flot de sang presque séché avait dégouliné sur ses cuisses. Frewin avala sa salive. Trop de sang pour une blessure post mortem. Elle était vivante lorsqu'on l'avait violée avec un couteau.

Ce fut d'une voix cassée qu'il dit :

— Il manque les hommes. Il n'y a aucun corps de garçon.

44

Frewin venait de disparaître dans la maison. Ann diffusa la lueur de sa lampe sur les multiples traces de pas qui allaient de la porte d'entrée au puits.

— Ne marchez surtout pas dessus ! avertit Larsson.

Sans répondre, Ann s'accroupit près de l'empreinte.

— Soldat, corrigez-moi si je me trompe, dit-elle, mais ce sont des marques de rangers, n'est-ce pas ?

Le géant blond vint à son niveau, laissant l'interprète seul en retrait. Il fit passer sa mitraillette sur sa hanche pour se baisser.

— Exact.

Ann promena son faisceau et hocha lentement la tête.

— Ça ne va pas ? demanda Larsson.

— J'ai l'impression qu'il n'y avait pas plusieurs personnes, c'est la même qui a fait de nombreux allers-retours, regardez !

Elle pointa du doigt trois paires d'empreintes de semelles dans la boue, toutes allaient et revenaient.

— Même taille, on dirait. Et là-bas, le sillon qui les recouvre c'est le vélo de l'adolescent. On voit ses pas à lui, plus petits, semelles plates et usées.

— En effet. Vous croyez que c'est notre tueur… ?

Ann haussa les épaules.

— Ça dépend de ce qu'ils vont trouver à l'intérieur. Cependant… des rangers, un homme, un seul, du sang, et la 3e section qui dort à moins d'un demi-kilomètre.

Elle tendit le bras pour illuminer le rebord couvert de sang. Il avait beaucoup goutté, comme s'il avait servi à briser un crâne. Ann avisa un passage sur le côté qui ne compromettait pas les indices et vint se poster au-dessus du puits.

La lumière s'engouffra dans le tunnel vertical. L'eau était à six bons mètres au-dessous.

— Alors ? interrogea Larsson sans élever la voix.

Ann fit signe qu'elle ne voyait rien de particulier.

Une bulle perça alors la surface plane. Ann s'étira pour descendre la lampe le plus bas possible. L'eau stagnait.

Une autre bulle creva en remontant, grosse et suivie de deux autres.

— Je me suis trompée, il y a quelque chose, prévint Ann.

Elle chercha un moyen de sonder le fond sans rien trouver. La main de la corde s'illumina au-dessus d'un

seau au passage de la lampe. La corde enroulée paraissait solide. *Si tu veux en avoir le cœur net, il n'y a pas deux solutions. Tu dois descendre.*

— Vous êtes costaud, vous pourrez tenir la manivelle pour m'assurer une descente progressive, dit-elle à Larsson.

Le grand soldat la dévisagea.

— Vous n'allez pas aller là-dedans ? C'est un coup à se tuer !

— J'ai vu quelque chose, faites-moi descendre.

— Non, dans ce cas c'est à moi…

— Vous êtes bien trop grand ! Comme tout le monde ici Et je suis légère, allez, aidez-moi à enjamber le muret.

Elle lui tendit la main. À contrecœur, il déposa sa mitraillette pour la soutenir et l'assister pendant qu'elle mettait les pieds dans le seau en bois. *Son cerclage en acier semble en bon état*, remarqua-t-elle avec appréhension.

— Allez-y doucement, hein ? fit-elle.

Larsson commença à tourner la manivelle et dut y

mettre les deux mains dès qu'Ann lâcha la margelle pour transmettre tout son poids à la corde qui grinça. Philip, l'interprète, s'approcha et se pencha pour guider le géant qui se concentrait pour doser sa force et les coups de manivelle.

— Allez-y. Encore. C'est parti.

Ann vit le monde monter autour d'elle avant que le mur de pierre l'encercle totalement. Alors elle ressentit pleinement la descente. Le cercle qui l'emprisonnait n'avait pas un diamètre supérieur à un mètre.

Elle comprit que sa marge de mouvement était bien plus restreinte qu'elle ne l'avait supposé. Tourner sur elle-même se révélerait déjà difficile. Mieux valait ne pas imaginer pire.

L'air devint subitement plus frais. Une odeur de vieille cave se réveilla. Au-dessus d'Ann, la surface prenait la forme d'un rond clair, avec la tête de Philip. La voix du petit homme résonna :

— Encore… Allez-y… Encore…

Pourtant Ann sentait qu'elle s'éloignait de lui. Du monde.

Plus elle s'enfonçait dans le boyau étroit, plus les sons lui parvenaient étouffés.

Elle sortit la tête de ses épaules et éclaira sous elle.

L'eau se rapprochait. La mousse recouvrait les parois, et quelques insectes se faufilèrent dans des fissures.

— Ça va, mademoiselle ?

C'était Philip. Il semblait très loin, à l'autre bout d'un corridor minuscule.

— Oui, lança Ann.

Sa voix résonna si fort qu'elle en fut mal à l'aise. Pourtant Philip ne bougea pas, comme s'il ne l'avait pas entendue.

Elle était passée dans un autre univers. Ce puits ouvrait une porte vers les entrailles du monde, où les ombres prenaient une densité palpable, où les sons mouraient depuis la surface, où la lumière n'avait aucun pouvoir.

Ann regarda sa lampe-torche, un tube coudé de couleur kaki qui peinait à imposer sa présence.

Elle descendait.

Une substance molle souleva le fond du seau en émettant un bruit sourd et mouillé.

— Stop ! s'écria Ann.

La corde s'immobilisa. Le seau touchait l'eau noire.

— Remontez-moi un tout petit peu ! exigea-t-elle.

Ils obéirent et Ann se stabilisa à trente centimètres au-dessus du disque ondulant. Elle lâcha la corde pour passer son bras et saisir la lampe avant de poser sa main sur la pierre froide, arrachant un peu de mousse au passage.

Elle voulut se pencher

Le seau se déroba aussitôt et se déséquilibra. Ann enfonça ses ongles dans l'interstice des pierres et dut plaquer son avant-bras pour se rattraper tandis qu'elle basculait. Elle serra la lampe de toutes ses forces et le rebord du seau vint taper contre l'autre côté du mur.

Figée dans une position hasardeuse, mais indemne. Très lentement, elle chercha à stabiliser son centre de gravité et retrouva un aplomb. Personne ne se manifesta en haut. Elle était réellement loin de tout.

Avec précaution, Ann braqua la lampe vers l'eau.

Elle était noire, opaque.

Non, pas noire… cuivrée. Ann força sur ses yeux pour discerner les nuances qui l'interpellaient. Ses genoux commençaient à lui faire mal, et le bord du seau s'enfonçait dans ses mollets. Elle n'y voyait pas assez.

En se tenant fermement à la corde, elle entreprit de s'accroupir sans basculer, pour tendre le bras et toucher l'eau. Glaciale. Son souffle l'encercla comme un vent tourbillonnant, puis mourut.

Elle creusa sa paume pour en recueillir un peu et remonta la main pour l'inspecter.

Le liquide était rouge.

Du sang ! Ann scruta l'eau qui ondoyait.

Quelque chose bougeait, tout au fond.

Tout alla très vite.

Une grosse bulle d'air éclata avec un gargouillis.

Brusquement, une forme terrifiante remonta vers la surface.

Une main blanche surgit en éclaboussant Ann, une main ouverte aux doigts blêmes qui jaillit des tréfonds du puits pour l'agripper.

Ann se mit à hurler et sut qu'elle allait basculer.

Tout se mit à tournoyer tandis qu'elle tombait vers cette peau huileuse et froide.

45

Elle eut un réflexe fulgurant et parvint à saisir la corde tout en enfonçant ses doigts dans la pierre. Ses ongles se retournèrent et la douleur la foudroya.

Elle vit la lampe s'échapper et reporta immédiatement son attention sur son équilibre. Elle tenait bon. À quelques centimètres à peine du bras qui remontait vers elle.

La lampe émit un son bref en sombrant dans l'abîme rougeâtre. Son pinceau étincelant capta des mouvements sous la surface.

Et Ann vit d'autres membres apparaître. Des jambes reliées à des torses et enfin des visages qui plantèrent leurs regards froids en elle.

Tous mutilés.

Frewin venait à peine de sortir de la maison lorsqu'il entendit Ann hurler, loin, très loin. En face, Baker et Conrad s'extrayaient de la grange lorsqu'ils perçurent le cri. Ils se raidirent avant de se précipiter.

Frewin vit Larsson et Philip penchés au-dessus de la margelle du puits et accourut.

— Ann ! s'époumona-t-il. Ann !

La lumière provenant du fond du puits avait disparu, s'étouffant brutalement.

— Ann !

— Je suis là, fit-elle en bas, je suis là.

Sa voix semblait distante d'une trentaine de mètres, faible et apeurée. Elle provenait de ce trou totalement obscur.

— Il faut me remonter, dit-elle sur le même ton ému. J'ai remué l'eau et j'ai libéré ce qui était coincé. Remontez-moi.

Frewin ne décela aucune panique en elle, mais une peur enfantine, paralysante. Il attrapa la manivelle en même temps que Larsson et ils l'actionnèrent ensemble. La corde commença à s'enrouler, en émettant des grincements inquiétants.

Puis Ann apparut, les lèvres serrées.

Frewin la saisit et la souleva d'un coup pour l'extraire de la fosse effrayante. Il se rendit compte que ses doigts étaient en sang. Elle s'était arraché plusieurs ongles.

— Ça va, dit-elle tout bas.

Mais ses yeux étaient emplis de larmes.

— Ça va, répéta-t-elle. Il y a des cadavres. Beaucoup de cadavres. Il va falloir les ramener.

Les trois fils de la ferme, âgés de dix à quinze ans, et le père furent hissés et allongés sur des civières. Ils étaient livides, la peau brillante et caoutchouteuse. Une énorme bouche avait été ouverte sur leur gorge. On les avait saignés comme des porcs, au-dessus du puits comme en témoignaient les coulures sur la margelle, avant de les jeter dedans.

Les deux femmes sortirent de la maison de la même manière, dissimulées sous un drap. Frewin avait veillé à préserver ce qu'il restait d'intimité à leurs corps saccagés.

Un camion flanqué de la croix rouge les avait rejoints à la demande du lieutenant, accompagné de quatre brancardiers. On embarqua les six cadavres à l'arrière.

Ann avait une main bandée et se tenait entre Frewin et Matters qui les avait rejoints avec l'ambulance militaire.

— Je confirme ce qu'a dit Mlle Dawson, rapporta Matters,

ce sont les mêmes empreintes de rangers qui font des allées et venues entre la maison et le puits. J'ai vérifié plusieurs fois.

Frewin acquiesça, l'air sombre.

— Il s'est rendu dans la ferme en pleine nuit, pendant qu'ils dormaient. La porte était ouverte, ça lui a simplifié la tâche. Avant il a fait un tour dans la grange, Conrad m'a dit qu'on avait mal rangé plusieurs outils et qu'il semblait en manquer un sur l'établi. Le tueur a pris un marteau qu'il a ensuite laissé là-haut dans une chambre. Il a sûrement commencé par le petit gosse, il l'a étouffé dans ses draps, lui écrasant la tête sur l'oreiller. Ensuite il a fait de même avec les autres garçons avant de s'occuper de la fille. Puis les parents, pour finir. C'est là qu'il a usé du marteau, pour défoncer le crâne du père. Un coup brutal, extrême, pour lui perforer les os, enfoncer la masse de métal dans le cerveau.

Ann se contracta, Frewin y mettait des détails inutiles… Elle réalisa soudain qu'il procédait à voix haute aux premières déductions. Ses yeux fixes indiquaient qu'il était encore dans la chambre. En bon observateur il parvenait à ébaucher une chronologie à partir de ce qu'il avait remarqué des lieux, des indices et des corps. Il analysait les circonstances de la boucherie. Le langage du sang.

— Et pour terminer, un autre coup de marteau, continua Frewin. Cette fois en plein visage de cette femme qui s'éveille, terrorisée. Il a le temps de massacrer le père, toujours à coups de marteau, un instrument pratique, dévastateur. Il y a plein de gouttes sur les murs et au plafond, les projections de coups répétés. Et la mère a été massacrée de la même manière sauf qu'il a terminé avec une bouteille. Elle devait se trouver dans la chambre, sur la table de chevet. Il s'est servi de l'objet qui traînait là. Il l'a enfoncé dans le sexe de la mère, et a forcé le passage en frappant à coups de marteau sur le culot, ce qui explique les grosses fissures dans le verre.

Ann soupira pour expulser son dégoût. Matters demeurait impassible.

— Elle était vivante lorsqu'il lui a fait ça, ajouta-t-il. Il y avait beaucoup trop de sang dans les draps, le cœur battait encore. Le tueur est alors retourné dans la chambre de l'adolescente, qu'il avait commencé à étrangler avec une ceinture, elle n'était pas morte à ce moment, « juste » groggy. Il la tire dans la chambre des parents et là, il la viole avec un couteau tout en tirant sur la ceinture qui lui enserre le cou. Jusqu'à la mort.

— Mon Dieu…, murmura Ann. Pourquoi cet acharnement ?

— C'est vrai, ça ne colle pas à la personnalité que nous avions profilée jusqu'à présent ! déclara Matters. Cette fois il n'a presque pas fait de mise en scène, et il est resté pour la mort, on peut même dire qu'il a fait durer le plaisir.

Frewin guetta la maison où scintillaient plusieurs lanternes allumées par ses hommes.

— En effet, il a changé bien des choses.

Frewin planta ses prunelles rougies de fatigue et de tension dans celles de Matters.

— Comment a-t-il pu tuer toute une famille à lui seul ? protesta le sergent. Je suis monté avec les brancardiers, rien que les marches font un boucan énorme dès qu'on avance ! Ça aurait dû les réveiller…

— Il n'y a pas de pot de chambre à l'étage et pas de toilettes non plus, exposa Frewin. Ils devaient descendre s'il fallait se soulager la nuit. Du coup le grincement des marches n'a alerté personne, c'était habituel. L'assassin se sera montré le plus discret possible pour étouffer les enfants, chacun leur tour, avant de broyer les crânes des parents.

Matters scruta son lieutenant avec admiration. C'était ce genre de précision qui le rendait si brillant, le lieutenant Frewin remarquait ces choses-là immédiatement et en tirait la déduction qui s'imposait. L'absence de toilettes et de pots de chambre à l'étage… tout un quotidien rétabli en une fraction de seconde : l'habitude d'entendre les grincements dans les marches la nuit… Frewin avait *ça* dans le sang, cette faculté de prendre les toutes petites choses de la vie et de les replacer dans un contexte criminel. C'était ça qui inquiétait ses détracteurs. Sa facilité à penser au mal, à l'analyser. Comment se montrer si pertinent sans être soi-même déséquilibré ? Pouvait-on cerner, disséquer et appréhender le langage du sang sans être soi-même contaminé ?

— Il a enfoncé des objets dans les deux femmes de la maison, poursuivit-il, il ne les a pas violées lui-même. Apparemment. On verra à l'autopsie mais je n'y crois pas. Avant de nous pencher sur cette question il faut que nous soyons tous conscients de ce qui s'est passé ici. Il n'a pas tué pour lui, il s'est écarté de ses méthodes et de ses victimes habituelles, ici tous les hommes ont été cachés, il n'a laissé que les femmes parce qu'il les déteste, il n'a aucun respect pour elles, au point de préférer les abandonner dans des postures dégradantes que se donner le mal de les descendre jusqu'au puits. Il ne voulait pas accomplir de mise en scène macabre qui corresponde à ses fantasmes, non, rien qu'une tuerie pour passer ses nerfs, et surtout nous faire souffrir. Juste nous punir.

— Nous punir ? répéta Matters. Pour l'avoir provoqué, c'est ça ?

— J'en ai peur.

Ann comprit qu'une souffrance incommensurable tournoyait en Frewin. Il avait fomenté le plan pour pousser le tueur à bout, le contraindre à commettre une erreur. Et, plus malin qu'ils ne l'avaient envisagé, l'assassin avait retourné le plan contre eux. Il ne s'en était pas physiquement pris à l'auteur du rapport. Il s'en était pris à lui en lui donnant tort, en le blessant dans son orgueil. En détruisant des innocents. Une évidence pour un être intelligent. *Très intelligent !* corrigea Ann. *Au point d'avoir une analyse pertinente de la situation, de ses actes même ! Au point d'être capable de ne pas se laisser emporter par ses émotions et de fomenter un coup pour frapper encore plus fort l'adversaire, sur le même terrain : la psychologie et l'orgueil.*

— On l'a sous-estimé en croyant qu'il était seulement subtil, commenta Ann. C'est un boucher à l'intelligence supérieure.

Frewin hocha la tête. Il s'était fait battre à son propre jeu.

— Nous savons au moins qu'il a lu le rapport, exposa Matters. C'est donc bien un type de la 3e section.

Frewin ne répondit pas. Il ne savait plus. L'abattement l'empêchait de réfléchir correctement. Oui, tout pointait du doigt la 3e section depuis le début. Cependant il y avait plusieurs éléments qui le tracassaient. Le bas, arme pratique pour une femme. Le symbole féminin sur le lieu du crime de Fergus Rosdale. Le moyen qu'utilisait le tueur pour amener ses victimes jusqu'à lui sans attirer ni attention, ni méfiance, ce qu'une femme pouvait aisément réaliser dans ce contexte militaire. Et maintenant la présence de la mère et la fille, mutilées. Pourquoi avait-il laissé les femmes dans une position si humiliante ? Après un tel acharnement sur elles. La haine ? Assurément. Et pourquoi pas la jalousie ? On s'en était surtout pris aux parties génitales. Si c'était une femme l'auteur de cet acte odieux, qu'avait-elle cherché à exprimer ? Le langage du sang…

La rage de ne pas avoir de sexualité ? De ne pas avoir d'enfant ? Non… il y a mutilation du sexe, pas du ventre ni des seins… Rien que le sexe.

Frewin sentait que c'était là la clé délicate de ce qui rongeait la tête du tueur. Malgré tous ses efforts, il ne parvenait pas à comprendre ce que cet acte signifiait. La rage, oui, mais de quelle origine ?

Il y avait tant de suspects Pourtant l'hypothèse d'une femme, même si elle ne remplissait pas tous les blancs, lui semblait de plus en plus envisageable. Qui était le coupable ? Quelqu'un qui avait lu le faux rapport ou en connaissait l'existence. Les hommes de la PM en faisaient partie. *Non, pas eux...* Pourtant Frewin ne parvenait pas à gommer de sa mémoire une remarque de Monroe : *« Sauf si c'est l'un d'entre nous. »*

Je suis fatigué...

Conrad vint les rejoindre.

— J'ai suffisamment d'empreintes de pas pour certifier la pointure, lieutenant, c'est du 44.

— Vous êtes sûr ?

— Catégorique, j'ai comparé avec celles de Monroe, ce sont exactement les mêmes, il fait du 44. Et... je pense qu'il a une démarche un peu particulière.

— Pourquoi ça ?

— Les empreintes sont toutes penchées vers le talon, l'avant de la chaussure s'enfonce très peu dans le sol.

— Parce qu'il portait les corps, avança Frewin.

— Non, je ne crois pas, les traces qui repartent vers la maison, quand il devait être « à vide », sont les mêmes. Je pencherais pour un type qui marche en appui sur les talons, ça ne se verrait pas à l'œil nu je crois, sauf si on observe attentivement.

— Très bien, je veux la liste de tous ceux qui font cette pointure dans la 3e section, ordonna Frewin.

— Vous ne relevez pas les empreintes digitales ? interrogea Ann. Il doit y en avoir un tas.

— Et avec quoi le ferions-nous ? De toute façon, nous ne pourrions les comparer avec toutes celles de la section, ça prendrait un temps fou, et surtout ça demanderait un minimum de matériel que nous n'avons pas.

— Et ce type est suffisamment malin pour mettre des gants, comprit Ann. Et pour la suite ?

— On va prendre le temps de digérer ce qu'on vient de voir et l'étudier. Tuer est un acte qui demande d'ouvrir une véritable brèche dans ce qu'est un individu, pour y puiser l'énergie d'aller jusqu'au bout. Je ne peux pas croire qu'il ait tué six fois entre ces murs sans y laisser une part de lui-même. À nous de savoir la trouver et de la lire. Sous quelque forme que ce soit.

Frewin guetta l'ambulance qui démarrait pour rentrer au village, chargé de sa sinistre cargaison.

— Et j'en ai marre de prendre des gants avec la 3e section, pesta-t-il. Ce matin je vais me faire un plaisir d'aller secouer tout le monde. Tant pis si ça déplaît à Toddwarth et à l'état-major. Je vais vider leurs affaires et tout savoir sur chacun d'eux.

Il se tourna vers Matters :

— Et trouvez-moi Lisa Hiburgh, la petite amie de Rosdale !

46

Ann devait gagner du temps.

Ne pas laisser Frewin investir la 3e section tout de suite car le groupe allait se resserrer, en vertu de leur lien fraternel et du sentiment de persécution qui ferait de tout être extérieur un ennemi potentiel. Ann avait encore l'espoir de glaner des informations en se rendant

parmi eux. Risbi lui devait des explications, elle avait abandonné ses documents dans sa tente et pouvait exiger de les récupérer.

Le soleil émergeait à peine sur l'horizon blanchâtre qu'elle sortit rejoindre l'hôpital de fortune installé dans la salle des fêtes, où on l'envoya dans la maison mitoyenne prendre une douche chaude qu'elle savoura. Elle enfila sa blouse blanche sur ses bas, il faisait trop frais pour s'en passer, et chaussa ses petits mocassins blancs. Elle emprunta l'un des vélos réquisitionné par les officiers des communications pour se déplacer dans le village et pédala jusqu'à l'orée de la forêt. Là elle bifurqua sur un chemin de terre et roula dans une ornière sur près de trois cents mètres. La compagnie Raven s'était installée dans un champ en jachère, la 3e section à l'écart, comme à son habitude et comme le voulaient désormais la tradition et le privilège de ce corps d'élite. Des marmites dégageaient une fumée odorante tandis que plusieurs silhouettes sillonnaient le camp, torse nu malgré la température du petit matin. Ann reconnut Cal Harrison et découvrit qu'il arborait des tatouages marins sur les bras et le dos. Il la toisa lorsqu'elle freina et gara son vélo contre une table pliante. Sans se démonter elle vint à sa rencontre :

— Bonjour, je cherche la tente du soldat Risbi.

Harrison, sans un sourire, lui désigna la structure de toile la plus proche.

— Juste là. Qu'est-ce que vous lui voulez ?

— Rien, sinon récupérer des documents qu'il a trouvés.

Harrison avait un regard inquiétant, ses yeux étaient sans vie, d'un bleu sans aucune transparence, comme la banquise, si froide qu'elle en prend une teinte abyssale. Ann le remercia du bout des lèvres et s'écarta. Tous les hommes de la section avaient le visage fermé, l'expression fatiguée de ceux qui reviennent du combat sans leurs camarades, et avec des cauchemars plein la tête. Elle aperçut Barrow, qui avait tenté de la brusquer dans la tente de Risbi. Sa pilosité écœura Ann. Il se fendit d'un rictus à son passage, mais ne broncha pas.

Ann passa une main dans l'embrasure du dortoir où logeait Risbi, et avant d'entrer s'écria :

— C'est le personnel médical, messieurs, j'entre.

Sur quoi elle pénétra dans le rectangle chauffé par le sommeil d'une poignée de mâles et marcha droit au fond où elle vit Risbi en train de lacer ses chaussures, sa séparation ouverte et attachée par un petit cordon.

Il se redressa dès qu'il l'aperçut, visiblement mal à l'aise.

— Bonjour, soldat, fit-elle. Je viens récupérer mes…

— Je les ai déjà rendus à votre collègue, la coupa-t-il. Dès que j'ai pu, je suis allé à l'hôpital dans le centre du village, pour les rendre. Je ne vous ai pas vue alors j'ai tout donné à une infirmière.

Ann fut prise au dépourvu, elle balbutia :

— Ah ? J'ai… Je n'ai pas été prévenue.

Risbi se gratta les cheveux qu'il avait très courts sur le crâne, l'air ennuyé.

— Euh… Le soir où vous êtes venue, je suis désolé pour Barrow.

— Vous pouvez oublier. Ce type n'est qu'un pauvre crétin.

Risbi se mordilla l'intérieur de la joue, cligna des paupières.

— C'est que…, finit-il par dire, il a jeté un œil à vos papiers, je suis désolé. Je lui ai dit que ça ne le regardait pas mais il est un peu con quand il s'y met.

— Qu'est-ce qu'il a dit quand il a lu tout ça ?

— Je crois qu'il y avait un rapport de la Police Militaire dedans et… avec ce qui s'est passé entre la PM et Cal, je veux dire le soldat Harrison, on est tous un peu tendus sur le sujet. Alors ça a bien fait marrer Barrow. Voilà, je suis désolé si ça vous cause des ennuis.

Ann secoua la tête.

— Peu importe, je n'avais qu'à pas m'arrêter là ce

soir, ou avoir plus de tête. Vous dites que vous avez tout rendu à mes collègues alors ?

Risbi acquiesça.

— Très bien. Et votre blessure ? Ça va mieux ?

— Oui, ça cicatrise. Merci.

Il avait les yeux rouges sur des cernes bruns, comme la plupart des membres de la section. Ann contempla ce petit homme chétif et fut prise d'une bouffée de sympathie pour lui. Ce qu'ils enduraient était inhumain. Trimballés de camp en camp, pour partir tuer d'autres hommes, dans le bruit et la peur. Lorsqu'ils se posaient comme maintenant, ils ne dormaient pas, les oreilles encore sifflantes, l'odeur de la poudre encore collée à la peau, et le goût de la terre et du sang dans la bouche.

— Je suis désolée pour vos amis, dit-elle doucement.

Elle perçut une altération dans le regard du jeune homme. Il l'observait avec étonnement et une gratitude évidente.

— Toute cette tension, l'omniprésence de la mort, ça rend les soldats nerveux. Quand ils peuvent se lâcher, ils oublient un peu les limites. Je vous dis ça pour que vous sachiez que je ne vous juge pas. Même Barrow, qui ne sera certes jamais mon ami, quelque part, je n'arrive pas à lui en vouloir complètement. (Elle haussa les épaules et ajouta pour plaisanter :) Il me donne la nausée, c'est tout !

Risbi étouffa un rire nerveux.

— Lui, pourtant, si vous le connaissiez vraiment, il y aurait de quoi lui en vouloir ! C'est un véritable obsédé sexuel ! Et un… type malsain quand il s'y met.

— Pourquoi dites-vous ça ? demanda Ann, le plus innocemment possible.

— Il fait des trucs bizarres, Rod. Rod c'est son prénom, Rodney Barrow, « le sadique » on l'appelle. Et ça le fait marrer ce con !

— Mais pourquoi dites-vous qu'il est malsain ?

— À cause de ses occupations. Il ne parle que de femmes à poil, de ce qu'il leur ferait, il faut toujours qu'il rapporte tout au sexe. Et…

Comme les mots s'étouffaient dans sa gorge, Ann insista :

— Et ?

— Et il n'est pas net. Il fabrique des pièges à écureuils quand on est au repos comme en ce moment, pour les attraper et les dépecer. Ça l'amuse. Il dit qu'il s'entraîne pour quand il tombera sur un « enfoiré d'en face », qu'il lui fera la même chose. Au début on croyait tous qu'il disait ça pour jouer les gros durs, pour impressionner et se faire sa place. Mais j'ai l'impression que tout ça c'est vrai, il croit à ce qu'il dit.

— C'est un vrai coriace, comme Harrison et Hriscek, c'est ça ? Ils se fréquentent beaucoup tous les trois ?

— Un peu le même genre, mais c'est plutôt une relation de rivalité machiste qu'une amitié entre eux. Harrison, c'est le gros dur par excellence, le « rebelle » comme on dit. Hriscek, il est plus inquiétant, il dit pas grand-chose, en revanche quand ça sort, c'est l'explosion, c'est sa nature de forain, je crois, ajouta-t-il avec une pointe de moquerie.

Ann hésita puis se lança :

— Dites, j'aurais un service à vous demander. Un service un peu particulier.

Risbi croisa les bras sur sa poitrine, et fronça les sourcils.

— Oh, ce n'est pas parce que vous m'avez rafistolé l'autre jour que…

— Vous ne me devez rien, c'est juste que j'ai besoin d'aide et je ne sais pas vers qui d'autre me tourner.

Risbi fit une grimace qu'Ann interpréta comme un signe positif, un « je ne devrais pas m'embarquer là-dedans » avant qu'il ne dise :

— Allez-y, crachez le morceau, qu'est-ce que vous voudriez me demander ?

47

Ann entra dans l'église en milieu de matinée. Frewin était debout sur l'estrade du chœur, cerné de tableaux, et parlait à ses hommes rassemblés sur des bancs pour cet office très particulier. Ann devina que la PM préparait son intervention dans le camp de la 3e section pour fouiller chaque tente, vider chaque caisse d'effets personnels. Frewin s'apprêtait à déclarer la guerre à la compagnie Raven.

Ann s'installa discrètement en retrait pour saisir les paroles du lieutenant et découvrit qu'il n'était pas en train d'établir un plan d'assaut mais plutôt de disséquer les crimes de la veille. Les mots de Frewin résonnaient dans la nef, et elle remarqua qu'il manquait Donovan et Matters.

— … plus le temps passe et plus il brouille les pistes. En revanche, il y a des actes qu'il ne peut contrôler, et certains de ses gestes trahissent ce qu'il est réellement.

— Quelque chose de concret pour une fois ? demanda Baker.

— La personnalité d'un individu n'est pas concrète, Baker, alors n'attendez pas que nos analyses le soient. Je comprends votre frustration, et croyez-moi, je la partage, mais il faut être patient, plus nos analyses s'affineront et plus nous cernerons l'homme en question, jusqu'à ce que nous sachions que c'est lui. Je pense notamment à ce qu'il a fait la nuit dernière, avec ces deux femmes.

Rien n'est anodin, s'il n'a pas pris la peine de jeter leurs corps dans le puits comme pour les hommes, c'est qu'elles ne valaient pas l'effort à ses yeux.

— Ou qu'il voulait nous les montrer ! Toujours son désir de mise en scène, proposa Conrad.

Frewin secoua la tête.

— Je ne crois pas, pas cette fois. Il n'y avait aucun style, pas d'effet visuel, pas d'originalité dans la manière d'exposer les corps, sous trois kilos de bandes adhésives par exemple. Non, là ce n'étaient que violence, mutilation, carnage au niveau des parties génitales des deux femmes. Le visage était soit détruit pour la mère, soit caché derrière la croupe et sous du tissu pour la fille. On ne nous le montrait pas, on n'exposait que le résultat d'une colère. Ce qui était mis en avant c'était leur sexe, la chemise de nuit relevée. Des sexes torturés, saccagés. Et s'il y avait une vague mise en scène, elle ne reposait

que sur des objets trouvés sur place, bouteille et bougie, rien de particulier sinon leur forme rappelant un pénis. Là encore ce n'est pas anodin. Mais surtout, le tueur a pris la peine d'amener la fille dans la chambre des parents. Ça, c'est important.

— Pourquoi ? voulut savoir Baker qui ne comprenait pas où tout cela allait les mener.

— Parce que la ceinture qui a servi à étrangler la fille a été prise dans sa chambre, il y avait deux boîtes en carton ouvertes sur une commode, l'une était vide, l'autre contenait une ceinture usée. Je pense que le tueur est entré dans la pièce pendant qu'elle dormait, il a fouillé dans ses affaires, ce qu'il pouvait inspecter sans prendre le risque de la réveiller. Il a trouvé ces ceintures et a pris la plus belle, celle du dimanche. C'est pour ça qu'il ne l'a pas tuée comme les autres enfants : en les étouffant dans leurs draps et oreillers. La vue de la ceinture a dû réveiller quelque chose en lui.

— Il était battu à coups de ceinture quand il était môme, hasarda Monroe.

Frewin tendit l'index vers lui.

— Exactement. Nous savons que les liens entre violence, sexualité et crime sont essentiels. L'excitation des meurtres des garçons était à son comble quand il est entré dans la chambre de la fille. Là, il a voulu prendre un peu plus de temps. Les corps de ses victimes encore chauds dans les pièces attenantes, il avait besoin de remobiliser ses esprits, se poser un moment. Il la regarde dormir mais n'éprouve aucune empathie. Elle n'est qu'un objet qui le renvoie à sa colère. Alors il scrute les meubles, ouvre des boîtes à portée de main. La vision des ceintures réveille en lui des souvenirs douloureux, liés à un traumatisme fondateur de sa personnalité. La rage le reprend. En bon provocateur de la société qu'il est, il choisit la belle ceinture du dimanche, la symbolique est trop tentante. Il étrangle la fille, jusqu'à ce qu'elle cesse de taper des bras et des jambes contre son matelas. Elle n'est pas morte mais dans un état second. Alors il passe dans la chambre des parents pour leur fracasser la tête à coups de marteau, celui qu'il a pris dans la grange. Tous ses actes sont liés à des opportunités dans ce massacre. Le marteau, la ceinture, les draps, la bouteille, la bougie, rien que des éléments fournis par le décor, ce qui contraste avec ses mises en scène sophistiquées et méthodiquement préparées des crimes précédents.

— Et c'est lorsqu'il a neutralisé le père et amoindri la mère qu'il va chercher la fille…, termina Conrad tout bas.

— Oui, je pense ; car malgré son état il est possible qu'elle ait gémi tandis qu'il la violait avec un couteau, comme la mère d'ailleurs, ça aurait pu réveiller du monde dans la maison, donc il fallait qu'ils soient déjà tous morts. Et il faut s'interroger sur la raison de cet acte. Pourquoi aller chercher la fille pour la torturer et l'achever dans la chambre des parents plutôt que d'en finir avec elle sur son propre lit ?

— La chambre parentale revêt une importance symbolique, comprit Conrad.

— C'est en effet l'explication la plus plausible. La ceinture, la chambre des parents… à ce stade les conclusions semblent évidentes. Le tueur a exclu toute présence masculine tout en laissant une trace – sexuelle – dans les deux femmes, comme pour dire que, même absent, l'homme est là, et pas n'importe quelle partie de l'homme : son sexe. La présence masculine n'a pas besoin d'être concrète, physique, elle est omniprésente par le truchement des objets enfoncés en elles. Et voilà le trauma bien présent. Cet homme a été battu et violé par son père. Pour moi ça ne fait plus aucun doute.

— Et dans les faits, ça nous conduit à quoi ? questionna Larsson.

— À réduire la taille des cercles qui cernent sa personnalité, jusqu'à ce que nous sachions précisément comment il est. Tout cela doit nous alerter sur le comportement du tueur avec les autres hommes, avec son rapport à

l'autorité. Car la hiérarchie, dans les rapports que le tueur doit entretenir avec ses officiers, est une forme de substitut paternel, qu'il le veuille ou non, c'est trop évident. Avec ce qu'il a vécu, il ne doit pas être à l'aise avec les contraintes, les ordres. Gardons bien cela en tête.

Monroe imprima à ses traits de dur à cuire une grimace qui accentua son expression dégoûtée lorsqu'il dit :

— Il est bizarre, ce mec, maintenant qu'on sait qu'il veut… tuer la chance des gars qui sont supposés avoir plus de bol que lui les jours de combat, on peut dire que c'est aussi un moyen de se venger de la chance qu'il n'a pas eue quand il était gosse, non ?

Frewin haussa les sourcils. Le risque avec l'analyse du langage du sang c'était que tout le monde, une fois initié, voulait y aller de sa petite déduction, quitte à entrer dans le grand n'importe quoi ou la facilité, comme le faisait Monroe. Le lieutenant préféra ne pas relever et allait poursuivre lorsque Baker se pencha pour intervenir :

— C'est bien beau tout ça, mais jusqu'à présent tout ce qu'on déduit ne nous aide pas à cerner le bonhomme.

Chaque fois on suppose tel ou tel trait de caractère mais on a toujours toute une liste de suspects et aucun sur lequel on puisse pointer le doigt.

— Jusqu'à maintenant ! lança Ann, très théâtrale. Avec ce que vient d'exposer le lieutenant Frewin, je crois qu'on peut réduire notre liste à quatre noms.

Tous les visages se tournèrent vers elle. Elle quitta la colonne de pierre contre laquelle elle s'était appuyée et monta sur l'estrade pour tirer le tableau dressant la liste des membres de la 3e section encore valides. Elle ajouta « 44 » en face de sept noms et le montra à tous.

— *capitaine Lloyd Morris D 44*
— *lieutenant Philip Piper*
— *adjudant Henry Clark D*
— *sergent (infir.) Parker Collins D 44*
— *caporal Douglas Regie D*
— *caporal Adam Houdan*
— *soldat Vladimir Hriscek D 44*
— *soldat Martin Clamps D*
— *soldat Jeremy Brodus D*
— *soldat Cal Harrison D 44*
— *soldat Peter Brolin*
— *soldat James Castello 44*
— *soldat John Traudel D*
— *soldat Rodney Barrow D 44*
— *soldat Steve Risbi*
— *soldat John Wilker D 44*

— Ils chaussent tous du 44, la pointure du tueur, exposa Ann. Et parmi eux, Hriscek, Harrison, Barrow et Wilker sont soit des solitaires, soit des fortes têtes, et tous ont des problèmes avec l'autorité. On pourrait peut-être y ajouter Traudel pour le gabarit imposant, mais apparemment il obéit sans poser de questions et se mêle à tout le monde sans effort.

— Toujours le même, gronda Monroe. Ce Harrison

devient pesant ! Je dis : il faut lui tomber dessus, arrêtons de tergiverser !

Frewin leva la main pour imposer le silence et s'adressa à Ann :

— Je commence à connaître ce regard, vous avez une idée derrière la tête, n'est-ce pas ?

Ann ne se fit pas prier :

— Il ne faut pas y aller de front, ça va souder définitivement la section contre le reste du monde, on n'en obtiendra plus rien, même moi. De plus je crois que c'est risqué, on ne sait pas quoi ni où chercher. Attendons, il y a encore des données à collecter pour en savoir plus. Katarina Weiss n'a pas encore terminé ses thèmes, je viens de passer la voir, c'est pour aujourd'hui si tout se passe bien. Et vous vouliez interroger la petite amie de Rosdale, je crois ? C'est une bonne chose car nous n'avons pas percé le mystère de son symbole féminin dessiné à la hâte avant de mourir. Ce n'était pas anodin de sa part, alors creusons là. Vous voyez, il y a encore beaucoup de pistes avant de se précipiter sur Harrison et consorts.

Frewin acquiesça froidement.

— Et votre hypothèse d'un tueur… femme ? dit-il devant ses hommes.

Ann fut décontenancée, elle ne s'attendait pas à ce qu'il partage avec eux une théorie aussi surprenante. Elle passa en revue les hommes qui la dévisageaient, curieux d'en savoir plus.

— C'est… juste une éventualité à ne pas omettre.

— Une femme ? s'indigna Baker, c'est impossible…

— Au contraire ! le coupa Frewin. Si le tueur était une femme, cela expliquerait bien des choses.

— Vous y croyez, lieutenant ? demanda un Larsson stupéfait.

— À défaut d'y croire, je la garde dans un coin de ma tête, comme vous devriez tous le faire dorénavant. On ne sait jamais.

— Mais il n'y a pas de femme ou presque ! contra le géant blond.

Frewin désigna Ann d'une main.

— Si. Et Katarina Weiss, et d'autres secrétaires ainsi que des infirmières. Certes tout désigne la 3e section depuis le début, et à moins d'une femme très bien informée, c'est une hypothèse impossible, cependant je vous invite tous à garder cette idée, aussi folle soit-elle, dans un coin de vos cervelles.

— Pourquoi pas l'un des nôtres tant qu'on y est ? s'énerva Monroe.

Frewin approuva :

— Et c'est la seconde fois que je vous entends l'envisager, Eliot. D'ailleurs, vous chaussez du 44, tout comme Conrad, Matters, Donovan et moi-même. J'ai vérifié.

— C'est la pointure la plus courante dans l'armée, rappela Conrad.

Frewin contempla ses hommes, bousculés d'être ainsi suspectés, et les gratifia d'un de ses rares sourires chaleureux pour les rassurer. Sourire qui disparut aussitôt quand il enchaîna :

— Quoi qu'il en soit, Ann a peut-être raison, attendons au moins ce soir pour intervenir dans la 3e section.

— On va encore attendre ! protesta Monroe dans son coin.

Frewin haussa le ton d'un coup :

— Moi aussi j'ai envie de mettre les choses au clair avec ces gars, mais la tempérance de Mlle Dawson n'est peut-être pas une mauvaise chose ! Maintenant, rompez. Allez me rassembler les témoignages de toute personne susceptible d'avoir vu ou entendu quelque chose cette nuit aux abords de la ferme.

Frewin émit un sifflement sec et désigna la porte de l'église. C'était la première fois que Ann le voyait aussi impérieux avec ses soldats. Il savait les contenir et reprendre le contrôle dès que son autorité était malmenée.

Ils obéirent et quittèrent la nef vivement en passant par la sacristie.

Frewin se tourna vers l'infirmière.

— Comment avez-vous obtenu cette liste des pointures ? s'enquit-il.

— J'ai gentiment demandé. Ça marche parfois, vous savez ?

— C'est le soldat dont vous m'aviez parlé ? Il peut nous servir ? Nous transmettre d'autres infos ?

Ann fit signe qu'il fallait oublier.

— Il l'a fait parce que j'ai été sympa avec lui et qu'un de ses camarades m'a… taquinée, mais il a obtempéré cette fois à condition que je lui « foute la paix ensuite ». Donc, non, on peut rayer cette option.

Ses yeux fixaient le lieutenant avec une vigueur déconcertante. Frewin sentait qu'elle n'était pas satisfaite de cet échange. *De la relation que nous avons en ce moment. Des silences concernant ce qui s'est passé entre nous l'autre nuit. De mon attitude...*

— Écoutez, Ann, je…, commença-t-il.

La porte s'ouvrit en grand, la lumière du jour explosa dans l'église. Matters entra au pas de course.

— Je viens d'avoir Donovan par radio, il se met en route depuis le camp de base sur la plage. Il sera là en début d'après-midi.

Le jeune sergent prit le temps de respirer et compléta :

— Il vient avec Lisa Hiburgh.

48

Lisa Hiburgh était une jeune femme d'une vingtaine d'années, à la chevelure rousse et bouclée. Une femme extrêmement fine, d'une élégance et d'une grâce qui faisaient se retourner les soldats. Puis Frewin remarqua qu'elle avait des yeux d'un vert vif qui complétait sa plastique séduisante. La secrétaire ne cessait de regarder l'intérieur de l'église, ébahie par son architecture gothique. Matters, Donovan et Ann étaient assis en retrait, laissant le lieutenant conduire la discussion qui durait depuis une demi-heure et que Frewin prenait soin d'éloigner de Fergus Rosdale ou de tout autre sujet ayant un lien avec son enquête. Jusqu'à présent il ne la questionnait que sur sa vie, sa région d'origine, les raisons de son entrée dans l'armée, sa famille… Matters prenait en note tout ce qui se disait, c'est-à-dire rien de bien intéressant. Lorsqu'il la jugea prête, plus à l'aise et bavarde, Frewin entra dans le vif du sujet :

— En tout cas je vous remercie de nous accorder cette visite, fit-il.

— C'est la moindre des choses, et ça ne perturbera pas l'état-major, nous sommes une tripotée là-dedans, chaque officier a ses secrétaires plus toutes les autres. Enfin bref, on peut bien s'absenter sans que ce soit une gêne. Et puis… je sais que vous enquêtez sur la mort de Fergus.

Frewin acquiesça doucement en l'observant.

— Vous vous rendez compte qu'ils ne m'ont même pas proposé de rentrer au pays ? fit-elle remarquer avec une colère froide qu'elle ne parvenait pas à dissimuler. Je n'ai pas non plus eu le droit de voir son corps.

— Vous le souhaitiez ?

Elle planta ses iris d'émeraude dans les yeux de Frewin.

— Si je le souhaitais ? Bien sûr ! Vous n'aimeriez pas dire au revoir à celle que vous aimez si elle venait à disparaître ?

Frewin éluda la question :

— Depuis combien de temps vous fréquentiez-vous ?

Elle hésita.

— Dix jours, on s'était rencontrés au réfectoire, un midi. Je sais, dix jours c'est rien, vous allez me dire. Eh bien, pour moi c'était fort, et Fergus était un type brillant.

Frewin approuva et chercha à la mettre en confiance :

— Peu importe le temps, c'est ce que vous ressentez

qui compte. Je voulais juste savoir. Dites-moi, il vous avait semblé un peu… étrange ou différent les jours précédant sa disparition ?

Elle avala sa salive avant de répondre.

— Non. Pas plus étrange que tous les hommes qui attendaient de partir pour la guerre. C'est difficile à dire dans ces circonstances. Pourquoi ?

Frewin leva les épaules :

— Je cherche à comprendre pourquoi il est allé sur le *Seagull* en pleine nuit.

Lisa Hiburgh battit des paupières plusieurs fois, rapidement.

— Vous avez une idée ? insista Frewin.

— Non. Vos gars m'ont déjà interrogée à ce sujet.

— Oui, le jour où ils sont venus vous annoncer son décès, vous n'étiez pas à même de répondre à leurs questions, ce que je peux comprendre. C'est pourquoi je vous revois. Alors, aucune idée, il ne vous avait parlé de rien ?

— Absolument rien.

— Et savez-vous s'il était en contact avec quelqu'un

en particulier, qu'il aurait pu décider d'aller voir cette nuit-là ?

— Non, pas à ma connaissance.

— Il avait des amis sur la base ?

— Des hommes de sa compagnie, je crois.

La jeune femme se faisait moins bavarde, ses phrases plus courtes, *comme si elle cherchait à se débarrasser du sujet*, pensa Frewin. Il décida d'insister :

— Fergus était-il triste ou mélancolique ? Était-il dépressif ?

— Non, pas du tout… Peut-être un peu anxieux avec l'imminence de l'assaut, certainement pas dépressif ! Pourquoi ? Vous ne croyez tout de même pas qu'il se serait… suicidé ?

— Je dois envisager toutes les hypothèses, mentit Frewin qui voulait secouer les barrières mentales de la jeune femme.

— Pas lui ! Pas Fergus, il n'aurait jamais fait ça.

— Je ne dis pas que vous le connaissiez mal, mais dix jours, si c'est suffisant pour éprouver de l'affection pour un individu, c'est un peu court pour le cerner parfaitement, vous ne pensez pas ?

— Peut-être mais… je… j'ai un bon instinct avec les gens, et je sentais que Fergus n'était pas de ce genre. Pas dépressif. Il n'aurait jamais fait ça.

Frewin décida de continuer à la perturber mais changea d'approche pour toucher une corde plus profonde :

— Je suis désolé de vous poser la question, Lisa, cependant sauriez-vous si Fergus voyait quelqu'un d'autre que vous ?

— Vous voulez dire : une autre femme ?

— Ou même un homme, tout est envisageable.

Elle secoua la tête.

— Bien sûr que non ! Je vous l'ai dit, je ne le connaissais pas depuis longtemps mais je le *sentais* bien, il n'était pas comme ça.

— Pourtant il est monté de son plein gré sur le *Seagull* en pleine nuit et vous n'étiez pas au courant.

— Non, non, non, ce n'est pas ce que vous croyez, il n'avait pas de maîtresse !

— Pas ce que je crois ? Pourquoi ? Vous en savez plus que moi ?

Elle eut un regard de femme acculée, qui s'emplit aussitôt de colère, de la rancune d'avoir été piégée.

— Allons, fit Frewin sur un ton posé et chaleureux, si vous décidiez de ne plus me cacher ce que vous savez ?

Elle ouvrit la bouche et ses émeraudes se dérobèrent pour sonder les ombres de l'église. Comme rien ne venait, Frewin l'incita à se confier :

— C'est grâce à vous que nous pourrons peut-être approcher la vérité, savoir ce qui s'est réellement passé cette nuit-là, dans ce réfectoire. Vous seule pouvez nous éclairer.

820 — Fergus était un homme bien, rétorqua-t-elle avec une agressivité soudaine. Vous avez vite fait de le juger, parce que vous ne le connaissiez pas comme moi !

— Si vous ne me dites rien, je ne pourrai que supposer le pire, Lisa. Je ne cherche pas à nuire à la mémoire de Fergus, si c'est ce qui vous inquiète.

Elle déglutit à nouveau et fixa le lieutenant, le regard moins dur, plus en demande.

— Un type est venu me voir le jour de sa disparition. Un ami de Fergus. Il était embarrassé, il devait me confier un secret et me demander de l'aider. Fergus supportait mal la pression de la guerre, il était mal, ça c'est vrai. Mais il n'était pas suicidaire, lieutenant, croyez-moi ! C'était un agneau, avec un bon fond, et la guerre le rendait malade. Alors c'est pour ça qu'il a commencé à en prendre, pour oublier, et pour calmer ses nerfs.

— De la drogue ?

Elle hocha la tête, les larmes aux yeux.

— Oui. Je n'ai pas voulu le croire sur le coup, mais ce type connaissait bien Fergus apparemment. Et il m'a dit qu'on pouvait l'aider. Il voulait le voir, lui parler, mais depuis quelque temps Fergus l'évitait. Alors on a fomenté cette rencontre de nuit sur le *Seagull*.

— Vous ou l'homme ?

— C'est… lui.

— Et pourquoi le *Seagull* ?

— Il m'a dit que ce serait plus facile pour lui, et si je disais à Fergus de m'y rejoindre, ça ne lui semblerait pas louche parce que c'était le navire sur lequel je devais embarquer.

Frewin guettait ses réactions, l'air suspicieux.

— Lisa, pourquoi nous avoir caché tout ça ?

— Parce que vous auriez considéré Fergus comme un drogué et pas comme un homme ! Vous auriez sali son image !

Frewin ne répondit pas et se pencha vers elle.

— Lisa, connaissez-vous le nom de cet homme qui est venu vous voir ce jour-là ?

Elle prit l'air blessé.

— Bien sûr que je le connais. C'est un soldat de la compagnie Raven. Hriscek, il s'appelle. Vladimir Hriscek. Il m'avait fait jurer de ne rien dire. Voilà, j'espère que vous êtes content, j'ai trahi mon serment. Dieu seul sait ce que je mérite maintenant.

49

Ann écoutait cette petite rouquine raconter comment elle avait cru Vladimir Hriscek. Frewin lui fit décrire le personnage : grand, blond, visage marqué, et plusieurs fausses dents grises sur le devant. Aucun doute, c'était bien lui. Hriscek lui avait demandé de fixer un rendez-vous à Fergus pour la nuit suivante, dans le réfectoire du pont C du *Seagull*. Voilà pourquoi Rosdale n'avait pas allumé la lumière. Il croyait rejoindre sa conquête.

Lisa ne devait pas s'y rendre elle-même, Hriscek serait seul pour parler à Fergus, pour l'aider à lutter contre la drogue. Parce qu'ils avaient été amis. Lisa Hiburgh avait cru à ce mensonge, elle avait facilité la tâche au tueur. En début de soirée, Hriscek était venu la voir pour annuler le rendez-vous, lui-même ne pouvait s'y rendre, mais c'était trop tard, Lisa ne pouvait plus joindre Fergus. Hriscek l'avait rassurée en expliquant qu'ils remettraient la rencontre au lendemain. En réalité il s'était joué d'elle, il savait que passé une certaine heure, Fergus était inaccessible, coincé dans sa compagnie à moins de s'éclipser en douce. En venant annuler sa présence au rendez-vous Hriscek faisait en sorte de ne pas être soupçonné par la secrétaire une fois le meurtre découvert. Elle croirait à un crime de circonstance, le hasard ou une rixe ayant mal tourné, pas à une manipulation de Hriscek. C'était un plan perfide mais extrêmement risqué. D'abord il fallait compter sur la naïveté de Lisa Hiburgh, et ensuite sur son amour pour Fergus et sa crainte qu'il passe pour un drogué, afin qu'elle taise tout ce qu'elle savait C'était assurément un plan reposant sur beaucoup de chance.

Ça ne ressemble pas à notre tueur. Il est plus malin que ça. Il prépare mieux ses coups, ça ne colle pas...

Ann se leva et vint à côté de la secrétaire, sous le regard surpris de Frewin, pour lui demander :

— Hriscek était seul lorsque vous avez manigancé ce stratagème ?

Lisa la dévisagea comme si elle venait d'entrer dans la pièce.

— Oui, finit-elle par répondre.

— Et vous ne l'aviez jamais vu auparavant ?

— Non, je ne crois pas.

— Alors comment saviez-vous qu'ils étaient de bons amis Fergus et lui ?

— Parce qu'il me l'a dit, répondit Lisa sur un ton fatigué. Il m'a demandé si j'avais remarqué comme il était stressé, ce qui était le cas. Il m'a expliqué que c'était à cause de la drogue.

— Pourtant, vous l'avez dit vous-même tout à l'heure, tous les hommes étaient sur les nerfs avant la bataille. Fergus était peut-être simplement à cran, comme tout le monde…

— Où voulez-vous en venir ? s'énerva soudain Lisa.

Ann leva les mains en signe d'apaisement.

— Nulle part, je cherche juste à comprendre ce qui s'est passé et…

— Mais qui êtes-vous ? C'est la blouse des infirmières, ça, non ? Pas de la Police Militaire.

Frewin semblait ne pas apprécier l'intervention d'Ann, mais il avait laissé faire plutôt que de montrer des signes de dissension et donc de mettre Lisa Hiburgh en position de force. Lorsqu'il vit que la secrétaire pouvait prendre l'ascendant sur quelqu'un de son groupe, il revint dans la discussion :

— Mademoiselle Dawson travaille avec nous. Je vous saurais gré de ne pas hausser le ton, je vous rappelle que vous êtes dans une église.

Ann manqua pouffer à cette remarque, lui qui portait si peu de respect à la spiritualité du lieu.

— Je suis désolée si je vous ai un peu brusquée, s'excusa-t-elle. J'ai une dernière question et je ne vous embête plus.

Frewin croisa les bras devant lui, pas à l'aise avec la présence de l'infirmière à ses côtés pour conduire l'interrogatoire. Il se raidit lorsqu'il vit Ann s'agenouiller et poser ses mains sur celles de la secrétaire et lui murmurer à l'oreille :

— Avez-vous eu une relation avec d'autres soldats avant Fergus ? demanda-t-elle tout bas. Ça restera entre nous, mais croyez-moi, c'est important de me répondre en toute franchise.

Lisa sembla perturbée, et jeta un bref regard vers le lieutenant. Ann insista :

— Je sais ce que c'est que de manquer de chaleur, Lisa. D'avoir besoin d'un peu de tendresse. Dites-moi, comment s'appelle-t-il ? Peut-être y en a-t-il eu plusieurs, ce n'est pas une honte, parfois on…

— Non, pas plusieurs. Il y a eu un gars avant, je croyais qu'il s'occuperait de moi, qu'il serait affectueux, hélas c'était un coq qui séduisait, rien que ça. Il s'appelle James Costello, un pauvre type !

Ann se fendit d'un léger sourire qui pouvait passer pour de la compassion, mais qui n'était rien d'autre que la joie de triompher. Tout s'expliquait. Costello faisait partie de la 3e section, compagnie Raven. Un ami de Harrison et Hriscek, connu pour se vanter d'un peu tout, une « grande gueule » comme ils disaient. Il avait parlé de Lisa Hiburgh à ses camarades, de sa candeur, la facilité évidente de la mener en bateau. Hriscek s'en était souvenu au moment de fomenter son meurtre. Comment avait-il procédé ? En dressant une liste de tous les soldats ayant un thème astral leur assurant le maximum de chance ? Pourtant Rosdale n'était pas dans la même compagnie que Hriscek. *Il n'a pas pu tuer l'un des siens la première fois. Ils vivaient trop en groupe, sur le* Seagull. *Impossible d'en attirer un dans un piège sans se faire démasquer. Alors il a tué dans une des compagnies annexes qui devaient débarquer avec lui, il a choisi les soldats les plus chanceux selon leur thème astrologique, et Rosdale figurait parmi ceux-là. Il s'est alors souvenu des moqueries à l'encontre de cette fille qui était l'actuelle petite amie de sa proie. Et le tour était joué.* Combien de temps avait-il passé à préparer son coup ? Combien de victimes potentielles surveillait-il avant de voir tous les éléments converger en Fergus pour lui simplifier la tâche ?

Pourtant, au fond d'elle, Ann n'arrivait pas à se convaincre de la culpabilité de Hriscek. Il avait pris des risques énormes pour ce premier meurtre. Tout reposait sur Lisa Hiburgh : si elle déballait cela à la PM, il devenait identifiable. Or le tueur était intelligent et ce crime ne reflétait pas cette force.

Une main lui enserra le bras.

— Je peux vous parler ? demanda Frewin en l'entraînant à l'écart. Que faites-vous ?

— Je glane ce qu'elle ne confiera pas à un homme. Écoutez, la piste Hriscek ne me semble pas aussi bonne que ça…

— Ann, elle vient de l'identifier, tout concorde, il est droitier, très costaud, il chausse du 44, c'est un violent qui a des soucis avec l'autorité, c'est un proche de Harrison, et même s'il entretient des liens amicaux avec lui, tout ça n'est qu'une apparence pour l'égoïste psychopathe qu'il est. Tout s'imbrique !

Ann veilla à ne pas hausser le ton malgré l'excitation :

— Le meurtre de Rosdale repose sur la complicité innocente de cette femme, et sur sa capacité à ne rien dire ensuite. Si Hriscek était réellement l'assassin, il se serait mis dans une position très dangereuse en agissant ainsi, ça ne ressemble pas aux autres meurtres, si bien préparés par un individu à l'intelligence hors norme !

D'un coup d'œil, Frewin s'assura que Lisa Hiburgh ne les entendait pas, il vit que Matters s'était approché d'elle pour détourner son attention.

— C'était son premier meurtre, rappela-t-il. Un tueur, aussi futé soit-il, ne commet jamais un meurtre parfait du premier coup. Il a fallu qu'ils se préparent, lui et ses fantasmes de mort, et lorsqu'il a vu une opportunité, il a foncé, c'était trop beau ! Ann, les hommes de ce genre se contiennent pendant des années jusqu'au jour où la tension qui les anime devient trop forte. Il suffit de circonstances extérieures stressantes pour favoriser cette explosion, et c'est le passage à l'acte. C'est ce qu'il a fait. Avec plus ou moins de réussite. Avant d'analyser ce qu'il venait d'accomplir et de soigner ses crimes suivants, pour les parfaire. Et c'est par cette capacité à

maîtriser davantage encore ses autres crimes qu'il prouve son intelligence.

Ann demeura silencieuse. Frewin n'avait pas tort. Elle voulait faire de Hriscek un tueur parfait. Elle reconnaissait bien là son obsession, cette hantise qui la gagnait au fil des mois, depuis qu'elle sondait la part ténébreuse de l'homme. Hriscek n'était qu'un être humain, avec ses failles, son évolution. *Hriscek a tué Rosdale. Et les autres. Parce que, astrologiquement, ils devaient avoir beaucoup plus de chance que lui les jours de combat. Parce que Vladimir Hriscek a un rapport à la vie construit sur la violence et que tuer est la forme d'expression la plus aboutie dans cette dynamique. Parce que tuer est l'émotion la plus forte et la plus vibrante qu'il puisse ressentir, lui qui ne ressent presque rien sinon les montées de colère, de haine ou les humiliations de son enfance.*

Brusquement, des idées s'associèrent dans l'esprit d'Ann. Astrologie… tuer… Enfance… parents… *Ses parents étaient forains.* Ann avait enregistré l'information sur le coup, sans vraiment s'y attarder. *Ils étaient forains, un milieu qui n'est pas éloigné des diseuses de bonne aventure, voire de l'astrologie !*

Constatant qu'elle ne répondait pas, Frewin la laissa réfléchir pour retourner auprès de Lisa Hiburgh.

Être sûre. Je dois être certaine de mes informations.

Ann recula pour sortir de la lumière des cierges et quitta l'estrade du chœur pour fuir l'église, sous l'expression curieuse de Donovan.

Hriscek était peut-être leur homme après tout.

Elle sortit rapidement par la porte de la sacristie et fut aveuglée par la lumière grise de l'après-midi. Un immense halo scintillant qui la força à lever un bras devant son visage.

Un bras qui ne lui permit pas de voir la silhouette imposante, qui approchait face à elle.

L'ombre la percuta de plein fouet.

50

Ann bascula en arrière et son dos vint heurter le mur de pierre décrépi par les siècles. Le choc chassa l'air de ses poumons et une décharge courut jusqu'à son crâne.

En face, on grogna en se relevant péniblement.

— Je ne vous avais pas vue ! J'étais le nez dans mes notes.

Ann cligna les yeux pour s'habituer à la luminosité et reconnut les contours larges de celle qui se tenait debout en époussetant ses manches. Sa voix était un peu rauque pour une femme, voilée par le tabac. Katarina Weiss.

— Faudra que votre lieutenant me paye un bon dîner une fois rentrés chez nous ! lança-t-elle. Avec tout le boulot qu'il m'a demandé en si peu de temps. Notez que c'est plus agréable tout de même que mon quotidien à l'état-major !

Ann fit rouler son épaule droite, endolorie.

— Vous avez fini de dresser les thèmes de la 3e section ?

— Oui, bon, j'ai fait dans les grandes lignes.

— Et… vous avez pu établir une liste des chanceux et des autres pour chaque journée où la section était engagée dans les batailles ?

Katarina dodelina de la tête.

— Oui, enfin, comme je vous l'avais dit, ça ne marche pas comme ça, avec des taux de chance. C'est plutôt l'accumulation de conjonctures positives qui favorise la réussite dans tel ou tel type d'action, et lorsque ces conjonctures favorables sont nombreuses on peut parler de « jour de chance ».

Elle avait dressé des guillemets imaginaires autour des trois derniers mots.

— Faites voir, demanda Ann en se postant à côté de la secrétaire.

Katarina tourna ses pages de notes et de calculs pour arriver à une succession de noms, dates et lieux de naissance et la synthèse appropriée pour chaque individu. Ann tendit le bras devant Katarina et tira la page où le nom de Hriscek apparut. Les explications étaient plutôt techniques, à grand renfort de noms de planètes dont Ann ignorait tout.

— Qu'est-ce que ça veut dire ? Qu'avez-vous remarqué à propos de Vladimir Hriscek ?

Katarina fronça les sourcils et reprit la page des mains de l'infirmière pour se rafraîchir la mémoire.

— Ah, oui, celui-là. Eh bien, s'il vous fallait un… classement, je dirais qu'il est dans le haut du panier. Chaque fois, pour l'instant. Pas tout à fait en haut mais dans les premiers tout de même.

Ça correspond, songea Ann. *Il n'était pas le plus chanceux du groupe les jours de bataille mais pour s'assurer d'être vraiment parmi les plus en veine, il a supprimé le plus chanceux chaque fois. Pour que les balles perdues, les obus, les mines et les grenades l'épargnent. Hriscek tue pour survivre.*

— Merci, lâcha-t-elle en s'éloignant, portez tout cela à l'intérieur, au lieutenant Frewin.

Katarina ouvrit de grosses billes lorsqu'elle vit l'infirmière sauter sur son vélo pour pédaler avec vigueur et disparaître au carrefour du lavoir.

Ann avait remonté sa jupe blanche jusqu'au-dessus des genoux pour pédaler et ses bas étaient éclaboussés de petites taches de boue lorsqu'elle abandonna sa monture dans les fourrés proches du camp de la 3e section. Elle marcha entre les fougères et les troncs bruns pour arriver par les tentes les plus au sud, afin d'approcher celle où logeait Steve Risbi sans avoir à traverser devant tout le monde. Le rouquin aux petits bras striés de veines nettoyait son fusil de précision, assis sur une souche. Ann le rejoignit.

— Encore vous ! s'exclama-t-il, plus pour dire quelque chose que par lassitude. Je vais finir par me poser des questions.

— Je suis désolée, Steve, vous êtes le seul vers qui j'ose me tourner. J'ai besoin d'un tout dernier renseignement.

Il secoua vivement la tête.

— Non, c'est terminé, j'en ai marre de jouer l'indic, et je vais vous dire : j'en ai marre de vous voir me tourner autour. Me prenez pas pour un con, je sais bien que vous traînez avec la PM, c'est ce qui se dit à votre sujet. Alors si la PM veut savoir quelque chose, qu'elle

vienne me le demander.

Ann inspira, les lèvres serrées.

— Ce n'est pas facile, avoua-t-elle enfin. Tout le monde ici est ligué contre la PM.

— Il y a de quoi ! Même si on n'apprécie pas tous Harrison, fallait pas l'embarquer comme ça, ce n'est pas un saint, c'est vrai, mais il y a des manières, même dans l'armée, même pendant la guerre ! On est tous du même camp, enfin c'est ce qu'on croyait.

Ann s'agenouilla pour regarder Risbi dans les yeux et parler sur le ton de la confidence :

— Ce n'est pas la PM qui cherche à nous liguer les uns contre les autres, c'est le type qui a massacré plusieurs d'entre nous. Ne l'oubliez pas. Et tout porte à croire que c'est quelqu'un de cette section. Alors, je vous le demande une dernière fois : aidez-moi.

— Je vous trouve sympa, c'est pour ça que je ne vous ai pas envoyée chier jusqu'à maintenant, mais faut plus venir me voir. Les gars m'ont dit qu'ils vous ont vue avec le lieutenant de la PM.

— C'est vrai, et méfiez-vous de ce qu'on vous raconte. Il y a parmi vous un tueur, de la pire espèce. C'est la dernière fois que vous me voyez, je vous le promets si c'est ce que vous voulez, mais aidez-moi. Je veux savoir si j'ai bien entendu : les parents de Hriscek sont forains, c'est bien ça ?

Risbi lâcha son fusil et soupira en observant la lisière de la forêt.

— Vous n'arrêtez jamais, hein ? railla-t-il. Écoutez, pour tout ce qui est de Hriscek, c'est pas à moi qu'il faut s'adresser. Allez plutôt voir Costello, Harrison ou Collins, ils le connaissent bien mieux que moi.

— Lequel me parlera ?

Risbi haussa les sourcils.

— Collins peut-être, c'est l'infirmier, le plus futé des trois.

Ann se releva.

— C'est Hriscek votre suspect ?

— À voir.

— Si c'est lui, je vous souhaite bien du courage, Harrison, à côté, c'était une grand-mère anémique.

Il reprit son arme et vérifia la lunette de visée. Ann scruta ce petit bonhomme sans muscles mais tout en sérénité, capable de donner la mort à plus de cent mètres. Il avait l'air malheureux ici, dans cette guerre. Un autre de ces hommes qui n'avaient rien à faire là, comme elle en croisait si souvent. Rien d'un gros dur, rien d'une âme belliqueuse.

— Merci, Steve, vous êtes un type bien.

Il ricana et se fendit d'un ironique :

— C'est ce que ma copine m'écrit chaque semaine ! Si vous saviez comme on s'en fout d'être un type bien, ici !

Le sergent Parker Collins fumait une cigarette avec délectation, adossé à un hêtre. Un bouquet de fumée entoura son visage lorsque Ann s'approcha.

— Est-ce qu'un infirmier qui fume donne le bon exemple ? fit-elle en arrivant à sa hauteur.

— Est-ce que des politiciens qui déclarent la guerre donnent le bon exemple ?

— Touché.

— Qu'est-ce que je peux faire pour vous ?

— À vrai dire, beaucoup. Il paraît que vous connaissez Vladimir Hriscek ?

— À force de soigner ses blessures, oui. C'est un forcené du fusil celui-là. Il n'a peur de rien, pas même de se faire trouer la peau. Mais il a du bol le salaud ! Jamais que des égratignures !

Ann dissimula son sourire à l'évocation de la chance.

— Il paraît que ses parents sont forains, c'est bien ça ?

— Pourquoi ? Vous avez le béguin ?

— J'aime bien savoir qui sont les gens que je fréquente, rebondit-elle.

— Oui, je crois bien qu'ils étaient forains, ils sont morts au début de la guerre. Dans un bombardement il me semble.

— C'est moche pour lui. Et savez-vous s'il s'intéresse lui-même à… l'astrologie, des choses comme ça ?

Parker Collins se fendit d'un large sourire.

— Vous voulez qu'il vous lise les lignes de la main, c'est ça ?

— Il le fait ?

— Y a des gars de la section qui aiment bien avoir son avis sur leur ligne de vie ! Ça se comprend ! Quand on sait qu'il avait cloué le bec à Gazinni en lui disant que la sienne s'arrêtait tout net au milieu ! Le pauvre vieux s'est fait descendre trois jours plus tard.

Cette fois il n'y avait plus de doute. Le gabarit nécessaire aux meurtres, droitier, chaussant du 44, la personnalité asociale idoine, et la connaissance de la chiromancie qui témoignait d'un intérêt pour ces sciences ésotériques. Il était « ami » de Costello et avait entendu parler de son ex-petite amie, Lisa Hiburgh, et de sa naïveté. Il savait que Cal Harrison avait le profil du suspect idéal et avait brouillé les pistes en déposant la tête coupée de Rosdale dans sa caisse. Hriscek avait une sacrée réputation de casse-cou, il était connu de tous, même dans les autres compagnies. Il pouvait avoir attiré Gavin Tomers et Clifford Harris à l'écart sur un simple mot. Il avait une aura suffisante pour qu'on vienne le voir s'il le demandait. Hriscek était leur homme.

— Il est dans sa tente ? demanda-t-elle.

— Non, Hriscek et quelques autres sont avec le capitaine Morris et recadrent les fortes têtes, je crois. Faudra attendre un peu, ma p'tite dame.

Il avait assené sa dernière réplique sur un ton graveleux.

Ann lui fit un clin d'œil et s'écarta.

Elle avait plus urgent à faire que de lui apprendre le respect.

La tente du tueur lui tendait les bras.

51

Ann marchait entre les ballots d'équipement et les sacs de sable empilés près des camions. Elle passa devant une première tente, puis à la seconde, d'un bref mouvement elle s'assura que personne ne l'observait, et entra.

Il faisait plus chaud à l'intérieur. Des pans de toile fermaient les différentes alcôves des soldats. Ann n'avait aucune idée de l'endroit qu'occupait Vladimir Hriscek. Une grosse mouche noire bourdonnait quelque part, prise au piège de ces murs ondoyants. Ann écarta le premier pan et examina le lit de camp, le gilet militaire plié dessus, le quart et la gourde qui trônaient sur une caisse. Elle fit un pas dans la chambrette et souleva la veste kaki qui servait d'oreiller afin de lire le nom inscrit en lettres jaunes sur la caisse. « Martin Clamps », suivi du matricule.

Elle sortit pour passer au lit suivant et chercha l'identité de son occupant sur le rectangle métallique qui abritait ses affaires personnelles. Elle sonda ainsi toutes les cases jusqu'à la dernière. « Vladimir Hriscek », disait la peinture jaune. Ann posa un genou à terre pour ouvrir le couvercle et fouiller parmi le linge et quelques lettres froissées. Rien de particulier.

Des semelles crissèrent de l'autre côté du mur de toile. Ann sentit son cœur s'affoler. Si Hriscek venait à la surprendre là… Elle préféra ne pas y penser et chassa ce genre de pensées pour se concentrer. Qu'y avait-il autour d'elle ?

Rien de plus... La pièce était chiche en matériel, et donc en cachettes. *Sous le lit !* Ann se pencha et palpa l'espace sombre sous la couche. Ses doigts bandés rencontrèrent une petite boîte en fer. Elle la tira et en défit le couvercle aussi avidement que s'il s'agissait de nourriture après un jeûne.

Un tout petit livre très épais reposait sur le dessus. *Almanach du demi-siècle – tout ce qu'il faut savoir de l'astronomie des 50 dernières années*, lut-elle. Puis une série de dépliants cartonnés suivaient. *Éphémérides astronomiques*. Enfin, une liste pliée en quatre qu'Ann ouvrit sur une série de noms, dates et lieux de naissance. Toute la compagnie Raven y figurait, les trois sections.

Ann trouva du fil de pêche et quelques hameçons dans le fond.

Tout était là. Une fouille ordinaire n'aurait rien donné, qu'aurait-on pensé de ces découvertes ? Mais les circonstances étaient différentes. À présent ces objets sortaient du cadre quotidien pour devenir les preuves qui achevaient d'accuser Hriscek.

Ann hésita. Devait-elle remettre la boîte et prévenir Frewin de venir avec ses hommes ? Et si Hriscek décidait de s'en débarrasser entre-temps ? *Il l'aurait déjà fait depuis longtemps s'il le voulait Seulement il ne sait pas que nous avons compris son manège, lui, le tueur de « chance ».*

Elle se redressa en entendant un groupe passer juste de l'autre côté de la tente. Elle devait filer, Hriscek n'allait plus tarder.

Une seconde plus tard Ann marchait dans le « couloir » central lorsqu'elle perçut les voix qui se rapprochaient de l'entrée. *C'est fichu*, comprit-elle en voyant les silhouettes se profiler en ombres chinoises. *Pas d'autre issue*. Elle parcourut des yeux son environnement à toute vitesse et se souvint de Risbi qui l'avait fait entrer en soulevant la base de la toile. Elle se précipita dans la case de Hriscek et se mit à genoux pour soulever la paroi.

Les hommes entraient dans son dos. Si Hriscek était parmi les premiers et allait droit dans son coin, elle serait prise.

Ann passa la tête d'abord.

Puis les épaules.

Les voix étaient à présent dans la tente et il lui sembla qu'elles venaient vers elle.

Ce fut au tour des hanches de s'extraire.

Ann prit appui sur ses mains et fit glisser ses jambes.

Elle était presque sortie lorsque son pied fut agrippé.

Un raclement métallique.

La caisse ! Elle avait tapé dedans. Une voix s'interrompit à l'intérieur.

Ann ramena ses pieds et bondit sur ses jambes pour s'éloigner tandis qu'on entrait dans la chambrette.

Elle fonça vers la forêt pour disparaître le plus vite possible, faire le tour pour retrouver son vélo. Elle ne voulait pas traverser le camp et gagner directement le chemin. *Sortir. Ne plus être vue. Ne pas croiser ces hommes.*

Elle écarta les premières fougères et osa tout de même un rapide coup d'œil en arrière.

Ce qu'elle vit lui glaça le sang.

Hriscek était en train de passer par le même chemin qu'elle, il la guettait pendant qu'elle fuyait. Il l'avait entendue, il avait foncé sous la toile. Il se lançait à ses trousses.

Fais demi-tour, cours te réfugier dans une tente, demande de l'aide aux autres soldats ! Aussitôt elle pensa que ce n'était pas une bonne idée. Qui croiraient-ils ? Une infirmière hystérique dont Barrow se vantait probablement d'avoir possédé le corps ou l'un des leurs qui demanderait quelques minutes tranquilles avec elle, loin des regards ?

Ann poussa sur ses cuisses et se jeta en avant, à toute vitesse. Parmi les troncs.

Dans la forêt.

Et lorsqu'elle vit la végétation s'épaissir, une image funeste s'imposa à elle. Celle d'une proie fuyant son prédateur.

La chasse venait d'ouvrir.

52

Ann courait entre des pelotes de ronces aux formes monstrueuses, grosses comme des chevaux.

Après trente mètres, haletante, elle s'agrippa à un chêne et se recroquevilla derrière. Hriscek l'avait-il suivie dans la forêt ?

Le bruit de sa respiration l'empêchait d'écouter. Elle
838 entra en apnée un instant, l'oreille tendue.

Le bruissement léger du vent dans les feuilles.

Deux arbres au loin qui grincent en se frottant.

Une brindille qui craque soudain.

Il est là ! Ann risqua un regard en direction du bruit.

Hriscek trottinait vers elle, sa tête pivotant de droite à gauche, à sa recherche, exposant son visage froid et ses cicatrices.

Il serait sur elle dans quelques secondes.

Elle fit volte-face et se remit à courir. Immédiatement, elle entendit qu'on la prenait en chasse. Elle accéléra. Repoussant les branches basses de ses bras bientôt écorchés. Les pas dans son dos devenaient lourds. Il était tout près.

Des ornières apparurent dans le sol. La forêt s'épaississait, en panaches, buissons, tentacules de ronces, mer de fougères et de troncs cerclés de carcans de feuilles plus ou moins opaques. Elle n'avait pas assez d'avance pour se jeter à l'abri d'une cachette naturelle, il la verrait faire.

Elle perçut le souffle de son poursuivant. Tout proche.

Ses cuisses lui faisaient mal. Ses muscles commençaient à cramper, sa jupe entravait sa course mais elle n'avait pas le temps de s'arrêter pour la déchirer. Elle n'arrivait plus à respirer.

Le tapis végétal craquait derrière elle. *Juste* derrière elle.

Elle se sentit à portée de main de son chasseur.

Elle esquiva un rameau qui faillit la renverser.

Malgré le manque d'oxygène dans son cerveau, une idée germa.

L'air entrait dans ses poumons mais ne ressortait pas. Sa tête se mit à lui tourner. Ses jambes se raidirent, elle commença à ralentir, les muscles brûlants.

Elle aperçut une branche large et à bonne hauteur. Elle changea de cap pour foncer dessus.

Quelque chose passa au travers de sa chevelure.

Il est là ! Il essaye de me tirer par les cheveux !

Ann se précipita sur la branche et l'attrapa à pleines
mains. Elle se rua dessous et la détendit en arrière, bandée comme un arc.

La branche fouetta l'air en sifflant.

Hriscek la prit en plein plexus.

Ses pieds décollèrent du sol et il s'effondra à la renverse. Ann avalait l'air, la bouche grande ouverte. Elle dérapa dans les herbes sauvages, les jambes tétanisées par l'effort et la peur. Elle n'avançait plus.

Hriscek grogna et se remit sur ses pieds.

Ann titubait d'arbre en arbre, incapable d'aller plus vite. Un feu ardent se propageait à chaque mouvement, depuis ses cuisses et ses mollets jusque dans ses poumons. Son regard se voilait.

Elle n'avait pas réussi à mettre Hriscek K.O. Il fallait trouver autre chose. Vite.

Elle ne parvenait plus à réfléchir.

Un choc violent au bassin la projeta en avant. En une seconde, elle s'écrasa au milieu des aiguilles de pin. Le peu d'oxygène qui restait dans son torse fut expulsé par l'impact. Elle ouvrit la bouche, sans plus savoir si c'était pour crier ou chercher à respirer.

Une masse puissante fondit sur elle.

Les bras de Hriscek l'enserrèrent comme des serpents de plomb. Le poids de son corps la cloua au sol, le nez dans la mousse verte. Il s'assit sur elle. À peine eut-elle le temps de reprendre ses esprits et de regonfler ses poumons qu'on tirait ses bras en arrière pour coller ses poignets contre ses reins. Elle était prise au piège.

— Petite… salope, fit Hriscek en reprenant son souffle. Qu'est-ce… que tu foutais… dans ma tente ?

Il tira sur ses bras et la douleur la foudroya depuis les épaules. Elle cria.

— Lâchez-moi, parvint-elle à gémir entre deux inspirations.

— Je vais t'apprendre à fourrer ton nez… où il ne faut pas ! Qu'est-ce que tu cherches en réalité… Ça serait pas ça, hein ?

Et il passa sa main sous la jupe qu'il lui remonta sur les fesses.

— En plus elle met des bas ! Ça m'excite, ça, tu sais ? C'est la guerre, ça excite les mâles, on te l'a jamais dit ?

Ann sentit ses gros doigts glisser sous sa culotte pour lui palper la croupe. Hriscek n'était plus qu'un animal. Elle comprit ce qui allait suivre.

Il tira sur la culotte pour l'arracher. Ann se riva au sol. Hriscek tira plus fort, la culotte se déchira et l'étreinte qu'exerçait son autre main sur les poignets de la jeune femme se desserra un peu. Elle saisit sa chance et d'un mouvement brusque dégagea un bras sur lequel elle prit aussitôt appui pour pivoter avec un hurlement de rage et faire face à son agresseur.

Hriscek avait lâché l'autre poignet dans la surprise et demeura coi une seconde. Puis un rictus émergea sur son faciès blanc zébré de cicatrices roses. La notion de domination venait de rejoindre la violence des pulsions sexuelles. Cocktail explosif.

— On va jouer tous les deux, bava-t-il.

Ann lança ses bras au-dessus de sa tête, saisit une racine et s'y cramponna pour glisser sous Hriscek. Tout alla très vite. Fort de sa supériorité physique, il prenait tout à la plaisanterie, sachant qu'il pouvait l'arrêter dès qu'il le voulait. Pourtant il ne prévit pas son geste. Elle lança son genou de toutes ses forces alors qu'il se relevait et écrasa ses parties génitales.

Hriscek retomba aussi sec, plié en deux, bouche ouverte.

Ann retrouva la force de se hisser sur ses jambes tremblantes, se débarrassa d'un coup de pied de sa culotte pendante, et se tourna pour fuir.

La première jambe s'élança en avant.

La seconde ne décolla jamais.

Hriscek broyait sa cheville qu'il tira brutalement à lui.

Ann fut propulsée vers le sol à toute vitesse, et ses bras ne purent amortir le choc.

Un flash blanc irradia dans tout son crâne, accompagné d'une décharge qui la sonna tandis que sa mâchoire heurtait la terre.

Ann cligna des paupières en roulant sur le dos. Le grand blond aux yeux morts vint se poster au-dessus d'elle, les veines du front saillantes de rage. Il la souleva par le col pour lui lancer une gifle monumentale qui créa une nouvelle décharge dans la tête de la jeune femme. Plus que sa joue claquée au sang, ce fut cette électricité dans le corps qui la terrassa. Et la première pensée qui la traversa quand il sortit son couteau ne fut pas de craindre pour sa vie ou son intégrité physique mais de se dire : *C'est ça être sonné. Ce connard m'a sonnée.*

Lorsqu'elle le vit tendre son couteau entre ses jambes et découper un chemin dans la jupe, le souvenir de ce que le tueur avait fait subir aux femmes de la ferme refit surface. La nausée émergea et la tête lui tourna. Elle serra les dents, inspira une longue bouffée d'air, et tout ce qu'elle put faire ensuite fut de hurler. Un cri guerrier, qui trouva une énergie supplémentaire en raclant les cordes vocales. Et Ann balança poings et pieds devant elle.

Deux immenses mains repoussèrent les coups pour s'abattre sur son visage. La première sur la joue blessée, l'autre sur la tempe… une onde de choc terrible vers son cerveau. Ann sursauta et s'effondra. Terrassée.

La suite ne fut plus qu'une succession d'images, d'informations que la douleur effaçait. Elle sentit à travers un filtre ouaté Hriscek lui écarter les jambes pendant qu'il défaisait sa propre ceinture. Il l'attrapa par un genou et la mordit au mollet avant de rire bruyamment.

Puis quelque chose surgit sur le côté. Une ombre colossale.

Ann vit l'expression de Hriscek virer de la jubilation perverse à l'inquiétude.

L'ombre fut sur lui en une seconde. Elle déplia un bras qui fondit sur le visage de Hriscek avant qu'Ann comprît ce qu'il advenait.

On frappa son agresseur une seule fois.

Mais avec une telle violence que sa tête se dévissa sur le côté. Ann crut qu'on la lui avait arrachée.

Le coup avait claqué aussi fort qu'une hache, jusque dans la semi-conscience d'Ann. Des fragments minuscules jaillirent d'entre les lèvres du soldat et furent projetés loin devant. Ann perçut un gémissement et Hriscek s'abattit en arrière, comme s'il avait été tué net.

La silhouette serra les poings au-dessus de sa victime, prête à l'achever. Au lieu de quoi elle se tourna pour faire face à Ann.

Craig Frewin lui tendait la main.

53

Le médecin descendit les marches qui desservaient le clocher de l'église où Hriscek était enfermé dans un réduit du premier étage, sous la surveillance d'Adam Baker.

— Il doit être transféré à l'hôpital sans plus tarder, dit-il en s'adressant à Frewin dont on venait de bander la main droite. Je pense qu'il a au moins deux fractures de la mâchoire, la pointe de l'os zygomatique brisée, et j'ai compté cinq dents déchaussées en plus des trois qui se sont cassées sous le choc. Ce type n'est pas en bon état.

— Sa vie est menacée ? demanda Frewin.

— Non, mais il a besoin de soins.

Frewin hocha la tête.

— Merci, docteur, je vais faire ce qu'il faut.

— Franchement, vous avez dû vous acharner pour le démonter de cette manière !

Ann resta silencieuse. Elle l'avait vu porter un coup. Un seul et unique coup. Avec la haine de celui qui frappe pour tuer.

Matters raccompagna le médecin jusqu'à la porte.

— Vous êtes sûre de ne pas vouloir être examinée ? demanda Frewin à Ann.

— Non, pas la peine. Je n'ai que quelques ecchymoses.

Ses joues étaient encore tuméfiées, écarlates. Elle avait pris soin de désinfecter et de panser elle-même sa morsure au mollet.

Le lieutenant n'était pas à l'aise. Avait-elle été violée avant qu'il n'arrive ? Il n'osait poser la question et savait que quoi qu'elle ait subi, au regard de ce qu'il avait vu les blessures les pires étaient à l'intérieur.

— Une chance que Donovan vous ait entendue crier, confia-t-il. Nous venions pour le boucler après que Katarina Weiss nous avait informés de ses conclusions. Et un des types, je crois qu'il s'appelle Risbi, nous a dit qu'il venait d'apercevoir Hriscek qui partait vers la forêt.

Ann acquiesça et changea de sujet aussi vite :

— Vous le ferez surveiller à l'hôpital ?

— Soyez rassurée, il ne pourra pas faire un geste sans que nous soyons sur son dos. Mais maintenant que le doc m'a confirmé que sa vie n'était pas en danger, on va le laisser mariner ici avec son mal de crâne. Comme ça il sera parfaitement mûr pour répondre à nos questions demain matin.

Ann hocha la tête. Après tout, Hriscek avait bien mérité de souffrir quelques heures dans son placard. À cet instant elle n'éprouvait aucune compassion pour son agresseur.

Il y eut un moment de flottement.

Frewin la regardait. Fixement.

Il parla le premier :

— On l'a eu. C'est fini.

Elle se fendit d'un sourire douloureux. La partie gauche de son visage était entièrement tuméfiée et une tache rouge marquait la tempe opposée.

— Je pense qu'il serait bon de vous changer les idées, proposa-t-il. Que diriez-vous de venir avec nous, partager un vrai dîner ?

— Nous ?

Frewin se tourna vers les hommes présents : Matters, Conrad et Monroe.

— Oui, nous tous. Exception faite de Baker qui fait du baby-sitting ce soir.

Ann allait refuser. Elle ne voulait pas d'un dîner avec « nous », rien qu'un repas paisible avec Frewin et personne d'autre. Pourtant elle se ravisa. Trop d'émotions dans la journée pour rester seule dans cette église lugubre.

— Il est sous bonne garde ? s'inquiéta-t-elle.

— Il est ligoté, dans un placard du premier étage du clocher dont la seule issue est une porte en chêne fermée de l'extérieur par un verrou sérieux. Baker est assis à côté, armé jusqu'aux dents, et un garde de la PM fait le planton devant l'entrée principale pendant qu'un autre veille à la porte de la sacristie, un œil sur la trappe de la crypte où dorment une quinzaine de prisonniers sages comme des enfants la veille de Noël. Le tout au milieu d'un village rempli de soldats. Sans parler de ses blessures qui doivent l'assommer de douleur. Donc : oui, il est sous bonne garde.

Ann fit la moue.

— Bien. Je vous accompagne.

Ils dînèrent dans la grande salle du restaurant du village, dont une partie était occupée par les services des transmissions. Ainsi rassemblés dans un box enfumé où flottait le parfum du veau et des pommes de terre, ils discutaient en riant, l'immense Larsson en tête pour fêter leur triomphe. Seul Frewin partageait la retenue d'Ann. On avait ouvert des bouteilles de vin pour l'occasion, Monroe, Donovan et Conrad étaient déjà passablement ivres, tandis que Matters s'efforçait de garder sa dignité, un peu à l'écart des conversations, comme toujours.

Frewin s'était installé en bout de table, à côté de la jeune femme. Le vin les avait réchauffés et faisait tomber les dernières barrières d'anxiété qui les retenaient depuis presque deux semaines. Son agression de l'après-midi planait dans l'esprit d'Ann comme un fantôme. Mais curieusement l'effet traumatique n'était pas proportionnel à ce qu'elle avait vécu. Sa vie passée l'avait confrontée à pire et tout cela venait confirmer sa théorie. L'être humain pouvait s'habituer à tout. Le pire demeurait dans la chair comme dans l'âme, non plus comme un souvenir, avec le temps, mais comme une réelle altération de la personnalité. Elle avait été à deux doigts de se faire violer, on l'avait battue, et Ann n'en était pas plus affectée que cela.

Aussi parce que cette ordure a morflé. Parce qu'il a été stoppé dans son élan et qu'il est maintenant hors d'état de nuire !

Mais Ann savait que c'était avant tout son expérience, son existence, qui l'avait façonnée ainsi. Son père – *cette ordure* – avait fait son éducation. Lui inculquant, sans le vouloir, une capacité d'encaissement supérieure à la normale.

Elle tendit l'oreille vers les conversations. Curieusement, personne n'avait parlé de Hriscek. On exorcisait ses crimes en l'ignorant le soir de son arrestation. Ann but une gorgée de vin. Frewin observait ses hommes avec

l'attitude d'un père pour sa progéniture.

— Vous avez tous fait du bon travail, confia-t-elle.

Surpris, Frewin la contempla un instant avec de répondre.

— *Nous* avons fait du bon travail.

— Je voulais vous dire, il y a une boîte en métal sous son lit, avec…

— Je sais, Matters l'a trouvée. Hriscek est fichu, même ses compagnons de la 3e section vont le balancer maintenant, avec tout ce qu'on a contre lui. C'est la cour martiale et le peloton d'exécution à l'arrivée.

Ann soupira.

— La loi du talion, n'est-ce pas ?

Frewin l'arrêta en levant la paume vers elle.

— La suite n'est plus de notre ressort.

— Un peu facile. Il sera abattu et nous en porterons une part de responsabilité, qu'on l'admette ou non. C'est ça, faire partie d'un système : diluer les responsabilités à l'extrême. Jusqu'à ce qu'il n'y ait plus de coupable de rien. Finalement, les seuls vrais coupables de quelque chose, ce sont les criminels, ceux qui transgressent les lois. Pratique.

— Pratique pour quoi ?

— Pour taire les embrasements, pour dissoudre les colères, pour qu'on ne pointe jamais du doigt une personne qui cristalliserait les frustrations. On dilue les responsabilités pour détruire les révoltes, et nos colères individuelles ne seront jamais que de l'amertume collective, pas un soulèvement. Le pouvoir a fait des progrès depuis les révolutions.

Frewin s'amusa de cette tirade séditieuse.

— Un esprit dissident flotterait-il derrière ce visage de porcelaine ?

— J'ai grandi au milieu d'insurgés contre tout, alors oui, probablement. Il y a des choses que la famille vous transmet.

— Un père aux rêves utopiques qui a déteint sur sa fille ?

Ann plongea vers son verre de vin. Un père idéaliste en politique. *Un sac à merde !* Un quêteur de liberté. *Qui ne fera plus jamais de mal à personne !*

Frewin perçut un malaise et se resservit en gardant le silence. Plongés dans une conversation plus légère, Conrad se mit à rire à gorge déployée, imité par Larsson et Monroe. Donovan et Matters se tournèrent pour profiter de l'humour de leurs compagnons.

— Je suppose que maintenant vous allez retourner auprès du major Callon ? avança Frewin en guettant Ann.

Elle sortit brusquement de ses songes. Quelque chose la mettait en état d'alerte dans son environnement, bien qu'elle ne parvînt pas à identifier quoi.

— Hum… Justement, j'aurais…, balbutia-t-elle en cherchant ce qui n'allait pas. J'aurais souhaité rester encore un peu.

— Ann, je ne peux pas faire durer cette affectation éternellement, maintenant que le coupable est démasqué, je…

Cette fois le sentiment d'inquiétude la quitta tandis qu'elle se concentrait pleinement sur la gravité de ce que Frewin lui disait.

Elle posa sa main sur la sienne, discrètement.

— S'il vous plaît. Je n'ai pas participé à tout cela pour rien.

— Pour rien ? Mais nous avons arrêté ce type ! Et vous n'y êtes pas étrangère, vos…

— Ce que je veux dire, c'est que je serai présente lors des interrogatoires. Je veux pouvoir y participer. Et… poser des questions.

Frewin reprit sa main et se cala dans le fond de la banquette.

— Pourquoi ? Allez-vous me dire enfin pourquoi vous faites tout cela ?

Le regard d'Ann voletait de visage en visage dans la pièce, ses yeux avaient la douceur et la fragilité d'un

papillon ne sachant où se poser. Il revint frôler de ses ailes les prunelles noisette de Frewin. Cette tache noire qu'il avait dans l'iris. Les lèvres de la jeune femme tremblèrent et elle se pencha pour lui chuchoter contre la joue :

— Faites-moi l'amour ce soir et je vous le dirai.

Était-ce une bonne idée après ce qu'elle venait de vivre ? *C'est ma réponse, ma force. Puiser dans la tendresse charnelle l'énergie indispensable pour me reconstruire comme j'ai toujours su le faire… Menteuse ! Tu sais que c'est plus pervers que ça.* Ann esquiva les doutes et préféra s'avouer aussitôt que c'était pour ne pas être seule cette nuit. Sentir la vie contre elle. La présence de l'autre dissipait ses propres errances.

Lorsqu'elle se redressa elle le vit impassible, engoncé dans sa carrure et son assurance. *Tout ça n'est qu'une façade, Craig. Je t'ai déjà aperçu derrière. Je sais que tu n'es pas ce mur infranchissable que nous voyons.* Comme il ne réagissait pas elle sut qu'elle l'avait ébranlé.

— Ce soir ou jamais, ajouta-t-elle tout bas.

Son impression que quelque chose n'allait pas la reprit.

Cette fois elle sut ce que c'était.

Un son répétitif dans l'atmosphère sonore. Au travers des rires et des exclamations de la table, par-delà l'agitation des services de transmissions, à l'avant du restaurant, une rumeur se propageait.

Dans la rue.

Les battements d'un cœur en fer.

Haut perché dans les cieux.

La cloche sonnait.

Sans discontinuer depuis une minute.

Elle appelait à l'aide.

54

L'église carillonnait, sa lourde cloche gémissait tandis que ses entrailles brûlaient. Un immense feu illuminait les vitraux de l'intérieur, donnant aux scènes bibliques des couleurs éclatantes et des mouvements aux martyrs agonisants.

Ann arriva en courant malgré sa blessure au mollet,
850 suivie de Frewin et du reste de son équipe. Ils s'immo-
bilisèrent tous sur le parvis, figés.

De là où ils se tenaient il leur semblait que l'incendie remplissait une partie de la nef, montant et descendant vers la voûte, claquant comme une gigantesque mâchoire. Et en songeant à Hriscek qui était toujours dans le clocher Ann eut une pensée : L'Enfer revenait chercher son serviteur. L'Enfer qui ne voulait pas qu'il parle. Ils allaient tout perdre. Hriscek était la chance qu'Ann pourchassait, une chance de sonder la noirceur, pour comprendre ses propres ténèbres. Et elle disparaissait.

Elle s'élança vers la porte.

Frewin hurla :

— Ann ! N'y allez pas !

Et comme elle s'engouffrait dans le bâtiment crépitant, il se jeta dans son sillage.

Le battant entrouvert soufflait une chaleur infernale. Frewin glissa sur un liquide sombre. *Du sang*. Une mare. Il se tourna vers ses hommes pour crier :

— Allez chercher le personnel médical et faites

évacuer les habitations alentour au cas où ça se propagerait. Tout de suite !

Avant qu'ils ne puissent répondre il entra dans le brasier.

Des barils d'essence étaient renversés dans les allées, au milieu d'une dangereuse mer bleue et ondoyante surmontée d'énormes crêtes rouges. Frewin aperçut Ann : la tête couverte d'un tissu mouillé, elle passait sous une arche enflammée. Il voulut se précipiter, s'aspergea de l'eau du bénitier, et courut pour retrouver l'infirmière dans ce maelström vertigineux, il passa sous l'arche brûlante à son tour tandis que l'église craquait au-dessus de lui. Frewin leva la tête pour se rendre compte que toute la balustrade en bois était en feu. Elle courait en demi-cercle sur une moitié de la nef, dominée au-dessus de l'entrée principale par d'immenses panneaux dissimulant l'orgue. Un fabuleux brasier occupait la partie supérieure de l'église, les flammes des balcons, de part et d'autre, grimpaient si haut qu'elles se rejoignaient au sommet pour former un ciel magistral de destruction.

Et le feu, en rongeant l'édifice, mangeait bruyamment. Un ronflement formidable qui sourdait de ses milliers de langues improbables, absorbant la matière. Le bois craquait pour fuir, la pierre se fendait en sifflant, et le verre explosait. Le feu avalait tout sans rien épargner.

Un amas de poutres se décrocha et s'effondra devant Frewin en projetant des myriades d'étincelles.

Le lieutenant se recroquevilla instantanément pour se protéger.

Malgré ses vêtements trempés, la chaleur commençait à l'enserrer. Il chercha Ann dans ce chaos lumineux, obligé de mettre un bras devant son visage pour se préserver. Elle avait disparu.

— Ann ! s'écria-t-il en vain.

Le festin des flammes était bien trop colossal pour que sa voix le transperce. Frewin allait continuer quand il remarqua une forme allongée. Des jambes.

Il accourut pour constater qu'il s'agissait du soldat détaché à la surveillance de l'entrée. Il était égorgé, une plaie humide lui déchirant tout le cou. Frewin ne remarquât pas une grande quantité de sang. *On l'a tué dehors avant de le traîner ici.*

Sans plus attendre, il se précipita vers le chœur où Ann s'était évaporée. Les pignons brûlants étaient moins ardents ici. Frewin tourna sur lui-même à la recherche de l'infirmière. L'estrade était épargnée pour l'heure, l'incendie se propageant par les côtés. Une porte grinça et Frewin fit volte-face. Les deux accès conduisant au clocher étaient ouverts, un de chaque côté de l'abside. Il y avait peut-être une chance pour que Baker soit encore en vie. Frewin allait emprunter l'escalier le plus proche lorsqu'une symphonie maléfique se mit à résonner dans toute l'église.

Grave et sinistre, la mélopée chantait l'apothéose de la désolation. L'orgue jouait tout seul. Le feu projetait de l'air à toute vitesse dans la tuyauterie d'étain, produisant des notes à l'intensité variable.

Frewin se rapprocha de la petite tourelle pour accéder aux marches. Un craquement sourd suivi d'une petite explosion dans la pierre à proximité de son visage le stoppa net.

Un coup de feu ! comprit-il immédiatement. Et il se jeta au sol.

Une autre détonation claqua, la balle vint s'encastrer à un mètre de lui. Frewin roula pour se mettre à couvert derrière la chaire dont le côté opposé commençait à brûler. Il sortit son arme de son étui et défit la sécurité. Il lui semblait que les tirs provenaient d'en face, vers la sacristie. Quelque chose fumait abondamment sur sa droite et il y risqua un coup d'œil. Des flammes léchaient une statue de la Vierge, faisant fondre sa peinture qui coulait en dessinant des larmes noires sur son visage.

Et les coups de feu reprirent.

55

Frewin se colla contre le bois de la chaire tandis qu'un impact la faisait trembler. Il n'osait riposter, de peur de toucher Ann dont il avait perdu la trace. Qui pouvait bien lui tirer dessus ? Le pyromane responsable de tout ça ? Se pouvait-il que Hriscek se soit enfui ? Frewin jura du bout des lèvres. Il se redressa légèrement pour distinguer le chœur et la porte conduisant à la sacristie. Les rideaux incandescents lui masquaient une partie de la vue.

Un point de lumière apparut une fraction de seconde en même temps qu'une nouvelle détonation, juste derrière l'autel. La balle siffla pour ricocher contre la statue en lui arrachant les lèvres.

Frewin ouvrit le feu. Quatre pressions sur la détente en visant l'angle de la table consacrée.

Une silhouette jaillit de sa cachette et fonça vers la porte de la sacristie. Frewin tira encore. Il vida son chargeur, conscient de la difficulté de toucher quelqu'un en mouvement. D'un geste sûr, il éjecta le rectangle de munitions et en fit glisser un plein avant d'armer son pistolet. Il risqua un coup d'œil et ne vit rien.

Deux coups de feu sonnèrent depuis la sacristie. Frewin rentra la tête dans les épaules. *Des tirs de barrage, c'est un militaire, aucun doute. Il tire sans viser pour empêcher qu'on le suive.*

La chaire se consumait vite, il devait s'éloigner. Déjà la fumée lui encrassait les poumons et il se mit à tousser.

Frewin avisa une dernière fois le sanctuaire pour s'assurer que personne ne le visait et se mit à courir jusqu'à l'estrade du chœur où il s'adossa à la balustrade.

L'orgue continuait de délivrer sa musique infernale pourtant il sembla à Frewin qu'on y avait ajouté une chorale tout aussi macabre. Des hurlements humains, des cris de souffrance abominables venaient compléter le requiem. Le lieutenant ferma les yeux une seconde.

Les prisonniers.

Il chercha dans la fournaise l'emplacement de cette trappe intérieure et la trouva sous des barils ardents. De l'essence coulait par les orifices, remplissant peu à peu la crypte et déversant sur ces pauvres hommes pris au piège un bouillon d'enfer. Celui qui avait tué le garde de l'entrée principale avait également supprimé celui du côté de la sacristie et personne n'avait pu évacuer les prisonniers. Frewin devait sortir sans plus tarder, sauver

ceux qui pouvaient encore l'être. *Et Ann ?* Il ne pouvait la laisser là. Frustré par ses limites, Frewin tira deux balles devant lui et bondit vers la sacristie. Il se jeta contre le mur qu'il longea jusqu'à la porte. Il se pencha rapidement, pistolet braqué, pour sonder la pièce.

Un corps était étendu au milieu, entre les lits de camp. Frewin reconnut la masse de Hriscek. Il pointa son arme dans toutes les directions pour s'assurer qu'il n'y avait personne d'autre. Le cadavre du second soldat, celui qui gardait la trappe extérieure de la crypte, était étendu dans un coin, égorgé aussi. Frewin accourut au-dessus du grand blond et dégagea son revolver d'un coup de pied. Les membres du soldat étaient secoués de convulsions. Frewin posa un genou à terre.

Deux balles l'avaient fauché dans le dos. En plein cœur. Il l'avait eu. Il n'avait pas manqué sa cible.

Frewin prit le visage couvert de cicatrices roses dans sa main et fixa Hriscek droit dans les yeux. Il n'y vit aucune peur, mais de la confusion. La vie quittait sa chair et il ne comprenait pas ce qui lui arrivait, tandis qu'une poigne phénoménale enserrait son cœur et le pressait jusqu'à ce qu'il cesse de battre.

— Tu es en train de crever, lui dit Frewin.

Il n'éprouvait aucune pitié pour cette brute. Pas après ce qu'il avait fait à ses hommes, ce qu'il avait fait à Ann. Toute cette douleur était bien trop vive.

Hriscek cligna les yeux lentement. Sa respiration s'accéléra. Un filet de bave coula dans la paume du lieutenant qui n'y prêta pas attention. Le corps musculeux se mit à trembler plus fort. Hriscek ne parla pas. Il n'y parvint pas.

Les cillements se firent plus lents, le souffle plus court. Cette fois Frewin décela une lueur de peur dans le regard. Puis les paupières s'immobilisèrent. Hriscek était mort.

Frewin relâcha la tête qui frappa le sol.

Et un énorme craquement déchira la nef, suivi d'un fracas monstrueux. Frewin revint dans le chœur, il n'avait plus qu'une inquiétude : Ann.

Toute la balustrade s'était effondrée, projetant des esquilles embrasées un peu partout. Mais plus grave encore : le métal des fûts d'essence encore intacts cédait sous la température et des centaines de litres de carburant se déversaient dans l'église. L'incendie avait gagné une large partie du chœur, et Frewin réalisa qu'Ann ne pourrait bientôt plus sortir. Il vit qu'une nappe enflammée glissait vers l'estrade, vers les alcôves, telle une marée des Enfers fondant vers le crucifix dominant l'église.

La chaleur devenait suffocante.

Les hurlements provenant de la crypte n'étaient plus audibles et l'orgue se remit à gémir. Ses tuyaux d'étain fondaient.

Frewin hurla de toutes ses forces :

— Ann ! Ann ! Restez là-haut, nous allons vous faire sortir par le toit ! Ne descendez pas !

La vague de feu se propagea pour engloutir les cierges, lutrins et ex-voto. Le roulis de ses flammes embarquait tout sur son passage et se dirigeait droit vers le lieutenant.

Il poussa sur le chambranle et fonça vers la porte tout au fond de la sacristie.

Lorsqu'il gagna l'extérieur, l'air frais lui fit l'effet d'une douche glacée au réveil. Tous ses sens chauffés à blanc furent anesthésiés. Avant de reprendre leurs droits. Ses poumons devinrent douloureux, une quinte de toux le secoua.

Personne de ce côté du bâtiment. Il était seul. Des ombres couraient au loin sur le parvis. Craig tituba sur plusieurs mètres avant de se ressaisir. Il fallait sortir Ann de cette fournaise.

Un autre fracas énorme résonna à l'intérieur. Une boule de feu émergea par la porte qu'il venait de laisser ouverte pour grimper vers les cieux et se dissoudre dans un nuage noir.

Frewin se précipita sur la trappe pour faire sauter le cadenas et l'ouvrit en grand. Des volutes grises se précipitèrent dehors, suivies d'une odeur infecte de viande brûlée. La lueur d'un feu bleuté émergeait tout au fond.

Ann, il fallait sauver Ann, il ne pouvait plus rien pour eux.

Et tandis qu'il s'écartait, il entendit un choc sourd depuis la sacristie. Il se tourna et ce qui suivit lui sembla durer une éternité.

Une forme humaine sortit en courant, agitant les bras devant elle. Elle portait un manteau jaune en mouvement, avec de longues pièces d'étoffe lumineuses flottant dans l'air. Toute une parure de flammes rongeait son corps. Aucun cri n'émanait d'elle. Elle courait pour fuir la douleur.

Craig la reconnut et il tomba à genoux.

Il vit la jupe couverte d'essence fusionner avec la peau.

La chevelure fondre sous l'effet de la chaleur.

Et Ann s'écrasa de tout son long. Ce fut alors qu'elle hurla.

Brièvement.

Car le feu s'engouffra dans sa gorge et se déversa vers ses profondeurs pour absorber ce qu'il restait de vie en elle.

56

Frewin jeta sa veste militaire sur le corps d'Ann pour étouffer les flammes. Il se brûla les mains, son tee-shirt se mit à noircir et il dut s'y reprendre à plusieurs fois pour éteindre ce qu'il restait de l'infirmière. Il n'y avait qu'une possibilité pour que le feu ait pris sur elle : on l'avait aspergée d'essence.

Les vitraux se brisaient derrière lui, des sifflements et des craquements accompagnaient le grondement de l'incendie.

Des soldats conduits par Matters arrivèrent en courant. Le jeune sergent se couvrit la bouche avec les mains en voyant le cadavre fumant.

Deux hommes allumèrent des lampes pour éclairer l'intérieur de la crypte et durent descendre pour l'inspecter. Quand ils remontèrent, l'un s'agenouilla pour vomir tandis que l'autre secouait la tête en fixant Matters.

— Et… Adam ? demanda-t-il à son lieutenant.

— Je ne l'ai pas vu, je n'ai pas pu monter à l'étage, répondit Frewin, les yeux perdus dans le vague. Hriscek avait réussi à sortir. Il nous a tendu un piège. Il a égorgé les deux gardes mais ne s'est pas enfui, il a attendu qu'on arrive pour me tirer dessus. Je l'ai abattu. Ann avait disparu là-haut. J'ai peur que Baker y soit resté aussi.

Matters soupira en rejetant la tête vers le ciel.

Frewin contempla la forme recroquevillée de l'infirmière, sa peau fendue sur un mélange de chair rouge et noire. Son visage dévoré, aux lèvres fondues, aux paupières éclatées, au nez ouvert comme un fruit trop mûr tombé de l'arbre.

— On va la porter jusqu'à l'hôpital, que son corps soit pris en charge pour être rapatrié, dit-il.

— Lieutenant…

Frewin se tourna vers son sergent et vit Matters qui fixait les cieux. Le jeune homme tendit l'index vers le toit de l'église. Frewin scruta à son tour la masse obscure et fumante jusqu'à distinguer une silhouette perchée entre les abat-sons du clocher. Tenue blanche. Cheveux blonds.

Frewin ne put décrocher un mot. Il la reconnaissait.

C'est impossible.

Elle agitait les bras pour qu'on la voie, ses cris ne parvenant pas à percer le fracas de l'incendie.

— C'est miss Dawson ! s'exclama Matters.

Ann. Elle était en vie. Prisonnière des flammes grimpantes mais en vie. Soudain, toute son énergie revint et il ordonna :

— Matters, foncez prévenir le génie, il nous faut des échelles, beaucoup d'échelles !

Au fil des minutes, Frewin vit Ann perdre de sa vigueur. Il lui avait fait des signes jusqu'à ce qu'elle le repère. Maintenant elle savait qu'on allait venir la chercher. Une fumée opaque sortait par le clocher et Frewin pouvait voir la jeune infirmière tousser sans discontinuer. Le temps leur manquait. Lorsqu'elle s'assit, à bout de forces, Frewin s'élança contre un contrefort tiède. Malgré quelques difficultés il parvint à se hisser, en s'arrachant deux ongles, jusqu'au premier petit toit, au pied des culées d'arc-boutant qu'il entreprit d'escalader. Cette fois l'entreprise était plus périlleuse ; s'il glissait il chuterait de cinq mètres. Plusieurs vitraux avaient disparu et il ne restait que des triangles acérés de verre rouge, vert, bleu et jaune. Les flammes se hérissaient au-delà, tels des succubes affamés qui le guettaient avec appétit. Frewin parvint à atteindre le niveau des premières gargouilles, la gorge irritée. Il se releva sur la gouttière minérale et prit soin de longer le toit en direction du clocher. Il sentit ses semelles accrocher les tuiles brûlantes, il ne pouvait y poser les mains. Il avait du mal à respirer. L'oxygène commençait à lui manquer. Puis il s'arrêta.

Sans échelle il ne pouvait aller plus haut. Ann était encore à une demi-douzaine de mètres de lui.

— Ann, vous m'entendez ? s'écria-t-il. Je suis juste là, on arrive, tenez bon.

La main de la jeune femme apparut, inerte.

Matters s'extirpa d'un gros camion militaire d'où surgirent six soldats qui levèrent la tête vers le couple enfumé. Aussitôt ils s'agitèrent et des échelles se déplièrent depuis l'arrière du véhicule pour permettre à deux d'entre eux de grimper jusqu'au lieutenant. On hissa d'autres échelles pour parvenir aux ouvertures dans le clocher et Frewin passa le premier malgré ses difficultés respiratoires. Il trouva Ann à demi consciente, qui se mit à gémir quand il l'attrapa pour la mettre sur son épaule. Un soldat le tenait par en dessous, la main sur la ceinture, et ils commencèrent à redescendre. Frewin avait la tête qui lui tournait, la fumée l'aveuglait, piquant ses yeux inondés de larmes, par réaction. Il se cramponnait à l'échelle d'une main, tenant Ann de l'autre. Les mètres le séparant du sol semblaient des kilomètres.

La terre se mit à bouger. À vaciller.

Craig serra plus fort le montant qui le séparait du vide.

Ses jambes ne le portaient plus, ses muscles souffraient du manque d'air.

Une violente quinte le prit par surprise et lui infligea des spasmes qui le déséquilibrèrent. Frewin se cramponna et la toux passa. Sa respiration était sifflante. Mécaniquement il reprit ses efforts.

Puis le toit fut sous ses pieds. Le soldat l'aida à marcher jusqu'à l'autre échelle et il recommença.

Le paysage se cernait de noir, le son lui parvenait de loin, à travers des épaisseurs de coton.

Les lumières baissaient. Même les flammes toutes proches lui parurent moins chaudes, moins impressionnantes.

Ann ne pesait plus rien sur son épaule. Et il posa le pied sur le sol sans s'en rendre compte. Matters et un autre homme se précipitèrent pour prendre l'infirmière et retenir le lieutenant. Mais il était trop lourd pour eux et il s'effondra.

Son champ de conscience se rétrécissait. Il pensa alors à Ann, qui n'était pas morte. Et à Hriscek. Tout était terminé. Ils avaient mis un terme à un massacre. La guerre se poursuivrait, pourtant le contexte serait celui de deux clans qui s'affrontent, la mort viendrait d'en face, plus de l'intérieur. Ce massacre-là aurait un sens… c'est du moins ce qu'on leur disait, et ça suffisait à Craig. Demain ils retireraient des cendres des cadavres calcinés dont l'un serait grand, avec des dents déchaussées et manquantes. Hriscek partait avec ses secrets, néanmoins il partait et c'était tout ce qui comptait pour Frewin. Demain ils… Mais serait-il là demain, lui ? Tandis que toutes ses forces s'évanouissaient, Frewin réalisa qu'il ne contrôlait plus ses membres. Il était un spectateur passif coincé dans son corps et tous ses sens continuaient de disparaître. Il ne sentait aucune douleur, ne voyait presque plus rien.

Le lieutenant ne savait plus s'il respirait encore, ses paupières pesaient une tonne.

Le raclement du feu resta en suspens dans son esprit, et Craig comprit l'origine de ce bruit curieux.

Les flammes riaient.

Le feu riait en ravageant l'église.

Puis la nuit coula des étoiles jusque dans son crâne et Frewin sombra.

SIX MOIS PLUS TARD

« Chacun, extérieurement, devant les autres, se montre plein de dignité. Mais chacun sait bien tout ce qui se passe d'inavouable en nous dès que nous nous trouvons seuls avec nous-mêmes. »

Six personnages en quête d'auteur
PIRANDELLO.

57

Un trou sale et glacé.

Ils vivaient dans des trous depuis vingt et un jours. Toujours les mêmes : des anfractuosités humides, aux parois de terre et de racines, au fond desquelles des caisses en métal servaient de sièges et des morceaux d'écorce isolaient tant bien que mal les couvertures du sol. On y dormait presque assis, le dos contre la pente.

Trois mètres plus haut, à la surface, la forêt s'était cristallisée.

Un fourreau de velours blanc recouvrait chaque tronc, le givre prolongeait les rameaux d'une perle irisée tandis qu'un tapis de neige recouvrait le sol, absorbant les sons.

Le lieutenant Frewin était assis au-dessus d'une petite lampe-tempête qui lui réchauffait les mains. Matters, en face, était recroquevillé sur sa couche inclinée, les jambes resserrées contre le buste et les bras enserrant ses genoux. Il revenait tout juste d'une corvée de provisions supplémentaire, et sa « mission » s'était éternisée, à force d'aller toujours plus loin pour obtenir ce qu'il demandait. Il tremblait. Les autres soldats de l'équipe de la PM étaient en train de recueillir les listes d'appel des différentes sections. Trois semaines d'attente dans le froid, au cœur de cette gigantesque forêt, émaillées de combats de plus en plus sanglants, faisaient fondre les résistances, et les désertions commençaient à se multiplier. Frewin et les siens organisaient des patrouilles aux alentours des positions arrière, essentiellement vers les fermes, abandonnées ou pas, pour retrouver les fugitifs qui n'allaient pas très loin ; un abri sec et l'absence de coups de feu suffisaient bien souvent à les satisfaire. Frewin les arrêtait et les envoyait vers l'arrière où on statuait sur leur sort.

Et puis deux jours plus tôt il avait reçu l'ordre de prendre ses hommes et de s'enfoncer plus avant dans les terres, vers la ligne de front, au contact des compagnies Alto et Raven, de vieilles connaissances. Les désertions s'y multipliaient, essentiellement des nouvelles recrues qui venaient renflouer les effectifs décimés de ces compagnies, vaillantes mais exposées. Les nouveaux ne tenaient pas la pression. Le froid, l'humidité, l'attente et soudain les explosions, les ombres furtives et mortelles des ennemis dans la brume du petit matin. Et partout les cris de souffrance des corps déchirés, ces hurlements qui semblaient lancés par les plaies béantes comme des bouches grandes ouvertes. Le sang sur la neige. La roue insupportablement aléatoire de la survie. Quelques heures. Puis le silence perturbé par les oreilles sifflantes. La bouillie rose et brune de neige fondue et de tripes. Les copains dont la chair fume, comme si la vie s'évaporait. Les bleus ne supportaient pas longtemps cette existence. Spécialement au sein de ces deux compagnies aguerries, où les vétérans partageaient une sorte de fraternité du feu, dénuée de sympathie pour les autres.

— Je tuerais pour un café bien chaud, confia Matters, engoncé dans sa veste militaire d'hiver.

Frewin acquiesça sans un mot. Matters attendit un peu puis se lança :

— Lieutenant, vous ne trouvez pas l'état-major un peu culotté de nous envoyer au contact de Raven après ce qu'il s'est passé cet été ?

— Ils le font exprès, Matters. À compagnie spéciale, équipe de la PM spéciale. Nous les avons côtoyés, et les huiles pensent que nous saurons comment nous y prendre avec ces gros durs.

— Tout de même… Y en a encore dans la 3e section qui pensent qu'on a buté Hriscek exprès. Ils ont admis qu'il était certainement le tueur mais ils ne peuvent pas nous sentir pour autant, ça risque de faire des étincelles !

Frewin repensa au cadavre fumant qu'ils avaient extirpé de la sacristie. Les deux tiers inférieurs étaient calcinés, le haut avait gonflé, l'épiderme s'était craquelé sous la chaleur, pourtant on pouvait reconnaître les traits rudes de Hriscek, émaillés de cicatrices. Mais ce n'était rien à côté de ce qu'ils avaient trouvé dans la crypte. Les prisonniers avaient littéralement fondu. L'essence enflammée leur avait coulé dessus avant de se répandre pour ravager le sous-sol. Même en temps de guerre on ne pouvait souhaiter un sort pareil à ses prisonniers. Enfin il y avait cette femme que Frewin avait d'abord prise pour Ann. C'était Lisa Hiburgh, la secrétaire qu'ils avaient interrogée dans la journée. Donovan lui avait proposé de rester dormir dans l'église en attendant le lendemain, qu'une voiture puisse la raccompagner.

Les faits s'étaient expliqués d'eux-mêmes. Hriscek était parvenu à sortir de sa « cellule ». Il avait neutralisé Baker, avant de descendre assommer Lisa Hiburgh – la seule qu'il n'avait pas égorgée – et de s'en prendre aux deux gardes qui veillaient à l'extérieur. Et plutôt que de s'enfuir, il avait tendu un piège à Frewin et aux siens. Ivre de vengeance, Hriscek avait mis le feu à l'église pour les attirer à lui. Le feu avait gagné en importance, probablement au point de le surprendre lui aussi, et si Ann n'était pas entrée, le plan de Hriscek aurait même échoué. Il aurait été contraint de s'enfuir par-derrière et de reporter son duel avec Frewin à plus tard. La suite était connue de tous. Jusqu'à ce que Lisa se réveille. Frewin supposait qu'elle était recouverte d'essence et qu'elle avait dû commencer à prendre feu, la douleur l'extirpant de son inconscience. Pendant ce temps, Ann était montée à l'étage, sans trouver trace de Hriscek, et les flammes l'avaient prise au piège.

Frewin préférait ne plus y songer mais Matters se chargea de renouer avec le sujet :

— Vous sentiez le feu de cheminée quand on vous a transporté à l'hôpital ! s'amusa-t-il avec un reniflement. Quelle soirée ç'a été ! Miss Dawson aussi a eu de la chance de s'en tirer à si bon compte !

Matters guetta son supérieur, sans réaction à l'évocation de l'infirmière.

— On ne la voit plus du tout depuis cette histoire, vous savez ce qu'elle est devenue ?

Frewin devinait plus qu'une curiosité polie dans cette question, l'envie de savoir ce qui liait le lieutenant à l'infirmière. Matters avait remarqué qu'Ann et Frewin s'étaient longuement parlé après le drame de l'église, il y avait eu des gestes, des attentions qui ne trompaient pas. Frewin hésita.

Que pouvait-il répondre ? Qu'après ce qu'ils avaient vécu il avait demandé à Ann de ne plus venir le voir ? Qu'il s'était laissé aller à un peu de tendresse au milieu de toute cette barbarie mais qu'il avait retrouvé sa tête et que c'était une relation impossible ? Tout ça était vrai, alors pourquoi ne pas le dire à son sergent ? Il avait rassuré Ann après l'incendie, il avait veillé sur sa convalescence rapide, puis dressé un mur entre elle et lui dès qu'elle avait abordé leur *relation*. Il avait été froid, cruel même. Parce qu'il avait senti qu'elle ne céderait pas. Ann avait un caractère bien trempé, elle n'accepterait pas qu'il se défile, elle le lui avait jeté à la figure : il fuyait sa vie, craignant le souvenir de sa femme. Avait-elle tort ? Il lui avait dit que ça n'avait rien à voir. Qu'il avait couché avec elle pour s'assurer de son aide, sans autre forme d'émotion. Ses prunelles s'étaient enflammées. Elle ne l'avait pas cru, Frewin le savait, mais c'était de voir jusqu'où il pouvait aller qui l'avait fait enrager. Sans un mot, elle s'était détournée pour quitter la tente. Il ne l'avait plus revue depuis six mois.

Ça ne regardait pas Matters.

— Non, répondit Frewin sèchement.

L'air gelé s'immisça dans son col, le long de sa colonne vertébrale, et lui arracha un frisson.

Frewin rapprocha ses paumes du verre chaud derrière lequel dansait une flamme jaune et rouge qui projetait son halo rassurant au fond de ce trou sinistre. Une minute passa avant que Matters ne reprenne la parole :

— Je peux vous poser une question indiscrète, lieutenant ?

— Essayez toujours, lui répondit-il doucement.

— Ça… ça ne vous manque pas cette tension, l'adrénaline de l'enquête ? Je veux dire : ces bouffées d'émotion qu'on ressent pendant l'investigation, le piment du danger, tout ça !

Frewin leva les yeux de la lampe et fixa son sergent.

— Non.

Matters parut déçu.

— Ah ? Je pensais que… vous aimiez cela. Vous êtes sacrément bon dans ce domaine, c'est quand même pas le hasard.

— Vous voulez en venir où, sergent ?

— Eh bien… je…

— Allez-y, parlez librement, dites ce que vous pensez, nous sommes entre nous ici.

Matters hocha la tête et fit la moue avant de se lancer :

— Vous n'êtes jamais aussi bon dans votre métier que lorsqu'on enquête sur un crime. Et je ne suis pas le seul à le constater, c'est votre réputation ! Alors… je me demandais si… Ça ne vous inquiète pas d'être tellement capable de cerner le mal ?

Frewin ferma les paupières un court instant. On y était. Matters abordait enfin le sujet. Il devait en avoir entendu, des rumeurs au sujet de son lieutenant ! Le « troublant lieutenant Frewin ». Celui qui ne parlait pas beaucoup.

Qui ne souriait pas souvent. Cet officier dont la femme était morte une nuit en tombant dans l'escalier. Tout le monde connaissait l'histoire : Patty Frewin et son mari avaient fêté son retour pour une permission, ils avaient bu, et au moment de monter à l'étage, Patty avait trébuché à mi-parcours, pour dévaler jusqu'en bas, le crâne ouvert. Elle était morte en quelques minutes, dans les bras de son époux. Mais il existait une autre version qui circulait dans les bases où Frewin avait sa réputation. Il était bien trop habile à cerner les criminels pour ne pas avoir en lui une part de culpabilité, disait-on. Toujours la même rengaine : « C'est parce qu'il est *mauvais* qu'il est apte à les traquer avec tant d'adresse, il pense comme eux. » Frewin n'était pas sourd, il avait déjà entendu ces rumeurs. Certains allaient jusqu'à sous-entendre qu'il avait tué sa femme.

Frewin serra les poings.

— Matters, croyez-vous qu'un aliéniste ait besoin d'être lui-même fou pour soigner ses patients ? Les médecins doivent-ils être malades pour reconnaître une maladie ?

— Non, mais on leur enseigne à reconnaître…

— Oui, ils apprennent ! C'est ce que je fais. J'apprends des hommes, chaque jour que je vis sur cette Terre, j'apprends en observant. J'ai cette faculté, l'empathie, je pratique l'analyse des émotions, des comportements. J'ai lu, beaucoup, énormément, sur ces sujets. Vous savez ce qui fait la différence entre un bon et un mauvais médecin ? La passion qu'il met dans son métier. Je suis un passionné, Matters.

Le sergent approuva en baissant un peu le menton. Il commençait à s'inquiéter, avait-il été trop loin ?

— Et c'est justement cette passion qui engendre les rumeurs les plus folles à mon sujet. Mais c'est le serpent qui se mord la queue, me direz-vous : suis-je fasciné par l'aspect criminel de l'homme parce que je suis une personnalité sombre ou est-ce que cette personnalité s'est développée au contact des criminels ?

Le silence qui suivit ne fut entrecoupé que par le vent qui sifflait entre les arbres de la forêt. La lumière du matin était grise, presque crépusculaire.

— Je n'étais pas comme ça au début, reprit Frewin. L'armée… J'ai changé. Pour survivre, pour me faire ma place. Le jeune homme que j'étais, encore fragile, a pris sa trajectoire à ce moment-là, et ce milieu… *viril* a fait de moi ce que je suis aujourd'hui. Tout comme il est en train de vous changer peu à peu.

Matters se redressa. Pourtant il ne pipa mot, incapable de formuler les pensées qui l'assaillaient.

Ils demeurèrent une heure ainsi, à lutter contre la température, percevant de temps à autre les voix des camarades dans les trous proches. Conrad apparut enfin, au sommet de leur abri de fortune, flanqué de Monroe et Donovan.

— Lieutenant, on a un problème, dit-il d'un ton grave. On a perdu Larsson.

Frewin se leva.

— Comment ça « perdu » ?

— Eh bien, il est allé au contact de la compagnie Raven pour avoir un rapport des officiers sur les troupes, et il n'est pas revenu.

Tout en parlant, Conrad ôta son casque pour masser ses tempes.

— Vous êtes allé voir ?

— Oui, j'en reviens tout juste. Le capitaine Morris a bien fait son rapport à Larsson, puis il l'a vu repartir par la forêt, vers la base arrière où nous avions tous rendez-vous il y a une heure. J'ai préféré rentrer pour vous en aviser.

— Vous avez bien fait.

Devant l'inquiétude qui gagnait les hommes, Matters préféra temporiser :

— Il s'est peut-être arrêté en route pour se réchauffer, il est peut-être allé voir des gars dans une tranchée ?

— Pas son genre, rétorqua aussitôt Frewin. Il sait que nous sommes sur le front. Le retard d'un homme peut signifier une présence hostile dans nos lignes. Prenez l'équipement lourd, on part à sa recherche.

Matters soupira et attrapa son fusil. Il n'aimait pas cette idée de patrouille à proximité du front. Les pluies d'obus pouvaient s'abattre sans prévenir. Non, vraiment, il n'aimait pas cette idée.

Un mauvais pressentiment l'habitait, et sa récente blessure à l'épaule se mit à le brûler comme pour lui rappeler le goût douloureux du métal dans la chair.

58

Les rangers s'enfonçaient dans la neige avec un crissement cotonneux. En file indienne, Frewin en tête, le petit groupe progressait entre les branches basses, fusils et mitraillettes à l'épaule. Ils marchaient à la cadence des nuages qu'ils exhalaient comme un train à vapeur perdu en pleine forêt.

Quelquefois des brindilles craquaient sous leurs pieds, ils se raidissaient en guettant les fourrés alentour, puis reprenaient leur marche. Déjà une heure qu'ils arpentaient la bande large de trois kilomètres sur dix qui séparait l'arrière-base de la compagnie Raven d'où était parti Larsson. Le géant ne pouvait s'être perdu, il vantait son sens de l'orientation infaillible et l'avait maintes fois prouvé. Frewin était inquiet. C'était une forêt dense et sombre, pourtant il avait confiance en son soldat. Pouvait-il avoir été attaqué ? Le moindre coup de feu aurait sonné le branle-bas de combat dans toutes les compagnies proches. Et Larsson mesurait un mètre quatre-vingt-quinze, tout en muscles, pas le genre de gabarit qu'on provoque au corps à corps. Que lui était-il arrivé ?

Les cinq hommes évoluaient tête rentrée dans les épaules, la crainte d'offrir une cible mouvante chevillée à l'esprit. Il existait plusieurs accès reliant les compagnies du front à la base arrière, dont une route, mais située au sud, à l'opposé d'où était parti Larsson, à presque huit kilomètres. Il ne pouvait y être descendu.

En toute logique, il ne restait que deux chemins dont l'un se trouvait assez loin. L'équipe avait sillonné le premier, sans rien trouver. Une patrouille avait certifié n'avoir croisé aucun « géant de la PM » de toute la matinée.

À présent, ils avaient rallié l'autre sentier et le remontait en direction de la ligne de combat. Tout était pourtant calme. Aucune explosion, aucun crépitement d'arme. À peine le croassement lugubre d'un corbeau de temps à autre.

La végétation était noire et blanche, parure de léthargie hivernale. L'absence de couleur et la lumière anémique rendaient le paysage triste. Ils avançaient le plus discrètement possible, dans une cuvette de neige tassée où les empreintes de pas se recouvraient. Au détour d'un virage fermé par un grand sapin, ils s'immobilisèrent. Un cerf se dressait au milieu du passage. Un grand mâle aux bois splendides, au poil roux et brun.

Il leva la tête vers eux, ses nasaux exhalant de la vapeur, son regard obscur dardé sur ce groupe d'hommes en armes. La même incertitude les garda face à face de longues secondes. Figés. Puis l'animal déplia ses pattes et bondit entre deux bosquets d'épineux. Il galopa en serpentant parmi les arbres, et disparut.

Sans un mot, les soldats reprirent leur route, gardant pour eux cette image de beauté, comme si le fait d'en parler risquait d'en altérer la grâce.

Dix minutes de plus à arpenter cette croûte blanche, et ils se rapprochèrent de la compagnie Raven, qui devait être à moins d'un kilomètre maintenant.

Ce fut Frewin, ouvrant la marche, qui remarqua la trace. Un sillon de cinquante centimètres de large et profond de vingt quittait le sentier pour s'enfoncer dans la forêt.

— Qu'est-ce que c'est ? fit Conrad en s'agenouillant pour l'examiner.

— On dirait qu'une chenille est passée par là, avança Matters.

— Pas assez lourd. Tu connais des engins militaires qui n'ont qu'une seule chenille et qui ne pèsent rien, toi ? railla Monroe.

Frewin posa un genoux à terre aux côtés de Conrad.

— Ce n'est pas mécanique, dit-il.

Conrad approuva en sondant le périmètre.

— Non… (Il se leva pour attraper un gros morceau de bois qui était planté à côté.) Je pense même que c'est avec ça qu'on a creusé le sol.

— Pour quoi faire ? gémit Donovan qui sentait l'anxiété gagner ses compagnons sans en comprendre l'origine.

— Effacer des traces de pas, précisa Frewin.

Il leva la mitraillette qu'il tenait contre lui et s'engagea sur le sillon.

Son index passa devant la détente, tous ses sens aux aguets. Frewin ne sut si c'était un tour de son imagination ou si le paysage se métamorphosait subitement. Il prenait des allures de conte angoissant.

De grosses racines sombres se tordaient dans l'air avant de se courber et d'enfoncer leurs têtes aveugles dans le sol, semblables à des vers obèses, à l'épaisse peau couleur de terre.

Des branches dépouillées et crochues cherchaient à agripper les vêtements.

Des herbes jaunes et asséchées s'extirpaient de la neige.

Des ronces noires comme le mal.

Et plus un son. Pas même un oiseau au loin.

La végétation elle-même s'était tue.

Ton anxiété se transmet à la perception de ton environnement… ce n'est rien, se raisonna Frewin. Pourtant une haie de buissons aux lianes couvertes d'épines fermait à présent tout leur flanc gauche. *C'est normal, tu t'éloignes du sentier, tu t'enfonces dans des friches.*

Le sillon continuait, serpentant maladroitement entre les plantes.

Frewin s'arrêta brusquement. Un casque était renversé au milieu du tracé. Une kyrielle de gouttes rouges répandues tout autour.

Et au fond, une flaque de sang stagnait. Frewin perçut la tension qui montait derrière lui. Les hommes juraient, Matters priait. Tous reconnaissaient le casque de Larsson sur lequel le géant avait calligraphié cette simple phrase : « QUI VEUT VIVRE À JAMAIS ? »

Un filet de sang partait en ligne droite dans la neige. Il devint évident qu'il n'était pas le résultat d'une blessure mais plutôt disposé ainsi à dessein. *Pour nous inviter à suivre cette direction ?* songea Frewin. Ce n'était pas bon. Pas bon du tout. Il était arrivé quelque chose à Larsson. Et le lieutenant craignait le pire.

Frewin désigna un grand sapin et ordonna :

— Monroe, grimpe là-dedans et couvre-nous, on va suivre cette trace.

Monroe approuva avant de se raviser.

— Je vais plutôt me mettre là-haut, j'aurai une vue dégagée et plus de stabilité, affirma-t-il en trottinant vers un gros rocher gris qui bordait ce qui ressemblait à une petite clairière vers laquelle la ligne de sang se dirigeait.

Pendant ce temps, Frewin continuait à progresser sur cette neige retournée, longeant la rigole pourpre qui lui indiquait la voie à suivre. La végétation se clairsema pour finalement s'ouvrir sur un dégagement d'une vingtaine de mètres de diamètre. D'un geste de la main, Frewin envoya Conrad inspecter la gauche pendant que Donovan partait sur la droite. Monroe, quant à lui, apparut en haut du rocher qui surplombait le paysage d'une demi-douzaine de mètres.

Le sang partait droit vers le milieu de la clairière, coupé brutalement par une autre ligne rouge perpendiculaire. Frewin n'en vit pas davantage, le regard aussitôt happé par la forme posée sur une souche en face de lui.

Larsson...

Il était assis sur le tronc cassé en biseau, comme un

roi sur son trône, le dos appuyé contre ce qu'il restait d'écorce. Un roi terrifiant.

Ses globes occulaires jaillissaient de leurs orbites, près de tomber, à peine retenus par le nerf optique. On lui avait déchiré les paupières et toute la peau autour des yeux. Ses joues et ses lèvres manquaient également, dévoilant les mâchoires entrouvertes. On avait arraché tout son visage. L'émail de ses dents brillait dans le froid.

Frewin remarqua un lambeau de peau flottant sur le bord du menton comme une feuille rousse dans le vent.

Sa gorge béante disparaissait sous la matière organique qui s'en était échappée avant que le froid ne la fige. Tout le haut de son uniforme était imbibé.

Larsson... égorgé.

— Oh, merde, murmura Matters dans son dos. Merde.

Les traces au sol avaient été effacées par le même stratagème qui les avait conduits jusqu'ici. Une partie de ce tapis blanc cependant n'avait pas été saccagée et on y distinguait des traits et des ronds vermillon. Il n'y avait pas eu de combat ; le sang le confirmait : une seule et unique projection, presque rectiligne dans la neige, celle de la perforation, lorsque la lame avait déchiré le film protecteur du cou pour lacérer veines et jugulaires. On voyait une mare rouge plus compacte ensuite, presque aux pieds de Larsson. *Lorsqu'il est tombé à genoux*, devina Frewin. *Les mains sur la gorge pour tenter de stopper l'hémorragie. Le liquide a coulé entre ses doigts, sur lui, par terre.*

Qui était capable d'abattre ainsi Larsson ? Comment avoir raison d'un tel colosse sans se faire massacrer ? Car il n'y avait pas d'autres marques, l'agresseur ne semblait pas avoir saigné. Pire, on avait recueilli le sang du soldat mourant dans son propre casque pour dessiner ce trait rouge le long du chemin.

— Lieutenant ! s'écria Monroe du haut de son perchoir.

Frewin se tourna vers lui. Monroe braquait un index vers le sol et dessinait un cercle avec, pour entourer Frewin.

— Que dit-il ? demanda le lieutenant froidement.

Matters secoua la tête.

Puis ils comprirent. Monroe désignait la ligne de sang qui les avait conduits ici. Frewin fit un tour sur lui-même.

Elle les entourait.

Ils étaient au cœur d'un cercle tracé avec le sang de Larsson. Un cercle dont partait une ligne droite, barrée par une autre ligne perpendiculaire.

Et soudain, Frewin comprit ce que Monroe voyait d'en haut.

Un symbole.

On s'était servi du sang de leur compagnon pour représenter le symbole féminin. Le même que celui retrouvé sur la première scène de crime, celui de Fergus Rosdale.

Ce fut à cet instant précis que les coups de feu éclatèrent et que le sommet du rocher où se tenait Monroe explosa en une multitude de fragments.

La forêt se mit à gronder.

Et la mort les arrosa de toutes parts.

59

Le menton enfoncé dans la neige, à quelques centimètres de la mare de sang, Frewin identifia au moins trois armes différentes. Trois tireurs. Ils attaquaient par le nord.

Frewin pivota pour s'assurer que Matters était bien couché à ses côtés, indemne, et chercha ses hommes du regard. Donovan rampait pour se rapprocher d'eux. Monroe avait disparu du sommet de son rocher dès les premiers coups de feu. Frewin craignait qu'il ne soit touché. Restait Conrad, invisible.

— Ils sont juste devant nous, rapporta Matters, là dans les buissons. Je crois qu'il y a quatre tireurs. Deux mitraillettes et deux fusils.

Pire que les déductions de Frewin.

— Qu'est-ce qu'on fait ? demanda le sergent qui ne parvenait pas à dissimuler sa peur.

Frewin tenta de mettre de l'ordre dans ses esprits. Les balles claquaient dans l'air et faisaient gicler la neige. Il devait prendre la bonne décision. Conrad était absent, il devait se trouver tout près de leurs assaillants. *Ils l'ont eu en premier, avec Monroe, des cibles faciles*. S'il ordonnait de se replier par le sud, ils pourraient peut-être passer par le rocher et tenter de récupérer Monroe, mais ils abandonneraient Conrad.

— Lieutenant ? insista Matters.

Deux balles émirent un bruit gras et humide en venant se ficher dans le corps de Larsson, au-dessus d'eux. Il fallait faire vite.

Frewin se prépara à s'accroupir.

— Tir de barrage, cria-t-il à Matters par-dessus le vacarme.

Il se mit à genoux et pressa la détente. Le canon de son arme se mit à cracher son métal incandescent. Visant la forêt, Matters l'imita aussitôt. Frewin ne se préoccupa pas de chercher une cible potentielle parmi les feuilles, il ausculta le bord de la clairière, à la recherche de Conrad. Rien. Le doyen de la PM avait disparu, il n'y avait pas même son corps. Il se jeta ventre contre terre dans la foulée.

La riposte ne se fit pas attendre. Une pluie d'impacts arrosa le tronc, envoyant des esquilles de bois en si grand nombre qu'un nuage de poussière brune se forma.

Larsson encaissa une salve de coups, sa chevelure sauta, détachant un large morceau de la boîte crânienne qui vint se planter face aux yeux du sergent. Sous la pression des balles, le corps se mit à glisser et s'affaisser en avant, Matters eut à peine le temps de rouler sur le côté pour l'éviter. Le lieutenant, lui, le reçut sur le dos.

En une seconde, Matters réalisa qu'il n'était plus à couvert. Une première balle le frôla. Une seconde fit éclater la neige à dix centimètres de sa tête, lui envoyant violemment des flocons dans les yeux. Le jeune sergent roula en sens inverse, aveuglé. Deux sifflements à proximité de son oreille.

C'est alors que son casque résonna comme une cloche et qu'il perçut une pichenette sur le sommet du crâne. Et il comprit. Cette fois l'acier était en lui. Dans son cerveau. Il ne le sentait pas encore. Et curieusement, plus que la douleur, ce fut la peur qui l'inonda. Une terreur sourde, primitive, car Matters sut qu'il était en train de partir. Il vit le lieutenant devant lui, repoussant le cadavre de Larsson pour brandir sa mitraillette au-dessus de lui et tirer. Il remarqua les cartouches qui s'envolaient en fumant depuis la fenêtre d'éjection. La flamme crépitante devant l'arme. Le rugissement des balles lui semblait lointain. Il mourait et c'était ainsi : les sensations qui disparaissent, le son, le toucher. Il n'avait plus froid. Et ses paupières commencèrent à se fermer. Tout cela n'avait pas pris dix secondes.

Toute sa vie disparut en ce laps de temps.

Et il ne sut plus rien.

Frewin vida son chargeur et roula sur le flanc pour le changer. Personne ne prit la relève pour occuper l'ennemi. Ni Matters, ni Donovan. Il enfonça le rectangle dans son logement, arma et refit partir quelques coups sans viser. Puis Donovan apparut sur sa gauche.

— Faut pas rester, mon lieutenant ! On va se faire massacrer !

— On se replie vers le rocher pour récupérer Monroe ! hurla Frewin en faisant à nouveau feu. Tirez, bon sang !

Donovan pointa son fusil dans la même direction que son supérieur et déclencha deux projectiles avec la même absence de conviction que s'il avait dû abattre une fourmi à trois cents mètres de distance.

Trois geysers blancs jaillirent juste devant le soldat qui lâcha aussitôt son arme pour abriter sa tête derrière ses bras. Frewin lança une nouvelle série de décharges assourdissantes et chercha Matters du regard. Il trouva le sergent derrière lui, le visage enfoncé dans la neige. *Pas Matters, non, pas lui aussi !*

Ils allaient tous y passer, réalisa-t-il. Petit à petit, ils se feraient tous abattre. Donovan ou lui en voulant rallier le rocher. L'autre suivrait en voulant retrouver Monroe. C'était fini.

Puis les bois explosèrent.

Coup sur coup, deux grenades embrasèrent les buissons, illuminant d'un flash instantané ce qui n'était qu'obscurité là où Frewin se tenait. La saccade brutale d'une mitraillette suivit, quelque part sur la gauche. On riposta d'un coup de feu et une troisième grenade sauta dans la foulée. Puis plus rien.

Un voile de fumée s'échappa d'entre les branches.

Presque une minute sans bruit avant qu'un coup sec ne résonne. Frewin reconnut le son plus mat et sec d'un pistolet. À nouveau le silence.

Deux sapins s'agitèrent et une voix rauque, caractéristique, en émergea :

— C'est moi, Conrad, ne tirez pas !

Et il sortit de la lisière, mitraillette sur l'épaule.

— Je les ai eus, ces fumiers ! brailla-t-il sans se rendre compte que les grenades l'avaient rendu sourd. Tous, même celui qui bougeait encore ! Je lui ai collé un pruneau entre les yeux !

Et si le ton qu'il employait se voulait hilare, l'expression de son regard fit peur à Frewin.

60

La peur est le plus puissant des moteurs.

La peur transforme les hommes. Elle peut les détruire, ou bien les rendre invulnérables. La peur dope les esprits, ou les réduit en bouillie. Elle est instrument d'asservissement, elle n'a pas de limite. Qui contrôle la peur, contrôle l'homme, voire des foules entières.

Matters en avait fait la cruelle expérience. La peur s'était emparée de tout son corps, jusqu'à sa conscience, pour le faire tourner de l'œil. Il avait cru prendre une balle en pleine cervelle, alors qu'elle avait ricoché sur le casque, laissant un éclat de peinture arraché. Il avait survécu. Sans une égratignure. Tout comme Monroe qui avait trébuché dès le début de l'assaut, il s'était sonné en voulant se retenir. Le temps qu'il retrouvre la pleine possession de ses moyens et tout était fini. Conrad, quant à lui, avait surpris la patrouille ennemie juste avant qu'elle n'ouvre le feu sur ses camarades. Il n'avait pu que se cacher pour la contourner. La patrouille aurait pu passer sans même les remarquer si Monroe n'avait pas interpellé son lieutenant en découvrant la figure tracée avec le sang de leur compagnon. Conrad les avait vus sursauter et se rapprocher brusquement sans parvenir à prévenir les siens.

Deux grenades avaient fait taire leur ardeur belliqueuse, avant qu'il n'arrose les corps gémissants de sa mitraillette. Un adversaire un peu à l'écart avait riposté et Conrad avait lancé sa dernière grenade pour régler le problème. C'était en marchant parmi les cadavres qu'il avait découvert un survivant. Il s'en était occupé avec son pistolet. Une balle.

Si dans les premières minutes il s'était montré survolté par sa réussite, il avait sombré depuis dans un mutisme de mauvais augure.

Frewin avait conduit tout le monde à l'hôpital de campagne : une succession de longues tentes guère plus chaudes que leur trou. Monroe et Matters s'y firent ausculter malgré leurs protestations et Frewin retourna dans la clairière avec des hommes de la compagnie Drake. Ils revinrent en fin d'après-midi, portant une civière dissimulée sous un drap kaki. Une heure plus tard, toute l'équipe de la PM était convoquée dans ce qui était devenu leur quartier général de fortune : un profond trou entre des sapins.

L'hiver approchant, la nuit était déjà tombée, soulignant une succession d'œillets de lumière orangée dans la forêt. Des pores coruscants qui tremblaient à la surface de cette peau blanche, et des grappes de soldats agglutinées autour des minuscules clartés luttant pour survivre dans le froid. Ils se resserraient pour contempler ces petites flammes avec passion, priant pour qu'elles ne meurent pas comme s'il s'agissait de leur espoir.

Frewin serpenta entre les anfractuosités, saluant deux hommes qui montaient la garde, jusqu'à atteindre l'abri de la PM où deux lampes-tempêtes brillaient au fond, irradiant un faible halo. Lorsque Frewin y descendit, il vit les visages pâles de Matters, Donovan, Monroe et Conrad. Quatre hommes, voilà tout ce qui lui restait. Quatre autres étaient partis dès le début de cette longue succession de batailles. Clauwitz, Forrell, Baker et Larsson. On lui promettait des renforts depuis deux mois, sans résultat. Heureusement l'équipe du capitaine Stanley, l'autre unité de la PM affectée à ce régiment, assurait une large partie du travail.

Frewin trouva à s'asseoir sur une caisse de munitions vide, servant de table et de tabouret. Ses hommes étaient emmitouflés dans des couvertures.

— Je ne vais pas y aller par quatre chemins, commença-t-il, on a un sérieux problème sur les bras.

Frewin vit des regards entendus se croiser, ils en avaient déjà parlé entre eux.

— Larsson a été assassiné, et ce n'est pas par l'ennemi. Le symbole dessiné avec son sang n'était pas là par hasard. Le choix de Larsson non plus.

— C'est exactement comme sur le *Seagull*, pour le meurtre de Rosdale, rappela Matters d'un ton lugubre.

— Oui, et nous n'étions pas nombreux à savoir pour ce dessin.

— Il y avait nous et miss Dawson, fit remarquer Matters.

— Exact, répondit Frewin l'air soucieux.

— Ainsi que l'officier Coolidge qui était à bord.

Frewin hocha la tête en se souvenant d'un trentenaire qui n'avait presque plus de cheveux. Matters avait déjà bien réfléchi.

— Il est pourtant à exclure que Coolidge soit responsable de ça, protesta le lieutenant.

— Pourquoi ? demanda Monroe, une cigarette entre les lèvres.

— Parce qu'il n'a probablement pas quitté le navire et qu'il y est encore à l'heure où nous nous gelons ici, à plusieurs centaines de kilomètres.

— Et miss Dawson ? insista Matters.

Le ton accusateur déplut à Frewin qui s'empressa un peu trop de la défendre :

— Franchement, vous la voyez faire ça ? Sans parler du rapport de force entre elle et Larsson ! Non, et c'est bien pour ça que nous avons un sérieux problème.

Il leva les yeux pour scruter chacun de ses hommes. Tous soutinrent son regard. Tous savaient ce qu'il voulait dire. On n'avait pas tué Larsson. On l'avait *massacré*.

— On chope celui qui a fait ça et on lui fait payer très cher ! s'exclama Monroe. Et là : pas de procès, rien que lui et nous !

— Monroe ! Pas de ça ! On ne part pas en vendetta, le sermonna le lieutenant.

L'intéressé marmonna entre ses dents avant de s'enfoncer un peu plus sous son épais châle improvisé. Frewin savait que ses hommes n'allaient pas bien. Le regard noir de Conrad après ce qu'il avait fait aujourd'hui, la rage à peine contenue de Monroe et l'apathie des deux autres le rendaient soucieux. Ils ne pouvaient pourtant pas s'arrêter, c'était la guerre, et même si Larsson n'était pas tombé comme les autres, il ferait partie des soldats morts au front. Tout le monde perdait un ou plusieurs camarades à chaque bataille.

— Larsson était… exhibé, constata Matters avec de l'émotion dans la voix.

Frewin le fixa. Peut-être plus encore que l'état du cadavre, c'était ce point précis qui le perturbait.

— Et ça nous rappelle quelque chose.

— Hriscek est mort, il est même bouffé par les vers ! protesta aussitôt Donovan.

— Aucun doute là-dessus, admit le lieutenant, nous avons tous vu ce qu'il restait de lui, ses traits gonflés et ses membres brûlés. Ce qui ne nous laisse pas beaucoup de choix.

Matters haussa les épaules sous sa couverture et lança :

— Justement, ça ne nous en laisse aucun ! Qui a fait ça à Larsson ?

— Quelqu'un qui savait pour le symbole féminin, exposa Frewin. Qui savait que Hriscek exhibait les corps de ses victimes.

Le ton montait peu à peu.

— Mais il n'y a que nous ! rétorqua Matters.

— Alors il nous faut reconsidérer l'enquête effectuée. Il n'y a que deux options : soit ce n'était pas Hriscek…

— Impossible !

Frewin continua sans tenir compte de l'interruption :

— Soit il avait un complice.

Les visages des uns et des autres étaient éclairés par en dessous, allongeant les ombres de leur visage et leur conférant un air inquiétant dans la lumière tiède des flammes.

Cette fois ce fut au tour de Donovan d'intervenir :

— Vous l'avez dit vous-même : c'est presque impossible, trop difficile que deux pervers se rassemblent, qu'ils se reconnaissent et puissent partager un fantasme aussi élaboré, c'est ce que vous aviez dit.

— Je sais, pourtant il nous faut envisager cette option, j'ai pu me tromper, même si… ça me semble toujours aussi improbable aujourd'hui. Les crimes étaient… *sont* si particuliers, ils vont tous dans une direction commune, celle de la frustration, de la haine du système, de la femme, il y a un degré de sophistication tel que je ne peux pas croire qu'ils soient le fruit de deux cerveaux. Deux pervers qui se rencontrent élaborent leurs fantasmes criminels ensemble, même si l'un des deux prend l'ascendant sur l'autre, on devrait trouver des éléments allant dans des directions sensiblement différentes sur le crime, un peu de l'un et un peu de l'autre… Le langage du sang ! Encore une fois, messieurs, je vous le dis : un homme ne peut froidement en tuer un autre sans qu'une part de sa personnalité et des raisons de son geste ne s'imprègne dans son crime.

— Alors quoi ? protesta Conrad que toutes ces explications fatiguaient dans ce contexte endeuillé. Si Hriscek n'avait pas de complice ? Et puisqu'il est bien mort, qui a fait ça ?

— On pourrait envisager…, balbutia Donovan, que Hriscek n'ait pas été le tueur. Que d'une manière ou d'une autre, on nous a trompés.

— Et il se serait arrêté de tuer pendant six mois ? déclara Monroe, pas convaincu.

— Si nous étions tout près de l'identifier, alors oui,

envisagea Matters. Il aurait mis au point un stratagème perfide pour accuser Hriscek et une fois débarrassé de nous, il a attendu que tout se calme pour recommencer.

Le sergent chercha du soutien en guettant Frewin. Celui-ci réfléchissait, envisageant les différentes possibilités.

— Quoi qu'il en soit, je vais vous demander d'être sur vos gardes, ordonna-t-il. Nous ne sommes pas assez nombreux pour nous déplacer par groupes et j'ai besoin de tout le monde pour continuer d'assurer notre mission. Aussi, lorsque vous serez seuls, méfiez-vous de tout. Je vais demander à Toddwarth des renforts immédiats en espérant cette fois qu'il ne nous fera pas mariner six mois de plus. Pour l'heure : prudence.

— C'est… tout ? s'étonna Donovan. On ne va pas enquêter sur la mort de Larsson ?

— J'ai déjà annoncé son meurtre et notre implication dans l'enquête, rapporta le lieutenant. Je vais m'en occuper.

— La compagnie Raven est la plus proche de l'endroit où on l'a retrouvé, exposa Matters avec ce que Frewin identifia comme de la colère dans la voix. Et Larsson en revenait. Il y avait la 3e section tout près. Ça recommence.

Ils se turent un instant, dans l'étrange silence de la forêt. La présence militaire avait fait fuir les animaux ayant échappé aux combats.

— Il y a une dernière éventualité, fit Monroe d'un ton grave. C'est que ce soit l'un d'entre nous.

Et plus étrange encore que le calme de la forêt, personne ne s'indigna. Ils s'observèrent, la face déformée par les ombres.

Des visages de monstres.

61

Au petit matin, les combats avaient repris quelques kilomètres plus à l'est. On entendait les crépitements discontinus des mitrailleuses et les déflagrations des grenades.

Avant que ses hommes partent vers leur affectation, Frewin insista sur les consignes de sécurité :

— N'oubliez pas, vous serez seuls lors de vos déplacements dans la forêt pour rallier chaque compagnie et faire le point avec les officiers sur les désertions. Ensuite, toute inspection ou toute patrouille dans la région s'effectue avec une équipe de la compagnie Drake depuis l'arrière-base. Plus de zèle, on ne va nulle part sans une escorte.

— Tant qu'on y est, ils pourraient transférer leur état des troupes par radio, non ? proposa Monroe.

— Négatif, l'état-major s'y oppose formellement. L'état de chaque compagnie est considéré comme une information sensible, ses morts, ses blessés et ses déserteurs, tout ça ne doit pas être connu de l'ennemi, et les radios ça s'écoute. C'est votre tâche, messieurs, allez-y.

Il vit ses quatre hommes remonter la pente glissante de leur trou et se disperser vers leurs missions respectives, sans un mot mais avec la même nervosité. Tous portaient des armes lourdes et Matters vérifia à deux reprises si son fusil était bien chargé avant de disparaître derrière les frondaisons de sapins.

Frewin fouilla dans la petite caisse qui contenait ses maigres affaires. Il souleva un peu de linge et, sur le côté, entre un carnet de notes et toutes les lettres adressées à Patty, il extirpa la liste des hommes de la 3e section, compagnie Raven. Toujours les mêmes. Il l'avait conservée sans savoir pourquoi, lui qui n'était habituellement pas très sentimental, peut-être en guise de trophée. Elle était pliée en quatre, froissée.

Si Hriscek n'était pas notre homme, c'est qu'on s'est foutu de nous avec une habileté hors du commun ! Il devait retracer toutes les déductions qui les avaient conduits à Hriscek. Pourtant, il se contenta de mettre la liste dans une poche de sa veste et se hissa à son tour hors de la cavité.

Il avait une promenade à faire avant tout. Rendre visite au capitaine Morris.

L'impact des affrontements était plus palpable sur le bivouac de la 3e section qui n'était qu'à six cents mètres du front. Le capitaine Morris était absent, avec une partie de ses hommes en soutien de la 2e section au combat. Il ne trouva que le sergent Parker Collins qui courait entre les tentes.

— Hé ! le héla Frewin.

— Je dois filer, lieutenant, je recharge mes besaces, fit-il en exhibant deux sacs marqués de la croix rouge qu'il se mit à remplir de compresses.

— Ils sont tous au contact ?

— Oui, haleta-t-il, et ça frappe fort là-bas.

— Hier, la 3e section était présente ici ?

Parker Collins acquiesça.

— Sauf Regie, Clamps et Traudel, qui étaient de patrouille le matin, et Clark, Brodus et Costello l'après-midi, sinon on était tous là.

— Libres de vos mouvements ?

Collins tiqua, et cette fois il s'arrêta pour étudier le lieutenant.

— Pourquoi ? Vous nous soupçonnez encore de quelque chose ?

— Répondez, sergent.

L'expression de Collins vira à l'exaspération.

— Oui, libres de nos mouvements. Voyez-vous, la compagnie Raven se tape toujours le sale boulot, alors quand on n'est pas le nez dans la merde, les patrons nous foutent la paix, vous devriez en prendre de la graine d'ailleurs.

Larsson avait été tué le matin. Regie, Clamps et Traudel pouvaient être rayés de la liste des suspects. À moins qu'ils n'aient agi à trois, ce que le lieutenant ne pouvait concevoir. C'étaient des crimes de solitaire. Un tueur et un seul, il le sentait.

— Désolé mais faut vraiment que j'y aille ce coup-ci, fit l'infirmier en fermant ses sacs et pressant le pas loin du lieutenant.

Frewin le guetta pendant qu'il s'éloignait puis fit demi-tour. Il chercha le sentier qui filait sur le flanc nord, le même qu'avait emprunté Larsson la veille pour repartir et, lorsqu'il le débusqua entre deux nids de ronces, il s'y engagea. Il avait sermonné son équipe sur la prudence et réalisa qu'il ne portait que son pistolet au ceinturon. Ni arme lourde, ni grenade.

Dans la rumeur des assauts, Frewin n'entendait que le crissement de ses semelles sur la neige et le faible vent qui bruissait dans les branches. Il remonta jusqu'au chemin perpendiculaire que le tueur avait « nettoyé » pour revenir dans la clairière. Le sang maculait toujours le manteau blanc. Personne n'avait effacé le dessin qui prenait des airs de provocation. Frewin s'écarta un peu pour avoir une vision d'ensemble.

Le tueur s'était éloigné du sentier avec sa proie, pour être tranquille. Larsson ne s'était pas débattu, l'étroitesse du sillon que leurs pas effacés avaient marqué suggérait même qu'ils marchaient en file indienne. Frewin connaissait Larsson. Il n'était pas du genre à suivre gentiment.

Il se serait débattu s'il avait senti le moindre danger ou la plus petite contrainte. Alors pourquoi avait-il suivi le tueur jusqu'ici ? Frewin ne voyait qu'une hypothèse : il avait confiance.

Ils avaient marché ensemble jusqu'à ce tronc. Et là, le meurtrier était parvenu à égorger un colosse d'un mètre quatre-vingt-quinze tout en muscles, sans résistance.

Incompréhensible.

Sauf si Larsson avait une confiance aveugle en son tueur. Un des nôtres...

Il secoua la tête comme pour effacer cette pensée ignoble de son cerveau. Pourtant il fallait bien se rendre à l'évidence. *Il doit y avoir une autre explication !* Il contempla le trait de sang. Ce symbole provocateur. Si son auteur n'était pas un de ses hommes, alors il ne pouvait s'agir que du tueur de Rosdale. Personne d'autre ne savait pour le dessin. Et s'il l'avait refait ici c'était par pur défi. *Si le tueur savait pour le symbole féminin sur la scène de crime de Rosdale, pourquoi ne l'avait-il pas effacé ? Parce qu'il lui servait. Parce qu'il en était l'auteur. Pour nous conduire à interroger Lisa Hiburgh, pour arriver à Hriscek. Une mise en scène. Une manipulation de plus. Machiavélique.*

Frewin sortit la liste des soldats de la 3e section. Si le tueur n'était pas Hriscek alors celui-ci était parvenu à une manipulation redoutable pour tromper la PM. Et il était resté inactif pendant six mois.

On était sur tes talons, c'est ça ? On te tenait presque et tu as manigancé tout ça pour qu'on se contente de Hriscek ? Pire, la ruse avait été mise en place lors du premier crime. Dès le début, le tueur s'était ménagé une porte de sortie. *Mais il n'a plus tué depuis six mois ! On était tout proches de lui. Au point qu'il se soit contenu tout ce temps.* Qu'avaient-ils pour lui faire peur à ce point ? Étaient-ils tout près de le démasquer avant que le piège Hriscek ne se referme sur eux ?

Ils traquaient le coupable dans la 3e section. Un type costaud, un droitier, chaussant du 44. Frewin ressortit la liste.

Quatre suspects pouvaient correspondre.

L'infirmier Parker Collins, Cal Harrison, toujours lui, Rodney Barrow et John Wilker, qu'Ann avait insisté pour mettre au nombre des « gabarits imposants ». Comment l'un de ces gars avait-il bien pu mettre Larsson en confiance ? Un gradé ? Collins était sergent. L'infirmier pouvait inspirer plus facilement la sérénité. Au point d'entraîner Larsson à l'écart et de lui trancher la gorge sans difficulté ? *Peu probable...*

Cherche des évidences ! J'ai regardé le cadavre de Larsson hier après-midi, il n'avait pas de marque d'entraves aux poignets. Il était libre de ses mouvements ! Alors pourquoi ne s'est-il pas opposé à son agresseur ?

Une attaque éclair ? Et si Larsson s'était engagé de lui-même à l'écart du chemin principal pour atteindre cette clairière ?

Frewin fit un tour sur lui-même. L'égorgement avait eu lieu au milieu, le tueur ne pouvait être caché. *Non, il le voyait. Il ne s'est pas méfié.*

Le lieutenant secoua la tête, il ne comprenait pas ce qui avait pu se passer. Hriscek avait semblé le coupable idéal, tout convergeait sur lui. *Pourtant nous n'avons jamais su comment il était parvenu à sortir de sa geôle pour maîtriser Baker.* Si Hriscek n'était pas ce tueur qu'ils pourchassaient, alors le vrai meurtrier pouvait être venu cette nuit-là pour le libérer avant de s'enfuir. Frewin soupira.

Il replia la liste de noms qu'il tenait dans une main et rebroussa chemin jusqu'à l'arrière-base, à près de quarante minutes de marche.

Là il parvint à joindre le major général Toddwarth par téléphone. Frewin ne lui demanda plus rien. Il exigea. Des recrues pour son unité et carte blanche pour mener l'enquête sur la mort de Larsson.

— Je pense que l'assassin de cet été n'était peut-être pas Hriscek.

— Non, c'est terminé, je ne veux plus entendre parler de cette histoire ! Larsson est tombé sur une patrouille ennemie, probablement celle qui vous a attaqués, cesse de voir le démon partout !

— C'est l'acte d'un pervers, pas d'une meute de soldats, aussi féroces soient-ils.

— Craig, je refuse d'entendre ce discours. Je vais faire ce qu'il faut pour t'envoyer des renforts, en contrepartie je veux que tu arrêtes avec cette obsession criminelle. C'est un ordre.

Frewin n'eut aucun mal à imaginer son supérieur en train de lisser nerveusement sa fine moustache comme il le faisait si souvent lorsque les choses n'allaient pas dans son sens. Toddwarth était buté et changeait rarement de position, il était inutile d'insister, comprit Frewin.

— Très bien, admit-il, mais si un autre meurtre similaire est commis, tu ne pourras plus m'empêcher de rouvrir l'enquête, avec tous les moyens qui s'imposent. Et celui-ci sera sur *ta* conscience.

Lorsqu'il revint au piteux abri de son équipe, en fin d'après-midi, il trouva Donovan en train de manger une ration froide.

— Les autres ne sont pas revenus ?

Donovan répondit par la négative :

— Monroe est en patrouille avec des gars de la compagnie Drake, ils cherchent deux déserteurs qui ont été aperçus dans une grange au sud, Matters est encore à l'arrière-base, ils avaient besoin d'un sous-off de la PM pour une histoire administrative avec des prisonniers, j'ai pas bien compris, et Conrad a répondu à un appel.

— Un appel pour quoi ?

— Je ne sais pas, on demandait un gars de la PM à la radio.

Frewin hésita avant de s'asseoir et de se réchauffer. Il était préférable de vérifier, il se pouvait que Conrad ait besoin de soutien hiérarchique.

— Où se trouve l'opérateur radio ? demanda-t-il.

— Il y en a un à cinquante mètres par là, ils sont dans une tranchée, répondit Donovan.

Frewin ne tarda pas à repérer la fosse profonde de deux mètres dans laquelle veillaient plusieurs hommes. Un recoin surprotégé de sacs de sable abritait une radio et un sous-officier de permanence.

— Vous avez reçu un message pour la PM ?

Le jeune homme sonda ses souvenirs en levant les yeux vers le haut comme s'il *regardait* dans sa mémoire.

— Ah, oui, il y a une bonne heure de ça. Un appel de la compagnie Raven, ils revenaient du front.

Le capitaine de compagnie avait dressé le dernier état de ses troupes et devait le transmettre à l'arrière-base – on utilisait des hommes de la PM pour laisser les soldats de liaison se concentrer sur les communications entre sections au combat. Ce qui ne plaisait pas à Frewin, c'était que Conrad soit seul dans la forêt aux alentours de la compagnie Raven. *Conrad est un grand garçon, il sera prudent.* Aussitôt une petite voix malicieuse rétorqua : « *C'est ce que tu avais dit de Larsson, non ?* »

Frewin préféra ne pas céder à la paranoïa.

— Bien, prévenez-moi s'il y a quoi que ce soit d'anormal.

Sur quoi il rentra manger à son tour, pour rapidement se mettre une couverture sur les épaules quand le soleil déclina.

Monroe rentra alors que le ciel était encore gris et Matters arriva pour la nuit. Les lampes brûlaient en projetant leur nimbe doré.

À vingt heures passées, Frewin se leva et ordonna à Monroe de le suivre. Ils partaient à la recherche de Conrad.

— Ça fait quatre heures qu'il est parti, bien plus qu'il n'en faut pour tout faire et rentrer.

— Il est peut-être tombé sur une autre mission entretemps, voulut le rassurer Matters.

— Probablement. Cela dit, ça ne coûte rien d'aller vérifier.

Tous sentaient la nervosité de leur lieutenant.

Monroe prit une mitraillette et Frewin s'empara d'une lampe électrique pour traverser la forêt obscure. Le froid ne tarda pas à s'inviter. Il plaquait son souffle mordant sur les joues et les oreilles malgré les casques, et s'engouffrait dans le cou.

L'arc de lumière suffisait à peine pour les guider, la végétation réduisant le champ de vision à une fente étroite. L'écho des affrontements s'était tu avec le crépuscule et ne demeurait plus que le doux frottement des branches et des épines de sapins.

Ici, à cette heure de la nuit, le monde entier semblait n'être plus qu'une plaine blanche recouverte d'une fourrure végétale Les villes avaient disparu, les montagnes et les mers s'étaient évaporées. La guerre ne laissait qu'une interminable forêt ténébreuse.

Les premiers flocons se mirent à tomber après dix minutes. Glissant avec la grâce de danseurs, pollen des cieux couvrant la terre et les arbres.

Frewin emmena Monroe sur le sentier qui conduisait à la compagnie Raven. Le temps de l'atteindre, le pollen devint pétales, plus épais, recouvrant peu à peu les traces de pas sur le sol. Bientôt ce fut un déluge qui s'abattit sur la région, tissant un rideau dense. Et la lampe du lieutenant ne servit qu'à éclairer ses pieds.

Monroe vint à sa hauteur, épaule contre épaule.

— Je crains qu'on ne puisse pas rentrer tout à l'heure, on risque de se perdre ! s'écria-t-il pour que sa voix porte.

— Je sais, mais on ne laisse pas Conrad.

Monroe approuva, retrouvant un peu de motivation par solidarité.

Courbés en avant, ils progressèrent plus lentement, éprouvant de plus en plus de difficultés à suivre le sentier.

Puis ils parvinrent au camp de la compagnie Raven, et Frewin s'engagea dans la partie de la 3e section. Il y trouva le capitaine Morris, sous une tente sèche, en discussion avec ses deux lieutenants, Piper et Clark, ainsi qu'avec l'infirmier Parker Collins.

Morris confirma la présence de Conrad en fin de journée, vers dix-sept heures, il était reparti avec l'état des troupes pour l'arrière-base.

— Vous ne l'avez plus revu depuis ? insista Frewin.

— Non, pas moi en tout cas.

Les autres répondirent à l'unisson. Conrad n'était pas réapparu.

— Et vos hommes, qu'ont-ils fait en fin d'après-midi ?

Morris fronça les sourcils.

— Ils se sont reposés, pourquoi ?

Ignorant la question, Frewin enchaîna :

— Vous n'avez rien remarqué de particulier ?

— Quoi ? Votre soldat manque à l'appel et c'est la 3e section qu'on vient voir ? Vous avez du culot, lieutenant !

Parker Collins s'invita dans la conversation :

— Si je peux me permettre, moi j'ai entendu quelque chose peu après le départ de votre homme.

— Quoi ? Qu'avez-vous entendu ? s'inquiéta Frewin.

— C'était une petite demi-heure après son départ, je pense. Une explosion sourde. On aurait dit une grenade. Ça m'a surpris parce que ça ne venait pas de l'est où sont les combats, mais de derrière nous. Et puis comme il n'y a pas eu de coups de feu ni rien, j'ai laissé tomber.

— Du sentier par lequel Conrad est reparti ?

— Oui, ça pourrait être dans ce coin.

Frewin le remercia du bout des lèvres et s'empressa de ressortir dans le froid et la tempête naissante. Monroe l'interpella en le prenant par le bras :

— Je ne crois pas que ce soit prudent d'y aller maintenant ! s'écria-t-il.

— Ça ne vous perturbe pas, cette histoire de grenade et l'absence de Conrad ?

— Si, mon lieutenant, et si vous me dites qu'on y va, je vous suis, mais je ne crois pas que ce soit une bonne idée.

— On y va, Monroe. Bonne idée ou pas.

Et ils repartirent dans leurs propres traces, presque effacées par la neige. Frewin était hanté par une intuition noire. Un cauchemar éveillé qu'il ne parvenait pas à arracher de la toile de sa conscience depuis les mots de Collins dans la tente.

L'apothéose de la revanche. Le summum de la provocation.

Le tueur signant sa toute-puissance en narguant la PM de la plus arrogante des récidives.

Ils devaient foncer jusqu'à la clairière.

Le vent soufflait en tourbillonnant, abattant des torrents de flocons sur ces deux silhouettes. Des congères se formèrent jusque dans les replis de leurs uniformes. Leurs doigts devinrent gourds malgré les gants. Ils marchaient comme des pantins, de moins en moins alertes à mesure qu'ils perdaient la bataille contre la morsure de l'hiver.

Frewin reconnut l'embranchement conduisant à la clairière grâce à un arbre difforme qu'il avait repéré la veille. Chaque pas devenait un effort. Ils s'enfonçaient jusqu'à mi-mollet dans cette poudreuse glaciale.

Ils dépassèrent le rocher noir.

Brusquement, il y eut une accalmie, le vent retomba d'un coup et les flocons cessèrent de tournoyer.

La lampe fendit l'obscurité. Elle effleura les buissons, le tronc.

Avant de se poser sur une masse sombre. Humaine. Effondrée dans la neige.

Frewin se précipita, et patina sur ce qu'il prit pour de la glace sous la couche fraîche. Il agrippa le col et tira le visage hors de son carcan étincelant sous les rayons de la lumière.

Conrad avait la bouche ouverte, les yeux mi-clos, vitreux.

Frewin vit que ses mains étaient attachées dans son dos, par ses propres menottes. Et c'est en voulant redresser son soldat inerte qu'il découvrit l'horreur.

Le torse se souleva en craquant dans les mains du lieutenant. Il manquait tout le devant de son abdomen.

On avait arraché le ventre de Conrad. Toutes ses tripes étaient sous la neige. Répandues en de multiples fragments visqueux. Il y en avait partout. Projetées sur plusieurs mètres. La neige peinait à tout recouvrir, comme par dégoût.

Au-delà du massacre. Telle fut la pensée du lieutenant. *Bestial. Immonde.*

Frewin comprit ce qui l'avait fait glisser. Il marchait sur le sang glacé du pauvre homme.

Conrad était mort.

Exactement là où on avait tué Larsson.

Et le message était on ne peut plus clair : Frewin et les siens étaient en voie d'extinction.

Rien ne pourrait plus arrêter leur prédateur.

Plus rien.

62

La lumière du matin était pâle, presque retenue, n'osant éclairer ce monde barbare où les hommes s'entretuaient.

Frewin conduisait la Jeep qu'il s'était fait remettre à la base sur leur position arrière, et il fonçait sans ralentir, la route semblait interminable. Parfois il croisait deux ou trois camions de ravitaillement roulant en sens inverse, mais le paysage ne changeait pas d'un iota : bois à perte de vue. Il atteignit le camp suivant après trois heures de route. Ici les allées étaient un mélange boueux de terre et de neige. On rassemblait les blessés de toutes les lignes de front et on régulait les approvisionnements en carburant des différentes unités motorisées. L'odeur du sang se mêlait à celle de l'essence, et Frewin fut rapidement pris d'une violente nausée. Tout son corps réagissait aux relents de kérosène par un rejet total, et il ne tarda pas à disparaître entre deux tentes pour vomir jusqu'à ce que son estomac soit douloureux. Le souvenir de l'église était encore vivace, profondément inscrit dans sa chair. Il revit l'incendie qui semblait sourdre de la terre à l'image d'une brèche ouverte sur les enfers.

Il parvint à l'hôpital qui se scindait en une cinquantaine de longues tentes hautes et larges comme des hangars. Un bon millier de mutilés étaient rassemblés là avant d'être renvoyés soit chez eux, soit dans les tranchées en fonction de leur état. Le lieutenant mit une demi-heure de plus à chercher en vain celle pour qui il avait fait tout ce chemin. Il interpella un officier du personnel médical qu'il s'était fait indiquer une seconde plus tôt :

— Je cherche l'infirmière Ann Dawson, vous savez où je peux la trouver ? Elle fait partie de l'unité médicalisée mobile du major Callon.

L'officier le toisa un instant avant de réfléchir.

— Ça me dit quelque chose… Ah, oui, le major Callon est arrivé ce matin avec son équipe. Vous devriez les trouver à proximité des blocs opératoires, vers le fond de l'allée B.

— Merci. (Frewin allait repartir quand il s'immobilisa pour demander :) Savez-vous d'où ils viennent ?

— Aucune idée, ils vont là où on a besoin d'eux, essentiellement à proximité du front. Je suis pressé, désolé.

Frewin le remercia une fois encore et partit dans la direction indiquée. Il repéra enfin Ann après cinq minutes. Elle entrait dans une tente dont tout un pan était ouvert. Toujours aussi belle. Ses boucles blondes nouées au-dessus de sa nuque, son air volontaire d'où transpirait la douceur. Des gestes précis, gracieux. Frewin s'approcha. Elle rangeait des flacons de médicaments sur une étagère dans ce qui servait de réserve.

— Bonjour, dit-il doucement, presque embarrassé.

Elle s'arrêta, le bras en suspens, sans se retourner. Puis elle termina son geste avant de lui faire face. Elle le considéra de la tête aux pieds sans entrouvrir les lèvres. Ses prunelles étaient impassibles. Frewin n'y lut ni surprise, ni courroux, ce qui n'était peut-être pas bon signe compte tenu de sa personnalité. Mieux valait affronter une bonne colère, qu'ils pourraient apaiser à force de mots, qu'une indifférence stérile.

— Larsson et Conrad sont morts, annonça-t-il.

Il détecta un plissement autour de ses yeux tandis qu'elle encaissait la nouvelle. Elle croisa les bras sur sa poitrine, un mauvais signe de plus.

— Vous avez fait tout ce chemin pour me l'apprendre ? répondit-elle froidement.

— Ils ont été assassinés. Par quelqu'un qui en savait beaucoup sur les crimes de cet été. Avez-vous discuté de tout ça avec…

— Je vous arrête tout de suite, lieutenant : je n'en ai parlé à personne. Ici tous me considèrent comme une gentille folle qu'il est préférable d'éviter. J'ai *une* amie et elle n'a pas envie d'entendre ces choses-là, l'horreur que nous affrontons chaque jour lui suffit. Donc non, ça ne vient pas de moi.

Frewin approuva lentement.

— C'est bien ce que je pensais. Ça recommence, Ann. La même boucherie, le même langage du sang. Je jurerais que c'est la même personne.

— Qu'est-ce que vous voulez ? Mon assistance pour « apporter ce point de vue féminin qui vous manque » ?
900 Pour me jeter ensuite ? Après m'avoir baisée une fois de plus ?

— Cette fois il s'en prend à nous, directement. Il ne chasse plus autour de lui, il abat ceux qui l'ont traqué.

— Et ? Qu'est-ce que vous voulez que je vous dise ? Dommage ? Que je suis navrée pour vos gars ? C'est le cas. Toutes mes condoléances. Fichue guerre.

— Ann, il sait beaucoup de choses, à un point où ça devient troublant. Et vous étiez parmi nous pendant l'enquête.

— C'est bon, je suis une grande fille, je saurai me défendre.

— Celui qui fait ça est plein de ressources, il est capable de tout, je pense que vous seriez plus en sécurité avec nous, Ann.

— Je suis à deux cents kilomètres de vous et vous souhaitez m'emmener dans la forêt, tout près de lui ? Ce serait me jeter dans la gueule du loup, non ?

— Il est machiavélique et très organisé, il trouvera un

moyen de venir jusqu'à vous, même ici. Je crois qu'il est préférable d'être en permanence ensemble.

Frewin s'approcha.

— Vous savez où nous sommes ? demanda-t-il, étonné qu'elle soit si renseignée à leur sujet.

Et soudain, tout le mur de fierté s'effondra. Et ce fut Ann. Celle qu'il connaissait sensible et entière.

— Qu'est-ce que vous croyez ? Que j'allais tirer un trait sur tout ça en un instant ? Bien sûr que je le sais. Je m'informe, j'essaye de vous suivre à distance. Ça fait deux ans que j'attendais ce moment, participer à une enquête de ce genre.

— Mais pourquoi ?

Elle s'esclaffa.

— C'est vous qui me demandez ça ? Vous êtes sacrément culotté ! Vous, le « mystérieux lieutenant Frewin » qui ne dit jamais rien sur lui, et vous venez comme ça après ce qui s'est passé entre nous, me demander des confidences !

Elle en secouait la tête d'incrédulité. Frewin inspira profondément.

— Je suis désolé, admit-il, vaincu. Je n'aurais pas dû…

Elle continua dans ce revirement sans fard, le mur factice d'indifférence tombé :

— Vous savez le pire ? Je suis prête à tout vous dire. Mais vous me reprenez dans l'enquête. Jusqu'au bout. Quelles que soient les circonstances. Je pourrai participer aux interrogatoires du coupable. Sans restriction.

Frewin hésita. Il connaissait sa capacité à s'impliquer et à faire mouche dans ses déductions. Ils avaient besoin de toute leur puissance d'investigation. Et vite. Ainsi elle serait avec eux, même si elle avait raison sur son éloignement, il pressentait que le tueur était capable de venir jusqu'ici et de frapper aisément en l'absence de surveillance. *Ne te mens pas. Tu savais qu'elle te proposerait un marché dans ce goût-là, et tu es venu pour ça.*

Pour la reprendre. Ça t'a manqué. Elle *t'a manqué*. Frewin se déroba à ce face-à-face avec lui-même en s'adressant à Ann :

— Prenez vos affaires, je m'arrangerai avec votre hiérarchie. Nous trouverons une excuse pour justifier la réquisition d'une infirmière par la PM. Ne vous en faites pas. Je vous attends à l'entrée du camp, ne traînez pas nous avons du chemin.

— C'est moi qui ferai la conversation.

Et, dans un excès d'orgueil et avec une pointe de défiance, elle trouva utile d'ajouter :

— Rassurez-vous, cette fois vous n'aurez pas besoin de me faire l'amour pour me garder dans l'enquête.

63

La Jeep cahotait sur le chemin rendu boueux par la neige. De part et d'autre du véhicule, des bandes interminables d'arbres défilaient depuis déjà plus d'une heure.

— Comment vont vos hommes ? interrogea Ann.

— Ils sont fatigués. Marre de manger des rations sans les cuire, d'être sales, de dormir au froid et à l'humide, de cette tension. Mais je présume que ce n'est rien à côté de ceux qui combattent tous les jours. Et ils en sont conscients, ils ne se plaignent pas.

En réalité, Frewin savait qu'ils souffraient bien plus qu'ils ne l'avouaient. Après les pertes de Clauwitz, Forrell et Baker, le massacre de Larsson et Conrad avait ajouté la peur à la peine, sapant leur moral, délitant l'équipe.

Le visage de chacun défila. Le trop jeune Matters, bien plus fragile qu'il ne le laissait paraître. Donovan, qui, même s'il n'était parmi eux que depuis sept mois, commençait à s'intégrer, prendre ses marques et se montrer efficace, fort de sa volonté de toujours bien faire. Et enfin Monroe, que Frewin avait démasqué depuis longtemps : il fonçait tête baissée dans l'action pour vaincre ses angoisses de soldat. Tous se ressemblaient et se complétaient à la fois, bourrelés de doutes, chacun colmatant les failles de l'autre avec ses certitudes. C'était pour cela qu'ils avaient formé un groupe soudé. Des êtres blessés, isolés des leurs par la guerre et qui s'étaient reconstruit une famille ici, sous son commandement. Une famille qu'un homme détruisait petit à petit.

Ann laissa passer un autre silence, ils occupaient la majeure partie de leur discussion depuis le départ.

— Vous ne vous êtes jamais renseigné sur moi ? dit-elle enfin. Je n'en ai pas l'impression.

— Je suis certain que vous avez déjà entendu les rumeurs qui courent à mon sujet, répondit-il. Si c'est pour entendre ce genre d'inepties à quoi bon ? J'aurais peut-être pu avoir accès à votre dossier militaire, et encore. Je préfère que les gens me parlent d'eux directement.

— Tout passe par l'instinct avec vous, n'est-ce pas ? C'est viscéral.

— Pas tant que ça… Je crois davantage aux regards, aux gestes, aux intonations qu'aux racontars ou aux rapports écrits, c'est tout.

Un nouveau silence sous le ronronnement du moteur.

Puis :

— Ça fait presque deux ans que j'ai un œil sur toutes les enquêtes conduites par la PM, quand c'est possible, confia Ann sans quitter la route des yeux. Être à l'infirmerie est pratique pour ça, vous y passez toujours à un moment ou un autre, il suffit d'être attentive. Et… j'ai demandé à certaines de mes collègues de me prévenir dès que la PM débarquerait. Vous imaginez le genre de réputation que je me suis faite avec ça…

Frewin demeura impassible, concentré sur sa conduite.

— Bref, reprit-elle, c'est comme ça qu'une nuit, je me suis retrouvée avec vous, à ausculter ce corps sur le *Seagull*.

Ann tira machinalement sur son manteau pour s'enfouir dedans, avant de continuer :

— Ce qui vous titille, c'est de savoir pourquoi, n'est-ce pas ? Pourquoi une infirmière est à ce point fascinée par le meurtre, pourquoi elle a autant de facilités à s'immerger dans l'enquête, pourquoi elle connaît si bien l'âme criminelle ?

Elle lâcha un petit rire sec, nerveux.

— Si je vous dis que c'est en moi depuis que je suis toute petite, vous me croirez ? Bien sûr, je n'en ai pris conscience que depuis deux ans, pourtant c'était déjà en moi, ne demandant qu'à être exploité.

— Pourquoi deux ans ? Que s'est-il passé ?

Elle ne répondit pas. Ses épaules se soulevèrent et elle prit une inspiration avant de se lancer :

— Dans ma famille mon père était un dieu tout-puissant. Ce qu'il voulait, nous le faisions, sans discussion possible. Il ne savait pas s'exprimer autrement que par les ordres, et gare à celui qui n'obéissait pas. Je vous épargne les détails mais je suis certaine que vous voyez le tableau. Les référents émotionnels dans lesquels je me suis construite petite et adolescente sont la peur, la violence. Pour sortir de là, pour compenser l'humiliation il vous faut un caractère fort, ça je peux vous l'assurer. Soit il émerge de cette vie, soit vous vous enfoncez. Et d'une certaine manière j'ai… l'impression de savoir de quoi vous parlez quand vous faites le portrait de ces tueurs. Ces hommes qui ont grandi dans ce trauma permanent. J'ai le sentiment parfois de partager le même vécu, sauf que je suis retombée du bon côté, c'est tout.

Elle avala sa salive et Frewin lui jeta un rapide coup d'œil. Elle ne semblait pas aussi sûre d'elle que ses mots le laissaient croire.

— Vous savez, depuis quelque temps, tout le monde emploie le mot « psychopathe ». Comme s'il s'agissait du nouveau Graal. La psychologie, la psychanalyse, la science, toutes ces disciplines relèguent nos peurs enfantines, religieuses, au dernier rang, cherchant à faire de nous des êtres moins craintifs. Pourtant, on s'est construits dans la peur, c'est un des facteurs essentiels du développement de notre espèce. Depuis la Préhistoire, nous avons toujours eu peur des prédateurs, et s'ils n'existent plus vraiment dehors, la nuit dans la forêt, néanmoins l'homme a besoin de se rattacher à cette peur comme on tient la rampe d'un escalier en descendant. C'est un besoin primaire, des milliers d'années d'évolution avec cette peur pour garde-fou, et on tente de nous la faire disparaître du jour au lendemain ? On n'efface pas la mémoire collective aussi facilement !

— Vous pensez que les psychopathes représentent cette nouvelle peur ?

— Je pense qu'à force de nous expliquer que le monstre sous le lit ou dans le placard n'existe pas, que notre inconscient est à l'origine de nos troubles, la place d'une peur irrationnelle, irréfléchie, a été occultée sans tenir compte des besoins de notre espèce.

— La peur comme un besoin humain ? s'étonna Frewin.

— Oui, le garde-fou qui protège la race. Sans la peur, l'homme deviendrait incontrôlable, toute l'espèce humaine deviendrait folle, les uns et les autres se maî-

triseraient de moins en moins, les instincts sauvages les plus ignobles reviendraient à la charge, parce que la peur régule nos pulsions et nos capacités à les asservir. C'est la peur qui permet à une espèce aussi dominante et puissante de vivre en communauté. La peur des prédateurs extérieurs nous oblige à nous entraider depuis l'aube de la civilisation, la peur de l'autre. Faites-la disparaître et l'homme retourne à son premier instinct : satisfaire ses désirs. De nourriture, de sexe, de conquête de territoire et ainsi de suite, rien que des besoins narcissiques où l'autre n'est au mieux qu'un partenaire – consentant ou pas – au pire un rival pour les réserves existantes. Sans la peur… c'est le chaos à moyen terme.

— Et vous pensez que l'engouement actuel pour ces disciplines du comportement provient de là ?

— J'en suis convaincue. On remplace le monstre du placard par le *psychopathe*. C'est un besoin humain, point. On ne craint plus de s'endormir le soir sans avoir regardé sous son lit. Alors on doit trouver une autre raison d'avoir peur. Le psychopathe émerge. Parce qu'il est à la fois comme vous et moi, un être humain à l'apparence *normale*, mais qu'il est capable d'atrocités impensables et pire : qu'il les commet tout à fait consciemment, par *désir*, par *besoin*. Alors d'une certaine manière c'est un monstre à son tour. Un être qui vit entre deux mondes, le nôtre et le sien qui nous échappe, celui du sang.

Frewin comprenait où elle voulait en venir et entra dans le jeu en se faisant l'avocat du diable :

— Ne serait-ce pas un mécanisme dangereux pour la société justement, que de ne nous faire craindre un danger *de l'intérieur* ? Cela ne risque-t-il pas de nous rendre trop méfiants les uns envers les autres justement et de fragiliser ces liens sociaux qui forment notre civilisation ?

— C'est bien la perversité de cette peur. Et si au lieu de continuer à nous souder elle finissait par nous séparer ?

— Vous ne dressez pas un état des lieux très optimiste.

Elle désigna la forêt d'un mouvement brusque.

— Parce que cette guerre vous rend optimiste, vous ?
Nous autres, êtres *évolués*, *civilisés* ! Autant d'évolution, de découvertes, de prétentions scientifiques sur ce que nous sommes et pourtant il faut que nous réglions nos problèmes par des guerres aussi barbares ? Encore aujourd'hui ? Et ça va durer combien de temps ce comportement sauvage ? Dans cinquante ans on se fera encore des guerres ? Et dans trois cents ans ? Et dans mille ? Serons-nous encore là à ce rythme ? Je crois que c'est révélateur, Craig, il n'y a qu'à voir : le premier jeu auquel se livrent les enfants c'est jouer à se tuer. C'est *en nous*, qu'on le veuille ou non, l'homme est un prédateur. Le plus terrifiant de tous.

Elle reprit son souffle pour ajouter, plus bas, sur un ton sinistre :

— Tous ces comportements destructeurs ne peuvent avoir survécu à autant d'asservissements spirituels, moraux, à autant de siècles d'évolution. S'ils persistent à mesure que l'humanité prend l'ascendant sur la planète bien plus que toutes les autres espèces animales ayant foulé ce sol, malgré les carcans formateurs de la civilisation, alors il faut voir les choses en face. Tout converge vers une évidence. Ces psychopathes, ces êtres comme le tueur que nous cherchons ne sont pas là par hasard. Aujourd'hui on ne peut plus le nier. Ils portent un message.

Les yeux d'Ann fixaient l'horizon blanc avec mélancolie.

— Ce message, c'est que la domination du monde par une espèce ne peut se maintenir que par sa capacité à entretenir sa supériorité bestiale. Pour régner encore, il nous faut rester des monstres.

— Si je vous suis, vous affirmez que la peur est bénéfique pour l'homme, mais que celle que nous sommes en train de développer pour continuer d'exister n'est pas la bonne. C'est ça ?

— C'est ce que je crains. Je crois que, sur les quelques décennies à venir, l'homme va se rendre compte de son animalité, et que cette prise de conscience sera suivie d'une sorte de… rejet de soi en tant qu'entité. Les espoirs si nécessaires à notre développement seront noirs ; comment s'aimer et batailler pour la survie de l'espèce quand on réalise que celle-ci est monstrueuse ? Et je crains que dans cette dynamique émerge un retour aux fondamentaux : l'individualisme poussé à outrance, la quête des plaisirs personnels avec un recul de l'empathie.

— Le même schéma que ces tueurs qui nous hantent ? conclut Frewin d'un air sombre.

— Pourquoi pas ? Ils sont le révélateur de ce qui nous attend. Je regarde autour de moi depuis le début de cette guerre et j'en tire des conclusions étranges. En fait je dirais plutôt : lucides. Tous les êtres humains sont névrosés, plus ou moins gravement, mais c'est une constante. Nous sommes imparfaits pour survivre à un monde imparfait. Avec les guerres, les hommes sont confrontés à des tensions émotionnelles si fortes que parfois leurs névroses prennent le pas, peu à peu, sur leur éducation d'êtres civilisés. Les guerres sont des accélérateurs d'évolution comportementale instinctive. Et ce que je vois au quotidien va dans le sens de ma conviction.

Frewin ne répondit pas. Il reconnaissait sa propre réflexion dans tout ce qu'elle affirmait. *Elle ouvre les yeux, voilà tout. C'est une passionnée qui n'attend pas que le paysage de sa vie défile, elle le décortique, et s'agite si fort qu'elle en modifie le tracé.* Ses doigts se crispèrent sur le volant. *Ce n'est pas tout. Elle le dit : nous avons tous nos névroses et sa force est de savoir utiliser les siennes. Elle n'a pas entamé cette conversation sur son père violent par hasard, c'est une écorchée vive.*

— Et si notre espèce parvenait à faire comme vous ? dit-il. Trouver la force d'affronter ses propres traumatismes pour en faire une force ?

Ann pivota pour scruter son chauffeur.

— Ça ne suffit pas, rétorqua-t-elle avec froideur. Se servir de sa part d'ombre permet d'être lucide, de parler le langage secret des monstres, mais pas de s'affranchir de ses ténèbres.

— Alors quoi ? Nous sommes condamnés, c'est ça la morale de votre analyse ?

Ann passa une main sur son front.

— Trouvons celui qui a tué Larsson et Conrad, murmura-t-elle sur un ton las. Peut-être qu'en lui nous verrons une réponse.

Frewin quitta la route du regard pour observer la jeune femme à ses côtés. Elle l'avait entraîné dans cette conversation pour éviter de parler d'elle, de cette enfance tragique, devinait-il. Elle n'avait pas répondu non plus sur ce qui s'était passé deux ans plus tôt, qui lui avait fait prendre conscience de sa fascination pour le crime. Frewin comprit qu'elle ne lui en parlerait jamais. C'était son secret.

Il vit dans son inquiétude ce qu'il pressentait depuis le début : elle ne pourchassait pas un tueur pour en savoir plus sur les meurtriers en général, ou même sur le destin des hommes. Elle le faisait pour elle.

Pour savoir qui elle était.

Elle espérait, en contemplant les abîmes d'un tueur, illuminer les siens. Aussi profonds soient-ils.

Quelle que soit leur source.

Alors Frewin sut pourquoi ils étaient si proches. Il l'avait pressenti, mais sans jamais poser de mots dessus.

Ils traquaient la même créature.

Leur humanité.

64

Le crépuscule d'hiver ne s'attardait pas, le soleil se dépêchait d'embraser la forêt et glissait en toute hâte vers d'autres contrées pour laisser place au froid nocturne.

La Jeep de Frewin arriva avec la nuit. Matters l'attendait au chaud sous une tente, buvant du café brûlant. Il salua à peine l'infirmière et enchaîna aussitôt :

— Conformément à vos ordres, on est retournés ce matin dans la clairière, pour inspecter le terrain. Avec toute la neige qui s'est amassée, impossible de relever la moindre trace exploitable. Sauf… aux pieds de Conrad, où Donovan a découvert un trou recouvert mais pas bouché par ce qui était tombé. Quelqu'un avait posé dans le sol un objet ou un socle rectangulaire, vingt centimètres sur quinze, profond d'environ dix.

— Une idée de ce que ça pouvait être ?

— Monroe a suggéré une caissette de munitions et Donovan a pensé à une grosse bible.

— Et vous ? Vous avez pensé à quoi ?

Frewin savait que son sergent avait de bonnes intuitions dans ce domaine

— Je… L'emplacement m'a fait songer à l'équipement du tueur. D'après moi, il transporterait ce dont il a besoin sur chacun de ses meurtres, dans une petite boîte, ou une caisse en acier comme le disait Monroe. C'est là-dedans qu'il conserve ses… instruments.

Matters avala sa salive et reprit son souffle pour annoncer :

— On sait comment Conrad est mort. Le médecin a bien voulu l'examiner. Il pense qu'on lui a ouvert le ventre avec un couteau. Une entaille très profonde. On lui a tiré des intestins hors de la cavité pour y enfoncer une grenade dégoupillée. Conrad avait les mains attachées dans le dos, il n'a rien pu faire. Le médecin a retrouvé des morceaux de l'engin explosif un peu partout à l'intérieur.

Frewin revit les images de leur découverte en pleine tempête, la nuit précédente. Les entrailles éparpillées. Le tronc béant de son soldat luisant sous l'éclairage bleuté de sa lampe.

— Il n'a pas pu s'enfuir ? questionna Ann. Ou se défendre ?

Matters secoua la tête.

— Il ne s'est probablement pas rendu compte qu'on lui enfonçait la grenade, toute cette douleur… comment Conrad a pu se faire piéger ? Ce n'était pas son genre, il était plutôt méfiant d'habitude.

Frewin s'aperçut qu'il n'y avait personne d'autre de la PM avec eux et s'en inquiéta.

— Où sont Monroe et Donovan ?

— Ils remballent nos affaires, on doit partir, lieutenant. La nouvelle est tombée il y a deux heures à peine. L'ennemi recule, entre quinze et vingt kilomètres à l'est. Toutes nos positions sont avancées et on part pour un château dans la forêt, libéré cet après-midi. La compagnie Raven est sur place pour sécuriser l'endroit, ce soir on dormira au chaud et au sec.

La Jeep emmena les quatre survivants de la PM et l'infirmière avec leur équipement sur une route boueuse, au milieu d'un long convoi de camions roulant au pas. Ils mirent une heure pour atteindre les remparts fissurés d'un petit château en forme de triangle, avec trois tours, une à chaque angle. Une communauté religieuse s'y était installée depuis une centaine d'années. La cour intérieure abritait une église, deux granges et une longue étable dans laquelle des rivières de sang glacé avaient coulé.

Surprenant le regard interloqué de la PM, un sous-officier qui était là depuis un moment déjà leur expliqua :

— Quand l'ennemi a organisé son repli, il n'a même pas cherché à défendre cette place, il s'est barré, en égorgeant tous les chevaux et en fusillant les prêtres qui vivaient là.

— Ils ont buté tout le monde ? répéta Monroe.

— Trois ou quatre étaient encore vivants à l'arrivée de la compagnie Raven, je ne sais pas s'ils le sont encore.

Frewin s'écarta en remarquant le capitaine Morris qui installait les autres soldats. Une vingtaine de véhicules étaient en cours de déchargement.

— Ah, lieutenant, dit-il en le reconnaissant.

Il jeta un coup d'œil au carnet qu'il tenait en main.

— La PM, équipe du lieutenant Frewin, on vous a mis dans cette tour-là, avec les officiers et les communications.

— C'est la 3e section qui gère l'organisation logistique maintenant ?

— Nous sommes arrivés les premiers, avant la nuit, on a pu préparer le terrain. Je vous ai mis à l'opposé de nous, comme ça vous n'aurez pas à nous blâmer de quoi que ce soit si vous perdez encore un de vos gars.

Frewin ne releva pas.

— Des blessés ou des morts dans votre section ?

— Il n'y a pas eu de contact avec l'ennemi. Ils étaient déjà tous partis. Ils se sont regroupés dans une plaine dégagée à dix kilomètres d'ici, où une division de blindés pouvait manœuvrer. Maintenant ils sont indélogeables.

Frewin ne le salua pas et retourna auprès des siens pour porter leurs affaires jusque dans leurs quartiers. Ils entrèrent dans la tour sud, celle qui jouxtait l'étable sanglante – et Frewin se demanda si Morris n'avait pas fait exprès de les mettre là – dont le rez-de-chaussée abritait un réfectoire. Ils prirent l'unique escalier pour grimper dans les étages. Le premier étage accueillait l'infirmerie, ils y virent Parker Collins au chevet d'un vieil homme agonisant. Ann entra et Frewin préféra la suivre. Elle proposa son assistance mais Collins fit signe que c'était inutile. Il se leva pour chuchoter avec elle et Frewin.

— Les autres sont morts et celui-là n'en a plus pour longtemps, il n'y a rien qu'on puisse faire. Je lui ai donné un peu de morphine pour l'aider, c'est tout.

— Ils ont parlé ? demanda Frewin.

— Pas dans notre langue, je n'ai rien compris, sauf celui-là, il parlait bien anglais, mais il s'est vite mis à délirer. J'ai pu échanger quelques mots au début, il m'a raconté qu'on les a rassemblés dans la cour en début d'après-midi et que soudain les balles se sont mises à les découper, ce sont les mots qu'il a utilisés. Nos gars

ont vérifié s'il n'y avait pas de cadeaux de bienvenue, des charges explosives planquées quelque part, mais rien.

— Si je peux vous aider, faites-moi signe, prévint Ann malgré le regard mécontent de Frewin.

Ils reprirent leur ascension, le second étage servait aux communications tandis que le troisième, déjà plus silencieux, abritait les chambres des officiers. Des lanternes à huile étaient suspendues à des clous dans les murs pour illuminer les marches et les corridors de pierre froide. Enfin, le quatrième étage n'était occupé par personne. Le couloir s'enroulait le long du mur extérieur pour desservir une succession de portes ouvrant sur des cellules réaménagées au fil des décennies par la communauté religieuse. Ils avaient fait en sorte de pouvoir héberger plusieurs centaines de personnes dans tout le château. Quelle était leur vocation ? Offrir l'hospitalité aux pèlerins de passage ? Créer un immense rassemblement spirituel ? Frewin se contenta de poser sa caisse en métal et son ballot militaire dans une chambre, d'ôter le crucifix en bois qui ornait le mur au-dessus de son lit et de le jeter dans le tiroir de la table de chevet. Toutes les chambres étaient aveugles puisque à l'intérieur de la tour. Il y avait une bougie enfoncée dans un chandelier sur le pupitre servant de bureau et une autre sur la table de chevet. Une grosse armoire en chêne brut était collée au mur et Frewin remarqua que le plafond était en bois. Ils étaient au dernier niveau, il ne restait que les combles au-dessus d'eux.

Frewin ressortit dans le couloir frais, le vent s'infiltrait en hurlant par les meurtrières. Il vit qu'Ann était dans la cellule mitoyenne à la sienne. Suivaient Matters, Donovan et Monroe. Une dizaine d'autres chambres demeuraient inoccupées et personne n'avait jugé opportun d'y mettre des lampes.

— Ils nous évitent ou quoi ? fit Monroe sur le palier de sa porte.

Frewin répondit sans le regarder, fixant l'obscurité :

— Ils savent que quelqu'un s'en prend à nous. Personne ne veut être au milieu de cette sordide histoire. Le capitaine Morris ne nous a pas mis là par hasard. (Cette fois il se tourna vers son soldat.) Nous sommes des pestiférés, Monroe. Faites-vous à cette idée.

— Vous croyez qu'on va l'arrêter, celui qui a buté Conrad et Larsson ?

— On va tout faire pour.

— Et… pour notre sécurité, on pourrait faire des tours de garde la nuit, non ?

— Nous ne sommes pas assez nombreux. Avec les journées que nous allons avoir, il nous faudra de l'énergie sans quoi ces surveillances vont nous épuiser en quelques jours seulement. Et là, nous serons des proies vulnérables. Il y a une porte à l'entrée de l'étage qui sépare notre couloir de l'escalier, on va la verrouiller de l'intérieur avec un cadenas, je garderai la clé. Si quelqu'un veut entrer, il devra la faire sauter et ça ne manquera pas de nous réveiller.

Monroe approuva sans grande conviction. Frewin sentait en lui autant d'anxiété que d'envie d'en découdre avec le coupable. Monroe aimait l'affrontement. Foncer dans le tas ne lui avait jamais fait peur. Tant qu'il savait ce qu'il affrontait.

— Allez, on va se trouver quelque chose à dîner, et cette nuit tout le monde dort avec une arme sous l'oreiller, conclut Frewin. Demain on reprend toute l'enquête de zéro. Je suis certain que s'il s'est arrêté de tuer pendant si longtemps c'est qu'il voulait qu'on l'oublie. Nous étions tout proches de lui. Tout proches.

Monroe acquiesça doucement.

Si proches, songea Frewin, que s'il n'avait pas connu aussi bien chacun de ses hommes, il aurait juré que le tueur était l'un d'eux.

65

Frewin ouvrit les yeux avant l'aube, vers six heures. Il devança le réveil pour aller s'asperger le visage d'eau au baquet qu'il avait monté avant de se coucher. Il passa dans le corridor froid pour y allumer les lanternes. Un courant d'air incessant balayait les murs, faisant trembler les flammes.

Il allait rentrer dans sa cellule lorsqu'un détail attira son attention, à plusieurs mètres de lui. Une tache sombre, devant la porte de Donovan. Il l'avait remarquée parce que les lueurs ambrées se reflétaient dessus en dansant. Frewin s'approcha et posa un genou à terre, pris d'une subite angoisse. Il effleura le liquide du bout des doigts et remonta son index à la lumière.

Du sang.

Il se redressa d'un bond et ouvrit la porte.

Il faisait noir, pourtant Frewin sut ce qu'il allait découvrir.

L'odeur insidieuse, fraîche, de la chair, accompagnée de celle, plus âpre, presque violente – remugles d'aliments, et de moisissures –, des entrailles. Le parfum du sang.

Frewin attrapa une lampe à son clou et entra en la tendant devant lui.

Donovan était allongé dans son lit.

Il regardait le lieutenant avec une expression stupéfaite.

Frewin approcha et le regard resta suspendu en l'air, derrière Frewin cette fois.

La gorge du pauvre soldat n'était plus qu'une bouillie de lambeaux rouges. Les draps semblaient avoir toujours été de cette couleur vermillon tant ils avaient bu à même la blessure.

Puis tout alla très vite sous le crâne du lieutenant.

La porte ouvrant sur leur étage était toujours fermée à son réveil, il l'avait vue. Il disposait de la seule clé.

Le coupable ne pouvait être qu'ici. Dans l'une de ces chambres. Il s'était laissé enfermer la veille au soir.

Frewin voulut prendre son arme et sa main agrippa l'air à son ceinturon. Il s'était levé sans accrocher son étui. Son cœur s'accéléra. Il n'avait même pas inspecté la pièce. Il n'avait aucune idée de ce qui se trouvait dans son dos, dans l'angle ou derrière la porte. Frewin pivota et tendit la lampe devant lui pour percer les ombres.

Elles reculèrent subitement, se réfugiant dans les coins, sous le lit.

Personne.

Frewin se précipita hors de la chambre et tambourina aux portes de ses soldats, sans négliger Ann. Sans un mot. Il se dépêcha de prendre son pistolet et retourna attendre tout le monde dans le couloir. Les visages apparurent, froissés par le sommeil.

— Habillez-vous, et armez-vous, vite, murmura-t-il en guise d'explication.

Il patienta moins de deux minutes et tous revinrent, même Ann à qui il demanda de prendre une lampe supplémentaire. Sur le même ton du secret il leur expliqua :

— Donovan est mort. La porte est toujours verrouillée, ça signifie que le coupable est forcément à cet étage, avec nous. On va avancer et faire toutes les cellules, les unes après les autres. Monroe, tu prends la mitrailleuse. On ne se sépare pas, Ann, vous restez en retrait.

Il la vit hésiter puis acquiescer.

Frewin et Monroe en tête, ils ouvrirent toutes les portes, canons en avant. Jusqu'à la dernière.

Rien. Ils ne trouvèrent rien ni personne. Ils avaient tout inspecté, jusque sous les lits, laissant Matters et Ann pour couvrir le couloir et empêcher tout mouvement arrière. Il était impossible que l'assassin de Donovan ait pu leur échapper. Lorsqu'ils ressortirent de la dernière pièce, Monroe observa ses camarades avec un air étrange.

— Je vire parano, là, dit-il en guise d'avertissement.

Ils s'arrêtèrent pour le dévisager.

— Ce n'est pas un fantôme, le type qui a flingué Donovan, ajouta-t-il. Et si on ne l'a trouvé nulle part, alors c'est que c'est l'un d'entre nous !

Il releva lentement la gueule de sa mitraillette et la pointa vers Ann.

— Monroe ! Baissez cette arme, ordonna Frewin.

— Lieutenant, c'est impossible autrement, c'est forcément…

— MONROE ! s'écria Frewin avec une telle intensité qu'ils en tremblèrent.

Il fit un pas vers son soldat. Ann vit les muscles rouler sous le tee-shirt. Elle se mit à craindre le pire. Si Frewin levait la main, non seulement la puissance de son coup infligerait des dégâts terribles mais surtout cela risquait de très mal se terminer.

— Dois-je vous rappeler que je ne chausse pas du 44, dit-elle, et que je n'ai pas la force physique pour faire ce qui a été fait à vos compagnons ?

— Elle a raison, enchaîna Frewin. Si l'assassin n'est plus là, alors c'est qu'il existe un autre accès.

— Un passage secret ? railla Monroe.

— Et pourquoi pas ? intervint Matters, soulagé de voir la situation se décrisper. On est dans un château, non ?

— Et comment veux-tu que l'assassin en connaisse l'existence ? Il a débarqué hier avec nos troupes ! Pourquoi le trouverait-il lui, et pas nous ?

— Parce qu'il l'a cherché toute la soirée, proposa Frewin.

Peu importe, pour l'heure il nous a échappé. Et il faut s'occuper de Donovan. On verra à prendre des mesures particulières pour la nuit prochaine, que personne ne dorme seul.

Monroe soupira, manifestement pas convaincu par cette idée de passage secret.

Ils retournèrent au chevet de Donovan et Frewin ordonna de tout fouiller, en détail. Ne trouvant absolument rien sinon le sang de leur compagnon, ils finirent par descendre le cadavre sur une civière empruntée à l'infirmerie du premier. Dehors, un fumet écœurant emplissait la cour en même temps qu'un soleil pâle parvenait à franchir le mur de nuages. On brûlait une demi-douzaine de carcasses de chevaux.

Le colonel Schloebbel, un grand quadragénaire à barbe grise finement taillée, arrêta Frewin et Ann dans l'escalier.

— Lieutenant, Toddwarth est resté sur nos positions arrière, je serai votre officier supérieur ici. L'équipe du capitaine Stanley va assurer la sécurité et la garde des prisonniers, compte tenu des circonstances. Je vous demanderai de prendre en charge les rapports quotidiens d'état des troupes et de gérer les désertions.

— Un autre de mes hommes a été assassiné cette nuit, fit Frewin une fois le discours terminé.

— Dans le château ?

— Oui.

Le colonel sembla dévasté.

— Nous… allons trouver un moyen d'assurer votre protection, je vais voir avec le major Genko ce qu'on peut faire…

— Pas pour le moment, colonel. J'ai une petite idée et pour cela il me faut un peu de temps, de liberté d'action et de la discrétion.

L'échange se poursuivit quelques secondes avant que Schloebbel accepte de donner à Frewin tout ce qu'il réclamait sans pour autant l'ébruiter.

En remontant, Ann demanda :

— Pourquoi avoir refusé des hommes pour nous protéger ?

— Parce que je ne veux pas modifier les habitudes du tueur. Nous nous efforçons de les décrypter pour le cerner, si on l'oblige à en changer nous perdrons du temps. Je veux coincer ce salopard sans tarder.

— À quoi bon poursuivre dans cette voie, qu'avons-nous appris ?

— Des détails, rien que des détails, mais accumulés, ils finiront par le trahir.

— Peut-être, cependant il faut aussi envisager que nous fassions fausse route depuis le début et reconsidérer ce que nous pensons savoir de lui.

— Il s'est donné énormément de mal pour faire accuser Hriscek, et nous y avons cru, puis il s'est empêché de tuer pendant six mois, Ann. Six mois d'abstinence alors qu'il était en pleine euphorie ! Ce n'est pas le fruit du hasard, nous étions à deux doigts de l'arrêter, j'en suis certain, nos déductions nous rapprochaient de lui et il s'est senti si menacé qu'il est parvenu à se calmer pendant tout ce temps.

Frewin avait l'air grave, le front barré de rides de fatigue. Ann lui attrapa la main pour l'arrêter au milieu de l'escalier en spirale.

— Je vois bien que vous avez une idée en tête, quelque chose qui vous tracasse, dites-moi ce que c'est. Je ne suis pas venue pour vous suivre comme un bon chien docile. Parlez-moi !

Il se passa la langue sur les lèvres pour dire tout bas :

— Pourquoi avoir tué Donovan cette nuit ? Pourquoi pas Monroe ou moi ? Nous étions les deux chambres les plus excentrées. Jusqu'à présent le tueur s'en est pris aux costauds de l'équipe, à croire qu'il cherche à nous affaiblir peu à peu. Pourquoi ne pas avoir continué ?

Ann raisonna à voix haute :

— S'il vient vraiment par un passage dissimulé dans

une des cellules vides, alors la chambre de Monroe était la première qui s'offrait à lui ; en effet c'était illogique qu'il s'attaque à Donovan.

— Sauf si le passage débouche dans la chambre de Donovan. Nous avons cherché un indice ce matin, pas un mécanisme caché. On va tout retourner si besoin est, il faut qu'on trouve cette porte dérobée.

Ann approuva et tandis que Frewin reprenait son ascension une nouvelle hypothèse lui vint à l'esprit.

— On peut envisager une autre explication, révéla-t-elle. Que Monroe soit le...

Frewin fit volte-face et planta ses prunelles dans celles de l'infirmière. Il ne voulait pas de cette atmosphère de suspicion permanente, pas dans son équipe.

Ann baissa la tête et se mit à monter sans rien ajouter.

Pourtant, au regard de ce qui venait de se passer cette nuit, il fallait se rendre à l'évidence : il n'était pas normal que le tueur s'en prenne à Donovan en sautant la chambre de Monroe. Et ce dernier était droitier. Elle ferma les paupières un court instant en se remémorant sa pointure. *Du 44 !*

Au dire de Frewin, ni Larsson ni Conrad ne s'étaient méfiés de leur assassin, on les avait massacrés sans qu'ils voient venir le coup. Aucune trace de lutte significative. *Et si leur assassin était celui qu'ils prenaient pour leur ami ?*

N'en déplaise à Frewin, elle aurait un œil sur Monroe désormais.

Car si la mort venait de l'intérieur, ils ne survivraient pas longtemps.

Il n'y avait plus qu'une certitude maintenant.

Tout le monde était suspect.

66

Frewin retourna la chambre de Donovan.

Les draps ensanglantés avaient été jetés dans un coin, s'auréolant peu à peu d'une lisière noire sur le sol. Le lieutenant repoussa l'armoire, pendant qu'Ann palpait la moindre aspérité des murs. Il souleva le pupitre, la table de chevet, tira le lit en arrière. Rien n'y fit. Le tapis roulé sur lui-même n'avait rien révélé, il ne dissimulait aucune trappe. Si un passage dérobé existait à l'étage, il n'était pas ici. Et cela reposait la question qui taraudait Frewin : pourquoi avoir choisi de frapper ici plutôt que dans une autre chambre ? Pourquoi ne pas neutraliser facilement, dans son sommeil, un adversaire robuste ? Donovan était plutôt fluet, myope, même éveillé il ne représentait pas une menace directe. Si le tueur était arrivé du côté de l'escalier, alors la première chambre était celle de Frewin. Si sa porte secrète ouvrait dans l'une des cellules vides, alors la première qu'il aurait trouvée occupée en arrivant était celle de Monroe.

Matters et Monroe réapparurent après s'être acquittés de leurs tâches matinales : gérer le décès de leur compagnon, prévenir l'état-major, et déléguer tout le travail de la PM à l'équipe du capitaine Stanley qui logeait dans la tour est, avec la compagnie Alto. C'était le seul endroit où l'on avait trouvé de quoi faire des geôles pour les prisonniers à venir.

Frewin remarqua leurs mines défaites. Ils se plaignaient peu et pourtant ils venaient de perdre trois de leurs amis en quelques jours seulement. *Ils ont besoin de souffler*, se dit-il. *Pas le temps*, trancha aussitôt son esprit pragmatique.

— Le Dr Lachamps a accepté d'examiner le corps de Donovan, l'informa Matters. Il vous attend cet après-midi, mais il a insisté : il ne fera pas d'autopsie, il n'a ni le temps ni la formation adéquate. Je vous transmets le message.

— On fera avec. Vous allez dans la tour nord, leur ordonna Frewin. Interrogez chaque homme de la 3e section, pour savoir s'ils ont entendu quelque chose, comment ils dorment, s'ils sont en dortoir, qui est avec qui, je veux tout savoir.

— Ils ne diront pas grand-chose, protesta Monroe.

— Forcez-les. Ils ne nous aiment pas beaucoup ? Donnez-leur de vraies raisons de ne pas nous apprécier. Trouvez des moyens de pression : confiscation du courrier, annulation de permissions sur nos lignes arrière, tout ce que vous jugerez opportun.

— C'est une déclaration de guerre ! avertit Matters.

— L'un d'eux nous fait la guerre, je vous le rappelle ! Agissez, je m'arrangerai avec le colonel Schloebbel.

Une fois seul avec l'infirmière, Frewin se laissa tomber sur la chaise en bois, face au pupitre. Ann était occupée à rallumer une bougie neuve.

— Quelque part dans tout ce qu'on sait, je suis certain qu'il y a l'indice crucial, avoua-t-il.

— Vous n'avez plus vos notes ?

— J'ai mon carnet personnel, tout le reste a brûlé dans l'église.

Il passa la main dans ses cheveux en bataille.

— Que savait-on de lui il y a six mois ? soupira-t-il. Il faut reprendre les crimes les uns après les autres.

— C'est un vicieux, calculateur et manipulateur !

— Vrai. Il nous a piégés en mettant la tête de Rosdale

dans la caisse de Harrison. Il nous a piégés en orientant notre enquête sur Hriscek. Il savait que tôt ou tard nous apprendrions qu'il avait grandi dans un milieu de saltimbanques, il a suffi de mettre ces almanachs et autres dans ses affaires. Avant ça, le tueur est parvenu à manipuler Hriscek pour qu'il parle avec Lisa Hiburgh et qu'ils envoient tous les deux Fergus Rosdale dans ses griffes. Ann, ce type pourrait être votre meilleur ami, vous ne le suspecteriez même pas tant il est doué ! Tout son être, chaque molécule de son corps converge vers un seul et unique objectif : tuer sans être pris pour tuer encore et encore.

— Vous voulez me faire peur, c'est ça ?

Ann enchaîna :

— Pour résumer on sait qu'il est dans la 3e section, tous les crimes ont été commis dans sa proximité. Ou... je sais que ça ne vous plaît pas comme hypothèse mais il faut l'envisager : il peut être l'un d'entre nous. La PM jouit d'une liberté de mouvement sans pareille, et était toujours dans les parages des crimes.

Frewin ne releva pas et préféra souligner :

— Je ne sais pas encore si cette mise en scène astrologique était sincère ou si elle devait contribuer à brouiller les pistes. Les premiers crimes étaient destinés à... soigner sa chance, puis il y a eu des meurtres de colère, la famille à la ferme, lorsque nous... je l'ai provoqué. Et maintenant il tue les soldats de la PM pour se venger.

— Ou pour se faire du bien. La PM représente son unique... prédateur, il doit l'éliminer pour continuer librement ce qu'il fait.

— S'il nous craint, c'est que nous sommes proches de lui, de l'identifier. Que sait-on ? Qu'avait-on déduit qu'il pouvait craindre ? s'énerva-t-il.

— Droitier, chaussant du 44, costaud, résuma Ann.

— Ça nous ramène à quatre noms : l'infirmier Parker Collins, Cal Harrison, Rodney Barrow et John Wilker.

Se souvenant des informations qu'elle avait glanées, Ann précisa :

— Harrison, Barrow et Wilker ont des problèmes avec l'autorité et sont plutôt solitaires, surtout le dernier.

Frewin avait les coudes posés sur les genoux et il pencha la tête pour méditer.

Soudain il se redressa.

— Il se fout de nous !

— Pardon ? balbutia l'infirmière.

— Les rares indices qu'il a semés sur son passage sont tous bidon. Le symbole féminin était un piège, pour nous conduire à Lisa Hiburgh qui allait accuser Hriscek. Je crois que les traces de chaussures à la ferme étaient aussi des fausses !

Il se leva et entreprit de faire les cent pas dans la petite pièce.

— Sur le meurtre de Larsson, reprit-il, il a pris soin

d'effacer ses empreintes de pas ! Il y a pensé parce qu'elles sont compromettantes. Il n'en a rien fait à la ferme parce qu'elles ne sont qu'un leurre !

— Il apprend de ses crimes, opposa Ann. À la ferme il y avait trop de sang, il n'a pu tout dissimuler. Ensuite il a décidé de tirer des leçons de ses erreurs.

Frewin n'était pas d'accord, il secouait vivement le menton :

— Rappelez-vous les constatations de Conrad en examinant les traces de pas : elles s'enfonçaient sur le talon, il pensait que le tueur avait une démarche un peu particulière, son poids sur les talons.

— Oui, et d'ailleurs nous n'avons jamais exploité cet indice.

— Parce qu'il était trop aléatoire. Et heureusement, car je pense que c'était un piège de plus. Si les empreintes avaient cette forme caractéristique c'est parce que le tueur marchait avec des chaussures qui n'étaient pas à sa pointure. Il a bourré le devant avec des chaussettes ou autre, pour nous faire croire à un tueur chaussant du 44.

Il lui a suffi de subtiliser les rangers d'un compagnon cette nuit-là, pendant qu'il dormait.

Ann croisa les bras.

— Ou au contraire, puisqu'il est si calculateur, il fait tout pour vous amener à le croire ! fit-elle remarquer.

— Non, il aurait continué à laisser des traces de chaussures, je pense que s'il s'est embarrassé d'un nettoyage après avoir tué Larsson c'est qu'il n'avait pas le choix. Il n'a pas pu « emprunter » les chaussures d'un autre cette nuit-là. C'est un soldat de la 3e section qui connaît bien les habitudes de ses camarades, suffisamment pour entendre Costello se vanter de la naïveté de Lisa Hiburgh. Il connaissait suffisamment Hriscek pour créer des indices factices qui l'accusaient, tout comme il se doutait qu'un type comme Harrison serait le coupable idéal à nos yeux. Il est proche d'eux.

Ann approuva d'un hochement de tête.

— Parker. Parker Collins, l'infirmier. Il les connaît tous, il les soigne. Par expérience, je peux vous assurer que les soldats parlent beaucoup à ceux qui les pansent. C'est lui qui savait pas mal de choses au sujet de Hriscek ! Il m'avait déjà orientée sur lui en m'expliquant que Hriscek aimait décapiter les poules quand il était petit, mais je n'avais pas relevé.

— Possible. On va l'avoir à l'œil.

— Oh, bon sang…

Ann se couvrit la bouche d'une main.

— La tête de Rosdale ! Nous avons pensé que c'était une manipulation visant à accuser Harrison ! s'écria-t-elle. Et s'il était vraiment le meurtrier, ne pouvant s'empêcher de conserver un… souvenir de son premier meurtre ?

Sentant qu'Ann se perdait dans toutes les directions, Frewin lui rappela :

— Ses compagnons lui ont fourni des alibis.

— Vous savez comme moi qu'ils se couvrent mutuellement ! Il est possible que ces alibis soient pure invention ! Harrison connaît tout le monde, est droitier, baraqué, et chausse du 44.

— Justement, ça ne colle pas, pourquoi la mise en scène de « fausses empreintes de pas » dans ce cas ? Et c'est valable pour Parker Collins.

— Pour vous faire douter, que vous pensiez exactement comme vous êtes en train de le faire !

Frewin inspira à pleins poumons en faisant la moue.

— Non, c'est un raisonnement trop tordu. Il n'est pas à ce point retors, il...

— Parce que toute la préparation autour de Hriscek pour le faire accuser n'était pas tordue ? Si Hriscek n'était pas coupable, ça signifie que le tueur est venu cette nuit-là, c'est lui qui a tué les deux gardes et Baker, avant de libérer Hriscek, qui sait, peut-être même que c'est lui qui l'a abattu !

Frewin se remémora la scène. Les détonations au milieu du chaos de flammes. Impossible de savoir s'il avait touché ou non sa cible. Hriscek avait disparu dans la sacristie. Deux coups de feu avaient résonné, Frewin avait pensé à un tir de barrage pour l'empêcher d'avancer, il s'en souvenait parfaitement, déduisant que son agresseur était un militaire rompu à ce genre d'exercice. *Et si ces tirs étaient ceux du tueur, attendant dans la sacristie que Hriscek le rejoigne ? Deux balles mortelles avant de s'enfuir, me laissant croire que dans la frénésie de l'assaut j'avais pu toucher Hriscek ?* La mise en scène parfaite. Et le gage de tranquillité pour le vrai tueur. Un plan machiavélique.

Frewin avait les mains sur les hanches, dominant l'étroite cellule de son imposante stature.

— Parker Collins était au chevet des prêtres mourants, remarqua-t-il. Ils ont eu la possibilité de lui parler du passage secret.

Frewin passa brusquement de la réflexion à l'action. Il fixa Ann :

— Je rejoins Matters et Monroe pour aiguiller les

interrogatoires avant d'aller à l'examen du corps de Donovan. Pendant ce temps, descendez à l'infirmerie, voyez ce qu'on peut vous dire sur Collins, si quelqu'un sait ce qui s'est passé entre lui et les prêtres. Je repasserai vous chercher cet après-midi. En attendant, je ne veux personne seul à cet étage, c'est trop dangereux.

Ann approuva pour la forme.

Car dans les faits elle avait une tout autre idée.

67

Ann descendit avec Frewin, pourtant elle resta moins de cinq minutes au premier étage, le temps de s'assurer qu'il avait disparu à l'autre bout de la cour.

Puis elle fit demi-tour.

En grimpant les marches, elle réalisa que plus elle montait, moins il y avait de vie. L'infirmerie grouillait
930 de murmures, d'ordres, de gémissements depuis qu'on y apportait les blessés du front ; le deuxième étage laissait filtrer une rumeur plus diffuse, des voix monocordes penchées sur leurs micros, des bips d'émetteurs-récepteurs radio, tandis qu'au troisième ne régnait plus que le calme des discussions posées, entre une poignée d'officiers. En arrivant tout en haut, Ann poussa la porte de leur quartier vide où ne circulait que la musique traînante et spectrale du vent. Une lampe à huile seulement demeurait allumée dans le couloir, sa clarté timide mais chaleureuse contrastant avec les meurtrières d'où coulait une lumière grise. Les portes des cellules ne fermaient pas à clé. Ann marcha jusqu'à la cinquième et la poussa. Il y faisait noir, seule une frange terne s'invitait par l'ouverture. Ann trouva les allumettes près d'une bougie et en craqua une pour donner vie à la mèche. La chambre de Monroe était aussi spartiate que les autres. Son lit parfaitement fait, sa caisse en métal comme unique preuve de sa présence ici.

N'en déplaise à Frewin, Ann ne parvenait pas à se défaire de ses inquiétudes. Et si le mal venait de l'intérieur ? Elle avait parlé avec les hommes de la PM pour avoir des détails sur les meurtres de Larsson et Conrad. Chaque fois, Monroe avait eu des opportunités, des moments seul, supposé en mission quelque part... Avait-on vérifié ? Il était connu pour être un peu rustre, le plus violent de tous dans l'équipe. *Le plus solitaire ? Non... ils le sont tous dans ce groupe !* Elle ironisa à ce sujet : *Avec Frewin comme modèle, difficile de ne pas suivre !*

Elle s'agenouilla devant la caisse d'effets personnels et l'ouvrit.

Vêtements parfaitement pliés. *Maniaque ou tout simplement bien coulé dans le moule militaire ?* Elle souleva le linge pour le poser sur le lit en prenant soin de ne pas le froisser. Elle trouva en dessous une plaquette de chocolat et trois paquets de cigarettes. Puis un magazine érotique. Elle le feuilleta pour s'assurer qu'il n'avait rien dissimulé entre les pages, sans résultat. En le reposant, elle fut subitement prise d'un sentiment de culpabilité. Elle fouillait l'intimité de Monroe. Sans égard pour lui, elle se permettait de violer ce qu'il avait de plus secret. *C'est pour l'enquête. Je ne suis pas une voyeuse ! Certes je n'ai pas la vertu dans le sang, mais je ne suis pas une voyeuse !*

Sur quoi elle sonda le fond de la caisse. Agir pour ne pas penser. Des lettres : les parents de Monroe, sa sœur, et deux amis. Pas de femme.

Ann soupira. Devait-elle lire ce courrier ? Elle éprouvait à présent des remords à suspecter ainsi Monroe. À quoi s'était-elle attendue ? À trouver une autre tête coupée ? Un mot de regrets, avec confession à l'appui ? *Termine ce que tu as commencé.*

Elle parcourut en diagonale les feuillets pas toujours lisibles, pleins de fautes d'orthographe. Rien. Une correspondance banale entre un soldat en guerre et ses proches.

Ann s'assit, ses genoux commençaient à lui faire mal.

Le vent continuait de siffler doucement dans le couloir derrière elle.

Elle n'avait rien contre Monroe, pas un soupçon, rien.

Soudain, elle se pencha pour saisir les vêtements sur le lit. Elle les inspecta très attentivement, à la recherche d'une trace, de gouttes de sang. Là encore, elle fut bredouille. Il y avait bien de la terre séchée mais c'était tout. Elle se contorsionna pour examiner sous le lit, sans plus de résultat. L'armoire, la table de chevet et le pupitre étaient désespérément vides.

Ann se redressa. *Puisque tu en es là, pourquoi ne pas en faire autant avec les autres ?* Elle sortit avec son petit chandelier à la main, et hésita. Devait-elle fouiller les affaires de Frewin ? À quoi cela pourrait-il bien servir ? Il était inconcevable qu'il soit suspect. Pourtant le doute subsistait en elle, un combat entre son esprit logique qui lui disait que c'était une perte de temps, et surtout

immoral, et une curiosité maladive lui intimant de ne pas passer à côté de cette opportunité. Elle avait une excuse pour y aller. *Un prétexte !* C'était un moyen d'approcher un peu plus le lieutenant. *Je ne peux pas faire ça ! Je n'en ai pas le droit !* Il n'était pas correct avec elle, il se comportait mal. Elle s'ouvrait à lui et il ne lui renvoyait qu'un mur. Elle avait l'occasion de percer ce mur, d'en savoir plus sur lui, c'était tout à fait légitime.

Parce que moi je lui ai dit qui je suis, vraiment ? Ce que je fais ?

Ann secoua la tête, elle s'écœurait.

Que dirait-il s'il apprenait que depuis mon adolescence je suis vicieuse, moi aussi ? Que depuis toutes ces années, je me laisse ensevelir par mes désirs ? Mes désirs ? Des pulsions animales, oui ! Coucher avec des inconnus, toujours et encore, pour me sentir exister, pour avoir l'illusion d'être aimée, même si c'est une heure. Que dirait-il si je lui avouais que je veux traquer ces tueurs parce qu'ils portent tant de noirceur en eux que ça me fascine ? Que j'espère me comprendre en cherchant à les comprendre ? Pourquoi suis-je incapable de refréner mes pulsions ? Pourquoi est-ce que je sombre dans la dépression sans arrêt si je ne couche pas avec un homme ? Suis-je perverse à ce point ? Oui. Faut-il le lui dire ?

Elle se rendit compte qu'elle était devant la porte de sa cellule.

Qu'est-ce que j'attends ? Je sais déjà que je vais y aller, pas la peine de trouver des bonnes et des mauvaises raisons, ma décision est prise.

Sur quoi elle entra, le ventre noué. Elle se dégoûtait. Depuis son adolescence, il en allait ainsi. Elle portait le vice en elle, une frénésie d'orgasmes, de tendresse, qui étaient ses remparts contre la détresse. Et pourtant, à chaque nuit passée avec un autre homme, elle se détestait un peu plus. Et le cercle infernal ne cessait jamais. Elle était prête à tout dans ces moments-là, souvent le soir. Un effroyable sentiment de solitude, puis la chaleur éclatait entre ses cuisses, avant de gagner son cerveau sous forme d'obsession lancinante. Dans ces instants, elle devait trouver un partenaire, à tout prix. L'entraîner dans sa folie, lui mentir, le manipuler, pour qu'il lui donne ce qu'elle voulait : quelques heures d'oubli. C'était son Mal à elle. Une malédiction la contraignant à vivre en dehors du monde, incapable de se stabiliser car dès les premières lueurs de l'aube, la honte reprenait le dessus et elle fuyait, éprouvant plus de pitié que d'affection pour l'homme à ses côtés. Parfois l'expérience durait plusieurs jours, mais s'achevait toujours de la même façon : l'homme lui inspirait du dégoût.

Au fil des années, Ann avait compris que c'était une réaction à son enfance. À son père. Poser des mots dessus n'avait pas suffi. Sa trajectoire de gamine avait été bouleversée, son père l'avait entraînée toute petite dans les recoins du Mal, il l'y avait emmenée et elle en était revenue transformée.

Son corps enflammé dès l'adolescence.

Pour Ann, il existait une évidence : les traumatismes ouvraient la porte au Mal, qui s'engouffrait alors dans l'esprit. Ce Mal cosmique, cette entité qui équilibrait l'étincelle insaisissable de la vie. Si l'évolution était la caractérisation de la vie, l'entropie était celle du Mal. Et les traumas contribuaient à cette destruction chaotique de l'être. Ils en étaient une représentation sensible.

Alors Ann avait cherché à vaincre ces fêlures ténébreuses en elle. Se raccrochant à une phrase découpée dans un livre : *« Rien n'est figé. L'individu est au moins maître de lui-même. »* Elle voulait y croire. Parvenir à l'appliquer.

Elle avait sondé les têtes des uns et des autres, en quête d'une solution, d'un espoir, tout en continuant de livrer son corps en pâture à ses déviances. Pour gagner un peu de répit, nuit après nuit. Jusqu'à rencontrer Yann Darshan, deux ans plus tôt. Un soldat doux et énigmatique qui était parvenu à l'apaiser. Pour la première fois, elle avait entretenu une *relation*. Sans se faire dépasser par ses pulsions. Tout était compliqué car c'était la guerre et ils étaient en campagne, loin du pays, cependant leur lien avait tenu, plusieurs semaines. Yann était parfois étrange, absent, il lui arrivait même de devenir inquiétant, mais cela passait en un instant. Puis un matin, on vint lui demander si elle le connaissait. Un officier du renseignement l'interrogea, puis ceux de la PM. Yann Darshan venait de mourir, il avait déclenché une fusillade en ouvrant le feu lors de son arrestation pour les meurtres de cinq hommes au cours des trois derniers mois. Yann était un meurtrier, récidiviste. Qui tuait pour le plaisir. Elle n'avait rien vu venir. Jamais elle ne s'était doutée de quoi que ce soit. Elle avait compris alors pourquoi il ne la regardait jamais dans les yeux. Et son obsession apparut. Sonder les criminels. Les approcher au plus près. Ann sut que c'était le chemin de sa rédemption, et plus les criminels seraient abjects, plus grande serait leur part d'obscurité. Alors, en explorant leur regard, cette vitre sur leurs abîmes, peut-être saurait-elle si elle était comme eux. Était-elle une fillette traumatisée ou une mauvaise femme qui tirait l'humanité vers le bas ?

Depuis deux ans, elle demandait aux autres infirmières de la prévenir dès que la PM demandait une assistance médicale. Elle voulait être au contact du crime, de la violence. Avec plus ou moins de succès jusqu'à cette affaire sordide.

Ces deux dernières années, elle avait continué de s'assumer, ses jours et ses nuits entrecoupés par des pulsions incontrôlables. Jusqu'à ce qu'elle rencontre Craig Frewin. Depuis qu'elle le fréquentait, ses pulsions s'étaient atténuées. *Focalisées.* Il cristallisait son désir obsessionnel. Il était tout ce qu'elle voulait. Lui et personne d'autre. Même après avoir assouvi son envie, c'était vers lui qu'elle souhaitait revenir. Elle avait retrouvé cet apaisement, le goût de l'autre, un plaisir à partager, plus du tout centré uniquement sur elle.

Ann était déjà en train d'ouvrir la caisse appartenant au lieutenant. Des gestes automatiques, presque fébriles. De quoi avait-elle peur ? De découvrir qu'elle était attirée par un tueur ? Se pouvait-il que Frewin soit ce meurtrier qu'ils traquaient tous ? Un assassin plus malin qu'eux jusqu'à présent. Aimant jouer. Qu'y avait-il de plus spectaculaire et jouissif pour une personnalité de ce type que d'être au centre des recherches, celui qui orchestrait sa propre traque ?

Il faut que j'arrête ça. Impossible, pas lui.

Se rassurait-elle ? Yann avait réussi à se jouer d'elle pourtant… *Mais je n'étais pas comme je suis aujourd'hui. Je n'y connaissais rien !*

Était-ce si différent ?

Frewin emportait avec lui de la lecture et de quoi écrire essentiellement. Des livres de psychologie et deux romans de Conan Doyle.

Les doigts d'Ann effleurèrent toutes les lettres qui tapissaient le fond. Plusieurs dizaines. Presque une centaine.

Toutes adressées à la même personne : Patty Frewin, sa femme.

Ann referma le couvercle en acier.

Comment pouvait-elle tomber amoureuse d'un type qui aimait un fantôme ?

Tomber amoureuse... Elle se l'avouait enfin.

Ann soupira et sortit de la pièce. À quoi jouait-elle à la fin ? Elle passa devant sa porte, en colère, sans savoir si c'était contre elle ou contre Frewin.

À côté se trouvait celle de Matters.

Le jeune sergent qui fuyait sans cesse son regard.

Elle devait y aller aussi. *Il est maigre, incapable de tuer des montagnes comme Larsson ou Baker, encore moins de porter le corps de Rosdale pour le suspendre aux poutrelles du réfectoire !*

Ne négliger personne.

Alors elle pénétra dans sa chambre, bougie à la main. Le lit était à peine fait. *À moins qu'il ne soit à peine défait ?* Et Ann remarqua que le jeune homme était le seul à dissimuler sa caisse sous son lit. Elle posa son bougeoir sur la table de chevet et tira sur les poignées en fer pour la faire apparaître. Un petit cadenas pendait depuis son logement. Par chance, il était ouvert. Matters ne devait pas le verrouiller chaque fois, seulement pour les déplacements. Elle l'ouvrit. Vêtements, bible… Rien d'anormal à première vue.

Puis le fond en bois.

Un double-fond qu'elle ouvrit sans peine. Il n'abritait qu'un objet, déjà très curieux en soi, et un carnet en cuir brun. Ann devina qu'on y avait fait le ménage récemment, il y avait des traces de doigts dans la poussière.

Matters cachait son journal intime et un martinet aux lanières tachées de sang séché.

68

Le médecin qui examina le corps de Donovan avait une cinquantaine d'années, un visage allongé, strié de rides profondes, des sourcils foisonnants, du même gris que ses cheveux bouclés.

— C'est tout ce que je peux dire. Il est mort égorgé. On a planté la lame violemment dans sa gorge, presque à l'os, et on a tiré jusqu'à lui arracher tout le devant du cou.

— Il n'aura pas pu crier ? demanda Frewin.

— Ça non, certainement pas.

— En revanche il y a eu une projection importante de sang, n'est-ce pas ?

Le médecin approuva. Frewin était intrigué par ce fait. Il n'avait pas pris le temps d'y réfléchir, perturbé par la mort de ses hommes. Pourtant, si le tueur s'était tenu au-dessus de Donovan pour l'égorger, il avait été aspergé, c'était une évidence. Or ils n'avaient retrouvé qu'une seule flaque de sang en dehors de la chambre. Pour quelqu'un qui devait en être couvert, c'était peu. Qu'avait-il fait ? Nettoyé derrière lui ? Certainement pas, ils auraient remarqué les marques au sol. Il ne s'était pas changé, ils n'avaient rien vu. Alors comment pouvait-il fuir dans un couloir sans laisser de sang dans son sillage ?

Il a attendu. Le sang a séché sur lui. Et la petite tache devant la porte ? *Le sang sur ses chaussures ou sur l'arme avant qu'il ne la range...*

Cela signifiait que le tueur était rentré dans ses quartiers avec ses affaires souillées. Et personne pour le remarquer ?

— L'arme est certainement un couteau de chasse assez long, à lame large, précisa le médecin.

— Comme celui des soldats ?

— Tout à fait.

Frewin vit par-dessus l'épaule de son vis-à-vis la silhouette d'Ann qui écartait un rideau pour entrer dans cette salle d'opération improvisée. Il remarqua aussitôt l'excitation qui l'animait.

— Je dois vous parler, tout de suite, dit-elle.

Frewin remercia le médecin et la rejoignit.

— Qu'y a-t-il ?

— Il faut que vous voyiez ça, se contenta-t-elle de répondre.

Elle l'entraîna jusqu'au quatrième où elle prit une

bougie pour le conduire jusqu'à la cellule du fond que personne n'occupait. Elle le fit entrer et referma la porte. Les deux visages se rapprochèrent de la flamme, leurs traits lissés par ses caresses orange.

— Regardez, lança Ann en posant la bougie sur le sol.

Ils attendirent quelques secondes avant de constater que la flamme dansait en penchant régulièrement vers l'intérieur de la pièce. Les oscillations s'accélérèrent jusqu'à menacer de la souffler.

— Il y a un courant d'air, comprit Frewin. Le passage est ici.

Ann n'attendit pas plus longtemps. Elle fonça sur l'armoire qu'elle ouvrit pour tirer sur l'angle en haut à droite. Le fond pivota sur un trou béant et obscur.

— Vous êtes brillante.

— J'étais dans ma chambre, la bougie à la main, lorsque j'ai pensé à sonder les salles en laissant la flamme m'indiquer ce qu'elle percevait. Et voilà !

— Vous êtes déjà descendue…, devina-t-il.

Un petit rire échappa à l'infirmière.

— Préparez-vous car ces moines étaient… surprenants.

Un escalier étroit s'enroulait vers les profondeurs du château. Frewin était parti chercher sa lampe électrique pour ouvrir le chemin. Les marches n'en finissaient plus et Frewin avait les jambes presque douloureuses en débouchant sur un couloir humide et poussiéreux, à plusieurs mètres sous la surface. Des toiles d'araignées tapissaient les murs et le plafond arrondi, flottant dans les courants d'air. Le sol était en terre battue.

Frewin leva le bras au-dessus de sa tête pour éclairer le plus loin possible. Le boyau partait sur plus de vingt mètres, découpé par intermittence par d'autres ramifications.

— C'est immense ! chuchota-t-il.

— Attendez, vous n'avez pas vu le meilleur.

Ils marchèrent jusqu'au premier embranchement où le passage s'élargissait. Des casiers recouvraient les parois sur toute la longueur, des centaines d'alvéoles abritant des bouteilles de vin. Frewin fit un pas sur le côté pour entrer dans une salle d'une dizaine de mètres de large, également occupée par des bouteilles. Par moments, un ou plusieurs tonneaux superposés coupaient cette perspective de ruche, mais partout où il posait le regard, Frewin découvrait une formidable collection de vins.

— Qu'est-ce qu'ils faisaient ici ? s'étonna-t-il.

— J'ai inspecté quelques bouteilles, il semblerait qu'ils rassemblaient des vins de toutes les régions, de tous les pays et de toutes les années.

Tout de même ! Des centaines, des milliers de bouteilles cachées ici ! Et Frewin de se souvenir qu'il y avait peu, l'ennemi occupait encore cet endroit. Il avait fallu jouer de chance et de discrétion pour dissimuler cette réserve.

— Je ne suis pas allée plus loin, avoua Ann. Il y a tellement de couloirs et de salles, cependant je pense que nous devrions trouver un accès à chaque tour du château.

Frewin approuva.

— Parker Collins s'est fait confier le secret de ce sanctuaire par un des religieux avant qu'il ne meure. Ou bien il est notre homme, ou bien il l'a répété à la 3e section pour qu'ils se servent. Ils gardent ça pour eux, et le tueur l'a appris.

Leurs voix résonnaient lugubrement dans ce labyrinthe souterrain.

— Remontons, je vais préparer une inspection plus détaillée avec Monroe et Matters.

Ann demeura muette à l'évocation du sergent Matters. Elle savait combien Frewin refusait l'idée qu'un de ses hommes puisse être suspect. Rien encore ne l'accusait et Ann voulait parcourir son Journal pour en savoir plus. Le temps pressait. Si Matters n'était pas l'agneau que tous voyaient en lui, alors elle devait s'empresser de le démasquer, avant qu'il n'ait le loisir de frapper à nouveau.

— Il faut surtout rester discrets au sujet de cette découverte, que personne ne sache que nous avons mis le pied ici, ajouta-t-il.

Ann le contemplait dans la pénombre de leur lampe. Cet homme si singulier, avec toutes ces lettres qu'il continuait d'écrire à sa femme morte. Ann se félicita de n'avoir rien montré de ses émotions. *Quelles émotions ?* Elle ne savait plus vraiment. Était-ce de la peine ? De la colère ? *Pourquoi de la colère ? Il ne me doit rien, il n'a aucun compte à me rendre !* Pourtant ces lettres l'avaient profondément heurtée, elle le savait. Et soudain, en épiant ses lèvres, son nez, ses yeux et ses mains, Ann reconnut l'émotion qui prédominait : la jalousie. Elle désirait Frewin. Exclusivement.

Elle cilla pour se reprendre.

Trop accaparé par son plan, il termina sans rien voir du trouble de la jeune femme :

— Nous allons lui tendre un piège.

69

Deux gardes surveillaient l'entrée de la tour sud, deux autres patrouillaient dans l'escalier. On avait fait passer le message : il n'y aurait plus de morts cette nuit, la PM dormirait enfin au calme, l'accès au bâtiment était sécurisé. Juste ce qu'il fallait pour titiller l'ego du tueur. Pour que justement il décide de passer à l'acte, en remontant par les souterrains, croyant y être en sécurité. Frewin en était certain : il voudrait frapper encore, dévaster la PM autant qu'il le pourrait. Et tant qu'il aurait l'illusion du pouvoir grâce au passage secret, il attaquerait. C'était trop tentant.

« Il aime exhiber ses crimes, avait rappelé le lieutenant. Il ne résistera pas à l'envie de tuer alors qu'on clame haut et fort que c'est impossible, sécurité renforcée. Il croit détenir sa toute-puissance, il va en user. »

Frewin avait sillonné le dédale pour découvrir deux autres entrées : une dans la tour est, et l'autre dans la tour nord, celle de la 3e section. Il avait alors décidé de ne pas faire appel à d'autres hommes, craignant que ça ne se remarque ou que les soldats n'ébruitent la mission, ce qui aurait ruiné le plan. Sa stratégie reposait sur la discrétion. Aussi, ils ne seraient que trois en bas.

Matters serait en poste à côté de l'entrée de la tour est, au cas où le tueur les prendrait par surprise en préférant cette voie. Monroe surveillerait celle de la tour nord, la plus probable, tandis que Frewin serait au milieu.

Ils avaient découvert que le lacis de couloirs et de salles était en fait articulé autour d'un grand espace central où l'on devait passer obligatoirement pour aller d'une issue à l'autre. Dès que Monroe ou Matters verrait le suspect entrer, ils le suivraient à bonne distance pour lui couper toute retraite jusqu'à ce que Frewin puisse le mettre en joue au centre.

Ann avait accepté sans rechigner, à la grande surprise de Frewin, de rester dans sa chambre, en échange de quoi elle assisterait aux interrogatoires du tueur.

Frewin était loin de se douter qu'elle courait contre le temps. Cette occasion d'être seule lui permettait de retourner dans la cellule de Matters pour parcourir son Journal. S'il s'avérait que le sergent était suspect, elle devrait trouver un moyen de prévenir Frewin aussitôt. L'idée de les voir tous les trois enfermés là-dessous, seuls et confiants, la perturbait au plus haut point.

Ainsi chacun avait fomenté son petit plan.

Avec l'espoir infini que tout se passerait comme prévu.

Ann était seule depuis une heure.

Ils étaient descendus avec le crépuscule, Frewin ne voulait prendre aucun risque. Ils patienteraient jusqu'au petit matin s'il le fallait.

Ann s'empara de son bougeoir et passa la tête dans le couloir froid et venteux. Seules deux lampes à huile étaient allumées. Et personne en vue.

Elle se glissa dans la cellule mitoyenne de la sienne, sans un bruit, et retrouva le journal intime au fond de sa caisse. Elle se redressa et hésita sur la suite.

Ma chambre ou ici ? Qu'est-ce qui est le plus prudent ?

Ann opta finalement pour rester. Elle s'installa sur la chaise face au pupitre et ouvrit le petit livret relié en cuir. Matters avait une écriture ronde, avec des boucles larges et peu d'assurance dans les traits. *Une écriture d'enfant...* Les premières pages remontaient à presque un an. Ann passa dessus en vitesse, cherchant à saisir un mot ou une phrase qui pourrait l'éclairer sur la personnalité du sergent. Matters parlait de ses états d'âme, parfois de sa mère qui lui manquait. Il se plaignait beaucoup du confort tout en répétant toutes les cinq pages comme il était chanceux d'apprendre son métier aux côtés du lieutenant Frewin.

Après une heure de lecture, Ann commença à s'interroger sur le type d'intérêt que Matters portait à son supérieur. Il frisait la fascination par moments. Puis il devint plus équivoque. Son attrait pour Frewin devenait malsain.

Ann ne réalisa pas que les mots l'aspiraient, buvant son temps, elle ne survolait plus, elle lisait. Soudain il fit mention de sa Faiblesse. C'était un soir, le sergent semblait déprimé, et il se confiait avec désespoir :

« Ça revient. J'y pense encore et encore, je chasse cette Faiblesse de ma tête, de mon corps, et pourtant ça revient, c'est comme vouloir arrêter la marée en construisant une digue de sable à mains nues... Je sens que ça me déborde de toute part. J'ai honte. Je ne veux pas craquer. Pourtant j'y pense, c'est une obsession. J'ai ces envies qui m'aveuglent, des images qui jaillissent violemment dans mon crâne. Même la nuit, j'en rêve. Que dois-je faire pour les taire ? »

Plus loin, Matters revenait sur le sujet :

« Aujourd'hui j'ai trouvé un moyen de me calmer. J'ai profité de ma permission pour acheter un martinet. Je vais m'en servir les soirs de faiblesse. Sur les cuisses, pour que ça ne puisse pas se voir. J'ai eu honte en entrant dans l'échoppe, et si je n'avais encore plus honte de mes idées diaboliques, je serais ressorti aussitôt. Il faut que je me contrôle. Mon Dieu, quel monstre suis-je ? Quel genre de pervers immonde ? »

Plus elle avançait dans les pages, plus Matters faisait mention de cette « faiblesse » ou « maléfique déviance » qui le rongeait. Il parlait à un moment du « Mal », comme le faisait Frewin ou elle-même. *Le Mal est pratique, c'est le fourre-tout des hommes*, songea-t-elle.

Elle se reconcentra sur le Journal. Récemment, Matters s'était alarmé en découvrant qu'il se laissait de plus en plus aller. Il lui était arrivé de sortir la nuit. Pour obéir à ses pulsions.

Alors apparut « le Soigneur ».

Un être capable de l'apaiser.

Au début Matters avait tout fait pour l'éviter, pour ne pas lui céder.

Mais c'était plus fort que lui. Il avait déjà laissé libre cours à ses instincts noirs, un an plus tôt, plusieurs fois. Heureusement, il ne s'était jamais fait prendre. À force d'obstination, il était parvenu à faire taire le monstre en lui.

Pourtant, le goût de la perversion ne s'oubliait pas. Il le hantait.

Et le Soigneur était apparu pour lui redonner l'envie.

Alors Matters s'était abandonné à lui.

Il avait fait le Mal.

Il était devenu le plus ignoble des êtres.

La lecture devint une fièvre, enserrant l'infirmière dans un étau de mots. Elle dévora les dernières pages.

Et l'excitation la gagna.

Elle jeta le journal sur le lit et se rua vers la porte.

70

Une odeur de terre se mélangeait à l'humidité. Des gouttes tombaient depuis la voûte et formaient une petite flaque aux pieds de Kevin Matters. Il était assis sur une pierre ronde, à l'angle de deux corridors.

Le temps ressemblait à ces champignons qui couraient sur les étais de bois : dilatés jusqu'à se perdre dans les fissures. Il ne savait plus depuis quand il attendait dans ce couloir obscur. Le lieutenant leur avait dit de se poster là pour avoir une vue sur le passage et d'éteindre leur lampe afin de ne pas être repérés et de pouvoir suivre à distance leur éventuelle cible. Mais Matters n'en pouvait plus de l'obscurité. Elle devenait si oppressante au fil des heures que les sons prenaient substance : le goutte-à-goutte devant lui était devenu presque visible, à force de l'entendre, de l'anticiper. Matters avait fini par rallumer sa lampe, en l'orientant vers le bas, pour scruter les parois et distraire un peu son ennui.

Si quelqu'un devait arriver par l'escalier de la tour est, Matters était certain qu'il l'entendrait descendre et aurait le temps de couper sa lumière. Simple question d'attention.

Devait-il vraiment attendre qu'on s'approche ? Y aurait-il quelqu'un pour venir dans ces souterrains ce soir ? Il n'en était pas convaincu. *Pourquoi crois-tu ça ? Parce que tu sais qui est ce tueur ?* Matters se dandina sur place, pas à son aise. Il refusait d'aborder cette question qui flottait à la lisière de sa conscience depuis un moment déjà.

Et s'il connaissait le tueur ?

Arrête. N'y pense pas, c'est stérile. Ça ne rime à rien, tu ne peux pas le connaître... En était-il si sûr ? Alors pourquoi ne parvenait-il pas à se débarrasser de cette boule dans le ventre ? Que *sentait*-il au-delà des certitudes ? Qu'avait-il en tête ?

C'est impossible !

Déjà mieux. On accepte l'existence de l'hypothèse.

Non, bien sûr que non.

Son nom. Allez. Dis-le.

Ça n'a aucun sens ! Qu'est-ce que je fais ? Je n'ai pas à y penser !

Son nom, juste son nom, dis-le.

Le Soigneur. Non. Non, non, je perds les pédales, c'est tout.

Tu le sais. Il y a quelque chose qui ne tourne pas rond. Cesse de t'aveugler. Tu as le doute en toi depuis ce matin.

Matters soupira bruyamment.

Je dois me concentrer, j'ai une mission ici.

Tu sais que les preuves commencent à s'accumuler. Les fuites proviennent de la PM, il ne peut en être autrement. Le tueur a toujours une longueur d'avance, comme s'il savait ce que Frewin veut faire. Il y a un moment où il ne faut plus s'aveugler.

Il est très malin, voilà tout.

Pas à ce point, tout de même.

C'est un génie du Mal.

Le Mal ? Pratique n'est-ce pas ? Pour ranger tout ce que tu ne veux pas voir, que tu n'es pas capable d'assumer. Et si le Mal n'était constitué que des démons intérieurs que l'homme n'est pas prêt à voir en face ?

Qu'est-ce qui me prend ? Je joue à quoi ?

À te voir en face. Au jeu de la vérité. Ta conscience contre le mensonge dans lequel tu te construis. Et c'est l'heure de savoir lequel des deux va prendre le dessus pour les années à venir.

Je ne connais pas le tueur !

En es-tu si sûr ?

Je ne sais pas ce que tu veux !

Tu l'as laissé entrer en toi. En tes amis.

Arrête !

Pour assouvir tes viles passions, tu as ouvert la porte au monstre, pour qu'il les dévore pendant leur sommeil.

Non !

Coupable tu es. D'avoir cédé.

Non...

Mais tu as encore une chance de te racheter.

Matters tremblait.

Encore une infime chance de ne pas laisser le monstre triompher.

Matters pleurait à chaudes larmes.

Il savait tout ça. Il le savait...

La dualité s'étouffa en lui alors qu'il se levait de sa pierre.

Il sut ce qu'il devait faire.

Et il s'élança dans les ténèbres.

71

Monroe caressa du bout des doigts sa victime.

Il lui avait arraché la peau, tout doucement, pour ne rien perdre de cet instant, portant ses entrailles à ses narines pour les humer profondément. Être enfermé là-dessous pendant si longtemps, sans lumière, l'avait rendu fou.

948 Il avait fini par céder à son obsession et s'était emparé d'une cigarette qu'il avait portée à ses lèvres. Impossible de l'allumer ici, l'odeur l'aurait fait remarquer. Alors il l'avait triturée en tout sens, jusqu'à ce qu'elle se ramollisse dans ses mains. Puis il avait décortiqué le papier, méthodiquement, pour répandre le tabac dans sa paume et le respirer à pleins poumons.

Au début il portait sa mitraillette en bandoulière, contre son flanc, prêt à intervenir. Peu à peu, il l'avait repoussée jusqu'à la poser contre le mur. Sa lampe éteinte, dans sa poche, il attendait d'entendre quelqu'un approcher. Le plan du lieutenant lui semblait réalisable mais dépendait du tueur. Et s'il ne descendait pas cette nuit ?

Il va venir. Le lieutenant l'a dit : l'occasion de détruire un peu plus la PM tout en passant à travers les mailles de la sécurité va être jouissive à ses yeux, il ne pourra pas refuser une invitation pareille.

Pourtant, déjà deux heures, peut-être trois, qu'ils attendaient, et toujours rien.

Et s'il était passé par la tour est ? Ça semblait illogique, il aurait dû sortir de la tour où ils étaient logés pour traverser la cour devant tout le monde et entrer au milieu de la compagnie Alto et de l'autre équipe de la PM, celle de Stanley. Pourquoi un tel détour et si peu de discrétion ? Non, non, il passerait par là.

Peut-être qu'il était déjà passé ? Dans l'après-midi ? S'il était déjà en bas, caché quelque part… alors le lieutenant et même Matters pouvaient être tombés sous ses coups !

Ils sont plus malins que ça, ils ne se laisseront pas surprendre.

De toute façon il n'est pas là. Il n'a pas pu venir plus tôt, il ne peut pas disparaître de sa compagnie si longtemps, ce serait suspect.

Un bruit sourd résonna depuis l'escalier en colimaçon, dévalant jusqu'à lui, comme le raclement de deux pierres l'une contre l'autre.

Cette fois Monroe se redressa, il jeta le cadavre éventré
de sa cigarette et attrapa sa lampe à deux mains, sans pour autant l'allumer.

Il se pencha pour tendre l'oreille vers le couloir.

Rien.

Le vent.

Brusquement, il perçut le froissement de semelles contre les marches. On descendait. Il se leva et allait se plaquer dans un angle lorsqu'il vit qu'il oubliait son arme. Il tâtonna dans la nuit pour la retrouver et la serrer contre lui.

Il était à présent bien enfoncé dans une zone à l'écart.

L'intrus se rapprochait. Il était presque arrivé en bas de l'escalier. Monroe, le cœur emballé, s'obligeait à souffler bruyamment par le nez. Il se concentra pour se calmer.

Les pas changèrent de sonorité, cette fois presque indécelables tandis qu'on marchait dans le couloir. Monroe devina la lueur d'une lampe

Il se rapprochait.

Monroe serra sa mitraillette.

La lumière augmenta à moins de cinq mètres de lui. Et une silhouette apparut.

Monroe était tellement crispé, prêt à surgir pour se défendre qu'il ne vit pas qui passait. Il devina seulement sa démarche rapide. *Trop d'obscurité et d'émotion*, se dit-il.

Lorsque l'individu fut à quinze bons mètres, Monroe sortit de sa cachette pour se glisser dans son sillage, progressant tout doucement, afin de ne pas trébucher sur une pierre ou dans une flaque. Sa main droite se guidait sur le mur et il s'efforça de perdre le moins de distance possible tout en étant discret.

Son cœur battait toujours aussi vite.

Le plan était lancé.

Le tueur qu'ils traquaient depuis plusieurs mois était dans ce tunnel.

72

Ann traversa la cour, passant entre les camions et les véhicules blindés, et grimpa les marches qui conduisaient à la tour nord. Elle monta au troisième et dernier étage occupé, afin d'atteindre le chemin de ronde desservant les cellules. Les voix de dizaines d'hommes se mêlaient tout bas. La première porte était ouverte et elle vit le capitaine Morris en discussion avec le lieutenant Piper.

— Bonjour, capitaine, je cherche votre infirmier, Parker Collins.

Morris fronça les sourcils et la toisa.

— Il est dans la troisième pièce, avec le caporal Regie.

Ann le remercia et allait partir lorsqu'il lui lança :

— Tâchez de ne pas semer la zizanie parmi mes hommes, infirmière !

Piper émit un rire gras, écœurant, et Ann fonça vers la troisième porte. Elle frappa et entra sans attendre de réponse. Douglas Regie leva la tête, surpris de cette intrusion, et ses yeux s'écarquillèrent en découvrant qu'en plus il s'agissait d'une femme. Ann s'approcha de lui en remarquant que l'autre lit était vide.

— Je cherche Parker, dit-elle.

— Pas là. Vous lui voulez quoi ? Vous et lui, vous…

Ann ignora le ton libidineux et rétorqua :

— Vous savez où je peux le trouver ? C'est important. Très important.

Regie fit la moue.

— Non, je l'ai vu qui traînait dans les couloirs, il devait discuter avec je ne sais qui.

Ann se demanda s'il s'agissait encore de méfiance à son égard, de la fraternité qui régnait dans la 3e section ou s'il n'en savait vraiment rien. *Pas étonnant que les interrogatoires ne puissent rien donner avec ces types... ils se soutiennent tous, quitte à mentir ! Ils se fournissent des alibis.*

— Je dois lui parler, question de vie ou de mort, insista-t-elle sur un ton tout aussi dramatique.

— Je viens de vous le dire : je ne sais pas où il est !

Elle recula.

L'absence de Collins n'était pas anodine. Le tueur était démasqué. Tout était en train de se dévoiler.

Les illusions tombaient.

Elle devait agir. Vite.

Question de vie ou de mort, se répéta-t-elle.

De mort.

73

Frewin se massa la nuque pour se remettre d'aplomb.

La lueur venait d'apparaître dans le couloir nord, celui de Monroe. L'ombre chinoise d'un individu marchant d'un bon pas.

Frewin sortit son arme, défit le cran de sûreté et se prépara à viser. Tout irait très vite. L'homme allait entrer, Frewin lui laisserait atteindre le milieu de la pièce, pour qu'il n'ait plus aucun abri, et il lui ferait les sommations. À la moindre hésitation, il tirerait. Au sol d'abord, puis dans les jambes si nécessaire. Il ne prendrait aucun risque. Le tueur devrait obéir sans broncher.

La silhouette apparut avec plus de précision. Grande. Puissante.

C'est lui.

Tenant sa lampe de la main droite.

Puis il entra dans la grande salle et ralentit.

Frewin reconnut son visage aussitôt.

Parker Collins.

Il balaya les nombreux casiers en bois, de son faisceau aussitôt capturé et multiplié par les culots de bouteilles. Soudain tout l'espace devint lumineux, irradié par autant de petites étoiles.

Avance encore un peu...

Monroe devait être derrière, prêt à lui couper toute retraite.

Collins avançait plus lentement, admirant ce spectacle surprenant, et sa trajectoire dévia quelque peu pour le rapprocher de Frewin.

Le lieutenant pouvait distinguer son regard à présent. Les pupilles en mouvement, sondant son environnement. Il tenait sa lampe devant lui, arrosant les murs par saccades.

Frewin eut une désagréable sensation d'angoisse. Il percevait quelque chose qui n'allait pas.

Collins était au milieu maintenant, il fallait intervenir.

Frewin hésita.

Collins ne semblait pas rassuré. Il éclairait autour de lui.

Il n'a aucune assurance. Il n'a pas l'aplomb dont le tueur fait preuve pour être capable de surprendre, maîtriser et massacrer ses victimes. Ça ne va pas.

Et l'évidence lui sauta aux yeux.

Une fois encore, ils s'étaient fait devancer.

Collins n'était pas le tueur. Il n'était qu'un leurre envoyé ici pour ouvrir la voie, pour s'assurer que personne ne l'attendait en bas.

Prévenir Monroe ! Qu'il n'intervienne pas et surtout qu'il veille à ses arrières, le vrai *tueur est peut-être juste sur ses talons !*

Frewin alluma sa propre torche électrique et la braqua sur l'infirmier.

— Collins, dit-il doucement.

L'intéressé sursauta en étouffant un cri de peur.

— Qui est là ?

— Lieutenant Frewin de la PM, lui répondit-il en s'approchant.

— Vous m'avez fichu une trouille bleue !

— Qui vous a envoyé ici ? Répondez !

Le visage de Collins se figea.

Et le chaos des balles explosa dans le souterrain.

74

À plus de sept cents mètres par seconde, la balle fendit l’air en déplaçant son onde de choc comme un manteau redoutable. Elle perfora la joue droite en faisant gicler un peu de sang et traversa les dents qui se fendirent en incrustant leur émail dans les chairs tendres de la gencive. Dévié de sa trajectoire première, le projectile rompit le palais pour ressortir au niveau de la pommette, laissant dans son sillage des os éclatés jusqu’au front. Un lambeau de peau vola pour accompagner le métal brûlant et retomba dans la poussière en émettant un petit bruit mou.

Les autres balles sifflèrent pour venir fracasser les bouteilles et se planter dans les tonneaux.

Parker Collins tomba comme un pantin brutalement séparé de ses ficelles. Son sang se mit à couler.

L’écho des coups de feu claquait encore aux oreilles de Frewin.

Il était sur le sol, à peine avait-il eu le temps de se jeter sur le côté.

L’odeur capiteuse du vin monta à ses narines. Une dizaine de jets rouges arrosaient la pierre, les murs semblaient saigner.

Frewin reprit ses esprits.

On venait de vider un demi-chargeur de mitraillette sur eux.

Il avait lâché sa torche qui avait roulé à trois mètres de lui, au centre de la pièce.

D'où venaient les tirs ? Du couloir nord, il en était presque certain. Monroe avait une mitraillette. Se pouvait-il qu'il…

Frewin se mit à ramper pour enfin s'adosser au mur et se mettre à couvert. Il tenait encore son pistolet dans la main.

Il tourna la tête vers l'infirmier.

Son sang et le vin formaient deux arabesques croissantes qui se rejoignirent et se mélangèrent.

Parker Collins n'était plus.

Matters était tout essoufflé. Autant par la cadence qu'il s'imposait que par l'anxiété qui le gagnait.

Il était presque arrivé lorsque les coups de feu claquèrent. Instinctivement il se jeta contre les parois avant de réaliser que les tirs ne lui étaient pas destinés.

Il demeura figé une longue minute, la tête penchée sur le côté pour tenter de discerner l'orientation des sons. L'attaque provenait de sa droite.

Sa main attrapa son pistolet et il s'avança doucement en direction des détonations. Un long couloir. Puis une pièce basse de plafond, pleine de tonneaux.

Matters braqua son pinceau blanc sur les angles pour déshabiller les ténèbres, sans pour autant se rassurer. Il avança dans le couloir suivant.

En passant l'ouverture, une sensation de froid se logea contre sa pomme d'Adam et une main se posa sur son arme pour la lui prendre. L'individu était sur le côté, éloigné de l'angle de tir.

— Inutile de te servir de ça, lui chuchota-t-on.

Matters mit des mots sur ce qu'il ressentait : un couteau était prêt à s'enfoncer dans sa gorge. Il ne montra aucun étonnement.

— Tu as compris que c'était moi, n'est-ce pas ? lui demanda-t-on toujours en chuchotant.

— Oui.

— Depuis quand ?

— Quelques minutes. En repensant à tout. Le tueur savait tant de choses… Il ne pouvait être que l'un d'entre nous.

— Et c'est ce que je suis ? L'un d'entre vous ?

— Non, non, mais tu nous as bien bernés.

Matters ferma les yeux. Il ne savait que faire.

Tout alla trop vite.

Et il ne sortit que des gargouillis et des gémissements noyés quand sa gorge s'ouvrit en grand.

Frewin remobilisa sa concentration. Devait-il rouler jusqu'à l'une des deux lampes ou se rapprocher du couloir d'où provenaient les coups de feu, en espérant intercepter le tireur ?

Monroe, la priorité est à Monroe.

Comment s'étaient-ils retrouvés là ? Son plan paraissait pertinent pourtant… Le tueur avait une capacité à anticiper chacune de ses décisions, qui en devenait incroyable. S'était-il trop précipité ? Frewin s'abrita derrière ses paupières closes un instant. À peine découvert par Ann, le passage secret était devenu pour lui le piège idéal. Il avait été trop vite, sans prendre le temps de se mettre à la place du tueur. Il avait commis l'inexcusable : il l'avait sous-estimé. Après avoir massacré Donovan dans un étage barricadé il s'était douté qu'on chercherait un accès dissimulé. Et qu'on le trouverait. Il comptait là-dessus !

Frewin serra les dents. Comment avait-il pu se fourvoyer à ce point ? *En allant trop vite.* Là aussi, le tueur l'avait battu. En accélérant le rythme de ses frappes, il avait mis Frewin dans une dynamique d'urgence, où le temps leur était compté.

Il y avait une autre possibilité, même s'il refusait de l'entendre.

Que ce soit l'un d'entre eux.

Ses mains étaient moites. Il prit une profonde inspiration et courut à quatre pattes vers le boyau d'où s'échappait encore l'odeur de la poudre. Il se plaqua dos au mur, pistolet contre le cœur, et s'efforça de respirer calmement.

— Monroe ! murmura-t-il. Monroe !

Il y avait une chance pour que son soldat soit quelque part par ici. Frewin envisageait toutes les hypothèses, dont celle d'un Monroe tirant sur Collins en croyant qu'il s'agissait du tueur.

Aucune réponse. Rien que le glouglou des vins s'échappant des bouteilles et des tonneaux perforés par les balles.

D'autres éventualités plus sinistres encore rongèrent ses espoirs.

Frewin tenta une dernière fois d'appeler son compagnon, sans hausser la voix pour ne pas trahir sa position :

— Monroe ! Monroe !

La réponse surgit de l'obscurité, à moins d'un mètre de lui. Une voix posée. Presque triste.

— Monroe est mort.

Frewin se figea. Il la reconnut aux premières intonations.

— Je suis désolé que ça se termine comme ça, Craig.

75

Frewin recula en rampant, semblable à une araignée.

La voix s'immobilisa sur le seuil de la salle. Les lampes renversées projetaient deux rayons au ras du sol, soulignant les irrégularités de la terre. Ann était à peine visible dans ce clair-obscur.

— Je suis désolée, répéta-t-elle.

— Ann ? fit Frewin. Que faites-vous là ?

Ignorant la question, elle dit :

— Monroe a été égorgé, j'ai vu son corps en arrivant. Et Matters également.

Frewin refusait d'y croire. Puis il s'aperçut qu'elle avait les mains dans le dos. *Que cache-t-elle ?*

Un couteau apparut devant la gorge de l'infirmière.

Tenu par une main droite.

Frewin perçut un murmure et Ann fut contrainte de lever un pied. On posa dessous un petit objet rectangulaire et on prit la jambe de la jeune femme pour la reposer dessus.

— Ne bougez plus surtout, lui dit-on tout haut.

Frewin avait déjà entendu cette intonation. Un voix d'homme, assez peu virile.

Steve Risbi !

Et la petite tête ronde du rouquin aux grands yeux vitreux se profila derrière l'infirmière.

— Surprise, lieutenant, articula-t-il avec un rictus de contentement. Je vous ai bien eu, avouez-le.

Frewin ne parvenait plus à respirer.

— Allez, jetez-moi cette arme que vous tenez, faites-le ou je la vide comme un porc.

Le couteau s'agita sur la gorge d'Ann. Le sang de Frewin se glaça.

— Ne me faites plus jamais répéter, lieutenant, vous devriez savoir quel genre d'homme déterminé je suis !

Il leva le coude, prêt à perforer la peau de sa victime. Frewin lâcha la crosse et repoussa le pistolet à un mètre de lui.

— Voilà qui est bien. On va pouvoir faire connaissance. J'espérais vraiment que vous me tendriez un piège ici. Si vous saviez comme j'étais ivre de joie lorsqu'on a fait passer la nouvelle des gardes postés dans votre tour. C'était le signe.

Le lieutenant inspecta Ann pour s'assurer qu'elle n'était pas blessée et ne vit rien d'anormal.

— Ah, je suis votre regard, fit Risbi, vous vous demandez comment elle a atterri ici ? En fait, moi aussi, j'avoue que je serais curieux d'entendre ça.

Il tourna la tête pour la fixer et releva légèrement la lame de son couteau pour l'inciter à parler.

— Par le… le journal intime de Matters, dit-elle.

Risbi soupira, amusé.

— Je savais qu'il poserait plus de problèmes qu'il n'apporterait de solutions, celui-là. Allez-y, développez, on est entre nous après tout.

Risbi se lâchait, d'une petite voix fluette, aux intonations inquiétantes, qui montait dans les aigus et descendait dans les graves, comme s'il ne parvenait pas à la contrôler. Une joie perverse illuminait ses traits.

Ann avait la tête en arrière, ses lèvres tremblaient.

— Allez, continuez votre petite explication, j'adore ça ! lui ordonna Risbi en jouant avec la lame.

Ann serra les dents avant de reprendre, d'une voix hésitante :

— Matters était homosexuel. (Elle avala sa salive.) Il

luttait contre ses pulsions parce qu'il estimait qu'elles étaient dégradantes. Il… il était très croyant. Mais il lui arrivait de temps à autre de craquer et de rencontrer d'autres soldats comme lui.

— Et il parle de moi dans son Journal ? s'étonna Risbi.

— Non, il parle du « Soigneur ». J'ai cru que c'était Collins, l'infirmier.

Risbi eut un large sourire.

— Le Soigneur… Le soigneur d'âmes, c'est comme ça qu'il m'appelait.

Il semblait très heureux dans cette situation impossible, sa lame prête à trancher les veines et artères de la jeune femme. Il savourait sa victoire sur Frewin, assis à terre en face de lui.

— C'est parce que j'écris le courrier de ma section, s'amusa-t-il. Je trouve les bons mots, pour satisfaire les uns et les autres, j'en avais parlé à Matters. Et il m'appelait le soigneur d'âmes, ce crétin !

Comprenant soudain qu'on pouvait se méprendre, il changea d'expression pour ajouter :

— N'allez pas croire que lui et moi… non, non, non ! Je lui faisais croire qu'il me plaisait mais c'était juste pour l'utiliser. Vous savez, quand on veut faire ce que je fais, il faut être à l'écoute de toutes les possibilités. Le milieu des homosexuels dans l'armée est une petite communauté très secrète, et tout ce qui est secret m'intéresse. Les noms circulent vite, de bouche en bouche. Et quand celui de Matters est arrivé à moi, j'ai tout de suite vu mon intérêt ! C'était il y a dix jours, dans les tranchées. La rencontre n'a pas été simple, mais pleine de promesses !

À l'évocation de son sergent, Frewin ne put s'empêcher de glisser un bref coup d'œil vers le couloir est.

— Je vois que vous vous demandez ce qu'il lui est arrivé, anticipa Risbi. J'avoue qu'en descendant, je ne savais pas comment procéder. J'ai été voir Parker ce soir pour lui dire qu'on avait trouvé une autre réserve de vins exceptionnels et qu'il avait intérêt à y aller sans tarder s'il voulait s'en prendre quelques bouteilles avant qu'on ne la vide. Il a mordu à l'hameçon et est venu aussitôt. J'étais derrière, à bonne distance. J'ai vu votre homme le prendre en filature. Je lui ai réglé son compte assez facilement. Oh ! (Il leva un index devant lui, soudain traversé d'une idée capitale :) Vous savez comment on tue un homme facilement ? Là ! (Il désigna la gorge d'Ann.) On enfonce la lame d'un coup, brutalement. Si c'est fait avec force, ça tranche tout. Ensuite, soit on recule si le type se débat, et on le laisse crever à petit feu, soit on s'acharne pour bien tout arracher et que ça aille vite. En général, c'est tellement violent comme assaut que les gens veulent se protéger le cou, c'est un réflexe, et ne cherchent pas à se défendre, ce qui est idiot en soi !

Il ricana bêtement. Fier de son exposé.

Se pouvait-il que le génie qu'ils avaient pourchassé

pendant si longtemps ne soit que ce jeune type grotesque ? Une figure du Mal bien décevante pour Frewin. À tel point qu'il ne parvenait toujours pas à croire en la culpabilité de Risbi, attendant un ultime coup de théâtre du *vrai* tueur.

C'est lui. Tout est fini. Il est bien vrai, ridicule et obscène. C'est ça la réalité.

— Pourquoi me dites-vous tout ça ? le coupa Frewin, toujours au sol.

Risbi sembla surpris par la question.

— Pourquoi ? Pourquoi ? (Il haussa les épaules.) Parce que ça vous intéresse ! Nous sommes frères vous et moi, opposés, néanmoins frères de chasse ! Nous nous observons l'un l'autre depuis le début. Notez que vous m'avez épaté cet été. J'ai bien cru que ce serait plus difficile que prévu. Ce n'était pourtant pas faute de tout anticiper, d'être attentif à tout ! Je me suis amusé à vous entraîner vers des fausses pistes, Harrison d'abord, et Hriscek ensuite, là c'était du grand art. Bon, je regrette d'avoir négligé Quentin Trenton, d'après ce que Matters m'a dit, c'est lui qui avait déduit les initiales Q.T. à cause du symbole féminin que j'avais mal dessiné… J'aurais dû y penser ! J'ai compris que vous cherchiez un droitier le premier jour, sur le quai. Pas de chance, lieutenant, je suis ambidextre depuis l'enfance. J'écris, je fais tout de la gauche, mais d'instinct, il y a certaines choses que je fais de la droite.

Il se fendit d'un large sourire, les yeux inexpressifs contrairement au reste du visage.

— Oh ! Et ce soir où j'ai emprunté les chaussures d'un camarade pour aller dans la ferme, et vous avez gobé ma petite mise en scène ! Je chausse du 42, pas du 44 ! C'est pour ça que Matters n'a rien vu d'inquiétant en moi.. Un gaucher, plutôt maigre, qui chausse du 42. Avec tout le respect qu'il semblait vous témoigner, il ne pouvait pas envisager que vous vous plantiez totalement, le pauvre ! Pendant ce temps, je vous montais contre toutes les fortes têtes de la section. Histoire de semer le bordel, et de ressouder les liens entre nous. On se couvrait tous contre la PM, le mensonge pour protéger ses potes plutôt que de vous répondre ! Formidable !

Risbi était euphorique.

— Je n'ai qu'un regret dans ce final, c'est que Matters me soit tombé dessus dans le couloir, lorsque je vous ai tirés comme des lapins avec Parker. Je l'ai vu arriver avec sa grosse lampe et ça a été un jeu d'enfant de le neutraliser. J'aurais voulu le contempler ici, pendant que vous perdiez de votre superbe, lui qui vous adulait. Assister à l'échec de son mentor, ça aurait été un grand moment je pense. Tant pis.

Il ajouta en levant la pointe de sa lame :

— C'est elle qui m'a presque interrompu d'ailleurs. Je l'ai vue approcher, elle aussi avec sa lampe, quel manque de pragmatisme ! On vous repère à vingt lieues avec ça !

Ann grimaça tandis que le bout du couteau s'enfonçait dans sa peau.

Risbi surjouait. Il en faisait trop, il en disait trop. Il y avait un tel manque de personnalité en lui que lorsqu'il se croyait enfin libre d'être lui-même, il n'était qu'une parodie.

— Qu'est-ce qui vous a fait descendre, d'ailleurs ? demanda-t-il comme s'il s'agissait d'une simple conversation entre amis.

Elle déglutit péniblement et lança du bout des lèvres :

— J'ai appris que Collins avait disparu, j'ai pensé qu'il était descendu et que tout était terminé. J'étais inquiète.

Risbi haussa les sourcils, exaspéré.

— Les femmes… Bon, maintenant on passe aux choses sérieuses. Voyez-vous, lieutenant, je vous ai tiré dessus avec la mitraillette de… ah, comment s'appelait-il déjà ?

— Monroe, murmura Frewin.

— Oui ! Monroe ! Je me suis également permis de lui emprunter ses menottes, pour elle.

Il désigna Ann d'un mouvement du menton.

— Comment avez-vous fait pour tuer mes hommes ? Larsson et Conrad ? voulut savoir Frewin qui cherchait à gagner du temps.

Risbi eut un nouveau sourire complice.

— Ce qu'il est bon de parler ! s'écria-t-il. Ah, si vous saviez comme je regrette de ne pouvoir partager tout ça plus souvent ! Vous doutez-vous de ce qui est le plus dur ? Pas la préparation ou les précautions, non, tout ça est même agréable. C'est de garder le silence. Ne pas pouvoir partager ses succès. Être gagnant, être brillant et personne pour fêter ça ! Voilà ce qui me peine le plus.

Il hocha lentement la tête, plissa les lèvres en observant Frewin. Son regard devint mélancolique.

— Je vais vous dire comment je m'y suis pris. Très simple en définitive.

Et, à la grande stupeur de Frewin et Ann, il retira son couteau de la gorge de l'infirmière pour entrer dans la pièce.

76

Les lampes abandonnées au sol diffusaient leur clarté en se croisant, tapissant la terre battue d'un revêtement blanc argenté là où le vin n'avait pas formé des rigoles. Les bords de la salle étaient plongés dans la pénombre et c'est dans cette fange insaisissable que Steve Risbi marchait, dissimulant sa silhouette.

— Avant tout, je dois vous inviter à ne pas faire de folie, lieutenant. D'abord parce que j'ai une arme à la main et que je suis un excellent tireur. Ensuite parce que j'arracherai les jambes et les mains de votre amie si vous m'énervez. (Il se tourna vers elle :) En effet, ma chère, l'objet que j'ai posé dans vos mains en vous demandant de ne surtout pas le lâcher est une grenade, dont voici la goupille.

Il lança la bague métallique vers Frewin et elle tomba à ses pieds.

— Si la pression sur la poignée se relâche, *boum* ! Vous n'aurez plus d'avant-bras, et plus de fesses, si je peux me permettre. Et si d'aventure vous aviez la mauvaise idée de vouloir vous enfuir ou de courir sur moi, vos jambes disparaîtraient en une seconde. Tout à l'heure je vous ai fait lever le pied pour mettre quelque chose dessous. C'est une mine, et elle est armée. Vous marchez sur le détecteur qui est désormais enfoncé. Bougez et c'est instantané, *boum* !

Il donnait ses explications avec un détachement enjoué. Tout ce qui valorisait directement son pouvoir le rééquilibrait.

Risbi sortit de l'ombre pour s'approcher de Frewin. Ils se toisèrent.

— Voilà, c'est aussi simple que ça. Avec vos hommes ce fut identique. Pour le premier, j'étais dans la clairière, je l'avais vu partir, j'ai eu le temps de passer par la forêt pour le devancer un peu, juste ce qu'il fallait pour l'attirer à l'écart. Il m'a vu, j'ai fait croire que j'étais paniqué, et il ne s'est pas méfié. Je suis assez bon comédien, je crois. Je lui ai parlé et…

Brusquement Risbi tourna la tête, son attention captivée par quelque chose. Frewin fut pris au dépourvu, il avait une seconde pour décider quoi faire, l'arme braquée sur lui. Que se passait-il ? Quelqu'un venait d'entrer dans son dos ?

 La tête de Risbi pivota pour revenir sur lui, et un immense sourire dévoila ses dents jaunes.

— Je vous ai bien eus, n'est-ce pas ? s'amusa-t-il. C'est exactement ce que je lui ai fait, et votre gars a tourné la tête pour voir ce qui se passait. C'est alors que j'ai enfoncé mon couteau dans sa gorge. De toutes mes forces. Jusqu'à la garde. J'ai sauté en arrière pour éviter toute riposte mais il a fait ce qu'ils font tous : ses deux mains se sont portées à la plaie. Alors j'ai bondi sur lui, un autre coup, puis un autre. (Risbi, ridicule jusqu'au bout, mimait les gestes, les veines des tempes saillantes.) Jusqu'à ce qu'il y ait du sang partout. Je me suis ensuite un peu nettoyé avec la neige, mais comme on était en plein territoire de guerre, les taches sur mon uniforme n'ont pas été remarquées le temps que j'en change. Pour votre second gars, j'ai fait celui qui était piégé par une mine ennemie. Il a voulu partir chercher un artificier et je l'ai retenu en lui disant que je n'allais plus tenir longtemps, mais que j'étais capable de désamorcer l'engin sans problème pourvu que je puisse y accéder. Il a pris ma place, nos pieds ont coulissé sur le déclencheur pour échanger. Alors, immobilisé, je lui ai pris ses menottes, à sa grande stupéfaction, si vous aviez pu voir sa tête !

Risbi se mit à rire, un rire sec, factice comme le reste de ses émotions. Et Frewin sut qu'ils avaient vu juste. Il tuait parce que c'était l'unique plaisir qu'il pouvait éprouver. C'était un être creux, une coquille vide que seul le sang pouvait remplir.

Ses yeux étaient rouges, par manque de sommeil. *À cause de ses sinistres activités*, devina Frewin.

— Je l'ai attaché, mains dans le dos, il n'a pas bronché, trop peur de sauter. Surtout que pour le calmer je l'ai… baratiné, j'adore faire ça. En une seconde, ils ne comprennent plus rien, qui est qui, qui fait quoi et pourquoi ? Vous savez, le meilleur moyen d'immobiliser quelqu'un c'est de semer la confusion dans son esprit, ainsi il ne sait plus quoi faire, mille idées contradictoires jaillissent en même temps avec pour conséquence de ne déboucher sur aucune décision. Je lui disais qu'il y avait un tueur parmi nous tous, et que je voulais m'assurer que ça n'était pas lui. Il était perdu, je venais de passer dans sa tête de victime en péril à meurtrier, et soudain à justicier se trompant ! Il a protesté, bafouillé, pendant une minute. Quand il a réalisé que je me foutais de lui, il était trop tard, j'ai sorti ma lame et d'un geste qu'il n'a pas vu venir, je lui ai ouvert le ventre.

Risbi recula pour disparaître à nouveau.

— Aussi simple que ça !

Risbi marchait paisiblement et, en arrivant au niveau d'un tonneau, il planta sa lame dedans pour laisser surgir un geyser rouge. Il se pencha pour en boire un peu et reprit sa marche.

Quelle faille exploiter ? Frewin n'en percevait aucune. *Tout revoir, vite, se souvenir de chaque crime, les analyser, trouver une brèche !* Et pour cela il lui fallait gagner du temps. Il restait des questions sans réponse. Alors il dit :

— Comment avez-vous pu tuer des hommes aussi forts ?

— Vous dites ça parce que je ne suis pas très baraqué, c'est ça ? (Le ton avait changé. Il n'appréciait pas le sous-entendu qui le rabaissait.) Je vais vous dire : vos bonshommes étaient peut-être des armoires à glace, mais ils couinaient comme n'importe quel con qui a le cou tranché. Faut pas chercher plus loin, lieutenant. Et pour les autres… Vous seriez surpris de voir ce qu'on peut faire quand l'adrénaline vous coule dans les veines. Il paraît qu'il y a des mères qui ont soulevé des voitures pour sauver leurs mômes avec l'adrénaline. Et vous n'avez pas idée du flot de cette hormone qu'on libère quand on tue. C'est.. incroyable. Alors la force pure, vous savez… Ça ne sert pas à grand-chose quand la rage et

l'adrénaline se mélangent !

Il aime vraiment cet instant de confidences, se répéta Frewin. *Il va en profiter autant que possible avant de nous tuer.* Néanmoins, Frewin ne voyait toujours pas comment se sortir de là. *Du temps, il me faut du temps !*

— Et la symbolique ? fit-il.

— La symbolique ? répéta Risbi avec dégoût. De quoi vous me parlez ?

— Vos meurtres, d'abord selon les signes astrologiques puis…

Il le coupa :

— Allez ! Vous n'avez pas gobé tout ça tout de même ? Sur le coup, si, c'était fait pour, mais plus maintenant ? Tout ça c'était pour vous conduire à Hriscek à un moment où un autre, lorsque ça sentirait le roussi pour moi. Rien de plus !

Il planta à nouveau son couteau dans un autre tonneau pour goûter le vin.

Il exhibe ses victimes. Il a du plaisir aussi dans l'idée de nous choquer, de montrer ce qu'il fait. Il est fier.

Fier... Il y avait quelque chose de capital dans cette déduction. Frewin le sentait sans parvenir à deviner quoi exactement.

— Vous imaginez quoi ? clama Risbi. Que je… tue pour la chance ? C'est une idée qui m'est venue il y a plusieurs mois, j'ai trouvé ça brillant. Mais moi, tuer pour la chance ? Avez-vous seulement idée de ce qu'on ressent quand on fait ça ? Le savez-vous ? C'est pas une satisfaction sexuelle ou un truc comme ça, non, c'est bien plus compliqué.

Il s'aime. Il aime sa vie. Il ne prendra aucun risque pour son intégrité physique, la preuve : il se débrouille pour tuer ses victimes par surprise, par-derrière. Il ne prendra aucun risque... Frewin pensait à la mine sous le pied d'Ann. Le petit trou rectangulaire retrouvé sur la scène de crime de Conrad. Il avait désamorcé l'engin avant de le tuer ? Si vite ? Il avait cette compétence ? Ça ne collait pas. Même ici, dans ce souterrain, si Ann
bougeait et que la mine sautait, elle projetterait des fragments un peu partout, Risbi se tenait trop près. *Et il est resté à ses côtés longtemps tout à l'heure, sans nous prévenir, elle aurait pu tout faire sauter !* Ça ne collait pas. Risbi n'avait aucun penchant suicidaire, il aimait sa vie… La mine n'était pas amorcée. La grenade peut-être, mais pas la mine. Il n'aurait jamais pris ce risque.

— Tuer c'est transcender sa forme corrompue pour rejoindre son être naturel, c'est s'affranchir des limites imposées par un système qui fait fi de ce que nous sommes tout au fond : des chasseurs ! C'est cet instinct qui a permis à l'homme de survivre pendant des dizaines de milliers d'années, de se hisser au sommet de la chaîne alimentaire malgré d'autres prédateurs plus féroces en apparence. Et en quelques malheureux siècles on voudrait nous asservir, faire taire ce brûlant penchant à nous exprimer ? Le sang exprime autant de choses que les mots. Voire plus, car essentielle à notre évolution. Sans elle nous ne serions déjà plus rien que des os rongés.

Il y a beaucoup plus dans le sang que ce que vous y voyez : un « crime ». Tuer c'est retrouver ses origines, c'est exprimer le plein potentiel de nos gênes, c'est faire parler nos instincts plutôt que nos ficelles de pantins ! Et c'est pourquoi tuer est la jouissance ultime ! Les premières fois on se sent déborder, c'est trop d'un coup, la peur, le carcan moral de nos sociétés est encore trop présent. Mais ensuite, on s'en affranchit et là…

Il leva un bras vers le ciel en un geste théâtral, le couteau brandi à l'instar d'un drapeau. Frewin examinait la pièce, l'appréhension lui creusait le ventre. Son arme était juste à côté. Tout devait aller très vite. Pas d'hésitation. Se concentrer. Des gestes sûrs. Mobiliser l'assurance qui le fuyait, pour se donner la force de le faire.

Risbi continuait son délire :

— Là c'est l'apogée de nos vies. On sait ce pour quoi nous sommes sur cette planète, loin des formatages, des mensonges pour nous éloigner de cette nature. Pourquoi croyez-vous qu'on ait inventé les religions ? Pour nous faire peur ! Pour mettre une distance entre cette nature bestiale et nous ! Tout ça n'est que manipulation, asservissement. Alors que tuer… faites-le une fois, l'acte vous submergera, il vous dégoûtera sûrement. Recommencez, et là… ça deviendra plus intrigant. La troisième fois on commence à se sentir différent. Et c'est trop tard, on ne peut plus faire marche arrière. Croyez-moi !

Frewin devait agir maintenant. S'il avait vu juste, Ann n'était pas en danger immédiat, à moins de lâcher la grenade. Restait l'arme que Risbi tenait, pointée vers lui. *Si j'ai vu juste, sinon…*

Il fallait trouver un moyen de détourner son attention, un court instant. Rien qu'une poignée de secondes, et Frewin pourrait bondir sur son pistolet.

Et cette diversion, Ann la lui offrit.

77

Ann reprenait peu à peu consistance.

Maintenant qu'il le lui avait dit, elle reconnaissait parfaitement les contours de la grenade dans sa main. La poignée était bien calée contre sa paume. Ce qui l'inquiétait davantage c'était cette mine. La peur accentuait la tension dans ses muscles, et elle craignait de voir ses jambes se dérober sous elle.

Les larmes avaient rempli ses yeux jusqu'à déborder, sa gorge s'était serrée à en devenir douloureuse. Puis Risbi s'était éloigné et elle s'était calmée comme s'il portait la peur et la détresse dans son aura. Ce petit homme qui l'avait aidée. Qui avait joué avec elle sous ses airs innocents. Jamais elle ne l'avait suspecté. Et son obsession de plonger un jour son regard dans celui d'un criminel comme lui pour y discerner ses abîmes s'évapora sous l'effet de la terreur. Elle avait vu son regard, froid, triste, néanmoins innocent, avait-elle pensé. Et maintenant il n'y avait toujours aucune flamme à l'intérieur, rien que deux globes blancs aux veines éclatées sur une âme vide. Ce n'était pas ça le Mal qu'elle attendait de sonder. C'était…

Si, tu viens de le voir. C'est ça le Mal. Cette absence de vie. Aucune empathie, aucune émotion pour l'autre. Le Mal c'est cet égocentrisme poussé à l'extrême, rien de plus. Le Mal c'est l'absence de vie dans son regard.

Les mots se posaient tout seuls sur ses angoisses, ses interrogations. Elle les connaissait depuis longtemps déjà. Mais elle n'était jamais parvenue à les voir en face, à s'avouer ses faiblesses et les excuser. Elle ne s'était jamais offert le pardon.

D'avoir un jour dit non à son père. De lui avoir fracassé le crâne avec une bûche, pour en faire un légume. La gamine qu'elle était ne s'était jamais exprimée comme une enfant. Les traumatismes l'avaient faite ainsi, *pour survivre*. Chercher la jouissance et offrir son corps tout le temps était un moyen de se perdre, de refuser son propre pardon.

Et ce tueur venait de le lui donner. Une thérapie violente, instantanée, à travers la peur. Alors qu'elle s'apprêtait peut-être à mourir.

Elle fixa l'ombre de Risbi qui venait d'éventrer un autre tonneau dans l'obscurité. Elle se souvint des nombreux portraits que Frewin et elle avaient dressés de ce tueur. Il avait été si habile, si bon manipulateur qu'une large partie de leurs conclusions n'étaient que des fruits pourris Pourtant, une série de crimes l'avait montré tel qu'il était vraiment, ceux de cette famille dans la ferme.

C'était lors de ces meurtres qu'il s'était montré le plus barbare. Il avait projeté sa famille sur celle-là !

La stratégie de Frewin pour le pousser à bout l'avait conduit à sortir de ses plans préparés. Malgré toute son attention, ce jour-là sa vraie nature s'était exprimée. Alors elle lui lança d'une voix encore tremblante :

— Et vous, Steve, quel genre d'enfant étiez-vous ? Votre père vous a violé ?

Long silence. Puis Risbi vint vers elle, à vive allure.

— Espèce de salope, qu'est-ce que tu te permets de dire !

— J'ai lu le journal de Matters, il ne dit pas que vous n'étiez qu'amis… Il parle de tendresse…

— Il ment ! s'écria Risbi tout près d'elle.

— Il était rongé par la culpabilité à l'idée de s'être laissé aller à ses noirs penchants avec le « Soigneur ».

— Des sottises ! Les mensonges de ce pédéraste !

Ann s'était attendue à des coups. Il fulminait mais il n'avait pas levé la main sur elle. Elle ne l'avait pas encore poussé à bout.

— Pourtant, les viols répétés de votre père, et ses coups de ceinture quand il vous entraînait dans sa chambre, tout ça a dû beaucoup perturber votre sexualité, non ?

Risbi grimaça de répugnance.

Ann ne pouvait plus s'arrêter, elle voulait l'humilier, même s'il devait la frapper, qu'il s'effondre. Sa haine à son égard croissait. À mesure qu'elle prenait pleinement conscience des différences entre lui et ce qu'elle était. Elle s'était longtemps crue habitée par le Mal. Elle avait été *persuadée* de faire partie de ces créatures maléfiques qui, par l'absence de contrôle de leurs perversions, entraînaient les hommes dans le vice. Et maintenant qu'elle le contemplait, lui, l'incarnation de ce Mal, elle éprouvait une aversion terrible pour ce qu'il dégageait. Ils étaient différents. Elle n'avait rien de commun avec cette chose. Le mal qu'elle faisait, c'était à elle. En se refusant le pardon.

— C'est pour ça que vous détestez les femmes ! Vous êtes un manipulateur. Ce jour où vous m'avez mentionné votre petite amie, c'était des mensonges, vous abhorrez les femmes ! Pourquoi ? Parce que votre mère, peut-être aussi vos sœurs, n'ont jamais réagi quand le père s'en prenait à vous ? Elles se passaient les nerfs sur vous ?

Découvrant que les traits du petit homme tremblaient de rage, Ann comprit qu'elle faisait mouche.

— Oui, c'est ça ! Elles ne bronchaient pas quand votre père vous battait et vous violait, pire, elles en remettaient une couche ! Vous étiez la proie facile, le souffre-douleur de la maison. Vous exécrez les femmes et c'est vers les hommes que s'est tourné votre désir sexuel. Vous et Matters, ce n'était pas que des mots.

— Tais-toi ! hurla-t-il.

Mais c'était trop tard. De rage, il leva le couteau sans même s'en rendre compte et lança son bras vers la gorge tendre d'Ann.

Pour la lui arracher.

Pour voir le sang gicler sur son visage. Boire le sang de celle qui se permettait de l'humilier.

L'impact fut immédiat.

Le sang apparut sur la jeune femme.

78

Ann cilla, sans savoir encore si la douleur accompagnait sa blessure mortelle. Il avait planté son couteau dans son oreille, jusqu'à son tympan. Probablement même dans le cerveau.

Puis elle comprit.

Ce n'était pas son sang mais celui de Risbi sur elle.

Et ses deux oreilles sifflaient. L'écho du coup de feu monta jusqu'à sa conscience au milieu des gargouillements du vin se répandant dans la salle.

Frewin était en face, toujours sur le sol. Il avait roulé jusqu'à son arme dont le canon, braqué vers elle, fumait.

Elle tourna le menton et vit que Risbi la regardait, incrédule. Il avait lâché son couteau et monta la main au niveau de son visage pour la regarder, couverte de son propre sang.

Il murmura quelque chose.

Il répéta, tout bas :

— Non. Non.

Tout d'un coup, Ann fut projetée en avant, Risbi la poussa sur Frewin. Malgré son effort, ses pieds décollèrent de la mine. Elle courut, tête penchée en avant, sur deux mètres avant de s'effondrer. Les bras attachés dans le dos, elle chuta sur la poitrine, le choc lui coupa le souffle tandis que Frewin avait tenté d'amortir la collision en levant les bras. Ann lui rentra dedans, tapant dans son arme qui glissa.

La grenade s'échappa d'entre ses doigts et roula entre ses cuisses.

Elle ouvrit grande la bouche pour inspirer, sans succès.

La grenade !

Frewin se dégagea pour tenter de reprendre son pistolet. Risbi fut dessus le premier. Il frappa dedans avec le pied et Frewin ne put qu'agripper l'autre cheville de leur assaillant. Il tira et tous les muscles de son corps puissant se contractèrent.

Risbi s'envola pour retomber dans la mare de vin qui ne cessait de croître.

En une seconde l'imposante masse de Frewin fut sur lui, son ombre immense recouvrant le jeune homme dont l'expression changea. La peur changea de camp, elle fondit sur ses traits.

Cette même peur qu'il avait infligée et aimé contempler dans le regard des autres.

Ann parvint à rouler sur le flanc, sans pour autant retrouver son souffle. Ses jambes battirent la terre pour lui permettre de s'éloigner de la grenade qu'elle chercha dans cette lumière rasante faite de creux et de bosses, de noir et de blanc.

Du coin de l'œil, elle vit Risbi disparaître sous Frewin tandis que le tueur levait son arme. Sa vision se brouillait tandis qu'elle cherchait à faire entrer l'air en elle. Les mains de Frewin jaillirent à la gorge de son adversaire et le soulevèrent. Ann le vit se redresser et rejeter la tête en arrière en étouffant un cri de rage.

La tête de Risbi pivota à une vitesse incroyable.

Et un craquement sinistre s'en échappa.

Ses yeux se figèrent dans la surprise et la terreur.

Elle sentit sa respiration revenir dans ses poumons comprimés et reporta aussitôt son attention sur la grenade. Elle la trouva à côté d'elle.

Les mains menottées dans le dos, elle se coucha et tâtonna, à la recherche du petit objet mortel.

Au moment où elle l'effleura, la grenade émit un tout petit déclic.

Ann sut alors qu'elle allait exploser dans la seconde.

79

Ann se renversa pour couvrir la grenade de tout son corps. Protéger Frewin.

Elle n'eut pas le temps d'y réfléchir.

Ses paupières se fermèrent.

Il n'y eut pas de choc. Pas d'explosion, rien qu'un souffle sortant d'entre les lèvres de Risbi. Elle ouvrit les yeux et vit que le pied droit du tueur était agité de convulsions. Puis il s'immobilisa.

Frewin se redressa, ses vêtements dégoulinaient d'un liquide rouge. Ses mains en étaient couvertes.

Pas d'explosion.

Ann se rendit compte que la mine n'avait pas sauté non plus. Se pouvait-il que.. ?

Elle se mit en position assise et contempla la petite arme ronde.

La mare de vin, qui continuait de se déverser par tous les trous des tonneaux, s'approcha et entoura la grenade.

Frewin aida Ann à se relever et lui défit les menottes.

Ann ne pleurait pas. Elle n'était pas non plus tremblante de peur.

Était-ce le choc, ou plutôt un équilibre précaire entre l'horreur qu'elle venait de vivre et le bonheur d'être en vie ? D'ici quelque temps elle craquerait, elle devait s'y préparer. Elle s'effondrerait jusqu'à toucher le fond. Alors seulement, elle pourrait commencer le travail de reconstruction.

Elle fit des moulinets avec ses poignets et la première chose qu'elle eut envie de faire fut de se serrer contre Frewin et de l'embrasser. Il la guettait, attendant un geste de sa part. Il venait de tuer Risbi, aussi facilement qu'on craque une allumette. Et à présent, le colosse aux cheveux en bataille attendait qu'Ann lui donne le ton de la suite. Ses prunelles plantées dans les siennes.

Elle sut qu'il n'éprouvait aucun remords. Il avait brisé la nuque de Risbi en une seconde, la seconde la plus déterminante de son existence.

Ce qui troublait cette montagne de muscles, c'était une petite femme blonde. Elle. Il attendait sa réaction, tendu.

Quelque chose de bestial se dégageait de lui. Ann se sentit fondre. Était-ce parce qu'il venait de la sauver ? Une autre idée, plus sournoise, fit son apparition sur le souvenir de ce qu'avait dit Risbi.

Il venait de tuer, et ce qu'il dégageait était primaire, une aura bestiale. Archaïque comme la sexualité.

Non, c'est idiot. Frewin n'est pas un assassin... Elle voulut l'embrasser et pourtant s'interrompit.

Les lettres.

Toutes ces lettres pour sa femme lui revinrent à l'esprit.

Alors Ann lui caressa la joue et baissa la tête.

Puis elle se tourna vers la sortie.

80

Ann admirait la forêt au pied du château, assise entre les créneaux du chemin de ronde, les pieds ballant dans le vide.

Le ciel était gris, sans relief, comme ses états d'âme. En cet instant, si elle avait dû trouver une saveur au temps ç'aurait été celle de la lavande, capiteuse les premières minutes, et très vite écœurante par la suite.

Risbi est mort.

Ces mots auraient dû sonner comme une promesse triomphale, pourtant ils laissaient une empreinte amère dans le cœur de la jeune femme. Il lui avait permis de se voir comme elle était vraiment, de cesser cette quête d'elle-même. De ses traumatismes d'enfant. Ann n'avait ouvert aucune porte sur le Mal, elle n'avait rien ramené de ses ténèbres sinon une fillette bouleversée et chancelante sur le chemin de l'existence. Ces vacillements l'avaient égarée jusqu'à aujourd'hui. En se donnant aux hommes la fillette blessée avait cru pouvoir se faire aimer comme son père ne l'avait jamais fait, et la femme cherchait à se pardonner d'avoir un jour fracassé le crâne de son géniteur. Ce légume était-il mort désormais ? Ann l'ignorait, et se dit qu'elle s'en fichait. Son être avait boité une bonne partie de sa vie à cause de lui. Maintenant elle devait se redresser. Il n'y avait pas de monstre en elle, Risbi le lui avait appris. Elle ne s'était pas trompée sur ça au moins : contempler l'âme d'un tueur l'avait éclairée sur sa propre nature. Ils n'avaient rien de commun.

Et paradoxalement, Ann se sentait triste d'avoir perdu toute chance de comprendre le petit homme. Sa confidence sur l'acte même de tuer l'avait troublée. Sa vision de la société asservissant l'homme n'était pas sans rappeler l'idée qu'Ann en avait. Était-ce le point commun des enfants abîmés ?

En mourant, Risbi partait avec ses secrets, jamais plus ils ne pourraient le sonder afin d'en saisir la substance réelle. Pourquoi avait-il étranglé Gavin Tomers avec un bas de femme, lui qui les détestait tant ? *Par provocation ? Pour se tester, savoir s'il pouvait le faire ? Ou tout simplement pour conduire la PM sur une fausse piste de plus ?* Comment avait-il attiré Tomers et Harris à lui ? Ann pressentait qu'une enquête approfondie révélerait qu'ils avaient des tendances homosexuelles que Risbi

avait utilisées pour les appâter, seuls, dans les lieux de son choix. Cette partie-là de l'enquête serait étouffée, l'armée ne tolérerait pas qu'on parle de ses soldats, ses *guerriers virils*, de la sorte. Il y avait encore bien des progrès à faire dans les mœurs.

Des centaines de questions affleuraient dans son esprit.

L'une prédominait alors que les coups de canon résonnaient dans le lointain.

Quelle importance avait la guerre dans tout ce qu'ils vivaient ? Y aurait-il d'autres tueurs comme Risbi ? *Assurément.*

Mais se pouvait-il que la guerre ait été responsable du déséquilibre en Risbi ? Certes il fallait un être aux fondations instables pour sombrer à ce point, mais la guerre et ses absurdités barbares pouvaient l'avoir ébranlé.

Bien des hommes voyaient leur existence basculer au contact des boucheries militaires. La peur fondamentale de mourir émerge des champs de bataille, les hommes combattent alors leurs réticences à tuer leur prochain, jusqu'à ce qu'elles disparaissent. Tuer devient une mécanique. La guerre est une ritualisation industrielle de la mort. Elle détruit les rails de sécurité que la civilisation prend la peine d'installer dans les esprits. Et elle laisse ces êtres aux prises avec leurs pulsions primaires réétablies : survivre. Tuer pour vivre. Au fil des conflits, les soldats apprennent à gommer ce que des siècles de vie en société ont érigé en critères essentiels, par-dessus les instincts animaux de l'homme. L'homme doit brider ses pulsions dans sa vie en société. Ne pas laisser libre cours à ses désirs. La colère, la peur, la rage, tout doit être canalisé. La guerre, c'est faire sauter ces verrous pour tuer sans plus se poser de questions. Et irrémédiablement, les instincts primaires émergent à nouveau. On ne peut dissocier la mort de la vie, la peur du courage, la rage du désir.

Risbi mélangeait tout. Comme tant d'autres êtres fragiles. Ann pensa à Hriscek. Il pouvait tuer sans état d'âme sur le champ de bataille mais ses autres fonctions vitales étaient également débridées. Il avait pourchassé Ann dans la forêt par curiosité et colère. Et que dire du pauvre sergent Matters, que ses croyances religieuses poussaient à se haïr à cause d'une sexualité *différente* ? N'était-ce pas là une faille terrible de ce système que de renier l'homme dans sa complexité ?

Ann se rendit compte qu'elle avait réagi à la manière de Matters. Parce qu'elle ne faisait pas comme *les autres*, parce que ses désirs n'étaient pas ceux de la société, elle s'était crue monstrueuse. Elle en avait éprouvé de la peur, et de la haine pour soi, comme Matters. Et si ça avait été de la colère, de la rage contre *les autres*, serait-elle devenue un Risbi en puissance ? L'homme n'est qu'un *enfant* dans l'échelle de l'évolution. Une bête *sauvage* qui se croit évoluée. À force de bourrage de crâne l'humanité tout entière s'est persuadée d'être habitée par une force supérieure, alors qu'elle n'est qu'un prédateur provisoirement au sommet de la chaîne alimentaire. La prétention de la civilisation a lénifié l'impact des instincts de l'homme, que les guerres – si bassement animales – continuent d'entretenir au fond de chaque être. L'humanité dort sur un baril de poudre. Et si les instincts primaires refaisaient surface un jour ? Si les barrières morales de la civilisation éclataient à force de contradictions ? Qu'arriverait-il ? Les hommes s'entre-déchireraient. Les prédateurs historiques qui sommeillent en eux et ont permis à ces fragiles bipèdes de prendre l'ascendant sur les autres espèces de la planète émergeraient. Le réveil des prédateurs serait implacable. Sur plusieurs décennies ? Plusieurs siècles ? Une broutille à l'échelle de l'évolution. Mais le résultat serait dramatique. Une boucherie à l'échelle mondiale. La fin d'un règne.

Parce que toute la civilisation repose sur sa vanité, un système guidé par quelques-uns pour leur propre intérêt, un ordre pyramidal établi sur le pouvoir. Une civilisation protégée depuis son aube par les guerres. Une civilisation aveugle à ses contradictions : la volonté affirmée de guider l'homme vers le meilleur de ses facultés maîtrisées tout en se servant de ses plus bas instincts pour assurer la protection de ses valeurs. *Oui, il y a bien quelque chose de pourri au royaume des Hommes*, songea Ann. La volonté omniprésente de diriger. De contrôler. De se hisser au-dessus des autres. C'est *en* l'homme. Et toute autre civilisation, quel que soit son modèle, à un moment ou un autre a muté vers ces tares individualistes.

Oui, Risbi s'est peut-être laissé corrompre par la guerre.

Ou peut-être est-il un avertissement.

Le message comportemental d'un individu, pour alerter la dynamique erronée du groupe.

Ann ne savait plus qu'en penser. Aucune certitude mais un pressentiment. L'émergence de pareil comportement pulsionnel ne semblait pas erratique. Elle n'en avait pas observé beaucoup et pourtant elle devinait qu'il existait au sein même de ces déviances une dynamique propre. Et la nature est trop parfaite pour laisser s'organiser et se reproduire de tels schémas marginaux et agressifs.

Aucune plante trop toxique ne survit. Aucun animal purement destructeur n'a sa place sur terre. Chaque chose a une raison de s'être développée.

Risbi et les autres prédateurs de ce type sont un avertissement.

Que l'humanité continue d'ignorer.

Ann repassa derrière son oreille une mèche que le vent fouettait.

Frewin partageait cette expérience. Avec lui, elle se sentait moins seule sur cette Terre. Elle avait trouvé un compagnon.

Hanté par le fantôme de sa femme.

Ann soupira, contenant un sanglot.

À quoi ressemblerait l'avenir maintenant ? Tituberait-elle encore sur ses doutes et ses inquiétudes ? *À deux, on se stabilise.* Pourtant elle ne pouvait aimer Frewin. Pas ce Frewin qui écrivait à sa femme morte, lui qui se disait loin de toute croyance religieuse. Elle ne devait pas l'aimer, malgré tout ce qui les liait.

Une petite boule de chaleur éclata dans sa poitrine, comme un mince espoir. Il lui avait demandé de le rejoindre cette nuit, dans la forêt. Qu'allait-il lui dire ?

Quel regard pour elle ?

C'était cet avenir-là qu'Ann redoutait le plus. Au-delà de la guerre, au-delà de l'humanité et son danger potentiel.

Un futur à quatre mains.

Pour ne plus craindre les silences.

81

Ma Patty,

Voici mes derniers mots. Toutes ces lettres que tu vas lire d'un coup vont te parvenir par la même voie éthérée qui constitue la substance de nos âmes, et je sais que tu vas me lire à présent.

Il m'aura fallu du temps pour t'envoyer ces lettres.
984 *Pour trouver le courage de te parler. De m'ouvrir après tout ce que nous avons vécu. Lis-moi jusqu'au bout, je t'en supplie, laisse-moi t'exposer mes conclusions, s'il te plaît.*

Ma vie est pleine de colère, d'erreurs. Je crois que c'est le lot de bien des hommes et je n'en ferai pas une excuse, il n'en existe aucune pour ce que j'ai fait.

Qu'est-ce que le Mal, ma Patty ? Je crois pouvoir te répondre aujourd'hui, maintenant que ma vie s'est arrêtée il y a deux ans et que depuis j'ai erré dans le purgatoire des hommes. Le Mal se transmet par une pulsion. Le Mal n'est pas un état qui s'installe, non, je crois que tout homme est neutre, parcouru d'élans de bonté et parfois transpercé par des pulsions maléfiques. Le Mal passe sous la forme d'un flash qui foudroie l'esprit et le conduit à obéir aveuglément, d'un coup d'un seul, à cette pulsion. Le Mal est sexuel, dans le sens où, lorsqu'il surgit dans l'âme, il n'a de cesse de hanter l'esprit jusqu'à être assouvi, puis il disparaît, retournant dans les entrailles bouillonnantes de l'homme.

Tu vois, ma Patty, il arrive que des hommes qui ont fait trop souffrir, ou qui se sont perdus eux-mêmes jusqu'à n'être plus que des êtres désincarnés, cessent de partager le même monde que les autres. Ils vivent alors au purgatoire – il existe bien, car il est terrestre. Le mien ce fut cette guerre. Celle que j'ai menée à l'intérieur, pour me comprendre, pour descendre toujours plus bas, dans les profondeurs de ce que je suis. Dans mes abîmes.

Je crois que la personnalité est un puits gigantesque, l'enfant qui grandit y enfouit son vécu, laissant choir le plus bas possible toute la noirceur du monde, pour ne garder que le meilleur sur le dessus. Être adulte c'est boucher ce puits et sauter dessus pour tout bien tasser, jusqu'à la mort. Être adulte, c'est contempler l'enfant que l'on a été qui saute encore et encore, sur ce puits bouché, c'est le mouvement perpétuel d'allégresse, le ressort du rire, de la joie de vivre. L'adulte qui perd de vue l'enfant qu'il a été tandis qu'il saute, encore et encore, sur le puits bouché de sa construction, de son apprentissage, est un adulte vide, triste.

Hélas, parfois, le fond de ce puits est tellement marécageux qu'une faille s'ouvre, et l'enfant ne peut plus sauter de joie. Parfois même, le fond est si pestilentiel que tout s'effondre et que l'enfant tombe avec et se noie. Ces êtres-là sont irrécupérables, Patty. Je le dis sans cruauté aucune, car j'ai longtemps pensé en être un.

Mon puits à moi s'est ouvert lorsque tu es morte.

Mais tu es morte parce qu'il était déjà bien trop fissuré. L'enfant en moi ne sautait plus de joie depuis longtemps. L'adulte était rongé par la morosité. Par les doutes, par les angoisses, autant de brèches ouvertes aux pulsions du Mal. Car le Mal est une entité, j'en suis convaincu. Une entité monstrueuse, faite de cette substance chimérique qui compose les âmes. Une entité qui ne survit qu'en se nourrissant des esprits vacillants. Le Mal m'a dévasté parce que je l'ai laissé entrer. J'ai assouvi ma pulsion

Et je t'ai poussée dans l'escalier.

La fatigue des nerfs et surtout l'accumulation de nos disputes, parce que nous n'arrivions plus à communiquer, ont accumulé la frustration. Elle s'est transformée en rage, car seule la rage peut matérialiser la frustration et la vider de l'esprit en un geste. Et ce jour-là nos mots se sont envolés, nos colères se sont affrontées et j'ai commis l'irréparable.

Je t'ai tuée.

Depuis j'ai erré dans ce purgatoire, tout au fond de moi, l'adulte est descendu dans le cloaque de mon puits. J'y suis allé pour me noyer dans ma propre fange. Pourtant j'ai survécu. J'y ai vu l'horreur du monde, de mon être. Et lentement, plutôt que de m'y enfoncer, j'ai remonté cette poisse à la surface, seau après seau. Aujourd'hui j'ai rebouché mon puits. L'enfant n'y saute pas encore, il a trop peur d'y retomber un jour, mais peut-être que cela adviendra, il faut du temps. Il faut que l'enfant que j'ai été puisse refaire confiance à l'adulte, au travail que l'adulte a accompli. Un jour peut-être.

Je ne te demande pas pardon Patty, il n'en existe aucun pour ce que je t'ai fait.

Je voulais te dire l'homme que je suis, maintenant. Je voulais que tu saches pourquoi j'ai fait cela. Il n'y avait pas d'explication rationnelle à mon geste. Je t'ai tuée parce que je me suis perdu, à un moment de ma vie.

Pourquoi remplissons-nous nos puits de noirceur, d'instabilité ? Parce que l'enfant prend tout, il ne peut faire le tri, il reçoit tout sans discernement, le bon comme le mauvais. Il faut croire que j'ai reçu trop de mauvaises choses, et n'y vois pas une tentative d'excuse. Je l'écris juste pour nous rappeler que les enfants sont vraiment fragiles. Nous ne savons pas à quel point.

Il viendra un temps où (si les religions disent vrai) je serai jugé pour ce crime. J'espère que tu seras quelque part dans cet endroit, quelle que soit la peine, éternelle ou non.

Je n'ai plus peur de mourir désormais, j'irai en paix vers cette suite possible, si elle existe. Je n'ai plus peur de ne plus vivre car le monde m'inquiète.

Cette guerre qui terrasse les nations ressemble bien au purgatoire que l'humanité se serait infligé à force de se perdre. Nous retrouverons-nous ? Pour combien de temps ? Quand je constate les ravages d'une personnalité mal construite, j'en viens à m'interroger sur la race humaine. Et si, en se construisant dans la violence comme elle l'a fait, l'humanité s'était elle-même perdue il y a bien longtemps ?

Et si l'humanité, non dans ce qu'elle est avec chaque être pris individuellement, mais dans le collectif qu'elle représente, était tout entière déséquilibrée ? Et si nos guerres n'étaient que le reflet de cela ? Vers quoi irions-nous ?

Quel avenir pour nos enfants ? Ces enfants si fragiles.

Bientôt je serai jugé, ma Patty. Mais en attendant, je vais vivre. Dans ce monde étrange, plein de doutes.

Je vais vivre.

Pardonne-moi.

Craig Frewin posa délicatement son stylo et prit la lettre qu'il plia avec soin. Après quoi il ouvrit son coffre et attrapa l'énorme pile d'enveloppes qu'il fourra dans un sac de toile.

Dehors, dans l'enceinte du château, la faune nocturne stridulait, hululait ; elle appelait, chacun à sa manière, pour s'approprier un morceau de territoire. Craig s'installa sur un tronc effondré et renversa son sac sur le sol. Il prit son briquet et approcha la flamme tremblante sous l'angle de la dernière lettre qu'il venait tout juste d'achever. L'encre n'était pas encore sèche. La flamme grimpa vers le papier, à l'image d'une langue avide de goûter cette saveur nouvelle.

Le coin se racornit brusquement et la peau blanche se mit à jaunir. Une petite fumée, entortillée comme une longue moustache, se détacha du bord. Puis le feu prit.

En quelques secondes l'alchimie des éléments transforma les mots en particules invisibles, distillant leur sens dans l'éther du cosmos. Vers Patty.

Très vite, un bouquet rouge et jaune se mit à éclore. Chaque phrase, qui imprimait concrètement un fragment de pensée dans le monde, se dissipa. Adolescent, Frewin avait appris en cours de physique et chimie que rien dans l'univers ne pouvait se perdre. Depuis, il était convaincu qu'il en allait de même avec le *sens*, la sémantique. Écrire était une manipulation chimique qui consistait à transformer de la pensée en un dessin précis. Brûler ces mots c'était dissoudre le papier et répandre le sens des phrases dans l'ailleurs.

Tandis que les flammes grimpaient en crépitant, Frewin se mit à espérer que quelque part, sa femme, sous quelque forme dissipée que ce soit, pourrait récupérer les sens qu'il lui envoyait.

Car rien en ce monde ne pouvait se perdre. Ni la joie, ni l'amour, ni la repentance.

Ann apparut entre les ombres des arbres. Ils auraient beaucoup à se dire pour ne rien se cacher. Peut-être qu'ils avaient une chance après tout. Frewin voulut y croire.

Un concert d'explosions résonna dans le lointain, irisant l'horizon de bulles rougeoyantes. Rien ne pouvait se perdre. Ni la haine.

La guerre secouait la terre des hommes.

Une humanité déséquilibrée ?

Les mots de Frewin semblaient résonner dans l'écho de ces impacts :

« Quel avenir pour nos enfants ? Ces enfants si fragiles. »

Composition et mise en pages
Nord Compo à Villeneuve-d'Ascq

Imprimé en Allemagne par
GGP Media GmbH
à Pößneck
en septembre 2017

POCKET – 12, avenue d'Italie – 75627 Paris Cedex 13

Dépôt légal : novembre 2017
S28085/01